『오뇌의 무도』 주해

번역

김억 金億, Verda E. Kim

1895년 평안도 정주군 곽산면에서 태어났다. 본명은 김희권金熙權이고 호는 안서岸曙이다. 오산五山학교를 거쳐 일본 게이오기주쿠慶應義塾대학 예과 문학과에서 수학했다. 『학지광學之光』에 시와 산문을 발표하며 창작 활동을 시작했다. 1910년대 이후 『태서문예신보泰西文藝新報』, 『폐허廢墟』, 『창조創造』, 『영대靈臺』 등의 동인으로 활동하며 신문학의 초석을 놓았다. 번역가로서는 『오뇌의 무도』1921·1923, 『잃어진 진주』1924 등 모두 14권의 번역시집을 발표했고, 시인으로서는 『해파리의 노래』1923, 『안서시집』1929 등 모두 7권의 창작시집을 비롯하여 다수의 저서와 산문을 발표했다. 또 유행가요 작사자로서 〈꽃을 잡고〉1934 등 숱한 유행가요를 발표하기도 했다. 한국전쟁 중 납북된 후 재북평화통일촉진협의회에도 관여했지만 이후의 행적은 묘연하다.

주해

구인모 具仁謨, Ku Inmo T. A.

연세대학교 글로벌인재학부 교수이다. 김억을 시좌로 삼아 한국근대시를 비교문학, 문화연구의 차원에서 공부하고 있다. 그 가운데 지은 책으로는 『한국근대시의 이상과 허상』2008, 『유성기의 시대, 유행시인의 탄생』2013이 있다. 또 『번역과 횡단』2017 등 몇 권의 책에 지은이로 참여했다. 그 외 한국과 일본 등지에서 다수의 논문을 발표했다.

『오뇌의 무도』 주해

초판인쇄 2023년 10월 5일 **초판발행** 2023년 10월 15일
번역 김억 **주해** 구인모 **펴낸이** 박성모 **펴낸곳** 소명출판 **출판등록** 제1998-000017호
주소 서울시 서초구 사임당로14길 15 서광빌딩 2층
전화 02-585-7840 **팩스** 02-585-7848
전자우편 somyungbooks@daum.net **홈페이지** www.somyong.co.kr

값 68,000원
ⓒ 소명출판, 2023
ISBN 979-11-5905-817-2 93810

詩
集
懊
惱
의
舞
蹈

『오뇌의 무도』 주해

詩集懊惱의舞蹈 註解

김억 편역
구인모 주해

차례

일러두기

1. 이 책은 김억의 『오뇌의 무도』 초판광익서관, 1921.3.20과 재판조선도서주식회사, 1923.8.10의 원문을 비정批正하고, 그 저본底本을 규명한 데에 해제, 주석, 해설을 더한 것이다. 현존하는 판본 중 초판은 특히 인쇄 상태가 양호하지 못하고 오탈자가 적지 않다. 이에 이 주해서는 다음의 판본들을 활용하여, 초판과 재판 당시 오류를 비정했다.
   - ① 金億 譯, 『懊惱의 舞蹈』, 廣益書館, 1921.3.20. (초판, 화봉문고 소장 정오표.)
   - ② 金億 譯, 『懊惱의 舞蹈』, 朝鮮圖書株式會社, 1923.8.11. (재판, 국립중앙도서관 소장.)
   - ③ 金億 譯, 『懊惱의 舞蹈』, 朝鮮圖書株式會社, 1923.8.11. (재판, 국회도서관 소장.)
   - ④ 金億 譯, 『懊惱의 舞蹈』, 朝鮮圖書株式會社, 1923.8.11. (재판, 서강대학교 로욜라도서관 소장.)
   - ⑤ 金億 譯, 『懊惱의 舞蹈』, 朝鮮圖書株式會社, 1923.8.11. (재판, 성균관대학교 중앙도서관 김구용 장서.)
   - ⑥ 金億 譯, 『懊惱의 舞蹈(初版稀貴 韓國現代詩 原本全集21)』, 문학사상사 자료조사연구실, 1975. (초판 영인본.)
   - ⑦ 서강대학교 인문과학연구소, 『懊惱의 舞蹈・失香의 花園・海外抒情詩集(국학자료 제5집)』, 서강대학교 인문과학연구소, 1986. (초판・재판 영인본.)
   - ⑧ 金億 譯, 『懊惱의 舞蹈』, 한국연구소, 1987. (초판 영인본.)

   화봉문고에 소장된 초판에는 정오표가 남아 있다. 하지만 그 정오표 역시 몇 군데 오류가 있다. 이에 위의 여러 판본을 비교・대조하고 정오표의 내용을 재구하여 이 책에 반영했다. 그 정오표는 부록에 수록했다.

2. 초판과 재판 사이에는 표기법은 물론 수록 작품의 수효와 장절 구분 등 차이가 적지 않다. 이 책은 우선 초판을 중심으로 하되, 재판에서 달라진 표기를 추가하고, 재판에 새로 수록한 작품과 장을 추가하는 방식으로 편집했다. 그 이유는 첫째, 근대기 한국의 최초의 시집이자 번역시집으로서 초판이 지닌 문학사적인 의의를 존중하기 위해서이다. 둘째, 『오뇌의 무도』에 수록된 적지 않은 작품들이 이미 초판 이전 초역이 있고, 재판 이후 개역이 있으므로, 엄밀하게 말하면 재판까지도 유동적인 텍스트이기 때문이다.

3. 이 책에 수록된 각 장은 주해자의 해제, 김억의 원문초판과 재판, 저본, 번역의 이본, 주해자의 주석과 해설 순서로 구성되어 있다.

4. 초판과 다른 재판의 표기는 본문의 각주로 밝혀 두었다. 예컨대 초판의 "아々 나는우노라."가 재판에서 "아々 나는 우노라."로 달라진 경우에는 '.' 표기 앞에 각주를 붙이고, 각주에는 "나는 우노라"와 같이 재판에서 달라진 어휘, 표현만 어절 단위로 따옴표 안에 써 두었다. 따옴표의 기준은 한 어절의 어휘 표현일 경우 홑따옴표(' '), 그 이상일 경우 겹따옴표(" ")로 표기를 하였다.

5. 원문 중 초판과 재판의 해당 페이지가 끝나는 곳에 '[초1, 재2]'와 같이 표기했다. 이것은 이 부분이 초판의 제1면이자 재판의 제2면 마지막 혹은 초판의 제1면 마지막이자 재판의 2면임을 나타낸다. 페이지의 변화는 전후의 표기들을 통해 이해할 수 있다.

6. 김억의 원문 이후 그 저본에 해당하는 외국의 번역시들을 소개하고 마지막으로 원시를 소개했다. 외국의 번역시들의 경우, 일본어 번역시를 우선으로 하고 다음으로 김억과 일본의 번역자들이 저본으로 삼은 외국의 번역시들을 열거하는 형식으로 소개했다. 이것은 김억의 번역이 일본어 번역시 혹은 영역시를 저본으로 한 중역이기 때문이다. 또 경우에 따라서

는 저본으로 볼 수 없지만 김억의 번역을 이해하는 데에 참고가 될 외국의 번역시들을 제시하기도 했다. 이 경우 '저본' 다음 '참고'에 배치했다.

7. 일본어 번역시의 경우 김억의 번역시와 어휘 표현, 문형 등의 측면에서 등가equivalence의 정도가 가장 높은 것들부터 순서대로 열거했다. 또 일본어 번역시 중 동일한 번역자의 서로 다른 판본의 텍스트 사이에 표기의 차이가 있는 경우, 그로 인해 중요한 의미의 차이가 있는 경우 각주로 그 차이를 설명했다. 다만 그 가운데 매우 중요한 경우가 아니면 오식이 있더라도 수정하지 않았다.

8. 주해자의 주석과 해설은 초판 이전과 이후의 이본 소개, 원문의 각 연과 행에 대한 주석, 각 시의 의의에 대한 설명의 순서로 구성되어 있다. 이 중 원문에 대한 주석은 우선 오늘날에는 낯설거나 의미가 불명한 어휘의 경우 그 의미를 비정하여 서술하고, 다음으로는 김억이 어떤 저본을 어떻게 읽고 분석하여 옮겼던가를 규명하는 데에 주안점을 두고 서술했다. 또 이본의 원문은 초판, 재판과 다를 경우에만 소개했다. 해설은 주로 김억의 번역의 특징만을 서술하고, 저본과 원시에 대한 해설과 평가는 자세히 서술하지 않았다. 그것은 독자의 몫으로 남겨둔다.

9. 오늘날에는 낯설거나 의미가 불분명한 김억 특유의 어휘의 의미를 비정하기 위해 참고한 사전들과 그 약칭은 다음과 같다.
　① 국립국어원, 『표준국어대사전』stdict.korean.go.kr
　② 김이협, 『평안방언사전』, 한국정신문화연구원, 1981. 약칭 김이협1981.
　③ 김영배, 『평안방언연구 자료편』, 태학사, 1997. 약칭 김영배1997.
　④ 船岡獻治, 『鮮譯 國語大辭典』, 東京: 大阪屋號書店, 1919. 약칭 후나오카 겐지船岡獻治:1919.
　⑤ 水島愼次郎, 『現代新辭林』, 東京: 成文堂, 1915.
　⑥ 神田乃武 外, 『模範英和辭典(第十四版)』, 東京: 三省堂, 1911/1915. 약칭 간다 나이부神田乃武:1915.
　⑦ 齊藤秀三郎, 『熟語本位英和中辭典(改訂版)』, 東京: 正則英語學校出版部, 1915/1918. 약칭 사이토 히데사부로齊藤秀三郎:1918.
　⑧ 野村泰亨 外, 『增訂 新佛和辭典』, 東京: 大倉書店, 1910/1918. 약칭 노무라 야스유키野村泰亨:1918.

이 중 ④는 가나자와 쇼자부로金澤庄三郎, 1872~1967가 편찬한 사전인 『사림辭林』1907의 표제어 중 6만 3천 단어를 선별하여 오쿠라 신페이小倉進平, 1882~1944, 임규林圭, 1863~1945 등이 조선어 해석을 붙인 최초의 일한和韓사전이다. 김억이 『오뇌의 무도』 초판 서문에서 번역의 고충을 '자전字典과의 씨름'이었다고 토로했을 때 그 '자전' 즉 사전 중 하나가 바로 후나오카 겐지1919로 판단한다.
⑤부터 ⑧까지는 김억의 일본 유학시절 당시 일본에서 가장 널리 읽힌 대표적인 사전들이자, 그가 참조한 것으로 판단되는 사전들이다. 각 사전들의 판본은 김억의 세대 일본어·영어·프랑스어 이해의 수준, 감각에 최대한 접근하기 위해, 그의 유학시절1914~1916, 『오뇌의 무도』 초판 이전에 출판된 것들을 선택했다. 특히 ⑦은 당시 대표적인 영일英日사전이다. 저자인 사이토 히데사부로齊藤秀三郎, 1866~1929는 근대기 일본의 대표적인 영어학자이자 교육자로서 구제舊制 고등학교 혹은 전문학교 입학을 위한 예비학교인 세이소쿠正則영어학교의 설립자이기도 하다. 김억은 오산五山학교를 졸업한 후 게이오 기주쿠대학 예과에 입학하기 위해 세이소쿠영어학교를 다녔다.

10. 원문에 대한 주석 중 일본어 번역시에 대해서는 원문 옆 괄호 안에 축자적인 한국어 번역을 제시했지만, 그 외 영역시와 외국의 원시에 대한 번역은 제시하지 않았다. 이것은 자칫 주해자의 번역으로 인해 김억의 번역은 물론 그 저본과

원시에 대한 독자의 이해를 방해할 수 있다고 판단했기 때문이다. 일본어 번역의 오류가 있다면 전적으로 주해자의 잘못이다. 그 외 외국시의 번역을 제시하지 않은 불친절함은 독자가 너그러이 용서해 주기 바란다.

11. 원문에 대한 주석 중 김억이 저본으로 삼은 텍스트들의 경우 해당 작품의 제목에 각주를 붙이고 출전을 밝혔다. 그리고 주석과 해설에서 다시 그 텍스트들을 거론하는 경우에는 다음과 같이 내각주 형식을 취했다. 예컨대 "川路柳虹 譯, 『ヴェルレーヌ詩抄』, 東京 : 白日社, 1915"는 '가와지 류코川路柳虹 : 1915' 혹은 '가와지 류코1915'이다. 또 "Paul Verlaine, Selected and translated by Ashmore Wingate, *Poems by Paul Verlaine*(*The Canterbury Poets*), London : Walter Scott, 1904"는 '에쉬모어 윈게이트Ashmore Wingate : 1904' 혹은 '에쉬모어 윈게이트1904'이다. 또 이 텍스트들은 이 책 마지막의 '참고문헌'에서 다시 한번 소개했다.

12. 원문에 대한 주석 중 주해자는 '대응한다', '충실한 번역이다', '의역이다', '해당한다' 등의 표현으로 설명했다. 이 중 '대응'은 기점 텍스트source text인 일본어 번역시 혹은 영어 번역시와 목표 텍스트target text인 김억의 번역이 형태·의미의 차원에서 일치한다는 것을 의미한다. '충실한 번역'은 기점 텍스트와 목표 텍스트가 형태의 차원에서 다소 차이가 있더라도 의미의 차원에서 등가성이 매우 높다는 것을 의미한다. '의역'은 김억이 기점 텍스트를 자기 나름의 고쳐 쓰기, 혹은 새로 쓰기를 통해 목표 텍스트로 동화시킨 결과라는 것을 의미한다. '해당'은 목표 텍스트인 김억의 번역과 기점 텍스트들 사이에 저본 관계는 인정할 수 있어도 형태·의미의 차이가 현저하여 등가성이 매우 낮다는 것을 의미한다.

13. 원문에 대한 해설 중 주해자가 인용한 참고문헌 중 중요한 것은 해당 문장 마지막에 내각주 형식을 취해 제시했다. 또 이 문헌들과 나머지 문헌들은 '참고문헌'에서 다시 한번 소개했다.

詩集 懊惱의 舞蹈[1]

金岸曙 譯

金惟邦 序

張道斌 序

廉尙燮 序

卜榮魯 序

金惟邦 裝[2]

譯詩集 懊惱의 舞蹈[3]

1 바깥 표지 제목. 재판 바깥 표지에는 에스페란토 제목인 "DANCADO de AGONIO"가 명기되어 있다. 재판 안표지에는 "岸曙 金億 譯 詩集 懊惱의 舞蹈". 표지는 서문을 썼던 김찬영(金瓚永·惟邦·抱耿, 1893~1958)이 그렸다.

2 초판에만 수록된 부분. 재판에는 '목차'가 수록되어 있다. 참고로 초판의 목차는 권말, 재판의 목차는 권두에 수록되어 있다.

3 초판 안표지 제목. 재판에는 "詩集 懊惱의 舞蹈".

서장

懊惱의 舞蹈에[1]

1 재판에는 "懊惱의 舞蹈의 머리에".

2 재판에는 "삶음은 죽음을 위하
   야 낫다。".

3 재판에는 "누가 알앗으랴".

4 새판에는 "울음우는 목슴의부
   르짓즘을".

5 재판에는 '그립어하라、'.

6 재판에는 "그윽한 苦痛의線우
   에서".

7 재판에는 "悅樂의点을求하라".

8 재판에는 '꼿답은'.

9 재판에는 "어린이의 幸福의쑴
   갓치".

10 김찬영(金讚永, 1893~1958).

삶은 죽음을위하야 낫다。[2]

뉘 알앗으랴[3]、불갓튼懊惱의속에

울움우는 목슴의부르짓즘을[4]…………

춤추라、노래하라、쏘한 그립으라、[5]

오직生命의 그윽한苦痛의線우에서[6]

애닯은利那의 悅樂의点을求하라[7]。

붉은입살、붉은술、붉은구름은

懊惱의춤추는 온갓의生命우에

香氣로운南國의 꼿다운[8] 「빗」、

「旋律」、「階調」、夢幻의「리씀」을…………   【초3, 재3】

오직 취하야、잠들으라、

乳香놉흔 어린이의幸福의쑴갓치—[9]

오직 傳說의世界에서、

神話의나라에서…………

一九二一、一月 日 惟邦[10]

【초3, 재4】

이 글을 쓴 김찬영金瓚永·惟邦·抱耿, 1893~1958은『창조創造』1919~1921지,『폐허廢墟』1920~1921지,『영대靈臺』1924~1925지 동인으로서, 후일 한성도서주식회사漢城圖書株式會社 촉탁직을 지냈다. 도쿄東京미술학교 서양화과 출신1912~1917인 김찬영은 이들 동인지의 상징주의 양식의 표지화와 삽화를 그렸는데권행가: 2014, 그런 인연으로『오뇌의 무도』에 축시도 쓰고 표지도 그렸을 터이다. 또 김찬영은『오뇌의 무도』가 발표된 직후 다시 축시「『懊惱의 舞蹈』의 出生된 날」『창조』제9호, 1921.6과 축사「남은 말」, 위의 책, 또『동아일보』에 서평을 발표하기도 했다.耿抱生,「『懊惱의 舞蹈』의 出生에 際하야」,『동아일보』, 1921.3.28~30 당시 김찬영은 누구보다도 적극적으로『오뇌의 무도』의 의의를 역설하고 김억을 옹호했다.

序

1 智巧(지교) : 슬기와 재주.

2 재판에는 밑줄 없이 "쉑스피아 가엇더하며".

3 재판에는 밑줄 없이 "단테가엇 더하며".

4 葩經(파경) : 시경(詩經).

5 재판에는 '詩調'.

6 「황조가(黃鳥歌)」(유리왕 3년[기원전 17년]). "翩翩黃鳥, 雌雄 相依, 念我之獨, 誰其與歸"(『삼 국사기』권13.)

7 여기에서 말하는 '國詩'란 위에 서 장도빈이 괄호 안에 덧쓴 '시 조'를 의미하는 것이 아니라, 국 문으로 쓴 신시(新詩) 혹은 국 민문학으로서 시를 가리킨다.

余는 詩人이아니라 엇지 詩를알리오 그러나 詩의조흠은 알며 詩 의必要함은아노라 이제 그理由를말하리라

무릇 사람은 情이大事니 아모리 조흔意志와 智巧[1]라도 情을써나 고는 現實되기어려우니라 곳情으로發表하매그發表하는바가더욱 眞摯하야지고 情으로感化하매그感化하는바가더욱切實하야지는 것이라 그럼으로古來엇던人民이던지 이情의發表밋感化를 만히利 用하얏나니 그方法中의一大方法은 곳詩라試하야보라 섹스피아가 엇더하며[2] 단테가엇더하며[3] 支那의葩經[4]이엇더하며 猶太의詩篇이 엇더하며 우리歷代의詩調[5]가엇더하뇨 個人으론個人의性情、意味 와社會의性情、事業等을 表現쏘啓發함이크도다

우리文學史를 考하건대 우리의詩로는 確實한것은 高句麗琉璃王 의黃鳥詩[6]가 처음著名하얏나니 그는곳去今約二千年前의作이라 以 後로三國、南北國、高麗、朝鮮時代에 漢詩밋國詩(詩調)가만히勃興 하얏더라 그러나 近代우리詩는 漢詩밋國詩를勿論하고 다自然的、 自我的이아니오 牽强的、他人的이니 곳억지로 漢士의資料로 詩의 資料를삼고漢士의式으로 詩의式을삼은지라 朝鮮人은朝鮮人의自 然한情과聲과言語文字가잇거니 이제억지로他人의情과聲과 言語 文字를가저詩를지으랴면 그엇지잘될수잇스리오 반드시 自我의情 、聲、言語文字로하여야 이에自由自在로詩를 짓게되야 비로소大詩 人이 [초4, 재6]날수잇나니라

지금 우리는 만히國詩를要求할째라[7] 이로써우리의 一切을發表

할수잇스며 興奮할수잇스며 陶冶할수잇나니 그엇지深思할바아니리오 그한方法은 西洋詩人의 作品을 만히參考하야 詩의作法을알고 兼하야그네들의思想作用을알아써 우리朝鮮詩를지음에 應用함이 매우必要하니라

이제岸曙金兄이 西洋名家의詩集을 우리말로 譯出하야 한書를일우엇스니 西洋詩集이 우리말로 出世되기는 아마 嚆矢라[8] 이著者의 苦衷을解하는여러분은[9] 아마 이 【초5, 재6】詩集에서 所得이만흘줄로 아노라

辛酉元月下澣[10] 張道斌[11] 謹識

【초5, 재7】

8   재판에는 '嵩矢(호시)', 초판 재판 모두 '嚆矢(효시)'의 오식으로 보인다.

9   초판 본문에는 "이著者의苦衷을解하는여러분은". 이 중 '苦衷을'은 초판 정오표를 따라 '苦衷을'로 고쳤다. 재판에는 '苦衷을'이다. 또 초판의 '解하는'은 재판에는 '解하는'이다.

10   1921년 1월 하순.

11   장도빈(張道斌, 1888~1963).

이 글을 쓴 장도빈張道斌, 1888~1963은 한성사범학교漢城師範學校와 보성전문학교普成專門學校 법과 출신으로서 보성전문학교 재학 중『대한매일신보大韓每日申報』의 논설위원 겸 주필을 지냈다. 김억이 오산五山학교를 졸업한 이후인 1916년에서 1918년 사이, 같은 학교에서 역사 교사로서 잠시 교편을 잡기도 했다.오산학원 : 2007, 43 이후 장도빈은 1920년 한성도서주식회사 설립에 가담하여 1925년경까지 취체역取締役, 편집부장, 출판부장까지 겸하면서 출판 실무진으로서 중심적인 활동을 했다. 이 사이 이 출판사에서 김억은 번역, 편집, 교정 등을 맡았으며, 특히 『윌손』1921.7, 『나의 참회懺悔』1921.8, 『한니발』1921.11, 『프랭클린』1921.11, 『짠딱크』1921 등 다수의 위인전기물을 번역했다. 또『에스페란토 독학獨學』1923, 『안서시집岸曙詩集』1925을 출판하기도 했다. 장도빈은 이러한 인연과 교분으로 인해『오뇌의 무도』에 서문을 쓴 것으로 보인다.

「懊惱의舞蹈」를위하야[1]

困憊한靈에[2] 쉳임업시 새生命을 부어네흐며、懊惱에 타는졀믄 가슴에 짜쯧한抱擁을 보냄은 오직 한篇의詩박게 무엇이 쏘잇스랴[3]。 만일 우리에게 詩곳[4] 업섯드면 우리의靈은 졸음에 스러졋을것이며 우리의苦惱는 永遠히 그呼訴할바를 니저바렷을것이 아닌가。

이제 君이[5] 半生의事業을記念하기위하야[6] 몬저南歐의여려아릿 다운歌人의心琴에 다치여[7] 을퍼진珠句玉韻을 모하、여긔에 이름 하야[8] 「懊惱의舞蹈」라하니、이 엇지 한갓 우리文壇의慶事일싸름이 랴[9]。 우리의靈은 이로말미암아、支離한조름을 깨우게될것이며、우 리의苦悶은 이로말미암아 그윽한慰撫을밧으리로다[10]。

「懊惱의舞蹈」! 싯업는懊惱에 씻기는가슴을 안고 춤추는 그情形 이야말로 임의 한篇의詩가아니고 무엇이랴。 그러하다、近代의生을 누리는 이로[11] 煩惱、苦悶【초6, 재8】의춤을[12] 추지아니하는이 그 누구 냐。 쓴눈물에 축인 붉은입살을 覆面아레에 감추고、아직[13] 오히려、 舞曲의和諧속에 自我를委質하지아니하면 아니될 검은運命의손에 쓸니여가는것이 近代人이 아니고 무엇이랴。 검고도밝은世界、검고 도밝은胸裏은 이近代人의 心情이 아닌가。 그러나 이것은 決코 人生 을戲弄하며自己를自欺함이[14] 아닌것을 깨달으라、대개 이는 삶을 위함이며、生을狂熱的으로 사랑함임으로 써니라。　　　　　【초6, 재9】

「懊惱의舞蹈」! 이한卷은 實로 그覆面한舞姬의歡樂에 싸힌哀愁 의엉그림이며[15]、갓튼째에 우리慰安은 오직 이에 永遠히감추엇스 리로다[16]。

1 　재판에는 "「懊惱의舞蹈」를 위 하야".

2 　困憊(곤비) : 몹시지쳐서고단함.

3 　재판에는 "한篇의詩밧게 무엇 이 쏘 잇스랴".

4 　재판에는 '詩 곳'.

5 　재판에는 "이제、君이".

6 　초판에는 '위흐야'. 초판 정오표 를 따라 '위하야'로 고쳤다. 재 판에는 "半生의事業을 記念하 기위하야".

7 　재판에는 "몬저 南歐의 여려아 릿다운詩人의 心琴에 다치여".

8 　재판에는 "여긔에 이름지어".

9 　재판에는 "우리 文壇의 慶事일 싸름이랴".

10 　재판에는 "그윽한慰撫을 밧으 리로다".

11 　재판에는 '사람으로'.

12 　재판에는 '苦衷의춤을'.

13 　재판에는 '아직도'.

14 　재판에는 "이것은 決코人生을 戲弄하며 自己를自欺함이".

15 　재판에는 "이 한卷은 實로 그 覆面한 舞姬의 歡樂에 싸인 哀 愁의엉그림이며".

16 　재판에는 "永遠히 감추엇스리 로다".

아—君이여、나는 君의健確한譯筆로[17] 쉬여메즌[18] 이한줄기의
珠玉이[19] 舞蹈場에 외로히 서잇는 나의가슴에 느리울쌔의幸福을
간절히기달이며[20]、쏘한荒寞한[21] 廢墟우에 한쌕리의프른엄의 넓
고깁흔生命을 비노라。   【초7, 재9】

辛酉一月 五山寓居에서

廉尚燮[22]
親愛하는
金億 兄에게。   【초7, 재10】

17 초판 본문에는 '建確(건확)한'.
    초판 정오표를 따라 '健確(건
    확)한'으로 고쳤다. 재판에는
    "君의健確한譯筆로".

18 재판에는 '쉬여매즌'.

19 재판에는 "이 한줄기의珠玉이".

20 재판에는 "간절히 기달이며".

21 재판에는 "쏘한 荒寞한".

22 염상섭(廉想涉, 1897~1963).

『오뇌의 무도』주해

이 글을 쓴 염상섭廉想涉, 1897~1963은 김억과 마찬가지로 게이오기주쿠慶應義塾대학 문과 예과를 중퇴했고1918(김억은 1916년 문과 예과를 마치고 본과 청강생이었다가 중퇴), 한때나마 김억과 마찬가지로 오산五山학교에서 교사 생활을 하기도 했으며김동인 : 1983, 287~289; 오산학원 : 2007, 861, 『동아일보』 기자 생활을 하기도 했다. 그리고 김억과 더불어 『폐허』지의 동인이기도 했다. 김억과 염상섭 저마다 투르게네프의 소설 「밀회Свидáние」를 번역하기도 했다. 이러한 인연과 교분으로 염상섭은 『오뇌의 무도』의 서문을 썼던 것으로 보인다.

염상섭은 노자영盧子泳, 1898~1940과 김억의 『오뇌의 무도』를 두고 설전을 벌인 바 있다. 염상섭은 노자영의 이름으로 발표된 시 「잠-」『동아일보』, 1923.12.24이 김억이 번역한 베를렌의 시 「검고 싯업는 잠은」을 표절한 것이라며 혹독하게 비판했다.「筆誅」, 『폐허이후』 제1호, 1924.1 그러자 노자영은 문제가 된 「잠-」이라는 작품이 실은 자신의 기행문 「방랑의 하로夏路」『동아일보』, 1921.8.2 가운데 삽입한 베를렌의 번역시인데, 김 모라는 일반 독자가 제 것인 양 투고했다고 했다. 그 후 어찌 된 일인지 『동아일보』에는 노자영의 작품으로 게재되었다고 했다.「오해한 상섭 형에게」, 『동아일보』, 1924.1.7

한편 김억과 염상섭은 개인적으로도 제법 오랫동안 애증의 관계였던 것으로 알려져 있다. 이와 관련하여 김동인은 염상섭이 김억의 이중생활을 폭로한 소설 「질투와 밥」『삼천리』 제3권 제10호, 1931.10으로 인해 두 사람이 반목했던 일화를 남기기도 했다.김동인 : 1983, 313~319

「懊惱의舞蹈」의머리에。[1]

1 재판에는 "「懊惱의舞蹈」의 머리에".

2 재판에는 "부르짓는 첫소리요".

3 재판에는 "첫발자욱이며".

4 재판에는 "將來우리詩壇의 大 썸폰니(諧樂)를".

5 재판에는 "들을것이다".

6 재판에는 밑줄 없이 '쏴르루· 쌘드레르와'. 샤를 보들레르 (Charles Pierre Baudelaire, 1821 ~1867, 프랑스).

7 재판에는 밑줄 없이 '폴·예르 렌과'. 폴 베를렌(Paul-Marie Verlaine, 1844~1896, 프랑스).

8 재판에는 밑줄 없이 '알베르·싸 멘과'. 알베르 사맹(Albert-Victor Samain, 1858~1900, 프랑스).

9 재판에는 밑줄 없이 "루미·되· 쑤르몬·폴·쏘르들의". 레미 드 구르몽(Remy de Gourmont, 1858~1915, 프랑스). 폴 포르 (Paul Fort, 1872~1960, 프랑스).

10 재판에는 "써보겟다".

11 재판에는 "무겁은짐에".

12 재판에는 "人生—모든 道德".

乾燥하고 寂廖한 우리文壇—特別히 詩壇에 岸曙君의 이處女詩 集(譯詩일망정)이 남은 實로 반가운일이다. 아 君의 處女詩集—안 이 우리文壇의 處女詩集!(單行本으로出版되기난처음)참으로 凡然한 일이 안이다. 君의 이詩集이야말로 우리文壇이 브르짓는 처음소 리요[2] 우리文壇이 것는 처음발자욱이며[3]、將來우리詩壇의 大썸폰 니(諧樂)를[4] 이룰 Prelude(序曲)이다. 이제 우리는 그첫소래에 귀를 기우릴것이요、그첫거름거리를 살필것이며、그意味잇난 序曲을 삼가 드를것이다[5]。

君이 이 詩集가운대 聚集한 詩의 大部分은 쏴르루、쌘드레르와[6] 폴、예르렌과[7] 알베르、싸멘과[8] 루미、되、쑤르몬等의[9] 近代佛蘭西 詩의 飜譯을 모하 「懊惱의 舞蹈」라 이름한것이다. 그런대 내가 暫 間 近代佛蘭西詩란 엇더한것인가 써보갯다[10]。

두말할것업시 近代文學中 佛蘭西詩歌처럼 아름다운것은 업는것 이다. 참으로 珠玉갓다. 玲瓏하고 朦朧하며 哀殘하야 「芳香」이나 「쑴」갓치 捕捉할수업는 妙味가잇다. 그러나 엇던째는 어대까지든 지 調子가 辛辣하고 沈痛하고 底力이잇는 反抗的의것이엿다. 좀仔 細하게 말하면 近代詩歌—特히 佛蘭西의것은 過去半萬年동안 集 積한 「文化文明」의 重荷에[11] 눌니워 困疲한 人生—卽모든道德[12]、 論理、儀式、[초8, 재12]宗敎、科學의 圈圈와 桎梏를 버서나서 「情緒」와 「官能」을 通하야 推知한 엇더한 새自由天地에 「探索」과 「憧憬」과

「사랑」과 「꿈」의 고흔깃(羽)을 펴고 飛翔하려하는 近代詩人─의 胸
奧에서 흘너나오는 가는 힘업는 反響이다. 그러케 近代詩人의 「靈
의飛躍」은 모든 桎梏를 버서나 「香」과 「色」과 「리슴」의 別世界에 逍
遙하나、彼等의肉은[13] 如前히 이苦海에서 모든 矛盾、幻滅、葛藤、[14]
爭奪、忿怒、悲哀、貧乏等의 「두런운[15] 現實의 도간이(坩堝)」속에
서 쓸치안을수업다. 그럼[초9, 재12]으로 彼等은[16] 이러한 「肉의懊惱」
를 刹那間이라도 닛기爲하야 할일업시 피빗갓흔葡萄酒와 罌粟精
과 Hashish(印度에서産하는一種催眠藥)[17]을 마시는것이다. 아!엇더
한 두려운 矛盾이냐? 아엇더한[18] 가삼쓰린 生의 아이런너냐? 이러
한 不斷히 靈과肉 夢과 現實、美와 醜와의 齟齬反撥하는 境涯에서
彼等의[19] 詩는 흘너나오는것이다. 엇지 큰意味가 업스며、엇지 큰
暗示가 업스랴! 이제 나의愛友億君이 그러한近代佛蘭西詩歌─其
中에서도[20] 特히 名篇佳作만 選拔하야 譯함에 當하야 나는 萬斛讚
辭를 앳기지 안이한다.

　　마즈막으로 나는 君의 思想과 感情과 筆致가 그러한것을 飜譯함
에는 第一의 適任者라함을 斷言하여둔다.

　　　　　　　　　　　　　　　　　一九二一、一、一四、夜
　　　　　　　　　　　　　　　　　　卞榮魯[21]

【초9, 재13】

13　재판에는 "그들의혀은".

14　재판에는 '葛藤'.

15　재판에는 '두려운'.

16　재판에는 '그들은'.

17　하시시(Hashish) : 대마수지. 인
　　도 대마초 암그루의 꽃이삭과
　　상부의 잎에서 분리한 호박색
　　수지(樹脂)를 가루로 만든마약.

18　재판에는 '아 엇더한'.

19　재판에는 '그들의'.

20　재판에는 "그러한近代佛蘭西
　　詩歌 其中에서도".

21　변영로(卞榮魯, 1898~1961).

이 글을 쓴 변영로卞榮魯, 1898~1961는 김억과 『폐허』지 동인으로서 함께 활동했던 인연과 교분이 있었다. 변영로의 이 서문은 다른 서문의 필자들과 달리 『오뇌의 무도』가 '근대불란서시近代佛蘭西詩', 즉 프랑스 현대시 엔솔러지anthology라고 분명히 정의한다는 점에서 다르다. 그래서 김억을 대신하여 프랑스의 데카당티슴과 상징주의 미학을 소개하고 있는 것처럼 보이기도 한다. 변영로의 이러한 서술은 동시대는 물론 그 후에도 『오뇌의 무도』를 프랑스 데카당티슴, 상징주의 시의 사화집으로 읽도록 이끌었다고 해도 과언이 아니다.

주지하듯이 변영로도 벨기에 상징파象徵派, symboliste 시인 모리스 마테를링크Maurice Maeterlinck, 1862~1949와 영국의 W. B. 예이츠William Butler Yeats, 1865~1939를 소개한 평론 「메-터렝크와 예잇스의 신비사상神秘思想」『폐허』 제2호, 1921.1을 발표하기도 했고, 후일 시집 『조선의 마음』1924에도 「상징적象徵的으로 살자」는 수필을 신기도 할 만큼, 프랑스 데카탕티슴과 상징주의에 대한 나름의 이해가 있었다. 특히 변영로가 마테를링크와 예이츠에 대한 논설을 발표한 『폐허』지 제2호에 김억은 후일 『오뇌의 무도』 제1장에 수록한 「예르렌 시초詩抄」를 발표하기도 했다.

한편 이 서문은 『오뇌의 무도』 초판과 재판 사이 약간의 차이가 있는데, 재판에서 '폴 포르'를 특별히 언급했던 점이 그러하다. 이것은 『오뇌의 무도』 재판에 새로 폴 포르의 장이 추가된 것과 관계 있다. 다만 재판 서문 중 '폴 포르'에 대한 언급을 추가한 이가 변영로인지 김억인지는 분명하지 않다.

譯者의 人事한마듸。[1]

이 가난한譯詩集한卷에對한[2] 譯者의생각은 말하랴고하지아니
합니다[3]、말하자면 그것이 出世될만한값이잇고업는것에對하야는
[4] 譯者는생각하랴고도하지아니하며[5]、그갓튼째에 알랴고도하지아
니함니다[6]。더욱 새詩歌가 우리의아직 눈을쓰기始作하는文壇에서
誤解나밧지 아니하면하는것이 譯者의간절한熱望이며[7]、쏘한哀願
하는바임니다[8]。字典과씨름하야 말을만들어노흔것이 이譯詩集한
卷임니다[9]、誤譯이잇다하여도[10] 그것은 譯者의잘못이며、엇지하
야 고흔譯文이잇다하여도[11] 그것은譯者의光榮임니다[12]。詩歌의 譯
文에는逐字[13]、直譯보다도意譯[14] 쏘는創作的의무드를가지고[15] 할수
박게업다는것이[16] 譯者의가난한생각엣[17] 主張임니다。엇지하엿스
나 이한卷을만드려놋코생각할째에는[18] 설기도하고 그립기도한것
은[19] 譯者의속임업는告白임니다[20]。【초10, 재14】

이 譯詩集에對하야 先輩어룬、쏘는 여러友人의아름답고도[21] 놉
흔序文、쏘는友誼를表하는글을(友誼文) 엇어[22]、이보잘것엄는冊첫
머리에[23] 곱흔쑴임을하게됨에對하야는[24] 譯者는 깁히 맘가득한 고
맙운쯧을、先輩어룬、쏘는여러友人에게[25] 들임니다。

그리하고 이譯詩集에 모하노흔大部分의詩篇은[26] 여러雜誌에
한번식은發表하엿든것임을[27] 말하여둡니다。쏘 이譯詩集의原稿
를 淸書하여준 權泰述君의 다사한맘에 고맙【초10, 재15】움을[28] 들임
니다。

그다음에는 마즈막으로 譯者는 이譯者로하여금[29] 이譯詩集의出

1 재판에는 "譯者의 人事한마듸".

2 재판에는 "이 가난한譯詩集 한
   卷에對한".

3 재판에는 "말하랴고 하지아니
   합니다".

4 초판 본문에는 '出世됨'. 초판
   정오표를 따라 '出世될'로 고
   쳤다. 재판에는 '出世될'. 또 재
   판에는 "出世될만한갑이 잇고
   업는것에對하야는".

5 재판에는 "譯者는 생각하랴고
   도 하지아니하며".

6 재판에는 "알랴고도 하지아니
   합니다".

7 재판에는 "더욱 새詩歌가 우리
   의 아직 눈을쓰기始作하는文
   壇에서 誤解나 밧지 아니하면
   하는것이 譯者의 간절한熱望
   이며".

8 재판에는 "쏘한 哀願하는바임
   니다".

9 재판에는 "말을 만들어노흔것
   이 이譯詩集 한卷임니다".

10 재판에는 "誤譯이 잇다하여도".

11 재판에는 "곱은譯文이 잇다하
    여도".

12 재판에는 "그것은 譯者의 光榮
    임니다".

13 재판에는 "詩歌의譯文에는逐字".

14 재판에는 "直譯보다도 意譯".

15 재판에는 "쏘는 創作的의무드를
    가지고".

世를 쌔르게하여주고、또는 이어려운일을 맛타 發行까지 즐겁게하여주신[30] 廣益書舘主人、나의知己高敬相君의 보드랍운맘에[31] 다시 한생각을 부어들임니다.

一九二一、一、三〇、
서울淸進洞서 億生

【주11, 재15】

16　재판에는"할수밧게 업다는것이".

17　재판에는 "譯者의 가난한생각엣".

18　재판에는 "이한卷을 만드려놋코 생각할때에는".

19　재판에는 "섧기도 하고 그립기도 한것은".

20　재판에는 "譯者의 속임업는 告白임니다".

21　재판에는 "또는 여러友人의 아름답은".

22　재판에는 "또는 友誼를 表하는 글을(友誼文) 엇어".

23　재판에는 "이보잘것업는 冊첫머리에".

24　재판에는 "곱흔숨임을 하게됨에對하야는".

25　재판에는 "고맙은쯧을、先輩어른、또는 여러友人에게".

26　재판에는 "모하노흔 大部分의 詩篇은".

27　재판에는 "한번식은 發表하엿든것임을".

28　재판에는 '고맙음을'.

29　재판에는 "이譯者로 하여금".

30　재판에는 "또는 發行까지 즐겁게하여주신".

31　재판에는 "나의知己 高敬相君의 보드랍은맘에". 고경상(高敬相、생몰년도 미상).

『오뇌의 무도』 주해

김억은 당시 조선에서 최초로 발표될 서양시 번역 사화집인『오뇌의 무도』에 대한 보람과 자부심 대신 겸양과 감사의 마음을 한껏 드러내어 이 서문을 썼다. 그도 그럴 것이 김억이 유봉영劉鳳榮, 1897~1985에게 보낸 편지에 따르면 그는 1921년 1월 25일경『오뇌의 무도』초고를 탈고했다고, 이 시집이 자신의 생활에서 가장 뜻있는 산물이라고 당당히 밝히고 있기 때문이다. 동아옥션 : 2018, 176

김억의 이 서문에서 우선 주목할 대목은『오뇌의 무도』에 수록된 시만이 아니라, 후일에도 일관하는 그의 번역 방법론에 대한 암시이다. 즉 '자전字典과의 씨름'과 '의역意譯' 혹은 '창작적創作的 무드'의 번역이 그것이다. 앞으로 이 책을 통해 알게 되겠지만『오뇌의 무도』에 수록된 시들은 근본적으로 일본어 번역시들을 주된 저본으로 삼고, 경우에 따라서는 영역시를 참조하여 중역했다. 그 가운데 앞서 이 책의「일러두기」에서 소개한 일본의 사전들을 두루 참고했다. 이 과정을 두고 김억은 '사전과의 씨름'이라고 넌지시 밝혔던 것이다. 그래서 김억의 중역은 프랑스어, 영어, 일본어 등 숱한 타자들의 언어의 적층 위에서 이루어진 것이라고 할 수 있다. 또 그 타자들의 언어를 조선어로 끌어들이고 용해시킨 결과라고도 할 수 있다.

이 서문에 특별히 감사를 표한 두 사람 중 고경상은『오뇌의 무도』를 간행한 광익서관廣益書館의 주인이다. 고경상은『창조』지와『폐허』지 등 동인지 발간 활동을 지원하기도 했고, 이광수의 소설『무정無情』1918을 간행하는 등, 한국근대문학 형성기의 후원자 역할을 담당했다. 고경상의 광익서관은 동인지시대 문학청년들의 사랑방이기도 했다. 후일 김억이 번역한 타고르의 시집『園丁동산직이』1924을 출판한 회동서관匯東書館은 고경상의 형인 고유상高裕相이 경영하던 출판사였다. 김동인 : 1983, 281~282 김억은 이 서문 가운데 고경상에게 감사를 뜻을 적었을 뿐만 아니라「이엣츠의 시詩」장을 헌사하기도 할 만큼, 그를 각별히 여기고 있었던 것으로 보인다.

나머지 한 사람 권태술權泰述이 누구인지는 알 수 없다. 1945년 이전 오산五山학교 졸업생 중에도 동명의 인물은 없다. 김억이 유봉영에게 쓴 편지에 따르면 그는 1918년 9월경 평양의 숭덕崇德학교로 자리를 옮겼다.동아옥션 : 2018. 173 이 권태술은 숭덕학교 시절 학생이었을 가능성도 있다. 그런가 하면 동명의 인물 중 1903년생으로서 일본 주오中央대학 법과를 졸업한 후 조선총독부, 만주국의 관리를 지내고, 광복 이후 미군정을 거쳐 대한민국 정부에서도 관료를 지낸 인물이 있기는 하다. 하지만 이 인물이 서문의 권태술인지는 특정할 수 없다.

한편 김억은 이 서문을 쓴 곳을 '경성부 청진동'이라고 했지만, 1921년 1월경 그는 경성부 견지동 32번지에 거주했고「同人의 現住」, 『창조』 제8호, 1921.1, 청진동 276번지에 거주한 것은 같은 해 6월경이다.「同人의 現住」, 『창조』 제9호, 1921.6 다만 1920년 7월에서 9월 사이의 거주지가 진남포부府 후포리後浦里 30번지였던 것으로 보아「同人의 現住」, 『창조』 제7호, 1920.7, 이 서문의 '경성부 청진동'은 김억의 착오인지, 혹은 당시 그야말로 동가식서가숙하던 김억의 복잡한 생활을 드러내는 것인지는 알 수 없다. 어쨌든 이 '경성부 청진동'은 김억이 『오뇌의 무도』 재판을 쓴 곳이기도 한데, 재판 서문에는 '서울 淸進洞 旅舍에서'라고 명기한 것으로 보아 여관일 가능성이 높다.

再版되는 첫머리에。

이갑도업는 詩集이 뜻밧게 江湖의여러곱은맘에 다친바가되야、發行된后 얼마의時日을 거듭하지아니하야 다 업서진데對하야는 譯者인나는 譯者로의 깃븜과 光榮스럽음을 닛즐수업슬만큼 크게 늣기고잇읍니다。

첨에는 이番再版의새를 利用하야 크게 訂補修正을 하랴고하엿읍니다、만은 實際의붓은 여러가지로 첫뜻을 이루게하지아니하엿읍니다、그것은 다른것이 아니고 두해를 거듭한 只今의譯者에게는 그째의筆致와 只今의筆致사이에 적지아니한差異가잇는째문입니다。

譯者는 지내간筆致를 그대로 두고십다는記念에서ㅅ생각으로 조곰도 곳치지아니하고 그대로 두고 맙니다。이詩集속에 잇는 아여 시몬쓰의詩한篇는 쎕아바리고 말앗읍니다。그것은 얼마아니하야 出世될 스몬쓰의詩集「잃어진眞珠」속에도 너혼까 [재16]닭입니다 [1]하고 이옛츠 또르、쌜렉크의 詩멧篇을 더 너헛을쑨입니다。

只今譯者가 혼자 맘속에 괴하고잇는 泰西名詩人의 個人詩集의 叢書가 完成되면、이譯詩集은 아조絶版을 식히랴고 한다는뜻을 한마듸 하여둡니다。

마즈막으로 昨年봄에 곳 再版되엿을 이詩集이 여러가지로 맘과 갓게 되지아니하야 이럿케 늣저젓음을 讀者되실 여러분에게謝罪합니다。

一九二三年 五月 三日

1 아서 시먼스(Arthur Symons), 김억 역, 『잃어진 진주(眞珠)』, 평문관, 1924.2.28.

서울 淸進洞 旅舍에서

譯者。

김억의 이 서문은『오뇌의 무도』초판과 재판의 차이에 대한 서술이 담겨 있어서 주목에 값한다. 이 서문대로 김억은 초판「오뇌의 무도」장에 수록되었던 영국의 시인 아서 시먼스^Arthur Symons, 1865~1945와 고대 그리스 시인 팔라다스^Palladas, 기원후 4세기경의 시를 제외했다. 또 초판「오뇌의 무도」장에 수록되었던 프랑스의 시인 폴 포르의 경우 재판에는「쪼르의 시」라는 별도의 장에 더 많은 시를 추가하기도 했다. 그 외 김억은『오뇌의 무도』재판을 출판하면서 첫 장인「에르렌의 시詩」장과「쑤르몬의 시詩」장을 제외한 나머지 모든 장에 새로운 시를 추가했다. 그러나『오뇌의 무도』초판 이후에 발표한 번역시들을 모두 수록하지는 못했다. 그것은 김억이 원래『오뇌의 무도』재판을 1922년 봄, 즉 아서 시먼스의 번역시집『잃어진 진주眞珠』출판일 : 1924.2.28, 첫 번째 서문 작성일 : 1922.1.25와 함께 출판하고자 한 가운데, 타고르^Rabindranath Tagore, 1861~1941의 번역시집『이탄자리』1923.4.3, 창작시집『해파리의 노래』1923.6.30를 연이어 발표할 만큼 분주했던 사정과 관련 있을 것이다.

　이 서문에서 김억은『오뇌의 무도』재판에 앞서 번역시의 '필치', 즉 문체를 수정하려고 했으나 그대로 두었다고 했다. 그러나 이 책에서도 알 수 있듯이, 김억은 초판의 표기만큼은 수정했다. 특히 초판의 띄어쓰기는 물론 평안방언 특유의 불규칙(ㅂ), 구개음화, 두음법칙 등의 음운 현상을 반영했다. 즉 김억은『오뇌의 무도』초판의 텍스트들을 그의 구어방언에 좀 가깝게 더 바꾸어 놓은 셈이다. 그럼에도 불구하고 김억이 초판의 문체에서 바꾸지 않았다고 한 것은 김억 특유의 설의, 감탄의 종결어미들이다. 김억이 이 종결어미들만은 바꾸지 않았던 것은 이것이 독자를 괴롭게 할 뿐이라는 박종화의 비난박월탄, 「文壇의 一年을 追憶하야 現狀과 作品을 槪評하노라」, 『개벽』제31호, 1923.1에 대한 김억의 반발과 무관하지 않을 것이다. 박종화와의 설전 가운데 김억은 무드정조・문자・시상・리듬의 합일을 역설했기 때문이다.金億, 「無責任한 批評―「문단의 일년을 추억하야」의 評者에게 抗議」, 『개벽』제32호, 1923.2

　한편 이 서문에는『오뇌의 무도』재판 이후 아서 시먼스의 번역시집『잃어진 진주眞珠』를 필두로『오뇌의 무도』에 수록된 시인들의 번역시집들을 속속 발표하겠다는 포부도 담겨 있

어서 흥미롭다. 김억의 이 포부는 이미 『오뇌의 무도』 초판을 집필할 당시 동시대 일본에서 신쵸사新潮社의 '태서명시선집泰西名詩選集' 총서, 아르스사アルス社의 '태서명시선泰西名詩選' 총서 등 서양 대표 시인들의 단행본 번역시집들이 속속 출판되던 사정을 염두에 둔 것으로 보인다. 그러나 김억의 이 포부는 『잃어진 진주』 이외 실현되지 못했다. 그것은 김억의 관심이 『이탄사리』를 필두로 타고르에게 옮겨간 탓도 있겠고, 김억이 양주동의 보들레르 시 번역을 둘러싼 설전의 과정에서 양주동에게 원색적인 비난을 받아梁柱東, 「『朋閱』 四月號의 「金星」評을 보고」, 『금성』 제3호, 1924.5, 최초의 서양 근대시 번역자로서의 위신을 잃었던 탓도 있겠다.

뻬르렌 詩抄[†]

아々 音調! 音調만이 매자주어라!
숨을 숨에、笛을 從笛으로。

베르렌의 「作詩法」에서 　　　　　　【초13, 재18】

고요히、애닯게
몸이 돌아가신
내아바님의靈前에
이詩를 모하서 들이노라。[‡] 　　　　【초14, 재19】

"뻬르렌 詩抄" 장에 대하여

이 장은 프랑스 상징주의를 대표하는 폴 베를렌Paul-Marie Verlaine, 1844~1896의 시 21편을 수록하고 있다. 베를렌이 보들레르Charles Baudelaire와 더불어 프랑스 상징주의, 데카당티즘을 대표하는 시인이라는 것은 김억이 게이오기주쿠慶應義塾대학에 유학하기 전 일본에서는 일종의 상식으로 통했다.佐藤義亮 : 1914, 304~305, 345 그래서 김억으로서는 자연스럽게 베를렌을 접했을 터이다. 김억이 베를렌의 시를 처음 선보인 것은 논설「요구要求와 회한悔恨」『학지광』제10호, 1916.9에서였다. 후일 김억의 회고에 따르면 게이오기주쿠대학 유학 시절 베를렌과 보들레르의 시를 좋아한 나머지 '시적 감격성感激性'으로 세상을 보고 술을 배웠을 뿐만 아니라 극도의 신경쇠약까지 앓을 지경이었다고 했다.「나의 詩壇生活 二十五年記」, 『신인문학』제2호, 1934.9

그런데 이 글에서 김억은「都市에 나리는 비Il pleure dans mon cœur」의 첫 번째 번역과 영역시까지 전재하면서, 출전을 "from Verlaine's romance sans parolesparoles"로 명기했다. 이 영역시는 에쉬모어 윈게이트Ashmore Wingate의 영역판 베를렌 선집인『폴 베를렌 시선Poems by Paul Verlaine』1904에 수록된 것과 일치한다. 이로써 에쉬모어 윈게이트의 영역시집이 김억의 초기 베를렌 번역, 그리고 이 장의 저본 중 하나였던 것으로 판단할 수 있다.

참고로 에쉬모어 윈게이트의 영역시집은 영국의 시인이자 편집자인 윌리엄 샤프Wiilam Sharp가 편집하여 월터 스코트 출판사The Walter Scott Publishing Co., Ltd.에서 출판한 캔터베리 시인 총서The Canterbury Poets의 일부이다. 이 총서는 근대기 일본에서도 제법 알려졌을 뿐만 아니라, 서양시 수용의 중요한 창구이기도 했다. 다시 설명하겠지만 김억은 이 에쉬모어 윈게이트의 영역시집 이외 몇 권의 캔터베리 시인 총서를 열람하고 또 저본으로 삼고자 시도했다.

그런데 정작『오뇌의 무도』에서 김억이 저본으로 삼은 것은 가와지 류코川路柳虹, 1888~1959의『베를렌 시초ヴェルレーヌ詩抄』1915와『베를렌 시집ヱルレーヌ詩集』1919, 나가이 가후永井荷風, 1879~1959의『산호집珊瑚集』1913, 호리구치 다이가쿠堀口大學, 1892~1981의『어제의 꽃昨日の花』1918 그리고 이쿠다 슌게쓰生田春月, 1892~1930의『태서명시명역집泰西名詩名譯集』1919이었다.

『오뇌의 무도』주해

이 중 가와지 류코의 『베를렌 시초』는 일본에서 최초로 출판된 폴 베를렌의 단행본 시선집으로서 가와지 류코[1919]는 그 재판에 해당한다. 가와지 류코는 초판 서문에서 당시 일본의 번역자들이 프랑스 원시가 아닌, 캔터베리 시인 총서를 저본으로 삼았던 풍조를 비판하며, 자신은 베를렌의 원시를 저본으로 삼았다고 밝혔다.[川路柳虹: 1915. 4~5] 그러나 가와지 류코의 『베를렌 시초』 역시 그 구성 등으로 볼 때, 에쉬모어 윈게이트의 영역시집을 제2저본으로 삼은 흔적이 역력하다. 그럼에도 불구하고 가와지 류코의 두 권의 베를렌 시선집은 당시 일본에서 출판된 그 어떤 사화집보다도 많은 베를렌의 시를 수록하고 있다. 특히 가와지 류코의 『베를렌 시초』의 경우, 비슷한 시기 그 어떤 번역시집들보다도 평이하고도 구어에 가까운 문체를 취했다는 점에서 김억으로서는 신뢰할 만한 저본이었을 것으로 판단된다.

또 이쿠다 슌게쓰의 『태서명시명역집』은 당시까지 일본에서 발표된 서구시 번역시를 엮은 엔솔러지anthology로서, 호리구치 다이가쿠의 『어제의 꽃』 다음으로 구성과 내용 모두 『오뇌의 무도』 전편에 걸쳐 지대한 영향을 미친 번역시집 중 하나이다. 김억은 이쿠다 슌게쓰의 『태서명시명역집』에 수록된 나가이 가후「ましろの月[흰 달]」,「ぴあの[피아노]」,「われの心に涙降る[都市에 나리는 비]」,「返らぬむかし[지내간 녯날]」, 호리구치 다이가쿠「暗く果なき死のねむり[검고 끗업는 잠은]」,「風[바람]」의 번역시는 물론 우에다 빈[上田敏, 1874~1916], 이와노 호메이[岩野泡鳴, 1873~1920], 나이토 아로오[内藤濯, 1883~1977], 이쿠다 죠코[生田長江, 1882~1936] 등의 번역시도 저본으로 삼았다. 즉 김억은 당시로서는 그가 참조할 수 있는 일본의 베를렌 시 번역의 거의 모든 선례들을 참조하고 저본으로 삼았던 셈이다.

일찍이 많은 선행 연구들이 우에다 빈의 『해조음[海潮音]』1905을 주된 저본으로 지목하기도 했다. 그러나 앞으로 기회가 있을 때마다 설명하겠지만 김억은 우에다 빈의 메이지[明治]기 고삽[苦澁]한 문어체를 매우 꺼렸다. 또 호리구치 다이가쿠의 『달 아래 한 무리[月下の一群]』1925, 다케토모 소후[竹友藻風, 1891~1954]의 『베를렌 선집[エルレエヌ]』1921.6.12이 저본으로 거론되기도 했다.[김용직: 1967: 김병철: 1975: 김은전: 1984] 그러나 전자는 『오뇌의 무도』 재판 이후에 출판된 것이므로 저본으로 볼 수 없다. 또 후자는 『오뇌의 무도』의 초판과 재판 사이에 출판된 것이기도 했지만, 이

김억의 「애르렌 시초」 혹은 「애르렌의 시」장에 수록된 작품들과 온전히 일치하지 않을 뿐만 아니라, 참조한 흔적도 좀처럼 드러나지 않는다.

한편 에쉬모어 윈게이트의 『폴 베를렌 시선』1904의 경우, 김억은 부분적으로만 저본으로 삼았다. 그중 김억은 대체로 각 행이 하나의 의미 단위를 이루고, 기초적인 어휘로 이루어진 작품만 선택했다. 그나마도 구문은 영역시를 의식하되, 어휘와 수사는 일역시를 중역하는 방식을 취했다. 그것은 「도시에 나리는 비」의 초역에서도 알 수 있듯이, 근본적으로 김억의 부족한 어학 능력과 관계있다.

김억의 베를렌 시는 그저 일본어 텍스트를 조선어로 옮겨놓는 단순한 중역이 결코 아니었다. 김억은 베를렌 시를 옮기면서 복수의 일본어 번역시들은 물론 영역시까지도 일일이 해체하고 새롭게 조합하는 방식으로 중역했다. 그리고 김억이 이토록 여러 저본을 참조해서 중역했던 양상은 『오뇌의 무도』 전편에 걸쳐 유례를 찾기 어려울 정도이다. 더욱이 김억은 1918년 『태서문예신보泰西文藝新報』지부터 『오뇌의 무도』 초판 전후 『폐허』1921지에는 물론 『오뇌의 무도』 재판 이후 『개벽開闢』지와 『조선문단朝鮮文壇』1925지에도 베를렌 시를 지속적으로 개역改譯을 발표했다. 이것은 근본적으로 베를렌에 대한 김억의 깊은 애착의 정도를 드러낸다.

김억은 이 장에 부친 김기범金基瑄에 대한 헌사獻辭를 적어 두었다. 김기범은 평안도 정주定州에서 18대째 세거世居한 경주 김씨 종가의 후예로서, 종가의 예법에 따라 김억에게 유년기부터 한학을 가르쳤다. 또 김억이 8세가 되던 해1901~1902년경 동향의 박 진사의 장녀와 조혼을 시켰다. 김기범의 뜻과 달리 김억은 1909년 스스로 상투를 자르고 오산학교에 입학했다. 또 김기범은 김억에게 오산학교 졸업 후 법률 공부를 강권했지만 김억은 메이지明治대학에서 법률 공부를 하겠다며 일본에 유학한 후에는 문학을 공부하기 위해 게이오기주쿠대학에 입학했다.이어령: 1975, 81~83

김기범은 김억이 게이오기주쿠대학 재학 시절인 1915년 12월에서 1916년 1월 사이 사망한 것으로 보인다. 그러한 사정은 『근대사조近代思潮』지 창간호의 편집 후기 중 황석우黃錫禹, 1895~1959가 쓴 것으로 보이는 "金億君弔의개、先大人의 仙逝에 對하얀 本社난 謹히 弔意를 表

하며 (…중략…) 『근대사조』창간호, 1916.1, 20면와 같은 대목으로 짐작할 수 있다. 김기범의 사후 김억은 수업료를 납부할 수 없게 되었고이어령 : 1975, 82~83, 결국 1916년 7월경 게이오기주쿠대학 본과를 중퇴하고 귀향했다.동아옥선 : 2018, 170 김억은 이러한 부친과의 애증을 배경으로 이 장을 헌정한 것으로 보인다.

가을의노래。[1]

1 초판 목차에는 "가을의노릭".
　　재판 목차에는 "가을의 노래".

2 재판에는 "單調롭은".

3 재판에는 "내가슴 압하라".

4 재판에는 "지내간 녯날은".

5 재판에는 "나는 우노라".

6 재판에는 "나의靈은".

7 재판에는 "갈길도 몰으는".

가을의날

예오론의

느린嗚咽의

單調로운[2]

애닯음에

내가슴압하라[3]。

우는鍾소리에

가슴은 막키며

낫빗은 희멀금、　　　　　　　　　　　【초15, 재20】

지내간녯날은[4]

눈압헤 써돌아

아々 나는우노라[5]。

설어라、내靈은[6]　　　　　　　　　　　【초15, 재21】

모진바람결에

흐터져 써도는

여긔에 저긔에

갈길도몰으는[7]

落葉이러라。　　　　　　　　　　　　　【초16, 재21】

秋の歌¹

川路柳虹

秋の日の
ギオロンの
聲ながき歔欷、
もの倦き
衰えに²
わが胸を痛ましむ。

胸もふたぎ
おもわ蒼ざめ、
鐘の音きけば³
過ぎにたる昔さへ
眼にうかびおもはれて⁴
われは泣くなり。

あゝ吾は⁵
心なき風に追はれて
こゝにかしこに
さだめなく
飛びも散りゆく⁶
落葉かな。

1 川路柳虹 譯, 「野調－憂悲しい風景」, 『ヴェルレーヌ詩抄』, 東京：白日社, 1915, 31~33면；『ェルレーヌ詩集』, 東京：新潮社, 1919, 20~21면.

2 川路柳虹(1919)에는 "疲れ心地に".

3 川路柳虹(1919)에는 "鐘の音きけば今さら".

4 川路柳虹(1919)에는 "おもはれて".

5 川路柳虹(1919)에는 "ああ吾は".

6 川路柳虹(1919)에는 "飛びも散りかふ".

落葉[1]
らくえふ

上田敏

1　上田敏 譯, 『海潮音』, 東京: 本郷書院, 1905, 73~76면; 生田春月 編, 「佛蘭西―ヴェルレエヌ」, 『泰西名詩名譯集』, 東京: 越山堂, 1919, 96면; 樋口紅陽 編, 『西洋譯詩 海のかなたより』, 東京: 文献社, 1921(4.5), 201~202면.

2　生田春月(1919)에는 "したぶるに".

秋の日の

ギオロンの

ためいきの

身にしみて

ひたぶるに[2]

うら悲し。

鐘のおとに

胸ふたぎ

色かへて

涙ぐむ

過ぎし日の

おもひでや。

げにわれは

うらぶれて

ここかしこ

さだめなく

とび散らふ[3]

落葉かな。

3　生田春月(1919)에는 "とびちらふ".

SONG OF AUTOMN.[†]
(CHANSON D'AUTOMNE.)

Ashmore Wingate

[†] Paul Verlaine, Selected and translated by Ashmore Wingate, "Poèmes Saturniens", *Poems by Paul Verlaine*(*The Canterbury Poets*), London : Walter Scott, 1904, p.27.

THE wailing note

That long doth float

   From Autumn's bow,

Doth wound my heart

With no quick smart,

   But dull and slow.

In breathless pain,

I hear again

   The hour ring deep.

I call once more

The days of yore,

   And then I weep.

I drift afar

On winds which bear

   My soul in grief.

Their evil force

Deflects its course,

Like a dead leaf.

CHANSON D'AUTOMNE[†]

Les sanglots longs

Des violons

   De l'automne

Blessent mon coeur

D'une langueur

   Monotone.

Tout suffocant

Et blême, quand

   Sonne l'heure,

Je me souviens

Des jours anciens

   Et je pleure

Et je m'en vais

Au vent mauvais

   Qui m'emporte

Deçà, delà,

Pareil à la

   Feuille morte.

[†] Paul Verlaine, "Poèmes Saturniens", *Œuvres complètes de Paul Verlaine*(*Tome premier*), Paris : Librairie Léon Vanier, 1900(Deuxième édition), pp.33~34; Adolphe van Bever & Paul Léautaud, "Paul Verlaine", *Poètes d'Aujourd'hui : Morceaux choisis*(*Tome II*), Paris : Société du Mercure de France, 1908, p.333; Gérard Walch, "Paul Verlaine", *Anthologie des Poètes Français contemporains*(*Tome premier*), Paris : Ch. Delagrave, Leyde : A.-W. Sijthoff, 1906, pp.370~371.

AŬTUNA KANTO.[†]

[†] Antoni Grabowski, "VII. Franca", *El Parnaso de Popoloj*, Varsovio : Eldono de "Pola Esperantisto", 1913, pp.47~48.

(El Paul Verlaine.)

Les sanglots longs

Des violons

De l'automne

⌣ — ⌣ | —(⌣)

— ⌣ | ⌣ —(⌣)

Dum ĝeme-sona,

La violona

Aŭtuna spir',

Premiĝas koro

De monotona

Sopir'.

Iĝante pala

Ĉe la metala

Horo-sonor',

De l' rememoro

Iras kun ploro

Mi for.

La vento blovas

Kaj for min ŝovas,

Kaj estas mi,

Kiel falinta

Kaj flaviĝinta

Foli'.

번역의 이본

첫 번째 번역은 「가을의노릭」. 『태서문예신보』 제7호, 1918.11.16

두 번째 번역은 「가을의노래。」「에르렌 詩抄」, 『폐허』 창간호, 1920.7

다섯 번째 번역은 「가을」. 「가을에 을퍼진 노래」, 『개벽』 제52호, 1924.10

여섯 번째 번역은 「가을의노래」. 「을퍼진 가을의 노래」, 『조선문단』 제12호, 1925.10

주석

제1연

제1행 「가을의노래」1925는 "가을날"이다. 가와지 류코川路柳虹 : 1915/1919의 제1연 제1행, 우에다 빈上田敏 : 1905/1919의 제1연 제1행 "秋の日の가을의 날의"에 충실한 번역이다.

제2행 예오론 : 바이올린. 프랑스어 'violon'. 「가을의노릭」1918는 "예올링의 우는", 「가을의노래」1920는 "예오론의", 「가을」1924은 "비오롱의", 「가을의 노래」1925는 "바이올린의"이다. 가와지 류코1915/1919의 제1연 제2행, 우에다 빈1905/1919의 제1연 제2행 'ギオロンの비오롱[바이올린]의'에 모두 대응한다.

제3행 鳴咽오인 : 흐느낌. 「가을의노릭」1918는 "긴 鳴咽", 「가을의노래」1920, 「가을」1924, 「가을의노래」1925 모두 "느린鳴咽의"이다. 가와지 류코1915/1919의 제1연 제3행은 "聲ながき歔欷소리 긴 흐느낌"이다. 우에다 빈1905/1919의 제1연 제3행은 "ためいきの탄식의"이다. 김억의 '긴'은 이 중 가와지 류코1915/1919 혹은 에쉬모어 윈게이트Ashmore Wingate : 1904 제1연 제2행의 'long'을 의식한 결과로 보인다. 한편 후나오카 겐지船岡獻治 : 1919에는 '歔欷キョキ'를 '啜泣ススリナキ'로, 또한 '啜泣ススリナキ'를 "늣겨움。훌적훌적움。歔欷。鳴咽。啜泣ク"로 풀이한다. '鳴咽おえつ, 오인'와 '歔欷きょき, 허희' 모두 일본 한자어로서 "흐느낌"을 의미한다. 김억은 이 중 '鳴咽'를 택한 것으로 보인다.

제4행 「가을의노릭」1918는 "單調훈 思惱에", 「가을의노래」1920는 "單調로운", 「가을」1924은 "單調롭은", 「가을의 노래」1925는 "單調롭은"이다. 가와지 류코1915/1919의 제1연 제4행 "も

の倦き^{나른한}"의 의역이다. 후나오카 겐지¹⁹¹⁹에는 'モノウシ·モノウイ(物憂シ)'를 "답답하다。慵。懶。大儀。不快。物臭イ。進マヌ。"로 풀이한다.

제5행 애닯음 : 애달픔. 참고로 '애달프다'의 평안도 방언은 '애달푸다'^{김이협:1981}이다. 「가을의노래」¹⁹²⁰, 「가을」¹⁹²⁴은 "애닯음", 「가을의 노래」¹⁹²⁵는 "설음 때문에"이다. 가와지 류코의 제1연 제5행은 '衰えに^{쇠락에}'¹⁹¹⁵와 "疲れ心地に^{지친 마음에}"¹⁹¹⁹이다.

제6행 「가을의노래」¹⁹¹⁸는 "내가슴 압허라。", 「가을의 노래」¹⁹²⁵는 "내맘은 압하라。"이다. 가와지 류코^{1915/1919}의 제1연 제6행 "わが胸を痛ましむ^{내 가슴 아프다}"에 충실한 번역이다.

제2연

제1행 「가을의노래」¹⁹¹⁸는 "鍾소리 우를쎠", 「가을」¹⁹²⁴은 "鍾소리를 들으면", 「가을의 노래」¹⁹²⁵는 "우는 鐘소리에"이다. 우에다 빈^{1905/1919}의 제2연 제1행 "鐘のおとに^{종소리에}"의 의역이다. 가와지 류코의 제2연 제3행은 "鐘の音きけば^{종소리 들으면}"¹⁹¹⁵와 "鐘の音きけば今さら^{종소리 들리면 새삼스럽게}"¹⁹¹⁹이다. 「가을의노래」¹⁹¹⁸와 「가을의 노래」¹⁹²⁵는 우에다 빈^{1905/1919}의 의역이다. 「가을」¹⁹²⁴은 가와지 류코¹⁹¹⁵에 충실한 번역이다.

제2행 「가을의노래」¹⁹¹⁸는 "가슴은 막히며", 「가을의 노래」¹⁹²⁵는 "숨은 막키며"이다. 우에다 빈^{1905/1919}의 제2연 제2행 "胸ふたぎ^{가슴 막혀}"에 충실한 번역이다. 혹은 가와지 류코^{1915/1919}의 제2연 제1행 "胸もふたぎ^{가슴도 막혀}"의 의역이기도 하다.

제3행 희멀금하다 : 오늘날의 '희멀끔하다', 즉 "(살빛이) 희고 멀끔하다"는 뜻이 아니라, '창백하다', '핼쑥하다'에 가깝다. '핼금하다'와 비슷한 뜻이다. 「가을」¹⁹²⁴은 "얼골빗은 핼금하야。", 「가을의 노래」¹⁹²⁵는 "낫빗이 變하야。"이다. 가와지 류코^{1915/1919}의 제2연 제2행 "おもわ蒼ざめ^{모습은 창백하며}"의 의역이다.

제4행 「가을의노래」¹⁹¹⁸는 "지나간 그날", 「가을」¹⁹²⁴은 "지네간 옛날이", 「가을의 노래」¹⁹²⁵는 "지내간 옛날이"이다. 우에다 빈^{1905/1919}의 제2연 제5행 "過ぎし日の^{지나간 날의}"의 의역이다. 가와지 류코^{1915/1919}의 제2연 제4행 "過ぎにたる昔へ^{지나간 옛날마저}"의 의역이

기도 하다.

제5행 「가을의노릭」[1918]는 "눈압헤 보임이", 「가을의노래」[1920]는 "눈압허 써돌아"['눈압헤'의 오식
으로 보인다], 「가을의 노래」[1925]는 "다시금 생각나서"이다. 가와지 류코[1915]의 제2연 제5
행 "眼にうかびおもはれて[눈에 떠올라 생각나서]" 중 '眼にうかび[눈에 떠올라]'만을 발췌한 구문
의 의역이다.

제6행 「가을의노릭」[1918]는 "아-아-나는우노라.", 「가을의노래」[1920]는 "암、나는우노라.", 「가
을」[1924]은 "아아 나는 우노라.", 「가을의 노래」[1925]는 "아々、나는 우노라."이다. 에쉬
모어 윈게이트[1904]의 제2연 제6행 "And then I weep"을 염두에 두되, 가와지 류코의 제
3연 제1행 "あゝ吾は[아아 나는]1915", "ああ吾は[아아 나는]1919"와 제2연 제6행 "われは泣くな
り 나는 운다[1915/1919]"를 조합한 구문에 충실한 번역이다.

제3연

제1행 설어라 : '섫다' 혹은 '서럽다'는 뜻의 평안도 방언 '설다'[김이협 : 1981]의 활용형으로 판단
된다. 「가을의노릭」[1918]는 "내靈은 부는", 「가을의 노래」[1925]는 "설어라 나의靈은"이다.
에쉬모어 윈게이트[1904]의 제3연 제3행 "My soul in grief"의 의역이다. 참고로 가와지
류코의 제3연 제1행은 "あゝ吾は[아아 나는]1915"와 "ああ吾は[아아 나는]1919"이다. 우에다 빈
[1905/1919]의 제3연 제1행은 "げにわれは[실로 나는]"이다.

제2행 「가을의노릭」[1918]는 "모즌 바람에", 「가을의 노래」[1925]는 "모진바람결에"이다. 가와지
류코[1915/1919]의 제3연 제2행의 "心なき風に追はれて[무심한 바람에 쫓겨]" 중 '心なき風に[무심
한 바람결]'의 의역이다.

제3행 「가을의노릭」[1918]는 "쓸리어 써돌아", 「가을의노래」[1920]와 「가을의 노래」[1925]는 "흐
터저 써도는", 「가을」[1924]은 "붓잡혀 써도는"이다. 가와지 류코의 제3연 제5행 "飛び
も散りゆく[날리고 흩어져가는]1915와 "飛びも散りかふ[날리고 흩어져가는]"1919, 혹은 우에다 빈
[1905/1919]의 제3연 제5행 "とび散らふ[날리고 흩어지는]"의 의역이다. 「가을의노릭」[1918]의 제

『오뇌의 무도』 주해

5행 "날아 훗터지는"는 가와지 류코[1915/1919]와 우에다 빈[1905/1919]의 제3연 제5행에 대응한다.

제4행 「가을의노력」[1918]는 "여기에 져기", 「가을의 노래」[1925]는 "여긔에 저긔에"이다. 가와지 류코[1915/1919]의 제3연 제3행 "こゝにかしこに[여기에 저기에]"에 대응한다. 우에다 빈[1905/1919]의 제3연 제3행 "こゝかしこ[여기저기에]"의 의역으로 볼 수도 있다.

제5행 「가을의노력」[1918]는 "날아 훗터지는", 「가을」[1924]과 「가을의 노래」[1925]는 "갈길도 몰으는"이다. 가와지 류코[1915/1919]와 우에다 빈[1905/1919]의 제3연 제4행 "さだめなく[정처 없이]"의 의역이다. 에쉬모어 윈게이트[1904]의 제3연 제5행 "Deflects its course"의 의역이기도 하다.

제6행 「가을의노력」[1918]는 "落葉이어라.", 「가을의노래」[1920]는 "落葉이여라.", 「가을」[1924]과 「가을의 노래」[1925]는 "落葉갓하라."이다. 가와지 류코[1915/1919]와 우에다 빈[1905/1919]의 제3연 제6행 "落葉かな[낙엽이런가]"의 의역이다.

해설

김억의 「가을의 노래」의 제1저본은 가와지 류코[川路柳虹 : 1915/1919]의 「秋の歌[가을의 노래]」이고 제2저본은 우에다 빈[上田敏 : 1905]의 「落葉」이다. 이 중 후자는 이쿠다 슌게쓰[生田春月 : 1919]에도 수록된 데에서 알 수 있듯이, 당시에도 오늘날에도 명역[名譯]으로 평가받는다.[龜井俊介·齊掛良彦 : 2005, 68] 사실 호리구치 다이가쿠[堀口大學 : 1918]에도 「秋の歌[가을의 노래]」가 수록되어 있다. 김억은 이 호리구치 다이가쿠[1918]도 알고 있었겠지만 저본으로 삼지 않았다. 또 초판 출판 이후 다케토모 소후[竹友藻風 : 1921]도 알게 되었겠지만, 재판에서 저본으로 삼지 않았다. 또 김억은 에쉬모어 윈게이트[Ashmore Wingate : 1904]의 영역시도 참조했지만 적극적으로 저본으로 삼지 않았다.

일찍이 김억은 『오뇌의 무도』 재판 이후 발표한 논설 「에쓰페란토 문학[文學]」[『동아일보』, 1925.3.16]에서 안토니 그라보프스키[Antoni Grabowski : 1913]와 에스페란토 번역 "Aŭtuna kanto[가을의 노래]"를 언급했다. 이것에 주목한 김윤식이 안토니 그라보프스키[1913]를 『오뇌의 무도』의 저본으로 추정하고[1968:48~49], 정한모가 인정한 후[정한모:1974] 김윤식의 추정이 통설로 자리잡기도 했다. 그러나『오뇌의 무도』소재 시 중 안토니 그라보프스키[1913]와 중복되는 작품은 베를렌의 「가을의 노래」뿐이다. 이 주해서에 수록된 로만[로마노] 프렌켈[Roman(o) Abrosimović Frenkel, ?~?]의「가을의 노래」와 바실리 에로셴코[Vasili Eroshenko, Vaselj Erošenko, 1890~1952]의「유랑미녀의 예언」으로 보건대, 김억이 안토니 그라보프스키[1913]를 저본으로 삼아 직접번역을 했을 가능성은 매우 희박하다.

주지하듯이 베를렌의 원시는 부친의 사망, 그가 연정을 품고 있던 외사촌 누이 엘리사 몽콩블[Elisa Moncomble]의 유산流産 등의 사건으로 죽음에 대해 골몰했던 22세 무렵에 발표한 시로 알려져 있다. 사실 엘리사는 베를렌이 첫 시집『토성인의 시Poèmes saturniens』[1866]를 출판하도록 도움을 준 이이기도 하다.[Pierre Petitfils:1991, 69] 또 베를렌의 원시의 제목은 보들레르의 시「가을의 노래Chanson d'automne」에서 따온 것이다.

김억이『오뇌의 무도』첫 장에 베를렌의 이「가을의 노래」를 배치한 것은, 그의 시적 취향은 물론 이『오뇌의 무도』전편의 정서적 주조를 가늠하게 한다. 그것은 본장本章 제2장 구르몽[Remy de Gourmont]의「가을의 짜님」과「가을의 노래」, 제3장 알베르 사맹[Albert Samain]의「가을」, 제4장 보들레르[Charles Baudelaire]의「가을의 노래」, 그리고 습유拾遺인「오뇌의 무도」장의 장 모레아스[Jean Moréas, 1856~1910]의「가을은 쏘다시 와서」, 앙드레-페르디낭 에롤[André-Ferdinand Hérold, 1865~1940]의「가을의 애달픈 笛聲」, 루이 망댕[Louis Mandin, 1872~1943]의「가을 저녁의 黎明」, 로만[로마노] 프렌켈의「가을의 노래」등과 더불어 조락과 상실을 중심으로 한다.

김억은 이「가을의 노래」를 옮기면서 베를렌의 원시도, 에쉬모어 윈게이트[1904]도 아닌 가와지 류코[1915/1919]를 제1저본으로 삼았다. 이것은 흔히 지금껏 저본으로 알려진 우에다 빈[1905]의 경우, 문체는 전아典雅하지만 조선인 문학청년 김억에게는 매우 고삽苦澁한 메이지明治기 문어체인 데에 반해서, 가와지 류코[1915/1919]의 문체도 역시 문어체이기는 하나 상대적으로 구어체에 가깝고, 또 산문적이기도 하여 이해하기 쉬웠기 때문일 것이다. 그래서인지 김억은 우에다 빈[1905] 이외 저본으로 삼을 일역시가 없는 경우를 제하고는 좀처럼 우에다 빈

1905을 저본으로 삼지 않았다.

예컨대 제1연 제3행의 경우, 가와지 류코[1915/1919]의 "聲ながき 獻欷소리 긴 흐느낌"를 "느린 鳴咽의"로 옮기며 '소리 긴'을 '느린'으로 옮긴 것이 우선 그러하다. 또 '獻欷'를 이를테면 "이리狼 갓튼맘은 그소리속에 흐득이며"[『角聲』]에서와 같이 '흐득이다'도 아닌, 굳이 '鳴咽'이라는 생경한 한자어로 옮긴 것도 그러하다. 특히 후자는 이를테면 번(중)역의 임계점, 공동[空洞]이라고도 할 만한 대목인데, 그런 대목마다 김억은 다른 저본들을 참조하거나, 그도 여의치 않을 경우, 후나오카 겐지[船岡獻治 : 1919]를 참조한 것으로 보인다.

그런가 하면 제3연 제2, 3행 "모진바람결에 / 흐터져 써도는"의 경우도 주목해야 한다. 특히 김억은 가와지 류코의 "心なき風に追はれて / 飛びも散りゆく 무심한 바람에 쫓겨 / 날리고 흩어져가는" 중 "追はれて쫓겨"가 이하 구문과 의미상 중첩된다고 여겨 생략해 버린 것으로 보인다. 이 것은 김억이 단지 일역시를 옮기지 않고 그것을 자기 나름의 해석에 따라 고쳐 쓰고자 했음을 드러낸다. 그러한 해석, 고쳐 쓰기는 후일 「가을의 노래」의 지속적인 개역의 과정에서 현저하게 나타난다. 두말할 나위도 없이 이것은 김억의 중역이 단지 기점 텍스트source text인 일역시를 목표 텍스트target text인 조선어 번역시로 고스란히 옮겨놓는 일이 아니었음을 의미한다.

더구나 이러한 김억의 번(중)역이 「樂群」[『태서문예신보』, 1919.2.17]을 비롯해서 「樂聲」[『창조』 제9호, 1921.6:『해파리의 노래』, 1925], 「피리」·「내설음」·「四界의 노래」, 「漂泊」[『해파리의 노래』, 1925] 등 숱한 아류작epigonen 창작을 추동했다는 점에서 그러하다. 이것은 김억이 '창작적 무드'의 번역이라고 언명한 것이 실상 기점 텍스트를 목표 텍스트로 끌어들이고 용해시키는 일이었음을 의미한다. 김억의 이 「가을의 노래」만큼 그러한 사정을 여실히 드러내는 경우는 드물다.

흰달。

1 재판에는 '수풀에'.

2 재판에는 "숨이는소군거림은".

3 재판에는 "프른닙아레서".

4 재판에는 이 행을 한 연으로 분리한다.

5 재판에는 "池面은 빗나며".

6 재판에는 "輪廓만 보이는".

7 재판에는 "바람이 울어라".

8 초판에는 '꿈쒤째'. 초판 정오표를 따라 '꿈쒤째'로 고쳤다. 재판에는 이 행을 한 연으로 분리한다.

9 재판에는 "넓고 곱은慰安은".

10 재판에는 "虹彩로 빗나는".

11 재판에는 "밤의 별하늘로".

12 재판에는 「아々 이는곱은밤」. 그리고 이 행을 한 연으로 분리한다.

銀色의흰달은

수풀에[1] 빗나며

나무가지、가지마다

숨이는소군거림은[2]

프른닙아래서[3]…………

「아々 나의사람아」[4]

反射의거울인

池面은빗나며、[5]   【초17, 재22】

輪廓만보이는[6]

검은버드나무엔

바람이울어라[7]…………

「아々 이는꿈쒤째[8]」

보드랍고도   【초17, 재23】

넓은 고혼慰安은[9]

虹彩로빗나는[10]

밤의별하늘로[11]

내려오아라…………

「아々 이는고혼밤」[12]   【초18, 재23】

ましろの月[1]

永井荷風

ましろの月は
森にかがやく。
枝々のささやく聲は
繁のかげに
ああ愛するものよといふ。

底なき鏡の
池水に
影いと暗き水柳。
その柳には風が泣く。
いざや夢見ん、二人して。

ひろくやさしき
しづけさは、
降りてひろごる夜の空。
月の光は虹となる。
ああ、うつくしの夜や[2]。

1 永井荷風 譯, 『珊瑚集(佛蘭西
近代抒情詩選)』, 東京: 籾山書
店, 1913, 32~34면; 生田春月
編, 「佛蘭西－ヴェルレェヌ」,
『泰西名詩名譯集』, 東京: 越山
堂, 1919, 96~97면.

2 生田春月(1919)에는 "あゝ、
うつくしの夜や".

白い月[1]

川路柳虹

白い月[2]

森にかゞやき[3]、

枝ごとに[4]

洩るゝ囁き[5]

緑なす葉蔭に…[6]

あゝ<ruby>愛<rt>いと</rt></ruby>しのひとよ、と[7]。

底深き鏡と[8]

池は光を<ruby>亂<rt>かげ</rt></ruby>し[9]、

黒き[10]

柳の影[11]

風は嘆く[12]。

夢みん、いざや[13]、

ひろく優しき[14]

やはらぎの[15]

虹と亂るゝ[16]

星の空より[17]

1 川路柳虹 譯, 「夜曲－幸ある 歌」, 『ヴェルレーヌ詩抄』, 東京：白日社, 1915, 109~111 面；『ヹルレーヌ詩集』, 東京：新潮社, 1919, 73~75면.

2 川路柳虹(1919)에는 "白い月".

3 川路柳虹(1919)에는 "森に かゞやく".

4 川路柳虹(1919)에는 "枝々の あひだから".

5 川路柳虹(1919)에는 "緑の葉 蔭に".

6 川路柳虹(1919)에는 "さゝや く聲がする……".

7 川路柳虹(1919)에는 "おゝ戀 びとよ、と".

8 川路柳虹(1919)에는 "かゞや く池水は".

9 川路柳虹(1919)에는 "底深い 鏡のやう".

10 川路柳虹(1919)에는 "まつ黒な".

11 川路柳虹(1919)에는 "柳の影を".

12 川路柳虹(1919)에는 "風はし のび泣く".

13 川路柳虹(1919)에는 "二人は 夢みるはこのとき".

14 川路柳虹(1919)에는 "ひろく 優しい".

15 川路柳虹(1919)에는 "しづけ さは".

くだりくる[18]。

またとなき夜の美しさ[19]。

16 川路柳虹(1919)에는 "虹のや
    うに亂れる".

17 川路柳虹(1919)에는 "星の空
    から".

18 川路柳虹(1919)에는 "おりて
    くる".

19 川路柳虹(1919)에는 "なんと
    いふこの夜の美しさ".

THE WOOD'S AGLOW[†]

[†] Paul Verlaine, Selected and translated by Ashmore Wingate, "La Bonne Chanson", *Poems by Paul Verlaine* (*The Canterbury Poets*), London : Walter Scott, 1904, p.76.

Ashmore Wingate

THE wood's aglow
  With silver moon;
From every bough
  Soft voices croon
In green alcoved,
"O well-beloved!"

And deep is set,
  In the pool's glass,
A silhouette,
  Dark willows' mass,
Where the winds weep;
'Tis time to sleep.

Tender and vast,
  A quietness seems
To fall, at last,
  From heaven as streams
The rainbow star;
The hour is rare!

『오뇌의 무도』 주해

LA LUNE BLANCHE [†]

La lune blanche

Luit dans les bois ;

De chaque branche

Part une voix

Sous la ramée ⋯

Ô bien aimée.

L'étang reflète,

Profond miroir,

La silhouette

Du saule noir

Où le vent pleure ⋯

Rêvons, c'est l'heure.

Un vaste et tendre

Apaisement

Semble descendre

Du firmament

Que l'astre irise ⋯⋯

[†] Paul Verlaine, "La Bonne Chanson", *Œuvres complètes de Paul Verlaine*(*Tome premier*), Paris : Librairie Léon Vanier, 1900(Deuxième édition), pp.127~128; Gérard Walch, "Paul Verlaine", *Anthologie des Poètes Français contemporains*(~ *Tome premier*), Paris : Ch. Delagrave, Leyde : A.-W. Sijthoff, 1906, p.371.

C'est l'heure exquise.

주석

제1연

제1행 에쉬모어 윈게이트Ashmore Wingate : 1904의 제1연 제2행 "With silver moon"의 의역이다. 가와지 류코川路柳虹 : 1915/1919의 제1연 제1행은 "白い月흰 달", 나가이 가후永井尚風 : 1913/1919의 제1연 제1행은 "ましろの月は새하얀 달"이다.

제2행 수풀 : '숲'의 평안도 방언이다.김이협 : 1981 「흰달」1920은 "수풀에 빗나며"이다. 에쉬모어 윈게이트1904의 제1연 제2행 "THE wood's aglow"를 염두에 두되, 가와지 류코1919의 제1연 제2행 "森にかゞやく숲에 빛난다", 나가이 가후1913/1919의 제1연 제2행 "森にかがやく숲에 빛난다"의 어휘 표현과 문형에 충실한 번역이다.

제3행 에쉬모어 윈게이트1904의 제1연 제3행 "From every bough"를 염두에 두되, 가와지 류코의 번역시1915의 제1연 제3행 "枝ごとに가지마다"의 어휘 표현과 문형을 따른 의역이다. 나가이 가후1913/1919의 제1연 제3행 "枝々のささやく聲は가지 가지의 속삭이는 소리는" 중 '枝々の가지 가지의'에 해당한다.

제4행 숨이는 : 평안도 방언 '스미다'의 이형태 혹은 김억의 입말로 추정된다. 가와지 류코의 제1연 제4행 "洩るゞ囁き새어 나오는 속삭임"1915, "さゝやく聲がする속삭이는 목소리가 들린다"1919의 의역이다.

제5행 「흰달」1920은 "프른닙아레에". 가와지 류코의 제1연 제5행 "綠なす葉蔭に초록으로 물든 이파리 그늘에…"1915, "綠の葉蔭に초록 이파리 그늘에"1919의 의역이다. 나가이 가후1913/1919 제1연 제4행은 "繁のかげに우거진 그늘에"이다.

제6행 「흰달」1920은 "아、나의사람아". 에쉬모어 윈게이트1904의 제1연 제6행 "O well-beloved!"를 염두에 두되, 나가이 가후1913/1919의 제1연 제5행 "ああ愛するものよといふ

아아 사랑하는 이여, 라고 한다"의 어휘 표현과 문형을 따른 의역이다. 특히 김억은 나가이 가후¹⁹¹³를 의식하여 일본어 인용표지 'と _{라고}'를 인용부호 '「 」'로 표기했다. 가와지 류코의 제2연 "あゞ愛しのひとよ、と _{아아 사랑스러운 사람이여, 라고}"¹⁹¹⁵, "おゞ戀びとよ、と _{아아 연인이여, 라고}"¹⁹¹⁹의 의역이기도 하다. 김억은 재판부터는 가와지 류코^{1915/1919}를 의식해서 이 행을 한 연으로 분리한 것으로 보인다.

제2연

제1행 에쉬모어 윈게이트¹⁹⁰⁴의 제2연 제2행 "In the pool's glass"의 의역이다. 가와지 류코의 제2연 제1행은 "底深き鏡と _{바닥 깊은 거울과}"¹⁹¹⁵, "底深い鏡のやう _{바닥 깊은 거울처럼}"¹⁹¹⁹이다. 또 나가이 가후^{1913/1919}의 제2연 제1행은 "底なき鏡の _{바닥없는 거울의}"이다. 김억은 에쉬모어 윈게이트¹⁹⁰⁴의 'glass'를 일역시에 공통된 '鏡_{거울}'로 옮겼다.

제2행 가와지 류코¹⁹¹⁹의 제2연 제1행 "かゞやく池水は _{빛나는 연못물은}"를 "池水は _{연못물은}", "かゞやく _{빛난다}" 순으로 도치한 구문의 의역이다.

제3행 에쉬모어 윈게이트¹⁹⁰⁴의 제2연 제3행 "A silhouette _{실루엣}"의 의역이다. 나가이 가후^{1913/1919}의 제2연 제3행은 "影いと暗き水柳 _{그림자 자못 어두운 갯버들}"이다. 가와지 류코의 제2연 제3행은 "黑き _{검은}"¹⁹¹⁵와 "まつ黑な _{새까만}"¹⁹¹⁹이다. 참고로 간다 나이부^{神田乃武:1915}에는 'silhouette'을 "黑色半面畵、半面黑像、半面影像"으로 풀이한다. 또 사이토 히데사부로^{齊藤秀三郎:2018}에는 'silhouette'을 "半面影像、横顔の影法師_{옆얼굴의 사람 그림자}、横顔の輪廓畵_{옆얼굴의 윤곽화}"로 풀이한다. 이 중 김억은 '윤곽'만을 취했다.

제4행 에쉬모어 윈게이트¹⁹⁰⁴의 제2연 제4행 "Dark willows' mass"를 염두에 두되, 나가이 가후¹⁹¹³의 제2연 제3행 중 '暗き _{어두운}' 혹은 가와지 류코의 제2연 제3행 '黑き _{검은}'¹⁹¹⁵와 나가이 가후¹⁹¹³의 제2연 제4행 "その柳には風が泣く _{그 버드나무에는 바람이 운다}" 중 'その柳には _{그 버드나무에는}'를 조합한 구문의 어휘 표현과 문형을 따른 의역이다.

제5행 에쉬모어 윈게이트¹⁹⁰⁴의 제2연 제5행 "Where the winds weep"을 염두에 두되, 나가

이 가후[1913/1919]의 제2연 제4행 중 '風が泣く 바람이 운다', 가와지 류코[1919]의 제2연 제5행 "風はしのび泣く 바람은 숨죽여 운다"[1919]의 어휘 표현과 구문을 따른 의역이다.

제6행 「흰달」[1920]은 "아, 이는숨쉴째"이다. 에쉬모어 윈게이트[1904]의 제2연 제6행 "'Tis time to sleep"을 염두에 두되, 가와지 류코[1919]의 제4연 "二人は夢みるはこのとき 두 사람이 꿈꾸는 것은 이때"[1919]의 어휘 표현을 따른 의역이다.

제3연

제1행 에쉬모어 윈게이트[1904]의 제3연 제1행 "Tender and vast"를 염두에 두되, 가와지 류코[1915/1919]의 제3연 제2행 "やはらぎの 부드러움의"에 충실한 번역이다.

제2행 나가이 가후[1913/1919]의 제3연 제1행 "ひろくやさしき 넓고 부드러운"와 제2행 "しづけさは 고요함은"를 조합한 구문의 의역이다. 가와지 류코의 제5연 제1행 "ひろく優しき 넓고 부드러운"[1915] 혹은 "ひろく優しい 넓고 부드러운"[1919]와 가와지 류코[1919]의 제2행 "しづけさは 고요함은"를 조합한 구문의 의역이기도 하다.

제3행 虹彩홍채 : 무지갯빛. 에쉬모어 윈게이트[1904]의 제2연 제5행 "The rainbow star"를 염두에 두되, 가와지 류코의 제5연 제3행 "虹と亂るゝ 무지개처럼 흩어지는"[1915], "虹のやうに亂れる 무지개처럼 흩어지는"[1915]의 어휘 표현과 문형을 따른 의역이다. 특히 김억은 가와지 류코의 '亂るゝ 흩어지는'[1915] 혹은 '亂れる 흩어지는'[1919] 대신 에쉬모어 윈게이트[1904]의 'stard'를 택했다.

제4행 가와지 류코의 제5연 제4행 "星の空より 별의 하늘에서"[1915] 혹은 "星の空から 별의 하늘에서"[1919]에 충실한 번역이다.

제5행 가와지 류코의 제5연 제5행 "くだりくる 내려온다"[1915] 혹은 "おりてくる 내려온다"[1919]에 충실한 번역이다.

제6행 「흰달」[1920]은 "아、이는고흔밤". 에쉬모어 윈게이트[1904]의 제2연 제6행 "The hour is rare"를 염두에 두되, 나가이 가후[1913]의 제3연 제5행 "ああ、うつくしの夜や 아, 아름다운 밤이여"의 어휘 표현과 문형을 따른 의역이다. 가와지 류코의 제6연은 "またとなき夜の美しさ_{다시없는 밤의 아름다움}"1915와 "なんといふこの夜の美しさ_{어쩌면 이토록 이 밤의 아름다움}"1919이다. 역시 이 행도 초판까지는 나가이 가후의 번역을 저본으로 삼았으나, 재판부터는 가와지 류코의 번역시를 의식해서 한 연으로 분리한 것으로 보인다.

해설

김억의 「흰 달」의 주된 저본은 나가이 가후_{永井荷風 : 1913}의 「ましろの月_{새하얀 달}」와 가와지 류코_{川路柳虹 : 1915/1919}의 「白い月_{흰 달}」, 그리고 에쉬모어 윈게이트_{Ashmore Wingate : 1904}의 영역시이다. 이 중 나가이 가후의 번역시는 이쿠다 슌게쓰_{生田春月 : 1919}에도 수록되어 있다. 김억은 초판까지는 나가이 가후₁₉₁₃와 에쉬모어 윈게이트₁₉₀₄를 주된 저본으로 삼았고, 재판부터 가와지 류코_{1915/1919}를 따랐던 것으로 보인다. 예컨대 초판에서는 각 연 마지막 행을 나가이 가후₁₉₁₃와 마찬가지로 따로 떼어놓지 않았다가, 재판에 이르러서야 가와지 류코_{1915/1919}를 따라 행과 연을 새로 구분했던 것이 그 증거이다. 특히 에쉬모어 윈게이트₁₉₀₄도 베를렌 원시의 행과 연의 구분을 그대로 따르지 않았다는 점에서 그러하다.

　김억이 가와지 류코_{1915/1919}를 따라 연을 구분한 이유는 이것이 베를렌 원시를 저본으로 삼은 믿을 만한 판본이라고 여겼기 때문일 것이다. 가와지 류코_{1915 : 16}에는 저본을 밝히지 않았지만, 이 주해서에서도 인용한 레옹 바니에르_{Librairie Léon Vanier} 판 『베를렌 전집_{Œuvres complètes de Paul Verlaine}』 총 5권을 소개했다. 또 가와지 류코_{1919 : 2}에는 베를렌의 『시선집_{Choix de poésies}』을 저본으로 삼았다고 밝혔다. 후자는 샤르팡티에_{Bibliothèque Charpentier} 판으로 판단된다. 이 판본은 1891년부터 쇄를 거듭하며 출판되었고, 가와지 류코₁₉₁₉와 가장 가까운 시기에 출판된 것은 프랑수아 코페_{François Coppée, 1842~1908}가 편집하고 서문을 쓴 1918년판이다.

　어쨌든 김억은 에쉬모어 윈게이트₁₉₀₄를 염두에 두고 있으면서도 정작 주된 어휘 표현과 문형은 나가이 가후₁₉₁₃와 가와지 류코_{1915/1919}를 따랐다. 다만 「가을의 노래」도 그러했듯이, 김억은 이 시를 옮기면서도 나가이 가후₁₉₁₃나 가와지 류코_{1915/1919}를 그대로 옮기지 않았다.

제2연에서 분명히 드러나듯이 김억이 나가이 가후¹⁹¹³와 가와지 류코¹⁹¹⁵/¹⁹¹⁹의 구문들을 과감하게 해체하고 조합하여 새로운 구문을 만들어냈다는 점은 주목할 만하다. 이것은 김억이 서문에서 말한 '창작적 무드'의 번역, 즉 독자 혹은 번역자로서의 해석과 고쳐 쓰기의 결과이기도 하다. 또 이것은 김억이 단지 일역시들을 축자적으로 옮기지 않고 그것을 자신의 어법에 끌어들이고 용해시키려고 했음을 드러낸다. 다만 그 과정에서 예컨대 베를렌의 원시는 물론 일역시들에서도 분명한 밤하늘의 흰 달과 달빛 어린 깊은 연못의 시각적 이미지의 대조는 사라지고 말았다. 이로써 김억의 이 시는 베를렌의 원시는 물론 영역시, 일역시와 전혀 다른 새로운 텍스트가 된다.

피아노。

1   재판에는 "보드랍은손에 다치여 울어나는피아노".

2   재판에는 "어스렷한 장미빗의 저녁에".

3   재판에는 "가뷔얍은나래로써 울니는弱하고곱은".

4   재판에는 "지내간넷날의 오랜 그노래의 한節은".

5   재판에는 "두렴은듯시 두렴은 듯시".

6   재판에는 "芳香가득한 美女의 化粧室에".

7   재판에는 "불상한 내몸을 한가히 흔드는잠의노래".

8   재판에는 "이곱은노래의 曲調는 무엇을 쯧하라는가".

9   재판에는 "곱하는 루쯔렌은 내게 무엇을 求하여라".

10   재판에는 "들으랴고하여도 들을길좃차 바이 업시".

11   재판에는 "열어노흔 門틈속으로".

12   재판에는 "숨이여서는 동산에서".

보드라운손에 다치여울어나는피아노[1]、

어스렷한 쟝미빗저녁에[2] 번듯이여라。

가뷔야운나래로써 울니는힘업고고흔[3]

지내간넷날의 오랜그노래의한節은[4]

고요도하게、두려운듯시두려운듯시[5]、

芳香가득한美女의化粧室에[6] 써돌아라。

불상한내몸을 한가히흔드는잠의노래[7]、

이고흔노래曲調는 무엇을쯧하라는가[8]。

곱하는루쯔렌은 내게무엇을求하여라[9]。   【초19, 재24】

들으랴고하여도들을길좃차 바이업시[10]

그노래는 방긋히 열어노흔門틈속으로[11]

숨이여서는동산에서[12] 슬어지고말아라。   【초19, 재25】

저본

ぴあの[1]

永井荷風

しなやかなる手にふるるピアノ

おぼろに染まる薄薔薇色の夕に輝く。

かすかなる翼のひびき力なくして快き

すたれし歌の一節は

たゆたひつつも恐る恐る

美しき人の移香こめし化粧の間にさまよふ。

ああ我が思ひをゆるゆるゆする眠りの歌、

このやさしき唄の節、何を我に思へとや。

一節毎に繰返す聞えぬ程のREFRAINは

何をかわれに求むるよ。

聞かんとすれば聞き間もなく[2]

その歌聲は小庭の方に消えて行く。

細目にあけし窓のすきより。

1 永井荷風 譯,『珊瑚集(佛蘭西近代抒情詩選)』, 東京：籾山書店, 1913, 30~31면; 生田春月 編,「佛蘭西－ヴェルレエヌ」,『泰西名詩名譯集』, 東京：越山堂, 1919, 98면.

2 生田春月(1919)는 "聞かんとすれば聞く間もなく".

THE PIANO, KISSED BY FRAIL HANDS, GLEAMS [†]

[†] Paul Verlaine, Selected and translated by Ashmore Wingate, "Romances Sans Paroles", *Poems by Paul Verlaine* (*The Canterbury Poets*), London : Walter Scott, 1904, p.87.

"Son joyeux, importun, d'un clavier sonore."

−VETRUS BRREL.

Ashmore Wingate

THE piano, kissed by frail hands, gleams

   Vague in the dusk of grey and rose,

While with the sound from wings that streams

   An ancient air, faint, charming goes,

     Spying so soft, as though afraid

     The boudoir she bath perfumed.

So long, what's this sudd'n heaviness

   Which lulls my poor soul slowly still?

What means, sweet song, your playfulness?

   Fine, doubtful air, say what you will,

     Ere, in your death, you seek the pane

     Oped on the garden's small domain.

『오뇌의 무도』 주해

LE PIANO QUE BAISE UNE MAIN FRÊLE ···[†]

Son joyeux, importun d'un clavecin sonore.

(Pétrus Borel)

[†] Paul Verlaine, "La Bonne Chanson", *Œuvres complètes de Paul Verlaine* (*Tome premier*), Paris : Librairie Léon Vanier, 1900 (Deuxième édition), p.158.

Le piano que baise une main frêle

Luit dans le soir rose et gris vaguement,

Tandis qu'avec un très léger bruit d'aile

Un air bien vieux, bien faible et bien charmant

Rôde discret, épeuré quasiment,

Par le boudoir longtemps parfumé d'Elle.

Qu'est-ce que c'est que ce berceau soudain

Qui lentement dorlotte mon pauvre être ?

Que voudrais-tu de moi, doux Chant badin ?

Qu'as-tu voulu, fin refrain incertain

Qui vas tantôt mourir vers la fenêtre

Ouverte un peu sur le petit jardin ?

주석

제1연

제1행　다치다 : '건드리다'의 평안도 방언 '다티다'^{김이협 : 1981}의 이형태 혹은 김억의 입말로 추정된다. 나가이 가후^{永井荷風 : 1913/1919}의 제1연 제1행 "しなやかなる手にふるるピアノ^{부드러운 손에 닿는 피아노}"의 의역이다.

제2행　나가이 가후^{1913/1919}의 제1연 제2행 "おぼろに染まる薄薔薇色の夕に輝く^{어스름하게 물든 옅은 장미색의 저녁에 빛난다}"의 의역이다.

제3행　나가이 가후^{1913/1919}의 제1연 제3행 "かすかなる翼のひびき力なくして快^{미약한 날개가 울리는 힘없고 듣기 좋은}"의 의역이다.

제4행　「피아노」¹⁹²⁰는 "지내간그날의 오랜녯노래의한節은"이다. 나가이 가후^{1913/1919}의 제1연 제4행 "すたれし歌の一節は^{지나간 노래의 한 소절은}"의 의역이다.

제5행　「피아노」¹⁹²⁰는 "고요하게도、두려운듯시두려운듯시、"이다. 에쉬모어 윈게이트¹⁹⁰⁴의 제1연 제5행 "Spying so soft, as though afraid" 중 "so soft, as though afraid"를 염두에 두되, 나가이 가후^{1913/1919}의 제1연 제5행 "たゆたひつつも恐る恐る^{떠돌면서도 두려운 두려운}"의 어휘 표현과 문형을 따른 의역이다.

제6행　나가이 가후^{1913/1919}의 제1연 제6행 "美しき人の移香こめし化粧の間にさまよふ^{아름다운 이의 향기 담은 화장 방에서 떠돈다}"를 "移香こめし^{향기 담은}"，"美しき人の^{아름다운 이의}"，"化粧の間にさまよふ^{화장 방에서 떠돈다}" 순으로 도치한 구문의 의역이다.

제2연

제1행　「피아노」¹⁹²⁰는 "불상한내몸을 한가히흔드는잠의노래、"이다. 나가이 가후^{1913/1919}의

제2연 제1행 "ああ我が思ひをゆるゆるゆする眠りの歌^{아아, 나의 마음을 느긋하게 흔드는 잠의} 노래"의 의역이다.

제2행   나가이 가후[1913/1919]의 제2연 제2행 "このやさしき唄の節、何を我に思へとや^{이 고운 노래 한 소절, 무엇을 나에게 생각하라 하는가}"의 의역이다.

제3행   곱하다 : 같은 말을 반복하다는 뜻의 평안도 방언 '곱채다'[김이협 : 1981]의 이형태 혹은 김억의 입말로 추정된다. 루프렌 : 후렴구. 나가이 가후[1913/1919]의 제2연 제3행 "一節 毎に繰返す聞えぬ程のREFRAINは^{한 소절씩 반복하는 들리지 않을 만큼의 후렴은}" 중 '繰返す^{반복하는}'와 'REFRAINは^{후렴은}'의 독음자^{ルビ, ふりがな}인 'ルフラン^{루프란}', 제4행 "何をかわれ に求むるよ^{무엇을 나에게 요구하는가}"를 조합한 구문에 해당한다. 참고로 후나오카 겐지[船岡 獻治 : 1919]에는 'クリカヘス^{繰返ス}'를 "거듭한다。여러번한다。되푸리한다。反覆スル"로 풀이한다.

제4행   나가이 가후[1913/1919]의 제2연 제5행 "聞かんとすれば聞き間もなく^{들으려 하면 들을 틈도 없 이}"의 의역이다.

제5행   「피아노」[1920]는 "그노래는 방싯이 열어노흔^門틈속으로"이다. 나가이 가후[1913/1919]의 제2연 제6행의 "その歌聲は^{그노래 소리는}"와 제7행 "細目にあけし窓のすきより^{살짝 열어 둔 창문 틈에서}"를 조합한 구문의 의역이다.

제6행   나가이 가후[1913/1919]의 제2연 제6행 "小庭の方に消えて行く^{작은 뜰 쪽으로 사라져 간다}"의 의 역이다.

해설 _____

김억의 「피아노」 저본은 나가이 가후[永井荷風 : 1913]의 「ぴあの^{피아노}」이다. 나가이 가후의 이 시 는 이쿠다 슌게쓰[生田春月 : 1919]에도 수록되어 있다. 김억이 이 시를 옮기면서 가와지 류코[川路柳 虹 : 1915/1919]나 에쉬모어 윈게이트[Ashmore Wingate : 1904]를 저본으로 삼은 흔적은 보이지 않는다. 김억이 가와지 류코[1915/1919]가 아닌 나가이 가후[1913]를 저본으로 삼은 것은, 일단 문체나 문

장 구조의 면에서 후자가 전자에 비해 평이한 사정과 관련 있어 보인다.

이 시는 근본적으로 나가이 가후[1913]를 충실히 옮긴 중역이지만, 제1연 제6행 "芳香 가득한 美女의 化粧室에 써돌아라"의 경우는 예외이다. 김억이 일역시와 같이 '移香향기'베를렌의 원시에서는 'parfumé'가 '化粧の間화장 방'베를렌의 원시에서는 'boudoir'를 수식하는 구문이 아닌, '美しき人아름다운 이'베를렌의 원시에서는 'Elle'를 수식하는 것으로 옮긴 것은 '美女'의 아름다움을 강조하기 위한 그 나름의 해석과 고쳐쓰기, 즉 '창작적 무드'의 중역의 결과이다. 그 가운데 김억 나름의 조선어 문장에 대한 감각이 투영되어 있음은 물론이다.

그런데 이 해석과 고쳐 쓰기, '창작적 무드'의 번역이 여의치 않은 대목이 있으니, 바로 제2연 제3행의 "곱하는 루쁘렌은 내게 무엇을 求하여라"이다. 이 '루쁘렌'이 실은 베를렌의 원시에서는 'refrain', 즉 후렴구이나, 나가이 가후도 그저 'REFRAIN'이라고만 옮겨 놓았으므로, 김억은 그저 독음자ルビ, ふりがな '루후란ルフラン'의 음가만 옮겼던 것이다. 이 어휘를 옮기자면 김억으로서는 에쉬모어 윈게이트[1904]를 참조할 수밖에 없었을 터이나, 영역시에도 그에 해당하는 어휘는 등장하지 않는다.

한편 가와지 류코[1915:137]의 "めづらかに優しき歌は何をか吾を覓むらむ。 / きゝとれがたきその最後の繰返句는드물게 부드러운 노래는 무엇을 나에게 바라는가. / 알아들을 수 없는 마지막의 반복구는"에는 '繰返句반복구'에 독음자 'ルフラン'이 표기되어 있으므로, 이것을 김억이 따랐다면 '반복구'로 새길 수 있었을 것이다. 하지만 김억은 가와지 류코[1915]를 선택하지는 않았다. 김억으로서는 고심에 찬 선택이었을 이 "곱하는 루쁘렌"과 같은 사례는 「쎄르렌 시초詩抄」 혹은 「쎄르렌의 시詩」장은 물론 『오뇌의 무도』 도처에서 볼 수 있다. 그리고 이것은 영역시로부터도, 일역시들로부터도 조선어로 온전히 옮길 수 없는, 즉 조선어로 대응할 만한 적절한 어휘가 없는 의미의 공동空洞이다. 또 이것은 중역의 불가능성을 드러내는 표지이기도 하다.

나무그림자。

나무그림자는 안개어리운냇물에
煙氣인듯시 슬어지고말아라[1]。
이러한째러라、하늘을덥흔가지에는[2]
들비듥이가 안저 울고잇서라[3]。

아々 길손(旅人)이여、빗갈업는이景致에[4]
얼마나 그대의모양이 빗갈업는가[5]。
눈물은 슷도업서라[6]、놉흔닙우에
잠기여드는 그대의希望![7]

【초20, 재26】

1 재판에는 "슬어지고 말아라".
2 재판에는 "하늘을덥흔가지에는".
3 재판에는 "울고 잇서라".
4 재판에는 "빗갈업는 이景致에".
5 재판에는 "빗갈이 업는가".
6 재판에는 "눈물은 슷도 업서라".
7 재판에는 "그대의希望이여!".

저본

樹立の影†

內藤濯

† 生田春月 編,「佛蘭西—ヴェルレェヌ」,『泰西名詩名譯集』, 東京：越山堂, 1919, 100면; 樋口紅陽 編,『西洋譯詩 海のかなたより』, 東京：文獻社, 1921.4.5, 569~570면.

樹立の影、霧なびくながれに、
　煙のごとく消えゆく。
影ならで空蔽ふ千枝をあふげば、
　鳩のこゑ咽び嘆かふ。

あはれ旅人、蒼める四方の景色にいか許り、
　思ひ寂ぶらむ、われから、
涙はてなし、高き葉蔭にさめざめと、
　おぼれぬる汝がのぞみ。

霧立ちこむる…[1]

川路柳虹

霧立ちこむる小川のうへ、林の影は[2]
　　煙のごとくかき消ゆる。[3]
さはあれ、大氣のなか、まことの枝のなかに[4]
　　班鳩は嘆くなり[5]。

あゝ旅人よ、蒼ざめしこの景色は[6]
　　きみの姿をいかばかり蒼ざめて示すらむ、
高き葉かげにぞ悲しく嘆く
　　きみが溺れし希望こそ。

1　川路柳虹 譯,「無言の歌－忘れたる小唄」,『ヴェルレーヌ詩抄』, 東京：白日社, 1915, 146～147면；『ゼルレーヌ詩集』, 東京：新潮社, 1919, 97～98면. 川路柳虹(1919)의 제하에 다음과 같은 제사가 삽입되어 있다. "高き梢の上にとまりし鸞は自らをそこに見出でて小川の中に落ち込みしものとおもひき。彼に樫の木の頂きにありながら自ら溺れんとする恐れをもてるなり。―シラノ・ド・ベルジュラック―."

2　川路柳虹(1919)에는 "霧立ちこむる小川のうへ林の影は".

3　川路柳虹(1919)에는 "煙のごとくかき消ゆる、".

4　川路柳虹(1919)에는 "さはあれ、大氣のなかまことの枝のなかに班鳩は嘆くなり。".

5　川路柳虹(1919)에는 제1연 제3행에 포함된다.

6　川路柳虹(1919)에는 "あゝ旅人よ蒼ざめしこの景色は".

THE SHADOW OF THE TREES
DISSOLVES LIKE SMOKE[†]

† Paul Verlaine, Selected and translated by Ashmore Wingate, "Romances Sans Paroles", *Poems by Paul Verlaine*(*The Canterbury Poets*), London : Walter Scott, 1904, p.93.

Ashmore Wingate

I.

THE shadow of the trees dissolves like smoke

Within the river deep,

In mist. While in real foliage overhead

The turtle-doves do weep.

II.

Traveller, to what extent this scene so pale

Thy pale self will reflect?

How sadly 'mid the lofty leaves would weep

Thy hopes that have been wreck't!

L'OMBRE DES ARBRES DANS LA RIVIÈRE EMBRUMÉE ···[†]

[†] Paul Verlaine, "La Bonne Chanson", *Œuvres complètes de Paul Verlaine* (*Tome premier*), Paris : Librairie Léon Vanier, 1900 (Deuxième édition), p.165.

Le rossignol qui du haut d'une branche se

regarde dedans, croit être tombé dans la rivière.

Il est au sommet d'un chêne et toutefois il a

peur de se noyer.

(Cyrano de Bergerac).

L'ombre des arbres dans la rivière embrumée

Meurt comme de la fumée,

Tandis qu'en l'air, parmi les ramures réelles,

Se plaignent les tourterelles.

Combien, ô voyageur, ce paysage blême

Te mira blême toi—même,

Et que tristes pleuraient dans les hautes feuillées

Tes espérances noyées !

첫 번째 번역은 「나무그림자。」.「쎄르렌 詩抄」,『폐허』창간호, 1920.7

주석

제1연

제1행 나이토 아로오[內藤濯：1919]의 제1연 제1행 "樹立の影、霧なびく ながれに나무 선 그림자, 안개 흩날리는 냇물에"의 의역이다. 나이토 아로오[1919]의 '樹立の影나무 선 그림자'와 가와지 류코[川路柳虹：1915/1919]의 제1연 제1행 "霧立ちこむる小川のうへ、林の影は안개 낀 냇물 위에, 숲의 그림자는" 중 "霧立ちこむる小川のうへ안개 낀 냇물 위에"만을 조합한 구문의 의역으로도 볼 수 있다.

제2행 나이토 아로오[1919]의 제1연 제2행 "煙のごとく消えゆく연기처럼 사라져 간다"의 의역이다. 가와지 류코[1915/1919]의 제1연 제2행 "煙のごとくかき消ゆる연기처럼 사라진다"의 의역이기도 하다.

제3행 에쉬모어 윈게이트[Ashmore Wingate：1904]의 제1연 제3행 "In mist. While in real foliage overhead"를 염두에 두되, 가와지 류코[1915/1919]의 제1연 제3행 "さはあれ、大氣のなか、まことの枝のなかに그러하다, 대기 가운데, 참으로 가지 속에" 중 'さはあれ그러하다'와 나이토 아로오[1919]의 제1연 제3행 "影ならで空蔽ふ千枝をあふげば그림자 바깥 하늘 덮은 수많은 가지를 우러르면" 중 '空蔽ふ千枝하늘 덮은 수많은 가지'와 가와지 류코[1915/1919]의 'に에'를 조합한 구문의 의역이다.

제4행 「나무그림자」[1920]는 "아々 들비듥이가 안저 울고잇서라。"이다. 에쉬모어 윈게이트[1904]의 제1연 제4행 "The turtle-doves do weep"을 염두에 두되, 나이토 아로오[1919]의 제1연 제3행 "鳩のこゑ咽び嘆かふ비둘기 소리 흐느껴 운다"의 어휘 표현과 문형을 따른 의역이다. 가와지 류코[1915]의 제1연 제3행은 "班鳩は嘆くなり밀화부리는 운다"이다. 참고로 '들비듥이'에 해당하는 어휘는 에쉬모어 윈게이트[1904]에는 'turtle-doves멧비둘기'인데, 간다 나이부[神田乃武：1915]에는 'tutle dove'를 "班鳩シラコバト [염주비둘기]"로, 사이토 히데사부로^{齊藤秀三郎 : 2018}에서도 역시 'turtle-doves'를 "雉鳩^{호도애, 염주비둘기}, 班鳩^{しらこばと[염주비}^{둘기]}"로 풀이한다.

제2연

제1행   에쉬모어 윈게이트¹⁹⁰⁴의 제2연 제1행 "Traveller, to what extent this scene so pale"을 염두에 두되, 가와지 류코의 제2연 제1행 "あゝ旅人よ、蒼ざめしこの景色は^{아아 길손이여,}^{창백한 이 경치는}"¹⁹¹⁵ 혹은 "あゝ旅人よ蒼ざめしこの景色は^{아아 길손이여 창백한 이 경치는}"¹⁹¹⁹의 어휘 표현과 문형을 따른 의역이다. 나이토 아로오¹⁹¹⁹의 제2연 제1행 "あはれ旅人、蒼める四方の景色にいか許り^{아, 길손, 창백한 도처의 경치에 얼마나}" 중 'いか許り^{얼마나}'를 제한 부분의 어휘 표현과 문형을 따른 의역으로도 볼 수 있다.

제2행   에쉬모어 윈게이트¹⁹⁰⁴의 제2연 제2행 "Thy pale self will reflect?"를 염두에 두되, 가와지 류코^{1915/1919} 제2연 제2행 "きみの姿をいかばかり蒼ざめて示すらむ^{네 모습을 얼마나 창}^{백하게 드러내는가}"의 어휘 표현과 구문을 따른 의역이다.

제3행   나이로 아로오¹⁹¹⁹의 제2연 제3행의 "涙はてなし、高き葉蔭にさめざめと^{눈물은 한없고,}^{높은 잎 그늘에 창백하게도 하염없이}" 중 'さめざめと^{하염없이}'를 제한 부분의 의역이다.

제4행   에쉬모어 윈게이트¹⁹⁰⁴의 제2연 제4행 "Thy hopes that have been wreck't!"를 염두에 두되, 나이토 아로오¹⁹¹⁹의 제2연 제4행 "おぼれぬる汝がのぞみ^{잠기는 너의 희망뿐}"의 어휘 표현과 문형을 따른 의역이다. 혹은 가와지 류코의 번역시^{1915/1919} 제2연 제4행 "きみが溺れし希望こそ^{너의 잠긴 희망이야말로}"를 '溺れし^{잠긴}', 'きみが^{너의}', '希望こそ^{희망이야말로}' 순으로 도치한 구문의 의역으로 볼 수도 있다.

해설 _____

김억의 「나무 그림자」의 주된 저본은 이쿠다 슌게쓰^{生田春月 : 1919} 소재 나이토 아로오^{内藤}^{灌 : 1919}의 「樹立の影^{나무 그림자}」이다. 그리고 가와지 류코^{川路柳虹 : 1915/1919}의 「霧立ちこむる^{안개 자}

욱한…」와 에쉬모어 윈게이트Ashmore Wingate : 1904의 영역시도 부분적으로나마 참조했다. 김억이 이 시를 옮기면서 저본으로 삼을 수 있었던 가장 손쉬운 선례는 가와지 류코1915/1919와 에쉬모어 윈게이트1904였을 터이다. 그런데 정작 김억은 나이토 아로오1919를 주된 저본으로 삼았다. 이 시의 제목부터 나이토 아로오1919와 일치한다는 점은 그 증거이다.

김억이 가와지 류코1915/1919가 있음에도 불구하고 굳이 나이토 아로오1919를 주된 저본으로 삼은 이유는 우선 나이토 아로오의 번역시가 이쿠다 슌게쓰1919에 수록되어 있기 때문이다. 기회가 있을 때마다 설명하겠지만 김억에게 베를렌의 시는 물론『오뇌의 무도』에 수록된 서구시 독서 체험의 시발점 중 하나는 바로 이쿠다 슌게쓰1919였다. 한편『오뇌의 무도』초판 이후에 출판된 히구치 고요樋口紅陽 편『서양역시 바다 저편에서西洋譯詩 海のかなたより』1921.4.5에도 나이토 아로오의 번역이 수록되어 있었다. 따라서 김억은『오뇌의 무도』재판을 출판하는 시점까지도 나이토 아로오 대신 굳이 가와지 류코1915/1919를 저본으로 삼지 않았을 수 있다.

그러나 김억이 일역시들만이 아니라 영역시까지 참조했던 이유는 정작 제1연 제4행에서 알 수 있듯이, '鳩비둘기'나이토 아로오 : 1919와 '班鳩밀화부리'가와지 류코 : 1915/1919라는 서로 다른 번역 중 어느 것이 정확한지 모호했기 때문이다. 이때 김억은 에쉬모어 윈게이트1904의 'turtle-doves멧비둘기'를 참조할 수밖에 없었겠지만, 이 또한 당시 김억으로서는 쉽게 옮길 수 없는 어휘였을 터이다. 간다 나이부神田乃武 : 1915와 사이토 히데사부로齊藤秀三郎 : 1918가 대표적인 것이었고, 이 사전들에서도 'turtle-doves'를 "雉鳩호도애. 염주비둘기, 班鳩しらこばと[염주비둘기]"로 풀이했기 때문이다.

어쩌면 의미의 차연différance 혹은 중역의 지연遲延이라고도 명명할 이 사태 앞에서 김억이 초판 서문에서 말한, '자전字典과의 씨름'이나 '창작적 무드'의 중역이 이루어질 수밖에 없었을 것이다. 그래서 김억은 그저 나이토 아로오1919의 '鳩비둘기'도 가와지 류코1915/1919의 '班鳩밀화부리'도, 에쉬모어 윈게이트1904의 'turtle-doves'도 아닌, '들비듥이'로 옮기고, 일본과 영국의 선례에도 없는 '안저'를 기입하기도 했다. 이러한 사정은 김억 나름의 사전과의 씨름이나 창작적 무드의 중역을 추동한 배경에 일종의 번(중)역의 임계점, 공동空洞이 가로놓여 있었음을 드러내기도 한다.

『오뇌의 무도』주해

하늘은집웅우에[1]。

하늘은 집웅우에
이리도곱고 이리도프르러라[2]、
나무는 집웅우에
프른닙을 나붓기고잇서라[3]。

寺院의鍾은 울어려보는놉흔하늘에서[4]
보드랍게도、한가롭게 울어라、
小鳥는 울어려보는놉흔나무가지에서[5]
애닯게도、괴롭게도 울어라。   【초21, 재27】

아々 애닯아라、單純한목슴은
저곳에잇스며[6]、
저平和로운[7] 빗김의소리는
거리로서 오아라。

슨침업는눈물에 잠겻는그대여[8]、
아々 그대는 무엇을하엿는가[9]、
말을하여라[10]、절멋을적에
무엇을하고지내엿는가[11]。   【초21, 재28】

1 초판 목차에는 "하늘은집웅우
   에". 재판 목차에는 "하늘을 집
   웅우에", 본문에는 "하늘은집
   웅에".

2 재판에는 "이리도 곱고 이리도
   프르러라".

3 재판에는 "나붓기고 잇서라".

4 재판에는 "울어려보는 놉흔하
   늘에서".

5 재판에는 "울어려보는 놉흔나
   무가지에서".

6 재판에는 "저곳에 잇스며".

7 재판에는 "저平和롭은".

8 재판에는 "슨침업는 눈물에 잠
   겻는 그대여".

9 재판에는 "무엇을 하엿는가".

10 재판에는 "말을 하여라".

11 재판에는 "무엇을 하고 지내엿
    는가".

無題[†]

[†] 永井荷風 譯, 『珊瑚集(佛蘭西
近代抒情詩選)』, 東京：籾山書
店, 1913, 45~47면; 生田春月
編, 「佛蘭西ーヴェルレエヌ」,
『泰西名詩名譯集』, 東京：越山
堂, 1919, 97~98면.

永井荷風

空は屋根のかなたに
かくも靜に、かくも靑し。
樹は屋根のかなたに、
靑き葉をゆする。

打仰ぐ空高く御寺の鐘は
やわらかに鳴る。
打仰ぐ樹の上に鳥は
かなしく歌ふ。

ああ神よ。質朴なる人生は
かしこなりけり。
かの平和なる物のひびきは
街より來る。

君、過ぎし日に何をかなせし。
君今ここに唯だ嘆く。
語れや、君、そも若き折
何をかなせし。

空は尾根の上にあり[1]。

川路柳虹

空は屋根の上にあり[2]
かくも青く、かくも靜かに[3]、
屋根のうへに樹(き)は[4]
青葉を搖(ゆ)する[5]。

うち見る空に鐘(かね)は
やさしく響く[6]。
樹のうへに小鳥は[7]
その嘆きをば歌へり[8]。

あはれ、あはれ、生(いのち)はそこにありしが[9]、
飾りなきか靜かなる生(いのち)こそ[10]、
かのおだやかなるもの音(ね)は[11]
街のかたより響きくる。

―いかになせしぞ汝(いまし)は[12]、
絶え間もあらず嘆くとて[13]、
語れ、きみが若き日(ひ)を[14]
いかにおくりし、汝(いまし)こそ[15]

1 川路柳虹 譯,「智慧－IIIの卷」,『ヴェルレーヌ詩抄』, 東京：白日社, 1915, 262~264면;『ヱルレーヌ詩集』, 東京：新潮社, 1919, 167~169면.

2 川路柳虹(1919)에는 "空は屋根の上にありて".

3 川路柳虹(1919)에는 "かくも靑くかくも靜かに".

4 川路柳虹(1919)에는 "屋根の上に梢は".

5 川路柳虹(1919)에는 "その靑葉を搖する".

6 川路柳虹(1919)에는 "やさしげに響くなり".

7 川路柳虹(1919)에는 "樹の上に小鳥は".

8 川路柳虹(1919)에는 "その嘆きをば歌ふなり".

9 川路柳虹(1919)에는 "あはれ、あはれ生(いのち)はそこにありしか".

10 川路柳虹(1919)에는 "飾りなきか靜かなる生活こそ".

11 川路柳虹(1919)에는 "かのおだやかなるもの音は".

12 川路柳虹(1919)에는 "―いかになせし、汝、".

13 川路柳虹(1919)에는 "絶間もあらず嘆くとて".

14 川路柳虹(1919)에는 "語れ、汝(いまし)の若き日を".

15 川路柳虹(1919)에는 "そもいかにしておくりしと".

THE SKY IS, UP ABOVE THE ROOF [†]

[†] Paul Verlaine, Selected and translated by Ashmore Wingate, "Sagesse", *Poems by Paul Verlaine(The Canterbury Poets)*, London : Walter Scott, 1904, p.180.

Ashmore Wingate

THE sky is, up above the roof,

    So blue, so calm!

A tree, just up above the roof,

    Doth rock its palm.

The bell, in heaven which I watch,

    Doth sweetly ring;

A bird, within the tree I watch,

    Doth sadly sing.

My God, my God, life simple there

    And quiet one sees.

This murmur from the city there

    Comes all in peace.

What hast thou done, who there dost sob

    With endless tears?

Say, what didst thou—who there dost sob,—

    In thy young years?

『오뇌의 무도』 주해

LE CIEL EST, PAR–DESSUS LE TOIT
...[†]

[†] Paul Verlaine, "Sagesse", *Œuvres complètes de Paul Verlaine*(*Tome premier*), Paris : Librairie Léon Vanier, 1900(Deuxième édition), p.272: Adolphe van Bever & Paul Léautaud, "Paul Verlaine", *Poètes d'Aujourd'hui : Morceaux choisis*(*Tome II*), Paris : Société du Mercure de France, 1908, p.342.

Le ciel est, par–dessus le toit,

 Si bleu, si calme !

Un arbre, par–dessus le toit,

 Berce sa palme.

La cloche, dans le ciel qu'on voit,

 Doucement tinte.

Un oiseau sur l'arbre qu'on voit

 Chante sa plainte.

Mon Dieu, mon Dieu, la vie est là,

 Simple et tranquille.

Cette paisible rumeur–là

 Vient de la ville.

—Qu'as–tu fait, ô toi que voilà

 Pleurant sans cesse,

Dis, qu'as–tu fait, toi que voilà,

 De ta jeunesse ?

주석

제1연

제1행 에쉬모어 윈게이트Ashmore Wingate : 1904 제1연 제1행 "THE sky is, up above the roof"를 염두에 두되, 가와지 류코川路柳虹의 제1연 제1행 "空は屋根の上にあり하늘은 지붕 위에 있다"1915 혹은 "空は屋根の上にありて하늘은 지붕 위에 있고"1919 중 "空は屋根の上に하늘은 지붕 위에"의 어휘 표현과 문형에 충실한 번역이다.

제2행 「하늘은집웅우에」1920는 "이리도곱고 이리도플으러라.",「하늘은집웅우에」1933는 "이리도 아름답고 이리도 프르른데,"이다. 에쉬모어 윈게이트1904의 제1연 제2행 "So blue, so calm!"를 염두에 두되, 나가이 가후永井荷風 : 1913/1919의 제1연 제2행 "かくも靜に、かくも靑し이토록 조용하게. 이토록 파랗다"의 어휘 표현과 문형을 따른 의역이다. 혹은 가와지 류코의 제1연 제2행 "かくも靑く、かくも靜かに이토록 푸르고, 이토록 조용하게"1915, "かくも靑くかくも靜かに"1919를 'かくも靜かに이토록 조용하게', 'かくも靑く이토록 푸르게' 순으로 도치한 구문의 의역으로도 볼 수 있다.

제3행 「하늘은집웅우에」1933는 "나무는 지붕우에서"이다. 에쉬모어 윈게이트1904의 제1연 제3행 "A tree, just up above the roof"를 염두에 두되, 가와지 류코의 제1연 제3행 "屋根のうへに樹は지붕의 위에 나무는"1915를 '樹は나무는', "屋根のうへに지붕의 위에" 순으로, 혹은 "屋根の上に梢は지붕의 위에 나뭇가지는"1919를 '梢は나뭇가지는', "屋根のうへに지붕의 위에" 순으로 도치한 구문의 어휘 표현에 충실한 번역이다.

제4행 「하늘은집웅우에」1933는 "푸른닙사귀를 흔들거립니다."이다. 에쉬모어 윈게이트1904의 제1연 제4행 "Doth rock its palm"을 염두에 두되, 나가이 가후1913/1919의 제1연 제4

행 "青き葉をゆする 푸른 잎을 흔든다" 혹은 가와지 류코[1915]의 제1연 제4행 "青葉を搖する 푸른 잎을 흔든다"의 어휘 표현과 문형을 따른 의역이다.

제2연

제1행 「하늘은집웅우에」[1933]는 "저놉흔하눌로서". 에쉬모어 윈게이트[1904]의 제2연 제1행 "The bell, in heaven which I watch"를 염두에 두되, 나가이 가후[1913/1919]의 제2연 제1행 "打仰ぐ空高く 御寺の鐘は 우러러보는 하늘 높이 절의 종은"를 '御寺の鐘は 절의 종은', '打仰ぐ空高く 우러러보는 하늘 높이' 순으로 도치한 구문의 어휘 표현과 문형을 따른 의역이다.

제2행 「하늘은집웅우에」[1920]는 "보드랍게、한가롭게 울어라、", 「하늘은집웅우에」[1933]는 "聖堂의鍾은 보드랍고 한가로이울고"이다. 에쉬모어 윈게이트[1904]의 제2연 제2행 "Doth sweetly ring"을 염두에 두되, 나가이 가후[1913/1919]의 제2연 제2행 "やわらかに鳴る 부드럽게 운다" 혹은 가와지 류코의 제2연 제2행 "やさしく響く 부드럽게 울린다"[1915]와 "やさしげに響くなり 부드럽게 울린다"[1919]의 어휘 표현과 문형을 따른 의역이다.

제3행 「하늘은집웅우에」[1933]는 "나무의 놉흔가지로선"이다. 에쉬모어 윈게이트[1904]의 제2연 제3행 "A bird, within the tree I watch"를 염두에 두되, 가와지 류코[1915/1919]의 제2연 제3행 "樹のうへ(上)に小鳥は 나무의 위에 작은 새는"를 '小鳥は 작은 새는', "樹のうへ(上)に 나무의 위에" 순으로 도치한 구문, 혹은 나가이 가후[1913/1919]의 제2연 제3행 "打仰ぐ樹の上に鳥は 우러러보는 나무 위에 새는"를 '鳥は 새는', "打仰ぐ樹の上に 우러러보는 나무 위에" 순으로 도치한 구문의 어휘 표현과 문형을 따른 의역이다.

제4행 「하늘은집웅우에」[1933]는 "적은새들이 설고외로이 웁니다"이다. 에쉬모어 윈게이트[1904]의 제2연 제4행 "Doth sadly sing"을 염두에 두되, 나가이 가후[1913/1919]의 제2연 제4행 "かなしく歌ふ 구슬프게 노래한다" 혹은 가와지 류코의 제2연 제4행 "その嘆きをば歌へり 그 탄식을 노래한다"[1915]와 "その嘆きをば歌ふなり 그 탄식을 노래한다"[1919]의 어휘 표현과 문형을 따른 의역이다.

제3연

제1행 「하늘은집웅우에」¹⁹²⁰는 "아, 애닯아라, 單純한목슴은", 「하늘은집웅우에」¹⁹³³는 "아々설어라, 單純한목슴은"이다. 에쉬모어 윈게이트¹⁹⁰⁴의 제3연 제1행 "My God, my God, life simple there"를 염두에 두되, 가와지 류코^{1915/1919}의 제3연 제1행 "あはれ、あはれ、生はそこにありしか。 가여워라, 목숨은 저기에 있는가"와 나가이 가후^{1913/1919}의 제3연 제1행 "ああ神よ。質朴なる人生は 아아 신이여, 질박한 인생은" 중 'あはれ、あはれ 가여워라, 가여워라'^{川路柳虹}와 '質朴なる人生は 질박한 인생은'^{永井荷風}만을 발췌하여 조합한 구문을 따른 의역이다.

제2행 「하늘은집웅우에」¹⁹³³는 "저곳에잇고"이다. 나가이 가후^{1913/1919}의 제3연 제2행 "かしこなりけり 저기에 있었다"의 의역이다.

제3행 빗김 : '울림'. 「하늘은집웅우에」¹⁹³³는 "저平和롭은反響은"이다. 나가이 가후^{1913/1919}의 제3연 제3행 "かの平和なる物のひびきは 저 평화로운 울림은"의 의역이다.

제4행 「하늘은집웅우에」¹⁹³³는 "거리로서 오는것을。"이다. 나가이 가후^{1913/1919}의 제3연 제4행 "街より來る 거리에서 온다"에 대응한다. 가와지 류코^{1915/1919}의 제3연 제4행 "街のかたより響きくる 거리 쪽에서 울려온다"의 의역이다.

제4연

제1행 「하늘은집웅우에」¹⁹³³는 "限없는 눈물에 잠겼는 그대여、"이다. 에쉬모어 윈게이트¹⁹⁰⁴의 제4연 제1행 "What hast thou done, who there dost sob" 중 "who there dost sob"와 제2행의 "With endless tears"를 조합한 구문을 염두에 두되, 가와지 류코^{1915/1919}의 제4연 제2행 "絶え間もあらず嘆くとて 끊임없이 탄식한들"와 나가이 가후^{1913/1919}의 제4연 제2행 "君今ここに唯だ嘆く 그대 지금 여기에서 그저 탄식한다" 중 '絶え間もあらず嘆く 끊임없이 탄식하는'^{川路柳虹}와 '君 그대'^{永井荷風}만을 발췌하여 조합한 구문의 어휘 표현과 문형을 따른 의역이다. 또는 나가이 가후^{1913/1919}의 제4연 제2행을 '今ここに唯だ嘆く 지금 여기에서 그

저 탄식하는', '君그대' 순으로 도치한 구문의 의역으로 볼 수도 있다.

제2행 「하늘은집웅우에」[1920]는 "아, 그대는 무엇을하엿는가,", 「하늘은집웅우에」[1933]는 "아々 그대는 무엇을 하려는가,"이다. 에쉬모어 윈게이트[1904] 제4연 제1행 "What hast thou done, who there dost sob" 중 "What hast thou done"을 염두에 두되, 나가이 가후 [1913/1919]의 제4연 제1행 "君、過ぎし日に何をかなせし[그대, 지난날에 무엇을 했는가]"의 어휘 표현과 구문에 충실한 번역이다.

제3행 「하늘은집웅우에」[1933]는 "對答을하라、 젊엇을제,"이다. 에쉬모어 윈게이트[1904]의 제4연 제3행 "Say, what didst thou ─ who there dost sob, ─" 중 'Say'와 제4행 "In thy young years"를 조합한 구문을 염두에 두되, 가와지 류코의 제4연 제3행 "語れ、きみが若き日を말하라. 그대의 젊은 날을"[1915]와 "語れ、汝の若き日を말하라. 너의 젊은 날을"[1919] 혹은 나가이 가후[1913/1919]의 제4연 제3행 "語れや、君、そも若き折[말하라. 그대, 도대체 젊은 시절]"의 어휘 표현과 구문을 염두에 둔 의역이다.

제4행 「하늘은집웅우에」[1933]는 "그대는 무엇을 하고 지냇는가."이다. 에쉬모어 윈게이트[1904]의 제4연 제3행 중 "what didst thou"를 염두에 두되, 나가이 가후[1913]의 제4연 제4행 "何をかなせし[무엇을 했는가]"와 가와지 류코[1915]의 제4연 제4행 "いかにおくりし、汝こそ[어떻게 보냈는가. 너야말로]" 중 '汝こそ[너야말로]'를 제한 구문 혹은 가와지 류코[1919]의 제4연 제4행 "そもいかにしておくりし[도대체 어떻게 보냈는가]"의 어휘 표현과 구문을 염두에 둔 의역이다.

해설

김억의 「하늘은 지붕 위에」의 주된 저본은 나가이 가후[永井荷風 : 1913]의 「無題[무제]」와 가와지 류코[川路柳虹 : 1915/1919]의 「空は尾根の上にあり[하늘은 지붕 위에 있고]」이다. 이 중 전자는 이쿠다 슌게쓰 [生田春月 : 1919]에도 수록되어 있다. 김억은 에쉬모어 윈게이트[Ashmore Wingate : 1904]의 영역시도 참조했다. 그것은 김억이 이 시의 제목을 정하면서 나가이 가후[1913]를 따르지 않고 가와지 류코

1915/1919의 제목을 따랐던 데에서 이미 알 수 있다. 베를렌을 비롯해서 프랑스 시인들의 시가 으레 그러하듯, 제1연 제1행이 곧 제목인 경우가 허다하거니와, 에쉬모어 윈게이트1904도 가와지 류코1915/1919도 그러한 선례를 따랐던 것이다. 그리고 이들의 선례를 따라 김억도 제1연 제1행을 제목으로 삼았다.

일역시 구문을 해체하고 조합하는 등의 김억 특유의 중역의 방법은 이 시의 경우에도 마찬가지이다. 이것은 각 연의 1, 2행과 3, 4행이 구문의 차원에서 대우對偶 관계에 있는 데다가, 각운의 반복을 통한 리듬이 현저한 나가이 가후1913와 에쉬모어 윈게이트1904의 시적 요소를 옮기기 위해 선택한 것으로 보인다. 이 밖에도 김억은 나가이 가후1913 등의 일역시, 에쉬모어 윈게이트1904를 축자적으로 옮기는 대신 그야말로 '창작적 무드'의 번(중)역을 적극적으로 시도했다.

이 중 신Mon Dieu, My God의 목소리를 빌어 자문自問하는 제4연 제2행 이하의 대목은 흥미롭다. 베를렌의 원시에서 이 물음 혹은 명령은 네 젊음으로 무엇을 했던가 말하라는 것이다. 사실 베를렌의 원시는 베를렌이 랭보에게 총상을 입힌 죄로 구속되어 감옥에서 쓴 것으로서, 그가 다시 가톨릭으로 회심했던 배경과 관련 있다.Jacques Borel : 1962, 1131~1132; Pierre Petitfils : 1991, 241 하지만 김억은 나가이 가후1913의 'ああ神よ아아, 신이'와 에쉬모어 윈게이트1904의 "My God, My God"을 단순히 감탄사 정도로 여기고 생략한 것으로 판단된다. 이로써 김억의 제4연은 과거에 무엇을 했던가를 반복해서 묻는 구문이 되고 말았다. 뿐만 아니라 시적 발화 주체의 신을 향한 탄식제3연과 신의 물음제4연이라는 대화가 아니라, 시종일관 시적 발화 주체의 독백으로 일관하는 텍스트가 되었다. 이것은 베를렌의 원시를 몰랐던 김억이 하필이면 가와지 류코1915/1919를 따른 데에서 비롯한 결과이다.

『오뇌의 무도』주해

검고 싯업는잠은。[1]

검고 싯업는잠은[2]

나의목슴우에 오아라

아々 자거라、모든希望아!

아々—자거라[3]、모든怨歎아!

내게는 아모것도아니보이여[4]、

모든記憶은 가고말앗서라[5]、

惡이나 쏘는善이나…………[6]

아々 애닯은變遷이여!   【초23, 재29】

나는 무덤어구에서

두손으로 흔들니우는

다만한搖籃이노라[7]、

아々 고요하여라、소리업서라。   【초23, 재30】

1　초판목차에는 "검고싯업는잠은".

2　재판에는 "검고 싯업는 잠은".

3　재판에는 "아々 자거라".

4　재판에는 "아모것도아니보이여".

5　재판에는 "가고 말앗서라".

6　재판에는 "惡이나 쏘는 善이나
…………".

7　재판에는 "다만한 搖籃이노라".

暗く果なき死のねむり[†]

[†] 堀口大學 譯, 「昨日の花－暗く
果なき死のねむり」, 『昨日の花
－佛蘭西近代詩』, 東京：籾山
書店, 1918, 149~150면; 生田
春月 編, 「佛蘭西－ヴェルレェ
ヌ」, 『泰西名詩名譯集』, 東京：越
山堂, 1919, 94면.

堀口大學

暗く果なき死の大いなるねむり

わが生に落ち來る、

ねむれかし、わが希望、

ねむれかし、わが欲よ!

わが目はやものを見ず、

善惡の記憶

われを去る……

悲しき人の世の果や!

われは今墓穴の底にありて

雙手にゆらるる

搖籃なり

ああ、人氣なし、人氣なし!

暗き大いなる眠りは[1]

川路柳虹

暗き大いなる眠りは

わが生のうへに落つ、

夢みよ、すべての希望、[2]

夢みよ、すべての怨嗟。

吾はいま何もえ知らず、

吾は記憶を失ひたり、

善も惡も‥‥[3]

あゝ悲しき物語さへ[4]。

吾は搖籃なり[5]

塚穴の落窪に

手もて搖らるゝ搖籃なり。[6]

靜けに、音もなき靜けさに[7]！

1　川路柳虹 譯、「智慧−IIIの卷」、『ヴェルレーヌ詩抄』、東京：白日社、1915, 260～261면；『ヹルレーヌ詩集』、東京：新潮社、1919, 166～167면.

2　川路柳虹(1919)에는 "夢みよ、すべての希望。".

3　川路柳虹(1919)에는 "善も惡も……".

4　川路柳虹(1919)에는 "あゝ悲しき人の世の一生。".

5　川路柳虹(1919)에는 "吾は搖籃なり、".

6　川路柳虹(1919)에는 "手もて搖らるゝ搖籃なり、".

7　川路柳虹(1919)에는 "語らざれ、語らざれ".

A SLUMBER VAST AND BLACK[†]

Ashmore Wingate

† Paul Verlaine, Selected and translated by Ashmore Wingate, "Sagesse", *Poems by Paul Verlaine*(*The Canterbury Poets*), London : Walter Scott, 1904, p.179.

A SLUMBER vast and black

    Falls on my life:

Oh sleep all hope, oh sleep

    All Jealous strife!

Oh nought more can I see,

    All Memory's gone

Of evil and of good,

    O history wan!

What am I, but an arch

    A hand doth poise

Above a cavern's mouth?

    No noise, no noise!

UN GRAND SOMMEIL NOIR ⋯[†]

Un grand sommeil noir

Tombe sur ma vie :

Dormez, tout espoir,

Dormez, toute envie !

Je ne vois plus rien,

Je perds la mémoire

Du mal et du bien ⋯

la triste histoire !

Je suis un berceau

Qu'une main balance

Au creux d'un caveau :

Silence, silence !

[†] Paul Verlaine, "Sagesse", *Œuvres complètes de Paul Verlaine*(*Tome premier*), Paris : Librairie Léon Vanier, 1900(Deuxième édition), p.271.

번역의 이본

첫 번째 번역은 「검은 잊업난잠은」. 「동서명문집」, 『태서문예신보』 제6호, 1918.11.9

네 번째 번역은 「검고 잊업는잠은」. 『가톨닉청년』 제6호, 1933.11

주석

제1연

제1행 「검은 잊업난잠은」[1918]은 "검은 잊업는잠은", 「검은 잊업난잠은」[1933]은 "검고 잊업는 잠은"이다. 에쉬모어 윈게이트[Ashmore Wingate : 1904]의 제1연 제1행 "A SLUMBER vast and black"을 염두에 두되, 호리구치 다이가쿠[堀口大學 : 1918/1919]의 제1연 제1행 "暗く果 なき死の大いなるねむり[어둡고 끝없는 죽음의 큰 잠]" 중 '死の[죽음의]'만을 제한 구문의 어휘 표현과 문형을 따른 의역이다. 혹은 가와지 류코[川路柳虹 : 1915/1919]의 제1연 제1행 "暗き 大いなる眠りは[어둡고 큰 잠은]"의 의역으로도 볼 수 있다. 특히 김억은 호리구치 다이가 쿠[1918/1919]의 '暗く[어둡고]'와 가와지 류코[1915/1919]의 ' 暗き[어두운]' 대신 에쉬모어 윈게이 트[1904]의 'black'을 택했다.

제2행 「검은 잊업난잠은」[1918]은 "내의 목슴우에 오나니,", 「검은 잊업난잠은」[1933]은 "나의 목 슴우에 오려니,"이다. 에쉬모어 윈게이트[1904]의 제1연 제2행 "Falls on my life"를 염두 에 두되, 호리구치 다이가쿠[1918/1919]의 제1연 제2행 "わが生に落ち來る[나의 생에 떨어져 온 다]" 혹은 가와지 류코[1915/1919]의 제1연 제2행 "わが生のうへに落つ[나의 생 위에 떨어진다]"의 어휘 표현과 문형을 따른 의역이다.

제3행 「검은 잊업난잠은」[1918]은 "히망아、자거라 모든 바림、", 「검은 잊업난잠은」[1933]은 "그 러면 자거라、모든 希望아"이다. 에쉬모어 윈게이트[1904]의 제1연 제3행 "Oh sleep all hope, oh sleep"을 염두에 두되, 호리구치 다이가쿠[1918/1919]의 제1연 제3행 "ねむれかし 、わが希望[잠들어라, 나의 희망]"의 어휘 표현과 문형을 따른 의역이다. 가와지 류코[1915/1919] 의 제1연 제3행은 "夢みよ、すべての希望[꿈꾸어라, 모든 희망]"이다.

제4행 　怨嘆원탄: 원망과 탄식. 「검은 숫업난잠은」1918은 "오、자거라、모든원한?"、「검은 숫업난잠은」1933은 "그저 고요하거라、모든怨恨아。"이다. 에쉬모어 윈게이트1904의 제1연 제3행 중 'oh sleep'과 제4행 "All Jealous strife!"를 염두에 두되, 호리구치 다이가쿠1918/1919의 제1연 제4행 "ねむれかし、わが欲よ 잠들어라. 나의 바람아!"와 가와지 류코1915/1919의 제1연 제4행 "夢みよ、すべての怨嗟꿈꾸어라. 모든 시샘" 중 'ねむれかし 잠들어라'와 'すべての怨嗟모든 시샘'만을 발췌하여 조합한 구문의 어휘 표현과 문형을 따른 의역이다. 특히 김억은 가와지 류코1915/1919의 '怨嗟'의 독음자ルビ, ふりがな인 'ねたみ시샘'가 아닌 한자어의 원의原意만을 취했다.

제2연

제1행 　「검은 숫업난잠은」1918은 "모든기억이 업셔지어"、「검은 숫업난잠은」1933은 "내게는 아모것도 아니 보이고"이다. 에쉬모어 윈게이트1904의 제2연 제1행 "Oh nought more can I see"를 염두에 두되, 호리구치 다이가쿠1918/1919의 제2연 제1행 "わが目はやものを見ず나의 눈이야 아무것도 보이지 않고"의 어휘 표현과 문형을 따른 의역이다.

제2행 　「검은 숫업난잠은」1918은 "내게는 아무것도 안보이나니、"、「검은 숫업난잠은」1933은 "記憶은 모도다 갓거니、"이다. 에쉬모어 윈게이트1904의 제2연 제2행 "All Memory's gone"에 충실한 번역이다.

제3행 　「검은 숫업난잠은」1918은 "악이나 또는 션이나──"、「검은 숫업난잠은」1933은 "惡이나善이나 잇슬가보냐"이다. 에쉬모어 윈게이트1904의 제2연 제3행 "Of evil and of good"을 염두에 두되, 가와지 류코1915/1919의 제2연 제3행 "善も惡も 악도 선도…"를 "惡も善も 악도 선도…" 순으로 도치한 구문의 어휘 표현과 구문을 따른 의역이다.

제4행 　「검은 숫업난잠은」1918은 "아、애닯은 변천이여?"、「검은 숫업난잠은」1933은 "아々 애닯은變遷이여。"이다. 에쉬모어 윈게이트1904의 제2연 제4행 "O history wan"을 염두에 두되, 가와지 류코1919의 제2연 제4행 "あゝ悲しき人の世の一生아아 슬픈 인간 세상의 일

生"[1919]의 어휘 표현과 문형을 따른 의역이다. 특히 김억은 가와지 류코[1915/1919]의 '人の世の一生인간 세상의 일생' 대신 에쉬모어 윈게이트[1904]의 'history'를 택했다.

제3연

제1행 「검은 싯업난잠은」[1918]은 "나는 무덤어구에셔", 「검은 싯업난삼은」[1933]은 "이몸은 부덤어구에서"이다. 호리구치 다이가쿠[1918/1919]의 제3연 제1행 "われは今墓穴の底にありて나는 지금 묘혈의 바닥에서"의 어휘 표현과 문형을 따르되, '墓穴の底묘혈의 바닥' 대신 에쉬모어 윈게이트[1904]의 제3연 제3행 "Above a cavern's mouth?" 중 'cavern's mouth'를 택한 의역이다.

제2행 「검은 싯업난잠은」[1918]은 "손으로、平衡을 짓는", 「검은 싯업난잠은」[1933]은 "두손으로 흔들니우는"이다. 호리구치 다이가쿠[1918/1919]의 제3연 제2행 "雙手にゆらるる두 손에 흔들리는"에 충실한 번역이다. 「검은 싯업난잠은」[1918]은 에쉬모어 윈게이트[1904]의 제3연 제2행 "A hand doth poise"에 충실한 번역이다.

제3행 「검은 싯업난잠은」[1918]은 "단슌한 아취arch로다", 「검은 싯업난잠은」[1933]은 "한個의 搖籃이로다"이다. 에쉬모어 윈게이트[1904]의 제4연 제1행 "What am I, but an arch"를 염두에 두되, 호리구치 다이가쿠[1918/1919]의 제3연 제3행 "搖籃なり요람이다", 가와지 류코[1915/1919]의 제3연 제3행 "手もて搖らるゝ搖籃なり손으로 흔들리는 요람이다" 중 '搖籃なり요람이다'를 염두에 둔 의역이다. 특히 「검은 싯업난잠은」[1918]은 에쉬모어 윈게이트[1904]의 제4연 제1행 "What am I, but an arch"의 의역이다.

제4행 「검은 싯업난잠은」[1918]은 "아、소리도업시、소리도 업시", 「검은 싯업난잠은」[1933]은 "그리고요이 소리도업는"이다. 에쉬모어 윈게이트[1904]의 제4연 제4행 "No noise, no noise"를 염두에 두되, 호리구치 다이가쿠[1918/1919]의 제3연 제4행 "ああ、人氣なし、人氣なし아아, 인적 없이, 인적 없이!" 중 'ああ아아'와 가와지 류코[1915]의 제3연 제4행 "靜けに、音もなき靜けさに조용히, 소리도 없이 조용히"를 조합한 구문의 어휘 표현과 문형을 따른 의역이다.

『오뇌의 무도』 주해

김억의 「검고 싯업는 잠은」의 주된 저본은 호리구치 다이가쿠^{堀口大學:1918}의 「暗く 果なき 死のねむり^{어둡고 큰 잠은}」와 가와지 류코^{川路柳虹:1915/1919}의 「暗き 大いなる 眠りは^{어둡고 큰 잠은}」이다. 이 중 전자는 이쿠다 슌게쓰^{生田春月:1919}에도 수록되어 있다. 또 김억은 에쉬모어 윈게이트^{Ashmore Wingate:1904}의 영역시도 참조했다. 김억이 「검은 싯업난잠은」¹⁹¹⁸을 발표할 당시에도 호리구치 다이가쿠¹⁹¹⁸를 저본으로 삼았던가는 분명하지 않다. 호리구치 다이가쿠¹⁹¹⁸의 출판일이 1918년 4월 15일로서, 「검은 싯업난잠은」^{1918.11.9}보다 약 6개월 정도 앞서기는 하지만, 「검은 싯업난잠은」¹⁹¹⁸의 도처에서 에쉬모어 윈게이트¹⁹⁰⁴를 참고한 흔적이 역력하기 때문이다. 만약 그렇다면 김억은 「검은 싯업난잠은」¹⁹¹⁸까지는 에쉬모어 윈게이트¹⁹⁰⁴와 가와지 류코¹⁹¹⁵를 저본으로 삼았고, 초판 이전 호리구치 다이가쿠¹⁹¹⁸, 이쿠다 슌게쓰¹⁹¹⁹와 가와지 류코¹⁹¹⁹까지 참조하여 이 시를 옮겼다고 볼 수 있겠다.

김억은 이 시도 호리구치 다이가쿠¹⁹¹⁸와 가와지 류코^{1915/1919}를 일일이 해체하고 조합하여 새로 쓰다시피 하는 방식으로 옮겼다. 이런 방식은 특히 제1연과 제2연에서 현저하다. 예컨대 제1연 제4행 "아々―자거라、 모든 怨歎아!"의 경우 에쉬모어 윈게이트¹⁹⁰⁴의 제3행과 제4행을 조합한 "oh sleep / All Jealous strife!"에 해당한다. 김억은 이 중 'Jealous strife'를 그대로 옮기는 대신 구문은 그대로 따르되, 가와지 류코의 "すべての 怨嗟^{꿈꾸어라, 모든 시샘}" 중 '怨嗟'의 독음자^{ルビ, ふりがな 시샘} 'ねたみ^{시샘}'가 아닌 한자어의 원의^{原意}만을 취해 '怨歎'으로 옮겼던 것이다. 김억으로서는 아무래도 'ねたみ^{시샘}'이든 'Jealous strife'이든 이 시의 정조와 맞지 않는다고 판단했기 때문으로 보인다.

그러한 사정은 제3연도 마찬가지이다. 김억은 「검은 싯업난잠은」¹⁹¹⁸까지는 에쉬모어 윈게이트¹⁹⁰⁴를 저본으로 삼고자 했던 것으로 보이나, 『오뇌의 무도』초판 이후에는 호리구치 다이가쿠¹⁹¹⁸와 가와지 류코^{1915/1919}를 따르고 있다는 점이 그러하다. 이 제3행의 경우 김억은 호리구치 다이가쿠¹⁹¹⁸와 가와지 류코^{1915/1919}의 일부만을 발췌하여 조합한 것처럼 옮겨 놓았다. 이것은 에쉬모어 윈게이트¹⁹⁰⁴ 제4연 제4행 "No noise, no noise"이든, 호리구치 다이

가쿠[1918]의 제3연 제4행 "ああ、人氣なし、人氣なし 아아, 인적 없이, 인적 없이!"이든, 근본적으로 동일한 어휘의 반복을 통해 의미를 강조하고 있는데, 김억으로서는 이 반복이 단조롭다고 여겼기 때문으로 보인다.

이 역시 번역가로서 김억 나름의 해석과 고쳐 쓰기의 결과이지만, 근본적으로는 영역시로부터의 중역이 쉽지 않았던 그의 어학 능력과도 관계가 있다고 보아야 한다. 위의 주석에서도 알 수 있듯이 김억은 우선 어휘의 차원에서 조선어로 옮기기 용이하고, 연 단위, 심지어 행 단위에서도 주술 관계가 분명한 영역시의 구문은 그대로 옮기고자 한 흔적이 역력하다. 그렇지 못한 영역시의 구문의 경우 일역시를 주된 저본으로 삼았기 때문이다.

한편 이 시의 제3연은 김억이 오로지 가와지 류코[1915/1919]만을 저본으로 삼지 않았던 이유도 드러낸다. 그것은 김억 나름의 조선어 문장에 대한 감각과 고집 때문이기도 하다. 김억은 근본적으로 도치되거나 생략된 구분보다도 한 연 전체, 혹은 한 행 단위로 문장성분이 주성분, 부속성분으로 정연한 구문을 선호했다. 김억이 제2연과 제3연에서 도치 구문으로 이루어진 가와지 류코[1915/1919] 대신 호리구치 다이가쿠[1918]를 따른 것은 바로 그 때문이다. 이와 비슷한 사례들은 「쎄르렌 詩抄」 혹은 「쎄르렌의 詩」장만이 아니라 『오뇌의 무도』 도처에서 발견된다. 이로써 김억에게 베를렌 시의 중역이란 단순한 간접번역이 아니라 영역시나 일역시와는 다른 조선어로 된 새로운 베를렌 시를 새로 쓰는 일이기도 했음을 새삼 알 수 있다.

作詩論。(Art poetique)[1]

무엇보다도 몬저론 音樂을[2]、

그를위하야 달으지도두지도못할[3]

썩 희미한 알듯말듯한

난호랴도 못엇을것을[4] 잡으라。

죠흔말을 엇으려애쓰지말아라[5]、

말을 차라리輕視하여라[6]、

밝음과어두움의 서로싸내는[7]

흐릿한詩밧게는 고흠업나니[8]、   【초24, 재31】

이는얏알(面紗)의뒤에 숨은고흔눈이며[9]、

太陽빗에 썰고잇는正午와도갓트며[10]、

설더운가을날의저녁 쏘는[11]

별빗가득한밤하늘과도갓타라[12]。   【초24, 재32】

우리의바래는바는色彩가아니고[13]、

音調섇이러라、다만音調밧게야!

아々 音調!音調만이 매자주어라!

쑴을쑴에、笛을從笛으로[14]。

멀니하여라、하늘빗눈을울니는[15]

1 초판과 재판 목차에는 "作詩
  論". 재판 본문에는 "作詩論(Art
  poetique)".

2 재판에는 "몬저론 音樂을".

3 재판에는 "달으지도두지도못할".

4 재판에는 "난호랴도 난홀수업
  는것을".

5 재판에는 "엇으려 애를 쓰지말
  아라".

6 재판에는 "차라리 輕視하여라".

7 재판에는 "밝음과 어둡음의 서
  로 짜내는".

8 재판에는 "곱음이 업나니".

9 재판에는 "이는 얏알(面紗)의
  뒤에 숨은 곱은눈이며".

10 재판에는 "썰고잇는 正午와도
   갓트며".

11 재판에는 "설덥은 가을날의 저
   녁、쏘는".

12 재판에는 "별빗가득한 밤하늘
   과도 갓타라".

13 재판에는 "우리의 바래는바는
   色彩가 아니고".

14 재판에는 "쑴을 쑴에、笛을 從
   笛으로".

15 재판에는 "하늘빗눈을 울니는".

더러운비웃슴[16]、또는 몹슬은생각、   【초25, 재32】

칼로 씰너내는듯한말과[17] 온갓의

더러운부억의[18] 野菜내와 갓튼것들을。

雄辯을잡아서 목을쌔여버려라![19]

힘써 나아가、라임(韻律)을곱게하랼째[20]

올흔길이 오리라、만일[21] 그理를몰으면

라임은 어데까지 니르랴?

아々 뉘가「라임」의잘못을 말하나?

엇더한귀멍어리、엇더한黑奴가

카즐로 이리도 거즛가득한   【초25, 재33】

廉價의寶石을 僞造하엿나?

그저音樂을 네나 이제나、이뒤나[22]、

너의詩로하야금[23] 날게하여라、

靈을天界로、또는이世上엔 업는사랑으로[24]

슬어저업서질듯시 늣기게하여라。

너의詩로써 未來의音樂을지으라[25]

薄荷와麝香꼿의香氣를품은[26]

보드랍게 부는아츰바람과갓치…………

그리하고 그밧게는文字밧게될것업서라[27]。   【초26, 재34】

16   재판에는 "더럽은비웃슴".

17   재판에는 "씰너내는듯한말과、".

18   재판에는 "더럽은부억의".

19   재판에는 "雄辯을 잡아서 목을 쌔여버려라!".

20   재판에는 "라임(韻律)을 곱게 하랼째".

21   재판에는 "올흔길이 오게되려라、만일에".

22   재판에는 "그저 音樂을 네나 이제나、이뒤에나".

23   재판에는 "너의詩로 하야금".

24   재판에는 "靈을 天界로、또는 이世上엔 업는다른사랑으로".

25   재판에는 "未來의音樂을지으라".

26   재판에는 "薄荷와麝香꼿의 香氣를 품은".

27   재판에는 "그리하고 그밧게는 文字밧게 될것업서라".

詩論[1]

川路柳虹

何よりも先づ音樂ぞ[2]、

そのためには分かちえ難きものを撰まむ、

いと仄かなる[3]、消なば消ぬがのものをこそ、

げにそこには手もて量るも[4]置くこともなしえがたかるものぞあ

れ。

良き言葉をば撰むには何氣なくなせ、

言葉をむしろ輕んぜよ、

明るみと暗とのかくも織り交ざる

薄暗き詩よりほかに慕しきはなし[5]。

そは面紗の後ろにかくるゝ美しき瞳なり[6]、

日中にゆらめく太陽の光なり、

なま温かき秋の日の虛空のごとくに[7]

また夜に明い星屑の靑く輝く光のごとし[8]。

吾ら色彩を求めず色合を求む、

色合げにそのほかになにものもなし、

その色合ぞたゞひとり

1　川路柳虹,「昔と今」,『ヴェル
　　レーヌ詩抄』, 東京：白日社,
　　1915, 292~297면;『ゼルレー
　　ヌ詩集』, 東京：新潮社, 1919,
　　186~190면.

2　川路柳虹(1919)에는 "何もの
　　よりも先づ音樂ぞ".

3　川路柳虹(1919)에는 "いと仄
　　かなる".

4　川路柳虹(1919)에는 "げにそ
　　こには手もて量るも".

5　川路柳虹(1919)에는 "薄暗き
　　詩よりほかに慕しきはなし".

6　川路柳虹(1919)에는 "そは
　　面紗の後ろにかくるゝ美しき瞳
　　なり".

7　川路柳虹(1919)에는 "日の光
　　り、和らかき秋の日の虛空の
　　ごとくに".

8　川路柳虹(1919)에는 "また夜
　　に明き星屑の靑く輝く光のご
　　とし".

夢を夢にし、笛を角にと結ばしむる[9]。

劍もて刺すごとき言葉を避けよ、

殘忍なる諧謔と、不純なる嘲笑を避けよ、

そは空いろの眼をば泣かしめむ、

またすべて汚き厨の韮のごとき匂ひを避けよ[10]。

雄辯を捉へて、その頸を挫れよ、

努め歩みて「韻律」をば少し賢くなせむとき[11]

正しい道に還りえむ、もしその理を覺らずば

韻律はいづくに迄か到りえむ?

あゝ誰か韻律の誤謬を語りえし?

いかなる痴兒が、いかなる愚かの黑奴かありて[12]

鑢の下にかくも空虚の僞り多き、

安價の寶玉をば贋造せしや[13]。

げに音樂ぞ、昔も今もこのゝちも

汝が詩を飛びゆくものとならしめむ。[14]

靈を、この世の他に天界に、この世にあらぬ他の戀に。[15]

消え入るごとく思はしめむ。

汝が詩をして未來の言葉たらしめよ[16]、

身を引き緊むる朝風にかくも亂れて

9 　川路柳虹(1919)에는 "夢を夢にし笛を角にと結ばしむる".

10 　川路柳虹(1919)에는 "またすべて汚き厨の韮のごとき匂ひを避けよ".

11 　川路柳虹(1919)에는 "努め歩みて「韻律」をば少し賢くなせむとき".

12 　川路柳虹(1919)에는 "いかなる痴兒かいかなる愚かの黑奴かありて".

13 　川路柳虹(1919)에는 "安價の寶玉をば贋造せしや".

14 　川路柳虹(1919)에는 "汝が詩を飛びゆくものとならしめむ".

15 　川路柳虹(1919)에는 "靈をこの世の他に天界に、この世にあらぬ他の戀に".

16 　川路柳虹(1919)에는 "汝が詩をして占ひの言葉たらしめよ".

薄荷の花と麝香の花の咲くごとく…[17]

かくて他はすべて文學のみ[18]。

17 川路柳虹(1919)에는 "薄荷の花
と麝香の花の咲くごとく……".

18 川路柳虹(1919)에는 "かくて
余はすべて文獻のみ".

作詩法[†]

† 厨川白村, 「第十講 非物質主義
の文藝(其二)－三. 象徵主義」,
『近代文學十講』, 東京: 大日本圖
書, 1912, 505~508면. 이 시는
인용문으로서 베를렌의 원시의
부분역이다.

厨川白村

De la musique avant toute chose,

Et pour cela préfère l'Impair

Plus vague et plus soluble dans l'air,

Sans rien en lui qui pèse ou qui pose.

何よりも先づ音樂を。さてまた調整^{しらべ}はざるをこそよろこべ、唯だ
茫漠として溶くるがごとく、重く厭ゆるものとてはなく。

Il faut aussi que tu n'ailles point

Choisir tes mots sans quelque méprise:

Rien de plus cher que la chanson grise

Où l'Indécis au Précis se joint.

あやまりなく言葉を選ばむとて心勞する物れ。醉ひたる歌こそ
こよなけれ。そこに「朦朧」は「精確」と相結べばなり。

C'est des beaux yeux derrière les voiles,

C'est le grand jour tremblant de midi,

C'est, par un ciel d'automne attiédi,

Le bleu fouillis des claires étoiles!

これぞ覆面のうしろにある美しき眼、眞晝の日の光、また秋のゆふべの空にかがやく星のかずかず。

Car nous voulons la Nuance encor,

Pas la Couleur, rien que la nuance !

Oh ! la nuance seule fiance

Le rêve au rêve et la flûte au cor !

蓋しわれらが望むは影にして色にあらず。あゝ影のみぞ獨り夢を夢に結び、笛を角とを調合すべき。

De la musique encore et toujours !

Que ton vers soit la chose envolée

Qu'on sent qui fuit d'une âme en allée

Vers d'autres cieux à d'autres amours.

今もまたいつも音樂をこそ。汝が歌をして空飛ぶものたらしめよ。よその戀に、よその國へ天翔けり行く靈なりと思はしめよ。

Que ton vers soit la bonne aventure

Éparse au vent crispé du matin

Qui va fleurant la menthe et le thym…

Et tout le reste est littérature.

朝風かほる薄荷香草、吹きわけて飛び行くものは君が歌なれや
………他はすべて徒なる文字のみ。

ART POÉTIQUE[†]

† Paul Verlaine, "Jadis et Naguère", *Œuvres complètes de Paul Verlaine* (*Tome premier*), Paris : Librairie Léon Vanier, 1900(Deuxième édition), pp.311~312: Gérard Walch, "Paul Verlaine", *Anthologie des Poètes Français contemporains*(*Tome premier*), Paris : Ch. Delagrave, Leyde : A.-W. Sijthoff, 1906, pp.372~373.

À Charles Morice

De la musique avant toute chose,

Et pour cela préfère l'Impair

Plus vague et plus soluble dans l'air,

Sans rien en lui qui pèse ou qui pose.

Il faut aussi que tu n'ailles point

Choisir tes mots sans quelque méprise :

Rien de plus cher que la chanson grise

Où l'Indécis au Précis se joint.

C'est des beaux yeux derrière les voiles,

C'est le grand jour tremblant de midi,

C'est, par un ciel d'automne attiédi,

Le bleu fouillis des claires étoiles !

Car nous voulons la Nuance encor,

Pas la Couleur, rien que la nuance !

Oh ! la nuance seule fiance

Le rêve au rêve et la flûte au cor !

Fuis du plus loin la Pointe assassine,

L'Esprit cruel et le rire impur,

Qui font pleurer les yeux de l'Azur,

Et tout cet ail de basse cuisine !

Prends l'éloquence et tords-lui son cou !

Tu feras bien, en train d'énergie,

De rendre un peu la Rime assagie.

Si l'on n'y veille, elle ira jusqu'où ?

Ô qui dira les torts de la Rime !

Quel enfant sourd ou quel nègre fou

Nous a forgé ce bijou d'un sou

Qui sonne creux et faux sous la lime ?

De la musique encore et toujours !

Que ton vers soit la chose envolée

Qu'on sent qui fuit d'une âme en allée

Vers d'autres cieux à d'autres amours.

Que ton vers soit la bonne aventure

Éparse au vent crispé du matin

Qui va fleurant la menthe et le thym …

Et tout le reste est littérature.

"ART POÉTIQUE"[†]

山本禿坪

† 生田春月 編,「佛蘭西-ヴェル
レエヌ」,『泰西名詩名譯集』,東
京:越山堂,1919,102~103면.

薔薇のことく豐かなる音調をもて、

組組に竝べる行かずなく、

重からず嚴めしからず、

ただ漠として空に浮ばしめよ。

應はざるなき言の葉のために

汝か鋭き頭腦を搾らざれ。

朦朧と精密のまぐはひすなる

醉ひしれ歌ぞこよなくも貴き。

眼をいちも愛らしく見えしむるゴエル、

晝過ぎのをののかなるる暑さ、さては

生溫き秋の夕、輝き澄みて

空に群がる星。

影のほかに我は何物も覓めじ、されど閃めき。

よしされば色はなくとも、聖められたる光を、

ああただClarionとFluteを、夢と夢を

結びあはするその影をば。

脚韻よりはむしろ多くの聲調を與へなむ!

汝が詩を空中のものたらしめよ、

そを靈に、よそ人の愛へ、とつ國の風土へ

翔りゆく靈に觸れしめよ。

汝が詩を暗示の覓たらしめむかな。

百里香と薔薇の香をふくみて

爽やかに吹きくる風……

なべてこのほかは唯だ白紙のみ、印刷のみ。

주석

제1연

제1행 「作詩論」1918은 "무엇보다도 몬저 音樂을"이다. 구리야가와 하쿠손厨川白村:1912의 제1
연 중 "何よりも先づ音樂を무엇보다도 먼저 음악을"에 대응한다. 가와지 류코川路柳虹의 제1
연 제1행은 "何よりも先づ音樂ぞ무엇보다도 먼저 음악이다"1915 혹은 "何ものよりも先づ音
樂ぞ어떤 것보다도 먼저 음악이다"1919이다.

제2행 달으지도 : 평안도 방언 '(무게를) 달다'김이협:1981의 활용형 혹은 김억의 입말로 추정
된다. 「作詩論」1918은 "그를 위ᄒᆞ얀 달으지도 두지도못홀"이다. 가와지 류코1915/1919
의 제1연 제2행 "そのためには分かちえ難きものを撰まむ그것을 위해서는 분간할 수 없는 것을
골라라"와 제4행 "げにそこには手もて量るも置くこともなしえがたかるものぞあれ참
으로 거기에는 손으로 재는 것도 두는 것도 할 수 없게 하라" 중 'そのためには그것을 위해서는', '量るも置
くこともなし잴 수도 둘 수도 없는'만을 발췌하여 조합한 구문의 의역이다. 참고로 후나오카
겐지船岡献治:1919에서 'ハカル許ル'의 풀이 중 "㈡ 단다. 져울단다. 權"와 "㈢ 된다. 되질한
다. 되야본다. 量"이 있다. 이 시에서 김억은 '量る'를 "무게를 달다"는 뜻으로 새겼다.

제3행 「作詩論」1918은 "썩 희미ᄒᆞᆫ 알듯말듯ᄒᆞ", 「作詩論」1920은 "썩희미한 알듯말듯한"이다.
가와지 류코1915/1919의 제1연 제3행 "いと仄かなる、消なば消ぬがのものをこそ몹시 어
렴풋한, 지우려 해도 지우지 못할 것을" 중 'いと仄かなる몹시 어렴풋한'만을 발췌한 의역이다.

제4행 「作詩論」1918은 "난ᄒᆞ려도 못할것을 잡으라", 「作詩論」1920은 "난ᄒᆞ려도 못엇을것을 잡
으라"이다. 가와지 류코1915/1919의 제1연 제2행 "分かちえ難きものを撰まむ분간할 수 없
는 것을 골라라"의 의역이다. 김억은 이 중 '分かちえ難きもの분간할 수 없는 것'를 일본어의

의미와 상관없이 축자적으로 '나눌 수 없는 것'으로 새겼다. 참고로 후나오카 겐지 1919에서 'ワカツ^{別ツ·分}'의 풀이 중에는 "㈥ 분별한다。분간한다"와 "㈦ 갈른다。나눈다"가 있다. 이 시에서 김억은 후자로 새긴 셈이다.

제2연

제1행 「作詩論」1918은 "죠흔말을 으드려 애쓰지 말고"이다. 가와지 류코1915/1919의 제2연 제1행은 "良き言葉をば撰むには何氣なくなせ^{좋은 말을 고르는 데에는 아무렇지도 않게 하라}"이다.

제2행 「作詩論」1918은 "말을 차라리 가븨히허라"이다. 가와지 류코1915/1919의 제2연 제2행 "言葉をむしろ輕んぜよ^{말을 오히려 가벼이 여겨라}"에 충실한 번역이다.

제3행 「作詩論」1918은 "밝음과 어두움의 셔로 짜니는"이다. 가와지 류코1915/1919의 제2연 제3행 "明るみと暗とのかくも織り交ざる^{밝음과 어두움이 그렇게 얽혀 짜는}"의 의역이다.

제4행 「作詩論」1918은 "흐렷흔 詩밧게는 고음이 업나니", 「作詩論」1920은 "흐릿한詩밧게는 곱흠업나니"이다. 가와지 류코1915/1919의 제2연 제4행 "薄暗き詩よりほかに慕しきはなし^{옅은 어두운 시 외에 사모할 것은 없다}"의 의역이다.

제3연

제1행 앳알 : 프랑스어 'voile', 즉 '면사포'이다. 「作詩論」1918은 "이는 面紗뒤에 숨은 고운눈", 「作詩論」1920은 "이는앳알(面紗)의뒤에 숨은곱흔눈이며". 가와지 류코1915/1919의 제3연 제1행 "そは面紗の後ろにかくるゝ美しき瞳なり^{그것은 면사포 뒤에 숨은 아름다운 눈동자이니}"의 의역이다. 김억은 「作詩論」1920부터 가와지 류코의 '面紗'의 독음자^{ルビ,ふりかな}인 프랑스어 'voile'을 음역^{音譯}한 'フォアール^{호아루}' 또는 'ボアール^{보아루}'를 다시 '앳알'로 음역하는 한편 '面紗'를 괄호 안에 기입했다.

제2행 「作詩論」1918은 "흔낫에 빗나는 희의빗이며". 「作詩論」1920은 "太陽빗에 썰고잇는正午과도갓트며"이다. 가와지 류코1915/1919의 제3연 제2행 "日中にゆらめく太陽の光なり

한낮에 흔들리는 태양 빛이며"를 '太陽の光に태양빛에', 'ゆらめく흔들리는', '日中なり한낮이며' 순으로 도치한 구문의 의역이다.

제3행 「作詩論」[1918]은 "설더운 가늘날의하늘、쪼는"이다. 가와지 류코[1915]의 제3연 제3행 "なま溫かき秋の日の虛空のごとくに미지근한 가을날의 하늘과 같이"의 의역이다.

제4행 「作詩論」[1918]은 "별빗 가득흔 밤하늘도 갓홈이다"이다. 가와지 류코[1915/1919]의 제3연 제4행 "夜に明い星屑の靑く輝く光のごとし밤에 밝은 별무리가 푸르게 반짝이는 빛과 같다"의 의역이다.

제4연

제1행 「作詩論」[1918]은 "우리의 바라는바는 色彩가 안이고"이다. 가와지 류코[1915/1919]의 제4연 제1행 "吾ら色彩を求めず色合を求む우리는 색채를 구하지 않고 색조[혹은 느낌]를 구한다" 중 '吾ら色彩を求めず우리는 색채를 구하지 않고'만을 발췌한 구문의 의역이다. 구리야가와 하쿠손[1912]의 제4연 중 '蓋しわれらが望むは影にして色にあらず과연 우리들이 바라는 것은 그림자이지 색이 아니다'에 해당한다.

제2행 「作詩論」[1918]은 "音調샌이다、그져 音調샌이다、"이다. 가와지 류코[1915/1919]의 제4연 제2행 "色合げにそのほかになにものもなし뉘앙스, 참으로 그 외에 아무것도 없다"의 의역이다. 김억의 번역은 베를렌 원시 제4연 제2행에 가깝다. 가와지 류코[1915/1919]에는 제1행과 달리 '色合'의 독음자는 프랑스어 'nuance'를 음역하여 표기한다. 가와지 류코는 프랑스어 'nuance'가 색조, 명암, 농담은 물론 섬세한 느낌과 뜻의 차이까지 함의하는 사정을 의식했다. 참고로 노무라 야스유키[野村泰亭 : 1918]에는 'nuance'를 "① 暈ぼかし[무리, 바림]. ② 色合ひ색조, 느낌. ③ 小異작은 차이. ④ [音]音調の變更[음악] 음조의 변경. ⑤ 意味合ひ이유, 속뜻"로 풀이한다. 또 후나오카 겐지[1919]에는 'イロアヒ色合'를 "빗쌀, 色의 程度"로 풀이한다.

제3행 「作詩論」[1918]은 "아々、音調、그것만이 完全케하나니"、「作詩論」[1920]은 "아、音調!音調

만이 매자주어라"이다. 가와지 류코^{1915/1919}의 제4연 제3행 "その色合ぞただひとり^그 ^{뉘앙스이다. 오로지}"와 제4연 제4행 "夢を夢にし、笛を角にと結ばしむる^{꿈을 꿈으로. 피리를 뿔} ^{로 맺어라}중 '結ばしむる^{맺어라}'를 조합한 구문의 의역이다. 김억의 구문은 베를렌 원시 제4연 제3행에 가깝다.

제4행 「作詩論」¹⁹¹⁸은 "쑴을쑴에、笛을 角으로"、「作詩論」¹⁹²⁰은 "쑴을쑴에、笛을從笛으로"、 가와지 류코^{1915/1919}의 제4연 제4행 "夢を夢にし、笛を角にと結ばしむる^{꿈을 꿈으로. 피} ^{리를 뿔로 맺어라}" 중 '夢を夢にし、笛を角にと^{꿈을 꿈으로. 피리를 뿔로}'만을 발췌한 구문의 의 역이다. 가와지 류코^{1915/1919}는 원시의 "la flûte au cor^{피리를 뿔피리로. 혹은 플루트를 호른으로}"를 축자적으로 새겼다. 참고로 노무라 야스유키¹⁹¹⁸에는 'flûte'를 '笛^{피리}'로, 'cor'를 "1. 枝 角(鹿の)^{가지모양의 뿔[사슴의]}. 2. 螺旋喇叭^{나선형의 나팔}"로 풀이한다. 가와지 류코는 가장 대 표적인 표제어로 옮긴 셈이다. 한편 구리야가와 하쿠손¹⁹¹²의 제4연 "あゝ影のみぞ獨 り夢を夢に結び、笛を角とを調合すべき^{아. 그림자뿐이다 홀로 꿈을 꿈에 맺고. 피리와 뿔을 더해야 한} ^다" 역시 원시의 'la flûte au cor'를 축자적으로 새겼다.

제5연

제1행 「作詩論」¹⁹¹⁸은 "멀니ᄒ거라、하늘눈을 울니는"이다. 가와지 류코^{1915/1919}의 제5연 제 1행과 제2행에서 반복하는 '避けよ^{멀리하라}'와 제3행 "そは空いろの眼をば泣かしめむ^그 ^{것은 하늘빛의 눈을 울리는}" 중 'そは^{그것은}'를 제한 나머지를 조합한 구문의 충실한 번역이다.

제2행 「作詩論」¹⁹¹⁸은 "더러운 비웃슴과、또는 몹슬싱각"、「作詩論」¹⁹²⁰은 "더러운비웃슴、또 는몹슬은생각"이다. 가와지 류코^{1915/1919}의 제5연 제2행 "殘忍なる諧謔と、不純なる 嘲笑を避けよ^{잔인한 해학과 불순한 비웃음을 멀리하라}" 중 '不純なる嘲笑と^{불순한 조소와}'、'殘忍な る諧謔^{잔인한 해학}'만을 발췌하여 도치한 구문의 의역이다.

제3행 「作詩論」¹⁹¹⁸은 "칼로 찌르는듯흔 말"이다. 가와지 류코^{1915/1919}의 제5연 제1행 "劍も て刺すごとき言葉を避けよ^{칼로 찌르는 듯한 말을 피하라}" 중 '劍もて刺すごとき言葉^{칼로 찌르는}

듯한 말'와 제4행 "またすべて汚き厨の韮のごとき匂ひを避けよ^{또 모든 더러운 부엌의 부추 같은} ^{냄새를 피하라}" 중 'またすべて^{또 모든}'만을 발췌 후 조합한 구문의 의역이다.

제4행 「作詩論」¹⁹¹⁸은 "온갓 더러운 부엌의野菜를", 「作詩論」¹⁹²⁰은 "더러운부엌의 野菜내갓튼것들을"이다. 가와지 류코^{1915/1919}의 제5연 제4행 중 '汚き厨の韮のごとき匂ひを^{더러운 부엌의 부추 같은 냄새를}'만을 발췌한 구문의 의역이다. 참고로 후나오카 겐지¹⁹¹⁹에는 'ニラ(韮)'를 "정구지。부추。"로 풀이한다.

제6연

제1행 「作詩論」¹⁹¹⁸은 "雄辯을 잡아서 목을 쌔거라"이다. 가와지 류코^{1915/1919}의 제6연 제1행 "雄辯を捉へて、その頸を捩れよ^{웅변을 사로잡아서, 그 목을 비틀어라}"의 의역이다.

제2행 「作詩論」¹⁹¹⁸은 "그리ㅎ고 나아가 韻律을 곱게하게하랄째", 「作詩論」¹⁹²⁰은 "힘써 나아가라임^{韻律}을곱게하랄째"이다. 가와지 류코^{1915/1919}의 제6연 제2행 "努め歩みて「韻律」をば少し賢くなせむとき^{힘써 나아가 '라임'을 조금 요령 있게 할 때}"의 의역이다. 가와지 류코^{1915/1919}에서 '韻律'의 독음자 'ライム^{라임}'를 김억은 그대로 음역하면서 괄호 안에 '韻律'을 표기했다.

제3행 「作詩論」¹⁹¹⁸은 "올흔길이 오리니, 만일 그理을 모르면"이다. 가와지 류코^{1915/1919}의 제6연 제3행 "正しい道に還りえむ、もしその理を覺らずば^{바른길로 돌아가라, 혹시 그 이치를} ^{깨닫지 못한다면}"의 의역이다.

제4행 「作詩論」¹⁹¹⁸은 "韻律은 어데까지 닐으랴"이다. 가와지 류코^{1915/1919}의 제6연 제4행 "韻律はいづくに迄か到りえむ^{라임은 어디까지 이를 수 있는가?}"에 충실한 번역이다.

제7연

제1행 「作詩論」¹⁹¹⁸은 "아々、뉘가 韻律의 잘못을 말ㅎ나", 「作詩論」¹⁹²⁰은 "아、뉘가「라임」의 잘못을 말하나"이다. 가와지 류코^{1915/1919}의 제7연 제1행 "あゝ誰か韻律の誤謬をかた

(語)りえし 아아 누가 라임의 잘못을 말할 수 있는가"의 의역이다.

제2행　「作詩論」[1918]은 "엇더한 귀먹어리, 엇더흔 黑奴가", 「作詩論」[1920]은 "엇떡한귀멍어리,

엇더한黑奴가"이다. 가와지 류코의 제7연 제2행 "いかなる痴兒が、いかなる愚かの黑

奴かありて어떤 바보천치가, 어떤 어리석은 흑인 노예인가가 있어서"[1915], "いかなる痴兒かいかなる愚

かの黑奴かありて어떤 바보천치인가 어떤 흑인 노예인가가 있어서"[1919]의 의역이다. 참고로 후나오

카 겐지[1919]에는 '痴兒'의 독음자인 'タハケ(戲)'를 "㊀ 미련。어리석음。痴바보。馬鹿바

보。阿呆바보"로 풀이한다.

제3행　카즐로 : '줄칼'의 평안도 방언 '줄'[김이협 : 1981]의 이형태 혹은 김억의 입말로 추정된다.

가와지 류코[1915/1919]에는 '鑢やすり、줄칼'이다. 참고로 후나오카 겐지[1919]에는 'ヤスリ鑢'

를 "주울、鉒子"로 풀이한다. 「作詩論」[1918]은 "카줄로 이리도 空虛의 거짓만흔", 「作詩

論」[1920]은 "카즐로 이러도 거즛가득한"이다. 가와지 류코[1915/1919]의 제7연 제3행 "鑢の

下にかくも空虛の僞り多き줄칼의 아래에 이리도 공허한 거짓이 많은"의 의역이다.

제4행　갑눅은 : '값이 눅은(다)', '헐값의'. 평안도 방언 '눅다'는 '헐하다, 싸다'[김이협 : 1981], '싸

다廉價'[김영배 : 1997]이다. 「作詩論」[1918]은 "갑눅은 寶玉을 僞造ㅎ엿나?", 「作詩論」[1920]은

"廉價의寶玉을 僞造하엿나"이다. 가와지 류코[1915/1919]의 제7연 제4행 "安價の寶玉を

ば贋造せしや헐값의 보옥을 위조했는가"의 의역이다.

제8연

제1행　「作詩論」[1918]은 "그져 音樂을 네나, 이제나 쓰는 뒤에나", 「作詩論」[1920]은 "그저音樂을

네나이제나, 이뒤나"이다. 가와지 류코[1915/1919]의 제8연 제1행 "げに音樂ぞ、昔も今

もこのゝちも참으로 음악이다, 옛날에도 지금도 앞으로도"의 의역이다.

제2행　「作詩論」[1918]은 "너의詩로 ㅎ여금 날게ㅎ여라"이다. 가와지 류코[1915/1919]의 제8연 제2

행 "汝が詩を飛びゆくものとならしめむ너의 시를 날아가는 것이 되게 하여라"의 의역이다.

제3행　「作詩論」[1918]은 "靈을 天界에、 쏘는 다른세상에", 「作詩論」[1920]은 "靈을 天界로、 쏘는이

世上엔업는사랑에"이다. 가와지 류코[1915/1919]의 제8연 제3행 "靈を、この世の他に天界に、このよ(世)にあらぬ他の戀に영을, 이 세상 밖에 천계로, 이 세상에 없는 다른 사랑으로"의 의역이다.

제4행 「作詩論」[1918]은 "슬어져 업셔지는듯 늣기게ᄒ라". 「作詩論」[1920]은 "슬어져엽서지는듯 늣기게하여라"이다. 가와지 류코[1915/1919]의 제8연 제4행 "消え入るごとく思はしめむ스러져가듯 생각나게 하라"의 의역이다.

제9연

제1행 「作詩論」[1918]은 "너의詩로써 未來의 音樂지어라"이다. 가와지 류코[1915]의 제9연 제1행 "汝が詩をして未來の言葉たらしめよ너의 시가 미래의 언어가 되게 하여라"의 의역이다. 김억은 이 중 '言葉언어'를 '音樂'으로 바꾼 셈이다.

제2행 「作詩論」[1918]은 "몸이 썰니는 아츰바름에 어즈러운", 「作詩論」[1920]은 "薄荷와 麝香꽃의 香氣를품은"이다. 가와지 류코[1915/1919]의 제8연 제3행 "薄荷の花と麝香の花の咲くごとく박하꽃과 사향꽃이 피듯이"의 의역이다. 김억은 가와지 류코[1915/1919]를 따라 「作詩論」[1918]과 초판 사이 제2행과 제3행의 순서를 바꾸었다. 구리야가와 하쿠손[1912]의 제9행 중 "朝風かほる薄荷香草아침 바람에 향기로운 박하 향초"에 해당한다.

제3행 「作詩論」[1918]은 "薄荷와 麝香의핀꼿과 가치"이다. 가와지 류코[1915/1919]의 제8연 제2행 "身を引き緊むる朝風にかくも亂れて몸을 움츠리게 하는 아침 바람처럼 흐트러져"에 해당한다.

제4행 「作詩論」[1918]은 "그리ᄒ고 그밧게는 다만 文學쑨"이다. 구리야가와 하쿠손[1912]의 번역시 제6연 중 "他はすべて徒なる文字のみ그 밖에는 모두 헛된 문자뿐"의 의역이다. 가와지 류코의 번역시 제8연 제4행은 "かくて他はすべて文學のみ이리하여 다른 것은 모두 문학뿐"[1915]와 "かくて余はすべて文獻のみ이리하여 다른 것은 모두 문헌뿐"[1919]이다. 김억은 「作詩法」[1918]까지는 가와지 류코[1915]를 따랐다가, 「作詩法」[1920] 이후에는 구리야가와 하쿠손[1912]을 따랐다.

김억의 「作詩法」의 제1저본은 가와지 류코川路柳虹 : 1915/1919의 「詩論」, 제2저본은 구리야가와 하쿠손厨川白村 : 1912에 수록된 발췌역 「作詩法」이다. 김억은 「作詩法」1918까지는 구리야가와 하쿠손1912과 가와지 류코1915를 저본으로 삼았을 터이고, 초판과 「作詩法」1920에는 가와지 류코1919까지 저본으로 삼을 수 있었다. 또 구리야가와 하쿠손1912에는 비록 제5~8연은 생략되어 있지만 베를렌 원시도 참조할 수 있었다.

한편 에쉬모어 윈게이트Ashmore Wingate : 1904에는 이 시가 수록되지 않았지만, 베를렌의 다른 영역시집인 버건 윅스 애플게이트Bergen Weeks Applegate의 『폴 베를렌 시선Paul Verlaine : His Absinthe-tinted Song』1916에는 "Art of Poetry"가 수록되어 있다. 그러나 김억이 후자를 참조한 것으로 보이지 않는다. 또 김억은 이쿠다 슌게쓰生田春月 : 1919에 수록된 야마모토 도쿠헤이山本徳平 : 1919도 참조할 수 있었지만, 부분역이었으므로 저본으로 삼지 않았던 것으로 보인다.

그런가 하면 「作詩法」1918의 제목에 프랑스어 원시 제목이 병기되어 있으므로, 김억이 베를렌의 원시를 저본으로 삼거나 참고한 것으로 판단할 수도 있다. 그러나 구리야가와 하쿠손1912에 프랑스어 제목이 있으므로 김억으로서는 굳이 베를렌의 원시를 참조하지 않아도 가능한 일이다. 또 비록 저본으로 삼지 않았지만 야마모토 도쿠헤이1919에도 프랑스어 원시 제목이 병기되어 있다.

주지하듯이 베를렌의 원시는 작시법을 시로 쓴 것으로서, 상징주의 시의 요체를 담고 있는 작품이기도 하다. 또 김억의 「작시법」은 그의 서구 근대시는 물론 베를렌의 시와 프랑스 상징주의 시에 대한 이해의 정도를 고스란히 드러낸다. 그래서 김억의 이 시는 진작부터 한국 근대시 연구자들로부터 주목을 받아 왔다.

김억이 굳이 「작시법」을 번역했던 이유는 그가 프랑스 상징주의를 전범으로 조선의 근대시를 구상하는 가운데 이 시가 중요한 지침이 되리라 믿었기 때문일 것이다. 하지만 김억은 이 「작시법」을 옮기면서 많은 곤란을 겪었을 터이다. 본래 베를렌의 원시부터가 매우 비유적인 표현들로 충만한 데다가, 무엇보다도 김억으로서는 서구적인 작시법 자체에 대한 이해가 부족했기 때문이다.

제1연에서 분명히 드러나듯이, 김억이 가와지 류코의 번역시조차도 그대로 옮기지 않고, 번역시의 구문들을 일일이 해체하고 새롭게 조합했던 것은 번역자로서 그 나름의 해석과 고쳐 쓰기라고 하겠다. 특히 김억으로서는 베를렌의 원시만큼 비유적인 표현들로 충만한 일역시들의 구문을 이해하기 위해 고심참담했기 때문이다. 하지만 그 가운데에서 일역시가 지닌 독특한 미감, 이를테면 제5연의 제1, 2, 4행에서 '避けよ^{피하라}'라는 어휘의 반복이 불러일으키는 리듬감의 경우, 김억이 이 연을 하나의 문장, 하나의 의미 단락으로 고치는 가운데 사라지고 말았다.

특히 이 시에는 이를테면 제3연 제1행의 '앳알^{面紗}'이나 제4연 제2행의 '音調', 제4행의 '笛'과 '從笛'처럼 근본적으로 베를렌의 원시를 직접 옮기지 못하고 일역시를 저본으로 삼은 탓에 직면하게 된 번(중)역의 임계점, 공동^{空洞}이라고 할 대목이 종종 발견된다. 그나마 '앳알^{面紗}'은 프랑스어 'voile^{면사포}'을 가와지 류코가 '面紗'로 옮기고 독음자^{ルビ, ふりがな}로 첨기한 음역어 'フォアール^{호아루}' 또는 'ボアール^{보아루}'를 다시 음역할 수밖에 없었다. 하지만 프랑스어 'flûte^{플루트}'와 'cor^{호른}'을 가와지 류코가 축자적으로 옮긴 '笛'과 '角'의 경우, 김억은 그대로 옮길 수 없어서 '笛'과 '從笛'이라는 의미 불명의 어휘로 채워 넣을 수밖에 없었다.

이러한 사정은 '音調'에서 가장 극명하게 나타난다. 가와지 류코는 베를렌의 원시의 'nuance'에 가까운 '色合^{いろあい, 색조·느낌}'로 옮겼지만, 이 낯설고도 미묘한 어휘를 옮기는 데에 사전의 도움으로도 충분하지 못했던 김억은 제1연의 '音樂', 제6연의 '라임^{韻律}'을 염두에 두고 유추하여 '音調'라는 전혀 다른 의미의 어휘를 선택할 수밖에 없었던 것이다. 이미 논설 「시형^{詩形}의 음률^{音律}과 호흡^{呼吸}」^{『태서문예신보』, 1919.1.13}에서부터 김억이 시종일관 시의 '음조'를 역설했던 점을 염두에 두고 보면, 이 고심참담한 중역이 얼마나 중요한 문학사적 의의를 지니는가 새삼 알 수 있다. 물론 노무라 야스유키¹⁹¹⁸에는 'nuance'를 '[音]音調の變更^{[음악]음조의 변경}'라고도 풀이하지만, 김억이 과연 이 풀이를 따랐다고 보기는 어렵다.

한편 이 시는 『오뇌의 무도』 도처에서 보이는, 김억의 입말로 추측되는 모호한 어휘들의

의미가 일역시를 통해 도리어 확인되는 흥미로운 사례이기도 하다. 예컨대 제7연 제3행의 '카즐로'의 경우, 가와지 류코[1915/1919]의 '鑢やすり.줄칼'을 통해 그 의미를 알 수 있게 된다. 이로써 김억의 중역이란 기점언어source language인 일본어를 목표언어target language인 조선어로 끌어들이는, 특히 그의 입말에 대응시키는 일이었음을 알게 된다.

　마지막 제9연 제4행 "그리하고 그 밧게는 文字밧게 될 것 업서라"는 김억이 이토록 다양한 저본을 참조했던 노력이 거둔 결실이다. 베를렌 원시의 "Et tout le reste est littérature"를 가와지 류코는 축자적으로 "かくて他はすべて文學のみ이리하여 다른 것은 모두 문학뿐"라고 옮겼다. 김억이 첫 번째 번역은 "그리ᄒ고 그밧게는 다만 文學쑨"이라고 옮겼다가 결국 『오뇌의 무도』 초판부터는 '文學'이 아닌 '文字'로 옮겼던 것도 역시 구리야가와 하쿠손[1912]의 "他はすべて徒なる文字のみ그 밖에는 모두 헛된 문자뿐"를 참조한 덕분이다. 더구나 야마모토 도쿠헤이[1919]도 "なべてこのほかは唯だ白紙のみ、印刷のみ대개 그 밖에는 그저 백지일 뿐, 인쇄일 뿐"이라고 옮겼으니, 김억으로서는 서슴없이 '文字'로 고쳐 옮길 수 있었을 것이다. 김억이 '文學'이 아닌 '文字'를 선택한 것이 우연의 결과인지, 베를렌의 의도를 이해한 결과인지 알 수 없다. 설령 이것이 우연의 결과라고 하더라도 김억의 번역은 순수문학을 '문학'으로, 통속적인 문학을 '문자'에 불과한 것으로 폄훼했던 베를렌의 입장을 반영한다는 점에서 의미심장하다.

都市에나리는비。[1]

都市엔 나리는비인듯[2]
내가슴엔[3] 눈물의비가 오아라、
엇지하면 이러한설음이[4]
내가슴속에 숨어잇으랴。

아々 쌍우에도 집웅우에도
내려퍼붓는 고흔비소리[5]!
이는 애닯은맘의괴로움이라고[6]、
오々 내려붓는 비의노래여!   【초27, 재35】

이쓰거운[7] 내가슴의속에
까닭업는 눈물의비가오아라[8]、
조곰이나拒逆함도[9] 업건만
이설음은 까닭좃차 바이업서라。   【초27, 재36】

사랑도 미움도아닌[10]
가장압흔 이설음은
뭇기좃차 바이업서라[11]、
엇제면 내가슴은 이리압흐랴[12]。   【초28, 재36】

1 초판 목차에는 "都市에내리는
   비". 재판 목차에는 "都市에 내리
   는비".

2 재판에는 "都市에 나리는비와
   도 갓치".

3 재판에는 "내가슴에는".

4 재판에는 "이러한 설음이".

5 재판에는 "곱은비소리여".

6 재판에는 "이는 애닯은맘의 괴
   롭음이라고".

7 재판에는 "이쓰겁은".

8 초판 본문에는 '끼닭업는'. 초
   판 정오표를 따라 '까닭업는'
   으로 고쳤다. 재판에는 "…눈
   물의비가 오아라".

9 재판에는 "조곰이나拒逆함도".

10 재판에는 "사랑도 밉음도아닌".

11 재판에는 "바이 업서라".

12 재판에는 "이리도 압흐랴".

われの心に涙降る[1]

堀口大學

1　堀口大學 譯,「昨日の花」,『昨日の花－佛蘭西近代詩』, 東京：籾山書店, 1918, 151~153면; 生田春月 編,「佛蘭西－ヴェルレェヌ」,『泰西名詩名譯集』, 東京：越山堂, 1919, 94~95면; 樋口紅陽 編,『西洋譯詩 海のかなたより』, 東京：文獻社, 1921(4.5), 273~274면.

2　生田春月(1919)에는 "都に雨の降る如く".

3　生田春月(1919)에는 "やるせなき心を爲めには".

4　生田春月(1919)에는 "この喪その故を知らず".

巷に雨の降る如く[2]

われの心に涙降る

かくも心に滲み入る

この悲みは何ならん?

やるせなき心を爲には[3]

おお、雨の歌よ!

やさしき雨の響は

地上にも屋根にも!

消えも入りなん心のうちに

故もなく雨は涙す。

何事ぞ! 裏切りも無きにあらずや?

この喪その故知らず[4]。

故知れぬかなしみぞ

實にこよなくも堪えがたし、

戀もなく恨もなきに

わが心かくもかなし!

巷に雨のふるごとく[1]

雨はしづかに巷にそゝぐ

(アルチユル、ランボオ)[2]

川路柳虹

1　川路柳虹譯、「無言の歌―忘れた
る小唄」、『ヴェルレーヌ詩抄』、東
京：白日社、1915, 131~133面；
『ヹルレーヌ詩集』、東京：新潮
社、1919, 88~89.

2　川路柳虹(1919)에는 "―アル
チユル、ランボオ―".

3　川路柳虹(1919)에는 "このな
やみこそなにならむ".

4　川路柳虹(1919)에는 "ああ上
に屋根のうへに".

5　川路柳虹(1919)에는 "えたへ
ぬほどの厭はしき".

6　川路柳虹(1919)에는 "鬱ぐお
もひは何故ぞ。".

巷に雨のふるごとく

涙ながるゝわがこゝろ、

胸のさなかに泌み入りし

この衰えよ、いかなれば[3]。

あゝ土に、屋根のうへに[4]

いとも優しき雨のひゞきよ。

疲れあぐみし心ゆゑに

ふりもそゝぐか雨の歌。

えたえぬほどの厭はしき[5]

胸は故なく涙する、

叛く心もつゆなきに

この悲しみは何故ぞ、[6]

何故とこそわかちえぬ

辛き痛みとあきらめむ[7]、

愛も憎みもなきものを

なぜか心は悲める。

7　川路柳虹(1919)에는 "辛き痛
みの堪へがたし".

IL PLEUT DOUCEMENT SUR LA VILLE.[†]

Ashmore Wingate

[†] Paul Verlaine, Selected and translated by Ashmore Wingate, "Romances Sans Paroles", *Poems by Paul Verlaine* (*The Canterbury Poets*), London : Walter Scott, 1904, p.85.

IT rains in my heart
　　As it rains o'er the town,
What languorous art
Sends a chill to my heart?

Oh, sweet sound of the rain
　　On the roof and the street,
For the heart's weary pain,
Oh, the song of the rain!

It rains without cause
　　In this feverish heart,
Does it answer no laws,
This grief without cause?

'Tis the worst of all pain,
　　Without hatred or love,
But to question in vain
Why my heart has such pain.

IL PLEURE DANS MON CŒUR …[†]

[†] Paul Verlaine, "Romances sans paroles", *Œuvres complètes de Paul Verlaine*(*Tome premier*), Paris : Librairie Léon Vanier, 1900(Deuxième édition), pp.155~156. Adolphe van Bever & Paul Léautaud, "Paul Verlaine", *Poètes d'Aujourd'hui : Morceaux choisis*(*Tome II*), Paris : Société du Mercure de France, 1908, pp.334~335.

Il pleut doucement sur la ville.

(Arthur Rimbaud)

Il pleure dans mon cœur

Comme il pleut sur la ville,

Quelle est cette langueur

Qui pénètre mon cœur ?

Ô bruit doux de la pluie

Par terre et sur les toits !

Pour un cœur qui s'ennuie,

Ô le chant de la pluie !

Il pleure sans raison

Dans ce cœur qui s'écœure.

Quoi ! nulle trahison ?

Ce deuil est sans raison.

C'est bien la pire peine

De ne savoir pourquoi,

Sans amour et sans haine,

『오뇌의 무도』 주해

Mon cœur a tant de peine !

번역의 이본

첫 번째 번역은 제목 없이 논설 「要求와 悔恨」, 『학지광』 제10호, 1916.9

두 번째 번역은 「거리에 나리는비」, 「동서명문집」, 『태서문예신보』 제6호, 1918.11.9

다섯 번째 번역은 「비노래」, 「비를 노래한 詩」, 『조선문단』 제11호, 1925.9

주석

제1연

제1행 「요구와 회한」[1916]은 "눈물 흐르는 내가슴", 「거리에 나리는비」[1918]는 "거리에 나리는 비인듯", 「비노래」[1925]는 "都市에 내리는비와도갓치"이다. 에쉬모어 윈게이트[Ashmore Wingate : 1904]의 제1연 제2행 "As it rains o'er the town"을 염두에 두되, 호리구치 다이가쿠[堀口大學 : 1919]의 제1연 제1행 "都に雨の降る如く 도시에 비가 내리듯이"를 '都に도시에', '降る 내리는', '雨の如く 비처럼' 순으로 도치하여 조합한 구문의 어휘 표현과 문형을 따른 의역이다. 혹은 호리구치 다이가쿠[1919]의 제1연 제1행 "港に雨の降る如く 거리에 비가 내리듯이", 또는 가와지 류코[川路柳虹 : 1915/1919]의 제1연 제1행 "巷に雨のふるごとく 거리에 비가 내리듯이"를 '港に 거리에', '降る 내리는'[堀口大學] · 'ふる 내리는'[川路柳虹], '雨の如く 비처럼'[堀口大學] · '雨のごとく 비처럼'[川路柳虹] 순으로 도치하여 조합한 구문의 어휘 표현과 문형을 따른 의역이다. 다만 김억은 호리구치 다이가쿠[1918]와 가와지 류코[1915/1919]의 '巷거리' 대신 에쉬모어 윈게이트[1904]의 'town'을 따랐다.

제2행 「요구와 회한」[1916]은 "都巷에 비옴 갓써다", 「거리에 나리는비」[1918]는 "내가슴에 눈물의비 오나니", 「비노래」[1925]에는 "내가슴에 눈물의비가 내리나니"이다. 에쉬모어 윈게이트[1904]의 제1연 제1행 "IT rains in my heart"를 염두에 두되, 호리구치 다이가쿠[1918/1919]의 제1연 제2행 "われの心に涙降る 나의 마음에 눈물 내린다"의 어휘 표현과 문형을 따른 의역이다. 「요구와 회한」[1916]은 에쉬모어 윈게이트[1904]의 제1연 제2행 "As it rains o'er the town"의 의역이다.

제3행 「요구와 회한」¹⁹¹⁶은 "가슴안을 쓸고 드는 이", 「거리에 나리는비」¹⁹¹⁸는 "엇지ᄒ면 이 러ᄒ 셜음이", 「비노래」¹⁹²⁵는 "엇제면 이러한설음이"이다. 에쉬모어 윈게이트¹⁹⁰⁴의 제1연 제3행 "What languorous art"를 염두에 두되, 가와지 류코¹⁹¹⁵ 제1연 제4행 "この 衰えよ、いかなれば^{이 쇠함이여, 어째서인가}"와 호리구치 다이가쿠^{1918/1919}의 제1연 제4행 "この悲みは何ならん^{이 슬픔은 무엇인가}?" 중 'いかなれば^{어째서인가}'와 'この悲みは^{이 슬픔은}' 만을 발췌 후 조합한 구문에 충실한 번역이다. 「요구와 회한」¹⁹¹⁶은 에쉬모어 윈게이트¹⁹⁰⁴의 제1연 제4행 "Sends a chill to my heart?"의 의역이다.

제4행 「요구와 회한」¹⁹¹⁶은 "이 哀哀! 무슨理由요?", 「거리에 나리는비」¹⁹¹⁸는 "내가슴안에 슴여들엇노?", 「비노래」¹⁹²⁵는 "내가슴속에 숨어잇으랴"이다. 에쉬모어 윈게이트¹⁹⁰⁴의 제1연 제4행 "Sends a chill to my heart?"의 문형을 염두에 두되, 가와지 류코¹⁹¹⁵의 제1연 제3행 "胸のさなかに泌み入りし^{가슴 한가운데로 스며든다}", 혹은 호리구치 다이가쿠 ^{1918/1919}의 제1연 제3행 "かくも心に滲み入る^{이토록 마음에 스며든다}"의 어휘 표현을 따른 의역이다.

제2연

제1행 「요구와 회한」¹⁹¹⁶은 "아아 거리、에 지붕의우、", 「거리에 나리는비」¹⁹¹⁸는 "아、싸에도 지붕에도", 「비노래」¹⁹²⁵는 "아々쌍우와 집웅우에"이다. 가와지 류코의 제2연 제1행 "あゝ土に、屋根のうへに^{아아 땅에. 지붕의 위에}"¹⁹¹⁵, "ああ土に屋根のうへに^{아아 땅에 지붕의 위 에}"¹⁹¹⁹ 중 'あゝ^{아아}', 'ああ^{아아}'와 호리구치 다이가쿠^{1918/1919}의 제2연 제4행 "地上にも 屋根にも^{땅 위에도 지붕에도}!"를 조합한 구문에 충실한 번역이다. 에쉬모어 윈게이트¹⁹⁰⁴ 의 제2연 제2행은 "On the roof and the street"이다.

제2행 「요구와 회한」¹⁹¹⁶은 "맘즞케 나리는 빗소리", 「거리에 나리는비」¹⁹¹⁸는 "나리는 고 은 비소리", 「비노래」¹⁹²⁵는 "내려퍼붓는 곱은비소리여!"이다. 에쉬모어 윈게이트 ¹⁹⁰⁴의 제2연 제1행 "Oh, sweet sound of the rain"을 염두에 두되, 가와지 류코^{1915/1919}

의 제2연 제2행 "いとも優しき雨のひゞきよ^{너무도 고운 비의 울림이여}", 호리구치 다이가쿠 ^{1918/1919}의 제2연 제3행 "やさしき雨の響は^{고운 비의 울림은}"의 어휘 표현과 문형을 두루 따른 의역이다.

제3행　「요구와 회한」¹⁹¹⁶은 "내가슴의 실흔설음이매", 「거리에 나리는비」¹⁹¹⁸는 "애닯은 맘 째문이라고", 「비노래」¹⁹²⁵는 "이는 괴롭은맘의 애닯음이라고"이다. 에쉬모어 윈게이트¹⁹⁰⁴의 제2연 제3행 "For the heart's weary pain"을 염두에 두되, 가와지 류코^{1915/1919}의 제2연 제3행 "疲れあぐみし心ゆゑに^{너무도 지친 마음이기에}" 중 '疲れあぐみし^{너무도 지친}'와 호리구치 다이가쿠¹⁹¹⁸의 제2연 제1행 "やるせなき心を爲には^{애달픈 마음이기에}"를 조합한 구문의 어휘 표현과 문형을 따른 의역이다.

제4행　「요구와 회한」¹⁹¹⁶은 "아아 퍼붓는 비의노래", 「거리에 나리는비」¹⁹¹⁸는 "오、 나려오 는 비의노릭", 「비노래」¹⁹²⁵는 "오々내려퍼붓는 비의노래여!"이다. 에쉬모어 윈게이 트¹⁹⁰⁴의 제2연 제4행 "Oh, the song of the rain!"를 염두에 두되, 호리구치 다이가쿠 ^{1918/1919}의 제2연 제2행 "おお、雨の歌よ^{오오, 비의 노래여!}"와 가와지 류코^{1915/1919}의 제2 연 제4행 "ふりもそゝぐか雨の歌^{내리쏟아지는가 비의 노래}" 중 'ふりもそゝぐ^{내리쏟아지는}'만 을 발췌하여, 'おお^{오오}'^{堀口大學}, 'ふりもそゝぐ^{내리 쏟아지는}'^{川路柳虹}, '雨の歌よ노래여!'^{堀口大 學}순으로 조합한 구문에 충실한 번역이다.

제3연

제1행　「요구와 회한」¹⁹¹⁶은 "덥고타는 이가슴안에", 「거리에 나리는비」¹⁹¹⁸는 "이 쓰거운 닉 가슴에", 「비노래」¹⁹²⁵는 "참을수업는 내가슴의속에서"이다. 에쉬모어 윈게이트¹⁹⁰⁴의 제3연 제2행 "In this feverish heart"를 염두에 두되, 호리구치 다이가쿠^{1918/1919}의 제3 연 제1행 "消えも入りなん心のうちに^{스러져가는 마음속에}"의 문형을 따른 의역이다.

제2행　「요구와 회한」¹⁹¹⁶은 "까닥업시 나리는비은", 「거리에 나리는비」¹⁹¹⁸는 "까닭업시 나 리는 비눈물", 「비노래」¹⁹²⁵는 "까닭몰을 눈물비가내리나니"이다. 에쉬모어 윈게이트¹⁹⁰⁴

제3연 제1행 "It rains without cause"를 염두에 두되, 호리구치 다이가쿠[1918/1919]의 제3연 제2행 "故もなく雨は涙す까닭도 없이 비는 눈물 흘린다"의 어휘 표현과 문형을 따른 의역이다.

제3행 「요구와 회한」[1916]은 "뭇기에 바이 업슨데", 「거리에 나리는비」[1918]는 "거슬리는 맘도 업는데", 「비노래」[1925]는 "조곰도拒逆이란업건만은"이다. 가와지 류코[1915/1919]의 제3연 제3행 "叛く心もつゆなきに거스르는 마음도 조금도 없는데"의 의역이다. 호리구치 다이가쿠[1918/1919]의 제3연 제3행은 "何事ぞ! 裏切りも無きにあらずや무슨 까닭인가! 배반도 전혀 없는 것도 아니지 않나?"이다.

제4행 「요구와 회한」[1916]은 "까닥업슨 이悲哀는웨?", 「거리에 나리는비」[1918]는 "애닯아라, 이 셜음은 무슨까닭?", 「비노래」[1925]는 "이설음은 까닭좃차 알길업서라"이다. 에쉬모어 윈게이트[1904]의 제3연 제4행 "This grief without cause?"의 문형을 염두에 두되, 가와지 류코[1915/1919]의 제3연 제4행 "この悲しみは何故ぞ이 슬픔은 무슨 까닭인가", 호리구치 다이가쿠[1918/1919]의 제3연 제4행 "この喪その故知らず이 상실감 그 까닭 알 수 없어"의 어휘 표현을 두루 따른 의역이다.

제4연

제1행 「요구와 회한」[1916]은 "웨라고 말지 못할쏜", 「거리에 나리는비」[1918]는 "사랑도 아니요, 미움도 업는", 「비노래」[1925]는 "사랑도밉음도아닌"이다. 에쉬모어 윈게이트[1904]의 제4연 제2행 "Without hatred or love"를 염두에 두되, 가와지 류코[1915/1919]의 제4연 제3행 "愛も憎みもなきものを사랑도 미움도 없음을"의 어휘 표현과 문형을 따른 의역이다. 호리구치 다이가쿠[1918/1919]의 제4연 제3행은 "戀もなく恨もなきに사랑도 없고 한스러움도 없이"이다.

제2행 「요구와 회한」[1916]은 "苦痛!斷念이나되면은。", 「거리에 나리는비」[1918]는 "가장 압혼 이 셜음은", 「비노래」[1925]는 "가장 압혼 이설음은"이다. 에쉬모어 윈게이트[1904]의 제4연

제1행 "'Tis the worst of all pain"의 문형을 염두에 두되, 가와지 류코의 제4연 제2행 "辛き痛みとあきらめむ^{괴로운 아픔이라고 잊으리라}"1915, "辛き痛みの堪へがたし^{괴로운 아픔은 참기 어렵다}"1919의 어휘 표현을 따른 의역이다. 「요구와 회한」1916은 가와지 류코1915/1919의 의역이다.

제3행 「요구와 회한」1916은 "사랑도 憎惡도업는데", 「거리에 나리는비」1918는 "뭇기 좃ᄎ바이 업나니", 「비노래」1925는 "뭇기좃차 바이업서라"이다. 에쉬모어 윈게이트1904의 제4연 제3행 "But to question in vain"의 의역이다. 에쉬모어 윈게이트1904를 염두에 둔 것으로 보이는 가와지 류코1915/1919의 제4연 제1행은 "何故とこそわかちえぬ^{왜인지 물어도 알 수 없는}"이다.

제4행 「요구와 회한」1916은 "웨가슴은 이압흠이요", 「거리에 나리는비」1918는 "엇지ᄒ면 내 가슴 압하?", 「비노래」1925는 "엇제면 내가슴은 이리도설으랴"이다. 에쉬모어 윈게이트1904의 제4연 제4행 "Why my heart has such pain"의 문형을 염두에 두되, 호리구치 다이가쿠1918/1919의 제4연 제4행 "わが心かくもかなし^{내 마음 이토록 슬프다!}", 가와지 류코1915/1919의 제4연 제4행 "なぜか心は悲める^{왠지 마음은 아프다}"의 어휘 표현을 염두에 둔 의역이다.

해설

김억의 「都市에 나리는 비」의 저본은 에쉬모어 윈게이트^{Ashmore Wingate : 1904}의 영역시, 호리구치 다이가쿠^{堀口大學 : 1918}의 「われの心に淚降る^{내 마음에 눈물 내린다}」, 가와지 류코^{川路柳虹 : 1915/1919}의 「巷に雨のふるごとく^{거리에 비가 내리듯}」이다. 이 중 전자는 이쿠다 슌게쓰^{生田春月 : 1919}에도 수록되어 있다. 김억은 이 시를 논설 「요구와 회한」1916에서 처음으로 소개했다. 이 장의 해제에서 설명했듯이, 김억은 이 논설에서 이 시의 첫 번째 번역과 함께 에쉬모어 윈게이트1904까지 전재하면서 출전을 "from Verlaine's romance sans poroles^{paroles}"로 명기했다. 이로써 김억이 베를렌의 원시가 아닌 영역시를 저본으로 삼았음이 드러난다. 그리고 그 영역시는 김억의 다른

베를렌 시 번역들로 보건대 에쉬모어 윈게이트[1904]이다. 김억은 이 시의 제목도 일본어 번역시가 아닌 에쉬모어 윈게이트[1904]의 제1연 제2행 "As it rains o'er the town"에서 취했다.

일찍이 나가이 가후永井荷風의 『프랑스 이야기ふらんす物語』에 수록된 일역시가 저본이라는 견해도 있었다.김용직 : 1967. 564 그러나 나가이 가후의 이 책은 1905년에 출판되었다가 곧 판매 금지조치를 당했고, 김억의 유학시절 중 『신편 프랑스 이야기新編 ふらんす物語』東京 : 博文館, 1915라는 제목으로 다시 출판되었다. 그러나 베를렌의 번역시가 수록된 「가을의 거리秋のちまた」장은 삭제된 채 출판되었다.

「요구와 회한」[1916]에 수록된 김억의 첫 번째 번역은 그 문체에서 알 수 있듯이, 아직 영어에 능숙하지 못한 학습자가 마치 독해 연습을 하듯이 영역시를 한 행씩 거칠게 옮긴 수준에 불과했다. 그런 이유로 김억은 후일 호리구치 다이가쿠[1918]와 가와지 류코[1915/1919]까지 저본으로 삼아 개역 혹은 재번역을 할 수 밖에 없었을 터이다. 이 개역, 재번역의 과정에서 김억은 먼저 가와지 류코[1915]를 저본으로 삼았겠지만, 호리구치 다이가쿠[1918]까지도 저본으로 삼았다. 그도 그럴 것이 이쿠다 슌게쓰[1919]에도 호리구치 다이가쿠[1918]가 수록되어 있었기 때문이다.

이 시는 처음부터 에쉬모어 윈게이트[1904]로부터 중역을 시도했던 만큼 여러 대목에서 영역시의 구문과 대응한다. 특히 각 행과 연의 순서와 주요 어휘는 호리구치 다이가쿠[1918]와 가와지 류코[1915/1919]를 따르되, 각 행의 구문은 에쉬머어 윈게이트[1904]를 존중하여 옮겼다. 예컨대 제1연 제1행 "都市엔 나리는 비인 듯"만 하더라도 호리구치 다이가쿠[1919]의 제1연 제1행 "都に雨の降る 如く 도회에 비가 내리듯이"의 어휘 표현과 문형을 따랐던 것은 바로 영역시 제2행 "As it rains o'er the town" 중 'town'을 염두에 두고 있었기 때문이다. 아무래도 '저잣거리'에 가까운 호리구치 다이가쿠[1918]와 가와지 류코[1915/1919]의 '港'보다는 '都'가 'town'에 가깝다고 여겼을 터이다.

또 제2연 제1행 "아々 쌍우에도 집웅 우에도"의 경우, 매우 단순한 구문인 영역시 제2연 제2행 "On the roof and the street"을 그대로 따르지 않고, 가와지 류코[1915/1919]와 호리구치 다이가쿠[1918]의 제2연 제1행을 조합하는 방식으로 옮겼다. 그런가 하면 제3연 제2행 "조곰이나

拒逆함도 업건만"의 경우에도 에쉬모어 윈게이트[1904]의 "Does it answer no laws"를 따르는 대신, 가와지 류코[1915/1919]의 제3연 제3행을 따랐다. 우연한 결과이지만 베를렌 원시의 제3연 제3행에 보다 가까운 것은 가와지 류코[1915/1919]이다.

어쨌든 이것은 이 시가, 나아가 김억의 베를렌의 시 중역이 근본적으로 프랑스어, 영어, 일본어라는 서로 다른 기점 텍스트source text들의 적층과 혼종 위에서 이루어졌음을 드러낸다. 또 베를렌의 시가 프랑스에서 영국을 거쳐 조선으로, 혹은 프랑스에서 일본을 거쳐 조선으로 확산된 과정을 고스란히 드러낸다. 하지만 김억에게 프랑스에서 영국을 거쳐 조선에 이르는 경로는 프랑스에서 일본을 거쳐 조선에 이르는 경로만큼 수월하지 않았다. 그래서 더욱 후자에 의존할 수밖에 없었다. 이 시는 바로 그러한 사정까지도 분명히 드러낸다.

『오뇌의 무도』 주해

바람。

이는 倦怠의 섯업는깃븜이러라、

이는 사랑의 하욤업는疲惱러라、

이는 가뷔야운바람에[1] 싸히여

나붓기는 수풀의微音이러라、

이는 희미한小枝를[2] 싸고도는

젹은노래의[3] 소삭거림이러라。

아々 힘업는 新鮮한바람소리여、微音이여、

이는 새와갓치 울며、버러와갓치도[4] 嗚咽하여라

이는 바람에쏠치어 춤추는野草의   【초29, 재37】

소군거리는 고흔노래와[5] 갓타라、

흘으는 물밋에 잇는모래알의

무거운울님이라고 그대는말하나?[6]

조는듯한 설음에   【초29, 재38】

이리도 애닯은靈은

우리들의 이靈이 아닌가、

이 고요한黃昏에、적은소리로

삼가하는祈禱갓치 소군거림은[7]

내靈도되며、그대의靈도 되지안는가。   【초30, 재38】

1   재판에는"이는가뷔얇은바람에".

2   재판에는"이는연약한小枝를".

3   재판에는"젹은노래의".

4   재판에는 "이는 새와갓치 울며、버레와갓치도".

5   재판에는 "소군거리는 곱은노래와도".

6   재판에는 "무겁은울님이라고 그대는 말하는가?".

7   재판에는"소군거리는소리는".

風[1]

1 堀口大學 譯, 「昨日の花」, 『昨日の花－佛蘭西近代詩』, 東京：籾山書店, 1918, 146~148면; 生田春月 編, 「佛蘭西－ヴェルレェヌ」, 『泰西名詩名譯集』, 東京：越山堂, 1919, 93면.

2 生田春月(1919)에는 "やさし叫びに似たるかな".

風は曠野の中に
そか呼吸の音を忍ぶ

フアヴアル

堀口大學

こはやるせなさの絶頂なり
こは戀しさの苦惱なり
こは微風につつまるる
森の微動のなべてなり
こは朧なる梢をめぐる
小さき聲の唱歌なり。

ああかよは纖弱くも爽かなる風の響やささやきや
そは鳥の如ささ鳴きし、はた蟲の如忍び泣く、
そは風渡る野の草の
やさし叫びに似たるかな[2]
君は云ふらんまた風は
流るる水の水底の石の音無き搖ぎよと。

ねむるが如きかなしさに
かくももだゆる魂は

われ等がそれにあらざるや?
この静なる黄昏に、低き聲して
つつましき祈りの如く囁くは
わがまた君がこころならずや?

そはもの倦うげの夢心地[1]

嘆きのなかに吹く風は
その息吹をもとゞむなり
（アアヴァール）[2]

川路柳虹

そはもの倦<ruby>倦<rt>う</rt></ruby>げの夢<ruby>夢<rt>ゆめ</rt></ruby>心<ruby>心<rt>ここ</rt></ruby>地、[3]
そは好<ruby>好<rt>この</rt></ruby>ましき疲れなり。[4]
かの微<ruby>微<rt>そよ</rt></ruby>風<ruby>風<rt>かぜ</rt></ruby>に抱かれて[5]
顫<ruby>顫<rt>ふる</rt></ruby>ふ木<ruby>木<rt>こ</rt></ruby>立<ruby>立<rt>だち</rt></ruby>のそよめきか。[6]
鼠色せる枝ごとに[7]
可愛ゆき聲<ruby>聲<rt>うた</rt></ruby>の歌<ruby>歌<rt>うた</rt></ruby>唱<ruby>唱<rt>ひ</rt></ruby>者。[8]

囀り交はし鳴きかはす
弱く涼しき囁<ruby>囁<rt>きや</rt></ruby>きよ[9]、
吐<ruby>吐<rt>とい</rt></ruby>息<ruby>息<rt>きせ</rt></ruby>急きかね搖<ruby>搖<rt>ゆ</rt></ruby>る草の[10]
優し響に似たらまし。[11]
君は語りぬ早<ruby>早<rt>はや</rt></ruby>瀬<ruby>瀬<rt>せ</rt></ruby>の下<ruby>下<rt>した</rt></ruby>の[12]
小<ruby>小<rt>こい</rt></ruby>石<ruby>石<rt>し</rt></ruby>の重き搖<ruby>搖<rt>うご</rt></ruby>めきと[13]。

夢<ruby>夢<rt>ゆめ</rt></ruby>見<ruby>見<rt>み</rt></ruby>心<ruby>心<rt>ここ</rt></ruby>地<ruby>地<rt>ち</rt></ruby>の嘆きにも[14]
悲みつくす靈<ruby>靈<rt>たま</rt></ruby>は[15]

1 　川路柳虹 譯, 「無言の歌ー忘れたる小唄」, 『ヴェルレーヌ詩抄』, 東京: 白日社, 1915, 126~128면; 『ヹルレーヌ詩集』, 東京: 新潮社, 1919, 84~86면.

2 　川路柳虹(1919)에는 "ーアアヴァールー".

3 　川路柳虹(1919)에는 "こはもの倦げの夢心地、".

4 　川路柳虹(1919)에는 "こは愛しきの疲れなり、".

5 　川路柳虹(1919)에는 "こは微風に抱かれて".

6 　川路柳虹(1919)에는 "顫ふ木立のそよめきか、".

7 　川路柳虹(1919)에는 "こはおぼろなる枝ごとに".

8 　川路柳虹(1919)에는 "さゝやき交はす歌聲か".

9 　川路柳虹(1919)에는 "もろくさやかの囁きよ".

10 　川路柳虹(1919)에는 "風の息吹に搖る草の".

11 　川路柳虹(1919)에는 "優し響に似たらまし、".

12 　川路柳虹(1919)에는 "君は語りぬ早瀬の下の".

13 　川路柳虹(1919)에는 "小石の重き搖めきと".

吾らのものにあらざるや。[16]

わがものにして、且つ君のもの[17]、

かく思はずや。いと低く微温き黄昏に

溶けもゆくかの蕭ましき讚頌歌よ。

14　川路柳虹(1919)에는 "夢見心
　　地の嘆きにも".

15　川路柳虹(1919)에는 "悲みつ
　　くす爲は".

16　川路柳虹(1919)에는 "吾らの
　　ものにあらざるや、".

17　川路柳虹(1919)에는 "わがも
　　のにして且つ君のもの".

THIS IS THE JOY OF LAZINESS[†]

† Paul Verlaine, Selected and translated by Ashmore Wingate, "Romances Sans Paroles", *Poems by Paul Verlaine* (*The Canterbury Poets*), London : Walter Scott, 1904, p.83.

"Le vent dans la plaine
Suspend son haleine".
—FAVART.

Ashmore Wingate

THIS is the joy of laziness,

And the fatigue of love, no less,

   With all the forests shuddering,

While by the breeze embraced are they,

Besides—amid the foliage grey

The choir that with small voices sing.

Ah, murmur fresh and faintly drawn!

Here's one that chirps and warbles on,

   Here's one that like the gentle sound

Of the vexed meadow-grass doth seem,—

And now, beneath the tumbling stream,—

   You'd say the stones went dully round.

This little soul which doth lament

Itself in such a sleepy plaint,

    It is our own, is it not so?

Say it is mine, and say 'tis yours,

From whom its humble anthem pours,

    On this warm evening, very low?

C'EST L'EXTASE LANGOUREUSE
...[†]

[†] Paul Verlaine, "Romances sans paroles : I. C'est l'extase langoureuse", *Œuvres complètes de Paul Verlaine* (*Tome premier*), Paris : Librairie Léon Vanier, 1900 (Deuxième édition), p.153.

"Le vent dans la plaine
Suspend son haleine".

(Favart)

C'est l'extase langoureuse,

C'est la fatigue amoureuse,

C'est tous les frissons des bois

Parmi l'étreinte des brises,

C'est, vers les ramures grises,

Le chœur des petites voix.

Ô le frêle et frais murmure !

Cela gazouille et susurre,

Cela ressemble au cri doux

Que l'herbe agitée expire ⋯

Tu dirais, sous l'eau qui vire,

Le roulis sourd des cailloux.

Cette âme qui se lamente

En cette plainte dormante,

C'est la nôtre, n'est-ce pas ?

La mienne, dis, et la tienne,

Dont s'exhale l'humble antienne

Par ce tiède soir, tout bas ?

첫 번째 번역은 「바람」.「예르렌詩抄」,『폐허』제2호, 1921.1

주석

제1연

제1행 「바람」[1921]은 "이는 倦怠의 깃업는깃붐이러라,"이다. 에쉬모어 윈게이트[Ashmore Wingate : 1904]의 제1연 제1행 "THIS is the joy of laziness"를 염두에 두되, 가와지 류코[川路柳虹 : 1919]의 제1연 제1행 "こはもの倦げの夢心地[이것은 권태의 황홀]"의 어휘 표현과 문형을 따른 의역이다. 호리구치 다이가쿠[堀口大學 : 1918/1919]의 제1연 제1행은 "こはやるせなさの絶頂なり[이것은 안타까움의 절정이다]"이다. 참고로 후나오카 겐지[船岡献治 : 1919]에는 'モノウシ・モノウイ[物憂シ]'를 "답답하다。慵[게으름]。懶[게으름]。大儀[귀찮음, 피곤함]。不快。物臭イ[귀찮은, 나른한]。進マヌ[나아가지 못함]"로 풀이한다. 또 간다 나이부[神田乃武 : 1915]에는 'lazy'를 "ナマケル[게으름피우다], 怠惰ナル[게으르다], 懶惰ナル[나태하다], 惰慢ノ[태만한], 無性ノ[게으른]"로 풀이한다. 사이토 히데사부로[齊藤秀三郎 : 1918]에서도 'lazy'를 "懶惰な[나태한]、無性な[게으른]、野呂馬な[둔한]"로 풀이한다.

제2행 「바람」[1921]은 "이는사랑의 하욤업는疲惱러라,"이다. 에쉬모어 윈게이트[1904]의 제1연 제2행 "And the fatigue of love, no less"를 염두에 두되, 가와지 류코[1919]의 제1연 제2행 "こは愛しきの疲れなり[이것은 너무도 사랑스러운 피로이다]", 호리구치 다이가쿠[1918/1919]의 제1연 제2행 "こは戀しさの苦惱なり[이것은 사랑스러움의 고뇌이다]"의 어휘 표현과 문형을 따른 의역이다. 특히 김억의 '疲惱'는 마치 가와지 류코의 '疲れる[지치다]'의 '疲'와 호리구치 다이가쿠의 '苦惱[고뇌]'의 '惱'를 조합한 어휘로도 보인다. 한편 참고로 'fatigue'를 간다 나이부[1915]에는 '疲勞', '勞苦', '雜役', '勞役'으로, 사이토 히데사부로[1918]에는 '疲勞せしむ[피로하게 하다]', '疲勞[피로]'로 풀이한다.

제3행 「바람」[1921]은 "이는 가븨야운바람에싸히여"이다. 에쉬모어 윈게이트[1904]의 제1연 제4

행 "While by the breeze embraced are they"를 염두에 두되, 호리구치 다이가쿠[1918/1919]의 제1연 제3행 "こは微風につつまるる이것은 산들바람에 싸여", 가와지 류코[1919]의 제1연 제3행 "こは微風に抱かれて이것은 산들바람에 안겨"의 어휘 표현과 문형을 따른 의역이다.

제4행 　수풀 : '숲'의 평안도 방언이다.[김이협 : 1981] 가와지 류코[1915/1919]의 제1연 제4행 "顫ふ木立のそよめきか흔들리는 나무숲의 산들거림인가"의 의역이다. 에쉬모어 윈게이트[1904]의 제1연 제3행 "With all the forests shuddering"에 해당한다.

제5행 　「바람」[1921]은 "이는 희미한小枝를 싸도는"이다. 호리구치 다이가쿠[1918/1919]의 제1연 제5행 "こは朧なる梢をめぐる이것은 어슴푸레한 가지 끝을 감싸는"의 의역이다. 가와지 류코[1919] 제1연 제5행은 "こはおぼろなる枝ごとに이것은 어렴풋한 가지마다"이다.

제6행 　「바람」[1921]은 "적은노래의소삭거림이러라."이다. 에쉬모어 윈게이트[1904]의 제1연 제6행 "The choir that with small voices sing"을 염두에 두되, 호리구치 다이가쿠[1918/1919]의 제1연 제6행 "小さき聲の唱歌なり작은 목소리의 노래이다"와 가와지 류코[1919]의 제1연 제6행 "さゝやき交はす歌聲か서로 속삭이는 노랫소리인가" 중 '小さき聲の唱歌작은 목소리의 노래'[堀口大學], 'さゝやき속삭임'[川路柳虹]만을 발췌하여 조합한 구문을 따른 의역이다.

제2연

제1행 　「바람」[1921]은 "아々 힘업는新鮮한바람소리여、微音이여、"이다. 호리구치 다이가쿠[1918/1919]의 제2연 제1행 "噫纖弱くも爽かなる風の響やささやきや아, 연약하고도 시원한 바람의 울림이어 속삭임이어"의 의역이다. 에쉬모어 윈게이트[1904]의 제2연 제1행은 "Ah, murmur fresh and faintly drawn"이다.

제2행 　「바람」[1921]은 "이는새와갓치 울며、버레와갓치도嗚咽하여라"이다. 호리구치 다이가쿠[1918/1919]의 제2연 제2행 "そは鳥の如ささ鳴きし、はた蟲の如忍び泣く그것은 새 같은 작은 울음이며, 또 벌레같이 숨죽여 운다"의 의역이다. 에쉬모어 윈게이트[1904]의 제2연 제2행 "Here's one that chirps and warbles on"에 해당한다. 참고로 후나오카 겐지[1919]의 표제어 중 '忍び泣く _{숨죽여 울다}'는 없다. 다만 'シノビ^忍'를 "가만히 함。남몰래함"으로 풀이 한다.

제3행 가와지 류코¹⁹¹⁹의 제2연 제3행 "風の息吹に搖る草の_{바람의 숨결에 흔들리는 풀의}"의 의역이 다。호리구치 다이가쿠^{1918/1919}의 제2연 제3행 "そは風渡る小野の草_{그것은 바람 건너는 작은 들의 풀}"의 의역으로 볼 수도 있다。에쉬모어 윈게이트¹⁹⁰⁴의 제2연 제4행 "Of the vexed meadow-grass doth seem"에 해당한다。참고로 사이토 히데사부로¹⁹¹⁸에는 'vex'를 "(海 を)動搖せしむ_{[바다를]동요시킨다}"로 풀이한다.

제4행 「바람」¹⁹²¹은 "소군거리는 곱흔노래와갓타라"이다。가와지 류코^{1915/1919}의 제2연 제4 행 "優し響に似たらまし_{부드러운 울림과 같을까}"의 의역이다。에쉬모어 윈게이트¹⁹⁰⁴의 제2 연 제3행 "Here's one that like the gentle sound"에 해당한다.

제5행 「바람」¹⁹²¹은 "흘으는물밋에잇는모래알의"이다。호리구치 다이가쿠^{1918/1919}의 제2연 제6행 "流るる水の水底の石の音無き搖ぎよと_{흐르는 물의 물밑 돌의 소리 없는 흔들림이어。라고} 중 '流るる水の水底の石の_{흐르는 물의 물밑 돌의}'만을 발췌한 구문의 의역이다。에쉬모어 윈게이트¹⁹⁰⁴의 제2연 제5행 "And now, beneath the tumbling stream"에 해당한다.

제6행 가와지 류코^{1915/1919}의 제2연 제6행의 '重き搖めきと_{무거운 흔들림이라고}'와 제5행의 "君は 語りぬ早瀬の下_{그대는 말한다 여울 아래}" 중 '君は語りぬ_{그대는 말한다}'만을 발췌 후 조합한 구 문의 의역이다。에쉬모어 윈게이트¹⁹⁰⁴의 제2연 제6행 "You'd say the stones went dully round"에 해당한다.

제3연

제1행 「바람」¹⁹²¹은 "조는듯한설음에"이다。호리구치 다이가쿠^{1918/1919}의 제3연 제1행 "ねむ るが如きかなしさに_{졸린 듯한 슬픔에}"의 의역이다。에쉬모어 윈게이트¹⁹⁰⁴의 제3연 제2행 "Itself in such a sleepy plaint"에 해당한다.

제2행 호리구치 다이가쿠^{1918/1919}의 제3연 제2행 "かくももだゆる魂は_{이토록 번민하는 혼은}"의

의역이다. 가와지 류코^{1915/1919}의 제3연 제2행은 "悲みつくす靈は너무나 슬픈 영은"이다. 에쉬모어 윈게이트¹⁹⁰⁴의 제3연 제1행 "This little soul which doth lament"에 해당한다. 다만 김억은 호리구치 다이가쿠^{1918/1919}의 '魂'이 아닌 가와지 류코^{1915/1919}의 '靈'을 취했다.

제3행 「바람」¹⁹²¹은 "우리들의 이靈이아닌가,"이다. 호리구치 다이가쿠^{1918/1919}의 제3연 제3행 "われ等がそれにあらざるや우리의 그것[혼]이 아니겠는가"의 의역이다. 가와지 류코^{1915/1919}의 제3연 제3행은 "吾らのものにあらざるや우리의 것[靈]이 아니겠는가"이다. 에쉬모어 윈게이트¹⁹⁰⁴의 제3연 제3행 "It is our own, is it not so?"에 해당한다. 다만 김억은 호리구치 다이가쿠^{1918/1919}의 '魂'이 아닌 가와지 류코^{1915/1919}의 '靈'을 취했다.

제4행 「바람」¹⁹²¹은 "이고요한黃昏에、적은소리로"이다. 호리구치 다이가쿠^{1918/1919}의 제3연 제4행 "この靜なる黃昏に、低き聲して이 고요한 황혼에, 낮은 목소리로"의 의역이다.

제5행 호리구치 다이가쿠^{1918/1919}의 제3연 제5행 "つつましき祈りの如く囁くは조심스러운 기도처럼 속삭임은"에 대응한다.

제6행 「바람」¹⁹²¹은 "내靈도되며、그대의靈도아닌가。"이다. 호리구치 다이가쿠^{1918/1919}의 제3연의 제6행 "わがまた君がこころならずや나의, 또는 너의 마음이 아니겠는가"의 의역이다. 역시 김억은 호리구치 다이가쿠^{1918/1919}의 'こころ마음'가 아닌 가와지 류코^{1915/1919}의 제3연 제2, 3행의 '靈'을 취했다.

해설

김억의 「바람」의 제1저본은 호리구치 다이가쿠^{堀口大學:1918}의 「風바람」이고 제2저본은 가와지 류코^{川路柳虹:1915/1919}의 「そはもの倦うげの夢心地그것은 권태의 황홀경」이다. 이 중 전자는 이쿠다 순게쓰^{生田春月:1919}에도 수록되어 있다. 또 김억은 에쉬모어 윈게이트^{Ashmore Wingate:1904}의 영역시도 참조했다. 김억의 「바람」은 일역시의 구문을 일일이 해체한 후 새롭게 조합하는 특유의 중역 방법이 돋보이는 사례이다. 김억이 호리구치 다이가쿠¹⁹¹⁸를 제1저본으로 삼은 이유

는 가와지 류코 스스로 거론한 바와 같이, 가와지 류코[1915]에 대한 불만, 즉 시어와 형식의 정연함에 집착한 나머지 지나치게 산문적이어서 원시의 취향이 드러나지 못했던 점, 특히 문어체로 번역했던 점에 대한 불만, 반성과 관련 있을 수 있겠다.[川路柳虹 : 1919. 3] 김억도 이 시집의 서문을 눈여겨보았던가는 알 수 없다. 그러나 가와지 류코[1915]에 비해 상대적으로 평이한 어휘, 문체의 호리구치 나이가쿠[1918]를 따르면서도, 보다 선명한 의미가 드러나는 경우 가와지 류코[1915/1919]의 어휘와 표현들을 발췌해 조합하는 방식을 취했던 사정은 「바람」 도처에서 나타난다.

한편 제1연 제1행에서도 알 수 있듯이, 베를렌 시의 주된 정서인 '우울', '비애'와 관련하여 김억은 호리구치 다이가쿠[1918]의 'やるせなさ[안타까움, 쓸쓸함]' 대신 가와지 류코[1915/1919]에서 빈번하게 나타나는 'もの倦げ[나른함, 울적함]'이나 'もの倦さ[나른함, 울적함]'를 따라 '권태[倦怠]'로 옮겼다. 그런데 김억은 실상 「뻬르렌 시초[詩抄]」장에서 이 단어들의 형용사형인 'ものうい'를 예컨대 '單調로운'「가을의 노래」, '셜은 憂陰'「지내간 빗날」 등 일관되게 옮기고 있지는 않다는 점은 주목할 만하다. 그것은 에쉬모어 윈게이트[1904] 또한 각각 'wailing[구슬픈]'"Song of Automn", 'laziness[게으름]'"This is the joy of laziness", 'monotony[슬픈 지루함]'"Nevermore"로 옮겼던 사정과도 관련 있을 터이다. 이것은 번역자로서 김억 나름의 시적, 언어적 감각이 투영된 결과이기도 하다.

그러나 적어도 「바람」에서 이 'ものうい'를 옮기면서 근본적으로 일본어 고유어인 'やるせなさ[안타까움, 쓸쓸함]', 'もの倦げ[나른함, 울적함]'도 아닌 '倦怠'라는 한자어로 옮겼던 의미는 간단하지 않다. 이 어휘를 조선어로 옮기자면 이를테면 후나오카 겐지[船岡獻治 : 1919]의 풀이나, 당시 대표적인 영일[英和]사전인 간다 나이부[神田乃武 : 1915]나 사이토 히데사부로[齊藤秀三郎 : 1918]의 풀이를 참조할 수밖에 없었을 것이다. 김억은 이 가운데에서 '倦怠'라는 어휘를 선택해서 'やるせなさ' 혹은 'もの倦げ'에 대응시켰던 셈이다. 하지만 그 가운데에서 '안타까움', '쓸쓸함', 특히 '울적함'까지 포함하는 일역시 어휘의 중의적인 효과는 반감되고 만다.

또 제1연 제2행의 '疲惱'의 경우, 영역시의 'fatigue'와 간다 나이부[1915], 사이토 히데사부로[1918]의 풀이를 따르는 대신, 마치 가와지 류코의 '疲れる[지치다]'의 '疲'와 호리구치 다이가쿠의

『오뇌의 무도』 주해

'苦惱고뇌'의 '惱'를 조합한 듯한 어휘로 보인다는 점은 흥미롭다. 앞의 'もの倦げ'의 경우도 그러했지만 이 '疲惱' 또한 김억의 중역 방법의 한 특징을 드러내기 때문이다. 즉 어휘의 차원에서 낯선 기점언어source language인 일본어를 목표언어target language인 조선어로 옮기는 일이 전래의 한자(어)를 대응시키거나, 조합하는 방식으로 이루어졌음을 드러내는 것이다. 이 생경한 '疲惱'라는 어휘의 경우 제국 국어 어휘의 혼종과 조합을 통해 새로운 식민지의 번역어가 생성되는 극적인 장면을 제시하기도 한다.

그런가 하면 제2연 제3행의 '嗚咽'의 경우, 베를렌의 원시의 'susurrer속삭이다. 중얼거리다', 에쉬모어 윈게이트[1904]의 'wable지저귀다'가 아닌, 호리구치 다이가쿠[1918]의 '忍び泣く숨죽여 울다'를 따른 결과이다. 김억의 '嗚咽'이란 「가을의 노래」 제1연 제3행 "느린 嗚咽의" 중 '嗚咽'과 마찬가지로 '흐느낌'을 의미한다. 일본과 조선에서 새소리를 '지저귐'이 아니라 '울음' 혹은 '흐느낌'으로 옮긴 것은 프랑스, 영국과의 사회·문화적 차이에서 기인한다. '倦怠', '疲惱'부터 이미 그렇지만 특히 이 '嗚咽'으로 인해 김억의 이 시는 베를렌의 원시, 에쉬모어 윈게이트[1904]와 상반되는 정서를 드러내는, 전혀 다른 시가 되고 만다.

끗업는倦怠의。[1]

끗업는倦怠의
넓은들우에는
녹기쉬운[2] 흰눈이
모래갓치 빗을노하라[3]。

銅色의하늘에는
빗이란 조곰도업서라[4]、
아々 울어르면 달빗은
죽은듯도하고 산듯도하여라[5]。　　　　　【초31, 재39】

갓가운[6] 썩갈나무수풀은
써도는 엿검은구름갓치、
어리운안개의속에[7]
銀色을씌여 희미하여라。　　　　　【초31, 재40】

銅色의하늘에는[8]
빗이란 조곰도업서라[9]
아々 울어르면 달빗은
죽은듯도하고 산듯도하여라[10]。

숨이맥혀하는가마귀여[11]、

너의 파리한 이리(狼)여、   【초32, 재40】

酷毒한北風과 함끽

네게로 옴은 무엇이런가。

싯업는倦怠의

넓은들우에는

녹기쉬운[12] 흰눈이

모래갓치 빗을노하라[13]。   【초32, 재41】

12 재판에는 "녹기쉽은".

13 재판에는 "빗을 노하라".

獨吟小曲[†]

岩野泡鳴

[†] 生田春月 編, 「佛蘭西－ヴェ
ルレェヌ」, 『泰西名詩名譯集』,
東京：越山堂, 1919, 99~100
면; 樋口紅陽 編, 『西洋譯詩 海
のかなたより』, 東京：文獻社,
1921(4.5), 581~583면.

廣野の上を

倦んじぞ果てしなく、

消やすき雪は

砂とも照らすなり。

赤がねの空

つゆしも光りなし。

思へば、月の

生き死ぬながめかや。

そばはる森の

樫の木、雲の如、

灰色に浮ぶ

その影濃霧のうち。

赤がねの空

つゆしも光りなし。

思へば、月の

生き死ぬながめかや。

息詰むからす、

疲せたる狼よ。

この北風に

なが身は破れぬべし。

廣野の上を

倦んじぞ果てしなく、

消やすき雪は

砂とも照らすなり。

野はかぎりなき[1]

川路柳虹

野はかぎりなき[2]
倦怠（けんたい）の中にあり[3]、
そこはかとなき雪
砂のごとく煌（きらめ）く。

空は光りなき[4]
銅色（どうしょく）なり[5]
生けるがごとく
死せるが如き月の色。

暗き雲のごとく
たな曳く靄（もや）のなか[6]
ま近き森の樫（かし）の木立は
灰色におぼろめく。

空は光りなき[7]
銅色なり[8]、
生（い）けるがごとく[9]
死せるが如き月の色。

1　川路柳虹 譯、「無言の歌－忘れたる小唄」、『ヴェルレーヌ詩抄』、東京：白日社、1915、142~145면；『ヴェルレーヌ詩集』、東京：新潮社、1919、95~97면.

2　川路柳虹(1919)에는 "かぎりなき倦怠の".

3　川路柳虹(1919)에는 "曠野のなか".

4　川路柳虹(1919)에는 "空は銅色にして".

5　川路柳虹(1919)에는 "光りもなし、".

6　川路柳虹(1919)에는 "たな曳く靄のなか、".

7　川路柳虹(1919)에는 "空は銅色にして".

8　川路柳虹(1919)에는 "光りもなし".

9　川路柳虹(1919)에는 "生けるがごとく".

息苦しげに啼く烏[10]

また汝、痩せたる狼、[11]

惨ましき北風に打ちつれて[12]

汝にくるは何ものぞ。

野はかぎりなき[13]

倦怠の中にあり[14]、

そこはかとなき雪

砂のごとく煌く。

10　川路柳虹(1919)에는 "息苦し
　　げに啼く烏、".

11　川路柳虹(1919)에는 "また汝
　　痩せたる狼".

12　川路柳虹(1919)에는 "惨まし
　　き北風に打ちつれて".

13　川路柳虹(1919)에는 "かぎり
　　なき倦怠の".

14　川路柳虹(1919)에는 "曠野の
　　なか".

예르렌詩抄　　155

WHERE THE *ENNUI* OF THE PLAIN [†]

[†] Paul Verlaine, Selected and translated by Ashmore Wingate, "Romances Sans Paroles", *Poems by Paul Verlaine* (*The Canterbury Poets*), London : Walter Scott, 1904, pp.91 -92.

Ashmore Wingate

WHERE the *ennui* of the plain
   Without end doth stream,
Even there the uncertain snow
   Like to sand doth gleam.

Copper is the sky above,
   Shot with ne'er a ray;
One would look to see the moon
   Live and die away.

While grey belts of forest float,
   E'en like clouds along,
Belts of forests nigh at hand
   All the mists among.

Copper is the sky above,
   Shot with ne'er a ray;
One would look to see the moon
   Live and die away.

Oh thou crow with broken voice,

    And ye wolf-packs too—

Meagre with the north-east wind,

    What's to come of you?

Where the *ennui* of the plain

    Without end doth stream,

Even there the uncertain snow

    Like to sand doth gleam.

DANS L'INTERMINABLE ···[†]

[†] Paul Verlaine, "Romances sans paroles", *Œuvres complètes de Paul Verlaine*(*Tome premier*), Paris : Librairie Léon Vanier, 1900(Deuxième édition), pp.163~164.

Dans l'interminable

Ennui de la plaine

La neige incertaine

Luit comme du sable.

Le ciel est de cuivre

Sans lueur aucune

On croirait voir vivre

Et mourir la lune.

Comme des nuées

Flottent gris les chênes

Des forêts prochaines

Parmi les buées.

Le ciel est de cuivre

Sans lueur aucune

On croirait voir vivre

Et mourir la lune.

Corneille poussive

『오뇌의 무도』주해

Et vous, les loups maigres,

Par ces bises aigres

Quoi donc vous arrive ?

Dans l'interminable

Ennui de la plaine

La neige incertaine

Luit comme du sable.

번역의 이본

첫 번째 번역은 「슷업는 倦怠의」.^{「에르렌 詩抄」, 『폐허』 제2호, 1921.1}

주석

제1연

제1행 가와지 류코^{川路柳虹 : 1919}의 제1연 제1행 "かぎりなき倦怠の^{한없는 권태의}"의 의역이다. 가와지 류코의 '倦怠'에 해당하는 에쉬모어 윈게이트^{Ashmore Wingate : 1904}의 어휘는 'ennui'이다. 참고로 간다 나이부^{神田乃武 : 1915}에는 'ennui'를 "退屈、イヤ氣、倦ミ、無聊^{지루함, 싫증, 지침, 무료함}"으로 풀이하고, '사이토 히데사부로^{齊藤秀 郎 : 1918}에는 'ennui'를 "退屈、無聊に苦しめる^{지루함, 무료함으로 괴로워함}"로 풀이한다.

제2행 이와노 호메이^{岩野泡鳴 : 1919}의 제1연 제1행 "廣野の上を^{넓은 들 위를}"의 의역이다.

제3행 이와노 호메이¹⁹¹⁹의 제1연 제2행 "消やすき雪は^{스러지기 쉬운 눈은}"에 충실한 번역이다. 에쉬모어 윈게이트¹⁹⁰⁴의 제1연 제3행 "Even there the uncertain snow"에 해당한다.

제4행 이와노 호메이¹⁹¹⁹의 제1연 제2행 "砂とも照らすなり^{모래같이 빛을 비춘다}"의 의역이다. 가와지 류코^{1915/1919}의 제1연 제4행 "砂のごとく煌く^{모래처럼 빛난다}"의 의역이기도 하다. 에쉬모어 윈게이트¹⁹⁰⁴의 제1연 제4행 "Like to sand doth gleam"의 의역이기도 하다. 참고로 간다 나이부¹⁹¹⁵에는 'gleam'을 "キラメク、ヒラメキ、光ル、輝ル、ピカピカス^{빛나다, 번뜩임, 빛나다, 반짝인다, 반짝거린다}"로, 사이토 히데사부로¹⁹¹⁸에는 'gleam'을 "[自動](暗中に)光る^{[어두운 가운데]빛나다}。(又は時々)輝く^{[또는 때때로]반짝인다}。"로 풀이한다.

제2연

제1행 이와노 호메이¹⁹¹⁹의 제2연 제1행 "赤がねの空^{구리[銅]의 하늘}"의 의역이다. 가와지 류코¹⁹¹⁹의 제2연 제1행은 "空は銅色にして^{하늘은 구릿빛으로}"이다. 에쉬모어 윈게이트¹⁹⁰⁴의 제2연 제1행은 "Copper is the sky above"이다.

제2행 에쉬모어 윈게이트[1904]의 제2연 제2행 "Shot with ne'er a ray"를 염두에 두되, 이와노 호메이[1919]의 제2연 제2행 "つゆしも光りなし 조금도 빛이 없다"를 '光り빛', 'つゆしも 조금도', 'なし 없다' 순으로 도치한 구문, 혹은 가와지 류코[1919]의 제2연 제2행 "光りもなし 빛도 없고"의 어휘 표현과 문형을 따른 의역이다.

제3행 「슷업는 倦怠의」[1921]는 "아々울어르면 달빗은"이다. 에쉬모어 윈게이트[1904]의 제2연 제3행 "One would look to see the moon"을 염두에 두되, 이와노 호메이[1919]의 제2연 제3행 "思へば、月の 생각컨대. 달이"의 문형을 따른 의역이다. 특히 김억은 이와노 호메이[1919]의 '思へば 생각컨대' 대신 에쉬모어 윈게이트[1904]의 'look to see'를 택했다.

제4행 「슷업는 倦怠의」[1921]는 "죽은듯 산듯하여라."이다. 에쉬모어 윈게이트[1904]의 제2연 제4행 "Live and die away"를 염두에 두되, 가와지 류코[1915/1919]의 제2연 제4행 "死せるが如き月の色 죽은 듯한 달빛" 중 '死せるが如き 죽은 듯한'와 제3행 "生けるがごとく 살아 있는 듯"를 조합한 구문을 따른 의역이다. 이와노 호메이[1919]의 제2연 제4행은 "生き死ぬながめかや 살고 죽는 경치로구나"이다.

제3연

제1행 수풀 : '숲'의 평안도 방언이다.[김이협 : 1981] 「슷업는 倦怠의」[1921]는 "갓가운 썩갈나무 수풀은"이다. 에쉬모어 윈게이트[1904]의 제3연 제3행 "Belts of forests nigh at hand"를 염두에 두되, 가와지 류코[1915/1919]의 제3연 제3행 "ま近き森の樫の木立は 가까운 숲의 떡갈나무들은"의 어휘 표현과 문형을 따른 의역이다.

제2행 에쉬모어 윈게이트[1904]의 제3연 제2행 "E'en like clouds along"을 염두에 두되, 가와지 류코[1915/1919]의 제3연 제1행 "暗き雲のごとく 어두운 구름같이"의 어휘 표현과 문형을 따른 의역이다.

제3행 에쉬모어 윈게이트[1904]의 제3연 제4행 "All the mists among"을 염두에 두되, 이와노 호메이[1919]의 제3연 제4행 "その影濃霧のうち 그 그림자 짙은 안개 속"의 어휘 표현과 문형을 따른 의역이다. 가와지 류코[1915/1919]의 제3연 제2행 "たな曳く靄のなか넓게 자욱한 안개 속"의 의역으로 볼 수도 있다.

제4행　에쉬모어 윈게이트[1904]의 제1연 제1행 "While grey belts of forest float"를 염두에 두되, 가와지 류코[1915/1919]의 제3연 제4행 "灰色におぼろめく잿빛으로 어슴푸레해진다"의 어휘 표현과 문형을 따른 의역이다.

제4연 : 제2연과 동일하다.

제5연

제1행　「잊업는 倦怠의」[1921]는 "숨 맥혀하는가마귀여,"이다. 에쉬모어 윈게이트[1904]의 제5연 제1행 "Oh thou crow with broken voice"의 문형을 염두에 두되, 이와노 호메이[1919]의 제5연 제1행 "息詰むからす숨 막힌 까마귀", 가와지 류코[1915/1919]의 제5연 제1행 "息苦しげに啼く烏숨 막힌 듯이 우는 까마귀"의 어휘 표현을 따른 의역이다.

제2행　「잊업는 倦怠의」[1921]는 "너의파리한 이리狼여,"이다. 에쉬모어 윈게이트[1904]의 제5연 제2행 "And ye wolf-packs too"와 제3행 "Meagre with the north-east wind" 중 'Meagre'만을 발췌하여 조합한 구문을 염두에 두되, 가와지 류코[1919]의 제5연 제2행 "また汝瘦せたる狼또 너 야윈 늑대", 이와노 호메이[1919]의 제5연 제2행 "疲せたる狼よ야윈 늑대여"의 어휘 표현과 문형을 두루 따른 의역이다.

제3행　「잊업는 倦怠의」[1921]는 "酷毒한北風과함씌"이다. 에쉬모어 윈게이트[1904]의 제5연 제3행 "Meagre with the north-east wind" 중 'with the north-east wind'를 염두에 두되, 가와지 류코[1915/1919]의 제5연 제3행 "惨ましき北風に打ちつれて처참한 북풍에 휩쓸려"의 어휘 표현과 문형을 따른 의역이다.

제4행　「잊업는 倦怠의」[1921]는 "네게로 옴은무엇이런가。"이다. 에쉬모어 윈게이트[1904]의 제5연 제4행 "What's to come of you?"를 염두에 두되, 가와지 류코[1915/1919]의 제5연 제

4행 "汝にくるはなにものぞ너에게 오는 것은 무엇인가"의 어휘 표현과 문형에 충실한 번역이다.

제6연 : 제2연과 동일하다.

해설

김억의 「싯없는 倦怠의」의 주된 저본은 가와지 류코川路柳虹:1915/1919의 「野はかぎりなき들은 끝없는」와 이쿠타 슌게쓰生田春月:1919 소재 이와노 호메이岩野泡鳴의 「獨吟小曲독음소곡」이다. 김억은 에쉬모어 윈게이트Ashmore Wingate:1904의 영역시도 참조했다. 「싯없는 倦怠의」1921의 발표 시점이 『오뇌의 무도』 초판 서문 작성일과 큰 차이가 없으므로 김억은 이 모든 선례를 참조할 수 있었다. 하지만 그중 가와지 류코1915를 가장 먼저 열람했을 터이다. 또 이와노 호메이1919의 경우 이쿠타 슌게쓰1919에도 수록되어 있으므로 참조하지 않을 수 없었을 터이다. 한편 김억이 과연 저본으로 삼았던가 불분명하기는 하나, 이와노 호메이의 일역시는 히구치 고요樋口紅陽:1921에도 수록되어 있었다.

　김억은 제2연의 경우, 제1행과 제4행은 가와지 류코1915/1919를, 제2행과 제3행은 이와노 호메이1919를 주된 저본으로 삼아 옮겼다. 또 제4연에서는 두 저본의 일부 어휘, 구문만을 발췌하고 도치하여 조합하는 등 매우 복잡한 방식으로 옮겼다. 그러나 그 흔적은 제2연까지만 나타날 뿐이다. 이미 제목은 물론 특히 제3연과 제5연에서도 알 수 있듯이, 이와노 호메이1919가 어휘, 구문 모두 메이지明治기 고삽한 문어체, 절제된 표현으로 이루어져 있어서 가와지 류코1915/1919만큼 시각적 이미지가 충분히 드러나지 않는다. 그래서 김억은 상대적으로 가와지 류코1915/1919에 의존했을 터이다. 한편 김억은 에쉬모어 윈게이트1904를 적극적으로 저본으로 삼지 않았다. 이 또한 김억의 영어 실력으로는 좀처럼 옮기기 어려웠기 때문일 터이다.

　이 시의 주된 정서는 베를렌의 원시는 물론 에쉬모어 윈게이트1904의 제1연에서부터 명시적으로 드러나듯이 'ennui', 즉 권태와 우울의 정서이다. 이것은 제5연에서 무력함과 공포의

정서로까지 이어지며 절정을 이룬다. 그런데 김억은 제3행의 숨막히는 듯 우는 까마귀, 야윈 늑대의 무리가 북풍에 '휩쓸려' 몰려오는 이 장면을 그저 북풍과 '함께' 오는 것으로 새김으로써, 그러한 정서를 고스란히 옮기지는 못했다. 어쩌면 이것은 김억이 가와지 류코[1915/1919]를 따라 'ennui'를 '倦怠권태'로만 옮기는 가운데 이미 예견된 일이기도 하다. 하지만 그보다는 김억이 가와지 류코[1918/1919]의 "惨ましき北風に打ちつれて처참한 북풍에 휩쓸려", 특히 "打ちつれて휩쓸려"를 생략한 탓이 크다.

김억이 어째서 이 어휘를 생략해 버렸는지는 분명히 알 수 없다. 공교롭게도 후나오카 겐지船岡獻治:1919에는 이 어휘가 수록되어 있지 않으며, 이와노 호메이[1919]와 에쉬모어 윈게이트[1904]에도 "打ちつれて휩쓸려"에 해당하는 어휘는 없다. 그 대신 김억은 이와도 호메이가 'この北風に이 북풍에', 에쉬모어 윈게이트는 'with the north-east wind'로만 옮긴 것과 달리 '北風북풍'을 '惨ましき처참한' 것으로 수식한 가와지 류코[1915/1919]보다 더 나아가 '酷毒혹독한' 것으로 옮겼다. 이 과정에서 김억의 이 시는 영국과 일본의 선례와도 다른 새로운 시가 되고 만다. 이것이 단지 김억의 오역이나 어학 능력의 결여 탓이라고 할 수는 없다. 그보다는 설령 우연이라고 하더라도 영국과 일본의 번역 선례를 참조하되, 어느 한 쪽에도 쉽게 수렴되지 않는 김억 나름의 해석이 투영된 결과라고 보는 편이 타당하다. 이처럼 김억의 중역을 결코 평면적으로 판단할 수만은 없다.

늘 쉬는숨。[1]

異當하게도 자조 못닛즐숨을 쉬게되여라、
본적도업는 아낙네가 숨속에보이며[2]、
사랑하고 사랑밧게되야[3] 숨쉴째마다
姿態는달으다、亦是 살틀한 그사람이러라。

살틀한사람이러라[4]、내가슴을 알아주어라、
이리하야 맘은 언제든지 써날줄몰아라[5]。
눈물을가지고[6]、나의빗쌀업는 니마의쌈을
셋처주는듯 내맘을 싀원히 慰勞해주어라。　　　　　【초33, 재42】

赤色、金色、赤褐色、머리빗을 몰으며、
그이름좃차 알길업서라──世上엔 업는그리운[7]
아릿다운[8] 이름으로만 나는 알고잇노라。

그目眸는 彫像의고흔눈과[9] 갓타라、　　　　　【초33, 재43】
먼곳에서 듯는穩和한 맑은 그목소리는
몸이죽은 그립은사람의소리갓치[10] 들니여라。　　　　　【초34, 재43】

1　초판 목차에는 "늘쉬는숨".

2　재판에는 "숨속에 보이며".

3　재판에는 "사랑도하고 사랑밧게도 되야".

4　재판에는 "살틀한사람이러라".

5　재판에는 "써날줄을 몰아라".

6　재판에는 "눈물을 가지고".

7　재판에는 "그이름좃차 알지못하고─世上엔 다시업는그립은".

8　재판에는 '아릿답은'.

9　재판에는 "그目眸는 彫像의 곱은눈과".

10　재판에는 "몸이죽은 그립은사람의 소리갓치".

よく見る夢[1]

川路柳虹

怪しくも身に泌む夢をよくも見る。[2]

見も知らぬひとりの女[3]、夢のうち

吾も戀しく彼女も吾を思へど見るたびに

姿定かに分ちえぬ、吾を愛して吾を知る、見知らぬひとの懷か

しさ[4]。

われを知るゆゑ、彼女の、ひとり身ゆゑに身にぞ泌む。[5]

孤りあるこそ彼の女のおかしき謎と見ゆるかな。[6]

かつは涙にたゞひとり[7]、わが蒼ざめし額の汗

おし拭ふがに爽やかにわが心をばとり直す。

赤毛のひとか金髮か、はた栗色か、知らねども、

またその名さへよく聞かね命にかけて戀もせし[8]

優しよき名とわれは知る。

眺め靜かのそのすがた、またその聲は[9]

遠ざかり、かつ穩かに、かつ重く、[10]

今は無き親しき人の聲かとも節づけられて響くなり[11]。

1 川路柳虹 譯,「野調―憂鬱症」, 『ヴェルレーヌ詩抄』, 東京:白日社, 1915, 16~18면;『ヱルレーヌ詩集』, 東京:新潮社, 1919, 11~12면.

2 川路柳虹(1919)에는 "怪しくも身に泌む夢をよくも見る,".

3 川路柳虹(1919)에는 "見も知らぬひとりの女".

4 川路柳虹(1919)에는 "姿定かに分ちえぬ、吾をおもひて吾を知る、見知らぬ女の懷かしさ".

5 川路柳虹(1919)에는 "なつかしきかのひとゆゑに、わが胸の".

6 川路柳虹(1919)에는 "おもひのほどを知るゆゑにへだてもあらぬわがこゝろ".

7 川路柳虹(1919)에는 "かつは涙に泣きぬれて".

8 川路柳虹(1919)에는 "またその名さへよく聞かね、今は世になき戀びとの".

9 川路柳虹(1919)에는 "その眼眸は彫像のくしき瞳にたとふべし".

10 川路柳虹(1919)에는 "遠くよりきく穩かの、ものしとやかのその聲は".

11 川路柳虹(1919)에는 "語らはぬいとなつかしき聲のごとくも鳴りひくく".

よくみるゆめ[†]

上田敏

[†] 上田敏 譯, 『海潮音』, 東京：本郷書院, 1905, 70~72면; 生田春月 編, 「佛蘭西－ヴェルレエヌ」, 『泰西名詩名譯集』, 東京：越山堂, 1919, 95~96면.

常によく見る夢乍ら、奇やし、懐かし、身にぞ染む。
曾ても知らぬ女なれど、思はれ、思ふかの女よ。
夢見る度のいつもいつも、同じと見れば、異りて、
また異らぬおもひゞと、わが心根や悟りてし。

わが心根を悟りてしかの女の眼に胸のうち、
噫、彼女にのみ内証の秘めたる事ぞ無かりける。
蒼ざめ顔のわが額、しとゞの汗を拭ひ去り、
蒼しくなさむ術あるは、玉の涙のかのひとよ。

栗色髪のひとなるか、赤髪のひとか、金髪か、
名をだに知らね、唯思ふ朗ら細音のうまし名は、
うつせみの世を疾く去りし昔の人の呼名かと。

つくづく見入る眼差は、匠が彫りし像の眼か、
澄みて、離れて、落居たる其音聲の清しさに、
無言の聲の懐かしき戀しき節の鳴り響く。

MY FAMILIAR DREAM.[†]
(MON RÊVE FAMILIER)

[†] Paul Verlaine, Selected and translated by Ashmore Wingate, "Poemes Saturniens", *Poems by Paul Verlaine*(*The Canterbury Poets*), London : Walter Scott, 1904, p.11.

Ashmore Wingate

THIS strange and thrilling dream is often mine,

Of woman whom I love and who loves me,

And who each time half different seems to be

Yet half the same, and to me there incline

Her heart and wit, and all my soul doth shine

Transparent unto her alone! None see

Aught but enigmas there, and only she

From my wan forehead drives the dew malign

With tears. She seems nor dark, nor red, nor fair,

Her name I know not,— save 'tis rich to hear,

Like their lov'd names, long sever'd by Life's stream.

Her glance is calm as lovely statues shed,

Her voice far off, and still, and grave, doth seem

The echo of dear voices that are dead.

『오뇌의 무도』 주해

MON RÊVE FAMILIER [†]

Je fais souvent ce rêve étrange et pénétrant

D'une femme inconnue, et que j'aime, et qui m'aime,

Et qui n'est, chaque fois, ni tout à fait la même

Ni tout à fait une autre, et m'aime et me comprend.

Car elle me comprend, et mon cœur, transparent

Pour elle seule, hélas ! cesse d'être un problème

Pour elle seule, et les moiteurs de mon front blême,

Elle seule les sait rafraîchir, en pleurant.

Est-elle brune, blonde ou rousse ? — Je l'ignore.

Son nom ? Je me souviens qu'il est doux et sonore,

Comme ceux des aimés que la Vie exila.

Son regard est pareil au regard des statues,

Et, pour sa voix, lointaine, et calme, et grave, elle a

L'inflexion des voix chères qui se sont tues.

[†] Paul Verlaine, "Poèmes saturniens", *Œuvres complètes de Paul Verlaine*(*Tome premier*), Paris : Librairie Léon Vanier, 1900(Deuxième édition), p.15; Adolphe van Bever & Paul Léautaud, "Paul Verlaine", *Poètes d'Aujourd'hui, 1880~1900 Morceaux choisis*, Paris : Société du Mercure de France, 1900, pp.379~380; *Poètes d'Aujourd'hui : Morceaux choisis*(*Tome II*), Paris : Société du Mercure de France, 1908, p.332.

첫 번째 번역은 「늘 쉬는 꿈」,「쌔르렌 詩抄」,『폐허』 제2호, 1921.1

주석

제1연

제1행　「늘 쉬는 꿈」[1921]은 "異常하게도 자조못닛즐꿈을쉬게되여라、"이다. 에쉬모어 윈게이트[Ashmore Wingate : 1904]의 제1행 "THIS strange and thrilling dream is often mine"을 염두에 두되, 가와지 류코[川路柳虹 : 1915/1919]의 제1연 제1행 "怪しくも身に沁む夢をよくも見る 이상하게도 몸에 사무치는 꿈을 잘도 꾼다"를 '怪しくも 이상하게도', 'よくも 잘도', "身に沁む夢を 몸에 사무치는 꿈을", '見る 꾼다' 순으로 도치하여 조합한 구문의 어휘 표현과 문형을 따른 의역이다. 우에다 빈[上田敏 : 1905/1919]의 제1연 제1행은 "常によく見る夢乍ら、奇やし、懐かし、身にぞ染む 늘 자주 꾸는 꿈이어서, 이상하고, 그립고, 몸에 사무친다"이다.

제2행　「늘 쉬는 꿈」[1921]은 "본적도업는아낙네가 꿈속에보이며、"이다. 가와지 류코[1915/1919]의 제1연 제2행 "見も知らぬひとりの女、夢のうち 본 적도 없는 한 여인, 꿈속"의 의역이다. 우에다 빈[1905/1919]의 제1연 제2행은 "曾ても知らぬ女なれど、思はれ、思ふかの女よ 일찍이 알지 못할 여인이지만, 생각나고, 생각하는 그 여인이여"이다.

제3행　「늘 쉬는 꿈」[1921]은 "사랑하고사랑밧아 꿈뀔째마다"이다. 에쉬모어 윈게이트[1904]의 제3행 "Of woman whom I love and who loves me"를 염두에 두되, 가와지 류코[1915/1919]의 제1연 제3행 "吾も戀しく彼女も吾を思へど見るたびに 나도 그립고, 그녀도 나를 그리워해도 꿈꿀 때마다"의 어휘 표현과 문형을 따른 의역이다. 우에다 빈[1905/1919]의 제1연 제3행은 "夢見る度のいつもいつも、同じと見れば、異りて 꿈꿀 때마다 언제나 언제나, 같다고 보면 이상하여"이다.

제4행　「늘 쉬는 꿈」[1921]은 "姿態는달으나、亦是살틀한그사람이러라。"이다. 에쉬모어 윈게이트[1904]의 제3행 중 'half different seems to be'와 제4행 "Yet half the same, and to me there incline"을 염두에 두되, 가와지 류코[1915]의 제1연 제4행 "姿定かに分ちえぬ、吾を愛して吾を知る、見知らぬひとの懐かしさ모습 분명히 알 수 없는, 나를 사랑하고 나를 아는, 본 적 없는 이의 그리움" 혹은 가와지 류코[1919]의 제1연 제4행 "姿定かに分ちえぬ、吾をおもひて吾を知る、見知らぬひとの懐かしさ모습 분명히 알 수 없는, 나를 생각하고 나를 아는, 본 적 없는 이의 그리움" 중 '姿定かに分ちえぬ모습 분명히 알 수 없는', '懐かし(き)그리운', 'ひと사람'만을 발췌하여 조합한 구문의 어휘 표현과 문형을 따른 의역이다.

제2연

제1행 「늘 쉬는숨」[1921]은 "살틀한사람이러라、내가슴을알아주어라、"이다. 에쉬모어 윈게이트[1904]의 제5행 "Her heart and wit, and all my soul doth shine"과 제6행 중 'Transparent unto her alone!'을 조합한 구문을 염두에 두되, 가와지 류코[1919]의 제2연 제1행 "なつかしきかのひとゆゑに、わが胸の그리운 그 사람이기에, 내 가슴의"와 우에다 빈[1905/1919]의 제2연 제1행 "わが心根を悟りてしかの女の眼に胸のうち내 마음만을 아는 그녀의 눈에 가슴 속" 중 '悟りてし아는'만을 발췌하여 조합한 구문의 어휘 표현과 문형을 따른 의역이다. 혹은 가와지 류코[1919]의 제2연 제1행 중 'なつかしきかのひとゆゑに그리운 그 사람이기에'와 우에다 빈[1905/1919]의 제2연 제1행 중 'わが心根を悟りてし내 마음만을 아는'만을 발췌하여 조합한 구문의 어휘 표현과 문형을 따른 의역으로도 볼 수 있다.

제2행 「늘 쉬는숨」[1921]은 "이리하야 맘은언제든지써날줄몰아라。"이다 가와지 류코의 번역 시 제2연 제2행은 "孤りあるこそ彼の女のおかしき謎と見ゆるかな홀몸이어서 그녀의 이상한 수수께끼처럼 보이는 것인가"[1915]와 "おもひのほどを知るゆゑにへだてもあらぬわがこゝろ마음의 정도를 알기에 떨어져 있지 않은 나의 마음"이다. 우에다 빈[1905/1919]의 제2연 제2행은 "噫、彼女にのみ内証の秘めたる事ぞ無かりける아、그녀에게만 비밀을 감출 일 없다"이다.

제3행 「늘 쉬는숨」[1921]은 "눈물을가지고、나의빗쌀업는니마의쌈을"이다. 에쉬모어 윈게이트[1904]의 제8행 "From my wan forehead drives the dew malign" 중 'From my wan forehead'와 제9행 중 'With tears'를 조합한 구문을 염두에 두되, 가와지 류코[1919]의 제2연 제3행 "かつは涙に泣きぬれて、わが蒼ざめし額の汗예전에는 눈물로 울며 젖어, 나의 창백한 이마의 땀" 중 '涙に눈물로', 'わが蒼ざめし額の汗나의 창백한 이마의 땀'만을 발췌하여 조합한 구문의 어휘 표현과 문형을 따른 의역이다. 우에다 빈[1905/1919]의 제2연 제3행은 "蒼ざめ顔のわが額、しとゞの汗を拭ひ去り 창백한 얼굴의 내 이마, 흠뻑 젖은 땀을 닦아서"이다.

제4행 「늘 쉬는 꿈」[1921]은 "씻처주는 듯 내맘을싀원히慰勞해주어라."이다. 에쉬모어 윈게이트[1904]의 제8행 중 'drives the dew malign'을 염두에 두되, 가와지 류코[1915/1919]의 제2연 제4행 "おし拭ふがに爽やかにわが心をばとり直す 꼭 눌러 닦듯이 상쾌한 내 마음을 새롭게 한다"를 'おし拭ふかに꼭 눌러 닦듯이', 'わが心をば나의 마음을', '爽やかに상쾌하게', 'とり直す새롭게 한다' 순으로 도치하여 조합한 구문의 어휘 표현과 문형을 따른 의역이다. 우에다 빈[1905/1919]의 제2연 제4행은 "涼しくなさむ術あるは、玉の涙のかのひとよ 시원하게 해 주는 방법 있음은, 옥같은 눈물의 그 사람이여"이다.

제3연

제1행 「늘 쉬는 꿈」[1921]은 "赤色、金髮、赤褐色、머리빗을몰으며"이다. 에쉬모어 윈게이트[1904]의 제9행 중 "She seems nor dark, nor red, nor fair"를 염두에 두되, 가와지 류코[1915/1919]의 제2연 제1행 "赤毛のひとか金髮か、はた栗色か、しらぬども 빨강 머리 사람인가, 금발인가, 밤색인가, 알 수 없지만"의 어휘 표현과 문형을 따른 의역이다. 다만 「늘 쉬는 꿈」[1921]은 가와지 류코[1915/1919]에 대응한다. 우에다 빈[1905/1919]의 제3연 제1행은 "栗色髮のひとなるか、赤髮のひとか、金髮か 밤색 머리 사람인가, 빨강 머리 사람인가, 금발인가"이다.

제2행 「늘 쉬는 꿈」[1921]은 "그이름좃차몰아라 ─ 世上에는업는그리운"이다. 에쉬모어 윈게이트[1904]의 제10행 "Her name I know not, ─ save 'tis rich to hear"를 염두에 두되, 가와지 류코[1919]의 제3연 제2행 "またその名さへよく聞かね、今は世になき戀びとの또 그 이름조차 자주 못 들은, 지금은 세상에 없는 연인의" 중 'その名さへよく聞かね그 이름조차 자주 못 들은', '世

になき^{세상에 없는}"만을 발췌하여 조합한 구문의 어휘 표현과 문형을 따른 의역이다. 우에다 빈^{1905/1919}의 제3연 제2행은 "名をだに知らね、唯思ふ朗ら細音のうまし名は^{이름조차 모르는 그저 맑고 가녀린 소리의 고운 이름은}"이다.

제3행 「늘 쉬는쑴」¹⁹²¹은 "아릿다운이름으로만 나는알고잇노라."이다. 가와지 류코^{1915/1919}의 제3연 제3행 "優しよき名とわれは知る^{상냥하고 좋은 이름이라고 나는 안다}"의 의역이다. 우에다 빈^{1905/1919}의 제3연 제3행은 "うつせみの世を疾く去りし昔の人の呼名かと^{이승을 빨리 떠난 옛사람의 이름인가}"이다.

제4연

제1행 「늘 쉬는쑴」¹⁹²¹은 "그目眸는彫像의곱흔눈과갓타라,". 에쉬모어 윈게이트¹⁹⁰⁴의 제12행 "Her glance is calm as lovely statues shed"를 염두에 두되, 가와지 류코¹⁹¹⁹의 제4연 제1행 "その眼眸は彫像のくしき瞳にたとふべし^{그 눈길은 조각상의 기이한 눈동자에 비길}"의 어휘 표현과 문형을 따른 의역이다. 김억은 가와지 류코의 '眼眸'를 '시선'이 아닌 한자 의미 그대로 '눈, 눈동자'로, '瞳'를 '눈'으로 새겼다. 공교롭게도 '眼眸'의 독음자^{ルビ, ふりがな}인 'まなざし^{시선}'는 후나오카 겐지^{船岡獻治 : 1919}에 수록되어 있지 않다. 우에다 빈 ^{1905/1919}의 제4연 제1행은 "つくづく見入る眼差は、匠が彫りし像の眼か^{지그시 바라보는 시선은, 장인이 새긴 조각상의 눈인가}"이다.

제2행 「늘 쉬는쑴」¹⁹²¹은 "먼곳에서듯는穩和한맑은 그목소리는"이다. 에쉬모어 윈게이트 ¹⁹⁰⁴의 제13행 중 'Her voice far off, and still, and grave'를 염두에 두되, 가와지 류코¹⁹¹⁹의 제4연 제2행 "遠くよりきく穩かの、ものしとやかのその聲は^{멀리서 듣는 온화한, 단아한 그 목소리는}"의 어휘 표현과 문형을 따른 의역이다. 우에다 빈^{1905/1919}의 제4연 제2행은 "澄みて、離れて、落居たる其音聲の清しさに^{맑게, 떨어져, 가라앉은 그 음성의 맑음에}"이다.

제3행 「늘 쉬는쑴」¹⁹²¹은 "몸이죽은그립은사람의소리갓치들네라."이다. 에쉬모어 윈게이트 ¹⁹⁰⁴의 제13행 중 'doth seem'과 제14행 "The echo of dear voices that are dead"를 조합한

구문을 염두에 두되, 가와지 류코의 제4연 제3행 "今は無き親しき人の聲かとも節づけられて響くなり ^{지금은 없는 친한 이의 목소리인 양 가락에 맞춰 울린다}"1915와 "語らはぬいとかつかしき聲のごとくも鳴りひゞく ^{말하지 않는 몹시 그리운 목소리처럼 울린다}"1919 중 '今は無き ^{지금은 없는}'1915와 'いとなつかしき聲のごとくも鳴りひゞく ^{몹시 그리운 목소리처럼 울린다}'1919를 조합한 구문의 어휘 표현과 문형을 따른 의역이다. 우에다 빈1905/1919의 제4연 제3행은 "無言の聲の懷かしき戀しき節の鳴り響く ^{말 없는 목소리의 그립고 사랑스러운 노래가 울린다}"이다.

해설 _____

김억의 「늘 쉬는 쑴」의 저본은 가와지 류코川路柳虹: 1915/1919의 「よく見る夢 ^{자주 꾸는 쑴}」, 우에다 빈上田敏: 1905과 이쿠타 슌게쓰生田春月: 1919 소재 「よくみるゆめ ^{자주 꾸는 쑴}」, 그리고 에쉬모어 윈게이트Ashmore Wingate: 1904의 영역시이다. 김억은 시종일관 에쉬모어 윈게이트1904를 염두에 두면서도 정작 주된 어휘 표현과 문형은 가와지 류코1918/1919를 따라 중역한 것으로 판단된다. 그도 그럴 것이 에쉬모어 윈게이트1904가 김억으로서는 제1저본으로 삼을 만큼 평이한 구문은 결코 아니기 때문이다. 그 가운데 우에다 빈1905/1919은 고삽苦澁한 아어雅語와 문어체인 탓으로 저본으로 삼지 않고 참조만 했을 것으로 보인다.

주석을 통해서 알 수 있듯이 김억의 이 시는 「뻬르렌 시초詩抄」 혹은 「뻬르렌의 시詩」장 소재 다른 작품들과 달리 번안 혹은 창작에 가까울 정도의 자유번역, 소통 중심의 번역을 시도한 사례이다. 예컨대 제1연 제2행 "본 적도 업는 아낙네가 쑴속에 보이며"의 경우, 가와지 류코1915/1919의 "見も知らぬひとりの女、夢のうち ^{본 적도 없는 한 여인, 꿈 속}"에는 없는 어휘인 '보이며'를 덧붙인다든가, 제3행 "사랑하고 사랑밧게 되야 쑴쑐 쌔마다"의 경우, 가와지 류코1915/1919의 "吾も戀しく彼女も吾を思へど見るたびに ^{나도 그립고, 그녀도 나를 그리워해도 볼 때마다}" 중에서 '吾も ^{나도}'와 "彼女も吾を ^{그녀도 나를}"를 생략한다든가 한 경우가 그러하다. 이러한 사정은 특히 제2연에서 현저한데, 제2행 "이리하야 맘은 언제든지 써날 줄 몰아라"의 경우, 가와지 류코1915/1919의 "おもひのほどを知るゆゑに、へだてもあらぬわがこゝろ ^{마음의 정도를 알기에 떨어져 있지}

않은 나의 마음"에 해당하기는 하나, '나'의 마음과 '아낙네'의 마음이 떨어져 있지 않다는 의미만 취했을 뿐이다.

김억이 이처럼 과감하게 자유역을 시도했던 이유는 특히 가와지 류코[1915/1919]의 구문이 우에다 빈[1905]에 비해 평이하지만 시적 미감은 결여하고 있다고 판단했기 때문으로 보인다. 예컨대 가와지 류코[1915/1919]의 제2연 제3행 "かつは涙に泣きぬれて、わが蒼ざめし額の汗^{예전에는 눈물로 울며 젖어, 내 창백한 이마의 땀} 중 앞 구인 'かつは涙に泣きぬれて' 중 '涙に^{눈물로}'만을 취한다든가, 제2연 제4행 "おし拭ふがに爽やかにわが心をばとり直す^{꼭꼭 닦듯이 상쾌한 내 마음을 새롭게 한다} 중 'おし^{꼭꼭, 꾹 눌러}'만을 생략한다든가, 제3연 제3행 "優しよき名とわれは知る^{상냥하고 좋은 이름이라고 나는 안다}"에서 실상 의미가 중첩되는 '優し^{상냥하고}'와 'よき^{좋은}' 중 후자를 생략한다든가 한 것이 그 예이다.

그러나 김억이 가와지 류코[1915/1919]를 충실히 읽어내지 못한 측면도 간과할 수 없다. 예컨대 가와지 류코[1915/1919]의 제4연 제1행 "その眼眸は彫像のくしき瞳にたとふべし^{그 시선은 조각상의 기이한 눈동자에 비길}"의 경우 '眼眸'의 독음자^{ルビ, ふりがな}는 'まなざし^{시선}'이지만, 김억은 독음자 대신, 그 취음자^{取音字:當て字}를 의식하여 '目眸', 즉 '눈'으로 옮기는 한편 '瞳^{まなこ, 눈동자}' 역시 '눈'으로 옮겨, 한 행에 같은 어휘가 중복되는 결과를 초래하고 말았다. 김억이 'まなざし'와 'まなこ'와 같은 일상적이고도 기초적인 어휘조차 말끔하게 옮기지 못한 이유는 의아하다. 어쨌든 김억의 이 시 역시 서문에서 말한 '의역'과 '창작적 무드'의 번역임은 두말할 나위도 없다. 하지만 이러한 사례는 그것이 늘 성공적이지 않았음을 시사하기도 한다.

角聲。

1　재판에는 "감도는 바람에".

2　재판에는 '이리도'. 초판의 '이리고'는 '이리도'의 오식으로 보인다.

3　재판에는 "애닯은 이저녁에 이름도몰을 보드럽음은".

孤兒의설음갓치、수풀에 빗기는
애닯은角聲은
나즌수풀밧을 감도는바람에[1] 좃기여、
적은山기슭에서 슬어지여라。

이리(狼)갓튼맘은 그소리속에 흐득이며、
넘어가는볏에 쌀아써돌아라
困憊한애닯음은 내몸을 붓잡고
이리고[2] 괴롭히며、이리도 압흐게하여라。　　　　　　【초35, 재44】

이哀嘆을 鎭定하랴고
숨(綿)갓치도 퍼붓는 흰눈은
피빗인落日을 둘너덥허라。

아々 설어라、하늘에는 가을의嗟嘆이 가득하여라。　【초35, 재45】
애닯은 이저녁에 이름도몰을 보드라움은[3]
고요한 이景色에 자는듯하여라。　　　　　　　　　　【초36, 재45】

悩ましき角の音林に響く[1]

川路柳虹

悩ましき角の音林にひゞく[2]、
孤兒のごとき悲しさもて[3]
低き樹立を漂泊ふ風につれて[4]
丘の麓にかき消ゆる。

狼の如き心ぞその音の中に歔欷り、
落つる日影にうちつれて立ち上る、[5]
疲るゝごとき苦悶我身を捉へ、
かくも苦しめ、傷ましむる。

この嘆きをば鎮めんと[6]
綿のごとくもふりつむ雪
血に染まる落日をおほひぬ。

あな哀れ、秋の嗟嘆ぞ空に充ちぬる、
心つれなき薄暮になにか優しく、
靜かなる景色とともに眠るが如し[7]。

1 川路柳虹 譯,「智慧－Ⅲの卷」,『ヴェルレーヌ詩抄』, 東京：白日社, 1915, 269~271면；『ヹルレーヌ詩集』, 東京：新潮社, 1919, 172~173면. 川路柳虹(1919)에는「悩ましき角の音林にひゞく」.

2 川路柳虹(1919)에는 "悩ましき角の音林にひゞく".

3 川路柳虹(1919)에는 "孤兒のごとき悲しさもて。".

4 川路柳虹(1919)에는 "低き木立を漂泊ふ風につれて".

5 川路柳虹(1919)에는 "落つる日影にうちつれて立ち上る。".

6 川路柳虹(1919)에는 "この嘆きをば鎮めんと".

7 川路柳虹(1919)에는 "靜かなる景色とともに眠るが如し".

SAD HORN–NOTES TO THE FOREST DEEP [†]

[†] Paul Verlaine, Selected and translated by Ashmore Wingate, "Sagesse", *Poems by Paul Verlaine* (*The Canterbury Poets*), London : Walter Scott, 1904, p.183.

Ashmore Wingate

SAD horn–notes to the forest deep

With orphan's pain, thou'dst say do fly,

That 'neath the little hill must die,

Where stray winds in short gusts do sweep.

The wolf's soul in this voice doth weep,

Which riseth as the sunset's nigh,

Its pain, thou'dst say, goes languidly,

And, raving, yet doth tremulous keep.

This plaint more slumbrous still to make,

The snow falls with long linen flake

On him that sleepeth in his gore:

A sigh of Autumn seems the air,

So sweet on this sad dusk laid o'er

The tedious landscape nestling there.

LE SON DU COR S'AFFLIGE VERS LES BOIS ···[†]

[†] Paul Verlaine, "Sagesse", *Œuvres complètes de Paul Verlaine*(*Tome premier*), Paris : Librairie Léon Vanier, 1900(Deuxième édition), p.276.

Le son du cor s'afflige vers les bois

D'une douleur on veut croire orpheline

Qui vient mourir au bas de la colline

Parmi la bise errant en courts abois.

L'âme du loup pleure dans cette voix

Qui monte avec le soleil qui décline,

D'une agonie on veut croire câline

Et qui ravit et qui navre à la fois.

Pour faire mieux cette plainte assoupie

La neige tombe à longs traits de charpie

A travers le couchant sanguinolent,

Et l'air a l'air d'être un soupir d'automne,

Tant il fait doux par ce soir monotone

Où se dorlote un paysage lent.

번역의 이본

첫 번째 번역은 「角聲 —九二○. 七. 一七. 於月尾島海岸」, 「쎄르렌 詩抄」, 『폐허』 제2호, 1921.1

주석

제1연

제1행   수풀 : '숲'의 평안도 방언이다.[김이협 : 1981] 「角聲」1921은 "孤兒의설음갓치、수풀에빗기
는"이다. 에쉬모어 윈게이트[Ashmore Wingate : 1904]의 제1행 "SAD horn-notes to the forest
deep"중 'to the forest deep'과 제2행 "With orphan's pain, thou'dst say do fly" 중 'With
orphan's pain'을 조합한 구문을 염두에 두되, 가와지 류코[川路柳虹 : 1915/1919]의 제1연 제
2행 "孤兒のごとき悲しさもて 고아 같은 슬픔을 지니고"를 '孤兒の 고아의', '悲しさ 슬픔', 'ごとき
처럼'만을 발췌하여 도치한 구문에 제1행 "悩ましき角の音林にひゞく 괴로운 뿔피리 소리 숲
에 울리고" 중 '林にひゞく 숲에 울리고'만을 덧붙인 구문의 어휘 표현과 문형을 따른 의역
이다.

제2행   角聲 : '뿔피리 소리'. 에쉬모어 윈게이트[1904]의 제1행 중 'SAD horn-notes'를 염두에
두되, 가와지 류코[1915/1919]의 제1연 제1행 "悩ましき角の音林にひゞく 괴로운 뿔피리 소리 수
풀에 울리고" 중 '悩ましき角の音 괴로운 뿔피리 소리'만을 발췌한 구문의 어휘 표현과 문형을
따른 의역이다. 참고로 노무라 야스유키[野村泰亨 : 1918]에는 'cor'를 "1. 枝角(鹿の) 가지모양
의 뿔[사슴의]. 2. 螺旋喇叭 나선형의 나팔"로 풀이한다. 가와지 류코[1915/1919]는 첫 번째 표제어
로 옮긴 셈이다. 한편 간다 나이부[神田乃武 : 1915]에는 'horn'을 "號角(角ニ似タル樂器) 角
筒(ラッパ)", 즉 "호각 뿔과 닮은 악기. 각통 나팔"으로 풀이하면서 호른[horns]류 악기의 삽화도
수록되어 있다. 사이토 히데사부로[齊藤秀三郎 : 1918]에는 'horn'을 "角。角の樣ふもの、角
製のもの(盃、喇叭など)", 즉 "뿔, 뿔 모양의 것, 뿔로 만든 것[잔. 나팔 등]"으로 풀이한다.

제3행   「角聲」1921은 "나즌수풀밧을 감도는바람에좃기여、"이다. 에쉬모어 윈게이트[1904]의 제
4행 "Where stray winds in short gusts do sweep"를 염두에 두되, 가와지 류코[1915/1919]의

제1연 제3행 "低き樹立を漂泊ふ風につれて^{낮은 숲의 나무를 떠도는 바람에 따라서}"의 어휘 표현과 문형을 따른 의역이다. 특히 김억은 가와지 류코^{1915/1919}의 'つれて^{따라서}' 대신 에쉬모어 윈게이트¹⁹⁰⁴의 'sweep'을 택했다.

제4행   적은 山 : '작은 산'. 에쉬모어 윈게이트¹⁹⁰⁴의 제3행 "That 'neath the little hill must die"를 염두에 두되, 가와지 류코^{1915/1919}의 제1연 제4행 "丘の麓にかき消ゆる^{언덕 기슭으로 사라진다}"의 어휘 표현과 문형을 따른 의역이다. 특히 김억은 가와지 류코^{1915/1919}의 '丘の麓^{언덕 기슭}' 대신 에쉬모어 윈게이트¹⁹⁰⁴의 'little hill'을 택했다.

제2연

제1행   흐득이다 : 평안도 방언 '흐느끼다'^{김이협 : 1981}의 이형태 혹은 김억의 입말로 추정된다. 「角聲」¹⁹²¹은 "이리(狼)갓튼맘은 그소리속에흐득이며,"이다. 에쉬모어 윈게이트¹⁹⁰⁴의 제5행 "The wolf's soul in this voice doth weep"를 염두에 두되, 가와지 류코^{1915/1919}의 제2연 제1행 "狼の如き心ぞその音の中に歔欷り^{이리와 같은 마음이야 그 소리 속에서 더듬어 찾으며}"의 어휘 표현과 문형을 따른 의역이다. 다만 가와지 류코의 '歔欷り'의 독음자^{ルビ, ふりかな}인 'かいさぐる'는 "손으로 더듬으며 찾다"인데, 김억은 독음자가 아닌 취음자^{取音字 : 當て字}인 '歔欷'를 취하여 '흐득이며'로 옮겼다. 가와지 류코^{1915/1919}의 한자어 '歔欷^{きょき}'는 '흐느낌'을 뜻한다. 참고로 후나오카 겐지^{船岡献治 : 1919}의 표제어 중에는 'かいさぐる'가 없다. 다만 '歔欷^{キョキ}'는 '啜泣^{ススリナキ}'로, 또 '啜泣^{ススリナキ}'를 "늣겨움。홀젹홀젹움。歔欷。嗚咽。啜泣ク"로 풀이한다.

제2행   에쉬모어 윈게이트¹⁹⁰⁴의 제6행 "Which riseth as the sunset's nigh"를 염두에 두되, 가와지 류코^{1915/1919}의 제2연 제2행 "落つる日影にうちつれて立ち上る^{떨어지는 햇빛과 함께 떠오른다}"의 어휘 표현과 문형을 따른 의역이다.

제3행   困憊^{곤비}한 : 아무것도 할 기력이 없을 만큼 지쳐 몹시 고단한. 「角聲」¹⁹²¹은 "困憊한애 닯음은 내몸을붓잡고"이다. 가와지 류코^{1915/1919}의 제2연 제1행 "疲るゝごとき苦悶我

身を捉へ^{지칠 듯한 괴로움 내 몸을 붙잡고}"의 의역이다.

제4행 「角聲」¹⁹²¹은 "이리고괴롭히며、이리도압혀라。"이다. 가와지 류코^{1915/1919}의 제2연 제4행 "かくも苦しめ、傷ましむる^{이렇게도 괴롭게 하고, 아프게 한다}"의 의역이다.

제3연

제1행 「角聲」¹⁹²¹은 "이哀嘆을鎭定하랴고"이다. 가와지 류코^{1915/1919}의 제3연 제1행 "この嘆きをば鎭めんと^{이 탄식을 가라앉히려고}"의 의역이다.

제2행 「角聲」¹⁹²¹은 "숨(綿)갓치도 퍼붓는흰눈은"이다. 에쉬모어 윈게이트¹⁹⁰⁴의 제10행 "The snow falls with long linen flake"를 염두에 두되, 가와지 류코^{1915/1919}의 제3연 제2행 "綿のごとくもふりつむ雪^{무명솜과 같게도 내려 쌓이는 눈}"의 어휘 표현과 문형을 따른 의역이다.

제3행 가와지 류코^{1915/1919}의 제3연 제3행 "血に染まる落日をおほひぬ^{피로 물든 지는 해를 덮는다}"의 의역이다.

제4연

제1행 「角聲」¹⁹²¹은 "아々 설어라、하늘에는가을의嗟嘆이가득하여라。"이다. 에쉬모어 윈게이트¹⁹⁰⁴의 제12행 "A sigh of Autumn seems the air"를 염두에 두되, 가와지 류코^{1915/1919}의 제4연 제1행 "あな哀れ、秋の嗟嘆ぞ空に充ちぬる^{아아, 서글퍼라, 가을의 비탄이 하늘에 가득하다}"의 어휘 표현과 문형을 따른 의역이다.

제2행 「角聲」¹⁹²¹은 "애닲은이저녁에 이름몰을보드라움은"이다. 에쉬모어 윈게이트¹⁹⁰⁴의 제13행 "So sweet on this sad dusk laid o'er"를 염두에 두되, 가와지 류코^{1915/1919}의 제4연 제3행 "心つれなき薄暮になにか優しく^{마음 무정한 어스름 저녁에 어딘가 부드럽게}"의 어휘 표현과 문형을 따른 의역이다. 특히 김억은 가와지 류코^{1915/1919}의 '心つれなき^{마음 무정한}' 대신 에쉬모어 윈게이트¹⁹⁰⁴의 'sad'를 택했다.

제3행 「角聲」[1921]은 "고요한이景色에 자는듯하여라."이다. 에쉬모어 윈게이트[1904]의 제14행 "The tedious landscape nestling there"를 염두에 두되, 가와지 류코[1915/1919]의 제4연 제3행 "靜かなる景色とともに眠るが如し^{고요한 경치와 함께 자는 듯하다}"의 어휘 표현과 문형을 따른 의역이다.

해설

김억의 「角聲」의 주된 저본은 가와지 류코^{川路柳虹 : 1915/1919}의 「惱ましき角の音林に響く^{괴로운 뿔피리 소리는 숲에 울리고}」이다. 김억은 에쉬모어 윈게이트^{Ashmore Wingate : 1904}의 영역시를 참조하되 주로 가와지 류코[1915/1919]의 어휘 표현과 문형을 따라 중역했다. 그도 그럴 것이 김억으로서 는 에쉬모어 윈게이트[1904]의 제6행 'riseth', 제9행 'slumbrous', 제11행 'sleepeth'처럼 간다 나 이부^{神田乃武 : 1915}나 사이토 히데사부로^{齊藤秀三郎 : 1918}에서도 찾을 수 없는 고어 · 시어를 마주하 고 당혹했을 법하다.

김억은 가와지 류코[1915/1919]를 저본으로 삼기는 했지만 제목의 '角の音^{뿔피리 소리}'부터 수월 하게 옮길 수 없었을 것이다. 베를렌의 원시의 'Le son du cor'를 접하지 못했을 김억으로서는 에쉬모어 윈게이트[1904]의 'horn-notes'를 참조할 수밖에 없었을 터이다. 또 간다 나이부[1915] 와 사이토 히데사부로[1918]의 풀이만 따랐어도 적어도 '뿔나팔' 정도로 옮길 수 있었다. 그러 나 김억은 결국 가와지 류코[1915/1919]를 따라 '角'의 소리, 즉 '角聲'이라고 옮기고 말았다.

이러한 사정은 이미 김억의 「작시론^{作詩論}」 제5연 제4행 "꿈을 꿈에、笛을 從笛으로"에서 도 확인한 바 있다. 이때에도 김억은 가와지 류코[1915/1919]의 "夢を夢にし、笛を角にと結ばし むる^{꿈을 꿈으로, 피리를 뿔로 맺어라}" 중 '角'을 첫 번째 번역^{『태서문예신보』, 1918.12.14}에는 '角'으로, 『오뇌 의 무도』에서는 '從笛'으로 옮겼다. 그런데 김억은 이 시에서는 다시 '角'으로 옮겨 놓았다. 즉 김억은 이 '角'의 의미를 끝내 조선어로 새기지 못했던 셈이다. 프랑스어 'cor'가 뿔피리이든, 호른이든 가와지 류코도 김억도 끝내 고유어로 옮길 수 없었던 것은 일종의 번(중)역의 임계 점에 해당한다. 특히 김억의 경우 그것은 프랑스와 비서구 · 조선 사이의 메울 수 없는 거리를 시사하기도 한다.

　김억의 이 시 중 특히 제1연은 역시 김억 나름의 의역, 이른바 "창작적 무드의 번역"이 돋보이는 대목이다. 하지만 가와지 류코[1915/1919]에서 이 '뿔피리 소리'가 '떨어지는 햇빛', '가을의 비탄'과 호응하며 조락凋落의 정조를 드러내는 객관적 상관물이라면, 김억의 번역에서는 그보다는 '고아의 설음'이 전경화되는 효과를 지닌다. 이처럼 번역자로서 김억의 해석이 도리어 시 전편의 정조와 어긋나는 장면은 『오뇌의 무도』 전편에 걸쳐 일쑤 나타난다. 또 이것은 시인이자 번역자로서 김억의 안목이 베를렌의 시를 이제 막 읽어가는 문학청년의 수준에서 크게 벗어나지 않았음을 시사한다.

L'heure de Berger[1]

어스렷한地平의우에는 붉은달이 빗나며、
잠간동안에 牧場에는 안개가 가득하여라、
모든것은 神秘의꿈에 잠잠할 그쌔
머구리 우는갈밧속엔 戰慄이 돌아라。

水草는 花瓣을덥고 잠을이루며[2]、
썩 멀니인 저편에섯는[3] 白楊나무는
희미하야 가즈란도하고 緻密도할 그쌔、
수풀밧속엔 헤매는달빗이 빗나라。　　　　　　　　【초37, 재46】

올배미는 잠을쌔여、소리도업시密柔한[4]
그나래를치며[5]、검은하늘로 나라갈 그쌔
울어러보아라、天心에는 번개갓치빗나는[6]
흰옷입은 쎄니쓰의女神、이리하야 밤이러라。　　　　　【초37, 재47】

1　초판과 재판의 목차에는 "牧人의째".

2　재판에는 "잠을 이루며".

3　재판에는 "저편에 섯는".

4　재판에는 "소리도업시密柔한".

5　재판에는 "그나래를 치며".

6　재판에는 "번개갓치 빗나는".

牧人の時[†]

[†] 生田春月 編,「佛蘭西ーヴェル レエヌ」,『泰西名詩名譯集』,東 京:越山堂,1919,98~99면.

生田長江

おぼろなる地平の上に赤き月燃ゆ。

さて牧は瞬く霧に萬象（ものみな）は夢

幻の霧に抱かるゝかゝる時なり、

蛙鳴く青蘆の中を戰慄ぞ行く。

水に浮く花瓣（はなびら）の目蓋も重く、

白楊は遠きあなたに退きて

さだかならぬ形容の直線をはた曲線をなす。

かかる時叢（むら）をわけ迷へる月の光はらばふ。

ふくろふはいま眼をさまし、濃く柔かき

翼もて大空の黑きが中を動くとすれば

天心に見よ稻妻か、ヹヌス女神の

雪白被衣（みけし）かがやきさて夜となりぬ。

牧人の時[1]

川路柳虹

月は霞んだ地平に赤く、[2]
踊る霧のなかに、牧場は煙りながら夢み、[3]
そよぎ渡る緑の繭のうへに[4]
蛙の聲がきこえる。

水草の花がその花瓣を閉ぢ、
白楊はずつと遠くまで姿を描き、
眞直に、立ち並んで、ぼつと霞む、[5]
叢のほとりには螢がさまよふ。

梟は眼をさまし、音もなく
重たい翼で暗い空氣の中を飛んでゆく、
天一体に仄暗い微光が蓋ふと、[6]
白い太白星が輝き夜となる[7]。

1 川路柳虹 譯、「野調－憂悲しい風景」、『ヴェルレーヌ詩抄』、東京：白日社、1915, 34~35면；『ヱルレーヌ詩集』、東京：新潮社、1919, 22~23면.

2 川路柳虹(1919)에는 "月は虔んだ地平に赤く".

3 川路柳虹(1919)에는 "踊る霧のなかに牧場は煙りながら夢み".

4 川路柳虹(1919)에는 "そよぎ渡る緑の繭のうへに".

5 川路柳虹(1919)에는 "眞直に立ち並んで、ぼつと霞む".

6 川路柳虹(1919)에는 "天一體に仄暗い微光が蓋ふと".

7 川路柳虹(1919)에는 "白い太白星が輝き夜となる".

THE SHEPHERD'S HOUR. [†]

(L'HEURE DE BERGER.)

[†] Paul Verlaine, Selected and translated by Ashmore Wingate, "Poèmes Saturniens", *Poems by Paul Verlaine*(*The Canterbury Poets*), London : Walter Scott, 1904, p.28.

Ashmore Wingate

I.

THE red moon on the dim horizon glows;

And in a winking haze the prairie lies,

All in a misty dream, while the frog cries,

By the green reeds, through which a shudder goes

II.

The water-flowers their petals close in sleep,

The poplar-trees retreat where distance gapes,

A straight and serried line of dubious shapes,

While down the thickets the stray moonbeams creep.

III.

The owls awake and with no sound of flight

Move in the black heav'n's sea with dense soft wings.

And, lo, the zenith fills with lightnings:

Snow-hued, Queen Venus rises, and 'tis Night!

『오뇌의 무도』 주해

L'HEURE DE BERGER[†]

La lune est rouge au brumeux horizon ;
Dans un brouillard qui danse, la prairie
S'endort fumeuse, et la grenouille crie
Par les joncs verts où circule un frisson ;

Les fleurs des eaux referment leurs corolles,
Des peupliers profilent aux lointains,
Droits et serrés, leurs spectres incertains ;
Vers les buissons errent les lucioles ;

Les chats-huants s'éveillent, et sans bruit
Rament l'air noir avec leurs ailes lourdes,
Et le zénith s'emplit de lueurs sourdes.
Blanche, Vénus émerge, et c'est la Nuit.

[†] Paul Verlaine, "Poèmes sat-urniens", *Œuvres complètes de Paul Verlaine*(*Tome premier*), Paris : Librairie Léon Vanier, 1900(Deuxième édition), p.35.

번역의 이본

첫 번째 번역은 「L'heure de Berger」.「베르렌」詩抄,『폐허』창간호, 1920.7

주석

제1연

제1행 「L'heure de Berger」[1920]는 "어스렷한地平의우에는 붉은달이빗나며,"이다. 에쉬모어 윈게이트[Ashmore Wingate : 1904]의 제1연 제1행 "THE red moon on the dim horizon glows"를 염두에 두되, 이쿠다 죠코[生田長工 : 1919]의 "おぼろなる地平の上に赤き月燃ゆ[어슴푸레한 지평선 위에 붉은 달 타오르고]"의 어휘 표현과 문형을 따른 의역이다. 다만 김억은 이쿠다 죠코[1919]의 '燃ゆ[타오르다]' 대신 에쉬모어 윈게이트의 'glows'를 따랐다.

제2행 「L'heure de Berger」[1920]는 "잠간동안에牧場에는 안개가가득하여라,"이다. 에쉬모어 윈게이트[1904]의 제1연 제2행 "And in a winking haze the prairie lies"의 어휘 표현을 염두에 두되, 이쿠다 죠코[1919]의 제1연 제3행 "さて牧は瞬く霧に萬象は夢[그리고 목장은 깜빡이는 안개로 만상은 꿈]" 중 '瞬く霧に[깜빡이는 안개로]', '牧は[목장은]'만을 발췌하여 조합한 구문의 문형을 따른 의역이다. 특히 김억은 '瞬く[깜빡이다]'를 '暫し[しばらく 잠깐]'로 새겼다.

제3행 「L'heure de Berger」[1920]는 "모든것은神秘의숨에 잠々할그째"이다. 에쉬모어 윈게이트[1904]의 제1연 제3행 "All in a misty dream, while the frog cries"중 'All in a misty dream'을 염두에 두되, 이쿠다 죠코[1919]의 제1연 제3행 중 '萬象は夢[만상은 꿈]'와 제4행 "幻の霧に抱かるゝかゝる時なり[환상의 안개에 안긴 그런 때이다]" 중 '幻[환상]', 'に抱かるゝかゝる時なり[에 안긴 그런 때이다]'를 조합한 구문, 즉 "萬象は夢幻に抱かるゝかゝる時なり[모든 것은 몽환에 안긴 그런 때이다]"의 어휘 표현과 문형을 따른 의역이다.

제4행 머구리 : '올챙이', '개구리'의 평안도 방언이다.[김이협 : 1981] 「L'heure de Berger」[1920]는 "머구리 우는갈밧속엔戰慄이돌아라."이다. 에쉬모어 윈게이트[1904]의 제1연 제3행 중 'while the frog cries'와 제4행 "By the green reeds, through which a shudder goes"를 조합

한 구문을 염두에 두되, 이쿠타 죠코[1919]의 제1연 제4행 "蛙鳴く 靑蘆の中を戰慄ぞ行く 개구리 우는 푸른 갈밭 속을 떨며 가듯이"의 어휘 표현과 문형을 따른 의역이다.

제2연

제1행　花瓣화판 : 꽃잎. 「L'heure de Berger」[1920]는 "水草는花瓣을덥고 잠을이루며,"이다. 에쉬모어 윈게이트[1904]의 제2연 제1행 "The water-flowers their petals close in sleep"을 염두에 두되, 가와지 류코[1915/1919]의 제2연 제1행 "水草の花がその花瓣を閉ぢ수초의 꽃이 그 꽃잎을 덮고" 혹은 이쿠다 죠코[1919]의 제2연 제1행 "水に浮く 花瓣の目蓋も重く 물에 뜬 꽃잎의 눈꺼풀도 무겁고"의 어휘 표현과 문형을 따른 의역이다. 특히 김억은 에쉬모어 윈게이트[1904]의 'The water-flowers' 대신 가와지 류코[1915/1919]의 '水草'를 택했다. 한편 에쉬모어 윈게이트[1904]의 'petals' 대신 가와지 류코[1915/1919]와 이쿠다 죠코[1919]의 '花瓣'를 택했다. 참고로 간다 나이부神田乃武 : 1915와 사이토 히데사부로齊藤秀三郞 : 1919 모두 'petal'을 '花瓣', 'はなびら꽃잎'로 풀이한다.

제2행　「L'heure de Berger」[1920]는 "썩멀니인 저편에섯는白楊나무는"이다. 에쉬모어 윈게이트[1904]의 제2연 제2행 "The poplar-trees retreat where distance gapes"를 염두에 두되, 이쿠다 죠코[1919]의 제2연 제2행 "白楊は遠きあなたに退きて백양나무는 멀리 저편으로 물러나"를 '遠きあなたに退きて멀리 저편으로 물러나', '白楊は백양나무는' 순으로 도치한 구문의 어휘 표현과 문형을 따른 의역이다. 참고로 간다 나이부[1915]와 사이토 히데사부로[1919] 모두 'poplar'를 '白楊', 'はこやなぎ백양'로 풀이한다.

제3행　가즈란도하고 : '가지런하다'의 평안도 방언 '가즈런하다'김이협 : 1981의 활용형 혹은 김억의 입말로 추정된다. 「L'heure de Berger」[1920]는 "희미하야 가즈란도하고緻密도할 째,"이다. 에쉬모어 윈게이트[1904]의 제2연 제3행 "A straight and serried line of dubious shapes"의 어휘 표현을 염두에 두되, 이쿠다 죠코[1919]의 제2연 제3행 "さだかならぬ形容の直線をはた曲線をなす흐릿한 모습의 직선을 또는 곡선을 이룬다"와 제4행 중 'かかる時그런 때'를 조합한 구문의 문형을 따른 의역이다. 참고로 간다 나이부[1915]와 사이토 히데사부로[1919] 모두 'serried'를 '密集せる밀집하다'로 풀이한다.

제4행 　수풀 : '숲'의 평안도 방언이다.[김이협 : 1981] 「L'heure de Berger」[1920]는 "수풀밧속엔 헤매는 달빗이빗나라."이다. 에쉬모어 윈게이트[1904]의 제2연 제4행 "While down the thickets the stray moonbeams creep"을 염두에 두되, 이쿠다 죠코[1919]의 제2연 제4행 "かかる時叢をわけ迷へる月の光はらばふ그런 때 풀숲을 가르며 떠도는 달빛은 기어간다" 중 "叢をわけ迷へる月の光はらばふ풀숲을 가르며 떠도는 달빛은 기어간다"의 어휘 표현과 문형을 따른 의역이다.

제3연

제1행 　密柔밀유한 : 빽빽하고 부드러운. 「L'heure de Berger」[1920]는 "올배미는잠을쌔여、소리도 업시密柔한"이다. 에쉬모어 윈게이트[1904]의 제3연 제1행 중 "The owls awake and with no sound of flight" 중 'The owls awake and with no sound'와 제2행 중 'with dense soft[wings]'를 조합한 구문을 염두에 두되, 이쿠다 죠코[1919]의 제3연 제1행 "ふくろふはいま眼をさまし、濃く柔かき올빼미는 지금 눈을 떠, 짙고 부드러운"의 어휘 표현과 문형을 따른 의역이다. 가와지 류코[1915/1919]의 제3연 제1행은 "梟は眼をさまし、音もなく올빼미는 잠을 깨어, 소리도 없이"이다. 다만 김억은 이쿠다 죠코[1919]의 '濃く柔かき짙고 부드러운' 대신 에쉬모어 윈게이트[1904]의 'dense soft'를 따랐다. 참고로 간다 나이부[1915]에는 'dense'를 '稠密ノ조밀한', '緻密ノ치밀한'로, 'soft'를 '柔カナル부드러운', '柔軟ノ유연한'로 풀이한다. 또 사이토 히데사부로[1919]에는 'dense'를 '濃厚なる농후한', '密なる빽빽한'로, 'soft'를 '軟なる부드러운', '柔軟なる유연한'로 풀이한다. 김억은 마치 이러한 풀이들을 두루 염두에 두고 에쉬모어 윈게이트[1904]의 'dense soft'를 '密柔한'으로 옮긴 것처럼 보인다.

제2행 　「L'heure de Berger」[1920]는 "그나래를치며、검은하늘로 나라갈그쌔"이다. 에쉬모어 윈게이트[1904]의 제3행 제2행 "Move in the black heav'n's sea with dense soft wings"를 염두에 두되, 이쿠다 죠코[1919]의 제3연 제2행 "翼もて大空の黑きが中を動くとすれば날개로

넓은 하늘의 검은 속으로 움직이면"의 어휘 표현을 따른 의역이다.

제3행 울어보아라 : '우러러보다'의 평안도 방언의 이형태 혹은 김억의 입말로 추정된다. 「L'heure de Berger」[1920]는 "울어러보아라、天心에는번개갓치빗나는"이다. 에쉬모어 윈게이트[1904]의 제3연 제3행 "And, lo, the zenith fills with lightnings"를 염두에 두되, 이쿠다 죠코[1919]의 제3연 제3행 "天心に見よ稻妻かゞヌス女神の[하늘 한가운데를 보라 번개인 듯 비너스 여신의]" 중 '天心に見よ稻妻か[하늘 한가운데를 보라 번개인 듯]'와 제4행 'かがやき(く)빗나는'를 조합한 구문의 어휘 표현과 문형을 따른 의역이다.

제4행 쎼니스의 女神[여신] : 금성[金星, Vénus]. 「L'heure de Berger」[1920]는 "흰옷입은쎼니쓰의女神、이리하야밤이러라。"이다. 에쉬모어 윈게이트[1904]의 제3연 제4행 "Snow-hued, Queen Venus rises, and 'tis Night"를 염두에 두되, 이쿠다 죠코[1919]의 제3연 제3행 중 "ゞヌス女神の[비너스 여신의]"와 제4행 "雪白被衣かがやきさて夜となりぬ[흰 눈 같은 옷이 빛나고 그리하여 밤이 된다]"를 조합한 구문의 어휘 표현과 문형을 따른 의역이다.

해설

김억의 「L'heure de Berger」의 제1저본은 에쉬모어 윈게이트[Ashmore Wingate : 1904]의 영역시이고 제2저본은 이쿠다 슌게쓰[生田春月 : 1919]소재 이쿠다 죠코[生田弘工]의 「牧人の時[목인의 때]」이다. 김억은 시종일관 에쉬모어 윈게이트[1904]를 염두에 두되 주된 어휘 표현과 문형은 주로 이쿠다 슌게쓰[1919]를 따라 중역했다. 김억은 가와지 류코[川路柳虹 : 1915/1919]의 「牧人の時[목인의 때]」도 참조했지만 주된 저본으로 삼지 않았다. 김억은 이미 「L'heure de Berger」[1920]를 발표할 무렵부터 프랑스어 원시의 제목을 그대로 옮기고 있는데, 이것은 그가 베를렌의 원시가 아닌 에쉬모어 윈게이트[1904]에서 부제를 가져다 제목으로 삼은 것이다. 『오뇌의 무도』 초판과 재판의 목차에서는 이쿠다 슌게쓰[1919]와 가와지 류코[1915/1919]의 제목을 따라 '牧人의 째'라고 명기했다. 김억이 처음부터 일역시의 제목을 따를 수 있었음에도 불구하고 군이 에쉬모어 윈게이트[1904]의 프랑스어 부제를 따랐던 것은, 베를렌의 원시를 저본으로 삼을 수 없었던 사정을 은폐하거나 혹은 다른 이유로 가장^{假裝}하기 위해서였다고 판단된다.

어쨌든 김억은 에쉬모어 윈게이트¹⁹⁰⁴의 영역시를 제1저본으로 삼고자 했지만, 정작 번역의 과정에서는 이쿠다 쇼코¹⁹¹⁹에 깊이 의존했다. 이와 비슷한 사례들은 『오뇌의 무도』 도처에서 얼마든지 발견되는데, 김억이 온전히 영역시만을 저본으로 삼을 수 없었던 역량의 한계를 드러내기도 한다. 이쿠다 쇼코¹⁹¹⁹ 역시 베를렌의 원시가 아닌 에쉬모어 윈게이트¹⁹⁰⁴를 저본으로 삼은 중역으로 판단되는바, 김억으로서는 에쉬모어 윈게이트¹⁹⁰⁴의 구문 중 모호한 대목은 이쿠다 쇼코¹⁹¹⁹를 통해 이해할 수 있었을 터이다. 김억에게는 가와지 류코^{1915/1919}보다 이쿠다 쇼코¹⁹¹⁹가 훨씬 고삽한 문어체로 이루어져 있음에도 불구하고 깊이 의존한 이유도 바로 그 때문이라고 보아야 한다. 더구나 가와지 류코^{1915/1919}의 문체가 상대적으로 덜 고삽하다고 해도 이쿠다 쇼코¹⁹¹⁹에 비해 산문에 가까웠던 것도 간과할 수 없다.

한편 김억의 이 시는 예컨대 제1연, 제2연 각 3행과 제3연 제2행 마지막 구마다 '-ㄹ 그 째'의 반복이 불러일으키는 리듬감을 통해서도 알 수 있듯이, 번역자로서 자기 나름의 시적 감각을 드러내고 있기도 하다. 이것은 김억이 이쿠다 쇼코¹⁹¹⁹의 제1연 제3행 마지막 구인 'かゝる時なり^{그러한 때이다}'와 제2연 제4행 "かかる時^{그러한 때}"의 반복에 착안한 결과이다. 김억은 제1연의 'かゝる時なり^{그러한 때이다}'에 대응하는 '-ㄹ 그 째'를 에쉬모어 윈게이트¹⁹⁰⁴는 물론 이쿠다 쇼코¹⁹¹⁹와도 무관하게 각 연에 반복함으로써 나름의 시적 효과를 드러내고자 했는데, 흥미롭게도 제3연 제2행 "그 나래를 치며, 검은 하늘로 나라갈 그 째"의 경우, 그 어떤 저본과도 다른 김억만의 표현이라고 하겠다.

Gaspard Hauser Sings[1]

나는왓노라、柔順한孤兒인나는[2]
가진것이란 柔肅한눈섿이로다、
큰都市의사람만흔틈에[3] 석겨도
사람들은 나를惡타아니하여라[4]。

스무살되는해에 情火란熱病에
몸이잡히여 이世上의모든아낙네를[5]
그저 아름답다고만 생각햇노라、
아〻 그들은 조곰도 나를곱다안컨만[6]。　　　　　【초38, 재48】

나라도업고 님금님도업스며[7]、
勇敢한맘좃차 비록업스나[8]
戰場에서 나는죽으려햇노라[9]、
그러나 죽음은내몸을願치안앗서라[10]。　　　　【초38, 재49】

나의남이 넘우느진가、넘우이른가[11]、
나는 이世上에서무엇을할것이런가[12]、
아〻 내셜음은[13] 긋업시 깁허라、
그대여、불상한까스파르를[14] 빌어주서라。　　　【초39, 재49】

吾はきたりぬ[1]

川路柳虹

1　川路柳虹 譯、「智慧−IIIの卷」、『ヴェルレーヌ詩抄』、東京：白日社、1915、262~264면；『ヹルレーヌ詩集』、東京：新潮社、1919、164~165면.

2　川路柳虹(1919)에는 "吾はきたりぬおとなしき孤兒の".

3　川路柳虹(1919)에는 "たゞもつは靜けさに充ちたる瞳もて".

4　川路柳虹(1919)에는 "大都市の人々のたゞ中に來りつれど".

5　川路柳虹(1919)에는 "街人は吾の惡をも知らぬ氣なり".

6　川路柳虹(1919)에는 "二十才のころのおろかしさ、身に知らぬ".

7　川路柳虹(1919)에는 "戀の焔の狂ひゆゑ世の女らを".

8　川路柳虹(1919)에는 "吾おもふ心つゆなき女らを".

9　川路柳虹(1919)에는 "たとへ祖國なく、王はなくとも".

10　川路柳虹(1919)에는 "勇猛に富たる心乏しくも".

11　川路柳虹(1919)에는 "戰の場に死なむと思ひき".

12　川路柳虹(1919)에는 "されど死はこの吾を欲りもせざりし".

13　川路柳虹(1919)에는 "吾は餘り早くかあまり遅くか生まれきたりし".

14　川路柳虹(1919)에는 "この世にわれのなせしは何ぞや".

15　川路柳虹(1919)에는 "あゝ君よわか悲みは限りなし".

吾はきたりぬ、おとなしき孤兒は[2]

たゞ靜けさに充ちたる瞳もて[3]

大都市の人々のたゞ中に來りつれど[4]

街人は吾を惡しとも語らざりにし[5]。

廿才の頃のおろかしさ、身に知らぬ[6]

戀の焔の狂ひゆる、世の女らを[7]

美しとのみ思ひ信ぜしおろかしさ、

吾にはかゝる心つゆなき女らを[8]。

たとへ祖國なく、王はなくとも[9]

勇猛に富たる心乏しくも[10]

戰の庭に死なむとおもひき、[11]

されど死はこの吾を欲りもせざりし[12]。

吾は餘り早くかあまり遲くか生まれ來りし。[13]

この世に吾のなせしは何ぞや、[14]

あゝきみよ、わが悲みは限りなし[15]、

願はくばこの憐れなるガスパアルのために祈れよ。

カスパル・ハウゼル[†]

生田春月

[†] 生田春月 編, 「佛蘭西－ヴェルレェヌ」, 『泰西名詩名譯集』, 東京：越山堂, 1919, 103～104면. 樋口紅陽 編, 『西洋譯詩 海のかなたより』, 東京：文獻社, 1921(4,5), 546～548면.

我は市（いち）に來りぬ、孤兒として、
我が持物は靜かなる眼にすぎざりき。
人々の中にまじりて我れ何の役にたつべき、
彼等は我を愚かなり、盲目なりと云へり。

我が二十（はたち）の歳をかぞへし時、
俄は天空（そら）より來りしごとく
熖は我をあらたに襲へり―
されど女は我を美しとは見ざりき。

然る後、國王もなく故郷もなく
戰ひに我は死なんとねがひき―
我はひとつの譽れも得ず、
致命の傷（きず）も受けざりき

この世界に我が來りしこと餘りに早かりしか
はた餘りに遲かりしか。おゝ我憐れめ、
すべての憐れなる者の中のいと憐れなる者を
しかしてカスパルのために祈禱をあげよ。

SO HERE I COME, AN ORPHAN CALM [†]

[†] Paul Verlaine, Selected and translated by Ashmore Wingate, "Sagesse", *Poems by Paul Verlaine* (*The Canterbury Poets*), London : Walter Scott, 1904, p.178.

Gaspard Hauser sings :

Ashmore Wingate

So here I come, an orphan calm,
　　Rich only in mine eyes so still,
Before the folk of these great towns,
　　Who naught in me have found of ill.

At twenty; a unique disease,
　　Of which love's fire is eke the name,
Has made me find all women fair;
　　Alas! they've not found me the same.

Though lacking country, lacking king,
　　With no great store of bravery,
I would on battle-fields have died;
　　Alas! death would have none of me.

Am I not born too soon, or late?
　　In all this world what can I do?

And so profound my pain's become:

Pray for poor Gaspard, all of you!

JE SUIS VENU, CALME ORPHELIN …[†]

[†] Paul Verlaine, Selected and translated by Ashmore Wingate, "Sagesse", *Poems by Paul Verlaine* (*The Canterbury Poets*), London : Walter Scott, 1904, p.178.

Gaspard Hauser chante :

Je suis venu, calme orphelin,

Riche de mes seuls yeux tranquilles,

Vers les hommes des grandes villes :

Ils ne m'ont pas trouvé malin.

À vingt ans un trouble nouveau

Sous le nom d'amoureuses flammes

M'a fait trouver belles les femmes :

Elles ne m'ont pas trouvé beau.

Bien que sans patrie et sans roi

Et très brave ne l'étant guère,

J'ai voulu mourir à la guerre :

La mort n'a pas voulu de moi.

Suis-je né trop tôt ou trop tard ?

Qu'est-ce que je fais en ce monde ?

Ô vous tous, ma peine est profonde ;

『오뇌의 무도』 주해

Priez pour le pauvre Gaspard !

첫 번째 번역은 「Gaspard Hauser Sings」.「쎄르렌『詩抄』, 『폐허』 창간호, 1920.7

주석

제1연

제1행 에쉬모어 윈게이트^{Ashmore Wingate : 1904}의 제1연 제1행 "So here I come, an orphan calm"을 염두에 두되, 가와지 류코^{川路柳虹 : 1915/1919}의 제1연 제1행 "吾はきたりぬ、おとなしき孤兒は^{나는 왔다. 얌전한 고아는}"의 어휘 표현과 문형을 따른 의역이다. 참고로 간다 나이부^{神田乃武:1915}에는 형용사 'calm'을 "㊀ 靜カナル、穩カナル^{조용하다. 온화하다}", "㊁ 落付ケル^{가라앉다}", "㊂ 平心ノ^{평온한 마음의}"로 풀이한다. 또 사이토 히데사부로^{齋藤秀三郎:1918}에는 형용사 'calm'을 "① 靜かな、穩かな(海など)^{조용하다. 온화하다[바다 따위]}", "② うららかな、平穩なる(天候など)^{화창하다. 평온하다[날씨 따위]}", "③ 落付いた(心など)。落付き拂つた(樣子など)。沈着な(態度など)^{가라앉다[마음 따위]. 안정되다[모습 따위]. 침착하다[태도 따위]}"로 풀이한다. 참고로 후나오카 겐지^{船岡獻治 : 1919}에는 '大人風シオトナシイ'를 "㊀ 점잔하다 ㊁ 얌전하다。온순하다。순량하다。溫順。素直"로 풀이한다. 이쿠다 슌게쓰^{生田春月 : 1919}의 제1연 제1행은 "我は市に來りぬ、孤兒として^{나는 거리로 왔다. 고아로서}"이다.

제2행 柔肅^{유숙}한 : 여리고 엄숙한. 「Gaspard Hauser Sings」¹⁹²⁰는 "가진것이란 柔肅한눈쑨이로라、"이다. 에쉬모어 윈게이트^{Ashmore Wingate : 1904}의 제1연 제2행 "Rich only in mine eyes so still"을 염두에 두되, 이쿠다 슌게쓰^{生田春月 : 1919}의 제1연 제2행 "我が持物は靜かなる眼にすぎざりき^{내가 가진 것이란 고요한 눈뿐이다}"의 어휘 표현과 문형을 따른 의역이다. 김억은 이쿠다 슌게쓰¹⁹¹⁹의 '靜かなる^{고요한}', 가와지 류코^{1915/1919}의 '靜けさ^{고요함}'를 그대로 옮기는 대신 제1행 '柔順한'과 비슷한 음가의 '柔肅^{유숙}한'을 선택해서 리듬감을 불어 넣으려고 한 것으로 보인다. 참고로 후나오카 겐지^{船岡獻治 : 1919}에는 'シヅカ(靜)'를 "고요。안정。종용。"으로 풀이한다. 또 간다 나이부¹⁹¹⁵에는 'still'을 "靜ナル、

静肅조용한, 정숙"로, 사이토 히데사부로[1918]에는 'still'을 "(物音なく)しんとした、静かな、静肅な[소리 없이] 조용한, 고요한, 정숙한"로 풀이한다.

제3행　에쉬모어 윈게이트[1904]의 제1연 제3행 "Before the folk of these great towns"를 염두에 두되, 가와지 류코[1915/1919]의 제1연 제3행 "大都市の人々のたゞ中に來りつど대도시의 사람들 속으로 왔어도"와 이쿠다 슌게쓰[1919]의 제1연 제3행 "人々の中にまじりて我れ何の役にたつべき사람들 속에 섞여 내가 무슨 도움이 되어야 하나" 중 '大都市の대도시의'川路柳虹와 '人々の中にまじりて사람들 속에 섞여'生田春月만을 발췌하여 조합한 구문의 어휘 표현과 문형을 따른 의역이다.

제4행　에쉬모어 윈게이트[1904]의 제1연 제4행 "Who naught in me have found of ill"을 염두에 두되, 가와지 류코[1915]의 제1연 제4행 "街人は吾を惡しとも語らざりにし거리 사람들은 나를 나쁘다 하지 않는다"의 어휘 표현과 문형을 따른 의역이다.

제2연

제1행　「Gaspard Hauser Sings」[1920]는 "스므살되는해에 情火란熱病에"이다. 에쉬모어 윈게이트[1904]의 제2연 제1행 "At twenty; a unique disease"와 제2행 중 'Of which love's fire'를 염두에 두되, 가와지 류코[1915/1919]의 제2연 제1행 "廿才ㅗ卜の頃のおろかしさ、身に知らぬ스무 살 무렵의 어리석음, 겪어 본 적 없는", 제2행 "戀の焰の狂ひゆゑ、世の女らを사랑의 불길에 미쳐서, 세상의 여인을" 중 '廿才ㅗ卜の頃스무 살 무렵', '戀の焰사랑의 불길의'만을 발췌하여 조합한 구문의 어휘 표현을 따른 의역이다. 특히 김억은 가와지 류코[1915/1919]에는 대응하는 어휘가 없는 에쉬모어 윈게이트[1904]의 'disease'를 더했다.

제2행　「Gaspard Hauser Sings」[1920]는 "몸이잡히여 이世上의모든婦女를"이다. 에쉬모어 윈게이트[1904]의 제2연 제3행 "Has made me find all women fair"를 염두에 두되, 가와지 류코[1915/1919]의 제2연 제1행 중 '身に知らぬ이 몸에 알 수 없는'와 제2연 제2행 중 '狂ひゆゑ、世の女らを사랑의 불길에 미쳐서. 세상의 여인들을'만을 발췌 후 조합한 구문의 어휘 표현과 문형을 따른 의역이다.

제3행 「Gaspard Hauser Sings」[1920]는 "그저 아름답다고만생각햇노라,"이다. 에쉬모어 윈게이트[1904]의 제2연 제3행 중 미처 옮기지 않은 'fair'를 염두에 두되, 가와지 류코[1915/1919]의 제2연 제3행 "美しとのみ思ひ信ぜしおろかさ 아름답다고만 여기고 믿은 어리석음" 중 '美しとのみ思ひ信ぜし 아름답다고만 여기고 믿었다'의 어휘 표현과 문형을 따른 의역이다.

제4행 「Gaspard Hauser Sings」[1920]는 "아, 그들은 조곰도 나를곱다안컨만."이다. 에쉬모어 윈게이트[1904]의 제2연 제4행 "Alas! they've not found me the same"의 문형을 염두에 두되, 이쿠다 슌게쓰[1919]의 제2연 제4행 "されど女は我を美しとは見ざりき 그러나 여인들은 나를 아름답다고는 보지 않았다"의 어휘 표현을 따른 의역이다.

제3연

제1행 에쉬모어 윈게이트[1904]의 제3연 제1행 "Though lacking country, lacking king"을 염두에 두되 가와지 류코[1915/1919]의 제3연 제1행 "たとへ祖國なく、王はなくとも 비록 조국 없고, 임금은 없어도" 중 'たとへ 비록'을 제한 구문의 어휘 표현과 문형에 충실한 번역이다.

제2행 에쉬모어 윈게이트[1904]의 제3연 제1행 "With no great store of bravery"를 염두에 두되, 가와지 류코[1915/1919]의 제3연 제1행의 'たとへ 비록'와 제2행 "勇猛に富たる心乏しくも 용맹으로 풍부한 마음 모자라도"를 조합한 구문의 어휘 표현과 문형을 따른 의역이다.

제3행 에쉬모어 윈게이트[1904]의 제3연 제3행 "I would on battle-fields have died"를 염두에 두되, 가와지 류코[1919]의 제3연 제3행 "戰の場に死なむと思ひき 전장에서 죽으려고 마음먹었다", 이쿠다 슌게쓰[1919]의 제3연 제2행 "戰ひに我は死なんとねがひき 싸움에서 나는 죽기를 바랐다"의 어휘 표현과 문형을 두루 따른 의역이다.

제4행 「Gaspard Hauser Sings」[1920]는 "그러나 죽음은내몸을願치안아라."이다. 에쉬모어 윈게이트[1904]의 제3연 제4행 "Alas! death would have none of me"의 문형을 염두에 두되, 가와지 류코[1915/1919]의 제3연 제4행 "されど死はこの吾を欲りもせざりし 그러나 죽음은 이런

나를 원하지도 않았다"의 어휘 표현과 문형을 따른 의역이다.

제4연

제1행 「Gaspard Hauser Sings」[1920]는 "내의남이 넘우늣즌가、넘우이른가、"이다. 에쉬모어 윈게이트[1904]의 제4연 제1행 "Am I not born too soon, or late?"의 문형을 염두에 두되, 가와지 류코[1915/1919]의 제4연 제1행 "吾は餘り早くか あまり遲く か生まれ來りし 나는 너무 이르거나 너무 늦게 태어났다" 혹은 이쿠다 슌게쓰[1919]의 제4연 제1행과 제2행 중 "この世界に我が來りしこと餘りに早かりしか / はた餘りに遲かりしか 이 세계에 내가 온 것이 너무 일렀나 / 아니면 너무 늦었나"의 어휘 표현을 따른 의역이다.

제2행 에쉬모어 윈게이트[1904]의 제4연 제2행 "In all this world what can I do?"에 충실한 번역이다. 혹은 에쉬모어 윈게이트[1904]를 염두에 두되, 가와지 류코[1915/1919]의 제4연 제2행 "この世に吾のなしは何ぞや 이 세상에서 내가 할 일은 무엇인가"의 어휘 표현과 문형을 따른 의역으로 볼 수도 있다.

제3행 「Gaspard Hauser Sings」[1920]는 "아、내설음은 깃업시깁허라、"이다. 에쉬모어 윈게이트[1904]의 제4연 제3행 "And so profound my pain's become"을 염두에 두되, 가와지 류코[1915/1919]의 제4연 제3행 "あゝきみよ、わか悲みは限りなし 아아. 그대여. 나의 슬픔은 한이 없다" 중 'きみよ 그대여'만을 제하고 축약한 구문의 어휘 표현과 문형에 충실한 번역이다.

제4행 「Gaspard Hauser Sings」[1920]는 "그대여、불상한까스파르를빌어주서다。"이다. 에쉬모어 윈게이트[1904]의 제4연 제4행 "Pray for poor Gaspard, all of you!"의 문형을 염두에 두되, 가와지 류코[1915/1919]의 제4연 제3행의 'きみよ 그대여'와 제4행 "願はくばこの憐れなるガスパアルのために祈れよ 바라건대 이 불쌍한 가스팔을 위해 빌어다오"의 조합한 구문의 어휘 표현과 문형을 따른 의역이다.

김억의 「Gaspard Hauser Sings」의 제1저본은 에쉬모어 윈게이트[Ashmore Wingate : 1904]의 영역시이고, 제2저본은 가와지 류코[川路柳虹 : 1915/1919]의 「吾はきたりぬ[나는 왔노라]」이다. 또 김억은 이쿠다 슌게쓰[生田春月 : 1919]의 「カスパル・ハウゼル[가스팔 오제]」도 참조했다. 다만 김억은 에쉬모어 윈게이트[1904]를 염두에 두면서도 정작 주된 어휘 표현과 문형은 가와지 류코[1915/1919] 등의 일역시를 따라 중역했다. 김억이 『폐허』 창간호[1920.7]부터 제목으로 삼은 「Gaspard Hauser Sings」는 에쉬모어 윈게이트[1904]의 제사[題詞]인 "Gaspard Hauser sings"를 따온 것이다. 그래서 선행 연구에서는 일찍이 이 영어 제목을 근거로 김억의 저본이 영역시일 것으로 추측하는 견해도 있었다.[정한모 : 1974, 343: 김학동 : 1981, 30] 김억으로서는 베를렌의 원시를 저본으로 삼았다고 한 가와지 류코[1915/1919]의 제목을 그대로 옮겼어도 무방했을 터인데, 군이 에쉬모어 윈게이트[1904]의 제사를 제목으로 삼은 이유는 알 수 없다.

사실 베를렌의 원시란 베를렌이 랭보와 도피 생활에 환멸을 느끼고 벨기에 브뤼셀로 되돌아온 후인 1873년경에 쓴 시로 알려져 있다.[Jacques Borel : 1962, 1130~1131 : Pierre Petitfils : 1991, 213~214] 그렇다면 가와지 류코[1915/1919]의 제목을 옮기는 편이 합당했다. 그럼에도 불구하고 김억이 에쉬모어 윈게이트[1904]의 제사를 제목으로 취한 것은 우선 그것이 이쿠다 슌게쓰[1919]의 제목과도 흡사했기 때문일 터이다. 하지만 그보다는 가와지 류코[1915/1919] 등 일역시 저본의 존재를 은폐하기 위한 가장[假裝], 혹은 그 부재를 애써 드러내기 위한 알리바이일 터이다. 그러나 이로써 김억이 에쉬모어 윈게이트[1904]를 저본으로 삼았던 사정이 도리어 드러난다.

그러나 김억이 단지 제사만이 아니라 본문까지도 에쉬모어 윈게이트[1904]를 온전히 저본으로 삼을 수 있었을 텐데, 군이 가와지 류코[1915/1919]와 이쿠다 슌게쓰[1919]까지 저본으로 참조했던 것은 역시 근본적으로는 그의 충분하지 못한 어학실력과 관계가 있다. 어쨌든 김억은 에쉬모어 윈게이트[1904]를 근본으로 삼고, 가와지 류코[1915/1919] 등을 적극적으로 참조하면서, 양자를 대조·비교하여 새로운 텍스트로 만들어내고자 했다. 예컨대 제2연 제3행 "그저 아름답다고만 생각햇노라"의 경우, 가와지 류코[1915/1919]의 제2연 제3행 "美しとのみ思ひ信ぜし

おろかし さ^{아름답다고만 여기고 믿은 어리석음}"를 저본으로 삼아 옮기면서도 에쉬모어 윈게이트[1904]의 제2연 제3행 "Has made me find all women fair"를 의식하여 가와지 류코[1915/1919]의 'おろかし さ^{어리석음}'를 과감히 생략해 버린 것이다. 또 제4연 제4행 "그대여、불상한 까스파르를 빌어주서라"의 경우, 가와지 류코[1915/1919]의 제4연 제3행의 'きみよ^{그대여}'와 제4행 "願はくばこの憐れなるガスパアルのために祈れよ^{바라건대 이 불쌍한 가스팔을 위해 빌어다오}"를 굳이 조합한 것도 에쉬모어 윈게이트[1904]의 제4연 제4행 "Pray for poor Gaspard, all of you!"의 구문을 의식했기 때문이다.

그런가 하면 김억의 이 시에는 에쉬모어 윈게이트[1904]나 가와지 류코[1915/1919] 등의 어휘・구문과 상관없이 오로지 리듬감을 위해 과감하게 자유역을 시도한 장면도 나타난다. 예컨대 제1연 제2행 "가진 것이란 柔肅한 눈 쑏이로다"에서 '柔肅한'은 이쿠다 슌게쓰[1919]의 '靜かなる^{고요한}'나 가와지 류코[1915/1919]의 '靜けさに^{고요함으로}'에, 그리고 에쉬모어 윈게이트[1904]의 'still'에 해당하는 표현일 터이다. 이것은 김억이 제1행의 '柔順한'과 비슷한 음가의 이 '柔肅^{유숙}한'을 선택해서 리듬감을 불어 넣으려고 했기 때문이다. 이로써 김억의 번(중)역이 복수의 기점언어^{source language}들을 일일이 해체하고 다시 조합하면서 목표언어^{target language}인 조선어로 용해시키는 일이자, 새로운 텍스트로 다시 쓰는 일이었음은 새삼 분명해진다.

아々 설어라[1]。

1 초판 목차에는 "아아셜어라".
   재판 목차에는 "아々 설어라",
   본문에는 "아아 설어라".

2 재판에는 "이리도 설음은".

3 재판에는 "맘을 비록 다른곳에".

4 재판에는 "나는 慰勞을 엇을길이".

5 재판에는 "넘우도 弱한 나의맘은".

6 재판에는 '어렵어라'.

7 재판에는 "몸이 설지안은가".

8 재판에는 "내靈은 내맘에게".

9 재판에는 "한갓된 願望일지는".

아々 설어라、 아々 설어라、 나의맘이여、
이리도설음은[2] 다만 한 *女人*째문이여라。

맘을 비록다른곳에[3] 둔다하여도
나는 慰勞을엇을길이[4] 바이업서라。

비록 나의靈、 나의맘、
그 *女人*과 써난다하여도。

맘을 비록 다른곳에 둔다하여도   【초40, 재50】
나는 慰勞를 엇을길이 바이업서라。

나의맘、 넘우도弱한나의맘은[5]
내靈에게 니르되「바릴수잇으랴」   【초40, 재51】

「바릴수잇으랴?」아々 어려워라[6]、
애닯은 離別、 몸이설지안은가[7]。

내靈은내맘에게[8] 對答하야가르되
「한갓된願望일지는[9] 몰으겟으나、

둘이 비록 써나서는잇서도[10]

맘은 언제든지 하나인것을. 【초41, 재51】

10 재판에는 "써나서는 잇서도".

저본

女ゆゑ[1]

川路柳虹

1 川路柳虹 譯, 「無言の歌－忘れたる小唄」, 『ヴェルレーヌ詩抄』, 東京：白日社, 1915, 139~141면; 川路柳虹 譯, 「女ゆゑ」, 生田春月 編, 『泰西名詩名譯集』, 東京：越山堂, 1919, 101~102면.

2 川路柳虹(1919)에는 "かうも悲しい、わがこころ".

3 川路柳虹(1919)에는 "吾は慰むすべもなし".

4 川路柳虹(1919)에는 "この女より離るとも".

5 川路柳虹(1919)에는 "あまり繊弱いわが心".

6 川路柳虹(1919)에는 "わが靈に語るらく『捨てうるや』".

7 川路柳虹(1919)에는 "『捨てうるや』─あゝ難いかな─".

女ゆゑ、たつたひとりの女ゆゑに
かうも悲しい、わがこゝろ[2]。

心をよそへやるとても
われは慰むすべもなし[3]。

たとへわが靈わがこゝろ
この女より離るとも[4]、

心をよそへやるとても
われは慰むすべもなし。

あまりか弱いわがこゝろ[5]、
わが靈に語るらく「捨てうるや」[6]

「捨てうるや」─あゝ難いかな─[7]
別れのつらさ、身のつらさ。

靈は心に答ふらく

無理な願ひかしらねども[8]

ふたり離れてあるとても
こゝろはいつもひとつにて[9]。

8 　川路柳虹(1919)에는 "無理な
　　願か知らねども".

9 　川路柳虹(1919)에는 "心はい
　　つもひとつにて".

O SAD, SAD WAS THIS SOUL OF MINE[†]

Ashmore Wingate

[†] Paul Verlaine, Selected and translated by Ashmore Wingate, "Romances Sans Paroles", *Poems by Paul Verlaine*(*The Canterbury Poets*), London : Walter Scott, 1904, p.90.

O SAD, sad was this soul of mine,
    And all, all for a woman's sake;
Nor am I salv'd, although my heart
    Did of itself an exile make.

Though, from this woman, heart and soul
    Themselves in distant flight did take—
No, I'm not salved, although my heart
    Did of itself an exile make.

My heart, my heart, too sensitive,
    Said to my soul, "Is't possible,
Is't possible"—Ah, but it was—
    "This exile fierce and miserable?"

My soul replied, "How can I know,
    Even I, if wiles would make us stay
All present, though in sooth exiled,

And though we're yet full far away?"

Ô TRISTE, TRISTE ÉTAIT MON ÂME ···[†]

[†] Paul Verlaine, "Romances sans paroles", *Œuvres complètes de Paul Verlaine(Tome premier)*, Paris : Librairie Léon Vanier, 1900(Deuxième édition), pp.161~162.

Ô triste, triste était mon âme
À cause, à cause d'une femme.

Je ne me suis pas consolé
Bien que mon cœur s'en soit allé.

Bien que mon cœur, bien que mon âme
Eussent fui loin de cette femme.

Je ne me suis pas consolé,
Bien que mon cœur s'en soit allé.

Et mon cœur, mon cœur trop sensible
Dit à mon âme : Est-il possible,

Est-il possible, — le fût-il, —
Ce fier exil, ce triste exil ?

Mon âme dit à mon cœur : Sais-je
Moi-même, que nous veut ce piège

D'être présents bien qu'exilés,

Encore que loin en allés ?

번역의 이본

첫 번째 번역은 「아々 설어라。」.「베르렌 詩抄」,『폐허』 창간호, 1920.7

주석

제1연

제1행　「아々 설어라」[1920]는 "아々 설어라、아、설어라、나의맘이여、"이다. 에쉬모어 윈게이트 Ashmore Wingate : 1904의 제1연 제1행 "O SAD, sad was this soul of mine"의 문형을 염두에 두되, 가와지 류코[1915/1919]의 제1연 제2행의 "かうも悲しい、わがこゝろ이토록 슬프다. 나의 마음"의 어휘 표현을 따른 의역이다.

제2행　에쉬모어 윈게이트[1904]의 제1연 제2행 "And all, all for a woman's sake"를 염두에 두되, 가와지 류코[1915/1919]의 제1연 제2행 중 'かうも悲しい이토록 슬프다', 제1행의 "女ゆゑ、たつたひとりの女ゆゑに여인 때문에. 그저 한 사람의 여인 때문에" 중 'たつたひとりの女ゆゑに그저 한 사람의 여인 때문에'만을 발췌하여 조합한 구문의 어휘 표현과 문형을 따른 의역이다.

제2연

제1행　「아々 설어라」[1920]는 "맘을 비록다른곳에 둔다하여도"이다. 가와지 류코[1915/1919]의 제2연 제1행 "心をよそへやるとても마음을 다른 곳에 준다고 해도"의 의역이다.

제2행　「아々 설어라」[1920]는 "나는위로를엇을길이 바이업서라。"이다. 가와지 류코[1915/1919]의 제2연 제2행 "われ(吾)は慰むすべもなし나는 위로받을 길도 없다"의 의역이다.

제3연

제1행　「아々 설어라」[1920]는 "비록 내의靈、내의맘、"이다. 가와지 류코[1915/1919]의 제3연 제1행 "たとへわが靈わがこゝろ비록 나의 영, 나의 마음"에 대응한다.

제2행   에쉬모어 윈게이트[1904]의 제2연 제1행 "Though, from this woman, heart and soul"의 구문을 염두에 두되, 가와지 류코[1915/1919]의 제3연 제2행 "この女より離るとも 이 여인에게서 떠나더라도"의 어휘 표현과 문형을 따른 의역이다.

제4연

제1행   제2연 제1행과 동일하다.

제2행   제2연 제2행과 동일하다.

제5연

제1행   「아々설어라」[1920]는 "내의맘, 넘우도弱한내의맘은"이다. 에쉬모어 윈게이트[1904]의 제3연 제1행 "My heart, my heart, too sensitive"의 문형을 염두에 두되, 가와지 류코의 제5연 제1행 "あまりか弱いわがこゝろ 너무도 약한 나의 마음"[1915], "あまり纖弱いわが心 너무도 연약한 나의 마음"의 어휘 표현과 문형을 따른 의역이다.

제2행   에쉬모어 윈게이트[1904]의 제3연 제2행 "Said to my soul, "Is't possible"의 문형을 염두에 두되, 가와지 류코[1915/1919]의 제5연 제2행 "わが靈に語るらく「捨てうるや」 나의 영에 말하기를 '버릴 수 있는가'"의 어휘 표현과 문형에 충실한 번역이다.

제6연

제1행   「아々설어라」[1920]는 "「바릴수잇으랴?」아、어려워라、"이다. 에쉬모어 윈게이트[1904]의 제3연 제3행 "Is't possible"—Ah, but it was—"를 염두에 두되, 가와지 류코[1915/1919]의 제6연 제1행 "「捨てうるや 버릴 수 있는가」──あゝ難いかな 아아 어려워라──"의 어휘 표현과 문형에 충실한 번역이다.

제2행   에쉬모어 윈게이트[1904]의 제3연 제4행 "This exile fierce and miserable?"의 문형을 염두에 두되, 가와지 류코[1915/1919]의 제6연 제2행 "別れのつらさ、身のつらさ 헤어짐의 괴로움,

몸의 괴로움"의 어휘 표현과 문형을 따른 의역이다.

제7연

제1행   에쉬모어 윈게이트[1904]의 제4연 제1행 "My soul replied, "How can I know" 중 'My soul replied'를 염두에 두되, 가와지 류코[1915]의 제7연 제1행 "靈は心に答ふらく 영은 마음에 답하되"의 어휘 표현과 문형을 따른 의역이다.

제2행   가와지 류코[1915/1919]의 제7연 제2행 "無理な願かしらねども 무리한 바람일지 몰라도"의 의역이다.

제8연

제1행   가와지 류코[1915/1919]의 제8연 제1행 "ふたり離れてあるとても 두 사람 헤어져 있더라도"의 의역이다.

제2행   가와지 류코의 제8연 제2행 "こゝろはいつもひとつにて 마음은 언제나 하나로"[1915], "心はいつもひとつにて 마음은 언제나 하나로"[1919]의 의역이다.

해설

김억의 「아々 설어라」의 제1저본은 가와지 류코[川路柳虹: 1915/1919]의 「女ゆゑ 여인 때문에」이다. 김억의 「아々 설어라」[1920] 이전 베를렌의 "Ô triste, triste était mon âme"의 일본어 번역시는 가와지 류코[川路柳虹: 1915], 이쿠다 슌게쓰[生田春月: 1919]에 수록된 가와지 류코[1919], 그리고 다케토모 소후[竹友藻風: 1921]의 「ああ悲し、悲しかりけり 아아 슬프다, 슬프도다」뿐이다. 이 중 다케토모 소후[1921]는 『오뇌의 무도』 재판[1923.8.10] 직전에 발표된 것이나, 초판[1921.3.20] 이후에 발표된 것인 만큼, 김억이 저본으로 삼기 어려웠고, 실제로 그가 다케토모 소후[1921]를 저본으로 삼은 흔적도 없다. 그리고 가와지 류코[1919]의 「女ゆゑ 여인 때문에」는 가와지 류코의 『베를렌 시집 ヴェルレーヌ詩集』[1919]에는 수록되어 있지 않다. 따라서 김억이 「아々 설어라」를 옮기면서 저본으로 삼을 수 있는 텍스트는 가와지 류코[1915]와 이쿠다 슌게쓰[1919] 소재 「女ゆゑ여인 때문에」 그리고 에쉬모어 윈게이트[1904]의 영역시뿐이다.

김억이 일역시 중 주된 저본으로 삼을 수 있는 것은 당연히 가와지 류코[1915/1919]였다. 특히 행과 연의 구분, 인용표지「 」까지 가와지 류코[1915/1919]와 일치하는 점은 그 증거이다. 하지만 김억은 오로지 가와지 류코[1915/1919]만을 저본으로 삼지는 않았다. 제목부터 가와지 류코[1915]의 「여인 때문에女ゆゑ」가 아니라 에쉬모어 윈게이트[1904]의 "O Sad"를 따랐던 데에서 알 수 있듯이, 김억은 김억은 에쉬모어 윈게이트Ashmore Wingate : 1904의 영역시를 염두에 두되, 주된 어휘 표현과 문형은 가와지 류코[1915/1919]에 따라 중역했던 것이다.

우선 김억의 제목 「아々설어라悲哀」의 경우, 이것이 시적 화자의 이별의 비애悲哀를 직정적이고도 절실하게 드러낸다고 판단했기 때문일 것이다. 그래서 제1연 제1행도 가와지 류코[1915]의 "女ゆゑ、たつたひとりの女ゆゑに여인 때문에, 그저 한 사람의 여인 때문에"를 그대로 옮기지 않고 에쉬모어 윈게이트[1904]의 "O SAD, sad was this soul of mine"를 그대로 옮겼을 터이다. 사실 베를렌의 이 시가 랭보에게 총상을 입힌 죄로 벨기에 감옥에 수감 중이던 시절에 발표한 시집 『말 없는 연가Romances sans paroles』1874에 수록된 점, 또 랭보와 아내 마틸드Mathilde 사이의 방황, 마틸드와의 불화와 이혼 등으로 복잡한 심경을 배경으로 하는 점을 염두에 두고 보면, 가와지 류코[1915/1919]의 제목도 일리는 있다. 하지만 김억이 가와지 류코[1915/1919]가 아닌 에쉬모어 윈게이트[1904]의 제목을 따르면서 의도치 않게 베를렌 원시의 제목과 비슷하게 되었다. 그래도 베를렌의 원시는 물론 그 창작의 배경을 알 길 없던 김억에게 베를렌 원시를 둘러싼 맥락과 무관하게 단순한 실연과 이별, 그 비애를 노래한 것으로 읽혔을 터이다.

어쨌든 이러한 김억의 베를렌 시 중역의 방법이란 두말할 나위도 없이 근본적으로 프랑스어 원시의 직접 번역이 곤란했던 사정에서 비롯한다. 하지만 그보다 더 중요한 것은 김억의 베를렌 시 중역이 사실은 프랑스어 원시-일역시의 중역일 뿐만 아니라, 프랑스어 원시-영역시-일역시의 삼중역이기도 하다는 점이다. 하지만 설령 김억이 오로지 에쉬모어 윈게이트[1904]만을 저본으로 삼았다고 하더라도 사정은 크게 다르지 않다. 이를테면 그 과정에서 간다 나이부[神田乃武:1915], 사이토 히데사부로[齊藤秀三郎:1918]와 후나오카 겐지[船岡獻治:1919] 등에 의존할 수밖에 없었다면, 결국 김억의 베를렌 시란 매개언어intermediate language인 영어, 일본어를 거친 삼중역일 수밖에 없기 때문이다.

『오뇌의 무도』주해

衰頹。[1]

나는 데카단스의 末期의王[2]、
슬어지는해볏에 춤추는黃金曲調의[3]
조각조각의頭韻을[4] 짜아내서는
不文法의章句를 만드는사람이로다[5]。

깁흔倦怠의맘안에는 단만 惡한靈이잇서라[6]、
그곳에는 피를흘니는 오랜싸홈이잇서라[7]、
그곳에求치말아라[8]、그저 느리고弱하여라、
조곰이라도 이生은숨이랴고말아라[9]。

아々 그곳에求치말아라、또는죽음을願치말아라[10]、
아々 맘껏 머시여라、파틸이여、웃슴감도 싀기엿는가、
아々 맘껏 머시여라、다먹엇서라[11]、말써리도 다하엿서라。

【초42, 재52】

다만 사람에겐 불에던질 異常한詩가잇슬샏[12]、　　【초42, 재53】
다만 그대를 두고 가는 좀더 압센先驅者가 잇슬샏、
다만 그대를 괴롭게하는倦怠가 잇슬싸름이려라[13]。　【초43, 재53】

1　초판, 재판의 목차에는 "哀頹".

2　재판에는 "나는 데카단스의 末期의王".

3　재판에는 "춤추는 黃金曲調의".

4　재판에는 "조각조각의 頭韻을".

5　재판에는 "만드는사람이로다".

6　재판에는 "깁흔倦怠의 맘안에는 단만 惡한靈이 잇서".

7　재판에는 "그곳에는 피를 흘니는 오랜싸홈이잇나니".

8　재판에는 "그곳에 求치말아라".

9　재판에는 "이生을 숨이랴고 말아라".

10　재판에는 "또는 죽음을 願치말아라".

11　재판에는 "다 먹엇서라".

12　재판에는 "불에 던질 異常한詩가 잇슬샏".

13　재판에는 "괴롭게하는 倦怠가 잇슬싸름이려라".

衰頽[1]

ジヨルジユ・クウルトリーヌにおくる

川路柳虹

吾はデカダンス末期の王、[2]

日の光衰へて舞ふところ、金の調の[3]

くづおれし頭韻を織り成せる[4]

不法の章句を許容すものなり。

ふかき倦怠の心にたゞひとり惡を有つ靈。[5]

かしこには血を流す長き間の戰鬪あり、

かしこには覺むる勿れ、たゞ緩かに弱くあれ[6]、

暫らくもこの生を飾らんと思ふなかれ[7]。

あゝ彼處に求むる勿れ、また死をば願ふ勿れ、[8]

あゝ心ゆくまで飲み干しぬ、バチルよ、きみの笑ひの種も盡きしや。[9]

あゝ心ゆくまで飲み干しぬ。食ひ果しぬ、もはや語らむ言葉なし[10]。

たゞ人には火に投げ入られむすこし變りし詩のあるのみ[11]、

たゞ君を等閑にする少し早き走者あるのみ、[12]

1 川路柳虹 譯, 「昔と今」, 『ヴェルレーヌ詩抄』, 東京: 白日社, 1915, 298~300면; 『ヹルレーヌ詩集』, 東京: 新潮社, 1919, 190~192면.

2 川路柳虹(1919)에는 "吾はデカダンス末期の王".

3 川路柳虹(1919)에는 "日の光衰へて舞ふところ金の調の".

4 川路柳虹(1919)에는 "くづおれし頭韻を織り成せる".

5 川路柳虹(1919)에는 "ふかき倦怠の心にたゞひとり惡を持つ靈".

6 川路柳虹(1919)에는 "かしこには覺むる勿れ、たゞ緩かに弱くあれ".

7 川路柳虹(1919)에는 "暫くも、この生を飾らんと思ふ勿れ".

8 川路柳虹(1919)에는 "あゝ彼處に求むる勿れ、また死をば願ふ勿れ".

9 川路柳虹(1919)에는 "あゝ心ゆくまで飲み干しぬ、バチルよ君の笑ひの種もつきしや".

10 川路柳虹(1919)에는 "あゝ心ゆくまで飲み干しぬ。食ひ果しぬ。もはや語らむ言葉なし".

11 川路柳虹(1919)에는 "たゞ人には火に投げ入られむすこし變りし詩のあるのみ".

12 川路柳虹(1919)에는 "たゞ君を等閑にする少し早き走者あるのみ".

たゞ君を煩ますことを知らざる倦怠のあるのみ[13]。

13 川路柳虹(1919)에는 "たゞ君
を悩ますことを知らざる倦怠
のあるのみ".

LANGUEUR[†]

†   Paul Verlaine, "Jadis et naguère",
    Œuvres complètes de Paul Verlaine(–
    Tome premier), Paris : Librairie
    Léon Vanier, 1900(Deuxième
    édition), p.381.

À Georges Courteline.

Je suis l'Empire à la fin de la décadence,

Qui regarde passer les grands Barbares blancs

En composant des acrostiches indolents

D'un style d'or où la langueur du soleil danse.

L'âme seulette a mal au cœur d'un ennui dense.

Là-bas on dit qu'il est de longs combats sanglants.

Ô n'y pouvoir, étant si faible aux vœux si lents,

Ô n'y vouloir fleurir un peu de cette existence !

Ô n'y vouloir, ô n'y pouvoir mourir un peu !

Ah ! tout est bu ! Bathylle, as-tu fini de rire ?

Ah ! tout est bu, tout est mangé ! Plus rien à dire !

Seul, un poème un peu niais qu'on jette au feu,

Seul, un esclave un peu coureur qui vous néglige,

Seul, un ennui d'on ne sait quoi qui vous afflige !

재판 이외 이본 없음.

주석

제1연

제1행 가와지 류코川路柳虹 : 1915/1919의 제1연 제1행 "吾はデカダンス末期の王나는 데카당스 말기의 왕"에 대응한다.

제2행 가와지 류코1915/1919의 제1연 제2행 "日の光衰へて舞ふところ・金の調の햇빛 스러져 춤추는 곳 금빛 곡조의"를 '衰へ(る)스러지는', '日の光(に)て햇빛에', '舞ふ춤추는', '金の調の금빛 곡조의'의 순으로 고쳐 쓴 구문의 의역이다.

제3행 가와지 류코1915/1919의 제1연 제3행 "くづおれし頭韻を織り成せる풀죽은 두운을 짜내는"의 의역이다. 참고로 후나오카 겐지船岡獻治 : 1919에는 'クヅオレル', 즉 '頹れる맥없이 쓰러지다, 주저앉다, 실망하다, 쇠약해지다'에 해당하는 표제어가 없다. 대신 'クヅ(崩・頹)ル'는 '문허진다', '괴악하다'로 풀이한다. 'ヲレ(折)ル'는 '쑥부러진다', '휘여든다', '분질너진다', '쇠잔한다'로 풀이한다. 이 행에서 김억은 'クヅオレル'를 옮기지 못해서, 'クヅ(崩・頹)ル'와 'ヲレ(折)ル'로 쪼개어 '조각조각의'로 옮긴 것으로 보인다.

제4행 가와지 류코1915/1919의 제1연 제4행 "不法の章句を許容すものなり법칙에 맞지 않는 구절을 허용하는 사람이다"의 의역이다.

제2연

제1행 담만 : 평안도 방언 '다만'의 이형태 혹은 김억의 입말로 추정된다. 가와지 류코1915/1919의 제2연 제1행 "ふかき倦怠の心にたゞひとり惡を有(持)つ靈깊은 권태의 마음에 다만 홀로 악을 지닌 영"의 의역이다.

제2행 싸홈 : '싸움'의 평안도 방언 '싸음'김이협 : 1981의 이형태 혹은 김억의 입말로 추정된다.

가와지 류코[1915/1919]의 제2연 제2행 "かしこには血を流す長き間の戰鬪あり 저기에는 피를 흘리는 오랫동안의 전투가 있다"의 의역이다.

제3행　가와지 류코[1915/1919]의 제2연 제3행 "かしこには覓むる勿れ(、)たゞ緩かに弱くあれ 저기에서는 찾지 마라, 그저 느리게 연약해라"의 의역이다.

제4행　꿈이랴고 : 평안도 방언 '꾸미다'[김이협 : 1981]의 활용형 혹은 김억의 입말로 추정된다. 가와지 류코[1915/1919]의 제2연 제4행 "暫らくもこの生を飾らんと思ふなかれ 잠시라도 이 생을 꾸미려고 생각하지 말라"의 의역이다.

제3연

제1행　가와지 류코[1915/1919]의 제3연 제1행[1915/1919] "あゝ彼處に求むる勿れ(、)また死をば願ふ勿れ 아아 저기에서 구하지 마라, 또 죽음을 바라지 마라"의 의역이다.

제2행　파틸 : 바튈루스[Bathyllus]. 알렉산드리아 출신으로 로마 제국 아우구스투스 황제[기원전 63~기원후 14]시대 춤꾼이자 무언극 배우.

'머시여라' : 평안도 방언 '마시다'[김이협 : 1981]의 이형태 혹은 김억의 입말로 추정된다. 가와지 류코[1915/1919]의 제3연 제2행 "あゝ心ゆくまで飮み干しぬ、バチルよ、きみ(君)の笑ひの種も盡(つ)きしや 아아, 마음껏 마셔라, 바틸이여, 너의 웃음거리도 다하였는가"의 의역이다.

제3행　가와지 류코[1915/1919]의 제3연 제3행 "あゝ心ゆくまで飮み干しぬ。食ひ果たしぬ、もはや語らむ言葉なし 아아, 마음껏 마신다, 다 먹어 버린다, 끝내 할 말도 없다"의 의역이다.

제4연

제1행　가와지 류코[1915/1919]의 제4연 제1행 "たゞ人には火に投げ入られむすこし變りし詩のあるのみ 다만 사람에게는 불에 던져질 조금은 이상한 시가 있을 뿐" 중 'すこし 조금은'만을 제한 구문에 충실한 번역이다.

제2행　압센 : '앞서다'의 평안도 방언 '앞세다'[김이협 : 1981]의 활용형이다. 가와지 류코[1915/1919]

의 제4연 제2행 "たゞ君を等閑にする少し早き走者あるのみ^{다만 그대를 소홀히 하는 조금 이른}^{주자가 있을 뿐}"의 의역이다.

제3행　가와지 류코^{川路柳虹 : 1915/1919}의 제4연 제3행 "たゞ君を煩(惱)ますことを知らざる倦怠のあるのみ^{다만 그대를 괴롭히는 줄 모르는 권태가 있을 뿐}"의 의역이다.

해설

김억의 「衰頹」의 유일한 저본은 가와지 류코^{川路柳虹 : 1915/1919}의 「衰頹쇠퇴」이다. 베를렌의 "Langueur"가 원시인 김억의 이 시는 『오뇌의 무도』 초판, 재판 이전은 물론 이후에도 발표한 적 없는 드문 사례 중 하나이다. 또 베를렌의 이 시에 해당하는 근대기 일본의 번역시는 가와지 류코^{川路柳虹 : 1915/1919}에만 수록되어 있다. 한편 에쉬모어 윈게이트^{Ashmore Wingate : 1904}에도 베를렌의 이 시는 수록되어 있지 않다. 따라서 김억으로서는 오로지 가와지 류코^{1915/1919}에만 의존하여 베를렌의 이 시를 옮길 수밖에 없었다. 김억이 하다못해 이쿠다 슌게쓰^{生田春月 : 1919} 등에도 수록되어 있지 않은 베를렌의 이 시를 군이 옮긴 이유는 제1연 제1행에서부터 짐작할 수 있듯이, 이 시가 베를렌의 데카당티슴, 작시법과 관련되어 있다고 판단했기 때문일 것이다.

어쨌든 김억은 이 시를 옮기면서 어휘 표현과 문형 모두 가와지 류코^{1915/1919}를 충실히 따르고 있다. 그래서 김억의 입말로 추정되는, 오늘날에는 의미가 분명하지 않은 '머시여라'^{제3연}, '압센'^{제4행}의 의미도 도리어 가와지 류코^{1915/1919}를 통해 비정할 수 있다. 그중 특히 '파틸'^{제3연}을 간과할 수 없다. 가와지 류코^{1915/1919}에는 그저 'バチル'로 표기된 이 의미 불명의 어휘는 베를렌의 원시에서는 'Bathylle', 즉 고대 로마 제국 시대의 춤꾼이자 배우인 '바틸루스^{Bathyllus}'이다. 가와지 류코^{1915/1919}에 그저 'バチル'로 표기된 이 어휘를 마주한 김억은 그 어떤 사전의 도움도 얻을 수 없어서 당혹했을 법하다. 그래서 김억은 할 수 없이 '파틸'로 음가만을 옮길 수밖에 없었을 터이다. 그래서 이 '파틸'은 김억은 물론 당시 『오뇌의 무도』의 독자에게도 의미 불명으로 남을 수밖에 없는 중역의 공동^{空洞}일 수밖에 없다. 물론 이것은 베를렌만이 아

니라 서구의 문학적 전통이나 전거典據에 어두울 수밖에 없는 김억과 그의 시대 조선에서는 불가피한 현상이다. 그럼에도 불구하고 이 현상이란 프랑스, 근대시의 중심과 비서구·식민지의 문학청년 김억 사이에 가로놓인 메울 수 없는 거리를 상징적으로 드러낸다.

『오뇌의 무도』 주해

지내간녯날.[1]

記憶이여、엇제면 나를깨우려는가[2]?
只今 가을의恐怖는 凉寂한하늘로 Thrush 를날니며[3]、
해는 셜은憂陰의빗을 北風이셜네는[4]
黃葉가득한 수풀우에 놋코잇서라。

생각을 머리털과함의 바람에불니우며[5]
우리두사람 가즈란히 걸을째、
문득그사람 고흔눈을 내게돌니며[6]、
天使의곱흔목소리갓튼[7] 그사람의말、

「그대의生涯우에 아름답은날은 언제엿섯나?」
愼重한微笑로써 이말에對答을하며[8]、
곱고보드라운 그흰손에키쓰햇노라[9]。　　　　【초44, 재54】

그리운님의입살로흘으는「네」하는첫마듸[10]!　　【초44, 재55】
오々 엇더케 첨핀꼿이 향긔로웟으며[11]、
아々 엇더케 내귀를 곱게하엿나!　　　　　　【초45, 재55】

1　재판 목차에는 "지내간 녯난".
2　재판에는 "나를 깨우려는가".
3　재판에는 "멧추라기를 날니며".
4　재판에는 "해는 셜은憂陰의빗을 北風이 셜네는".
5　재판에는 "바람에 불니우며".
6　재판에는 "문득 그사람 곱은눈을 내게 돌니며".
7　재판에는 "天使의 곱은목소리 갓튼".
8　재판에는 "愼重한微笑로 써 이말에 對答을하며".
9　재판에는 "곱고보드랍은 그흰손에 키쓰햇노라".
10　재판에는 "그리운님의 입살로 흘으는「네」하는 첫마듸".
11　재판에는 "오々 엇더케 첨 핀 꼿이 향긔롭엇으며".

NEVERMORE[1]

川路柳虹

追憶よ、思ひ出よ、いまにして何をか冀ふ、

哀へし蒼穹に鶫の飛ぶ秋[2]、

北風は黄ばみたる木に戦ぎ、そのうへに[3]

太陽はもの倦き光をばふりそそぐ[4]。

吾ら髪の毛と思ひとを吹く風に嬲らせて[5]

かたみに夢みつゝ歩みゆけり。

ふとものに感ぜし彼の女の眼差は顧きて[6]

『君がいと美しき日はいつなりし』とぞ、冴えわたる黄金の聲[7]。

爽やかなる鐘の響きと朗らかのかくも優しきその聲に[8]

つつましき微笑こここそ答へをなせり[9]、

吾は敬虔にその白き手に接吻けつ[10]。

あゝはつ花の香はしさ[11]、

なつかしき囁きもて戀人の唇をば滴れし[12]

最初の『諾』と語りし言の葉、あゝそればかりいつも匂はし。

1　川路柳虹 譯、「野調－憂鬱症」、『ヴェルレーヌ詩抄』、東京：白日社、1915, 4~6면；『ヱルレーヌ詩集』、東京：新潮社、1919, 4~5면. 재판의 제목은 「かへらぬむかし(돌아오지않을 옛날)」.

2　川路柳虹(1919)에는 "哀へし蒼穹に鶫の飛ぶ秋".

3　川路柳虹(1919)에는 "北風はそよきて黄ばみたる林には".

4　川路柳虹(1919)에는 "日の光もの倦げにふりそゝぐ時なりし".

5　川路柳虹(1919)에는 "われら、髪の毛と思ひとを吹く風に嬲らせて".

6　川路柳虹(1919)에는 "ふとものに感ぜし彼の女の眼眸は顧きて".

7　川路柳虹(1919)에는 "『君が世のいと美しき日のいつなりし』とぞ、冴えわたる黄金の聲".

8　川路柳虹(1919)에는 "爽やかなる祈りの鐘か、朗らかにかくも優しきその聲に".

9　川路柳虹(1919)에는 "つゝましき微笑こそ答へをなせり。".

10　川路柳虹(1919)에는 "われは敬虔にその白き手に接吻けつ".

11　川路柳虹(1919)에는 "あゝ何にたとへん、はつ花の香はしさ".

12　川路柳虹(1919)에는 "なつかしき囁きもて戀人の唇をば滴れし".

返らぬむかし[†]

永井荷風

[†] 永井荷風 譯, 『珊瑚集(佛蘭西近代抒情詩選)』, 東京：籾山書店, 1913, 42~44면.

ああ、遣瀬なき追憶の是非もなや。

衰へ疲れし空に鵠の飛ぶ秋、

風戰ぎて黄ばみし林に、

ものうき光を日は投げし時なりき。

胸の思ひと髪の毛を吹く風になびかして、

唯二人君と我とは夢み夢みて歩みけり。

閃く目容は突とわが方にそそがれて、

輝く黄金の聲は云ふ「君が世の美しき日の限りいかなりし」と。

打顫ふ鈴の音のごと爽に、響は深く優しき聲よ。

この聲に答へしは心怯れし微笑にて、

われ眞心の限り白き君が手に口付けぬ。

ああ、咲く初花の薫りはいかに。

優しき囁きに愛する人の口より漏るる

「然」と頷付く初めての聲。ああ其の響はいかに。

NEVERMORE[†]

[†] Paul Verlaine, Selected and translated by Ashmore Wingate, "Poèmes Saturniens", *Poems by Paul Verlaine*(*The Canterbury Poets*), London : Walter Scott, 1904, p.7.

Ashmore Wingate

MEMORY, why bring me thither? Now the fear

Of Autumn drives the thrush through the wan sky,

The sun shined with a sad monotony

On yellowing woods where the north wind blows drear,

While we two walk with but each other near,

And thoughts with locks seem to be blown by.

Sudden she bends on mine a kindling eye;

Her voice of living gold so rich and clear,

Fresh as ans angel's, asks, "which was most sweet

Of all your days?" For words, I smile discreet,

Kiss her white hand to show that it is dear.

Ah! how the earliest flowers give sweetest scent,

Ah! how deliciously it haunts the ear,

The first "Yes" that from well-loved lips there went.

NEVERMORE[†]

Souvenir, souvenir, que me veux-tu ? L'automne

Faisait voler la grive à travers l'air atone,

Et le soleil dardait un rayon monotone

Sur le bois jaunissant où la bise détone.

Nous étions seul à seule et marchions en rêvant,

Elle et moi, les cheveux et la pensée au vent.

Soudain, tournant vers moi son regard émouvant :

« Quel fut ton plus beau jour ! » fit sa voix d'or vivant,

Sa voix douce et sonore, au frais timbre angélique.

Un sourire discret lui donna la réplique,

Et je baisai sa main blanche, dévotement.

— Ah ! les premières fleurs qu'elles sont parfumées !

Et qu'il bruit avec un murmure charmant

Le premier oui qui sort de lèvres bien-aimées !

[†] Paul Verlaine, "Poèmes saturniens", *Œuvres complètes de Paul Verlaine*(*Tome premier*), Paris : Librairie Léon Vanier, 1900(Deuxième édition), p.11 ; Gérard Walch, "Paul Verlaine", *Anthologie des Poètes Français contemporains*(*Tome premier*), Paris : Ch. Delagrave, Leyde : A.-W. Sijthoff, 1906, p.370.

첫 번째 번역은 「지내간넷날。」.「에르렌詩抄」,『폐허』창간호, 1920.7

제1연

제1행 에쉬모어 윈게이트Ashmore Wingate : 1904의 제1행 "MEMORY, why bring me thither? Now the fear" 중 "MEMORY, why bring me thither?"의 구문의 형식을 염두에 두되, 가와지 류코川路柳虹 : 1915/1919의 제1연 제1행 "追憶よ、思ひ出よ、いまにして何をか冀ふ추억이여, 추억이여, 이제 와서 무엇을 바라는가"의 어휘 표현과 문형을 따른 의역이다.

제2행 「지내간넷날」1920은 "只今가을의恐怖는涼寂한하늘로 Thrush 를날니며,"이다. 에쉬모어 윈게이트1904의 제1행 중 'Now the fear'와 제2행 "Of Autumn drives the thrush through the wan sky"를 조합한 구문의 의역이다. 가와지 류코1915/1919의 제1연 제2행은 "衰へし蒼穹に鶫の飛ぶ秋스러지는 푸른 하늘에 개똥지빠귀 나는 가을"이다. 나가이 가후1913의 번역시 제1연 제2행은 "衰へ疲れし空に鶫の飛ぶ秋스러지고 지친 하늘에 직박구리 나는 가을"이다. 참고로 간다 나이부神田乃武:1915에는 'thrush'를 '鶫ツグミ[개똥지빠귀]'로, 사이토 히데사부로齊藤秀郎:1918에는 'thrush'를 "鵯ひよどり[직박구리]、鶫つぐみ[개똥지빠귀]"로 풀이한다. 후나오카 겐지船岡獻治:1919에는 '鵯ひよどり[직박구리]'가 수록되어 있지 않고, '鶫つぐみ[개똥지빠귀]'는 '콩새'로 풀이한다. 김억은 후나오카 겐지1919의 풀이를 따르지 않았고, 재판에 이르러서야 '멧추라기'로 옮겼다.

제3행 셜은 : '설운셟다' 혹은 '서러운서럽다'의 평안도 방언 혹은 김억의 입말로 추정된다. 「지내간넷날」1920은 "해는셜은憂陰의빗을 北風이셜네는"이다. 제1연 제3행과 제4행 에쉬모어 윈게이트1904의 제3행 "The sun shined with a sad monotony"와 제4행 "On yellowing woods where the north wind blows drear" 중 'where the north wind blows drear'를 조합한 구문을 염두에 두되, 가와지 류코1915의 제1연 제3행 "北風は黄ばみたる木

に戰ぎ、そのうへに 북풍은 누런 잎 가득한 나무에 살랑거리고, 그 위에", 제4행 "太陽はもの倦い光をばふりそそぐ 태양은 우울한 빛을 내리쬔다" 중 '太陽はもの倦い光を 태양은 우울한 빛을'제4행, '北風は 북풍은'와 '戰ぎ 살랑거리고'제3행만을 발췌하여 조합한 구문의 어휘 표현과 문형을 따른 의역이다. 혹은 가와지 류코1919의 제1연 제3행 "北風はそよぎて黄ばみたる林には 북풍은 떨며 누런 잎 가득한 숲에는", 제4행 "日の光もの倦げにふりそゝぐ時なりし 햇빛 우울하게 내리쬘 때이다" 중 '日の光もの倦げに 햇빛 우울하게'제4행, '北風はそよぎて 북풍은 떨며'제3행만을 발췌하여 조합한 구문의 어휘 표현과 문형을 따른 의역으로도 볼 수 있다.

제4행 「지내간녯날」1920은 "黃葉가득한수풀우에 놋코잇서라."이다. 에쉬모어 윈게이트1904의 제3행 중 'The sun shined'와 제4행 중 'On yellowing woods'를 조합한 구문을 염두에 두되, 가와지 류코1919의 제1연 제3행과 제4행 중 '黄ばみたる林には 누런 잎 가득한 숲에는'와 'ふりそゝぐ時なりし 내리쬘 때이다'만을 발췌하여 조합한 구문의 어휘 표현과 문형을 따른 의역이다. 혹은 나가이 가후의 번역시 제1연 제3행 "風戰ぎて黄ばみし林に 바람은 살랑거리고 누렇게 물든 숲에", 제4행 "ものうき光を日は投げし時なりき 우울한 빛을 해는 던질 때이다" 중 '黄ばみし林に 누렇게 물든 숲에,', '投げし時なりき 던질 때이다'만을 발췌하여 조합한 구문의 어휘 표현과 문형을 따른 의역으로도 볼 수 있다.

제2연

제1행 「지내간녯날」1920은 "생각을머리털과함씌 바람에불니우며"이다. 에쉬모어 윈게이트1904의 제6행 "And thoughts with locks seem to be blown by"를 염두에 두되, 나가이 가후1913의 제2연 제1행 "胸の思ひと髪の毛を吹く風になびかして 가슴의 생각과 머리카락을 부는 바람에 날리며"의 어휘 표현과 문형을 따른 의역이다. 혹은 가와지 류코1915/1919의 제2연 제1행 "吾(われ)ら髪の毛と思ひとを吹く風に嬲らせて 우리들 머리카락과 생각을 부는 바람에 놀리며" 중 '吾(われ)ら 우리들'만을 제한 나머지 구문의 어휘 표현과 문형을 따른 의역으로도 볼 수 있다.

제2행 에쉬모어 윈게이트[1904]의 제5행 "While we two walk with but each other near"의 의역이다. 가와지 류코[1915/1919]의 제2연 제1행 중 '吾(われ)ら 우리들'와 제2연 제2행 "かたみに夢みつゝ歩みゆけり 서로 꿈꾸며 걸어간다"를 조합한 구문에 해당한다. 나가이 가후[1913]의 제2연 제2행은 "唯二人君と我とは夢み夢みて歩みけり 다만 두 사람 그대와 나는 꿈꾸며 꿈꾸며 걸었다"이다.

제3행 「지내간녯날」[1920]은 "문득그사람고혼눈을 내게돌니며,"이다. 에쉬모어 윈게이트[1904]의 제7행 "Sudden she bends on mine a kindling eye"를 염두에 두되, 나가이 가후[1913]의 제2연 제3행 "閃く目容は突とわが方にそそがれて 반짝이는 눈길을 갑자기 내 쪽으로 돌리며", 가와지 류코[1915/1919]의 제2연 제3행 "ふとものに感ぜし彼の女の眼差は顧きて 문득 무언가 느낀 그 사람의 눈길은 돌아보며"의 어휘 표현과 문형을 따른 의역이다.

제4행 에쉬모어 윈게이트[1904]의 제10행 "Fresh as ans angel's, asks, "which was most sweet" 중 'Fresh as ans angel's, asks'만을 발췌한 구문의 의역이다. 나가이 가후[1913]의 제2연 제4행 "輝く黃金の聲は云ふ「君が世の美しき日の限りいかなりし」と 빛나는 목소리는 말하기를 '그대의 일생 중 가장 아름다운 날은 언제였나'라고" 중 '輝く黃金の聲は云ふ 빛나는 목소리는 말하기를'에 해당한다.

제3연

제1행 「지내간녯날」[1920]은 "「그대의生涯에아름답은날은 언제여섯나?」"이다. 에쉬모어 윈게이트[1904]의 제10행 중 'which was most sweet'와 제11행 중 'Of all your days?'를 조합한 구문의 문형을 염두에 두되, 나가이 가후[1913]의 제2연 제4행 중 "君が世の美しき日の限りいかなりし 그대의 일생 중 가장 아름다운 날은 언제였나"의 어휘 표현과 문형을 따른 의역이다. 혹은 가와지 류코의 제2연 제4행 "『君がいと美しき日はいつなりし』とぞ、冴えわたる黃金の聲 그대의 가장 아름다운 날은 언제였나'라고, 맑게 울리는 황금의 목소리"[1915] 중 "『君がいと美しき日はいつなりし』 그대의 가장 아름다운 날은 언제였나", "『君が世のいと美しき日のい

つなりし』とぞ、冴えわたる黄金の聲그대의 생에서 가장 아름다운 날은 언제였나"라고, 맑게 울리는 황금의 목소리"1919 중 "『君が世のいと美しき日のいつなりし』그대의 생에서 가장 아름다운 날은 언제였나"의 어휘 표현과 문형에 충실한 번역이기도 하다.

제2행   에쉬모어 윈게이트1904의 제10행 중 'For words, I smile discreet'를 염두에 두되, 가와지 류코1915/1919의 제3연 제2행 "つつ(ゝ)ましき微笑こそ答へをなせり 조심스러운 미소로 대답을 하며"의 어휘 표현과 문형을 따른 의역이다. 혹은 나가이 가후1913의 제3연 제2행 "この聲に答へしは心怯れし微笑にて 이 목소리에 답했다 마음 조심스럽게 미소로"를 '心怯れし微笑にて 마음 조심스럽게 미소로', 'この聲に答へし 이 목소리에 답했다' 순으로 도치한 구문의 의역이기도 하다.

제3행   「지내간녯날」1920은 "곱고보드라운 그흰손에입마추엇노라."이다. 에쉬모어 윈게이트1904의 제11행 "Kiss her white hand to show that it is dear"를 염두에 두되, 나가이 가후1913의 제3연 제3행 "われ眞心の限り白き君が手に口付けぬ 나 진심을 다해 흰 그대의 손에 입맞추었다"의 어휘 표현과 문형을 따른 의역이다.

제4연

제1행   「지내간녯날」1920은 "그리운님의입수로흘으는「녜」하는첫마듸!"이다. 에쉬모어 윈게이트1904의 제14행 "The first "Yes" that from well-loved lips there went"의 의역이다. 혹은 에쉬모어 윈게이트1904를 염두에 두되, 가와지 류코1915/1919의 제4연 제2행 "なつかしき囁きもて戀人の脣(脣)をば滴れし 그리운 속삭임으로 연인의 입술을 흐르는"와 제3행 "最初の『諾』と語りし言の葉、あゝそればかりいつも匂はし 최초의 '예'라고 하는 말, 아, 그것만으로도 언제나 향기롭다" 중 '最初の『諾』と語りし言の葉 최초의 '예'라고 하는 말'만을 발췌하여 조합한 구문의 어휘 표현과 문형을 따른 의역으로도 볼 수 있다. 또 나가이 가후1913의 제4연 제3행 "優しき囁きに愛する人の口より漏るる 부드러운 속삭임으로 사랑하는 사람의 입에서 흐르는"와 제4행 "「然」と頷付く初めての聲。ああ其の響はいかに '예'하고 끄덕이는 첫 목소리. 아아 그 울림은 얼마나" 중 '「然」と頷付く 初めての聲예'하고 끄덕이는 첫 목소리'만을 발췌하여 조합한 구문의 어휘 표현과 문형을 따른 의역으로도 볼 수 있다.

제2행 「지내간넷날」[1920]은 "아、 엇더케 첨펀꼿이 향긔로윗스며、"이다. 에쉬모어 윈게이트[1904]의 제12행 "Ah! how the earliest flowers give sweetest scent"의 의역이다. 나가이 가후[1913]의 제4연 제1행은 "ああ、咲く 初花の薫りはいかに아아, 피는 첫 꽃의 향기는 어떻게나"이다.

제3행 「지내간넷날」[1920]은 "아、 엇더케 내귀를 곱게하엿나!". 에쉬모어 윈게이트[1904]의 제13행 "Ah! how deliciously it haunts the ear"의 의역이다. 나가이 가후[1913]의 제4연 제3행 중 'ああ其の響はいかに아아 그 울림은 얼마나'에 해당한다. 가와지 류코[1915/1919]의 제4연 제3행 중 'あゝ そればかり いつも匂はし아, 그것만으로도 언제나 향기롭다'에 해당하기도 한다.

해설 _____

김억의 「지내간 넷날」의 주된 저본은 에쉬모어 윈게이트Ashmore Wingate : 1904의 "Nevermore"이고 가와지 류코川路柳虹의 「Nevermore」[1915]와 「かへらぬむかし돌아오지 않은 옛날」[1919] 그리고 나가이 가후永井荷風 : 1913의 「返らぬむかし돌아오지 않은 옛날」도 참조했다. 김억은 이 중 나가이 가후[1913] 혹은 가와지 류코[1919]에서 제목을 취했다. 또 에쉬모어 윈게이트[1904]가 아닌 나가이 가후[1913]와 가와지 류코[1915/1919]를 따라 연을 구분했다.

김억의 이 시만큼 에쉬모어 윈게이트[1904]를 충실히 저본으로 삼은 사례는 드물다. 그것은 에쉬모어 윈게이트[1904]가 김억에게는 평이한 어휘 표현과 문형으로 이루어진 덕분이다. 물론 김억이 이 시를 옮기는 가운데 나가이 가후[1913]와 가와지 류코[1915/1919]의 어휘 표현과 문형에도 의지하고 있었던 것은 분명하다. 그럼에도 불구하고 김억으로서는 이 시를 옮기는 과정이 결코 순탄하지 않았다. 그것은 「지내간넷날」[1920]과 『오뇌의 무도』 초판 제1연 제2행 "只今 가을의 恐怖는 凉寂한 하늘로 Thrush를 날니며" 중 'Thrush'라는 영어 어휘를 그대로 남겨둔 데에서 드러난다. 일단 이것은 김억이 에쉬모어 윈게이트[1904]를 열람하고 저본으로 삼았음을 증거한다. 베를렌의 원시의 'la grive개똥지빠귀'를 'thrush개똥지빠귀'로 옮긴 영역시는 오직 에쉬모어 윈게이트[1904]의 "Nevermore"뿐이기 때문이다.

어쨌든 김억이 『오뇌의 무도』 초판까지도 'thrush'를 그대로 옮기지 못하고 그대로 남겨둔 이유는 영어 'thrush'이든, 일본어 '鵯ひよどり[직박구리]'나가이 가후와 '鶫つぐみ[개똥지빠귀]'가와지 류코이든 김억으로서는 의미 불명의 어휘였기 때문이다. 특히 '鶫つぐみ'는 와카和歌의 가을의 계절어季語이기도 하다. 그러니 영어 'thrush'의 경우 간다 나이부神田乃武:1915와 사이토 히데사부로齊藤秀三郎:1918의 풀이를 참조하더라도 옮길 수 없었을 터이다. 한편 후나오카 겐지船岡獻治:1919에는 'ツグミ(鶫)'를 '콩새'라고 풀이하고 있으니, 김억으로서는 그나마 이것을 따를 수도 있었다.

김억이 어째서 '콩새'라도 따르지 않고 영어 'thrush'를 그대로 드러내기로 했던가는 알 수 없다. 어쨌든 이것은 「피아노」의 '루쓰렌', 「쇠퇴衰頹」의 '파틸'과 마찬가지로 번(중)역의 임계점, 공동空洞이라고 할 사례이다. 김억은 이 영어 'thrush'를 『오뇌의 무도』 재판에 이르러서야 비로소 '멧추라기'로라도 고쳐 놓아서 그 공동을 메울 수 있었다. 그러나 이 '멧추라기'도 두말할 나위도 없이 '직박구리'나 '개똥지빠귀'와도, 더욱이 'Thrush'나 '鵯ひよどり'와 '鶫つぐみ'와도 다른 물명物名이다.

그런데 그보다 중요한 것은 이 동공을 메우는 데에 초판과 재판 사이 약 2년 남짓한 시간이 가로놓여 있었다는 사실이다. 이 시간이란 중역과 의미가 유예되는 기간이다. 그리고 영어 'thrush'가 조선어 '멧추라기'가 되기까지의 이 기간이란, 김억과 근대기 조선에서 저 프랑스가 영국과 일본을 거쳐 조선에 이르는 중역의 도정이 단지 공간적인 거리만이 아니라, 시간적인 거리까지 내포한다는 것을 시사한다. 그것이 비서구·식민지의 문학청년 김억의 실존적 소여임은 두말할 나위도 없다.

아낙네에게。[1]

1   초판 목차에는 "안낙네에게".

2   재판에는 "이詩를 들이노라 곱은숨에".

3   재판에는 "그대의 큰눈의 다사룹은慰安에".

4   재판에는 "나의 鬱憂가득한".

5   재판에는 "이몸을 시달니는".

6   재판에는 '휩쌀아돌며'.

7   재판에는 "아아 나는 압허라".

8   재판에는 밑줄 없이 "에든동산에서 쫓겨난 무리의설음좃차".

9   재판에는 "맑은九月의 午后의 하늘을".

10   재판에는 "아아 내사람이여".

이詩를들이노라 고흔숨에[2] 울며웃는

그대의큰눈의 다사로운慰安에[3]、

그대의맘이 맑고、아름답음에、애닯은

나의鬱憂가득한[4] 이詩를 들이노라。

殘酷도하여라、쉬지안코 이몸을시달니는[5]

惡夢은 밋친듯 휩쌀아들며[6]、밉살스럽게도、

이리(狼)의무리갓치 모혀선 피투성이의

나의運命을 목을매여 쓸어라。

아아 나는압하라[7]、쥐여짜고십허라、

에든동산에서 쫓겨난 무리의설음좃차[8]

내설음에比하면 牧歌에 지내지안아라。　　　　　　　　【초46, 재56】

그러나、내몸을생각하는 그대의말만은　　　　　　　　【초46, 재57】

싀원하게도 맑은九月의午后의하늘을[9]

날아가는 제비갓치 살틀하여라──아아내사람이여[10]。【초47, 재57】

ある女に[1]

川路柳虹

この詩は君に獻げむ、優しき夢に泣き笑ふ

君が圓らの眼もてわれを慰む優しさに、

君が心の淸きゆゑ、良きゆゑ吾はかく獻ぐ、

痛ましきわが鬱憂の深みの詩を[2]。

そも何といふ淺ましさ、休みなく吾を襲ひくる[3]

惡夢は狂ひ荒れまはり、嫉みがましく

狼の群のごとくも群れ集ひ、血みどろに[4]

わが運命を後より縊り挽くなり[5]。

あゝ吾は悩む、醜きばかりうち悩む[6]、

ヱデンの園を追はれたる劫初の人の悲嘆も

わが身のそれに較ぶれば牧場の歌に過ぎざらむ。

さはあれ、君がいたはりの吾にそゝげば[7]

暖き九月の晴れし午後の空[8]、

かけりゆく燕のごとも慰まむ、―慕はしきわがひとよ[9]。

1 川路柳虹 譯、「野調―憂鬱症」、『ヴェルレーヌ詩抄』、東京：白日社、1915、19~21면；『ヹルレーヌ詩集』、東京：新潮社、1919、12~14면；樋口紅陽 編、『西洋譯詩 海のかなたより』、東京：文獻社、1921(4,5)、157~158면.

2 川路柳虹(1919)에는 "痛ましき わが鬱憂の深みの詩を".

3 川路柳虹(1919)에는 "そも何と いふ淺ましさ、休みなく 身を襲 ひくる".

4 川路柳虹(1919)에는 "狼の群のご とくも群れ集ひ、血みどろに".

5 川路柳虹(1919)에는 "わが運命 を後より縊り挽くなり".

6 川路柳虹(1919)에는 "ああ吾は 悩む、醜きばかりうち悩む".

7 川路柳虹(1919)에는 "たゞ君の わが身を思ふこゝろのみ".

8 川路柳虹(1919)에는 "爽やかに 晴れし九月の午後の空".

9 川路柳虹(1919)에는 "かけり ゆく燕のごとくなつかしき。― おゝ わがひとよ".

TO A WOMAN. [†]

[†] Paul Verlaine, Selected and translated by Ashmore Wingate, "Poèmes saturniens", *Poems by Paul Verlaine* (*The Canterbury Poets*), London : Walter Scott, 1904, p.12.

Ashmore Wingate

To you these verses, for the kindliness

Of your great eyes, where soft dreams smile and weep,

For your soul's purity, rise from the deep,

Even the deep of violent distress;

Distress because that nightmare's hideousness

Which haunts me, will not cease, but on must leap

Maniacal, jealous; and as denser creep

A herd of wolves, it grows, its talons press

My bleeding life. So mis'rably I pine,

That e'en the first cry of that first of folk,

Exiled from Eden, is a jest to mine,

And all the cares that set on you their yoke,

But swallows on the westward sun that wait, —

Dear girl,—in some September cool and late.

À UNE FEMME[†]

À vous ces vers, de par la grâce consolante

De vos grands yeux où rit et pleure un rêve doux,

De par votre âme, pure et toute bonne, à vous

Ces vers du fond de ma détresse violente.

C'est qu'hélas ! le hideux cauchemar qui me hante

N'a pas de trêve et va furieux, fou, jaloux,

Se multipliant comme un cortège de loups

Et se pendant après mon sort qu'il ensanglante.

Oh ! je souffre, je souffre affreusement, si bien

Que le gémissement premier du premier homme

Chassé d'Éden n'est qu'une églogue au prix du mien !

Et les soucis que vous pouvez avoir sont comme

Des hirondelles sur un ciel d'après−midi,

— Chère, — par un beau jour de septembre attiédi.

[†] Paul Verlaine, "Poèmes saturniens", *Œuvres complètes de Paul Verlaine* (*Tome premier*), Paris : Librairie Léon Vanier, 1900 (Deuxième édition), p.16.

번역의 이본

첫 번째 번역은「아낙네에게」.「뻬르렌詩抄」,『폐허』제2호, 1921.1

주석

제1연

제1행 「아낙네에게」[1921]는 "이詩를들이노라 곱흔숨에울며웃는"이다. 에쉬모어 윈게이트[Ashmore Wingate : 1904]의 제1행 "To you these verses, for the kindliness" 중 'To you these verses'와 제2행 "Of your great eyes, where soft dreams smile and weep" 중 'where soft dreams smile and weep'을 조합한 구문을 염두에 두되, 가와지 류코[川路柳虹 : 1915/1919]의 제1연 제1행 "この詩は君に獻げむ、優しき夢に泣き笑ふ[이 시는 그대에게 드린다. 아름다운 꿈에 울고 웃는]" 중 '君に[그대에게]'만을 제한 구문에 충실한 번역이다.

제2행 「아낙네에게」[1921]는 "그대의큰눈의다사로운慰安에、"이다. 에쉬모어 윈게이트[1904]의 제2행 중 'Of your great eyes'와 제1행 'for the kindliness'를 조합한 문형을 염두에 두되, 가와지 류코[1915/1919]의 제1연 제2행 "君が園らの眼もてわれを慰む優しさに[그대의 동그란 눈동자로 나를 위로하는 다정함에]"의 어휘 표현을 따른 의역이다.

제3행 에쉬모어 윈게이트[1904]의 제3행 "For your soul's purity, rise from the deep"을 염두에 두되, 가와지 류코[1915/1919]의 제1연 제3행 "君が心の淸きゆゑ良きゆゑ吾はかく獻ぐ[그대가 마음이 맑아서 좋아서 나는 이렇게 드린다]" 중 '君が心の淸きゆゑ良きゆゑ[그대가 마음이 맑아서 좋아서]'와 제4행 중 '痛ましき[아픈]'만을 발췌하여 조합한 구문의 어휘 표현과 문형을 따른 의역이다.

제4행 「아낙네에게」[1921]는 "나의鬱憂가득한이詩를들이노라。"이다. 가와지 류코[1915/1919]의 제1연 제4행 "痛ましきわが鬱憂の深みの詩を[아픈 나의 우울이 깊은 시를]" 중 'わが鬱憂の深みの詩を[나의 우울이 깊은 시를]'와 제3행 중 '獻ぐ[드린다]'만을 발췌하여 조합한 구문의 의역이다.

제2연

제1행 에쉬모어 윈게이트[1904]의 5행 "Distress because that nightmare's hideousness"와 제6행 "Which haunts me, will not cease, but on must leap" 중 'hideousness', 'will not cease, but on must leap'만을 조합한 구문을 염두에 두되, 가와지 류코[1915/1919]의 제2연 제1행 "そも何といふ淺ましさ、休みなく身を襲ひくる도대체 무슨 무시무시함, 쉼 없는 몸을 덮쳐 오는"의 어휘 표현과 문형을 따른 의역이다. 참고로 후나오카 겐지[船岡獻治：1919]에는 '淺ましさ'의 원형인 'スザマジイ荒涼ジ'를 "황량。흥미업다。처량하다。쓸쓸하다。무서웁다"로 풀이한다. 또 간다 나이부[神田乃武：1915]에는 'hideous'를 '㈠恐ロシキ무서운'와 '㈡惡ムベキ미워할'로 풀이한다. 사이토 히데사부로[齊藤秀三郎：1918]에는 'hideous'를 "見るも恐ろしい(殘虐など)보기에도 무서운[잔학 따위]"로 풀이한다. 김억은 이 중 후자의 '殘虐'을 택한 셈이다.

제2행 「아낙네에게」[1921]는 "惡夢은 밋친듯휨쌀아들며、밉살스럽게도、"이다. 에쉬모어 윈게이트[1904]의 5행 중 'nightmare', 제6행 중 'Which haunts me', 제7행 "Maniacal, jealous; and as denser creep" 중 'Maniacal, jealous'를 조합한 구문을 염두에 두되, 가와지 류코[1915/1919]의 제2연 제2행은 "惡夢は狂ひ荒れまはり、嫉みがましく악몽은 미처 날뛰며, 심술궂게"의 어휘 표현과 문형을 따른 의역이다.

제3행 가와지 류코[1915/1919]의 제2연 제3행 "狼の群のごとくも群れ集ひ、血みどろに늑대 무리처럼 모여서, 피투성이로"에 충실한 번역이다.

제4행 가와지 류코[1915/1919]의 제2연 제4행 "わが運命を後より縊り挽くなり나의 운명을 뒤에서 목졸라 끈다"의 의역이다.

제3연

제1행 「아낙네에게」[1921]는 "아아나는압하라、쥐여짜고십허라、"이다. 가와지 류코[1915/1919]의 제3연 제1행 "ああ吾は惱む、醜きばかりうち惱むと아, 나는 괴롭다, 추하기만 하여 너무나 괴롭다"의 의역이다.

제2행 「아낙네에게」¹⁹²¹는 "에든동산에서 쫏겨난무리의설음롯차"이다. 에쉬모어 윈게이트
¹⁹⁰⁴의 제10행 "That e'en the first cry of that first of folk"와 제11행 "Exiled from Eden, is
a jest to mine" 중 'Exiled from Eden'만을 발췌하여 조합한 구문을 염두에 두되, 가와
지 류코^{1915/1919}의 제3연 제2행 "ユデンの園を追われたる劫初の人の悲嘆も _{에덴동산에서}
_{쫓겨난 태초의 사람의 비탄도}"의 어휘 표현과 문형을 따른 의역이다. 특히 김억은 가와지 류
코^{1915/1919}의 '劫初の人 _{태초의 사람}' 대신 에쉬모어 윈게이트¹⁹⁰⁴의 'folk'를 택하여 '무리'
로 옮겼다.

제3행 「아낙네에게」¹⁹²¹는 "내설음에比하면牧歌에지내지안아라。"이다. 가와지 류코^{1915/1919}
의 제3연 제3행 "わが身のそれに較ぶれば牧場の歌に過ぎざらむ _{나의 몸 그것에 비하면 목장}
_{의 노래에 지나지 않는다}"의 의역이다.

제4연

제1행 「아낙네에게」¹⁹²¹는 "그러나、내몸을생각하는그대의맘만은"이다. 가와지 류코
^{1915/1919}의 제4연 제1행 "たゞ君のわが身を思ふこゝろのみ _{다만 그대가 내 몸을 생각하는 마음}
_만"의 의역이다.

제2행 가와지 류코^{1915/1919}의 제4연 제2행 "爽やかに晴れし九月の午後の空 _{상쾌하게 맑은 9월 오후}
_{의 하늘}"의 의역이다.

제3행 「아낙네에게」¹⁹²¹는 "날아가는제비갓치 살틀하여라 ── 내사람아。"이다. 에쉬모어 원
게이트¹⁹⁰⁴의 제13행 "But swallows on the westward sun that wait, ──"와 제14행 "Dear
girl ── in some September cool and late" 중 'Dear girl'만을 발췌하여 조합한 구문을 염
두에 두되, 가와지 류코¹⁹¹⁹의 제4연 제3행 "かけりゆく燕のごとくなつかしき。──
おゝわがひとよ _{날아가는 제비같이 정답다──아아 나의 사람이여}"의 어휘 표현과 문형을 따른 의역
이다.

해설

김억이 「아낙네에게」의 제1저본은 가와지 류코川路柳虹 : 1915/1919의 「ある女に어느 여인에게」이다. 또 김억은 에쉬모어 윈게이트Ashmore Wingate : 1904의 영역시도 참조했다. 에쉬모어 윈게이트1904의 영역시 역시 베를렌의 원시와 무관하게 연의 구분이 없는 데다가, 특히 그 구문을 각 행 단위로 수월하게 옮길 수 없었기 때문이다. 그래서 김억은 이 시를 옮기면서도 여느 시들과 마찬가지로 에쉬모어 윈게이트1904를 참조하되, 정작 가와지 류코1915/1919의 어휘 표현과 문형을 따르는 방식으로 중역했다.

그러나 김억은 이 시를 옮기면서 처음부터 가와지 류코1915/1919를 축자적으로 옮길 생각은 없었던 듯하다. 제1연 제1행에서 김억이 가와지 류코1915/1919의 구문을 일일이 해체한 후 다시 새로 쓰다시피한 것은 그 증거이다. 또 제2연 제1행과 제3연 제2행에서 김억이 가와지 류코1915/1919와 에쉬모어 윈게이트1904의 시어를 대조한 후, 나름대로 새로운 어휘로 대체해 놓은 것도 그러하다. 하지만 일부 이런 사례들을 제한 나머지 부분은 대체로 가와지 류코1915/1919의 어휘 표현과 문형을 충실히 따랐다. 역시 김억의 어학능력으로서 에쉬모어 윈게이트1904만을 온전히 저본으로 삼기 어려웠기 때문이다.

그 가운데 '아낙네'를 향한 절절한 감정을 직설적으로 토로한 제3연 제1행 "아아 나는압하라, 쥐여싸고십허라"만은 가와지 류코1915/1919와도 다른 김억 나름의 번안에 가까운 의역이 두드러진다. 사실 김억이 '아낙네'라고 옮긴 '여인femme, woman, 女'이란 베를렌의 외사촌 누이 엘리사 몽콩블Elisa Moncomble을 가리키거니와, 베를렌의 원시는 "Mon rêve familier늘 쉬는 꿈", "Nevermore지내간 넷날"과 더불어 엘리사를 향한 금지된 사랑의 번민, 고통을 주조로 한다.Pierre Petitfils : 1991, 47~51

베를렌과 엘리사의 관계는 물론, 이 시와 다른 시들의 관계에 대해 알 길 없었을 김억으로서는 오로지 가와지 류코1915/1919와 에쉬모어 윈게이트1904에 의지하여 실연의 고통에 초점을 둔 텍스트로 새로 썼다. 그런데 김억의 이 시에서 시적 화자의 '아픔'은 분명히 가와지 류코1915/1919의 '惱み괴로움'보다 무거운 감정일뿐더러, 베를렌 원시의 'souffrir고통'에 상대적으로 가까워서 흥미롭다. 그런가 하면 김억은 가와지 류코1915/1919의 '歎息탄식' 대신 '설움'으로 옮겨놓음으로써 베를렌 원시의 'gémissement[탄식]'보다도 무거운 감정을 드러낸다. 이미 영어 'woman' 혹은 일본어 '女[おんな, 여인]'에 대응하는 '아낙네'가 이미 프랑스어 'femme'와 사뭇 거리가 있는 어감을 드러내듯이, 김억의 이 번안에 가까운 자유역으로 인해, 그의 「아낙네에게」는 베를렌의 원시와 에쉬모어 윈게이트[1904]는 물론 가와지 류코[1915/1919]와도 같지만 서로 다른 시가 된다.

渴望。

아々 山靈의님이여、오랜날의내사람이여[1]!
아々 金髮、푸른눈! 그리하고 꼿의皮膚여!
그姿態는 절믄肉體의가득한芳香안에[2]
사랑의생각죳차 부끄럽어하여라。

이러한즐겁음、이러한 온갓眞實에서
내사람은 써나가서라、애닯아라、모든것은
맘을 압히는봄철갓치 자최도업시가고[3]、
只今 내게는 疲困과斷腸의검은겨을이[4] 와셔라。

只今내몸은 혼자애닯음과孤寂에[5] 잠겻노라、
늙은이보다도 오히려冷落한[6] 외롭은絶望에
뉘님죳차업는 불상한孤兒의나의 이몸은[7]、   【초48, 재58】

바랠따름이노라、살틀한사람、쓰겁고보드라운사람[8]、 【초48, 재59】
머리는赤褐色에、얼골은沈思에[9] 嘲驚의눈으로、
째죳차는 아희갓치 니마에 키쓰하는사람을[10]。   【초49, 재59】

1   재판에는 "아아 山靈의님이여、
    오랜날의내사람이여".

2   재판에는 "절믄肉體의 가득한
    芳香안에".

3   재판에는 "압히는 봄철갓치 자
    최도 업시가고".

4   재판에는 "疲困과斷腸의 검은
    겨을이".

5   재판에는 "혼자애닯음과孤寂에".

6   재판에는 "오히려 冷落한".

7   재판에는 "불상한孤兒인 나의
    이몸은".

8   재판에는 "쓰겁고보드랍은사람".

9   재판에는 "머리는 赤褐色에、
    얼골은 沈思에".

10 재판에는 "키쓰하는 사람을".

저본

祈願[1]

1 　川路柳虹 譯, 「野調－憂鬱症」, 『ヴェルレーヌ詩抄』, 東京：白日社, 1915, 10~12면; 『ヱルレーヌ詩集』, 東京：新潮社, 1919, 7~9면.

2 　川路柳虹(1919)에는 "ああ山の精, むかしの情婦らよ".

3 　川路柳虹(1919)에는 "髪は黃金に, 眼は空色, 花とにほひしその肌".

4 　川路柳虹(1919)에는 "若く輝く肉體の香りのなかに".

5 　川路柳虹(1919)에는 "愛の思も恥かしき自然の儘の其の姿".

6 　川路柳虹(1919)에는 "かゝる歡喜, かゝるなべての眞より女らば".

7 　川路柳虹(1919)에는 "優しげに, もの思はしく, 髪は栗毛に, また世馴れたる氣立もて".

川路柳虹

あゝ山の女神、むかしの情婦らよ[2]、
髪は黄金に、眼は空色、花とひらきしその肌[3]、
若く輝く肉体の香りのなかに[4]
愛の思も恥かしき自然の儘の其の姿[5]。

かかる歡喜、かゝるなべての眞より女らば[6]
いつか離りし、あはれすべては心病む
春のかたへと失せ行きぬ、無惨や今は
わが疲れ、悲み、さては懊惱の暗き冬ばかり。

今われは彼處にひとり、悩みと孤獨と、
悩みと絶望と、祖父よりもなほも冷く、
また姉もなき憐れなる孤兒の身なれば

願ふは戀の女、軟らかく温かき戀の女、
優しげに、もの思はしく、髪は栗毛に、また世馴れたる氣立にて[7]、
ある時は嬰兒のごとく接吻を額にすなる女こそ。

VŒU. [†]

Ashmore Wingate

[†] Paul Verlaine, Selected and translated by Ashmore Wingate, "Poèmes Saturniens", *Poems by Paul Verlaine(The Canterbury Poets)*, London : Walter Scott, 1904, p.9.

AH! the hill-nymphs, the mistresses of old!

Ah! golden hair, blue eyes! Ah! flesh of wax!

The fragrance each young presence never lacks,

Those overtures so timid, yet so bold!

Far from those days of love the years have roll'd

Far from that freshness. By vext different tracks

Those tearful springs fly from the dark cloud-racks

Of wintry cares, hatreds, and *ennuis* cold.

If but my lonely sorrow to assuage

My lone despair, that freezes me like age,

An orphan with no elder sister nigh,

A woman sweet were here, so warm and mild,

Brown, pensive, mock-surprise within her eye,

Kissing one's forehead sometimes like a child.

VŒU [†]

† Paul Verlaine, "Poèmes sat-
urniens", *Œuvres complètes de Paul
Verlaine*(*Tome premier*), Paris : Li-
brairie Léon Vanier, 1900(Deux-
ième édition), p.13.

Ah ! les oarystis ! les premières maîtresses !

L'or des cheveux, l'azur des yeux, la fleur des chairs,

Et puis, parmi l'odeur des corps jeunes et chers,

La spontanéité craintive des caresses !

Sont-elles assez loin toutes ces allégresses

Et toutes ces candeurs ! Hélas ! toutes devers

Le Printemps des regrets ont fui les noirs hivers

De mes ennuis, de mes dégoûts, de mes détresses !

Si que me voilà seul à présent, morne et seul,

Morne et désespéré, plus glacé qu'un aïeul,

Et tel qu'un orphelin pauvre sans sœur aînée.

Ô la femme à l'amour câlin et réchauffant,

Douce, pensive et brune, et jamais étonnée,

Et qui parfois vous baise au front, comme un enfant

첫 번째 번역은 「渴望」, 「_베르렌 詩抄」, 『폐허』 제1호, 1921.1

주석

제1연

제1행　「渴望」^{1921.1}은 "아아 山靈의님프여、오랜날의내사람이여!"이다. 에쉬모어 윈게이트 Ashmore Wingate : 1904의 제1행 "AH! the hill-nymphs, the mistresses of old"를 염두에 두되, 가와지 류코_{川路柳虹 : 1915/1919}의 제1연 제1행 "あゝ山の女神_{山の精}、むかしの情婦らよ_{아,} _{오아리스티스, 옛날의 정부들이여}"의 어휘 표현과 문형을 따른 의역이다. 베를렌의 원시의 '오아리스티_{oarystis}', 즉 그리스어 '오아리스투스_{ὀαριστύς}'는 '목가적 연애시' 혹은 '사랑의 밀어'를 뜻한다. 가와지 류코는 '山の女神_{산의 여신}'¹⁹¹⁵와 '山の精_{산의 정령}'¹⁹¹⁹로 옮겼다. 참고로 간다 나이부_{神田乃武 : 1915}에는 'Nymph'를 "山林水澤の神_{산림수택의 신}, 美少女, 妖女, オトメ_{처녀}"로, 사이토 히데사부로_{齊藤秀三郞 : 1918}에는 'Nymph'를 "(山林水川の_{산림수천}_의)女神_{여신}。乙女_{처녀}"로 풀이한다. 김억은 이 풀이들을 선택하는 대신 'Nymph'를 음역했다.

제2행　「渴望」^{1921.1}은 "아아 金髮、프른눈! 그리하고 꼿의 皮膚여!"이다. 에쉬모어 윈게이트¹⁹⁰⁴의 제2행 "Ah! golden hair, blue eyes! Ah! flesh of wax!"의 문형을 염두에 두되, 가와지 류코의 제1연 제2행 "髮は黃金に、眼は空色、花とにほひし その肌_{머리카락은 금색으로,} _{눈은 하늘색, 꽃같이 빛나는 그 살결}"¹⁹¹⁵ 혹은 "髮は黃金に、眼は空色、花とひらきし その肌_{머리카} _{락은 금색으로, 눈은 하늘색, 꽃같이 향기로운 그 살결}"¹⁹¹⁹의 어휘 표현과 문형을 따른 의역이다.

제3행　「渴望」^{1921.1}은 "그姿態는젊믄肉體의가득한芳香안에"이다. 에쉬모어 윈게이트¹⁹⁰⁴의 제3행 "The fragrance each young presence never lacks"의 구문을 염두에 두되, 가와지 류코^{1915/1919}의 제1연 제3행 "若く輝く肉(體)の香りのなかに_{젊고 빛나는 육체의 향기 속에}", 제4행 "愛の思も恥かしき自然の儘の其の姿_{사랑의 생각도 부끄러운 자연 그대로의 그 모습}" 중 '其の

姿그 모습'제4행와 '若く肉(體)の香りのなかに젊은 육체의 향기 속에'제3행만을 발췌하여 조합한 구문의 어휘 표현과 문형을 따른 의역이다.

제4행 가와지 류코1915/1919의 제1연 제4행 중 '愛の思も恥かしき사랑의 생각도 부끄러운'만을 발췌한 구문에 대응한다.

제2연

제1행 「渴望」1921.1은 "이러한즐겁음、이러한온갓眞實에서"이다. 가와지 류코1915/1919의 제2연 제1행의 "かゝる歡喜、かゝるなべての眞より女らは이러한 기쁨, 이러한 모든 진실함으로부터 여인들은" 중 '女らは여인들은'만을 제한 구문에 충실한 번역이다.

제2행 「渴望」1921.1은 "내사람은써나가가서라、애닲다、모든것은"이다. 가와지 류코1915/1919의 제2연 제1행 중 '女らは여인들은'와 제2행 "いつか離りし、あはれすべては心傷む언젠가 떠나가고, 서글퍼라 모든 것은 마음 아프다" 중 '離りし、あはれすべては떠나가고, 서글퍼라 모든 것은'만을 발췌하여 조합한 구문의 의역이다.

제3행 「渴望」1921.1은 "맘을압히는봄철갓치 자최업시가서라。"이다. 에쉬모어 윈게이트1904의 제7행 "Those tearful springs fly from the dark cloud-racks" 중 'Those tearful springs fly(from)'를 염두에 두되, 가와지 류코1915/1919의 제2연 제2행의 '心傷む마음 아픈'와 제3행의 "春のかたへと失せ行きぬ無慘や今は봄의 저편으로 잃어 간다. 무참하구나 지금은" 중 '春のかたへと失せ行きぬ봄의 저편으로 잃어 간다'만을 발췌하여 조합한 구문의 어휘 표현과 문형을 따른 의역이다.

제4행 「渴望」1921.1은 "只今내게는疲困과斷腸의검은겨을이와서라。"이다. 에쉬모어 윈게이트1904의 제7행 중 'the dark cloud-racks'와 제8행 "Of wintry cares, hatreds, and ennuis cold"를 염두에 두되, 가와지 류코1915/1919의 제2연 제3행의 '今は지금은'와 제4행 "わが疲れ、悲み、さては懊惱の暗き冬ばかり나의 피로, 슬픔, 그리고 고민의 어두운 겨울뿐"를 조합한 구문의 어휘 표현과 문형을 따른 의역이다.

제3연

제1행 가와지 류코^{1915/1919}의 제3연 제1행 "今われは彼處にひとり、惱みと孤獨と 지금 나는 저편에 혼자, 고민과 고독과"의 의역이다.

제2행 「渴望」^{1921.1}은 "늙은이보다도 오히려찬외롭은絶望에"이다. 에쉬모어 윈게이트¹⁹⁰⁴의 제10행 "My lone despair, that freezes me like age"를 염두에 두되, 가와지 류코^{1915/1919}의 제3연 제2행 "惱みと絶望と、祖父よりもなほも冷たく 고민과 절망, 조상보다도 더욱 차갑게"를 '祖父よりもなほも冷たく 조상보다도 더욱 차갑게', '惱みと絶望と 고민과 절망과' 순으로 도치한 구문의 어휘 표현과 문형을 따른 의역이다.

제3행 뉘님 : 누님. '뉘뉘'는 '누이姉'의 평안도 방언이다.^{김이협 : 1981, 김영배 : 1997} 「渴望」¹⁹²¹은 "뉘님좃차업는 불상한孤兒의나의이몸은,"이다. 에쉬모어 윈게이트¹⁹⁰⁴의 제11행 "An orphan with no elder sister nigh"를 염두에 두되, 가와지 류코^{1915/1919}의 제3연의 제3행 "また姉もなき憐れなる孤兒の身なれば 또 누이도 없는 불쌍한 고아의 몸이라면"의 어휘 표현과 문형을 따른 의역이다.

제4연

제1행 에쉬모어 윈게이트¹⁹⁰⁴의 제14행 "A woman sweet were here, so warm and mild"를 염두에 두되, 가와지 류코^{1915/1919}의 제4연 제1행 "願ふは戀の女、軟らかく溫かき戀の女 바라건대 사랑하는 여인, 부드럽고 따뜻한 사랑하는 여인"의 어휘 표현과 문형을 따른 의역이다.

제2행 「渴望」^{1921.1}은 "머리는赤褐色에、얼골은沈思에嘲驚의눈으로、". 에쉬모어 윈게이트¹⁹⁰⁴의 제13행 "Brown, pensive, mock-surprise within her eye"의 의역이다. 가와지 류코^{1915/1919}의 제4연 제2행은 "優しげに、もの思はしく、髮は栗毛に、また世馴れたる氣立にて 자상하게, 생각에 잠긴, 머리카락은 밤색으로, 또 세상 물정 깨우친 마음씨로"이다. 참고로 간다 나이부^{神田乃武 : 1915}에는 'mock'를 "嘲リ 비웃음, 嘲弄조롱"으로, 'surprise'는 "驚キ 놀람 驚愕경악"으로 풀이한다. 사이토 히데사부로¹⁹¹⁸에는 'mock'를 "(人の[사람의]) 癖を眞似て嬲る 버

롯을 흉내내어 희롱하다、嘲る^{비웃다}、嘲弄する^{조롱하다}、愚弄する^{우롱하다}"로, 'surprise'는 "(意外な事を見ての^[의외의 일을 보고])驚き、喫驚、びつくり^{놀람, 깜짝 놀람}"로 풀이한다. 김억의 '嘲驚'은 이 풀이들 중에서 한자 '嘲'와 '驚'을 조합한 어휘로 보인다.

제3행　「渴望」^{1921.1}은 "째좃차는 아희갓치니마에키쓰하는사람을。"이다. 에쉬모어 윈게이트¹⁹⁰⁴의 제14행 "Kissing one's forehead sometimes like a child"를 염두에 두되, 가와지 류코^{1915/1919}의 제4연 제3행 "ある時は嬰兒のごとく 接吻を額にすなる女こそ^{어느 때에는 갓난아이처럼 잘도 입맞춤을 이마에 하는 여인을}"를 'ある時は嬰兒のごとく^{어느 때에는 갓난아이처럼}', '額に^{이마에}', '接吻をする女こそ^{입맞춤을 하는 여인을}' 순으로 도치하여 조합한 구문의 어휘 표현과 문형을 따른 의역이다.

해설

김억의 「渴望」의 주된 저본은 가와지 류코^{川路柳虹 : 1915/1919}의 「祈願^{기원}」이다. 김억이 적어도 「渴望」¹⁹²¹을 발표할 시점까지 베를렌의 이 시를 수록한 번역시집 중 김억이 저본으로 삼을 수 있었던 것은 가와지 류코^{1915/1919}와 에쉬모어 윈게이트¹⁹⁰⁴ 이 세 권뿐이었다. 김억은 「예르렌 시초^{詩抄}」 혹은 「예르렌의 시^詩」장의 여느 작품들과 마찬가지로 에쉬모어 윈게이트^{Ashmore Wingate : 1904}의 영역시를 참조하되, 정작 가와지 류코^{1915/1919}의 어휘 표현과 문형을 충실히 따라 중역했다. 그러한 사정은 제1연 제1행에서부터 분명히 나타난다. 이를테면 가와지 류코의 '山の女神^{산의 여신}'와 '山の精^{산의 정령}'의 독음자^{ルビ, ふりがな}인 'オアリスチス', 즉 프랑스어 'oarystis'를 음역한 의미 불명의 어휘 대신, 에쉬모어 윈게이트의 'hill-nymphs'를 따르되, 가와지 류코의 '山の女神' 혹은 '山の精'를 의식하면서 '山靈의 님으'로 옮겼던 것이다.

　그런가 하면 경우에 따라서는 가와지 류코^{1915/1919}의 선례가 있음에도 불구하고 군이 에쉬모어 윈게이트¹⁹⁰⁴를 저본으로 삼고자 시도하기도 했다. 그러나 이 장의 여느 작품들과 마찬가지로 그런 일은 결코 용이하지 않았다. 이를테면 제4연 제2행 "머리는 赤褐色에、얼골은 沈思에 嘲驚의 눈으로"에서 '嘲驚의 눈'의 경우처럼, 가와지 류코^{1915/1919}의 구문을 그대로 따르는 대신 에쉬모어 윈게이트[1904]의 어휘 표현과 문형을 따르되, 간다 나이부[神田乃武 : 1915]와 사이토 히데사부로[齊藤秀 郞: 1918]에도 수록되어 있지 않은 요령부득의 'mock-surprise'를 각각의 풀이들을 조합한 낯선 어휘 '嘲驚'로 옮기기도 했던 것이다.

　김억의 이러한 수고로움은 에쉬모어 윈게이트[1904]의 제13행 "Brown, pensive, mock-surprise within her eye"까지 제12행의 'A woman'을 수식하는, 특히 여인의 눈과 성품을 묘사하는 구문임에도 불구하고, 이목구비의 생김새를 묘사한 것으로 해석한 데에서 비롯한다. 또 'mock-surprise'의 의미는 물론 그것이 베를렌 원시 제4연 제2행의 'et jamais étonnée'와 도리어 반대된다는 것을, 차라리 가와지 류코[1915/1919]의 제4연 제2행의 '또 世馴れたる氣立にて 또 세상 물정 깨우친 마음씨로'가 에쉬모어 윈게이트[1904]에 비해 원시에 더 가까운 의미라는 것을 몰랐던 데에서 비롯한다. 베를렌의 이 여인[la femme] 역시 베를렌의 연상의 사촌 누이 엘리사 몽콩블[Elisa Moncomble]이라고 보면, 그래서 제목인 'Vœu' 역시 그를 향한 기원, 소망이라고 보면 더욱 그러하다.

　김억의 이 수고로움, 해석이란 한편으로는 번(중)역의 임계점, 공동[空洞]을 드러내지만, 이로 인해 김억은 베를렌의 원시는 물론 에쉬모어 윈게이트[1904], 가와지 류코[1915/1919]와는 전혀 다른 시를 새로 쓴 셈이다. 그러한 사정은 에쉬모어 윈게이트[1904]와 가와지 류코[1915/1919]의 경우에도 마찬가지이거니와, 그래서 프랑스 이외의 지역에서 베를렌의 시는 복수형으로 존재한다고 하겠다. 하지만 김억의 경우 그것이 중역으로 인한 결과라는 점은 흥미롭다.

倦怠。

1 재판에는 "그대를 음직이는 덥은 이맘을 차(冷)게하여라". 초판 재판의 '음직이는'은 '움직이는'의 오식으로 보인다.

2 재판에는 "놉하진다 하여도".

3 재판에는 "뉘이갓튼 不穩한".

4 재판에는 "자는듯한사랑의맘에".

5 재판에는 "너의嘆息과쓸데엄는".

6 재판에는 "싀지안는 奮激과 거즛도".

7 재판에는 "긴키쓰을 할만한갑도 업서라".

8 재판에는 "너의살틀한 黃金의 胸中의말은".

9 재판에는 "어리석은情慾은 軍笛을 불려하나니".

10 재판에는 "맘대로 憤怒의喇叭을 불게하여라, 웃읍은사람아".

11 재판에는 "네손을 내손에 놋코".

12 재판에는 "달금한맹서를 하며".

13 초판의 '아츰볏'은 '아침볏', '어린아희여여'는 '어린아희여'의 오식으로 보인다. 재판에는 "이럿케 눈물홀니며 아츰볏을 맛게하여라, 熱病에걸닌 어린아희여".

親愛하여라、親愛하여라、그저親愛하여라、

내가슴은 이리불너라、아々 내사람아!

그대를음직이는 더운이맘을 차(冷)게하여라[1]、

逸樂의생각은 비록 놉하진다하여도[2]

뉘이갓튼平穩한[3] 犧牲의맘은 일치말아라.

袞弱하여라、자는듯한사랑의맘에[4]、

너의嘆息과쓸데업는[5] 눈瞳子는 헛것이러라

가거라、깁흔嫉妬와 싀지안는奮激과거즛도[6]、

그것들은 긴키쓰을할만한값도업서라[7]。

그러나 너의살틀한黃金의胸中의말은[8]

「나의아희야 어리석은情慾은軍笛을불려하나니[9]　【초50, 재60】

맘대로 憤怒의喇叭을불게하여라、웃으운사람아[10]!」　【초50, 재61】

네니마를 내니마에、네손을내손에 잇게하여라[11]、

明日이면 니저바릴 달금한맹서를하여라[12]、

이럿케눈물흘니며 아츰볏을맛게하여라、熱病에걸닌 어린아희

여여[13]!　【초51, 재61】

倦怠¹

川路柳虹

たゞ優しさ、たゞ優しさ、優しさをこそ戀人よ、

この熱き狂亂の心をしばし和らげよ、

逸樂の心高まるをりとても

姉らしき穩かの強いぬ心を持ちてあれ。

衰へてあれ、眠るがごとき愛の心に、

なか嘆息と空しき瞳のまゝにあれ²、

去れよ、執ねき嫉妬と、いつもする奮激と僞ることをも、

それらみなたゞ一つの長き接吻に價せじ。

さはれ、汝が親しき黄金の胸の中、汝は吾に云ふ³、

「わが兒よ、愚かしき慾情は軍笛を吹かんとす、⁴

思ふまゝその喇叭を吹き鳴らせ、痴人よ！」と⁵。

汝が額をわが額におき、なが手をばわが手の中にあらしめよ、

明日知らぬ誓言を吾になしたまへ、

かくて夜の明くるまで泣かむ、おゝ熱に病む少き兒よ⁶。

1 川路柳虹 譯、「野調－憂悲しい風景」、『ヴェルレーヌ詩抄』、東京：白日社、1915、13~15면；『ヹルレーヌ詩集』、東京：新潮社、1919、9~10면.

2 川路柳虹(1919)에는 "なか嘆息と空しき瞳のまゝにあれ".

3 川路柳虹(1919)에는 "さはれ、汝が親しき黄金の胸の中、汝は吾に云ふ".

4 川路柳虹(1919)에는 "『わが兒よ、愚かしき欲情は軍笛を吹かんとす".

5 川路柳虹(1919)에는 "思ふまゝその喇叭をば吹き鳴らせ、痴人よ！』と".

6 川路柳虹(1919)에는 "かくて夜の明くるまで泣かむ、おゝ熱に病む少き兒よ".

LASSITUDE.[†]

Ashmore Wingate

[†] Paul Verlaine, Selected and translated by Ashmore Wingate, "Poèmes Saturniens", *Poems by Paul Verlaine* (*The Canterbury Poets*), London : Walter Scott, 1904, p.10.

SOME kindness, kindness, kindness, my heart cries!

Sweet mistress. Cool the fires that do thee move.

E'en at the cost of passion; for thy love

Should show a sister's placid sacrifice.

Be languid, thy touch sleepy, like thy sighs, —

Sleepy to match the eyes' deep dream above!

The jealous clasp, the teasing spasm prove

Not worth a long kiss, e'en a kiss that lies!

But, dearest girl, it seems thy heart of gold

Echoes the blast of passion fierce and bold, —

Then let th' importunate fury trumpet there!

And place thy brow on mine, hand in hand slide!

Make vows which thou next day may'st cast aside!

And welcome dawn with tears, thou mischief rare!

『오뇌의 무도』 주해

LASSITUDE[†]

† Paul Verlaine, "Poèmes saturniens", *Œuvres complètes de Paul Verlaine* (*Tome premier*), Paris : Librairie Léon Vanier, 1900 (Deuxième édition), p.14.

A batallas de amor campo de pluma.

(Gongora)

AH! the hill-nymphs, the mistresses of old!

Ah! golden hair, blue eyes! Ah! flesh of wax!

The fragrance each young presence never lacks,

Those overtures so timid, yet so bold!

Far from those days of love the years have roll'd

Far from that freshness. By vext different tracks

Those tearful springs fly from the dark cloud-racks

Of wintry cares, hatreds, and ennuis cold.

If but my lonely sorrow to assuage

My lone despair, that freezes me like age,

An orphan with no elder sister nigh,

A woman sweet were here, so warm and mild,

Brown, pensive, mock-surprise within her eye,

Kissing one's forehead sometimes like a child.

주석

제1연

제1행 「倦怠」[1921.1]는 "親愛하여락、親愛하여라、그저親愛하여라、"이다. 에쉬모어 윈게이트 [Ashmore Wingate : 1904]의 제1행 "SOME kindness, kindness, kindness, my heart cries!"를 염두에 두되, 가와지 류코[川路柳虹 : 1915/1919]의 제1연 제1행 "たゞ優しさ、たゞ優しさ、優しさをこそ戀人よ[그저 자상함. 그저 자상함. 자상함만을 연인이어]" 중 '戀人よ[연인이어]'만을 제한 구문의 어휘 표현과 문형을 따른 의역이다.

제2행 불너라 : '부르다'의 평안도 방언 '부루다'[김이협 : 1981]의 이형태 혹은 김억의 입말로 추정된다. 「倦怠」[1921.1]는 "내가슴은 이리불너라、아ゝ내사람아"이다. 에쉬모어 윈게이트[1904]의 제1행 중 'my heart cries!'와 제2행 "Sweet mistress. Cool the fires that do thee move" 중 'Sweet mistress'만을 발췌하여 조합한 구문의 의역이다. 다만 김억은 에쉬모어 윈게이트[1904]의 'mistress' 대신 가와지 류코[1915/1919]의 제1연 제1행 중 '戀人よ[연인이여]'를 택했다. 참고로 간다 나이부[神田乃武 : 1915]에는 'mistress'를 "主婦, 主母, 奧方, 女主, 夫人, 奧サン[부인], 色女, 情婦, 思ヒ者ノ者[연인]"로 풀이한다. 사이토 히데사부로[齋藤秀三郎 : 1918]에는 'mistress'를 "①主婦、女主人、(商家の[상가의])おかみさん[여주인]、女將[여주인]", "②一藝を修めた婦人[기예를 닦은 부인]", "③(旣婚婦人の名に附する[기혼 부인의 이름에 붙이는])樣[씨]", "④(Loverに對する[Lover에 대하여])情婦、意中の人[정부. 마음에 둔 사람]", "⑤(=concubine)妾[첩]"로 풀이한다.

제3행 「倦怠」[1921.1]는 "그대를음직이는 더운이맘을차(冷)게하여라、"이다. 에쉬모어 윈게이트[1904]의 제2행 중 'Cool the fires that do thee move'의 의역이다. 가와지 류코[1915/1919]의 제1연 제2행은 "この熱き狂亂の心をしばし和らげよ[이 뜨거운 광란의 마음을 잠시 가라앉혀라]"이다.

제4행 「倦怠」^{1921.1}는 "逸樂의생각은 비록놉하진다하여도"이다. 가와지 류코^{1915/1919}의 제1연 제3행 "逸樂の心高まるをりとても ^{일락의 마음 드높아 있더라도}"의 의역이다.

제5행 뉘이 : '누이姊'의 평안북도 방언 '뉘^{뉘'김이협 : 1981, 김영배 : 1997}의 이형태, 혹은 김억의 입말로 추정된다. 「倦怠」^{1921.1}는 "뉘이갓튼不穩한犧牲의맘은 일치말아라."이다. 에쉬모어 윈게이트¹⁹⁰⁴의 제4행 "Should show a sister's placid sacrifice"를 염두에 두되, 가와지 류코^{1915/1919}의 제1연 제4행 "姉らしき穩かの强いぬ心を持ちてあれ^{누이 같은 온화함의 강인한 마음을 지녀라}"의 어휘 표현과 문형을 따른 의역이다. 특히 김억은 가와지 류코^{1915/1919}의 '强いぬ心^{강인한 마음}' 대신 에쉬모어 윈게이트¹⁹⁰⁴의 'sacrifice'를 택했다.

제2연

제1행 가와지 류코^{1915/1919}의 제2연 제1행 "衰へてあれ、眠るがごとき愛の心に^{쇠약해져라, 잠자는 듯 사랑의 마음으로}"의 의역이다.

제2행 「倦怠」^{1921.1}는 "너의嘆息과쓸데업는눈瞳子는 헛것이러라,"이다. 가와지 류코^{1915/1919}의 제2연 제2행 "なか嘆息と 空しき瞳のまゝにあれ^{너의 탄식과 공허한 눈동자 그대로 있어라}"의 의역이다.

제3행 「倦怠」^{1921.1}는 "가거라、깁흔嫉妬와싣지안는奮激과거즛도,"이다. 가와지 류코^{1915/1919}의 제2연 제3행 "去れよ、執ねき嫉妬と、いつもする奮激と僞ることも^{가거라, 끈질긴 질투와, 늘 하는 격분과 속임도}"의 의역이다.

제4행 「倦怠」^{1921.1}는 "그것들은 긴키쓰촟차 갑시업서라"이다. 가와지 류코^{1915/1919}의 제2연 제4행 "それらみなたゞ一つの長き接吻に價せじ^{그것들은 모두 그저 한 번 긴 입맞춤만큼의 값어치도 없다}"의 의역이다.

제3연

제1행 가와지 류코^{1915/1919}의 제3연 제1행 "さはれ、汝が親しき黃金の胸の中、汝は吾に云

ふ。그러나, 너의 친근한 황금의 가슴 속, 너는 나에게 말한다"의 의역이다.

제2행　가와지 류코^{1915/1919}의 제3연 제2행 "わが兒よ、愚かしき慾情は軍笛を(ば)吹かんとす_{나의 아이야, 어리석은 욕정은 군대 피리를 불려고 하니}"에 대응한다. 참고로 가와지 류코^{1915/1919}의 '軍笛', 에쉬모어 윈게이트¹⁹⁰⁴의 제10행 "Echoes the blast of passion fierce and bold" 중 'blast'에 해당하는 베를렌 원시의 어휘는 'oliphant', 즉 중세 기사의 전쟁·사냥용 상아 뿔피리를 가리키는 'olifant'이다.

제3행　「倦怠」^{1921.1}는 "맘대로憤怒의喇叭을불게하여라、웃으웁사람아!」"이다. 가와지 류코^{1915/1919}의 제3연 제3행 "思ふまゝその喇叭を吹き鳴らせ、痴人よ_{마음대로 그 나팔을 불어 울려라, 못난 사람아}"의 의역이다. 가와지 류코¹⁹¹⁵에는 '喇叭'의 독음자_{ルビ, ふりがな}를 'プロンテ'로 표기했는데, 이는 베를렌 원시의 'trompeter_{트럼펫을 불다}'의 음가를 잘못 표기한 것으로 보인다.

제4연

제1행　「倦怠」^{1921.1}는 "네니마를내니마에、네손을내손에잇게하여라、"이다. 에쉬모어 윈게이트¹⁹⁰⁴의 제12행 "And place thy brow on mine, hand in hand slide!"를 염두에 두되, 가와지 류코^{1915/1919}의 제4연 제1행 "汝が額をわが額におき、なが手をばわが手の中にあらしめよ_{너의 이마를 내 이마에 두고, 너의 손을 내 손 가운데 있게 하라}"의 어휘 표현과 문형을 따른 의역이다.

제2행　「倦怠」^{1921.1}는 "明日이면 니저바릴금한맹셔를하여라、"이다. 에쉬모어 윈게이트¹⁹⁰⁴ 제13행 "Make vows which thou next day may'st cast aside!"를 염두에 두되, 가와지 류코^{1915/1919}의 제4연 제2행 "明日知らぬ誓言を吾になしたまへ_{내일은 모를 맹세를 나에게 하여라}"의 어휘 표현과 문형을 따른 의역이다.

제3행　「倦怠」^{1921.1}는 "이럿케눈물흘니며 아츰벗을맛게하여라、熱病에걸닌어린아희여여!"이다. 가와지 류코^{1915/1919}의 제4연 제3행 "かくて夜の明くるまで泣かむ、おゝ熱に病

む少き兒よ이렇게 밤새도록 울어라, 아아 열병 앓는 어린 아이야"의 의역이다.

해설

김억의 「倦怠」의 주된 저본은 가와지 류코川路柳虹: 1915/1919의 「倦怠권태」와 에쉬모어 윈게이트 Ashmore Wingate : 1904의 영역시이다. 김억이 적어도 「倦怠」1921.1를 발표할 시점까지 베를렌의 이 시를 수록한 번역시집 중 김억이 저본으로 삼을 수 있었던 것은 가와지 류코1915/1919와 에쉬 모어 윈게이트1904 이 세 권뿐이었다.

김억은 「뻬르렌 시초詩抄」 혹은 「뻬르렌의 시詩」장의 도처에서 볼 수 있듯이, 한 행을 완결 된 구문으로 옮길 수 있는 경우, 사전의 풀이를 빌어서라도 평이하게 옮길 수 있는 경우에는 에쉬모어 윈게이트1904를 따르되, 그것이 여의치 않은 경우에는 가와지 류코1915/1919를 비롯 한 일역시를 따르는 방식으로 옮기고자 했다. 이 「권태」 역시 김억은 대체로 제1연과 그 외 연의 일부만 에쉬모어 윈게이트1904를 주된 저본으로 삼고자 했을 뿐, 그나마도 가와지 류코 1915/1919 등의 일역시의 어휘 표현과 문형을 충실히 따라 중역했다.

김억이 일본의 믿을 만한 선례들이 있음에도 불구하고 그렇게 번거로운 방식을 취한 이유 는 물론 베를렌의 원시를 온전히 접하지 못했을 그가 영역시마저도 온전히 저본으로 삼을 수 없을 만큼 어학 능력이 넉넉하지 못했기 때문이다. 다른 한편으로 김억은 영역시와 일역시들 을 대조하면서 자신만의 텍스트 해석을 통해 새로운 시로 쓰고자혹은 고치고자 했기 때문이다. 그러한 사정은 역시 이 「권태」에서도 여실히 드러난다. 예컨대 제1연 제2행 "내 가슴은 이리 불너라, 아々 내 사람아"의 '내 사람'은 엄밀히 말하자면 에쉬모어 윈게이트1904의 'Sweet mis-tress'나 가와지 류코1915/1919의 '戀人'과 다르다. 또 제1연 제3행 "그대를 움직이는 더운 이 맘 을 차(冷)게 하여라"의 '더운 이 맘'도 에쉬모어 윈게이트1904의 'fire'나 가와지 류코1915/1919 의 '熱き狂亂の心뜨거운 광란의 마음'와 다르다.

그런가 하면 제2연 제2행 "너의 嘆息과 쓸데업는 눈瞳子는 헛것이리라"는 아무래도 에쉬 모어 윈게이트1904보다 가와지 류코1915/1919의 "なが嘆息と空しき瞳のまゝにあれ너의 탄식과 공허한 눈동자 그대로 있어라"에 좀 더 가깝다. 하지만 김억은 '空しい공허하다'와 'まゝにあれ그대로 있어라'라는, 일견 평이한 표현들을 전혀 다른 의미로 옮겨 놓았다. 물론 제2연 제2행에서 드러난 김억과 에쉬모어 윈게이트[1904], 가와지 류코[1915/1919] 사이의 차이는 김억이 가와지 류코[1915/1919]의 제1행과 제2행이 사실 하나의 구문인 것을 간파하지 못한 데에서 비롯한다.

특히 가와지 류코[1915/1919]의 '愛の心사랑의 마음'제1행, "嘆息と空しき瞳탄식과 공허한 눈동자"제2행, '長き接吻긴 키스'제4행과 '執ねき嫉妬끈질긴 질투', "奮激と僞ること늘 하는 격분과 속임"제3행의 대조 관계를 온전히 파악하지 못한 데에서 비롯한다. 그래서 김억은 제2연 제4행드 "그것들은 긴 기쓰을 할 만한 값도 업서라"라고 옮겨 놓고 말았다. 설령 김억의 제2연 제3행이 에쉬모어 윈게이트[1904]의 "Not worth a long kiss, e'en a kiss that lies!"를 의식했다고 하더라도 사정은 달라지지 않는다.

이처럼 이 시는 김억이 영역시든, 일역시든 한 행을 의미 단위로 하는 구문 단위로 고심참담하며 해석하고 옮기면서도, 정작 그 전체의 의미, 정서, 구조까지 폭넓은 안목으로 파악하지 못했음을 드러내는 사례들 중 하나이다. 이것은 시인이자 번역자로서 김억의 안목이 베를렌의 시를 이제 막 읽어가는 문학청년의 수준에서 크게 벗어나지 않았음을 시사한다. 따라서 김억이 특별히 애착을 지녔던 몇몇 베를렌 시의 개역들을 보다 섬세하게 살펴보아야 한다. 그 과정이란 문학청년 김억이 시의 안목을 가다듬고 넓혀간 도정이기도 하기 때문이다.

綠色。

여긔、果實과꼿、그리하고 닙과가지가잇고[1]、
그러고요、당신만을[2] 생각하는내가슴이 잇습니다[3]、
여보서요、제발 그두흰손으로 홋르려주시지말아요[4]、
아름답은 당신의눈으로 이불서러운 선물을달게해주셔요[5]。

아츰바람이 내니마를싀원하게 불어줍니다、
나는 아직도이슬에 젓젓서요、
당신의 고요한발가에 내疲困를 쉬게해주셔요[6]、
쉬는적은동안에、사랑스러운적은동안에 숨이나쉬게요[7]。

【초52, 재62】

당신의 젊어진가슴우에 내머리를 누여주셔요[8]、
내머리에는 당신의 마즈막키쓰소리가들닙니다[9]、
幸福의바람에서 버서나서 나를 쉬게해주셔요[10]、
당신이 쉬이시거든 나도 잠간동안 자겟셔요。

【초52, 재63】

1 재판에는 "닙사귀과가지가 잇음니다".
2 초판 본문에는 '당산만을'. 초판 정오표를 따라 '당신만을'로 고쳤다. 재판에도 '당신만을'.
3 재판에는 "그러고、당신만을 생각하는 내가슴이 잇습니다".
4 초판의 '홋르려주시지말아요'는 '홋트러주시기말아요'의 오식으로 보인다. 재판에는 "여보서요、제발 그두흰손으로 홋트르려주시지 말고".
5 재판에는 "이불서럽은 선물을 곱게해 주서요".
6 재판에는 "쉬게해 주서요".
7 재판에는 "사랑스럽은瞬間을 숨이나 쉬게요".
8 재판에는 "눕혀주서요".
9 재판에는 "마즈막 키쓰소리가 들닙니다".
10 재판에는 "쉬게해 주서요".

GREEN[1]

川路柳虹

こゝに木の實と花があります、葉と枝とがあります。

それからあなたばかしを思ふ私の胸があります。

どうかあなたのその二つの白い手でそれを攪き亂さないで下さ
い、[2]

美しいあなたの眼でこの貧しい賜物を甘くして下さい[3]。

朝の風が私の額に涼しく吹き[4]

私はいまもなほ露に濡れております、[5]

あなたの靜かな足もとに私の疲れを休まして下さい[6]、

その休まる束の間を、懐かしい束の間を夢みております[7]。

あなたの若やいだ胸の上に私の頭を置かして下さい。[8]

私の頭にあなたの最後の接吻が響いてをります。

幸福な嵐からのがれて休まして下さい、

あなたが休んでから私もちよつとばかり眠りませう。

1 川路柳虹 譯、「無言の歌―忘れ水彩畫」、『ヴェルレーヌ詩抄』、東京：白日社、1915、150~152면；『ヹルレーヌ詩集』、東京：新潮社、1919、100~101면；川路柳虹(1919)의 제목은「みどり(녹색)」이다.

2 川路柳虹(1919)에는 "どうか、あなたのその白い二つの手でそれを攪き亂さないで下さい".

3 川路柳虹(1919)에는 "美しいあなたの眼でこの貧しい賜物を甘くして下さい".

4 川路柳虹(1919)에는 "朝の風が私の額に涼しく吹き".

5 川路柳虹(1919)에는 "私はいまもなほ露に濡れております".

6 川路柳虹(1919)에는 "あなたの靜かな足許に私の疲れを休まして下さい".

7 川路柳虹(1919)에는 "その休まる束の間を懐かしい束の間を夢みてをります".

8 川路柳虹(1919)에는 "あなたの若やいだ胸の上に私の頭を置かして下さい".

GREEN.[†]

Ashmore Wingate

[†] Paul Verlaine, Selected and translated by Ashmore Wingate, "Romances Sans Paroles", *Poems by Paul Verlaine* (*The Canterbury Poets*), London : Walter Scott, 1904, p.107.

BEHOLD these leaves, these branches, fruits, and flowers,

  Behold my heart which but for you doth beat;

Oh, with your two white hands destroy it not,

  In your fine eyes let the poor gift be sweet.

I come still covered with the dew as yet,

  Which winds of dawn upon my forehead chill,

Oh, let my tiredness at thy feet repose,

  And of kind future moments dream at will.

Oh, let me place my head on your young breast,

  My head with your last kisses ringing deep;

From that blest storm, oh, let it there have peace,

  And, since you rest, grant me a little sleep.

GREEN[†]

† Paul Verlaine, ˝Romances sans paroles˝, *Œuvres complètes de Paul Verlaine(Tome premier)*, Paris : Librairie Léon Vanier, 1900(Deuxième édition), p.182 ; Gérard Walch, ˝Paul Verlaine˝, *Anthologie des Poètes Français contemporains(Tome premier)*, Paris : Ch. Delagrave, Leyde : A.-W. Sijthoff, 1906, pp.370~371 ; Adolphe van Bever & Paul Léautaud, ˝Paul Verlaine˝, *Poètes d'Aujourd'hui : Morceaux choisis(Tome II)*, Paris : Société du Mercure de France, 1908, p.374.

Voici des fruits, des fleurs, des feuilles et des branches,

Et puis voici mon cœur, qui ne bat que pour vous.

Ne le déchirez pas avec vos deux mains blanches

Et qu'à vos yeux si beaux l'humble présent soit doux.

J'arrive tout couvert encore de rosée

Que le vent du matin vient glacer à mon front.

Souffrez que ma fatigue, à vos pieds reposée,

Rêve des chers instants qui la délasseront.

Sur votre jeune sein laissez rouler ma tête

Toute sonore encore de vos derniers baisers ;

Laissez-la s'apaiser de la bonne tempête,

Et que je dorme un peu puisque vous reposez.

재판 이외 이본 없음.

제1연

제1행 　가와지 류코[川路柳虹 : 1915/1919]의 제1연 제1행 "こゝに木の實と花があります、葉と枝とがあります여기에 과실과 꽃이 있습니다. 잎과 가지가 있습니다"에 충실한 번역이다.

제2행 　가와지 류코[1915/1919]의 제1연 제2행 "それからあなたばかしを思ふ私の胸があります그리고 당신만을 생각하는 나의 가슴이 있습니다"에 대응한다.

제3행 　에쉬모어 윈게이트[1904]의 제1연 제3행 "Oh, with your two white hands destroy it not"을 염두에 두되, 가와지 류코[1915/1919]의 제1연 제3행 "どうかあなたのその二つの白い手でそれを攪き亂さないで下さい부디 당신의 그 두 흰 손으로 그것을 흩트리지 말아 주세요"의 어휘 표현, 문형과 어조에 충실한 번역이다.

제4행 　불서럽다 : 살림이 곤궁하여 신세가 매우 가엾다는 뜻의 평안도 방언 '불써럽다'[김이협 : 1981]의 이형태 혹은 김억의 입말로 추정된다. 에쉬모어 윈게이트[1904]의 제1연 제4행 "In your fine eyes let the poor gift be sweet"를 염두에 두되, 가와지 류코[1915/1919]의 제1연 제4행 "美しいあなたの眼でこの貧しい賜物を甘くして下さい아름다운 당신의 눈으로 이 가난한 선물을 달콤하게 해 주세요"의 어휘 표현, 문형과 어조에 충실한 번역이다.

제2연

제1행 　에쉬모어 윈게이트[1904]의 제2연 제2행 "Which winds of dawn upon my forehead chill"을 염두에 두되, 가와지 류코[1915/1919]의 제2연 제1행 "朝の風が私の額に凉しく吹き아침 바람이 나의 이마에 시원하게 불고"의 어휘 표현과 문형을 따른 의역이다.

제2행 　에쉬모어 윈게이트[1904]의 제2연 제1행 "I come still covered with the dew as yet"을 염두

에 두되, 가와지 류코^{1915/1919}의 제2연 제2행 "私はいまもなほ露に濡れております^{나는 아직도 이슬에 젖어있습니다}"의 어휘 표현, 문형과 어조에 충실한 번역이다.

제3행   가와지 류코^{1915/1919}의 제2연 제3행 "あなたの靜かな足もと(許)に私の疲れを休まして下さい^{당신의 고요한 발가에 내 피로를 쉬게 해 주세요}"에 대응한다.

제4행   가와지 류코^{1915/1919}의 제2연 제4행 "その休まる束の間を懷かしい束の間を夢みてお(を)ります^{그 쉬는 잠시를 그리운 잠시를 꿈꾸고 있습니다}"의 의역이다.

제3연

제1행   에쉬모어 윈게이트¹⁹⁰⁴의 제3연 제1행 "Oh, let me place my head on your young breast"를 염두에 두되, 가와지 류코^{1915/1919}의 제3연 제1행 "あなたの若やいだ胸の上に私の頭を置かして下さい^{당신의 젊어진 가슴 위에 내 머리를 두게 해 주세요}"의 어휘 표현, 문형과 어조에 충실한 번역이다.

제2행   에쉬모어 윈게이트¹⁹⁰⁴의 제3연 제2행 "My head with your last kisses ringing deep"을 염두에 두되, 가와지 류코^{1915/1919}의 제3연 제2행 "私の頭にあなたの最後の接吻が響いてをります^{나의 머리에 당신의 마지막 입맞춤이 울리고 있습니다}"의 어휘 표현, 문형과 어조를 따른 의역이다.

제3행   에쉬모어 윈게이트¹⁹⁰⁴의 제3연 제3행 "From that blest storm, oh, let it there have peace"를 염두에 두되, 가와지 류코^{1915/1919}의 제3연 제3행 "幸福な嵐からのがれて休まして下さい^{행복한 폭풍에서 벗어나 쉬게 해 주세요}"의 어휘 표현, 문형과 어조를 따른 의역이다.

제4행   에쉬모어 윈게이트¹⁹⁰⁴의 제3연 제4행 "And, since you rest, grant me a little sleep"을 염두에 두되, 가와지 류코^{1915/1919}의 제3연 제4행 "あなたが休んでから私もちよつとばかり眠りませう^{당신이 쉬고 나면 나도 조금만 잠들겠어요}"의 어휘 표현, 문형과 어조를 따른 의역이다.

김억의 「綠色」의 주된 저본은 가와지 류코川路柳虹 : 1915/1919의 「Green」과 에쉬모어 윈게이트 Ashmore Wingate : 1904의 영역시이다. 『오뇌의 무도』 초판 이전까지 베를렌의 이 시를 수록한 번역시집 중 김억이 저본으로 삼을 수 있었던 것은 가와지 류코1915/1919와 에쉬모어 윈게이트 1904 이 세 권뿐이었다. 김억의 이 시는 「쩨르렌 시초詩抄」 혹은 「쩨르렌의 시詩」 장에서는 드물게 『오뇌의 무도』 초판과 재판에만 수록된 작품이다. 에쉬모어 윈게이트1904의 한 행이 대체로 한 행 혹은 두 행이 하나의 구문을 이루고 있는 만큼, 김억은 온전히 영역시만을 저본으로 삼았을 법하다. 그러나 정작 김억은 에쉬모어 윈게이트1904를 염두에 두되, 정작 가와지 류코 1915/1919의 어휘 표현, 문형은 물론 어조까지 충실하게 번역했다.

그럼에도 불구하고 김억은 가와지 류코1915/1919를 충실히 옮기면서도 자기 나름의 해석을 더하기도 했다. 예컨대 제1연 제4행 "아름답은 당신의 눈으로 이 불서러운 선물을 달게 해 주셔요"와 제3연 제2행 "내 머리에는 당신의 마즈막 키쓰 소리가 들닙니다"가 그러하다. 우선 전자의 경우 김억은 가와지 류코1915/1919를 따르면서도 유독 일본어 어휘인 '貧しい가난한'를 그의 입말인 평안도 방언 '불서(써)럽다'로 옮겼다. 후나오카 겐지船岡獻治 : 1919에도 'マヅシ(貧シ)'를 "가난하다. 貧乏"와 "부족하다. 乏シイ"라고 지극히 평이하게 풀이한 만큼, 김억으로서는 이 정도의 풀이를 그대로 따를 수도 있었겠다. 하지만 김억은 '불서(써)럽다'로 옮김으로써 단지 '가난하다'만이 아니라 "신세가 매우 가엾다"는 의미, 어감을 더하고자 한 것으로 보인다.

이러한 김억 나름의 해석 혹은 의미와 어감의 기입이 과연 성공적이었던가는 의문이다. 우선 가와지 류코1915/1919이든, 에쉬모어 윈게이트1904이든 제1연 제4행에서 시적 화자의 '마음'이란 잎, 가지, 과실, 꽃처럼 사사로운 것이고 그래서 '가난한' 것인데, 김억의 이 시에서 이 모두 "신세가 매우 가여운" 것이 되고 말기 때문이다. 반면에 제3연 제2행의 경우 김억은 가와지 류코1915/1919의 일본어 어휘 '響く울리다'를 그저 '들리다'로 옮겼다. 이 역시 후나오카 겐지1919에도 'ヒビク(響ク)'를 '울닌다'라고 풀이한 만큼 김억으로서는 그것을 그대로 따를 수도 있었겠다. 더구나 김억은 일본어 '響く울리다'를 대체로 '울다'」寺院의 鐘은 (…중략…) 보드랍게도、한가롭게 울어라".「하늘은 지붕 위에」나 '빗기다'"저 下和로운 빗긴의 소리는".「하늘은 지붕 위에」로 옮기기도 했기 때문이다. 하다못해 에쉬모어 윈게이트[1904]의 영어 표현도 'ringing deep'인 만큼, 김억의 '들리다'는 영역시는 물론 일역시의 어휘가 지닌 의미, 어감에 비해 소박하다. 특히 제3연 제3행 "幸福의바람에서 벗어나서 나를 쉬게해주셔요"와 어울리지 않는다. 가와지 류코[1915/1919]의 '響く 울리다'이든 에쉬모어 윈게이트[1904]의 'ringing deep'이든, 긴 여운을 환기하는 데에 반해 김억의 '들리다'는 현재의 생생한 감각만을 드러낼 뿐이기 때문이다.

사실 베를렌의 원시가 수록된『말 없는 연가 *Romances sans paroles*』[1874]는 랭보와의 만남 이후『토성인의 시 *Poèmes saturniens*』[1866]의 데카당티슴으로 회귀한 시집이다. 다만 베를렌의 이 시만큼은『말 없는 연가』보다 앞서 발표한 약혼자 마틸드 모테[Mathilde Mauté]에게 헌정한 연시집戀詩集『다정한 노래 *La Bonne Chanson*』[1870]의 주조와 통한다.[Pierre Petitfils : 1991. 190] 그래서 하다못해 김억의 '불서(써)로운'만큼은 베를렌 원시의 주조와 무관할 수밖에 없다.

어쨌든 이러한 김억 나름의 해석과 고쳐 쓰기로 인해 이 시 역시 베를렌의 원시는 물론 영역시와도 일역시와도 다른 조선의 새로운 시가 된 것만은 분명하다. 그러나 김억이 심지어 가와지 류코[1915/1919]와 에쉬모어 윈게이트[1904]의 한 행 한 연을, 심지어 일역시의 어조까지 고스란히 옮기면서도 자신만의 개성을 드러내고자 했으나, 정작 저본들의 전체의 의미, 정서, 구조까지 폭넓은 안목으로 파악하지 못한 것도 분명하다. 그래서 이 시는 번역자로서 김억의 곤경이 기점 언어source language의 언어적 요소를 목표 언어target language로 끌어들이고 용해시키는 차원만이 아니라, 기점 텍스트source text의 심리적 요소 등 문맥을 적절하게 옮겨내는 차원에 걸친 것이었음을 시시한다. 그 곤경이 문학청년으로서 김억의 시에 대한 안목을 시험하는 일이었음은 두말할 나위도 없다.

쑤르몬의詩[1]

가을、나무닙의 비가 오아라、魂의비가 내려라、
사랑에 몸이죽은 魂의비가 내려라。
쑤르몬   【초53, 재64】

다사롭은 오랜友詛을 위하야 맘가즉히[2]
나의벗、惟邦에게 이詩를[3]
모하서 들이노라。[4]   【초54, 재65】

1   레미 드 구르몽(Remy de Gour-
    mont, 1858~1915, 프랑스).

2   재판에는 "다사롭은 오랜 友詛
    을 위하야".

3   재판에는 "이詩를 모아서 맘가
    즉히".

4   재판에는 "惟邦金君에게 보내
    노라".

"꾸르몽의 詩" 장에 대하여

이 장은 19세기 말 프랑스 상징파象徵派, symboliste, 신상징주의neo-symbolisme 계열의 시인 레미 드 구르몽Remy de Gourmont, 1858~1915의 시 총 10편을 수록하고 있다. 이 장에 수록된 구르몽의 시들은 「메테르린크의 演劇」 한 편을 제하고 모두 그의 시선집인 『파적Divertissements』1912/1914에 수록된 작품들이다. 사실 구르몽은 오늘날 프랑스문학연구에서도 평가가 다소 엇갈리는 인물이다. 분명히 구르몽은 19세기 상징파, 신상징주의의 중심이었던 『메르퀴르 드 프랑스Mercure de France』지의 대표적인 편집자일 뿐만 아니라, 신상징주의 중요한 이론가였다.Gustave Kahn : 1902, 315~316 하지만 구르몽의 시는 20세기 초 프랑스 현대시의 대표적인 엔솔러지인 아돌프 방 비베Adolphe van Bever와 폴 리오토Paul Léautaud의 『현대의 시인들Poètes d'Aujourd'hui』1900~1930의 초판1900이 아닌 재판1908에 이르러서야 수록되었다.

구르몽에 대한 프랑스 이외 지역, 특히 영미에서도 엇갈렸던 듯하다. 구르몽은 신상징주의를 대표하는 여섯 명의 시인 중 한 사람으로 소개되면서도Amy Lowell : 1915: Ludwig Lewisohn : 1918, 50~51, 정작 그의 시는 이를테면 영국의 월터 스콧 출판사The Walter Scott Publishing Co., Ltd.의 캔터베리 시인 총서The Caunterbury Poets 중 한 권인 제스로 빗셀Jethro Bithell의 『현대 프랑스 시선Contemporary French Poetry』1912에는 "Hair원제 : Le Cheveux"만 수록되어 있을 뿐이다.

어쨌든 이러한 구르몽의 시가 베를렌의 다음, 보들레르보다 앞서 『오뇌의 무도』 제2장을 차지할 수 있었던 것은 전적으로 호리구치 다이가쿠堀口大學의 영향이다. 호리구치 다이가쿠는 1914년 벨기에 브뤼셀에서 아돌프 방 비베와 폴 리오토의 『현대의 시인들』에 수록된 구르몽의 시를 처음 읽고 생애 처음으로 운명적인 시인과 시를 발견했다고 한다. 그리고 서점에서 시집 『파적』을 구해 탐독했다고 한다.「閑人閑話(二)」, 『三田文學』 第12卷 第3號, 1921.3 그 후 호리구치 다이가쿠는 『파적』 소재 작품들을 엔솔러지 『어제의 꽃昨日の花』1918의 제2장 「구르몽 시초グウルモン詩抄」, 또 다른 엔솔러지 『잃어버린 보배失はれた寶玉』1920에도 구르몽의 『천국의 성녀들Les Saintes du Paradis』1899 소재 시들을 수록했다. 그리고 『구르몽 시초グウルモン詩抄』1928를 발표하기도 했다.

김억은 호리구치 다이가쿠의『어제의 꽃』[1918]이 아니고서는 구르몽의 시를 옮길 수 없었다. 특히 이 엔솔러지의 제2장「구르몽 시초」에는 구르몽의 시가 총 24편 수록되어 있는데, 이것은 전 62편의 시를 수록한『어제의 꽃』중에서 가장 큰 비중을 차지할 뿐만 아니라, 근대기 일본에서 본격적으로 이루어진 구르몽 번역이기도 했다. 바로 이것이 김억으로 하여금 구르몽의 시를『오뇌의 무도』제2장에 수록하도록 이끌었을 터이다.[김장호 : 1994] 물론 호리구치 다이가쿠 이전 우에다 빈上田敏의『해조음海潮音』[1905]과『목양신牧羊神』[1920]에도 구르몽의 시 몇 편이 수록되어 있었다. 그러나 김억은 우에다 빈의 번역은 저본으로 삼지 않았다. 또 김억은『오뇌의 무도』초판과 재판 사이 호리구치 다이가쿠의『잃어버린 보배』를 열람했지만, 재판에 구르몽의 시를 추가하지는 않았다. 일찍이 호리구치 다이가쿠의『달 아래 한 무리月下の一群』[1925]를 저본으로 본 견해들도 있었지만[김용직 : 1964, 김병철 : 1975, 김은전 : 1984], 그것은『어제의 꽃』[1918]의 존재를 몰랐거나 열람하지 못했던 데에서 비롯한 추정일 뿐이다.

　　김억은 1919년 1월『태서문예신보』지 제13호에「낙엽」을 처음 발표한 후『오뇌의 무도』초판까지 다른 시들은 발표하지 않았다. 또 이 시와 함께「가을의 따님」만은『오뇌의 무도』재판 이후에도 지속적으로 개역改譯했다. 이것은 앞서 베를렌의 경우와 사뭇 다르다. 어쨌든 김억은『개벽』지와『조선문단』[1925]지에 이 두 작품의 개역을 발표하면서 가을을 대표하는 서정시로 평가하고 소개했다. 이것은 이후 제법 오랫동안 한국에서 구르몽의「낙엽」이 가을을 대표하는 시로 독자들에게 각인되는 시발점이라고 하겠다. 이처럼 오늘날 프랑스에서 시인으로서는 고평을 얻지 못하는 구르몽이 일본과 조선에서 프랑스 상징파를 대표하는 시인으로 평가받게 된 것은 호리구치 다이가쿠와 김억 덕분이다.

　　그런데 김억의 구르몽 시 번역은 앞서 베를렌의 경우만큼은 아니지만 나름대로 사실상 기점 텍스트source text인 호리구치 다이가쿠의 번역시를 해체하고 새롭게 조합하여 조선어 텍스트로 동화시킨 중역에 가깝다. 그것은 베를렌의 경우와 달리 우에다 빈 이외 호리구치 다이가쿠와 비교·대조할만한 다른 번역의 선례가 드물었기 때문이다. 하지만 그보다는 호리구치 다이가쿠의 고삽苦澁하지 않으면서도 전아典雅한, 그러나 구어에 가까운 문체, 번역시로서 보기 드문 시적 미감이 김억에게 깊은 영감을 주었기 때문일 것이다. 다른 장에서도 설명하겠지만, 김억이 『오뇌의 무도』를 펴내는 가운데 호리구치 다이가쿠의 번역시가 가장 큰 영향을 미친 이유도 바로 그 때문이다.

　한편 김억은 이 장을 '惟邦 金君', 즉 친우 김찬영에게 헌정했다. 앞서 서문에서 거론한 바와 같이 김찬영은 『오뇌의 무도』의 표지를 그리고, 서시 「懊惱의 舞踏에」를 수록했을 뿐만 아니라, 『오뇌의 무도』가 발표된 직후 다시 축시 「『懊惱의 舞踏』의 出生된 날」『장조』 제9호, 1921.6과 축사 「남은 말」, 위의 책, 또 『동아일보』에 서평을 발표하기도 했다. 臥抱生, 「『懊惱의 舞踏』의 出生에 際하야」 전3회, 『동아일보』, 1921.3.28~30 이러한 김찬영에게 김억이 그의 부친에 이어 두 번째로 헌사를 남긴 것은 이 두 사람 사이의 친분이 어느 정도였는지를 짐작하게 한다.

가을의싸님。

追憶만흔 외마대길을 걸으며、

가을의싸님은 落葉을 밟고잇서라、

생각하면 그째일은 이곳인듯하여라[1]···········

아々 그러나 只今바람은[2] 나뭇닙과 나의希望을 불어날니여라。

아々 바람이여[3]、내맘까지 불네가거라、내맘은 이리도 무거워라[4]!

해볏업는 흐릿한동산에[5]

가을의싸님[6] 菊花를 썩고잇서라

생각하면 내가 사랑하는 흰쟝미꼿이 픠엿든곳은 저곳인듯하여

라···········   【초55, 재66】

아々 花心은 새밝한 흰쟝미의、

아々 太陽이여、너는 두번 나의쟝미를 꼿픠게하지안으려는가?[7]

써도는 黃昏의空氣에[8]   【초55, 재67】

가을의싸님[9]、새와갓치 썰고잇서라、

생각하면 그째일은 이곳인듯하여라[10]、하늘빗도 프르러라

···········

우리들의눈은 希望이가득하엿서라[11]。

1   재판에는 "이곳인듯 하여라".

2   재판에는 "只今 바람은".

3   재판에는 "아아 바람이여".

4   재판에는 '무겁어라'.

5   재판에는 "흐릿한 동산에".

6   재판에는 "가을의싸님은".

7   재판에는 "꼿픠게 하지안으려
     는가.".

8   재판에는 "써도는 黃昏의空氣에".

9   재판에는 "가을의싸님은".

10   재판에는 "이곳인듯 하여라".

11   재판에는 "우리들의 눈은 希望
     이 가득하엿서라".

아々 하늘이여、 너는只今도[12] 별과생각을 가지고잇는가。

가을의 것츨어진산을[13] 바리고　　　　　　　　【조56, 재67】

가을의싸님은 가서라、

생각하면 그쌔일은 이곳인듯하여라…………우리들의맘이[14] 만

나든瞬間은…………

그러나只今바람은 불어 내몸이썰니여라[15]…………

아々 부는바람이여、 내맘까지불네가거라、 내맘은 이리도 무거

워라。[16]　　　　　　　　　　　　　　　　　　　　【조56, 재68】

12　재판에는 "너는只今도".

13　재판에는 "것츨어진山을".

14　재판에는 "우리들의 맘이".

15　재판에는 "그러나只今 바람은 불어 내몸이 썰니여라". 재판에는 이 행이 한 연으로 분리되어 있다.

16　재판에는 "내맘까지 불네가거라、 내맘은 이리도 무겁어라".

秋の女[†]

堀口大學

† 堀口大學 譯,「グウルモン詩抄」,『昨日の花－佛蘭西近代詩』,東京：籾山書店, 1918, 53~55면.

思ひ出多き小徑に沿ひて

秋の女落葉を踏みであり、

思ふ、かの事は實に此邊にてありしよな……さるを今

風は木の葉とわが希ひとを吹き散らす。

おお風よ、わが心をも吹き散らせかし、わが心かくも重し!

太陽あらぬ園に

秋の女菊を摘みてあり、

思ふ、わが愛づるかの白薔薇咲き出でしは、かしこなりけり、

花心は紅き白薔薇。

おお太陽よ、汝は再びわが薔薇を咲かするならんか?

とりとぬ夕の空氣の中に

秋の女小鳥の如く わななきてあり、

思ふ、かの事は實に此邊にてありしよな、空のいろ碧かりき、

われ等か瞳希望に滿ちたりき。

おお空よ、汝今もなほ星と思とを秘め持ちたるか?

秋にすさめる園を残して

秋の女は去りぬ、

思ふ、かの事は實に彼所にてありしよな……われ等が心かのよ

き瞬間に逢ひたるは……

さるを今風吹き來り、われ身振す……

おお風よ、わが心をも吹き散らせかし、わが心かくも重し!

LA DAME DE L'AUTOMNE[†]

La Dame de l'automne écrase les feuilles mortes

  Dans l'allée des souvenirs :

C'était ici ou là ⋯ le vent passe et emporte

  Les feuilles de nos désirs.

O vent, emporte aussi mon cœur : il est si lourd !

La Dame de l'automne cueille des chrysanthèmes

  Dans le jardin sans soleil :

C'est là que fleurissaient les roses pâles que j'aime,

  Les roses pâles au cœur vermeil.

O soleil, feras-tu fleurir encore mes roses ?

La Dame de l'automne tremble comme un oiseau

  Dans l'air incertain du soir :

C'était ici ou là, et le ciel était beau

  Et nos yeux remplis d'espoir.

O ciel, as-tu encore des étoiles et des songes ?

† Remy de Gourmont, "Paysages spirituels", *Divertissements : Poèmes en vers*, Paris : Mercure de France, 1912, pp.112~114.

La Dame de l'automne a laissé son jardin

Tout dépeuplé par l'automne :

C'était là ··· Nos cœurs eurent des moments divins ···

Le vent passe et je frissonne ···

O vent qui passe, emporte mon cœur : il est si lourd !

「가을의짜님」, 「읊퍼진 가을의 노래」, 『조선문단』 제12호, 1925.10

주석

제1연

제1행 「가을의짜님」¹⁹²⁵은 "追憶만흔 외마대길을걸으며"이다. 호리구치 다이가쿠^{堀口人學 : 1918}의 제1연 제1행 "思ひ出多き小徑に沿ひて_{추억 많은 작은 길을 따라서}"의 의역이다.

제2행 「가을의짜님」¹⁹²⁵은 "가을의짜님은 落葉을밟고서서"이다. 호리구치 다이가쿠¹⁹¹⁸의 제1연 제2행 "秋の女落葉を踏みであり_{가을 여인 낙엽을 밟고 있다}"의 의역이다.

제3행 「가을의짜님」¹⁹²⁵은 "생각하면 그째일은 이곳인듯하건만……"이다. 호리구치 다이가쿠¹⁹¹⁸의 제1연 제3행 "思ふ、かの事は實に此邊にてありしよな……さるを今_{생각컨대, 그 일은 참으로 이 근처였던 듯한……그런데 지금}" 중 'さるを今_{그런데 지금}'만을 제한 구문의 의역이다.

제4행 「가을의짜님」¹⁹²⁵은 "아々 그러나 只今 바람은 나무닙과 내希望을 불어날니나니"이다. 호리구치 다이가쿠¹⁹¹⁸의 제1연 제3행 중 'さるを今_{그런데 지금}'와 제4행 "風は木の葉とわが希ひと を吹き散らす_{바람은 나뭇잎과 내 바람을 불어 날린다}"를 조합한 구문의 의역이다.

제2연

「가을의짜님」¹⁹²⁵은 "아々 바람이어 이리도 무겁은 내맘까지 불어가거라."이다. 호리구치 다이가쿠¹⁹¹⁸의 제2연 "おお風よ、わが心をも吹き散らせかし、わが心かくも重し_{오오 바람이어, 나의 마음도 불어 날려라, 나의 마음 이리도 무겁다}" 중 'おお風よ_{오오 바람이어}', 'かくも重し_{이리도 무거운}', 'わが心をも吹き散らせかし_{나의 마음도 불어 날려라}'만을 발췌하여 조합한 구문의 의역이다.

제3연

제1행 「가을의짜님」1925은 "해볏못밧는 흐릿한동산에서"이다. 호리구치 다이가쿠1918의 제3
연 제1행 "太陽あらぬ園に 태양 없는 정원에서"의 의역이다.

제2행 「가을의짜님」1925은 "가을의짜님은 菊花를 씩으며"이다. 호리구치 다이가쿠1918의 제
3연 제2행 "秋の女菊を摘みてあり 가을의 여인 국화를 따고 있다"에 충실한 번역이다.

제3행 「가을의짜님」1925은 "생각하면 사랑하든 흰장미꼿이피엿든곳은 저곳인듯하건만
……"이다. 호리구치 다이가쿠1918의 제3연 제3행 "思ふ、わが愛づるかの白薔薇咲き
出でしは、かしこなりけり 생각컨대, 내가 사랑하는 저 흰장미 피어난 곳은, 저쪽이었다"에 충실한 번
역이다.

제4행 새밝한 : 평안도 방언 '새빨간'김이협 : 1981의 이형태 혹은 김억의 입말로 추정된다. 「가
을의짜님」1925은 "아々 花心은새쌜간흰장미의"이다. 호리구치 다이가쿠1918의 제3연
제4행 "花心は紅き白薔薇꽃술은 발그레한 흰장미"의 의역이다.

제4연

「가을의짜님」1925은 "아々 太陽이여 두번다시나의장미꼿을 피게하지안으려는가?"이
다. 호리구치 다이가쿠1918의 제4연 "おお太陽よ、汝は再びわが薔薇を咲かするなら
んか오오 태양이여, 너는 다시 나의 장미를 피게 하지 않으려는가?"에 충실한 번역이다.

제5연

제1행 「가을의짜님」1925은 "써도는저녁空氣에"이다. 호리구치 다이가쿠1918의 제5연 제1행
"とりとめぬ夕の空氣の中に 붙들 수 없는 저녁의 공기 속에서"의 의역이다.

제2행 「가을의짜님」1925은 "가을의짜님은 새와갓치 썰면서"이다. 호리구치 다이가쿠1918의
제5연 제2행 "秋の女小鳥の如く わななきであり 가을의 여인 작은 새처럼 오들오들 떨고 있다"의
의역이다.

제3행   「가을의짜님」[1925]은 "생각하면 하늘빗도 프른것이 그째일은 이곳인듯하건만!"이다. 호리구치 다이가쿠[1918]의 제5연 제3행 "思ふ、かの事は實に此邊にてありしよな、空のいろ碧かりき 생각컨대, 그 일은 참으로 이 근처였던 듯한, 하늘빛 푸르렀다"의 의역이다.

제4행   「가을의짜님」[1925]은 "우리들의눈에 希望이 가득하엿거니"이다. 호리구치 다이가쿠[1918]의 제5연 제4행 "われ等か瞳希望に滿ちたりき 우리의 눈동자 희망에 찼다"에 충실한 번역이다.

제6연

「가을의짜님」[1925]은 "아々 하늘이어 只今도 별과생각을가지고잇는가"이다. 호리구치 다이가쿠[1918]의 제6연 "おお空よ、汝今もなほ星と思とを祕め持ちたるか 오 하늘이여, 너 지금도 별과 생각을 간직하고 있는가"에 충실한 번역이다.

제7연

제1행   「가을의짜님」[1925]은 "가을의 거츤山을 바리고"이다. 호리구치 다이가쿠[1918]의 제7연 제1행 "秋にすさめる園を殘して 가을에 거칠어진 정원을 남겨두고"의 의역이다.

제2행   「가을의짜님」[1925]은 "가을의짜님은 돌아가면서"이다. 호리구치 다이가쿠[1918]의 제7연 제2행 "秋の女は去りぬ 가을의 여인은 떠난다"의 의역이다.

제3행   「가을의짜님」[1925]은 "생각하면 우리들의맘이合하든瞬間의 그째일은 이곳인듯하건만……"이다. 호리구치 다이가쿠[1918]의 제7연 제3행 "思ふ、かの事は實に彼所にてありしよな……われ等が心かのよき瞬間に逢ひたるは…… 생각컨대, 그 일은 참으로 저곳이었던 듯한……우리의 마음 그 좋은 순간에 만났던 것은……"의 의역이다.

제4행   「가을의짜님」[1925]은 "그러나 只今바람이불어 내몸이 썰니거니"이다. 재판에는 이 행이 한 연으로 분리되어 있다. 호리구치 다이가쿠[1918]의 제7연 제4행 "さるを今風吹き來り、われ身振す 그러나 지금 바람 불어와, 나는 몸을 떤다"의 의역이다.

제8연

「가을의싸님」1925은 "아々 부는바람이어 이리도무겁은내맘싸지불어가거라"이다. 호리구치 다이가쿠1918의 제8연 "おお風よ、わが心をも吹き散らせかし、わが心かくも重し오오. 부는 바람이어, 나의 마음을 불어 날리고, 나의 마음 이리도 무겁다!"의 충실한 번역이다.

해설

김억의 「가을의 싸님」의 저본은 호리구치 다이가쿠堀口大學: 1918 소재 「秋の女가을의 여인」이다. 근대기 일본에서 구르몽의 원시의 번역은 호리구치 다이가쿠1918 이외 다른 선례가 없다. 또 제스로 빗셀Jethro Bithell: 1912에도 구르몽의 원시의 번역은 수록되어 있지 않다. 따라서 김억의 「가을의 싸님」의 유일한 저본이 호리구치 다이가쿠1918인 셈이다. 또 호리구치 다이가쿠의 이 번역시는 「구르몽 시초グウルモン詩抄」의 첫 번째 시인데, 흥미롭게도 김억의 「가을의 싸님」 역시 「예르몬의 시」장의 첫 번째 시이다. 이로써 김억이 호리구치 다이가쿠1918를 저본으로 삼았음은 더욱 분명해진다.

김억은 베를렌 시 번역에서도 그러했지만 일역시를 충실히 옮기면서도 그 나름의 해석을 더해 고쳐 쓰고자 했다. 예컨대 구르몽의 원시의 'dame'를 번역한 호리구치 다이가쿠의 '女おんな: 여인'를 김억이 굳이 '싸님'이라고 옮긴 것부터가 그러하다. 『오뇌의 무도』를 통틀어 '싸님'의 용례는 구르몽의 「가을의 싸님」과 폴 포르의 「결혼식전結婚式前」이 단 두 번이다. 그 외 김억은 일본어 번역시의 '女おんな'를 '女子'로 옮길 법한데 주로 '아낙네'로 번역했다. '女子'로 옮긴 경우는 구르몽의 「황혼」"바리운女ʃ와갓치 헬금한" 단 한 번뿐이다. 「결혼식전」의 경우 'お(を)とめ처녀' 혹은 '娘むすめ: 처녀. 딸'이므로 '싸님'은 수긍할만하지만, 굳이 이 시에서 '女おんな'를 '아낙네'도 '女子'도 아닌 '싸님'으로 옮긴 이유는 김억 나름의 해석의 결과라고 볼 수밖에 없다.

하지만 김억 나름의 해석은 제1연 제3~4행, 제2연, 제5연 제3행, 제8연에서 알 수 있듯이, 호리구치 다이가쿠1918의 구문을 해체하고 조합하는 방식으로 옮긴 데에서 가장 현저하게 나타난다. 또 재판에서 제7연 제4행이 제8연으로 개행改行되어 있는 것도 그러하다. 이로써 김억의 「가을의 따님」은 구르몽의 원시는 물론 호리구치 다이가쿠[1918]와 표현, 정서, 리듬의 측면에서 다른 시가 되었다. 특히 제7연 제4행을 제한 나머지 사례들의 경우, 구르몽의 원시를 존중하여 굳이 앙장브망enjambement으로 처리한 호리구치 다이가쿠[1918] 나름의 시적 효과는 김억의 「가을의 따님」에서는 사라지고 말았다. 김억으로서는 이 앙장브망보다 중요한 것이 각 행은 반드시 하나의 구 혹은 절로, 각 연은 하나의 문장 혹은 의미 단위로 완결된 형태를 이루어야 한다는, 문장에 대한 자기 나름의 감각, 신념이었던 것으로 보인다.

黃昏。

1   재판에는 "操心스럽은듯시 微笑를 씌우고".

2   재판에는 "달금한말을 하여주어라".

3   재판에는 "햏금한 슬어저가는 햇볏에는".

4   재판에는 "사랑의다사롭음이 잇으며".

5   초판 재판 모두 "가득하엿서라。。"는 "가득하엿서라。"의 오식으로 보인다.

6   재판에는 "맑진牧場의 풀에 눕어".

7   초판의 '蓬萊卿(봉래경)'은 '蓬萊鄕(봉래향)'의 오식으로 보인다. 재판에는 "蓬萊鄕의彼岸까지 바람에짤아 불니여흘너라".

8   재판에는 "파리한 포프라의 놉흔가지에 불갓치 붉어라".

9   재판에는 "슬어저가는 햇볏은".

10   재판에는 "窓에 기대여, 하욤업시도 머리를 빗는 바리운女人과 갓타라".

黃昏의새는 가이업서라、아々 설어라、

쟝미옷은 操心스러운듯시도 微笑를씌우고[1]、

맑은香薰을 우리의맘속에 부어네흐며

달금한말을하여주어라[2]。

바리운女子와갓치 햏금한、슬어저가는햇볏에는[3]

오랴는밤에 只今생기는 사랑의다사로움이잇으며[4]

四周의空氣는 夢幻에 가득하엿서라、。[5]

맑진牧場의풀에 누어[6]、疲勞를 곳치는「人生」은

샛맑한눈을 쓰며、그입살을 고요한키쓰에 밧치고잇서라。

【초57, 재69】

黃昏의새는 가이업서라、아々 설어라、

져녁안개는 新生의별을 薄紗로싸고 어리우며、

두나래는 思慕하는듯시도 歎慕하는듯시도

蓬萊卿의彼岸 까지 바람에짤아 불니여흘너라[7]。

鍾樓의十字架을 빗최이며、   【초57, 재70】

離別을 설어하는 餘映은

파리한 포프라의놉흔가지에 불갓치 □어라[8]

슬어저가는햇볏은[9] 희멀금하야

窓에기대여、하욤업시도 머리를빗는 바리운女人과갓타라[10]。

黃昏의째는 가이업서라、아々 설어라[11]、

픠엿다가는 슬어저가는 너의花香의 【초58, 재70】

淸凉과濕陰이 地上에 써도는동안에

째는 죽어가며、밤은 오아라。

해볏은 무듸여、空間으로 가고말아라。

그윽한戰慄은 地球흙우에 내리며、

樹木들은 져녁祈禱의 天使ㄴ듯하여라[12]

오々 잠간멈을으라[13]、가는째여!生의꽃이여!잠간 멈을으라!

쌜니도 한折半잠든 너의곱고도 푸른눈을 열으라…………

黃昏의째는 가이업서라、아々 설어라、

女人은 눈가에 가슴의생각을 그윽히씌우며[14]、

只今 薄明에생기는[15] 사랑의살틀함이 보여라 【초58, 재71】

오々 世上의사랑이여、빗도횐「不在」의짜님이여[16]、【초59, 재71】

黃昏의째를 사랑하여라、

그눈에는 하느님이낡고[17]、그손에는

우리가 明日에 맛틀香料가 가득한

黃昏의째를 사랑하여라。

죽음이 써돌며아득이는 희미한黃昏의째를사랑하여라[18]、

人生길의하로에[19] 疲困한「生」의 靜寂속에서

夢幻의째노래를 듯는時間、黃昏의째를사랑하여라[20]。【초59, 재72】

11 재판에는 "아아 설어라".

12 재판에는 "天使ㄴ듯 하여라".

13 재판에는 "오々 잠간멈을으라".

14 재판에는 "그윽히 씌우며".

15 재판에는 "只今 薄明에 생기는".

16 재판에는 "빗도 횐「不在」의짜 님이여".

17 재판에는 "그눈에는 하나님이 낡고".

18 재판에는 "희미한黃昏의 째를 사랑하여라".

19 재판에는 "人生길의 하로에".

20 재판에는 "黃昏의째를 사랑하 여라".

黄昏[†]

[†] 堀口大學 譯, 「グウルモン詩抄」, 『昨日の花－佛蘭西近代詩』, 東京：籾山書店, 1918, 56~60면.

堀口大學

黄昏の時は果敢なし、よし、悲し。

薔薇はつつましやかにほほ笑みて

われ等が心の底までも清き匂ひにしむ許り

やさしき言を語るなり。

薄れ行く日影は棄てられし女に似て靑ざめ、

來らんとする夜に今し生ずる愛のやさしさありて、

四圍の空氣は夢幻に滿ちたり。

聖き牧場の草に臥し疲努を息ふ「人生」は

清くも澄める目を見はり、早くもそが唇を靜けさの接吻に捧げ

たり。

黄昏の時は果敢なし、よし、悲し。

暮靄は新生の星を薄紗に罩めて棚曳きつ、

そが兩翼は慕ふが如く焦るるが如き姿して

蓬萊鄉の彼方まで風の間に間に吹かれゆくなり。

鐘樓の十字架を照して

別れを惜むが如き殘照は

瘠せしぽぷらの高き梢に火の如紅きかな。

薄れ行く日影は靑ざめて

『오뇌의 무도』 주해

窓に立ちもの憂げに髪梳る棄てられし女に似たり。

黄昏の時は果敢なし、よし、悲し。
咲くと見る間に消え行く汝が花の香の
清冽と氤氳と地上にただよふひまに
時は死に行き夜は來るなり。
光は濁りて遂に空間に向つて逃れ去り。
微なる戦慄は地球の肉に下り、
木立は晩禱の天使に似たり。
おお!暫止まれかし、去り行く時よ!生の花よ!姿止めよ暫し!
既に半睡れる汝が美しくも青き眼をば開けよ……

黄昏の時は果敢なし、よし、悲し。
女人は目なざしに胸の思ひをほのめかせ、
薄明に今し生ずる愛のやさしさあり。
おお世の戀よ、いろ白き 「不在」 の娘よ、
黄昏の時を愛せよ、
その眼神さびて、その手には
われ等が明日の日嗅ぐを得ん香料に満ちたる
黄昏の時を愛せよ。
死の徘徊歩くこのさだかならぬ黄昏の時を愛せよ、
人間道の一日に疲れ果てたる「生」が靜寂の底にて
夢幻の時の歌を聞く時刻、黄昏の時を愛せよ。

LE SOIR[†]

[†] Remy de Gourmont, "Paysages spirituels", *Divertissements : Poèmes en vers*, Paris : Mercure de France, 1912, pp.148~150.

Heure incertaine, heure charmante et triste : les roses

Ont un sourire si grave et nous disent des choses

Si tendres que nos coeurs en sont tout embaumés ;

Le jour est pâle ainsi qu'une femme oubliée,

La nuit a la douceur des amours qui commencent,

L'air est rempli de songes et de métamorphoses ;

Couchée dans l'herbe pure des divines prairies,

Lasse et ses beaux yeux bleus déjà presque endormis,

La vie offre ses lèvres aux baisers du silence.

Heure incertaine, heure charmante et triste : des voiles

Se promènent à travers les naissantes étoiles

Et leurs ailes se gonflent, amoureuses et timides,

Sous le vent qui les porte aux rives d'Atlantide ;

Une lueur d'amour s'allume comme un adieu

A la croix des clochers qui semblent tout en feu

Et à la cime hautaine et frêle des peupliers :

Le jour est pâle ainsi qu'une femme oubliée

Qui peigne à la fenêtre lentement ses cheveux.

Heure incertaine, heure charmante et triste : les heures

Meurent quand ton parfum, fraîche et dernière fleur,

Épanche sur le monde sa candeur et sa grâce :

La lumière se trouble et s'enfuit dans l'espace,

Un frisson lent descend dans la chair de la terre,

Les arbres sont pareils à des anges en prière.

Oh ! reste, heure dernière ! Restez, fleurs de la vie !

Ouvrez vos beaux yeux bleus déjà presque endormis ⋯

Heure incertaine, heure charmante et triste : les femmes

Laissent dans leurs regards voir un peu de leur âme ;

Le soir a la douceur des amours qui commencent.

O profondes amours, nobles filles de l'absence,

Aimez l'heure dont l'oeil est grave et dont la main

Est pleine des parfums qu'on sentira demain ;

Aimez l'heure incertaine où la mort se promène,

Où la vie, fatiguée d'une journée humaine,

Entend déjà chanter, tout au fond du silence,

L'heure des soleils nouveaux et l'heure des renaissances !

재판 이외 없음.

주석

제1연

제1행　가이없다 : '불쌍하다', '딱하다'는 뜻의 평안도 방언 '가엾다'^{김이협 : 1981}의 이형태 혹은 김억의 입말로 추정된다. 호리구치 다이가쿠^{堀口大學 : 1918}의 제1연 제1행 "黃昏の時は 果敢なし、よし、悲し。<small>황혼의 때는 덧없나. ᄀ래. 슬프나</small>"의 의역이다. 참고로 후나오카 겐지^{船岡獻治 : 1919}에는 'ハカナシ(果無敢)'를 "덧업다。무심심하다。"로 풀이한다. 김억이 '덧없다', '속절없다'는 뜻의 '果敢(はか)ない'를 '가엽다'로 옮긴 이유는 '悲しい<small>슬프다</small>' 때문인 것으로 판단된다.

제2행　호리구치 다이가쿠¹⁹¹⁸의 제1연 제2행 "薔薇はつつましやかにほほ笑みて<small>장미는 다소곳이 미소를 띠고</small>"의 의역이다.

제3행　호리구치 다이가쿠¹⁹¹⁸의 제1연 제3행 "われ等が心の底までも淸き匂ひにしむ許り<small>우리의 마음속까지도 맑은 향이 스미게 해 주는</small>"를 '淸き匂ひ<small>맑은 향</small>'(을), 'われ等が心の底まで<small>우리의 마음속까지</small>', '染む許り<small>스미게 해 주는</small>' 순으로 도치한 구문의 의역이다.

제4행　호리구치 다이가쿠¹⁹¹⁸의 제1연 제4행 "やさしき言を語るなり<small>다정한 말을 한다</small>"의 의역이다.

제5행　바리운 : 평안도 방언 '버려지다'의 이형태 혹은 김억의 입말로 추정된다.

　　　햏금하다 : 오늘날의 "가볍게 곁눈질하여 살짝 한 번 쳐다보다"가 아니라, '창백하다' 혹은 '햏쑥하다'의 의미이다. 『오뇌의 무도』에서 자주 쓰인 어휘 중 하나인 '희멀금하다'와 비슷하다. 호리구치 다이가쿠¹⁹¹⁸의 제1연 제4행 "薄れ行く日影は棄てられし女に似て靑ざめ<small>희미해져 가는 햇빛은 버림받은 여인을 닮아 창백하고</small>"를 "棄てられし女に似て靑ざめ<small>버림받은 여인처럼 창백하여</small>", "薄れ行く日影は<small>희미해져 가는 햇빛은</small>" 순으로 도치한 구문의 의

역이다.

제6행 　호리구치 다이가쿠[1918]의 제1연 제5행 "來らんとする夜に今し生ずる愛のやさしさあ
りて 오려는 밤에 지금 생기는 사랑의 다정함이 있어서"에 충실한 번역이다.

제7행 　호리구치 다이가쿠[1918]의 제1연 제6행 "四圍の空氣は夢幻に滿ちたり 사위의 공기는 몽환에
찼다"에 대응한다.

제8행 　맑진 : 평안도 방언 '맑다'[김이협 : 1981]의 이형태 혹은 김억의 입말로 추정된다. 호리구
치 다이가쿠[1918]의 제1연 제8행은 "聖き牧場の草に臥し疲勞を息ふ「人生」은 성스러운 목
장의 풀에 누워 피로를 쉬는 '인생'은"이다. 호리구치 다이가쿠의 '聖き牧場' 중 '聖き(い)'는 구
르몽 원시 제1연 제7행 'divines prairies 신성한 초원' 중 'divin'에 대응한다. 호리구치 다이
가쿠는 '聖き(い)'에 따로 독음자 ルビ, ふりがな를 덧붙이지 않았다. 그러나 이 단어는 'き
よ(淸·淨·潔)い 맑다, 깨끗하다'와 발음은 같지만, '성스럽다' 혹은 '신성하다'로 새겨야
할 것이다. 김억은 '聖'에 착목하여 '성스럽다', '신성하다'로 옮기는 대신, '맑다', '깨
끗하다'로 옮긴 셈이다. 참고로 후나오카 겐지[1919]에는 'きよ(い)' 대신 'キヨ(淸)サ'만
이 수록되어 있는데 '(名)맑기'로 풀이한다.

제9행 　호리구치 다이가쿠[1918]의 제1연 제9행 "淸くも澄める目を見はり、早くもそが唇を靜
けさの接吻に捧げたり 맑고도 투명한 눈을 크게 뜨고, 재빨리 그의 입술을 고요한 입맞춤에 바쳤다" 중 '早
くも 재빨리'만을 제한 구문의 의역이다.

제2연

제1행 　제1연 제1행과 동일하다.

제2행 　호리구치 다이가쿠[1918]의 제2연 제2행 "暮靄は新生の星を薄紗に罩めて棚曳きつ 저녁
안개는 새로 뜬 별을 얇은 비단에 담고서 펼쳐져 있고"의 의역이다.

제3행 　호리구치 다이가쿠[1918]의 제2연 제3행 "そが兩翼は慕ふが如く焦るるが如き姿して 그
두 날개는 사모하는 듯, 애타는 듯한 모습으로"의 의역이다. 참고로 후나오카 겐지[1919]에는 'アセル

(急ル・焦ル)'를 "애쓴다. 덤빈다. 죠급히군다."로 풀이한다. 김억은 이 풀이들 대신 '歎慕'라는 생경한 어휘를 만들어냈다.

제4행 호리구치 다이가쿠[1918]의 제2연 제4행 "蓬萊郷の彼方まで風の間に間に吹かれゆくなり 봉래향 저쪽까지 바람의 사이로 사이로 불려 간다"의 의역이다.

제5행 호리구치 다이가쿠[1918]의 제2연 제5행 "鐘樓の十字架を照して 종루의 십자가를 비추며"에 대응한다.

제6행 호리구치 다이가쿠[1918]의 제2연 제6행 "別れを惜むが如き殘照は 헤어짐을 아쉬워하는 듯 남은 빛은"의 의역이다.

제7행 호리구치 다이가쿠[1918]의 제2연 제7행 "痩せしぽぷらの高き梢に火の如紅きかな 야윈 포플러의 높은 가지에 불처럼 붉구나"에 충실한 번역이다.

제8행 희멀금하다 : 오늘날의 '희멀끔하다', 즉 "(살빛이) 희고 멀끔하다"는 뜻이 아니라, '창백하다', '핼쑥하다'에 가깝다. '핼금하다'와 비슷한 뜻이다. 호리구치 다이가쿠[1918]의 제2연 제7행 "薄れ行く日影は靑ざめて 어슴푸레해져 가는 햇볕은 창백하여"의 의역이다.

제9행 호리구치 다이가쿠[1918]의 제2연 제8행 "窓に立ちもの憂げに髮梳る棄てられし女に似たり 창가에 서서 우울하게 머리를 빗는 버림받은 여인을 닮았다"의 의역이다.

제3연

제1행 제1연 제1행과 동일하다.

제2행 호리구치 다이가쿠[1918]의 제3연 제2행 "咲くと見る間に消え行く汝が花の香の 피자마자 스러져 가는 너의 꽃향기의"에 충실한 번역이다.

제3행 호리구치 다이가쿠[1918]의 제3연 제3행 "淸冽と氳氤と地上にただよふひまに 맑고 차가움과 생기 넘침이 땅 위에 떠돌 때"의 의역이다. 참고로 후나오카 겐지[1919]의 표제어 중 '氳氤(いんうん)'은 없다. 또 구르몽 원시에서 호리구치 다이가쿠의 '淸冽'과 '氳氤'에 해당하는 표현은 'candeur 천진함'와 'grâce 은총'이다. 참고로 노무라 야스유키 野村泰亨: 1918에는

298 　　　　　『오뇌의 무도』 주해

'candeur'를 '直廉, 誠直'으로, 'grâce'는 "① 愛嬌 ② 韻致, 優美 ③ 恩惠 ④ 恩寵 ⑤ 天佑, 加護(神の[신의]) ⑥ 勘辨, 容赦 ⑦ 特赦 ⑧ 恩謝" 등으로 풀이한다.

제4행　호리구치 다이가쿠[1918]의 제3연 제4행 "時は死に行き夜は來るなり때는 죽어가고 밤은 온다"에 대응한다.

제5행　호리구치 다이가쿠[1918]의 제3연 제5행 "光は濁りて遂に空間に向つて逃れ去り빛은 흐려져 드디어 공간을 향해 달아난다"의 의역이다.

제6행　호리구치 다이가쿠[1918]의 제3연 제6행 "微なる戰慄は地球の肉に下り희미한 전율은 지구의 몸에 내리고"의 의역이다. 김억은 'かすかなる희미한'의 다른 취음자取音字:當て字의 표기인 '幽かなる'를 염두에 두고 '그윽한'으로 옮긴 것으로 보인다. 참고로 후나오카 겐지[1919]에는 'かすかなる'의 어근인 'カスカ'의 취음자當て字를 '幽·微'로, "은미。은은。은연。희미。"로 풀이한다.

제7행　호리구치 다이가쿠[1918]의 제3연 제7행 "木立は晚禱の天使に似たり나무숲은 저녁 기도의 천사를 닮았다"의 의역이다. 참고로 후나오카 겐지[1919]에는 'コダチ(木立)'를 "숩。나무갓。林樹。林。立木"으로 풀이한다.

제8행　호리구치 다이가쿠[1918]의 제3연 제8행 "おお! 暫止まれかし、去り行く時よ! 生の花よ! 姿止めよ暫し오오! 잠시 멈추어라, 떠나가는 때여! 생의 꽃이어! 모습을 멈추어라 잠시만!"의 의역이다.

제9행　호리구치 다이가쿠[1918]의 제3연 제9행 "既に半睡れる汝が美しくも靑き眼をば開けよ벌써 반쯤 잠든 너의 아름답고도 푸른 눈을 떠라"의 의역이다.

제4연

제1행　제1연 제1행과 동일하다.

제2행　호리구치 다이가쿠[1918]의 제4연 제2행 "女人は目なざしに胸の思ひをほのめかせ여인은 눈길로 가슴의 추억을 넌지시 드러내어"의 의역이다. 김억이 'ほのめかせ', 즉 '仄(ほの)めかす넌지시 말하다'를 '그윽히'로 의역을 할 수밖에 없었던 것은 후나오카 겐지[1919]의 풀이와 무관하지 않은 것으로 보인다. 후나오카 겐지[1919]에는 'ホノメオス(仄メオス)'를 "어둡게。어둑。장한테한다。"로 풀이한다. 한편 'ホノメク(仄ノメク)'희미하게 나타나다, 은연중에 나타나다'를 "어슴푸레하게뵈인다。어득어득하게뵈인다。"로 풀이한다.

제3행　호리구치 다이가쿠[1918]의 제4연 제3행 "薄明に今し生ずる愛のやさしさあり박명의 지금 생겨나는 사랑의 상냥함 있다"를 '今し지금', '薄明に박명에', "生ずる愛のやさしさあり생겨나는 사랑의 상냥함 있다" 순으로 도치한 구문의 의역이다.

제4행　호리구치 다이가쿠[1918]의 제4연 제4행 "おお世の戀よ、いろ白き「不在」の娘よ오오 세상의 사랑이여, 빛깔 흰 '부재'의 아씨여"에 대응한다.

제5행　호리구치 다이가쿠[1918]의 제4연 제5행 "黄昏の時を愛せよ황혼의 때를 사랑하여라"에 대응한다.

제6행　호리구치 다이가쿠[1918]의 제3연 제6행 "その眼神さびて、その手には그 눈동자 신이 낡고, 그 손에는"에 대응한다.

제7행　호리구치 다이가쿠[1918]의 제3연 제7행 "われ等が明日の日嗅ぐを得ん香料に滿ちたる우리가 내일 맡으려는 향료로 가득한"에 충실한 번역이다.

제8행　호리구치 다이가쿠[1918]의 제3연 제8행 "黄昏の時を愛せよ황혼의 때를 사랑하여라"에 대응한다.

제9행　호리구치 다이가쿠[1918]의 제3연 제9행 "死の徘徊歩く このさだかならぬ黄昏の時を愛せよ죽음이 떠돌며 다니는 이 분명하지 않은 황혼의 때를 사랑하라"의 의역이다.

제10행　호리구치 다이가쿠[1918]의 제3연 제10행 "人間道の一日に疲れ果てたる「生」が靜寂の底にて인생길의 하루에 지칠 대로 지친 '생'이 정적의 바닥에서"의 의역이다.

제11행　호리구치 다이가쿠[1918]의 제3연 제11행 "夢幻の時の歌を聞く時刻、黄昏の時を愛せよ몽환의 때의 노래를 듣는 시각, 황혼의 때를 사랑하여라"에 대응한다.

김억의 「黃昏」의 저본은 호리구치 다이가쿠堀口大學：1918의 제2장인 「구르몽 시초グウルモン詩抄」의 「黃昏」이다. 구르몽의 이 시 역시 우에다 빈上田敏：1905과 우에다 빈1920은 물론 이쿠다 슌게쓰生田春月：1919에는 수록되어 있지 않다. 또 제스로 빗셀Jethro Bithell：1912에도 수록되어 있지 않다. 따라서 김억으로서는 호리구치 다이가쿠1918가 유일한 저본이었다. 호리구치 다이가쿠의 「黃昏」이 「구르몽 시초」의 두 번째 시인데, 김억의 「황혼」 역시 「쑤르몬의 시詩」장에서도 두 번째 시라는 점은 그 증거이다. 김억은 이 「황혼」의 제1연 제3, 5, 9행을 제외한 나머지 부분에서는 대체로 호리구치 다이가쿠1918의 표현과 구문을 따르고자 했다.

그러나 그것은 김억의 표현처럼 '자전字典과의 씨름'으로 인해 여의치 않았을 터이다. 그 이유는 호리구치 다이가쿠1918 도처의 생경한 어휘나 표현 때문이다. 예컨대 호리구치 다이가쿠1918의 제2연 제3행 중 '焦る애타다, 초조하다'를 '감탄하며 그리워하다'는 뜻의 '歎慕'라는 생경한 조어造語로 옮긴 것, 호리구치 다이가쿠1918의 제3연 제3행 중 '淸冽'과 '氤氳'을 '淸凉'과 '濕陰'으로 옮긴 것, 그리고 호리구치 다이가쿠1918의 제4연 제2행 중 '仄めかす넌지시 말하다'를 '그윽히 씌우며'라고 옮긴 것은 대표적인 사례들이다.

일단 첫 번째 '焦る애타다, 초조하다'의 경우, 구르몽 원시의 'gonflent' 즉 'gonfler[감정, 마음을]가득 채우다, 부풀게 하다'의 번역인데, 이것을 알지 못했던 김억으로서는 이를테면 후나오카 겐지舩岡獻治：1919의 풀이인 "애쓴다. 덤빈다. 죠급히군다" 중 어느 것도 흔연히 따르기 어려웠을 것이다. 그래서 부득이 '歎慕'라는 더욱 생경한 어휘로 옮길 수밖에 없었을 것이다. 그나마 너그럽게 보아 '歎慕'가 구르몽 원시의 'gonfler'에 대응한다고 하더라도 그것은 우연의 결과일 뿐이다. 그것은 세 번째 '仄めかす넌지시 말하다'도 마찬가지이다. 호리구치 다이가쿠1918의 이 표현이 기실 구르몽 원시의 'voir un peu (de)살짝 보이다'를 옮긴 것임을 알 길 없었을 김억으로서는 후나오카 겐지1918의 도움마저도 받을 수 없었을 것이다. 그나마 김억은 호리구치 다이가쿠1918의 'かすかなる희미한'를 '그윽한'으로 옮긴 것을 염두에 두고 '그윽히 씌우다' 정도로 의역을 할 수 있었을 것이다.

그런데 두 번째의 경우는 사정이 복잡하다. 호리구치 다이가쿠[1918]의 '淸冽'도 녹록하지 않았겠지만 벽자醉字들로 이루어진 '氤氳いんうん : 날씨가 따뜻하고 화창함'은 더욱 그러했을 것이다. 심지어 이 두 어휘는 후나오카 겐지[1918]의 도움조차 받을 수 없기 때문이다. 구르몽의 원시에서 이 두 어휘에 대응하는 것이 'candeur천진함'와 'grâce은총'임을 염두에 두고 보면 호리구치 다이가쿠[1918]의 고심에 찬 해석과 고쳐 쓰기의 흔적도 엿볼 수 있다. 하지만 역시 구르몽의 원시는 물론 호리구치 다이가쿠[1918]와의 차이를 알 수 없었던 김억으로서는 제3연 제2행의 대구對句인 '피엿다가는 슬어저가는'을 염두에 두고 '淸凉과 濕陰'으로 의역을 할 수밖에 없었을 터이다.

바로 이 사례들을 통해서 김억이 서문에서 '자전과의 씨름'과 더불어 '창작적 무드'의 번역을 거론한 사정을 이해하게 된다. 그것은 번역, 특히 시 번역의 본질 혹은 방법에 대한 근원적인 성찰보다는 사전으로도 메울 수 없는 의미의 공동空洞, 중역의 임계를 넘는 고투에 대한 고백으로도 볼 수 있다. 이 사례들은 비단 김억만이 아니라, 호리구치 다이가쿠에게도 번역이란 타자의 낯선 언어를 통해 자기의 언어를 발굴하고 대응하는 일이었음을 새삼 일깨워준다. 특히 그 가운데 한자어와 그 의미의 관계망이 활용된 점은 주목할 만하다. 그것은 비서구 지역이 근대(성)에 대응하는 방식을 상징적으로 드러낸다는 점에서 그러하다. 그러나 호리구치 다이가쿠와 달리 김억에게는 제국의 '국어'인 일본어가 매개 언어intermediate laguage가 아닌 사실상 기점 언어source lanuage라는 점은 그와 식민지 조선의 문학청년들의 실존적 소여를 드러낸다.

『오뇌의 무도』 주해

田園四季。

봄, 써러지기쉬운 靑色의 아네모네여,
너의밝은눈의 핼금한苦惱의속에[1]
사랑은 가이업는魂을 감초어두엇으나,
너는 只今 부는바람에 썰고잇서라。

녀름, 언덕의갈대는 나보아라하는듯시[2],
바다로 흘너가는물에 그림자를빗최고잇을째[3],
애닯게도 저녁물속에 누어잇는그림자는[4]
한가하게 소리업시 물마시려가는 암소의무리러라[5]。【초60, 재73】

가을, 나무닙의비가내려라, 넉시「魂」의비가 내려라[6],
사랑에 몸이죽은 넉시「魂」의비가[7] 내려라,
아낙네들은 寂寞하게도 西方을바라보나[8]
樹木들은空間에[9] 忘却의碑을 나타내여라。   【초60, 재74】

겨울, 눈니불을 덥고누엇는 綠眼의아낙네여[10],
너의頭髮은 서리와苦痛과 소곰에 싸이여서라,
너의미이라「木乃伊」여、쏘는 咀呪을무섭어하지안는 敗殘의맘
이여[11],
설은 紅水晶이여、자거라、너의 不死의肉體속에서。【초61, 재74】

1 재판에는 "너의 밝은눈의 핼금한 苦惱의속에".

2 재판에는 "나를보라 하는듯시".

3 재판에는 "그림자를빗최엇을째".

4 재판에는 "눕어잇는그림자는".

5 재판에는 "암소의 무리러라".

6 재판에는 "가을、나무닙의비가 내려라、시넉「魂」의비가 내려라". 재판의 '시녁'은 '넉시'의 오식으로 보인다. '넉시「魂」'는 고유어 '넋'과 한자 '魂'의 병기(倂記)로 보인다.

7 재판에는 "넉시「魂」이비가".

8 재판에는 "西方을 바라보나".

9 재판에는 "樹木들은 空間에".

10 재판에는 "겨울、눈니불을 덥고눕엇는 綠眼의아낙네며". 재판의 '아낙네며'는 '아낙네여'의 오식으로 보인다.

11 재판에는 "너의 미이라「木乃伊」여、쏘는 咀呪을 무섭어하지 안는 取殘의맘이여". 재판의 '取殘'은 '敗殘'의 오식으로 보인다. '미이라「木乃伊」' 또한 '넉시「魂」'와 마찬가지로 병기이다.

田園四季[†]

[†] 堀口大學 譯,「グウルモン詩抄」,『昨日の花－佛蘭西近代詩』, 東京：籾山書店, 1918, 88~90면.

堀口大學

春、散り易く色青きあねもねよ、

汝が明るき目なざしの蒼ざめし悩みの中に

戀はそが果敢なき魂を祕めたるなれど、

吹く風に汝は今わなゝきであり。

****

夏、岸の蘆ほこりかに

海へ流るゝ水に影うつす頃

夕水底に憂しげに横たはるもの影あるは

徐徐と音も無く水のみ場へ急ぐ牡牛の群なり。

****

秋、木の葉の雨ふり、魂の雨ふる

戀に死にたる魂の雨ふるなり、

女等はさびしげに西方を眺め

木立は空間に忘却の姿を現ず。

****

冬、雪の死布の下に横たはれる綠の眼の女よ、

『오뇌의 무도』주해

汝が髪は霜と苦痛と鹽とにまみれたれ、

汝木乃伊よ、またそが呪咀を怖れぬ敗殘の心よ、

かなしき紅水晶よ、眠れかし汝が不死の肉體の奥に。

INSCRIPTIONS CHAMPÊTRES[†]

[†] Remy de Gourmont, "Paysages spirituels", *Divertissements : Poèmes en vers*, Paris : Mercure de France, 1912, pp.144~145.

Printemps, ô frêle et bleue anémone,

Dans la langueur pâle de tes yeux clairs

L'amour a mis son âme éphémère,

Le vent te donne un parfum d'automne.

Eté, quand l'orgueil des roseaux sur la rive

Marque le cours du fleuve vers la mer, le soir

On voit dans l'eau des ombres se coucher pensives :

Lents et doux, les bœufs s'en vont à l'abreuvoir.

Automne, il pleut des feuilles, il pleut des âmes,

Il pleut des âmes mortes d'amour, les femmes

Contemplent l'Occident avec mélancolie,

Les arbres font dans l'air de grands gestes d'oubli.

Hiver, femme aux yeux verts tombés sous le linceul des neiges,

Tes cheveux sont poudrés de gel, d'amertume et de sel,

O momie, et ton cœur vaincu, docile aux sortilèges,

Dort, escarboucle triste, au fond de ta chair immortelle.

재판 이외 없음.

주석

제1연

제1행   호리구치 다이가쿠^{堀口大學:1918}의 제1연 제1행 "春、散り易く色青きあねもねよ _{봄, 떨어지기 쉬운 빛깔 파란 아네모네여}"에 충실한 번역이다.

제2행   햴금하다 : 오늘날의 "가볍게 곁눈질하여 살짝 한 번 쳐다보다"가 아니라, '창백하다' 혹은 '햴쑥하다'의 의미이다. 『오뇌의 무도』에서 자주 쓰인 어휘 중 하나인 '희멀금하다'와 비슷하다. 호리구치 다이가쿠¹⁹¹⁸의 제1연 제2행 "汝が明るき目なざしの蒼ざめし悩みの中に _{너의 밝은 눈길의 창백한 고민 속에}"에 충실한 번역이다.

제3행   가이업다 : '불쌍하다', '딱하다'는 뜻의 평안도 방언 '가엾다'^{김이협:1981}의 이형태 혹은 김억의 입말로 추정된다. 호리구치 다이가쿠¹⁹¹⁸의 제1연 제3행 "戀はそが果敢なき魂を祕めたるなれど _{사랑은 그 덧없는 혼을 감춰 두었어도}"에 충실한 번역이다. 후나오카 겐지^{舟岡獻治:1919}에는 'ハカナシ果無敢'를 "덧업다. 무심심하다."로 풀이한다. 앞서 「황혼」 제1연 제1행^{黃昏의째는 가이업서라}에서 설명한 바와 같이, 김억은 '덧없다', '속절없다'는 뜻의 '果敢(はか)ない'를 '가엽다'로 옮겼다.

제4행   호리구치 다이가쿠¹⁹¹⁸의 제1연 제4행 "吹く風に汝は今わななきであり _{부는 바람에 너는 지금 떨고 있다}"를 '汝は今 _{너는 지금}', "吹く風にわななきであり _{부는 바람에 떨고 있다}" 순으로 도치한 구문에 대응한다.

제2연

제1행   호리구치 다이가쿠¹⁹¹⁸의 제2연 제1행 "夏、岸の蘆ほこりかに _{여름, 언덕의 갈대는 자랑스럽게}"의 의역이다.

제2행 　호리구치 다이가쿠[1918]의 제2연 제2행 "海へ流るる水に影うつす頃^{바다로 흘러가는 물에 그}^{림자 비출 무렵}"에 대응한다.

제3행 　호리구치 다이가쿠[1918]의 제2연 제3행 "夕水底に憂しげに横たはるもの影あるは^{저녁}^{물 바다에 괴롭게 누운 그림자는}"를 '憂しげに^{괴롭게}', '夕水底に^{저녁 물 바다에}', '横たはるもの影あるは^{누운 그림자는}'의 순으로 도치한 구문의 의역이다.

제4행 　호리구치 다이가쿠[1918]의 제2연 제4행 "徐徐と音も無く水のみ場へ急ぐ牡牛の群なり
^{가만가만 소리도 없이 물 마시는 곳으로 서둘러 가는 암소의 무리이다}"의 의역이다.

제3연

제1행 　호리구치 다이가쿠[1918]의 제3연 제1행 "秋、木の葉の雨ふり、魂の雨ふる^{가을, 나뭇잎의 비}^{내리고, 혼의 비 내린다}"에 대응한다.

제2행 　호리구치 다이가쿠[1918]의 제3연 제2행 "戀に死にたる魂の雨ふるなり^{사랑으로 죽은 혼의 비}^{가 내린다}"에 대응한다. 김억은 '魂の^{혼의}'를 '혼이'로 새기고자 한 것으로 보인다.

제3행 　호리구치 다이가쿠[1918]의 제3연 제3행 "女等はさびしげに西方を眺め^{여인들은 쓸쓸하게 서}^{쪽을 바라보고}"의 충실한 번역이다.

제4행 　호리구치 다이가쿠[1918]의 제3연 제4행 "木立は空間に忘却の姿を現ず^{나무숲은 공간에 망각}^{의 모습을 나타낸다}"의 의역이다.

제4연

제1행 　호리구치 다이가쿠[1918]의 제4연 제1행 "冬、雪の死布の下に横たはれる綠の眼の女よ
^{겨울, 눈의 덧옷 아래 누운 초록 눈의 여인이여}"의 의역이다.

제2행 　호리구치 다이가쿠[1918]의 제4연 제2행 "汝が髮は霜と苦痛と鹽とにまみれたれ^{너의 머리}^{카락은 서리와 고통과 소금 범벅이 되었다}"의 의역이다.

제3행 　호리구치 다이가쿠[1918]의 제4연 제3행 "汝木乃伊よ、またそか呪咀を怖れぬ敗殘の心

ょ너 미이라여, 또 저주를 두려워하지 않는 패잔의 마음이여"에 대응한다.

제4행 　호리구치 다이가쿠[1918]의 제4연 제4행 "かなしき紅水晶よ、眠れかし汝が不死の肉體の奥に슬픈 붉은 수정이여, 잠들라 너의 불사의 육체 속에서"에 대응한다.

해설

김억의 「田園四季」의 저본은 호리구치 다이가쿠[堀口大學：1918] 제2장 「구르몽 시초[グウルモン詩抄]」의 열 번째 시인 「田園四季」이다. 구르몽의 이 시 역시 우에다 빈[上田敏：1905]과 우에다 빈[1920]은 물론 이쿠다 슌게쓰[生田春月：1919]에는 수록되어 있지 않다. 또 제스로 빗셀[Jethro Bithell：1912]에도 수록되어 있지 않다. 따라서 김억으로서는 호리구치 다이가쿠[1918]가 유일한 저본이었다.

　김억은 제1연 제4행, 제2연 제3행에서 호리구치 다이가쿠[1918]의 문장을 도치한 것 이외에는 대체로 호리구치 다이가쿠[1918]를 충실히 옮기고자 했다. 전자의 경우 본래 도치 구문을 꺼리는 김억 특유의 문장 감각에 기인하기도 하겠지만, 그보다는 제2행 "너의 밝은 눈의 햏금한 苦惱의 속에"와 흡사한 구문의 반복이 빚어내는 리듬의 효과를 얻으려 했기 때문으로 보인다. 후자 역시 제4행 "한가하게 소리업시 물마시려가는 암소의무리러라"와 흡사한 구문의 반복을 통해 반복의 리듬감을 환기시키려고 했을 터이다. 하지만 호리구치 다이가쿠[1918]를 염두에 두고 보면 후자의 경우 김억은 나름의 고쳐 쓰기로 인해 다른 시가 되고 만다. 즉 호리구치 다이가쿠[1918]는 저녁 물속에 '누워 있는' 상태가 애달픈 데에 반해, 김억은 저녁 물속에 누워 있는 '그림자'가 애달픈 것이기 때문이다.

　한편 김억의 「전원사계」에도 그가 겪었을 '자전[字典]과의 씨름'의 현저하게 나타나는 사례가 있다. 그중 하나는 제1연 제1행의 꽃 이름 '아네모네[あねもね]'이다. 이를테면 후나오카 겐지[船岡獻治：1919]에는 'アネモネ[아네모네]'를 그저 "「翁草オキナグサ」와 同"이라고만 풀이할 뿐이고, 'オキナ' 항에서는 '翁草オキナグサ'를 "할미꼿。노고초。白頭翁"이라고 풀이한다. 김억이 '아네모네'가 꽃 이름인 줄 알았던가는 알 수 없다. 또 후나오카 켄지[1919]의 풀이를 참조했던가도 알 수 없다. 만약 김억이 '아네모네'라는 꽃을 몰랐더라도 '붉은'이 아닌 '푸른'이라는 형용사 때문에 후나

오카 켄지[1919]의 '할미꽃'을 따르기 어려웠을 수도 있겠다.

또 다른 하나는 제4연 제1행의 '눈니불'이다. 호리구치 다이가쿠[1918]는 구르몽의 원시의 'linceul^{수의}'와 'linceul des neiges^{하얗게 덮인 눈}'라는 비유적 표현을 의식하여 'linceul'를 '死布'로 옮기고 그 비유적인 표현까지 살리기 위해 화복^{和服} 중 하나인 'かけぎぬ^{덧옷}'를 독음자^{ルビ, ふりがな}로 표기했다. 구르몽의 원시는 물론 'linceul^{수의}'와 그것을 비유적으로 표현한 "linceul des neiges^{하얗게 덮인 눈}"를 알 수 없었을 김억으로서는 호리구치 다이가쿠의 번역 '死布'의 독음자인 'かけぎぬ^{덧옷}'를 의역할 수밖에 없었을 것이다. 그러나 후나오케 겐지[1919]의 표제어 중에도 'かけぎぬ'는 없으니, 김억은 부득이 독음자 'かけぎぬ' 중 'かけ'를 글자 그대로 'かける^{걸치다}'로, 그 취음자^{取音字‧當て字} '布'를 '천'으로 새겨 '이불'로 옮긴 것으로 보인다.

김억에게 번역, 특히 호리구치 다이가쿠[1918]로부터의 중역이 '자전과의 씨름'일 수밖에 없었던 이유는 근본적으로 그와 미지의 기점 언어^{source language}인 프랑스어, 기점 텍스트^{source text}인 구르몽의 원시 사이에 가로놓인 아득한 거리 때문이다. 호리구치 다이가쿠[1918]로도, 후나오카 겐지[1918] 등의 사전과의 씨름으로도 좀처럼 옮길 수 없는 저 낯선 고유명사들이란 구르몽과 김억 사이의 거리이자, 프랑스와 조선 사이의 거리를 나타낸다.

『오뇌의 무도』 주해

가을의노래。

갓싸히오렴、내사람아、갓싸히오렴、只今은가을이다[1]。
寂寞도하고 濕氣도잇는 가을의째다、
그러나 아직 양도와丹楓과
다 닉은 들장미의果實은[2]
키쓰와갓치 빗이쌜갓다[3]、
갓싸히오렴、내사람아、갓싸히오렴、只今은 가을이다[4]。

갓싸히오렴、내사람아、[5] 只今 애닯은가을은
그外套의압깃을 가즉히하고 썰고잇다、만은
太陽은 아직도 더우며[6]、   【초62, 재75】
네맘과갓치 가븨야운空氣안에서[7]
안개는 우리의憂鬱을 흔들며慰勞해준다[8]、
갓싸히오렴、내사람아、갓싸히오렴、只今은가을이다[9]。

갓싸히오렴、내사람아、갓싸히오렴、갈바람은 사람과갓치 흐득
이며운다[10]、   【초62, 재76】
성글은 수풀밧속에、
쌜기나무는 疲困한팔을 흐트러치고잇다[11]、
만은 썩갈나무는 오히려 새팔하다、
갓싸히오렴、내사람아、갓싸히오렴、只今은 가을이다[12]。

1 재판에는 "갓싸히 오렴、내사람아、갓싸히 오렴、只今은 가을이다".

2 재판에는 "들장미의 果實은".

3 재판에는 "빗이 쌜갓다".

4 재판에는 "갓싸히 오렴、내사람아、갓싸히 오렴、只今은 가을이다".

5 재판에는 "갓싸히 오렴、내사람아。".

6 재판에는 "太陽은 아즉도 덥으며".

7 재판에는 "가븨얍은空氣안에서".

8 재판에는 "흔들며 慰勞해준다".

9 재판에는 "갓싸히 오렴、내사람아、갓갑히 오렴、只今은 가을이다".

10 재판에는 "갓갑히 오렴、내사람아、갓갑히 오렴、갈바람은 사람과갓치 흐득이며 운다".

11 재판에는 "흐트러치고 잇다".

12 재판에는 "갓갑히 오렴、내사람아、갓갑히 오렴、只今은 가을이다".

갓까히오렴、내사람아、갈바람은 몹쓸게 즞즈며 우리를 수짓
는다、

적은길에는 바람의말소리가들니며[13]、　　　　　　　　　【초63, 재76】

茂盛힌[14] 수풀밧에는

들비듥기의 고흔나래소리가[15] 아직도 들닌다、

갓까히오렴、내사람아、갓까히오렴、只今은 가을이다[16]。

갓까히오렴、내사람아、只今애닮은가을은[17]

겨을의팔목에 몸을맛기려한다[18]、

만은 녀름의풀은 나오려하며、

핀芝草꼿은 아름답게도

마즈막의안개에 싸이여

꼿핀 고사리와도 갓다、　　　　　　　　　　　【초63, 재77】

갓까히오렴、내사람아、갓까히오렴、只今은가을이다[19]。

갓까히오렴、내사람아、갓까히오렴、只今은 가을이다[20]、

옷을벗슨 포프라나무들은 몸을썰고[21] 잇스나

그닙들은 아직 죽지아니하고

黃金色의옷을 날니며서

춤을춘다、춤을춘다、그닙은 아직도 춤을춘다[22]、

갓까히오렴、내사람아、갓까히오렴、只今은 가을이다[23]。

　　　　　　　　　　　　　　　　　　　　　　　【초64, 재78】

13　재판에는 "바람의말소리가 들니며".

14　재판에는 '茂盛한'.

15　재판에는 "들비들기의 곱은나래소리가".

16　재판에는 "갓까히 오렴、내사람아、갓까히 오렴、只今은 가을이다".

17　재판에는 "갓까히 오렴、내사람아、只今 애닮은 가을은".

18　재판에는 "겨을의팔목에 몸을 맛기려한다".

19　재판에는 "갓까히 오렴、내사람아、갓까히 오렴、只今은 가을이다". 또 재판에는 이 행을 한 연으로 떼어놓았다.

20　재판에는 "갓까히 오렴、내사람아、갓갑히 오렴、只今은 가을이다".

21　재판에는 "몸을 썰고".

22　재판에는 "춤을 춘다、춤을 춘다、그닙들은아직도춤을춘다".

23　재판에는 "갓까히 오렴、내사람아、갓까히 오렴、只今은 가을이다".

秋の歌[†]

堀口大學

† 堀口大學 譯,「グウルモン詩抄」,『昨日の花－佛蘭西近代詩』, 東京：籾山書店, 1918, 61~65면.

倚りそへよ、わがよき人よ、倚りそへよ、今し世は秋の時なり、

愁しくも濕り勝なる秋の時なり、

されどなほ櫻紅葉と

熟れたる野ばらの實とは

接吻の如色紅きなり、

倚りそへよ、わがよき人よ、倚りそへよ、今し世は秋の時なり、

倚りそへよ、わがよき人よ、無殘なる秋は今し

そが外套の前を合せて身振してあるも

太陽はなほ温く

君が心の如く輕き空氣の中に

靄はわれ等がもの憂さを搖りて慰むるなり。

倚りそへよ、わがよき人よ、倚りそへよ、今し世は秋の時なり、

倚りそへよ、わがよき人よ、秋風は人の如くに啜泣くなり。

まばらなる葎の中に

木苺は疲れたる腕を振り亂してあり、

されど樫の木立はなほ常に綠なり。

倚りそへよ、わがよき人よ、倚りそへよ、今し世は秋の時なり、

倚（よ）りそへよ、わがよき人よ、秋風は激（はげ）しく叫（さけ）びてわれ等を叱咤（しった）するなり。

小徑（こみち）に沿ひて風の言葉（ことば）は鳴り、

茂（しげ）れる葎（うち）の中に

山鳩のやさしき羽音（はおと）はなほ聞ゆ。

倚（よ）りそへよ、わがよき人よ、倚（よ）りそへよ、今し世は秋（あき）の時なり、

倚（よ）りそへよ、わがよき人よ、さびしき秋（あき）は今し、

冬の腕（かひな）に身を委（ゆだ）ねんとしてあり、

されど夏の草（くさ）なほ生ひ出（お）でんとし、

咲（さ）き出（い）でし芝草（しばくさ）の花はやさしく

最期の靄（もや）に包まれては（いまえ）

花咲ける蘚（こけ）にも似たり。

倚（よ）りそへよ、わがよき人よ、倚（よ）りそへよ、今し世は秋（あき）の時なり。

倚（よ）りそへよ、わがよき人（ひと）よ、倚（よ）りそへよ、今し世は秋（あき）の時なり。

眞裸體（まはだか）となりてぽぷらの木立は身振（みぶる）ひしてあれど、

その葉はなほ死（し）にたるにはあらず、

そが黄金（こがね）いろの衣（ころも）をうちひろげつつ

踊（をど）るなり、踊（をど）るなり、その葉はなほも踊（をど）るなり。

倚（よ）りそへよ、わがよき人よ、倚（よ）りそへよ、今し世は秋（あき）の時なり。

CHANSON DE L'AUTOMNE[†]

Viens, mon amie, viens, c'est l'automne.

L'automne humide et monotone,

Mais les feuilles des cerisiers

Et les fruits mûrs des églantiers

Sont rouges comme des baisers,

Viens, mon amie, viens, c'est l'automne.

Viens, mon amie, le rude automne

Serre son manteau et frissonne

Mais le soleil a des douceurs ;

Dans l'air léger comme ton cœur,

La brume berce sa langueur,

Viens, mon amie, viens, c'est l'automne.

Viens, mon amie, le vent d'automne

Sanglote comme une personne.

Et dans les buissons entr'ouverts

La ronce tord ses bras pervers,

Mais les chênes sont toujours verts,

Viens, mon amie, viens, c'est l'automne.

† Remy de Gourmont, "Paysages spirituels", *Divertissements : Poèmes en vers*, Paris : Mercure de France, 1912, pp.109~111.

Viens, mon amie, le vent d'automne

Durement gronde et nous sermonne,

Des mots sifflent par les sentiers,

Mais on entend dans les halliers

Le doux bruit d'ailes des ramiers,

Viens, mon amie, viens, c'est l'automne.

Viens, mon amie, le triste automne

Aux bras de l'hiver s'abandonne,

Mais l'herbe de l'été repousse,

La dernière bruyère est douce,

Et on croit voir fleurir la mousse,

Viens, mon amie, viens, c'est l'automne.

Viens, mon amie, viens, c'est l'automne,

Tout nus les peupliers frissonnent,

Mais leur feuillage n'est pas mort ;

Gonflant sa robe couleur d'or,

Il danse, il danse, il danse encor,

Viens, mon amie, viens, c'est l'automne.

『오뇌의 무도』 주해

재판 이외 없음.

제1연

제1행 호리구치 다이가쿠^{堀口大學 : 1918}의 제1연 제1행 "倚りそへよ、わがよき人よ、倚りそへよ、今し世は秋の時なり 가까이 오라, 내 좋은 사람이여, 가까이 오라, 지금 세상은 가을의 때이다"의 의역이다.

제2행 호리구치 다이가쿠¹⁹¹⁸의 제1연 제2행 "愁しくも濕り勝なる秋の時なり 쓸쓸하게도 습하기 쉬운 가을의 때이다"의 의역이다.

제3행 양도 : '양도洋桃' 즉 '앵두櫻桃'의 평안도 방언 혹은 김억의 입말로 추정된다. 호리구치 다이가쿠¹⁹¹⁸의 제1연 제3행 "されどなほ櫻紅葉と 그러나 아직 벚나무 단풍과"의 의역이다. 호리구치 다이가쿠¹⁹¹⁸의 '櫻紅葉'는 구르몽 원시 제1연 제3행 중 'les feuilles des cerisiers버찌나무의 잎'의 번역어이다. 호리구치 다이가쿠¹⁹¹⁸는 구르몽 원시 제1연 제4행 중 'sont rouge'를 의식해서 '櫻葉'가 아니라 '櫻紅葉'라고 옮겼다. 김억은 이것을 '櫻'와 '紅葉'로 분리해서 옮긴 셈이다.

제4행 호리구치 다이가쿠¹⁹¹⁸의 제1연 제4행 "熟れたる野ばらの實とは여문 들장미의 열매란"에 충실한 번역이다.

제5행 호리구치 다이가쿠¹⁹¹⁸의 제1연 제5행 "接吻の如色紅きなり 키스처럼 빛깔이 빨갛다"에 대응한다.

제6행 제1연 제1행과 동일하다.

제2연

제1행 호리구치 다이가쿠¹⁹¹⁸의 제2연 제1행 "倚りそへよ、わがよき人よ、無殘なる秋は今

し 가까이 오라, 내 좋은 사람이여, 매정한 가을은 지금"를 "倚りそへよ、わがよき人よ^{가까이 오라, 내 좋은 사람이여}", '今し^{지금}', '無殘なる秋は^{매정한 가을은}' 순으로 도치한 구문의 의역이다. 참고로 후나오카 겐지^{船岡獻治 : 1919}의 표제어 중 'むざん_だ^{무참[하다]}'은 수록되어 있으나, 한자 표기는 '無殘'이 아닌 '無慙'이고 풀이도 "㊀ (佛)무참、슈치모름。羞恥를 不知함。 ㊁ 참혹。殘酷。"으로 풀이한다.

제2행 　가즉히하고 : 의미를 알 수 없다. 참고로 평안 방언 중 이와 비슷한 음가의 '가즈란하다', '갖즌하다'는 '가지런하다'이다^{김이협 : 1981}. 호리구치 다이가쿠¹⁹¹⁸의 제2연 제2행 "そが外套の前を合せて身振してあるも^{그 외투의 앞을 여미며 몸을 떨고 있지만}"의 의역이다.

제3행 　호리구치 다이가쿠¹⁹¹⁸의 제2연 제3행 "太陽はなほ温く^{태양은 아직 따뜻하고}"에 대응한다.

제4행 　호리구치 다이가쿠¹⁹¹⁸의 제2연 제4행 "君が心の如く輕き空氣の中に^{너의 마음처럼 가벼운 공기 중에}"에 대응한다.

제5행 　호리구치 다이가쿠¹⁹¹⁸의 제2연 제5행 "靄はわれ等がもの憂さを搖りて慰むるなり^{안개는 우리의 우울을 흔들며 위로한다}"에 대응한다.

제6행 　제1연 제1행과 동일하다.

제3연

제1행 　흐득이다 : 평안도 방언 '흐느끼다'^{김이협 : 1981}의 이형태 혹은 김억의 입말로 추정된다. 호리구치 다이가쿠¹⁹¹⁸의 제3연 제1행 "倚りそへよ、わがよき人よ、秋風は人の如くに啜泣くなり^{가까이 오라, 내 좋은 사람이여, 가을바람은 사람처럼 흐느껴 운다}"의 의역이다.

제2행 　호리구치 다이가쿠¹⁹¹⁸의 제3연 제2행 "まばらなる萱の中に^{성긴 풀숲 속에}"에 대응한다.

제3행 　호리구치 다이가쿠¹⁹¹⁸의 제3연 제3행 "木苺は疲れたる腕を振り亂してあり^{나무딸기는 지친 팔을 어지럽게 흔들고 있다}"의 의역이다.

제4행 　호리구치 다이가쿠¹⁹¹⁸의 제3연 제4행 "されど樫の木立はなほ常に綠なり^{그러나 떡갈나무 숲은 오히려 언제나 푸르다}"의 의역이다.

제5행   제1연 제1행과 동일하다.

제4연

제1행   즞즈며 : '짖다'의 평안도 방언 '즞다'의 활용형이다._{김이협 : 1981, 김영배:1997} 호리구치 다
이가쿠¹⁹¹⁸의 제4연 제1행 "倚りそへよ、わがよき人よ、倚りそへよ、秋風は激しく叫
びてわれ等を叱咤するなり _{가까이 오라, 내 좋은 사람이여, 가까이 오라, 가을바람은 모질게 소리지며 우리를}
_{꾸짖는다}"의 의역이다.

제2행   호리구치 다이가쿠¹⁹¹⁸의 제4연 제2행 "小徑に沿ひて風の言葉は鳴り _{오솔길을 따라 바람의}
_{말은 울린다}"의 의역이다.

제3행   호리구치 다이가쿠¹⁹¹⁸의 제4연 제3행 "茂れる萑の中に _{무성한 풀숲 속에}"의 의역이다.

제4행   호리구치 다이가쿠¹⁹¹⁸의 제4연 제4행 "山鳩のやさしき羽音はなほ聞ゆ _{멧비둘기의 고운 날}
_{갯짓 소리는 아직도 들린다}"에 대응한다.

제5행   제1연 제1행과 동일하다.

제5연

제1행   호리구치 다이가쿠¹⁹¹⁸의 제5연 제1행 "倚りそへよ、わがよき人よ、倚りそへよ、さび
しき秋は今し _{가까이 오라, 내 좋은 사람이여, 가까이 오라, 쓸쓸한 가을은 지금}"를 "倚りそへよ、わがよ
き人よ、倚りそへよ _{가까이 오라, 내 좋은 사람이여, 가까이 오라}", '今し _{지금}', 'さびしき秋は _{쓸쓸한 가}
_{을은}' 순으로 도치한 구문의 의역이다.

제2행   겨을 : '겨울'의 평안도 방언이다._{김이협 : 1981} 호리구치 다이가쿠¹⁹¹⁸의 제5연 제2행 "冬
の腕に身を委ねんとしてあり _{겨울의 팔에 몸을 맡기려 한다}"에 충실한 번역이다.

제3행   호리구치 다이가쿠¹⁹¹⁸의 제5연 제3행 "されど夏の草なほ生ひ出でんとし _{그러나 여름의}
_{풀은 더욱 자라나려 한다}"에 충실한 번역이다.

제4행   호리구치 다이가쿠¹⁹¹⁸의 제5연 제4행 "咲き出でし芝草の花はやさしく _{피어난 풀꽃은 곱}

제"의 의역이다.

제5행　호리구치 다이가쿠¹⁹¹⁸의 제5연 제5행 "最期の靄に包まれては^{마지막 안개에 싸여}"에 대응한다.

제6행　호리구치 다이가쿠¹⁹¹⁸의 제5연 제6행 "花咲ける蘇にも似たり^{꽃피는 이끼와도 닮았다}"의 의역이다.

제7행　제1연 제1행과 동일하다.

제6연

제1행　제1연 제1행과 동일하다.

제2행　호리구치 다이가쿠¹⁹¹⁸의 제6연 제2행 "眞裸體となりてぽぷらの木立は身振ひしてあれど^{알몸이 된 포플러 나무 숲은 몸을 떨고 있지만}"에 충실한 번역이다.

제3행　호리구치 다이가쿠¹⁹¹⁸의 제6연 제3행 "その葉はなほ死にたるにはあらず^{그 잎은 아직 죽지 않고}"에 대응한다.

제4행　호리구치 다이가쿠¹⁹¹⁸의 제6연 제4행 "そが黄金いろの衣をうちひろげつつ^{그 황금빛 옷을 펼치며}"의 의역이다.

제5행　호리구치 다이가쿠¹⁹¹⁸의 제6연 제5행 "踊るなり、踊るなり、その葉はなほも踊るなり^{춤춘다. 춤춘다. 그 잎은 아직도 춤춘다}"에 대응한다.

제6행　제1연 제1행과 동일하다.

해설 _____

김억의 「가을의 노래」의 저본은 호리구치 다이가쿠^{堀口大學 : 1918} 제2장 「구르몽 시초^{グウルモン詩抄}」의 「秋の歌^{가을의 노래}」이다. 구르몽의 이 시 역시 우에다 빈^{上田敏 : 1905}과 우에다 빈¹⁹²⁰는 물론 이쿠다 슌게쓰^{生田春月 : 1919}에는 수록되어 있지 않다. 또 제스로 빗셀^{Jethro Bithell : 1912}에도 수록되어 있지 않다. 따라서 김억으로서는 호리구치 다이가쿠¹⁹¹⁸가 유일한 저본이었다.

김억의 이 시에서 흥미로운 대목은 『오뇌의 무도』 도처에서 쓰인 영탄(과 설의)의 문장종결사가 아닌 평서형의 문장종결사가 구문의 중심을 이룬다는 점이다. 사실 그것은 일역시의 문(고)어체의 어조까지 옮기고자 했던 김억의 의도를 반영한다. 이를테면 앞서 「전원사계田園四季」만 하더라도 "사랑에 몸이죽은 넉시「魂」의비가 내려라戀に死にたる魂の雨ふるなり"「田園四季」제2연 제4행에서도 알 수 있듯이, 김억 특유의 영탄(과 설의)의 수사 표지들은 대체로 일역시의 문(고)어형의 아어雅語, 어미와 조동사ーなり 등에 정히 대응한다.

사실 호리구치 다이가쿠1918의 「가을의 노래」도 문(고)어형의 아어, 어미와 조동사로 이루어져 있기는 마찬가지이다. 그러나 이 시에서 김억은 호리구치 다이가쿠의 문체와 어조를 전적으로 따르지 않는다. 예컨대 호리구치 다이가쿠1918의 제1연 제1행 "今し世は秋の時なり"의 경우 "只今은 가을의 째이리라" 정도가 아니라 "只今은 가을의 째다"로 옮긴다든가, 호리구치 다이가쿠1918의 제1연 제5행 "接吻の如色紅きなり"의 경우 "키쓰와 갓치 빗이쌜가라"가 아니라 "키쓰와 갓치 빗이 쌜갓다"로 옮겼다. 즉 호리구치 다이가쿠1918의 '時なり'는 '時である'인 양, '紅きなり'는 '紅い'인 양 옮겼던 셈이다.

김억이 어째서 앞선 다른 시들과 달리 이 시에서는 호리구치 다이가쿠1918의 문(고)어체를 고스란히 옮기지 않았던가는 의문이다. 본래 구르몽의 원시는 1인칭 화자의 2인칭 청자mon amie를 향한 발화이고, (직접적이든 간접적이든) 대화의 상황과 맥락을 전제로 한다. 구르몽의 원시 대신 호리구치 다이가쿠1918만 보더라도 그러한 사정은 충분히 짐작할 수 있다. 어쩌면 김억은 바로 그러한 담화적 특성을 의식하여 영탄(과 설의)의 수사 표지들을 자제했는지도 모르겠다.

한편 김억의 「가을의 노래」는 그가 옮긴 구르몽의 다른 시 「落葉」, 「田園四界」, 「가을의 싸님」 등과 더불어 후일 창작시 「落葉」『창조』제9호, 1921.6에도 잔영을 남겼다. 예컨대 그중 "아々 나의사름아、 갓싸히오너라 / 只今은 가을、흐터지는째러라、"와 같은 대목은 「가을의 노래」의 번(중)역과 고쳐 쓰기의 과정이 없었더라면 쓸 수 없는 대목이다. 이것은 김억에게 번역이 결코 단순히 기점 텍스트Source text를 목표 텍스트Target text로 옮기는 일만이 아니라, 새로운 텍스트를 생성하는 실천이기도 했음을 시사한다.

메테르린크의 演劇。[1]

1   초판 목차에는 "메테르링크의
    演劇". 재판 본문과 목차에는
    "메테르랑크의演劇。".

2   재판에는 "어데인지는 몰으나
    안개속에 섬이 잇다".

3   재판에는 "섬에는 城이 잇다".

4   재판에는 "城에는 적은燈불이
    빗나는 넓은房안이 잇다".

5   재판에는 "그들이 무엇을".

6   재판에는 "그들은그것을몰은다".

7   재판에는 "그들은 누구가 와서
    門을 두다리기를".

8   재판에는 "그들은 말을 한다".

9   재판에는 "이리하야 그들은 暫
    間동안의 沈黙을 말로 깨친다".

10 재판에는 "하든말을 中止하고,".

11 재판에는 "무엇을 듯고잇다".

12 재판에는 "아々 죽음이 오겟나".

어데인지는몰으나 안개속에 섬이잇다[2]。
섬에는城이잇다[3]、
城에는 적은燈불이빗나는 넓은房안이잇다[4]、
이房안에는 사람이 기달이고잇다。

그들이무엇을[5] 기달이나?
그들은 그것을몰은다[6]、
그들은 누구가와서門을두다리기를[7] 기달인다。
그들은 燈불이 쩌지기를 기달인다、
그들은 恐怖을 기달인다。   【초65, 재79】
그들은 죽음이 오기를 기달인다。

그들은 말을한다[8]。
이리하야 그들은 暫間동안의沈黙을 말로쌔친다[9]。
하든말을 中止하고[10] 그대로   【초65, 재80】
그들은 무엇을듯고잇다[11]、
그들은 들으면서
그들은 기달이다。

죽음이 오겟나?
아々 죽음이오겟나[12]、

어느길로 죽음이오겟나[13]、 【초65, 재80】

발서밤은[14] 깁헛다、

엇지되면 죽음이來日싸지 아니올지도몰으겟다[15]。

넓은房안의 적은燈불아레에 모혓든사람들은 그윽히 微笑하며 安心하랴고한다[16]。

그째 누군지門을 두다린다、

이샏이다。

이것이 一生이다、

이것이 人生이다。 【초66, 재81】

13 재판에는 "어느길로 죽음이 오 겟나".

14 재판에는 "발서 밤은".

15 재판에는 "엇지되면 죽음이 來 日 싸지 아니올지도 몰으겟다".

16 재판에는 "安心하랴고 한다".

メエテルリンクの芝居[†]

[†] 堀口大學 譯,「グウルモン詩抄」,『昨日の花－佛蘭西近代詩』, 東京：籾山書店, 1918, 99~102면.

堀口大學

何所とも知れぬ霧の中に島がある。

島には城がある。

城には小さならんぷに照らされた廣い室がある。

この室で人々が待つてゐる。

彼等は何を待つたのだろう?

彼等もそれを知らぬ。

彼等は人の來て戸を叩くのを待つてゐる。

彼等はらんぷの消えるのを待つてゐる。

彼等は「恐怖」を待つてゐる。

彼等は「死」の來るのを待つてゐる。

彼等は話をする、

彼等はおの束の間沈默を亂す言葉を落す。

次で云ひかけた言葉と中止した身ぶりを其儘にして

彼等はまたも聞入る。

彼等はきき入り、そして

彼等は待つ。

「死」の來るか知ら？

ああ！「死」は來るだろう。

何の道「死」は來るだろう。

もう夜は更けてゐる。

ともすると「死」は明白まで來ぬかも知れぬ。

そして廣い部屋の小さならんぷの影に集つた人々は

ほのかに微笑をもらして安心しようとする。

この時誰か知ら戸を叩くものがある。

これだけなのだ。

これが一生なのだ。

これが人生なのだ。

MAURICE MAETERLINCK[†]

† Remy de Gourmont, *Le Livre des masques*, Paris : Société du Mercure de France, 1896, pp.20~21.

⋯⋯Il y a une île quelque part dans les brouillards, et dans l'île il y a un château, et dans le château il y a une grande salle éclairée d'une petite lampe, et dans la grande salle il y a des gens qui attendent. Ils attendent quoi ? Ils ne savent pas. Ils attendent que l'on frappe à la porte, ils attendent que la lampe s'éteigne, ils attendent la Peur, ils attendent la Mort. Ils parlent ; oui, ils disent des mots qui troublent un instant le silence, puis ils écoutent encore, laissent leurs phrases inachevées et leurs gestes interrompus. Ils écoutent, ils attendent. Elle ne viendra peut-être pas ? Oh ! elle viendra. Elle vient toujours. Il est tard, elle ne viendra peut-être que demain. Et les gens assemblés dans la grande salle sous la petite lampe se mettent à sourire et ils vont espérer. On frappe. Et c'est tout ; c'est toute une vie, c'est toute la vie.⋯⋯

재판 이외 없음.

제1연

제1행 호리구치 다이가쿠堀口大學: 1918의 제1연 제1행 "何所とも知れぬ霧の中に島がある어디인지 모르나 안개 속에 섬이 있다"에 대응한다.

제2행 호리구치 다이가쿠1918의 제1연 제2행 "島には城がある섬에는 성이 있다"에 대응한다.

제3행 호리구치 다이가쿠1918의 제1연 제3행 "城には小さならんぷに照らされた廣い室がある성에는 작은 램프가 비추는 넓은 방이 있다"의 의역이다.

제4행 호리구치 다이가쿠1918의 제1연 제4행 "この室で人々が待つてゐる이 방에는 사람들이 기다리고 있다"에 충실한 번역이다.

제2연

제1행 호리구치 다이가쿠1918의 제2연 제1행 "彼等は何を待つたのだろう그들은 무엇을 기다리는 것일까"에 충실한 번역이다.

제2행 호리구치 다이가쿠1918의 제2연 제2행 "彼等もそれを知らぬ그들도 그것을 모른다"에 충실한 번역이다.

제3행 호리구치 다이가쿠1918의 제2연 제3행 "彼等は人の來て戸を叩くのを待つてゐる그들은 사람이 와서 문을 두드리기를 기다리고 있다"에 충실한 번역이다.

제4행 호리구치 다이가쿠1918의 제2연 제4행 "彼等はらんぷの消えるのを待つてゐる그들은 램프가 꺼지기를 기다리고 있다"에 충실한 번역이다.

제5행 호리구치 다이가쿠1918의 제2연 제5행 "彼等は「恐怖」を待つてゐる그들은 '공포'를 기다리고 있다"에 충실한 번역이다.

제6행 　호리구치 다이가쿠¹⁹¹⁸의 제2연 제6행 "彼等は「死」の來るのを待つてゐる^{그들은 '죽음'이} ^{오기를 기다리고 있다}"에 충실한 번역이다.

제3연

제1행 　호리구치 다이가쿠¹⁹¹⁸의 제3연 제1행 "彼等は話をする^{그들은 이야기를 한다}"에 대응한다.

제2행 　호리구치 다이가쿠¹⁹¹⁸의 제3연 제2행 "彼等は束の間沈默を亂す言葉を落す^{그들은 잠깐} ^{침묵을 깨뜨리는 말을 떨어뜨린다}"의 의역이다.

제3행 　호리구치 다이가쿠¹⁹¹⁸의 제3연 제3행 "次で云ひかけた言葉と中止した身ぶりを其儘 にして^{그리고 하던 말과 멈춘 몸짓을 그대로 하여}"의 의역이다.

제4행 　호리구치 다이가쿠¹⁹¹⁸의 제4연 제1행 "彼等はきき入り、そして^{그들은 귀 기울여 들으며, 그} ^{리고}"의 의역이다.

제5행 　호리구치 다이가쿠¹⁹¹⁸의 제4연 제2행 "彼等は待つ^{그들은 기다린다}"에 대응한다.

제4연

제1행 　호리구치 다이가쿠¹⁹¹⁸의 제5연 제1행 "「死」の來るか知ら^{'죽음'이 올지 알겠나?}"의 의역이다.

제2행 　호리구치 다이가쿠¹⁹¹⁸의 제5연 제2행 "ああ!「死」は來るだろう^{아아! '죽음'은 오겠지}"의 의 역이다.

제3행 　호리구치 다이가쿠¹⁹¹⁸의 제5연 제3행 "何の道「死」は來るだろう^{어차피 '죽음'은 오겠지?}"의 의역이다. 김억은 이 중 부사인 '何の道^{어차피}'를 축자적으로 '어느 길'이라고 옮겼다. 참고로 후나오카 겐지^{船岡獻治：1919}에는 'ドノミチ[何ノ道]'를 '아무리하야도', '엇지하 던지'로 풀이한다.

제4행 　발서 : '벌써'를 뜻하는 평안도 방언 '발써'^{김영배：1997}의 이형태로 판단된다. 호리구치 다이가쿠¹⁹¹⁸의 제5연 제4행 "もう夜は更けてゐる^{벌써 밤은 깊었다}"에 충실한 번역이다.

제5행 　호리구치 다이가쿠¹⁹¹⁸의 제5연 제5행 "ともすると「死」は明白まで來ぬかも知れぬ^어

쩌면 '죽음'은 내일까지 안 올지도 모른다"에 충실한 번역이다.

제6행 　호리구치 다이가쿠[1918]의 제5연 제6행 "そして廣い部屋の小さならんぷの影に集つた人々は 그리고 넓은 방의 작은 램프 그림자에 모인 사람들은"와 제7행 "ほのかに微笑をもらして安心しようとする 어렴풋이 미소를 흘리며 안심하려고 한다"를 조합한 구문의 의역이다.

제7행 　호리구치 다이가쿠[1918]의 제5연 제8행 "この時誰か知ら戸を叩くものがある 이때 누군가 문을 두드리는 이가 있다"의 의역이다.

제8행 　호리구치 다이가쿠[1918]의 제6연 제1행 "これだけなのだ 이뿐이다"에 대응한다.

제9행 　호리구치 다이가쿠[1918]의 제6연 제2행 "これが一生なのだ 이것이 일생이다"에 대응한다.

제10행 호리구치 다이가쿠[1918]의 제6연 제3행 "これが人生なのだ 이것이 인생이다"에 대응한다.

해설

김억의 「메테르린크의 演劇」의 저본은 호리구치 다이가쿠[堀口大學: 1918] 제2장인 「구르몽 시초グウルモン詩抄」의 「メェテルリンクの芝居 마테를링크의 연극」이다. 그리고 호리구치 다이가쿠의 이 시의 저본은 원래 구르몽의 시가 아니라, 구르몽의 작가론을 모은 평론집 『가면의 책Le Livre des masques』[1896] 제1권 중 벨기에의 시인・극작가 모리스 마테를링크[Maurice Maeterlinck, 1862~1949]에 대한 장인 「Maurice Maeterlinck」의 한 단락이다.[倉方健作: 2009, 23~24] 그리고 이 단락 다음에 이어지는 "이러한 의미에서 모리스 마테를링크 씨의 작은 연극은En ce sens, les petits drames de M. Maeterlinck…"으로 시작하는 문장으로부터 제목을 취했다. 사실 이 호리구치 다이가쿠의 이 시는 오로지 호리구치 다이가쿠[1918]에만 수록되어 있다. 따라서 김억의 「메테르린크의 연극」은 그 저본이 호리구치 다이가쿠[1918]임을 입증하는 가장 분명한 근거이다.

　호리구치 다이가쿠가 어째서 시가 아닌 산문을 시로 번역했던가에 대해 밝힌 바는 없다. 다만 후일 호리구치 다이가쿠는 『구르몽 시초グウルモン詩抄』[1928]의 구르몽 전기「ルミイ・ド・グウルモン小傳」에서 구르몽을 두고 산문의 시인이라고 명명하고, 특히 그의 산문 중에도 시가 많이 포함되어 있다고 했다.[堀口大學: 1928, 276~277] 이 점을 염두에 두고 보면 호리구치 다이가쿠는 구르

몽의 산문에서 시성poésie, 즉 독특한 시적 미감을 발견했던 것으로 보인다. 호리구치 다이가쿠는 이 모리스 마테를링크에 대한 평론의 문장이 특정한 어구들의 반복과 변주로 상당히 규칙적이고도 중충적인 리듬을 지니고 있는 점, 설명보다도 극적劇的 묘사와 간결한 서술의 긴장감을 띠고 있는 점, 세계와 인간에 대한 알레고리적 사유로 이루어져 있는 점 등에서 시적인 미감을 발견했던 것 같다. 그래서 어구의 반복에 따른 리듬의 효과가 가장 분명하게 드러나도록, 또 장면의 전환에 따른 시상의 전개가 가장 분명히 드러나도록 구문을 나누어, 한 편의 새로운 시로 번역해 냈다.

후일 호리구치 다이가쿠는 그의 다른 번역시 엔솔러지인『달 아래 한 무리月下の一群』1925는 물론『구르몽 시초』에도 이 시를 수록하지 않았다. 그 이유는 원래 시가 아니었기 때문일 것이다. 그러한 사정을 몰랐을 김억이 구르몽의 이 시를 선택했던 이유는 두말할 나위도 없이 호리구치 다이가쿠1918에 수록된 작품이기 때문이었을 것이다. 또 이 시가 바로 마테를링크에 대한 시이기 때문일 것이다. 근대기 일본에서 마테를링크는 이미 상징주의·신비주의 작가이자 근대문학을 대표하는 작가로서 알려져 있었다.厨川白村 : 1912 ; 岩野泡鳴 : 1913 ; 佐藤義亮 : 1914, 389~393

하지만 김억도 나름대로 호리구치 다이가쿠1918로 재현된 독특한 정경의 묘사, 담백한 서술로부터 독특한 시적 미감을 발견했던 것 같다. 김억이 호리구치 다이가쿠1918와 마찬가지로 특유의 영탄(과 설의)의 수사 표지들이 일절 배제한 점은 그러한 판단에 힘을 싣는다. 사실 김억 특유의 영탄(과 설의)의 수사 표지들은 대체로 일본어 번역시의 문(고)어형의 아어雅語, 어미와 조동사 등에 대응한다. 그런데 호리구치 다이가쿠1918는 여느 번역시와 달리 동시대 이른바 구어시口語詩의 문체에 매우 가깝다. 김억은 호리구치 다이가쿠의 바로 이 문체를 의식하여 특유의 저 영탄(과 설의)의 수사 표지들을 배제했을 것이다.

어쨌든 구르몽이 쓴 적 없는 시가 일본과 조선에 존재하고 있던 사정, 프랑스의 산문이 동아시아에서 시로 번·중역된 사정은 매우 흥미롭다. 그것은 구르몽으로 상징되는 프랑스 상징주의, 혹은 서구의 근대시가 비서구 지역인 일본과 조선에서 복수複數로 존재했음을, 프랑스와 전혀 다른 일본과 조선의 구르몽이 별개로 존재했음을 가리킨다는 점에서 그러하다.

暴風雨의쟝미옺。[1]

暴風雨의[2] 뒤설네는 거츨음에[3]
흰쟝미옺은[4] 부싹겨서라、
그리도 만히바든 괴로움에[5]
그옺의香薰만은 더욱 만하젓서라[6]。
이쟝미를 씌속에 감초어두어라、
그리하고 이傷處를 가슴에 네허두어라、
暴風雨의쟝미옺과 너도갓타라[7]、
手函에 이쟝미를 네허두어라、
그리ᄒ고[8] 暴風雨에 부싹긴
쟝미의來歷를[9] 생각하여라、 【초67, 재82】
暴風雨는 그秘密을 직혀주리라、
이샹처를 가슴에 품고잇서라[10]。 【초67, 재83】

1 재판목차에는 "暴風雨의 챵미옺", 본문에는 "暴風雨의쟝미옺。".

2 초판 본문에는 '暴風雨(폭봉우)의'. 초판 정오표를 따라 '暴風雨(폭풍우)의'로 고쳤다.

3 재판에는 "뒤설네는 것츨음에".

4 재판에는 "흰쟝미의옺은".

5 재판에는 "만히밧은 괴롭음에".

6 재판에는 "그옺의 香薰만은 더욱 만하젓서라".

7 재판에는 "暴風雨의 쟝미옺과 도 너는 갓타라".

8 재판에는 '그리하고'.

9 재판에는 "쟝미의 來歷를".

10 재판에는 "이傷處를 가슴에 품고 잇서라".

暴風雨の薔薇[†]

堀口大學

[†] 堀口大學 譯、「グウルモン詩抄」、『昨日の花－佛蘭西近代詩』、東京：籾山書店、1918、84~85면；生田春月 編、「佛蘭西ニルミ　ド・グウルモン」、『泰西名詩名譯集』、東京：越山堂、1919、111면；樋口紅陽 編、『西洋譯詩 海のかなたより』、東京：文獻社、1921(4.5)、180~181면.

白薔薇は傷つきぬ

荒ぶ暴風雨の手あらさに、

されども花の香は増しぬ

多くも享けし苦の爲に。

帶には挾め、この薔薇、

胸には秘めよ、この傷手、

暴風雨の薔薇に汝も似よ。

手箱に祕めよ、この薔薇、

さては暴風雨に傷つきし

薔薇の由來を思出よ、

暴風雨は守りぬ、その祕密、

胸には祕めよ、この傷手。

LES ROSES DANS L'ORAGE[†]

Les roses pâles sont blessées

Par la rudesse de l'orage,

Mais elles sont plus parfumées,

Ayant souffert davantage.

Mets cette rose à ta ceinture,

Garde en ton cœur cette blessure,

Sois pareille aux roses de l'orage.

Mets cette rose en un coffret

Et souviens-toi de l'aventure

Des roses blessées par l'orage,

L'orage a gardé son secret,

Garde en ton cœur cette blessure.

[†] Remy de Gourmont, "Paysages spirituels", *Divertissements : Poèmes en vers*, Paris : Mercure de France, 1912, pp.142~143.

번역의 이본

재판 이외 없음.

주석

제1연

제1행 뒤설네다 : 의미를 알 수 없다. 호리구치 다이가쿠^{堀口大學 : 1918}의 제2행 "荒ぶ暴風雨の 手あらさに^{세찬 폭풍우의 거칠에}"를 '暴風雨の^{폭풍우의}', '荒ぶ^{세찬}', '手あらさに^{거칠에}' 순으로 도치한 구분의 의역이다. 참고로 후나오카 겐지^{船岡獻治 : 1919}에는 'スサブ(荒ブ)'를 "㊀ 늘어간다。㊁ 거츨어진다。㊂ 들어간다。㊃ 침혹한다。혹한다"로 풀이한다.

제2행 호리구치 다이가쿠¹⁹¹⁸의 제1행 "白薔薇は傷つきぬ^{흰 장미는 상처받는다}"의 의역이다.

제3행 호리구치 다이가쿠¹⁹¹⁸의 제4행 "多くも享けし苦の爲に^{많이도 받은 괴로움 때문에}"의 의역 이다.

제4행 호리구치 다이가쿠¹⁹¹⁸의 제3행 "されども花の香は增しぬ^{하지만 꽃의 향은 더한다}"의 의역 이다.

제5행 호리구치 다이가쿠¹⁹¹⁸의 제5행 "帶には挾め、この薔薇^{허리띠에는 꽂아라. 이 장미}"를 'この 薔薇(を)^{이 장미를}', '帶には挾め^{허리띠에는 꽂아라}' 순으로 도치한 구문의 의역이다.

제6행 호리구치 다이가쿠¹⁹¹⁸의 제6행 "胸には祕めよ、この傷手^{가슴에는 숨겨라. 이 다친 손}"를 'こ の傷手(を)^{이 다친 손을}', '胸には秘めよ^{가슴에는 감추어라}' 순으로 도치한 구문의 의역이다.

제7행 호리구치 다이가쿠¹⁹¹⁸의 제7행 "暴風雨の薔薇に汝も似よ^{폭풍우의 장미와 너도 닮았다}"에 대 응한다.

제8행 네허두어라 : '넣어두어라'. 평안도 방언 '넿다'는 '넣다'^{김이협 : 1981}이다. 호리구치 다이 가쿠¹⁹¹⁸의 제8행 "手箱に祕めよ、この薔薇^{손궤에 숨겨라. 이 장미}"를 'この薔薇(を)^{이 장미를}', '手箱に祕めよ^{손궤에 숨겨라}' 순으로 도치한 구문의 의역이다.

제9행 호리구치 다이가쿠¹⁹¹⁸의 제9행 "さては暴風雨に傷つきし^{끝내는 폭풍우에 상처받은}"의 의역이다.

제10행 호리구치 다이가쿠¹⁹¹⁸의 제10행 "薔薇の由來を思出よ^{장미의 유래를 생각하여라}"에 충실한 번역이다.

제11행 호리구치 다이가쿠¹⁹¹⁸의 제11행 "暴風雨は守りぬ、その祕密^{폭풍우는 지킨다, 그 비밀}"를 '暴風雨は^{폭풍우는}', 'その祕密(を)^{그 비밀을}', '守りぬ^{지킨다}' 순으로 도치한 구문에 대응한다.

제12행 호리구치 다이가쿠¹⁹¹⁸의 제12행 "胸には祕めよ、この傷手^{가슴에는 숨겨라, 이 다친 손}"를 'この傷手(を)^{이 다친 손을}', '胸には祕めよ^{가슴에는 감추어라}' 순으로 도치한 구문에 대응한다.

해설

김억의 「暴風雨의 장미꼿」의 저본은 호리구치 다이가쿠^{堀口大學 : 1918} 제2장인 「구르몽 시초^{グウルモン詩抄}」의 「暴風雨の薔薇^{폭풍우의 장미}」이다. 그리고 호리구치 다이가쿠의 이 시는 이쿠다 슌게쓰^{生田春月 : 1919}에도 수록되어 있다. 하지만 제스로 빗셀^{Jethro Bithell : 1912}에는 역시 수록되어 있지 않다. 김억이 호리구치 다이가쿠¹⁹¹⁸ 소재 구르몽 시 중에서 이 시를 선택했던 데에는 이쿠다 슌게쓰¹⁹¹⁹도 한몫했다고 보아야 한다.

김억의 이 시에서 흥미로운 대목은 호리구치 다이가쿠¹⁹¹⁸의 도치 구문들을 김억이 일일이 다시 고쳐 쓰고 있는 점이다. 사실 호리구치 다이가쿠¹⁹¹⁸의 이 도치 구문은 구르몽의 원시의 각 행의 마지막 어휘가 대체로 명사형으로 종지한 것을 의식하여, 구르몽의 원시의 독특한 리듬감을 재현하기 위한 선택이다. 또 프랑스어 문법을 의식하여 구르몽의 원시의 행의 순서를 그대로 따르고자 했다.

그러나 구르몽의 원시를 참조할 길 없었을 김억으로서는 예의 영탄과 명령의 문장종결어미 '-아/어라'를 통해 그만의 리듬감을 부여했다. 또 호리구치 다이가쿠¹⁹¹⁸의 제1행과 제2행을 "暴風雨의 뒤설네는 거츨음에 / 횐장미꼿은 부싹겨서라"로, 호리구치 다이가쿠¹⁹¹⁸의 제3행과 제4행을 "그리도 만히바든 괴로움에 / 그꼿의香薰만은 더욱 만하젓서라"로 고쳐서 옮긴 데에서 알 수 있듯이, 자신의 어법에 맞게 행의 순서까지도 바꾸어 옮겼다.

한 행 내의 구문에서 행과 행의 순서에 이르는 김억의 이러한 고쳐 쓰기의 양상은 이미 어휘의 차원에서부터 나타난다. 김억은 제1행 "暴風雨의 뒤설네는 거즐음에"만 하더라도 호리구치 다이가쿠[1918]의 제2행 "荒ぶ暴風雨の手あらさに^{세찬 폭풍우의 거친 손 거칠음에}"에서 '荒ぶ^{거칠다. 사납다}'와 그 명사형인 'あらさ^{거칠. 사나움}'의 반복을 피하기 위해 '荒ぶ'를 생략했다. 사실 호리구치 다이가쿠[1918]의 제2행은 구르몽 원시 제2행의 의역으로서, '手あらさ(に)'에 대응하는 것은 '(par) la rudesse'이지만 '荒ぶ^{세찬}'에 대응하는 어휘는 없다. 즉 '荒ぶ^{세찬}'는 이 구문에서는 췌사이다. 또 호리구치 다이가쿠[1918]에서 반복되는 어휘 '祕める^{감추다}'를 주로 '네허두다'로 옮기면서도 '숨기다', '품다' 등으로 다양하게 옮겨 호리구치 다이가쿠[1918]의 단조로움을 피하고자 했다.

이 모두 호리구치 다이가쿠[1918]에 대한 김억 나름의 해석이 투영된 결과이자, 그 나름의 고쳐 쓰기의 결과이다. 일역시의 도치 구문을 마치 되돌려 놓듯이 고쳐 쓰는 양상은 『오뇌의 무도』 도처에서 나타난다. 그중에는 일역시의 독특한 리듬, 의미와 무관하게 고쳐 쓰는 양상도 종종 드러난다. 그 결과 김억 나름의 문장 감각, 시에 대한 관념까지도 드러난다. 사실 도치 구문을 극도로 꺼리는 것처럼 보이는 김억의 태도는 때로 고식적으로 보이기까지 한다. 그래서 김억이 고쳐 쓴 문장들은 원시는 물론 일역시에 비해서도 시적 미감이 떨어져 보이기도 한다. 그러나 이를 통해 김억의 번역시가 원시는 물론 일본어 번역시와 전혀 다른 텍스트가 된다는 점은 분명하다.

흰눈。

시몬아、너의목은 흰눈갓치 희다、
시몬아、너의무릅은 흰눈갓치 희다、

시몬아、네손은 눈과갓치 차다、
시몬아、네맘은 눈과갓치 차다。

이눈을 녹이랴면 불의키쓰[1]、
네맘을 녹이랴면 離別의키쓰。

눈은寂寞하게도 소나무가지에 싸엿다、　　　【초68, 재84】
네니마는 寂寞하게도 黑髮의아레에잇다[2]。

시몬아、너의뉘이되는[3] 흰눈이 쓸에서 잔다、
시몬아、너는 나의흰눈、그리하고 내愛人이다。　　　【초68, 재85】

1　재판에는 "불낄의키쓰".

2　재판에는 "黑髮의아레에 잇다".

3　재판에는 "너의 뉘이되는".

雪[†]

堀口大學

[†] 堀口大學 譯, 「グウルモン詩
抄：シモオン」, 『昨日の花－佛
蘭西近代詩』, 東京：籾山書店,
1918, 118~119면.

シモオン、雪はお前の襟足の様に白い、

シモオン、雪はお前の兩膝の様に白い。

シモオン、お前の手は雪の様に冷たい。

シモオン、お前の心は雪の様に冷たい。

雪を溶すには火の接吻、

お前の心を解くには別れの接吻。

雪はさびしげに松の枝の上、

お前の前額はさびしげに黑かみ影。

シモオン、お前の妹、雪は庭に眠つてゐる。

シモオン、お前は私の雪、そして私の戀人。

雪[1]

上田敏

シモオヌ、雪はそなたの頸のやうに白い、

シモオヌ、雪はそなたの膝のやうに白い、

シモオヌ、そなたの手は雪の様に冷たい。

シモオヌ、そなたの心は雪の様に冷たい。

雪は火のくちづけにふれて解ける[2]、

そなたの心はわかれのくちづけに解ける[3]。

雪は松が枝の上に悲しい[4]、

そなたの額は栗色の髪の下に悲しい。

シモオヌよ、雪はそなたの妹、庭に眠てゐる。

シモオヌよ、わたしはそなたを雪と戀よと思つてゐる[5]。

1 生田春月 編,「佛蘭西ールミ・ド・グウルモン」,『泰西名詩名譯集』, 東京:越山堂, 1919, 109~110면; 上田敏 譯, 「レミ・ドウ・グルモン REMY DE GOURMONT」, 『牧羊神』, 東京:金尾文淵堂, 1920, 248~252면; 樋口紅陽編,『西洋譯詩海のかなたより』, 東京:文獻社, 1921(4,5), 406~407면.

2 上田敏(1920)에는 "雪は火のくちづけにふれて溶ける".

3 上田敏(1920)에는 "そなたの心はわかれのくちづけに溶ける".

4 上田敏(1920)에는 "雪は松の枝の上につもつて悲しい".

5 上田敏(1920)에는 "シモオヌよ、われはそなたを雪と戀よと思つてゐる".

LA NEIGE[†]

† Remy de Gourmont, "Paysages spirituels", *Divertissements : Poèmes en vers*, Paris : Mercure de France, 1912, pp.84~85; Adolphe van Bever & Paul Léautaud, "Remy de Gourmont", *Poètes d'Aujourd'hui : Morceaux choisis (Tome I)*, Paris : Société du Mercure de France, 1908, p.130.

Simone, la neige est blanche comme ton cou,
Simone, la neige est blanche comme tes genoux.

Simone, ta main est froide comme la neige,
Simone, ton cœur est froid comme la neige.

La neige ne fond qu'à un baiser de feu,
Ton cœur ne fond qu'à un baiser d'adieu.

La neige est triste sur les branches des pins,
Ton front est triste sous tes cheveux châtains.

Simone, ta sœur la neige dort dans la cour,
Simone, tu es ma neige et mon amour.

재판 이외 없음.

제1연

제1행 호리구치 다이가쿠[堀口大學: 1918]의 제1연 제1행 "シモオン、雪はお前の襟足の様に白い[시몬, 눈은 네 목처럼 하얗다]"를 'シモオン[시몬]、', 'お前の襟足(は)[네 목덜미는]', '雪の様に白い[눈처럼 하얗다]' 순으로 도치한 구문에 충실한 번역이다. 우에다 빈[上田敏: 1919/1920]의 제1연 제1행 "シモオヌ、雪はそなたの頸のやうに白い[시몬, 눈은 그대의 목처럼 하얗다]"를 'シモオヌ[시몬]、', 'そなたの頸(は)[그대의 목은]', '雪のやうに白い[눈처럼 하얗다]' 순으로 도치한 구문의 의역이기도 하다.

제2행 호리구치 다이가쿠[1918]의 제1연 제2행 "シモオン、雪はお前の雨膝の様に白い[시몬, 눈은 네 두 무릎처럼 하얗다]"를 'シモオン[시몬]、', 'お前の兩膝(は)[네 두 무릎은]', '雪の様に白い[눈처럼 하얗다]' 순으로 도치한 구문에 충실한 번역이다. 우에다 빈[1919/1920]의 제1연 제2행 "シモオヌ、雪はそなたの膝のやうに白い[시몬, 눈은 그대의 무릎처럼 하얗다]"를 'シモオヌ[시몬]、', 'そなたの膝(は)[그대의 무릎은]', '雪のやうに白い[눈처럼 하얗다]' 순으로 도치한 구문의 의역이기도 하다.

제2연

제1행 호리구치 다이가쿠[1918]의 제2연 제1행 "シモオン、お前の手は雪の様に冷たい[시몬, 네 손은 눈처럼 차다]"에 충실한 번역이다. 우에다 빈[1919/1920]의 제2연 제1행 "シモオヌ、そなたの手は雪の様に冷たい[시몬, 그대의 손은 눈처럼 차다]"에 충실한 번역이기도 대응한다.

제2행 호리구치 다이가쿠[1918]의 제2연 제2행 "シモオン、お前の心は雪の様に冷たい[시몬, 네 마음은 눈처럼 차다]"에 대응한다. 우에다 빈[1919/1920]의 제2연 제2행 "シモオヌ、そなたの心は

雪の様に冷たい 시몬, 그대의 마음은 눈처럼 차다"에 충실한 번역이기도 하다.

제3연

제1행 　호리구치 다이가쿠[1918]의 제3연 제1행 "雪を溶すには火の接吻 눈을 녹이는 데에는 불의 입맞춤"의 의역이다. 우에다 빈[1919/1920]의 제3연 제1행은 "雪は火のくちづけにふれて溶ける 눈은 불의 입맞춤에 닿아 녹는다"이다.

제2행 　호리구치 다이가쿠[1918]의 제3연 제2행 "お前の心を解くには別れの接吻 네 마음을 녹이는 데에는 이별의 입맞춤"에 대응한다. 우에다 빈[1919/1920]의 제3연 제2행은 "そなたの心はわかれのくちづけに溶ける 그대의 마음은 이별의 입맞춤에 녹는다"이다.

제4연

제1행 　호리구치 다이가쿠[1918]의 제4연 제1행 "雪はさびしげに松の枝の上 눈은 쓸쓸하게도 소나무 가지 위"와 우에다 빈[1919/1920]의 제4연 제1행 "雪は松の枝の上につもつて悲しい 눈은 소나무 가지 위에 쌓여 쓸쓸하다" 중 'につもつて에 쌓여'만을 발췌하여 조합한 구문에 충실한 번역이다.

제2행 　호리구치 다이가쿠[1918]의 제4연 제2행 "お前の前額はさびしげに黑かみ影 네 이마는 쓸쓸하게 검은 머리 그림자"와 우에다 빈[1919/1920]의 제4연 제2행 "そなたの額は栗色の髪の下に悲しい 네 이마는 밤색 머리칼 아래에서 쓸쓸하다" 중 'の下に의 아래에'만을 발췌하여 조합한 구문에 충실한 번역이다.

제5연

제1행 　뉘이 : '누이姊'의 평안북도 방언 '뉘뉘'[김이협 : 1981, 김영배 : 1997]의 이형태, 혹은 김억의 입말로 추정된다. 호리구치 다이가쿠[1918]의 제5연 제1행 "シモオン、お前の妹、雪は庭に眠つてゐる 시몬, 내 누이, 눈은 마당에서 잔다"의 의역이다. 우에다 빈[1919/1920]의 제5연 제1행

“シモオヌよ、雪はそなたの妹、庭に眠てゐる시몬이여, 눈은 그대의 누이, 마당에서 자고 있다”의 의역으로도 볼 수 있다.

제2행　호리구치 다이가쿠[1918]의 제5연 제2행 “シモオン、お前は私の雪、そして私の戀人시몬, 너는 나의 눈, 그리고 나의 애인”의 의역이다. 우에다 빈[1919/1920]의 제5연 제2행은 “シモオヌよ、われはそなたを雪と戀よと思つてゐる시몬이여, 나는 그대를 눈과 사랑이라고 여기고 있다”이다.

해설

김억의 「흰눈」의 제1저본은 호리구치 다이가쿠堀口大學 : 1918 제2장인 「구르몽 시초グウルモン詩抄」의 「雪」이고, 제2저본은 이쿠다 슌게쓰生田春月 : 1919 소재 우에다 빈上田敏의 「雪」이다. 또 후자는 우에다 빈[1920]에도 수록되어 있다. 하지만 구르몽의 이 시는 제스로 빗셀Jethro Bithell : 1912에는 수록되어 있지 않다. 김억이 호리구치 다이가쿠[1918] 소재 구르몽 시 중에서 이 시를 선택하는 데에 역시 이쿠다 슌게쓰[1919]도 한몫했다고 보아야 한다. 김억이 일역시들 중 어느 것을 먼저 열람했던가는 분명하지 않다. 다만 김억으로서는 호리구치 다이가쿠[1918]가 좀더 평이한 어휘 표현과 문형으로 이루어져 있다. 사실 일본에서는 호리구치 다이가쿠[1918]와 우에다 빈[1919] 중 후자가 원시에 충실하면서도 자연스럽고 격조 있는 번역이라고 평가받기도 한다.龜井俊介 : 2016, 505~509

호리구치 다이가쿠[1918]와 우에다 빈[1919]은 제3, 4연을 제외하면 크게 차이가 드러나지 않는다. 그나마 제3, 4연의 차이는 우에다 빈과 달리 호리구치 다이가쿠가 구르몽의 원시를 의식하여 각 행을 명사로 끝맺은 데에서 비롯한다. 특히 그 차이는 우에다 빈의 아어雅語인 ‘そなた너, 그대’ 대신 호리구치 다이가쿠가 ‘お前너’와 같은 보다 구어에 가까운 어휘와 수사를 구사한 데에서 드러난다. 김억은 호리구치 다이가쿠[1918]와 우에다 빈[1919]을 모두 열람했겠지만 그중에서도 전자를 주된 저본으로 선택한 것은 역시 전자의 문체가 상대적으로 참신해 보였기 때문일 것이다.

김억의 「흰눈」의 제1연과 제4, 5연을 제한 나머지 부분은 대체로 호리구치 다이가쿠[1918]

를 그대로 옮긴 것처럼 보인다. 이 중 김억의 제1연과 제2연은 흥미롭다. 사실 구르몽의 원시는 물론 호리구치 다이가쿠[1918]도 우에다 빈[1919]도 제1연은 '눈'을 주(제)어, 원관념인 비유의 구문이다. 반면에 제2연은 '네 손'과 '네 마음'이 주(제)어, 원관념인 비유의 구문이다. 그런데 김억은 제2연을 의식하여 제1연을 '네 목'과 '네 무릎'을 주(제)어, 원관념으로 바꾸어 놓았다. 이것은 김억이 제3연에 주목하지 않은 결과이다. 그래서 제1연의 '흰눈갓치 희다'와 같이 군색하게 옮기고 말았다. 이로써 김억의 「흰눈」의 제1연만큼은 구르몽의 원시는 물론 일역시와 정반대되는 의미를 지니게 된다. 더불어 구르몽의 원시는 물론 호리구치 다이가쿠[1918]와 우에다 빈[1919]의 관능적인 감각은 반감되고 만다. 뿐만 아니라 김억의 시에 대한 안목과 그 수준도 의심스럽게 한다.

한편 김억의 제4연과 제5연의 차이도 간과할 수 없다. 호리구치 다이가쿠[1918]의 제4연, 제5연은 모두 명사로 끝맺는다. 그것은 구르몽의 원시가 모든 행이 명사로 끝맺은 것을 최소한이나마 따르고자 했기 때문이다. 그런데 김억은 제4연은 호리구치 다이가쿠[1918]를 따르면서도 제5연은 그리하지 않았다. 그렇다고 김억이 제5연만큼은 우에다 빈[1919]을 따른 것도 아니다. 이것은 근본적으로 김억이 구르몽의 원시를 열람할 수 없었던 탓이기도 하지만, 그보다는 호리구치 다이가쿠[1918]의 명사형의 종지가 시적인 어조와 거리가 멀다고 보았기 때문일 것이다.

하지만 반드시 그것만이 이유라고 보기 어렵다. 사실 『오뇌의 무도』 전편에 걸쳐 김억은 하나의 행 혹은 연이란 반드시 주어와 서술어를 갖춘 기본적인 문형으로 이루어져야 한다는 자신만의 원칙을 고수한 점을 두고 보면 도리어 김억의 제4연이 예외로 보이기 때문이다. 이 자기 나름의 원칙의 고수 역시 도치 구문을 극도로 꺼렸던 김억의 고식적인 태도와도 통한다. 김억이 호리구치 다이가쿠[1918]만이 아니라 일역시를 고스란히 옮기는 대신 자기 나름의 해석에 따라 고쳐 쓰듯이 옮긴 것은 두말할 나위도 없이 김억 나름의 시에 대한 안목, 문장에 대한 소신과 감각을 배경으로 한다. 그러나 그 김억 나름의 고식적인 태도, 나름의 안목과 감각에 따른 고쳐 쓰기가 언제나 성공적이었다고 보기는 어렵다. 김억의 이 「흰눈」처럼 원시는

　　　　『오뇌의 무도』 주해

물론 일역시에 비해서도 시적 미감이 떨어지고 마는 경우도 있기 때문이다.

落葉。

1   재판에는 "버린싸우에 흐터젓다".

2   재판에는 "落葉의모양은 寂寞하다".

3   재판에는 "바람이 불째마다、落葉은 소군거린다".

4   재판에는 '죠와늬'. 재판의 '죠와늬'는 '죠와하늬'의 오식으로 보인다.

5   재판에는 "갓까히 오렴、언제한番은 우리도 불상한落葉이 되겟다".

6   재판에는 "갓까히 오렴".

시몬아、나뭇닙 써러진樹林으로가자、

落葉은 잇기와돌과 小路를 덥헛다。

시몬아、落葉 밟는발소리를 죠와하늬?

落葉의빗갈은 죠흐나、모양이寂寞하다、

落葉은 가이업시 버린싸우에흐터젓다[1]。

시몬아 落葉밟는 발소리를 죠와하늬?   【초69, 재86】

黃昏의째면 落葉의모양은寂寞하다[2]、

바람이불째마다、落葉은소군거린다[3]。

시몬아、落葉밟는 발소리를 죠와하늬[4]?   【초69, 재87】

갓까히오렴、언제한번은 우리도 불상한落葉[5]、

갓까히오렴[6]、발서 밤이되야 바람이 몸에 숨여든다。

시몬아、落葉밟는 발소리를 죠와하늬?   【초70, 재87】

『오뇌의 무도』주해

† 堀口大學 譯, 「グウルモン詩抄：シモオン」, 『昨日の花ー佛蘭西近代詩』, 東京：籾山書店, 1918, 120~121면.

落葉†

堀口大學

シモオン、木の葉の散つた森へ行かう。
落葉は苔と石と小徑を被ふてゐる。

シモオン、お前は好きか、落葉ふむ足音を?

落葉の色はやさしく、姿はさびしい、
落葉は果敢なく捨てられた土のうえにゐる!

シモオン、お前は好きか、落葉ふむ足音を?

たそがれ時、落葉の姿はさびしい、
風に吹き散らされる時落葉はやさしく叫ぶ!

シモオン、お前は好きか、落葉ふむ足音を?

倚りそへ、何時かわれ等も哀れな落葉になるであろ。
倚りそへ、もう夜が來た、そして風が身にしみる。

シモオン、お前は好きか、落葉ふむ足音を?

LES FEUILLES MORTES[†]

† Remy de Gourmont, "Paysages spirituels", *Divertissements : Poèmes en vers*, Paris : Mercure de France, 1912, pp.81~83.

Simone, allons au bois : les feuilles sont tombées ;

Elles recouvrent la mousse, les pierres et les sentiers.

Simone, aimes-tu le bruit des pas sur les feuilles mortes ?

Elles ont des couleurs si douces, des tons si graves,

Elles sont sur la terre de si frêles épaves !

Simone, aimes-tu le bruit des pas sur les feuilles mortes ?

Elles ont l'air si dolent à l'heure du crépuscule,

Elles crient si tendrement, quand le vent les bouscule !

Simone, aimes-tu le bruit des pas sur les feuilles mortes ?

Quand le pied les écrase, elles pleurent comme des âmes,

Elles font un bruit d'ailes ou de robes de femme :

Simone, aimes-tu le bruit des pas sur les feuilles mortes ?

Viens : nous serons un jour de pauvres feuilles mortes.

Viens : déjà la nuit tombe et le vent nous emporte.

Simone, aimes-tu le bruit des pas sur les feuilles mortes ?

첫 번째 번역은 「落葉」. 『태서문예신보』, 1919.1.1

네 번째 번역은 「落葉」. 「가을에 읊퍼진 노래」, 『개벽』 제52호, 1924.10

다섯 번째 번역은 「落葉」. 「읊퍼진 가을의 노래」, 『조선문단』 제12호, 1925.10

주석

제1연

제1행 「落葉」[1919]은 "시몬♡、나무닙썰린樹林으로가자", 「落葉」[1924]은 "시몽아、닙써러진樹林으로 가자、", 「落葉」[1925]은 "시몽아닙써러진 樹林으로 가자"이다. 호리구치 다이가쿠[堀口大學: 1918]의 제1연 제1행 "シモオン、木の葉の散つた森へ行かう [시몬, 나뭇잎 떨어진 숲으로 가자]"에 대응한다.

제2행 「落葉」[1919]은 "落葉은 잇기와돌노小路를덥헛다", 「落葉」[1924]은 "잇기와돌과小路에는 落葉이 싸엿다", 「落葉」[1925]은 "落葉은 잇기와돌과小路를 덥헛다"이다. 호리구치 다이가쿠[1918]의 제1연 제2행 "落葉は苔と石と小徑を被ふてゐる [낙엽은 이끼와 돌과 오솔길을 덮고 있다]"에 충실한 번역이다.

제2연

「落葉」[1919]은 "시몬아、너난♡마 죠와하지—落葉밟는 발소리를", 「落葉」[1924]은 "시몽아、落葉밟는발소리를 조와하늬", 「落葉」[1925]은 "시몽 자네는落葉밟는소리를 죠와하나"이다. 호리구치 다이가쿠[1918]의 제2연 "シモオン、お前は好きか、落葉ふむ足音を [시몬, 너는 좋은가? 낙엽 밟는 발소리를?]" 중 'シモオン [시몬]', '落葉ふむ足音を [낙엽 밟는 발소리를]', '好きか [좋은가?]'만을 발췌하여 조합한 구문에 충실한 번역이다.

제3연

제1행　「落葉」¹⁹¹⁹은 "落葉빗은(色)죠흔데 모양이 寂寞하다", 「落葉」¹⁹²⁴은 "落葉빗은 볼만해
　　　 도 모양이寂寞하다", 「落葉」¹⁹²⁵은 "落葉빗갈은조흐나 모양이寂寞하다"이다. 호리구
　　　 치 다이가쿠¹⁹¹⁸의 제3연 제1행 "落葉の色はやさしく、姿はさびしい^{낙엽의 빛깔은 부드럽}
　　　 ^{고, 모습은 쓸쓸하다}"의 의역이다.

제2행　가이업다 : '불쌍하다', '딱하다'는 뜻의 평안도 방언 '가엽다'^{김이협 : 1981}의 이형태 혹
　　　 은 김억의 입말로 추정된다. 「落葉」¹⁹¹⁹은 "落葉은 가이업시 것츤싸에 날렛다", 「落葉」
　　　 ¹⁹²⁴은 "落葉은 가엽시도 버린쌍우에 누엇다", 「落葉」¹⁹²⁵은 "落葉은 어이업시 쌍우에
　　　 흐터젓다"이다. 호리구치 다이가쿠¹⁹¹⁸의 제3연 제2행 "落葉は果敢なく捨てられた
　　　 土のうえにゐる^{낙엽은 덧없이 버려진 땅 위에 있다}"의 의역이다. 참고로 후나오카 겐지^{船岡獻}
　　　 ^{治 : 1919}에는 '果敢(はか)なし'를 "덧업다. 무심심하다."로 풀이한다. 김억은 「黃昏」^{黃昏}
　　　 ^{의 째는 가이업서라}, 「田園四季」^{"사랑은 가이업는魂을 감초어두엇스나"}에서도 '가이업다'를 '가엽다'
　　　 로 옮겼다.

제4연 : 제2연과 동일하다.

제5연

제1행　「落葉」¹⁹¹⁹은 "저녁쌔면 落葉의모양은寂寞하다", 「落葉」¹⁹²⁴은 "저녁이면 落葉의모양
　　　 은 寂寞하다", 「落葉」¹⁹²⁵은 "黃昏째면 落葉의모양은 설다"이다. 호리구치 다이가쿠
　　　 ¹⁹¹⁸의 제5연 제1행 "たそがれ時、落葉の姿はさびしい^{황혼의 때, 낙엽의 모습은 쓸쓸하다}"에 대
　　　 응한다.

제2행　「落葉」¹⁹¹⁹은 "바름에 불닐째면落葉은노릭한다", 「落葉」¹⁹²⁴은 "바람이 불째마다 落葉
　　　 은 소군거린다", 「落葉」¹⁹²⁵은 "바람이불째마다 落葉은소군거린다"이다. 호리구치 다
　　　 이가쿠¹⁹¹⁸의 제5연 제2행 "風に吹き散らされる時落葉はやさしく囁ぶ^{바람에 불려 날릴 때}
　　　 ^{낙엽은 부드럽게 부르짖는다}"의 의역이다. 한편 「落葉」¹⁹²⁵의 이 행 다음에는 호리구치 다이

가쿠[1918]를 따라 이전의 번역들까지 생략한 원시 제7연이 추가되어 있다. "발에 짓밟히우면落葉은靈처럼 歎息하며 / 나래치는듯도한 女子의옷갈니는듯한소리를낸다."이다.

제6연 : 제2연과 동일하다.

제7연

제1행 「落葉」[1919]은 "갓가히오너라, 한번은 우리도 불상한落葉이 될것이다", 「落葉」[1924]은 "갓가히 오렴, 한番은 우리도 불상한落葉이되겟구나", 「落葉」[1925]은 "갓싸히 오게 언제한번은 우리들도 落葉이될것이다"이다. 호리구치 다이가쿠[1918]의 제7연 제1행 "倚りそへ、何時かわれ等も哀れな落葉になるであろ가까이 오라, 언젠가 우리도 가련한 낙엽이 되겠지" 중 'になるであろ이 되겠지'만을 제한 구문의 충실한 번역이다. 재판은 호리구치 다이가쿠[1918]의 제7연 제1행 전체의 충실한 번역이다.

제2행 「落葉」[1919]은 "갓가히오너라, 발서 밤이되엿다, 찬바름이 몸에숨여든다", 「落葉」[1924]은 "갓가히 오렴, 발서 밤이되야 바람이 몸에 숨여드누나", 「落葉」[1925]은 "갓싸히오게 발서밤이되야 바람이 슴여든다"이다. 호리구치 다이가쿠[1918]의 제7연 제2행 "倚りそへ、もう夜がた、そして風が身にしみる가까이 오라. 벌써 밤이 왔다. 그리고 바람이 몸에 스민다"의 의역이다.

제8연 : 제2연과 동일하다.

해설

김억의 「落葉」의 저본은 호리구치 다이가쿠[堀口大學: 1918] 제2장인 「구르몽 시초グウルモン詩抄」의 「落葉낙엽」이다. 일본어로 번역된 구르몽의 이 시는 『오뇌의 무도』 초판과 재판 이전에는 호리

구치 다이가쿠[1918] 이외 다른 번역시집에는 수록되어 있지 않다. 구르몽의 이 시는 제스로 빗설Jethro Bithell : 1912에도 수록되어 있지 않다. 따라서 김억의 「낙엽」[1919]부터 『오뇌의 무도』 재판까지 호리구치 다이가쿠[1918]가 유일한 저본이었다고 보아야 한다. 호리구치 다이가쿠[1918]가 4월에 출판되었으니, 김억은 약 8개월 후 「낙엽」[1919.1.1]을 발표한 셈이다. 그리고 김억은 초판과 재판 이후 다시 「낙엽」[1924]과 「낙엽」[1925]을 발표한다. 이 개역改譯들은 김억이 일찍부터 구르몽의 시, 특히 「낙엽」에 각별한 애착이 있었음을 드러낸다.

사실 김억의 「낙엽」[1919]의 "시몬아、 너난 ᄋ마 죠와하지―落葉밟는 발소리를"의 경우, 한편으로는 호리구치 다이가쿠堀口大學 : 1918에 대응하면서도 문장부호 '―'로 인해 구르몽의 원시를 저본으로 한 것처럼 보이기도 한다. 그러나 재판까지 「낙엽」의 모든 번역은 호리구치 다이가쿠[1918]를 저본으로 삼았다고 볼 수밖에 없다. 적어도 재판까지 「낙엽」의 판본들 모두 구르몽의 원시 제7연이 생략되어 있다는 점은 바로 그 증거이다. 이것은 호리구치 다이가쿠堀口大學 : 1918 역시 원시 제7연을 생략한 데에서 기인하는 것이다.

호리구치 다이가쿠가 제7연을 생략한 이유는 알 수 없다. 다만 후일 호리구치 다이가쿠의 다른 번역시 엔솔러지인 『달 아래 한 무리月下の一群』[1925.9]는 물론 뒤늦게 그가 발표한 시선집 『구르몽 시초グウルモン詩抄』[1928]에 수록된 「낙엽」에도 구르몽의 원시 제7연이 생략되어 있다. 그렇다면 이것은 호리구치 다이가쿠의 특별한 의도를 반영하고 있다고 보아야 하겠다. 그 제7연에서는 이 시 전편에 반복되는 낙엽을 밟는 소리가 영혼의 울음, 날갯짓 혹은 여인의 드레스의 바스락거림으로 변주된다. 아마도 호리구치 다이가쿠는 구르몽의 원시 제5연만으로도 낙엽, 낙엽 밟는 소리의 의미는 충분히 드러난다고 판단했을지도 모르겠다. 어쨌든 호리구치 다이가쿠의 이 의도적인 생략이 구르몽의 원시를 고쳐쓰는 행위임은 두말할 나위도 없고, 이로써 구르몽의 원시는 일본과 조선에서 「落葉」이라는 새로운 텍스트가 된다. 바로 이 호리구치 다이가쿠의 번역시를 중역한 김억 역시 또 다른 고쳐 쓰기를 통해 한 번 더 새로운 텍스트를 생성했던 셈이다.

그런데 김억의 「낙엽」[1925]에는 이전의 번역들에서는 생략되었던 구르몽 원시 제7연이 한

행으로, 즉 제5연 제3행으로 추가되어 있다. 과연 김억은 구르몽 원시 제7연을 어떻게 옮길 수 있었을까? 김억의 「낙엽」[1925]보다 한 달 앞서 발표된 호리구치 다이가쿠[1925] 소재 「낙엽」은 그 저본이 될 수 없다. 김억의 「낙엽」[1925]보다 일 년 후에 출판된 일본 최초의 구르몽 번역 시집인 무라이 히데오[村井英人]의 『구르몽 시집[グウルモン詩集]』[1926] 소재 「낙엽」에는 구르몽 원시 제7연이 번역되어 있다. 하지만 이것이 김억의 「낙엽」[1925]의 저본이 될 수 없다. 또 영역시 앤솔러지들 중 구르몽의 「낙엽」이 번역된 판본은 발견되지 않는다. 따라서 김억이 구르몽의 원시를 참조하여 누락된 제7연을 옮겼을 가능성을 상정할 수밖에 없지만 과연 그것이 가능했던가는 의문이다.

果樹園[1]

시몬、果樹園으로가자[2]、
버들函을가지고[3]。
果樹園에 들어가면서
林檎나무에게 말하자、
「只今은林檎의時節[4]、
果樹園으로가자、 시몬、[5]
果樹園으로가자[6]。」

林檎나무에는 벌이갓득하다[7]、
林檎이 잘 닉어서。   【초71, 재88】
林檎나무周圍에는
붕々우는 소리가 난다。
林檎나무에는 林檎이갓득하다[8]、
果樹園으로가자[9]、 시몬、
果樹園으로가자[10]。   【초71, 재89】

둘이함씌 붉은林檎을싸자[11]、
鳩林檎도 靑林檎도 싸자、
果肉이 조곰 닉은
林檎酒만들林檎도[12] 싸자、
只今은林檎의[13] 時節、

1   재판에는 '果樹園。'.
2   재판에는 "果樹園으로 가자".
3   재판에는 "버들函을 가지고".
4   재판에는 "只今은 林檎의時節".
5   재판에는 "果樹園으로 가자、
    시몬。".
6   재판에는 "果樹園으로 가자".
7   재판에는 "벌이 갓득하다".
8   재판에는 "林檎이 갓득하다".
9   재판에는 "果樹園으로 가자".
10 재판에는 "果樹園으로 가자".
11 재판에는 "붉은林檎을 싸자".
12 재판에는 "林檎酒만들 林檎도".
13 재판에는 "只今은 林檎의".

果樹園으로가자[14]、시몬、 【초72, 재89】

果樹園으로가자[15]。

14 　재판에는 "果樹園으로 가자".

15 　재판에는 "果樹園으로 가자".

16 　재판에는 '가득하다'.

17 　재판에는 '찻다.

18 　재판에는 "林檎나무에는 林檎
　　이 갓득하다".

19 　재판에는 "果樹園으로 가자".

20 　재판에는 "果樹園으로 가자".

21 　재판에는 "只今은 林檎의 時節".

22 　재판에는 "果樹園으로 가자".

23 　재판에는 "果樹園으로 가자".

네손과 옷에는

林檎의냄새가 가득하겟다[16]、

그리하고 너의頭髮에도 갓득히

곱다란 가을냄새가 차겟다[17]。

林檎나무는林檎이갓득하다[18]、

果樹園으로가자[19]、시몬、

果樹園으로가자[20]。

시몬、 너는 나의果樹園、

그리하고 나의林檎나무가 되여다구、 【초72, 재90】

시몬、 벌을 죽여다구、

너의맘에 잇는벌、그리하고 내果樹園의벌을、

只今은林檎의時節[21]

果樹園으로가자[22]、시몬、

果樹園으로가자[23]。 【초73, 재91】

果樹園[†]

堀口大學

† 堀口大學 譯, 「グウルモン詩抄
－シモオン」,『昨日の花－佛
蘭西近代詩』, 東京：籾山書店,
1918, 127~130면.

シモオン、果樹園(くわじゆゑん)へ行かう、

柳(やなぎ)の籠(かご)を持つて。

果樹園(くわじゆゑん)に入(はい)りながら

林檎の木に告(つ)げよう、

「今(いま)は林檎の時節(じぜつ)

果樹園(くわじゆゑん)へ行かう、シモオン、

果樹園(くわじゆゑん)へ行かう。」

林檎の木は蜂で一ぱい

林檎がよく熟(う)れたので

林檎の木の周圍(まはり)は

ぶんぶん鳴(なり)を立ててゐる。

林檎の木は林檎で一ぱい、

果樹園(くわじゆゑん)へ行かう、シモオン、

果樹園(くわじゆゑん)へ行かう。

二人で紅(あか)い林檎を摘(つ)まう、

鳩林檎(はとりんご)も青林檎(あをりんご)も摘(つ)まう、

果肉(すこ)の少しうてて來た、

林檎酒にする林檎も摘まう、

今は林檎の時節

果樹園へ行かう、シモオン、

果樹園へ行かう。

お前の手にも着物にも

林檎の匂ひが滲るであろ、

そしてお前の髪には一ぱいに

やさしい秋の匂ひが滿つるであろ。

林檎の木は林檎で一ぱい

果樹園へ行かう、シモオン、

果樹園へ行かう。

シモオン、お前は私の果樹園に、

そして私の林檎の木になつてお呉れ。

シモオン、蜂を殺してお呉れ、

お前の心の中の蜂、そして私の果樹園の蜂。

今は林檎の時節、

果樹園へ行かう、シモオン、

果樹園へ行かう。

LE VERGER[†]

Simone, allons au verger

Avec un panier d'osier.

Nous dirons à nos pommiers,

En entrant dans le verger:

Voici la saison des pommes.

Allons au verger, Simone,

Allons au verger.

Les pommiers sont plein de guêpes,

Car les pommes sont très mûres :

Il se fait un grand murmure

Autour du vieux doux‑aux‑vêpes.

Les pommiers sont pleins de pommes,

Allons au verger, Simone,

Allons au verger.

Nous cueillerons le calville,

Le pigeonnet et la reinette,

Et aussi des pommes à cidre

Dont la chair est un peu doucette.

Voici la saison des pommes,

[†] Remy de Gourmont, "Paysages spirituels", *Divertissements : Poèmes en vers*, Paris : Mercure de France, 1912, pp.92~94.

Allons au verger, Simone,

Allons au verger.

Tu auras l'odeur des pommes

Sur ta robe et sur tes mains,

Et tes cheveux seront pleins

Du parfum doux de l'automne

Les pommiers sont pleins de pommes,

Allons au verger, Simone,

Allons au verger.

Simone, tu seras mon verger

Et mon pommier de doux-aux-vêpes ;

Simone, écarte les guêpes

De ton coeur et de mon verger.

Voici la saison des guêpes,

Allons au verger, Simone,

Allons au verger.

재판 이외 없음.

제1연

제1행　호리구치 다이가쿠^{堀口大學 : 1918}의 제1연 제1행 "シモオン、果樹園へ行かう ^{시몬, 과수원으로 가자}"에 대응한다.

제2행　호리구치 다이가쿠¹⁹¹⁸의 제1연 제2행 "柳の籠を持つて ^{버들 바구니를 가지고}"의 의역이다.

제3행　호리구치 다이가쿠¹⁹¹⁸의 제1연 제3행 "果樹園に入りながら ^{과수원으로 들어가면서}"에 대응한다.

제4행　林檎 : (일본식 한자어) '능금', '사과'. 참고로 '사과'의 평안도 방언 중 하나는 '닝금'^{김영배 : 1997}이다. 호리구치 다이가쿠¹⁹¹⁸의 제1연 제4행 "林檎の木に告げよう ^{사과나무에게 말하자}"에 대응한다.

제5행　호리구치 다이가쿠¹⁹¹⁸의 제1연 제5행 "今は林檎の時節 ^{지금은 사과의 시절}"에 대응한다.

제6행　호리구치 다이가쿠¹⁹¹⁸의 제1연 제6행 "果樹園へ行かう、シモオン ^{과수원으로 가자, 시몬}"에 대응한다.

제7행　호리구치 다이가쿠¹⁹¹⁸의 제1연 제7행 "果樹園へ行かう。」^{과수원으로 가자.}"에 대응한다.

제2연

제1행　호리구치 다이가쿠¹⁹¹⁸의 제2연 제1행 "林檎の木は蜂で一ぱい ^{사과나무는 벌로 가득}"에 충실한 번역이다.

제2행　호리구치 다이가쿠¹⁹¹⁸의 제2연 제2행 "林檎がよく熟れたので ^{사과가 잘 익었으므로}"에 충실한 번역이다.

제3행　호리구치 다이가쿠¹⁹¹⁸의 제2연 제3행 "林檎の木の周圍は ^{사과나무의 주위는}"에 충실한 번역이다.

제4행　　호리구치 다이가쿠¹⁹¹⁸의 제2연 제4행 "ぶんぶん鳴を立ててゐる ^{붕붕 우는 소리를 내고 있다}"의 의역이다.

제5행　　호리구치 다이가쿠¹⁹¹⁸의 제2연 제5행 "林檎の木は林檎で一ぱい ^{사과나무는 사과로 가득}"에 충실한 번역이다.

제6행　　제1연 제6행과 동일하다.

제7행　　제1연 제7행과 동일하다.

제3연

제1행　　호리구치 다이가쿠¹⁹¹⁸의 제3연 제1행 "二人で紅い林檎を摘まう ^{둘이서 붉은 사과를 따자}"에 대응한다.

제2행　　鳩林檎 : 구르몽의 원시에는 'Pigeonnet'. 사과 품종 중 하나이다. 호리구치 다이가쿠¹⁹¹⁸의 제3연 제2행 "鳩林檎も靑林檎も摘まう ^{비둘기 사과도 푸른 사과도 따자}"에 대응한다.

제3행　　호리구치 다이가쿠¹⁹¹⁸의 제3연 제3행 "果肉の少しうてて來た ^{과육이 조금 익은}"에 대응한다.

제4행　　호리구치 다이가쿠¹⁹¹⁸의 제3연 제4행 "林檎酒にする林檎も摘まう ^{사과주를 담을 사과도 따자}"에 충실한 번역이다.

제5행　　제1연 제5행과 동일하다.

제6행　　제1연 제6행과 동일하다.

제7행　　제1연 제7행과 동일하다.

제4연

제1행　　호리구치 다이가쿠¹⁹¹⁸의 제4연 제1행 "お前の手にも着物にも ^{내 손에도 옷에도}"의 의역이다.

제2행   호리구치 다이가쿠¹⁹¹⁸의 제4연 제2행 "林檎の匂ひが滲るであろ^{사과 냄새가 스며있겠지}"의
의역이다.

제3행   호리구치 다이가쿠¹⁹¹⁸의 제4연 제3행 "そしてお前の髮には一ぱいに^{그리고 네 머리카락에}
^{는 가득히}"의 의역이다.

제4행   호리구치 다이가쿠¹⁹¹⁸의 제4연 제4행 "やさしい秋の匂ひが滿つるであろ^{부드러운 가을}
^{냄새가 차 있겠지}"의 의역이다.

제5행   호리구치 다이가쿠¹⁹¹⁸의 제4연 제5행 "林檎の木は林檎で一ぱい^{사과나무는 사과로 가득}"의
의역이다.

제6행   제1연 제6행과 동일하다.

제7행   제1연 제7행과 동일하다.

제5연

제1행   호리구치 다이가쿠¹⁹¹⁸의 제5연 제1행 "シモオン、お前は私の果樹園に^{시몬, 너는 나의 과수}
^{원에}"의 의역이다.

제2행   호리구치 다이가쿠¹⁹¹⁸의 제5연 제2행 "そして私の林檎の木になつてお吳れ^{그리고 나의}
^{사과나무가 되어다오}"에 대응한다.

제3행   호리구치 다이가쿠¹⁹¹⁸의 제5연 제3행 "シモオン、蜂を殺してお吳れ^{시몬, 벌을 죽여 다오}"
에 대응한다.

제4행   호리구치 다이가쿠¹⁹¹⁸의 제5연 제4행 "お前の心の中の蜂、そして私の果樹園の蜂^{너의}
^{마음의 벌, 그리고 나의 과수원의 벌}"의 의역이다.

제3행   제1연 제5행과 동일하다.

제4행   제1연 제6행과 동일하다.

제5행   제1연 제7행과 동일하다.

김억의 「果樹園」의 저본은 호리구치 다이가쿠堀口大學:1918 제2장인 「구르몽 시초グウルモン詩抄」의 「果樹園」이다. 일본어로 번역된 구르몽의 원시는 『오뇌의 무도』 초판과 재판 이전에는 호리구치 다이가쿠1918 이외 다른 번역시집에서는 수록되어 있지 않다. 또 제스로 빗셀Jethro Bithell:1912에도 수록되어 있지 않다. 따라서 김억의 「과수원」의 유일한 저본이 호리구치 다이가쿠1918였던 셈이다. 제1연 제5, 6행의 인용의 문장 기호 「　」의 경우, 호리구치 다이가쿠1918의 그것과 일치하는 점, 김억의 한자어 고유명사들이 대체로 호리구치 다이가쿠의 그것과 일치하는 점은 그 증거이다.

　그중 이 시의 주된 제재인 '林檎', 또 그 일종인 '鳩林檎', '靑林檎'까지도 김억이 호리구치 다이가쿠를 그대로 따른 점은 주목할 만하다. '林檎'의 경우 '능금' 혹은 '사과'로 옮길 법하지만 후나오카 겐지船岡獻治:1919의 표제어 'リンゴ林檎'는 '림금', '苹果'로 풀이하고 있다. 또 김영배1997의 표제어 '사과'는 '닝금'평북, '사괴'평남로 풀이하고 있다. 따라서 김억 역시 '닝금'으로 새기고 호리구치 다이가쿠의 한자어를 그대로 옮겼을 터이다.

　한편 호리구치 다이가쿠가 '鳩林檎'로 옮긴 대체로 원추형의 붉은 사과 품종인 'Pigeonnet'와 일반적 구형의 약간 푸르스름한 사과 품종인 'Reinette'의 경우, 노무라 야스유키野村泰亨:1919에는 후자만 "林檎の變種사과의 변종"으로 풀이할 뿐이다. 호리구치 다이가쿠는 전자의 경우 'Pigeon'을 염두에 두고 '鳩林檎'로 옮긴 것으로 보이고, 후자는 'Reine' 즉 '여왕', '왕후'를 염두에 두고 이를테면 '后林檎'로 옮기는 대신 일반적인 외양을 염두에 두고 '靑林檎'로 옮긴 것으로 보인다. 이 모두 김억이 호리구치 다이가쿠1918를 참조하지 않고서는 옮길 수 없는 어휘들이다.

　구르몽 원시의 'Pomme', 'Pigeonnet', 'Reinette'가 호리구치 다이가쿠에 의해 '林檎', '鳩林檎', '靑林檎'으로 옮겨지고, 다시 김억이 그 번역어들을 따르는 양상이란 일견 지극히 사소해 보인다. 그러나 이것은 기실 구르몽을 위시한 프랑스 현대시, 나아가 서양이 동아시아에서 번역되고 수용되는 도정에서 제국 일본을 경유하지 않고서는 서양을 이해할 수 없는 비서구 식민지 조선의 실존적 소여를 고스란히 드러낸다. 김억이 서문에서 토로한 "자전(字典)과의 씨름"이란 한자어를 매개로 저 불가해한 서양을 짐작해야 하는 김억의 고투였음은 두말할 나위도 없다.

물방아.[1]

1 재판의 목차에는 "물방아", 본
문에는 "물방아。". 재판 본문의
'몰방아'는 '물방아'의 오식으
로 보인다.

2 재판에는 '큰구멍속을、'.

3 재판에는 "바퀴는 돈다".

4 재판에는 '흔들니운다'.

5 재판에는 "맛치 밤에바다우를".

6 재판에는 "바퀴는 돈다".

7 재판에는 '四圍는 어둡고 무겁
은石臼의'.

8 재판에는 "바퀴는 돈다、바퀴
는 돌아간다".

9 재판에는 "쉿업는 苦役이나'.

10 재판에는 '멈추고'. 재판의 '멉
추고'는 '멈추고'의 오식으로
보인다.

11 재판에는 "바퀴는 돈다、바퀴
는 돌아간다".

12 재판에는 "쉿업는 苦役이나'.

시몬、물방아는 대단히 낡앗다、

바퀴는 돗는이씨에 프르다、바퀴는 돈다 큰구멍속을[2]

멋업시도 바퀴는돈다[3]、바퀴는 돌아간다。

쉿업는 苦役이나 밧은듯시。

四圍의 담壁은 흔들니운다。[4]

맛치 밤에바다우를[5] 汽船이 지내가는듯하다、

멋업시도 바퀴는돈다[6]、바퀴는 돌아간다。

쉿업는 苦役이나 밧은듯시。　　　　　　　　　　　　[초74, 재92]

四圍는어둡고 무거운石臼의[7] 우는소리가 들닌다、

石臼은 祖母보다도 착하고 祖母보다도 늙엇다、

멋업시도 바퀴는돈다、바퀴는돌아간다[8]。

쉿업는苦役이나[9] 밧은듯시。

石臼은 착한 나만흔 祖母님、　　　　　　　　　　　　[초74, 재93]

아희의힘으로도 멈추고[10]、적은물도 그것을 음직인다、

멋업시도 바퀴는돈다、바퀴는돌아간다[11]、

쉿업는苦役이나[12] 밧은듯시。

石臼은 중(僧)갓치 착하다、

『오뇌의 무도』주해

石臼은 우리를살니며 도아주는팡을[13] 만든다、 【초75, 재93】

멋업시도 바퀴는돈다[14]、바퀴는 돌아간다。

끗업는苦役이나[15] 밧은듯시。

石臼은 사람을[16] 養育한다、

사람을쌀으며 사람을위하야죽는[17] 從順한즘생을 養育한다、

멋업시도 바퀴는돈다[18]、바퀴는 돌아간다。

끗업는苦役이나[19] 밧은듯시。

石臼은 일한다、운다、돔아간다[20]、주저린다、

녯적의 녯적부터[21]、이世上의 첨부터。

멋업시도 바퀴는돈다[22]、바퀴는 돌아간다。

끗업는苦役이나[23] 밧은듯시。 【초75, 재94】

13 재판에는 "石臼은 우리를 살니 며 돕아주는팡을".

14 재판에는 "바퀴는 돈다".

15 재판에는 "끗업는 苦役이나".

16 재판에는 "石臼은 바람을".

17 재판에는 "사람을 쌀으며 사람 을 위하야 죽는".

18 재판에는 "바퀴는 돈다".

19 재판에는 "끗업는 苦役이나".

20 초판과 재판 모두 '돌아간다' 의 오식으로 보인다.

21 재판에는 "녯적의 녯덕부터".

22 재판에는 "바퀴는 돈다".

23 재판에는 "끗업는 苦役이나".

水車[†]

[†] 堀口大學 譯, 「グウルモン詩抄
－シモオン」, 『昨日の花－佛
蘭西近代詩』, 東京：籾山書店,
1918, 134~137면.

堀口大學

シモオン、水車(みづぐるま)はひどく古(ふる)くなつてる、
輪(わ)はむす苔(こげ)になつてる、輪(わ)は廻る大きな穴の奥。
氣味惡(わるわ)く輪は過(す)ぎ、輪は廻(まは)る、
果しなき苦役(くえき)の爲と云ふ様に。

あたりの壁(かべ)は搖(ゆれ)る、
ちやうど夜中(よなか)の海(うみ)の上(うへ)を汽船で渡る様な氣(き)がする。
氣味惡(きみわる)く輪(わ)は過(す)ぎ、輪(わ)は廻(まは)る、
果しなき苦役(くえき)の爲と云ふ様に。

あたりは暗(くら)く、重い挽臼(ひきうす)たちの泣(な)く音(きこ)が聞える、
挽臼(ひきうす)たちはお祖母(ばあ)さまよりも優(やさし)くお祖母(ばあ)さまよりも老(ふけ)てゐる、
氣味惡(わるわ)く輪は過(す)ぎ、輪(わ)は廻る、
果しなき苦役(くえき)の爲と云ふ様に。

挽臼(ひきうす)たちは優(やさし)い年よりのお祖母(ばあ)さま、
子供(こども)の力もそれを止(と)め、僅な水もそれを動かす。
氣味惡(わるわ)く輪は過(す)ぎ、輪(わ)は廻る、
果しなき苦役(くえき)の爲と云ふ様に。

挽臼たちは和尚さまの様に優しい

挽臼たちは私達を恵み助ける麺麭をつくる。

氣味惡く輪は過ぎ、輪は廻る、

果しなき苦役の爲と云ふ様に。

挽臼たちは人間を養ふ、

人の手を慕ひ人の爲に死ぬ従順な獸を養ふ。

氣味惡く輪は過ぎ、輪は廻る、

果しなき苦役の爲と云ふ様に。

挽臼たちは働いてる、泣いてる、廻つてる、つぶやいてる、

昔の昔から、この世の始から。

氣味惡く輪は過ぎ、輪は廻る、

果しなき苦役の爲と云ふ様に。

LE MOULIN [†]

[†] Remy de Gourmont, "Paysages spirituels", *Divertissements : Poèmes en vers*, Paris : Mercure de France, 1912, pp.97~99. Adolphe van Bever & Paul Léautaud, "Remy de Gourmont", *Poètes d'Aujourd'hui : Morceaux choisis(Tome I)*, Paris : Société du Mercure de France, 1908, pp.131~132.

Simone, le moulin est très ancien : ses roues,

Toutes vertes de mousse, tournent au fond d'un grand trou :

    On a peur, les roues passent, les roues tournent

    Comme pour un supplice éternel.

Les murs tremblent, on a l'air d'être sur un bateau

A vapeur, au milieu de la nuit et de l'eau :

    On a peur, les roues passent, les roues tournent

    Comme pour un supplice éternel.

Il fait noir : on entend pleurer les lourdes meules,

Qui sont plus douces et plus vieilles que des aïeules :

    On a peur, les roues passent, les roues tournent

    Comme pour un supplice éternel.

Les meules sont des aïeules si vieilles et si douces

Qu'un enfant les arrête et qu'un peu d'eau les pousse :

    On a peur, les roues passent, les roues tournent

    Comme pour un supplice éternel.

Elles écrasent le blé des riches et des pauvres,

Elles écrasent le seigle aussi, l'orge et l'épeautre :

On a peur, les roues passent, les roues tournent

Comme pour un supplice éternel.

Elles sont aussi bonnes que les plus grands apôtres,

Elles font le pain qui nous bénit et qui nous sauve :

On a peur, les roues passent, les roues tournent

Comme pour un supplice éternel.

Elles nourrissent les hommes et les animaux doux,

Ceux qui aiment notre main et qui meurent pour nous :

On a peur, les roues passent, les roues tournent

Comme pour un supplice éternel.

Elles vont, elles pleurent, elles tournent, elles grondent,

Depuis toujours, depuis le commencement du monde :

On a peur, les roues passent, les roues tournent

Comme pour un supplice éternel.

Simone, le moulin est très ancien : ses roues,

Toutes vertes de mousse, tournent au fond d'un grand trou.

재판 이외 없음.

주석

제1연

제1행　호리구치 다이가쿠^{堀口大學：1918}의 제1연 제1행 "シモオン、水車はひどく古くなつてる_{시몬, 물레방아는 심하게 낡아 있다}"에 충실한 번역이다.

제2행　호리구치 다이가쿠¹⁹¹⁸의 제1연 제2행 "輪はむす苔になつてる、輪は廻る大きな穴の奥_{바퀴는 이끼가 끼어 있다. 바퀴는 돈다 큰 구멍 속}"의 의역이다.

제3행　호리구치 다이가쿠¹⁹¹⁸의 제1연 제3행 "氣味惡く輪は過ぎ、輪は廻る_{기분 나쁘게 바퀴는 지나가고, 바퀴는 돈다}"의 의역이다. 김억은 '기분 나쁘다', "무서운(싫은) 느낌이 들다"를 의미하는 '氣味惡い'를 '멋없다'로 옮겼다. 참고로 후나오카 겐지^{船岡獻治：1919}에는 'キミ(氣味)'를 「츄미」 내음새와 맛', '긔미', '지취', '쏨사', '추세^{趨勢}'로 풀이한다. 이 중 '지취'는 김억의 '멋업다'와 통한다.

제4행　호리구치 다이가쿠¹⁹¹⁸의 제1연 제4행 "果しなき苦役の爲と云ふ様に_{끝없는 고역 때문이라고 말하듯}"의 의역이다.

제2연

제1행　호리구치 다이가쿠¹⁹¹⁸의 제2연 제1행 "あたりの壁は搖る_{주위의 벽은 흔들린다}"에 충실한 번역이다.

제2행　호리구치 다이가쿠¹⁹¹⁸의 제2연 제2행 "ちやうど夜中の海の上を汽船で渡る様な氣がする_{마치 밤중의 바다 위를 기선으로 건너는 듯한 느낌이 든다}"의 의역이다.

제3행　제1연 제3행과 동일하다.

제4행　제1연 제4행과 동일하다.

제3연

제1행 호리구치 다이가쿠[1918]의 제3연 제1행 "あたりは暗く、重い挽臼たちの泣く音が聞える 주위는 어둡고, 무거운 맷돌들의 우는 소리가 들린다"에 충실한 번역이다. 김억은 '맷돌'을 뜻하는 '挽臼ひきうす'를 '石臼'로 옮겼다. 참고로 후나오카 겐지[1919]에는 'ヒキウス(碾臼)'를 "맷돌。돌절구"로 풀이하고 동의어로 '石臼(イシウス)'를 제시한다. 이것은 김억의 '石臼'와 같다.

제2행 호리구치 다이가쿠[1918]의 제3연 제2행 "挽臼たちはお祖母さまよりも優くお祖母さまよりも老てゐる 맷돌들은 할머니보다도 자상하고, 할머니보다도 늙었다"에 충실한 번역이다.

제3행 제1연 제3행과 동일하다.

제4행 제1연 제4행과 동일하다.

제4연

제1행 나많은 : 나이 많은. '나'는 '나이'의 평안북도 방언이다.[김이협 : 1981, 김영배 : 1997] 호리구치 다이가쿠[1918]의 제4연 제1행 "挽臼たちは優い年よりのお祖母さま 맷돌들은 자상한 늙은이인 할머니"의 의역이다.

제2행 호리구치 다이가쿠[1918]의 제4연 제2행 "子供の力もそれを止め、僅な水もそれを動かす 아이의 힘으로도 그것을 멈추고, 적은 물도 그것을 움직인다" 중 'それを그것을'만을 제한 구문에 충실한 번역이다.

제3행 제1연 제3행과 동일하다.

제4행 제1연 제4행과 동일하다.

제5연

제1행 호리구치 다이가쿠[1918]의 제5연 제1행 "挽臼たちは和尚さまの様に優しい 맷돌들은 고승처럼 자상하다"에 충실한 번역이다.

제2행　호리구치 다이가쿠[1918]의 제5연 제2행 "挽臼たちは私達を恵み助ける麺麭をつくる 맷돌들은 우리에게 은혜를 베풀고 돕는 빵을 만든다"의 의역이다. 참고로 후나오카 겐지[1919]에는 'パン(麺麭)'을 "쌍。쌍썩"으로 풀이한다. 김억은 '麺麭'의 풀이인 '쌍'이 아닌 일본식 독음 'パン'을 택했다.

제3행　제1연 제3행과 동일하다.

제4행　제1연 제4행과 동일하다.

제6연

제1행　호리구치 다이가쿠[1918]의 제6연 제1행 "挽臼たちは人間を養ふ 맷돌들은 인간을 기른다"의 의역이다.

제2행　호리구치 다이가쿠[1918]의 제6연 제2행 "人の手を慕ひ人の爲に死ぬ從順な獸を養ふ 사람 손을 그리워하여 사람을 위해 죽는 순종한 짐승을 기른다"의 의역이다.

제3행　제1연 제3행과 동일하다.

제4행　제1연 제4행과 동일하다.

제7연

제1행　호리구치 다이가쿠[1918]의 제7연 제1행 "挽臼たちは働いてる、泣いてる、廻つてる、つぶやいてる 맷돌들은 일하고 있다, 울고 있다, 돌고 있다, 속삭이고 있다"의 의역이다.

제2행　호리구치 다이가쿠[1918]의 제7연 제2행 "昔の昔から、この世の始から 옛날 옛적부터, 이 세상의 처음부터"에 대응한다.

제3행　제1연 제3행과 동일하다.

제4행　제1연 제4행과 동일하다.

김억의 「果樹園」의 저본은 호리구치 다이가쿠堀口大學：1918 제2장인 「구르몽 시초グウルモン詩抄」의 「果樹園과수원」이다. 일본어로 번역된 구르몽의 이 시는 『오뇌의 무도』 초판과 재판 이전에는 호리구치 다이가쿠1918 이외 다른 번역시집에서는 발견되지 않는다. 또 구르몽의 이 시는 제스로 빗셀Jethro Bithell：1912에도 수록되어 있지 않다. 따라서 김억의 「과수원」의 유일한 저본이 호리구치 다이가쿠1918라고 하겠다. 특히 구르몽의 원시 제5연, 또 제9연이자 제1연의 제1, 2행과 동일한 부분이 호리구치 다이가쿠의 번역시에서는 모두 생략되어 있는데, 이 역시 김억의 번역시에서도 마찬가지이다.

호리구치 다이가쿠가 구르몽 원시 제5연과 제9연을 생략한 이유는 분명하지 않지만, 후일 그의 다른 번역시 엔솔러지인 『달 아래 한 무리月下の一群』1925는 물론 『구르몽 시초グウルモン詩抄』1928에 수록된 「과수원」에도 구르몽의 원시 제5연과 제9연이 생략되어 있다. 그렇다면 이것은 호리구치 다이가쿠의 특별한 의도를 반영하고 있다고 보아야 하겠다. 그러나 제5연 제1행 "Elles écrasent le blé des riches et des pauvres", 즉 물레방아가 부유한 이의 밀도 가난한 이의 밀도 모두 빻는다는 내용이 생략됨으로써 구르몽 원시의 보다 깊은 의미는 사라지고 만 것은 분명하다. 혹시 이것이 당시 검열을 의식한 선택이었던가는 좀더 살펴볼 일이다. 한편 구르몽의 원시 제9연은 제1연과 수미일관한 구조를 이루는데, 호리구치 다이가쿠는 이 제9연이 불필요한 반복이라고 여겨 생략한 것으로 판단된다. 어쨌든 이로써 김억은 구르몽의 원시가 아닌 호리구치 다이가쿠의 번역시를 저본으로 삼았던 사정이 더욱 분명해진다.

한편 김억의 제5연 제1행 "石臼은 중(僧)갓치 착하다" 중 '중(僧)'은 호리구치 다이가쿠의 제5연 제1행 "挽臼たちは和尚さまの様に優しい맷돌들은 고승처럼 자상하다"의 '和尚さま고승'를 의식한 번역어이다. 그런데 호리구치 다이가쿠의 '和尚さま고승'는 구르몽의 원시 제6연 제1행의 'apôtres', 즉 '사도使徒'에 해당하는 번역어이다. 이러한 호리구치 다이가쿠의 번역은 그리스도교와 그 교계제도 관련 어휘가 낯선 일본인 독자를 의식한 자민족중심주의적인 동화同化의 번역 혹은 번안에 가깝다. 이것은 호리구치 다이가쿠로서는 당연한 선택이지만, 김억의 차원

에서 보자면 그 의미는 사뭇 다르다. 이 역시 구르몽을 위시한 프랑스 현대시, 나아가 서양이 동아시아에서 번역되고 수용되는 도정에서, 일본어 번역을 경유하지 않고서는 서양을 이해할 수 없는 비서구 식민지 조선의 실존적 소여를 고스란히 드러내기 때문이다.

『오뇌의 무도』 주해

싸멘의詩[1]

水面에 써서 흘으는 달과도갓치、

江물을 싸리며가는 櫓와도 같이、

나의 맘은 歎息이되야 흐터지어라。

싸멘   【초77, 재95】

멀니써나서 只今은 消息좃차 슨허진[2]

지내간 오랜 넷날을[3] 위하야

나의벗 流暗에게[4] 이詩를 모하들이노라。   【초78, 재96】

1   알베르 사맹(Albert-Victor Samain, 1858~1900, 프랑스).

2   재판에는 '잃어진'.

3   재판에는 '넷날은'.

4   김여제(金輿濟, 1895~1968).

"싸멘의 詩" 장에 대하여

이 장은 프랑스 19세기 말『메르퀴르 드 프랑스*Mercure de France*』지의 대표적 시인인 알베르 사맹Albert-Victor Samain, 1858~1900의 시 총 10편초판 8편, 재판 10편을 수록하고 있다. 알베르 사맹은 보들레르에서 베를렌으로 이어지는 이른바 정서적 상징주의poésie affective 계보를 잇는 신상징주의neo-symbolisme 시인으로 알려져 있다. 구르몽Remy de Gourmont은 알베르 사맹의 시가『메르퀴르 드 프랑스』지에서 활동한 시인 가운데 상대적으로 고답파高踏派, parnassiens에 가까우면서도 가장 독창적이고 매력적이었다고 평가하기도 했다.Remy de Gourmont : 1896, 67~68 또 시인 프랑수아 코페François Coppée, 1842~1908는 알베르 사맹의 시집『공주의 정원에서*Au Jardin de l'Infante*』1893에 대한 서평「Au Jardin de l'Infante」에서 그를 두고 "가을과 황혼의 시인"이라고 평가하기도 했다.François Coppée : 1897, 306 이러한 평가는 영미권에서도 마찬가지였거니와, 알베르 사맹은 신상징주의를 대표하는 여섯 명의 시인 중 한 사람으로 소개되기도 했다.Amy Lowell : 1915

이 알베르 사맹의 시가 순서로는 보들레르보다 앞서, 구르몽과 나란히『오뇌의 무도』본장의 한 장을 차지했던 것은 역시 호리구치 다이가쿠堀口大學의 영향이다. 김억은 알베르 사맹의 시를 옮기면서 호리구치 다이가쿠의『어제의 꽃昨日の花』1918 제1장인「사맹 시초サマン詩抄」를 중심 저본으로 삼았다.김장호 : 1992a/1994. 호리구치 다이가쿠의 이「사맹 시초」장에는 총 16편의 작품이 수록되어 있는데, 이것은 전 62편의 시를 수록한『어제의 꽃』중에서 두 번째로 큰 비중을 차지하며, 근대기 일본에서 본격적으로 이루어진 알베르 사맹의 번역이기도 하다. 일찍이 호리구치 다이가쿠의『달 아래 한 무리月下の一群』1925를 저본으로 본 견해들도 있었지만김용직 : 1964, 김병철 : 1975, 김은전 : 1984, 그것은『어제의 꽃』1918의 존재를 몰랐거나 열람하지 못했던 데에서 비롯한 추정일 뿐이다.

한편 호리구치 다이가쿠는『오뇌의 무도』초판 출판 이후인 1921년 7월 5일『사맹 선집サマン選集』1921을 발표했다. 그래서 김억은『오뇌의 무도』초판 출판 당시만이 아니라 재판을 준비하는 가운데에서도 알베르 사맹의 시에 주목했을 터이다. 또『사맹 선집』말미의 평전에

서 호리구치 다이가쿠 역시 프랑수아 코페를 따라 알베르 사맹을 두고 '가을과 황혼의 시인'
이라고 한 점, 사무치는 황홀의 시인, 고통에 흔들리는 영혼, 병 많은 영혼, 아픈 영혼의 친구
라고 언급한 점도 김억으로 하여금 재판에 알베르 사맹의 시를 추가하도록 이끌었을 터이다.
특히 앞 장의 모두에서 설명한 바와 같이, 비록 문어체나 구어체에 상대적으로 가까운 호
리구치 다이가쿠의 전아典雅한 문체와 미감도 김억을 매료시켰을 터이다.

물론 알베르 사맹의 시는 일찍이 우에다 빈上田敏의 『해조음海潮音』1905, 이쿠다 슌게쓰生田春月
의 『태서명시명역집泰西名詩名譯集』1919 그리고 야나기자와 다케시柳澤健, 1889~1953의 『현대불란
서시집現代佛蘭西詩集』1921에도 수록되어 있다. 이 중 이쿠다 슌게쓰의 엔솔러지에는 총 4편의
알베르 사맹의 시가 수록되어 있다. 김억은 이 4편의 시 중 「Accompagnement」의 번역인 호
리구치 다이가쿠의 「동반同伴」만을 참조했을 뿐이다. 또 김억은 알베르 사맹의 이 시를 옮기
면서 호리구치 다이가쿠의 「동반」만이 아니라 고바야시 아이유小林愛雄의 『현대만엽집現代萬葉
集』1916에 수록된 「반주伴奏」도 저본으로 삼았다.

사실 고바야시 아이유의 이 번역시는 후술하겠지만 영국의 독일문학자 제스로 빗설Jethro
Bithell, 1878~1962의 『현대 프랑스 시선Contemporary French Poetry』1912 소재 영역시를 중역한 것이다. 제
스로 빗설의 이 엔솔러지는 영국의 시인이자 편집자인 윌리엄 샤프William Sharp가 편집하여 월
터 스코트 출판사The Walter Scott Publishing Co., Ltd.에서 출판한 캔터베리 시인 총서The Canterbury Poets의
일부이다. 또 앞서 「예르렌 시초詩抄」장의 저본 중 하나인 에쉬모어 윈게이트Ashmore Wingate의
『폴 베를렌 시선Poems by Paul Verlaine』1904 역시 이 총서의 일부이다.

그런데 김억 역시 제스로 빗설의 엔솔로지를 열람했던 것으로 보인다. 제스로 빗설의 엔솔
러지에는 알베르 사맹의 시가 총 25편 수록되어 있는데, 그중 4편「伴奏」,「水上音樂」,「가을」,「黃昏」이
호리구치 다이가쿠의 『어제의 꽃』소재 알베르 사맹의 시와도 겹친다. 김억은 이 4편만큼은
제스로 빗설의 영역시와 호리구치 다이가쿠의 일역시를 대조, 비교하면서 옮긴 흔적이 남아
있다. 그러나 김억은 이 제스로 빗설의 엔솔러지에 수록된 나머지 21편의 시는 번역하지 않
았다. 어쨌든 이것은 김억과 캔터베리 시인 총서와의 관계를 암시한다는 점에서도 중요한 의

미를 지닌다.

한편 김억은 이 장을 '유암流暗' 김여제金興濟, 1895~1968에게 헌정했다. 김여제는 평안북도 정주군定州郡 안흥면安興面 출생으로 김억과 동향인 데다가 나이도 비슷했다. 또 김여제도 오산학교에서 수학한 데다가2회 졸업, 1900~1912, 후일 일본에 유학하여 도쿄東京 세이소쿠正則영어학교를 수학한 점1913~1914도 김억과 같다(김억은 4회 졸업1909~1913, 1914년 게이오기주쿠慶應義塾대학에 입학하기 전 세이소쿠영어학교를 다녔다). 김여제는 와세다早稻田대학 재학시절1915~1918 『학지광學之光』지 제11호1916~1917에 「만만파파식적萬萬波波息笛을 울음」 등의 시를 발표했다. 후일 주요한은 이 시를 들어 김여제야말로 "자유시의 첫 작가"라고 평가하기도 했다.주요한, 「노래를 지으시려는 이에게」, 『조선문단』 창간호, 1924.10

김여제는 김억보다 나중에 귀국하여1918.6 황해도 재령의 명신학교에서 잠시 교편을 잡았는데, 1919년 삼일운동에 참여한 후 이광수와 함께 상해上海로 망명하여 1921년 8월까지 임시정부에서 활동했다.정우택 : 1994 그 후 김여제는 오산학교 교장1931~1933을 지내기도 했다.오산학원 : 2007. 166 이러한 인연으로 김억과 김여제의 관계는 각별했던 것으로 보인다.

『오뇌의 무도』 주해

伴奏。

菩提樹와 白楊木과 白樺의가지는 나붓기여라…………
달은 江물우에 나문닙갓치 훗터지어라…………

저녁바람에 불니우는 머리털과도갓치[1]、
어둡고 숨쉬는江은 芳香속에 누엇서라[2]、
江물은 明鏡인듯시 빗나고잇서라[3]。

櫓는 어두운안에 흰빗을노흐며[4]、
숨속을 내배는 써서흘너라.   【초79, 재97】

내배는幻影의[5] 江물우에서
理想의나라로 向하야흘너라[6]。

내가 젓는櫓는 뉘이와同生
하나는「苦惱」、다른하나는「沈默」이러라.   【초79, 재98】

눈을감고 拍子를 마초면서
아々 내맘이여、櫓를 저어라、
느르게、한가롭게、너그럽게[7] 물을싸리면서.

달은 적은山우에 몸을기대고[8]

1 재판에는 "머리털과도 갓치".

2 재판에는 '눕엇서라'.

3 재판에는 "샛맑하게 빗나라".

4 재판에는 "櫓는 어득은안에 흰 빗을 노흐며".

5 재판에는 "내배는 幻影의".

6 초판 본문에는 '나리로'. 초판 정오표를 따라 '나라로'로 고 쳤다.

7 재판에는 "한가롭게、너거롭게".

8 재판에는 "몸을 기대고".

江물우로 흘너가는 내배의 고요함을[9] 듯고잇서라…………

내外套우에는 새롭히써거온 百合세송이가 시들어라[10]。 【초80, 재98】

9   초판 본문에는 '고용함을'. 초판
     정오표를 따라 '고요함을'로 고
     쳤다. 재판에는 '고요함을'.

10   재판에는 "새롭히 써거온 百合
     세송이가 시둘어라".

11   새판에는 '헬금한'.

12   재판에는 "썰고잇는갈닙잇듯".

13   재판에는 '홋터지어라'.

핼금한[11] 逸樂의밤이여、너의입살로

그윽히 들어감은 百合의花精이런가、또는 내靈이런가、

銀色밤의 黑髮은 썰고잇는갈닙잇듯[12] 내리여라…………。

水面에 써서흘으는 달과도갓치、

江물을 싸리며가는 櫓와도갓치、

나의맘은 歎息이되야、흐터지어라[13]。   【초80, 재99】

伴奏[†]

小林愛雄

[†] 小林愛雄 譯, 「佛蘭西」, 『現代
萬葉集』, 東京：愛音會出版部,
1916, 145~146면.

菩提樹と樺と白楊の枝は顫へる‥‥
月は河の上に花瓣を落す‥‥

夕風に流れる長い髮のやうに
暗い河は夢を見て香つてゐる、
その河は光つてゐる、鏡のやうに。

橈は暗の裡に白い滴を落として、
夢のなかにわが舟は滑る。

わが舟は幻の河の上を
理想の國へと滑る‥‥

私の釣合はす橈は姊と弟で
一人を『惱み』今一人を『沈默』といふ。

漕げ、わが心を、高い藺草の傍を、
浮き沈む柳楊の橈で、
萬象に眼を閉ぢて漕げ。

月は耳を傾けて丘を寄り懸つてゐる、

わが舟の滑走が餘り靜かなために‥‥

わが外套の上に切られたばかりの百合が三輪落ちる。

逸樂な靑白い『夜』よ、おまへの唇の方へ、

閉ぢられたわが魂のあこがれが飛んでゆく‥‥

顫へる蘆で梳いた銀の夜の髮‥‥

蘆の牀の月のやうに、

河の橈のやうに、

わが魂は溜息にその花瓣を落とす。

相伴¹

堀口大學

銀いろのはこ柳、菩提樹や樺や……

月は水の面に木の葉の如く散りかかる……

夕風に吹かるる髪に似て

夏の夜のものの香は黒き湖を匂はしむ

香はしき湖は鏡の如く輝き出づ。

櫂は浮きつ、沈みつ

夢幻の境をわが舟は滑り行くなり。

わが櫂はみそらを滑る、

形なき湖の上……

わがやる二本の櫂の

右なるは「もの憂さ」、左は「沈黙」。

眼とぢ、拍子とりつつ

おお、わが心よ、櫂をやれかし、

緩かに、しめやかに、寛ろかに水を打ちつつ。

1 　堀口大學 譯,「サマン詩抄」,『昨日の花－佛蘭西近代詩』, 東京：籾山書店, 1918, 4~7면; 生田春月 編,「佛蘭西－アルベエル・サマン」,『泰西名詩名譯集』, 東京：越山堂, 1919, 124~125면; 堀口大學 譯,「王女の園」,『サマン選集』, 東京：アルス, 1921, 22~25면.

彼方、月は小山の上に肱つきて

水の上ゆく わが舟の静さに聴入りつ……

新しく折りて來し大百合の花三つわが脱ぎすてし上衣の上にて
凋落れゆくなり。

おお、色青ざめし樂欲の夜よ、汝が唇の方へ

忍び倚るは百合の精なるか、はたわが魂なるか?

銀の夜の黑髪は長き蘆の葉と垂れかかる……

水の面の月のごと

波間を滑る櫂のごと

わが心嗚咽となりて散りかかる!²

2　堀口大學(1921)에는 "かかる".

ACCOMPANIMENT.[†]

Jethro Bithell

[†] Jethro Bithell, "Albert Samain", *Contemporary French Poetry*, London : Walter Scott Publishing Co. Ltd., 1912, pp.170~171.

Lime, and birch, and aspen branches quiver⋯

The moon sheds petals on the river⋯⋯

Like long hair in the breeze of evening streaming,

in odour lies the river dark and dreaming,

The river like a looking‑glass is gleaming.

The oar drips whitely through the dark,

In the dream glides my barque.

My barque glides over the unreal

River into the ideal⋯⋯

The oars I poise are sister and brother,

One is Languor, Silence the other.

Row, my heart, by rushes tall,

With cadenced oars that rise and fall,

Row with eyes closed unto all.

The moon to listen leaning on the hill is.

Because the gliding of my boat so still is···

Upon my cloak die, freshly cut, three lilies.

Towards thy lips, voluptuous Night and pale,

The pent−up longings of my soul exhale···

Hair of the silvered nights combed over reeds that quiver····

Like the moon on the reed−beds,

Like the oar on the river,

My soul in sighs its petals sheds.

『오뇌의 무도』 주해

ACCOMPAGNEMENT[†]

Tremble argenté, tilleul, bouleau …

La lune s'effeuille sur l'eau …

Comme de longs cheveux peignés au vent du soir,

L'odeur des nuits d'été parfume le lac noir.

Le grand lac parfumé brille comme un miroir.

La rame tombe et se relève,

Ma barque glisse dans le rêve.

Ma barque glisse dans le ciel,

Sur le lac immatériel…

Des deux rames que je balance,

L'une est Langueur, l'autre est Silence.

En cadence les yeux fermés,

Rame, ô mon cœur, ton indolence

A larges coups lents et pâmés.

Là-bas la lune écoute, accoudée au coteau,

†   Albert Samain, "Mon âme est une infante", *Au Jardin de l'Infante : Augmenté de plusieurs poèmes*, Paris : Société du Mercure de France, 1897, pp.27~28; "Au Jardin de l'Infante", *Œuvres d'Albert Samain I*, Paris : Mercure de France, 1924, pp.29~30.

Le silence qu'exhale en glissant le bateau ⋯

Trois grands lys frais-coupés meurent sur mon manteau.

Vers tes lèvres, ô Nuit voluptueuse et pâle,

Est-ce leur âme, est-ce mon âme qui s'exhale ?

Cheveux des nuits d'argent peignés aux longs roseaux.

Comme la lune sur les eaux,

Comme la rame sur les flots,

Mon âme s'effeuille en sanglots !

재판 이외 없음.

제1연

제1행   제스로 빗셀^{Jethro Bithell : 1912}의 제1연 제1행 "Lime, and birch, and aspen branches quiver"
를 염두에 두되, 고바야시 아이유^{小林愛雄 : 1916}의 제1연 제1행 "菩提樹と樺と白楊の枝
は顫へる^{보리수와 자작나무와 백양목 가지는 떨린다}"의 어휘 표현과 문형을 따른 의역이다.

제2행   제스로 빗셀^{Jethro Bithell : 1912}의 제1연 제2행 "The moon sheds petals on the river"를 염두
에 두되, 호리구치 다이가쿠^{堀口大學 : 1918/1921}의 제1연 제2행 "月は水の面に木の葉の如
く散りかかる^{달은 수면에 나뭇잎처럼 흩어지고 있다}"의 어휘 표현과 문형에 충실한 번역이다.
다만 제스로 빗셀¹⁹¹², 고바야시 아이유^{小林愛雄 : 1916}의 제1연 제2행 "月は河の上に花瓣
を落す^{달은 강 위에 꽃잎을 떨군다}"를 참조하여 '물'을 '강'으로 대체했다.

제2연

제1행   호리구치 다이가쿠¹⁹¹⁸의 제2연 제1행 "夕風に吹かるる髮に似て^{저녁 바람에 불리는 머리카}
^{락처럼}"에 대응한다. 제스로 빗셀¹⁹¹²의 제2연 제1행 "Like long hair in the breeze of eve-
ning streaming"에 해당한다.

제2행   제스로 빗셀¹⁹¹²의 제2연 제2행 "in odour lies the river dark and dreaming"에 충실한 번
역이다. 고바야시 아이유¹⁹¹⁶의 제2연 제2행은 "暗い河は夢を見て香つてゐる^{어두운 강}
^{은 꿈을 꾸며 향기를 띠고 있다}"이다. 호리구치 다이가쿠¹⁹¹⁸의 제2연 제2행은 "夏の夜のもの
の香は黑き湖を匂はしむ^{여름밤 향기는 검은 호수를 정취 있게 하고}"이다.

제3행   제스로 빗셀¹⁹¹²의 제2연 제3행 "The river like a looking-glass is gleaming"를 염두에 두
고, 고바야시 아이유¹⁹¹⁶의 제2연 제3행 "その河は光つてゐる、鏡のやうに^{그 강은 빛나고}

있다, 거울처럼"와 호리구치 다이가쿠^{1918/1921}의 제2연 제3행 "香はしき湖は鏡の如く輝き出づ향기로운 호수는 거울처럼 빛난다" 중 'その河は그 강은'小林愛雄, '鏡のやうに거울처럼'小林愛雄 혹은 '鏡の如く거울처럼'堀口大學, '光つてゐる빛나고 있다'小林愛雄 혹은 '輝き出づ빛나고 있다'堀口大學만을 발췌하여 조합한 구문에 충실한 번역이다.

제3연

제1행   제스로 빗설¹⁹¹²의 제3연 제1행 "The oar drips whitely through the dark"를 염두에 두되, 고바야시 아이유¹⁹¹⁶의 제3연 제1행 "橈は暗の裡に白い滴を落として노는 어둠 속에 흰 물방울을 떨어뜨리고"의 어휘 표현과 문형을 따른 의역이다.

제2행   제스로 빗설¹⁹¹²의 제3연 제2행 "In the dream glides my barque"를 염두에 두되, 고바야시 아이유¹⁹¹⁶의 제3연 제2행 "夢のなかにわが舟は滑る꿈속으로 내 배는 미끌어진다"의 어휘 표현과 문형을 따른 의역이다. 호리구치 다이가쿠¹⁹¹⁸의 제3연 제2행은 "夢幻の境をわが舟は滑り行くなり몽환의 경지를 내 배는 미끌어져 간다"이다.

제4연

제1행   제스로 빗설¹⁹¹²의 제4연 제1행 "My barque glides over the unreal"과 제2행 "River into the ideal" 중 'River'만을 발췌하여 조합한 구문을 염두에 두되, 고바야시 아이유¹⁹¹⁶의 제4연 제1행 "わが舟は幻の河の上を내 배는 환영의 강 위를"의 어휘 표현과 문형을 따른 의역이다.

제2행   제스로 빗설¹⁹¹²의 제4연 제1행 중 'glides'와 제2행 중 'into the ideal'만을 발췌하여 조합한 구문을 염두에 두되, 고바야시 아이유¹⁹¹⁶의 제4연 제2행 "理想の國へと滑る이상의 나라로 미끌어진다"의 어휘 표현과 문형을 따른 의역이다.

제5연

제1행 뉘이 : '누이姊'의 평안북도 방언 '뉘^뉘'^{김이협 : 1981; 김영배 : 1997}의 이형태, 혹은 김억의 입말로 추정된다. 제스로 빗설¹⁹¹²의 제5연 제1행 "The oars I poise are sister and brother"를 염두에 두되, 고바야시 아이유¹⁹¹⁶의 제5연 제1행 "私の釣合はす橈は姉と弟で^{내가 균형 잡는 노는 누이와 동생}"의 어휘 표현과 문형에 충실한 번역이다.

제2행 제스로 빗설¹⁹¹²의 제5연 제2행 "One is Languor, Silence the other"를 염두에 두되, 고바야시 아이유¹⁹¹⁶의 제5연 제2행 "一人を『惱み』今一人を『沈黙』といふ^{한 사람을 '고뇌', 또 한 사람을 '침묵'이라 한다}"의 어휘 표현과 문형에 충실한 번역이다.

제6연

제1행 호리구치 다이가쿠^{1918/1921}의 제6연 제1행 "眼とぢ、拍子とりつつ^{눈을 감고, 박자를 맞추며}"에 대응한다. 이 행 이하 제6연 모두 재판에서는 제5연으로 되어 있다. 제스로 빗설¹⁹¹²의 제6연 제2행 "With cadenced oars that rise and fall"에 해당한다.

제2행 호리구치 다이가쿠^{1918/1921}의 제6연 제2행 "おお、わが心よ、櫂をやれかし^{오오, 나의 마음이여, 노를 젓게 하여라}"의 의역이다.

제3행 호리구치 다이가쿠^{1918/1921}의 제6연 제3행 "緩かに、しめやかに、寛ろかに水を打ちつつ^{느릿하게, 고요하게, 여유롭게 물을 치면서}"의 의역이다.

제7연

제1행 제스로 빗설¹⁹¹²의 제7연 제1행 "The moon to listen leaning on the hill is"를 염두에 두되, 호리구치 다이가쿠^{1918/1921}의 제7연 제1행 "彼方、月は小山の上に肱つきて^{저쪽, 달은 작은 산 위에 팔꿈치를 괴고서}" 중 '月は小山の上に肱つきて^{달은 작은 산 위에 팔꿈치를 괴고서}'만을 발췌한 구문의 어휘 표현과 문형을 따른 의역이다. 특히 김억은 호리구치 다이가쿠^{1918/1921}의 '肱つきて^{팔꿈치를 괴고서}' 대신 제스로 빗설¹⁹¹²의 'leaning'을 택했다.

제2행　호리구치 다이가쿠^{1918/1921}의 제7연 제2행 "水の上ゆく わが舟の静さに聴入りつ물 위를 가는 배의 조용함에 귀를 기울이며"의 의역이다. 제스로 빗설¹⁹¹²의 제7연 제2행 "Because the gliding of my boat so still is"에 해당한다.

제3행　제스로 빗설¹⁹¹²의 제7연 제3행 "Upon my cloak die, freshly cut, three lilies"를 염두에 두되, 고바야시 아이유¹⁹¹⁶의 세7연 세3행 "わが外套の上に切られたばかりの百合が三輪落ちる내 외투 위에 갓 꺾어온 백합이 세 송이가 진다"의 어휘 표현과 문형에 충실한 번역이다. 한편 호리구치 다이가쿠^{1918/1921}의 제7연 제3행은 "新しく折りて來し大百合の花三つわが脱ぎすてし上衣の上にて凋落れゆくなり새롭게 꺾어온 큰 백합 세 송이가 벗어버린 겉옷 위에서 시들어 간다"이다.

제8연

제1행　햘금하다 : 오늘날의 "가볍게 곁눈질하여 살짝 한 번 쳐다보다"가 아니라, '창백하다' 혹은 '햘쑥하다'의 의미이다. 『오뇌의 무도』에서 자주 쓰인 어휘 중 하나인 '희멀금하다'와 비슷하다. 제스로 빗설¹⁹¹²의 제8연 제1행 "Towards thy lips, voluptuous Night and pale"를 염두에 두되, 고바야시 아이유¹⁹¹⁶의 제8연 제1행 "逸樂な靑白い『夜』よ、おまへの唇の方へ일락의 창백한 '밤'이여, 네 입술 쪽으로"를 '靑白い창백한', '逸樂な일락의', "『夜』よ、おまへの唇の方へ'밤'이여, 네 입술 쪽으로" 순으로 도치하여 조합한 구문에 충실한 번역이다.

제2행　호리구치 다이가쿠¹⁹¹⁸의 제8연 제2행 "忍び倚るは百合の精なるか、はたわが魂なるか남몰래 온 것은 백합의 꽃가루인가, 아니면 나의 혼인가?"의 의역이다. 제스로 빗설¹⁹¹²의 제8연 제2행은 "The pent-up longings of my soul exhale"이다. 고바야시 아이유¹⁹¹⁶의 제8연 제2행은 "閉ぢられたわが魂のあこがれが飛んでゆく닫힌 내 혼의 동경이 날아간다"이다.

제3행　제스로 빗설¹⁹¹²의 제8연 제3행 "Hair of the silvered nights combed over reeds that quiver" 중 'reeds that quiver'를 염두에 두되, 호리구치 다이가쿠^{1918/1921}의 제8연 제3행 "銀

の夜の黑髮は長き蘆の葉と垂れかかる^{은빛 밤의 검은 머리카락은 긴 갈댓잎처럼 늘어져 있다}"의 어휘 표현과 문형을 따른 의역이다. 다만 이 중 '長き蘆^{긴 갈대}' 대신 제스로 빗설¹⁹¹²에 더 가까운 고바야시 아이유¹⁹¹⁶의 제8연 제3행 "顫へる蘆で梳いた銀の夜の髮^{떨리는 갈대로 빗질한 은빛의 밤의 머리카락}" 중 '顫へる蘆^{떨리는 갈대}'을 택했다.

제9연

제1행 　제스로 빗설¹⁹¹²의 제9연 제1행 "Like the moon on the reed-beds"를 염두에 두되, 호리구치 다이가쿠^{1918/1921}의 제9연 제1행 "水の面の月のごと^{물 위의 달처럼}"의 어휘 표현과 문형을 따른 의역이다.

제2행 　제스로 빗설¹⁹¹²의 제9연 제2행 "Like the oar on the river"를 염두에 두되, 호리구치 다이가쿠¹⁹¹⁸의 제9연 제2행 "波間を滑る櫂のごと^{물결 사이를 미끄러지는 노처럼}"의 어휘 표현과 문형을 따른 의역이다. 고바야시 아이유¹⁹¹⁶의 제9연 제2행은 "河の橈のやうに^{강의 노처럼}"이다.

제3행 　제스로 빗설¹⁹¹²의 제9연 제3행 "My soul in sighs its petals sheds"를 염두에 두되, 호리구치 다이가쿠^{1918/1921}의 제9연 제3행 "わが心嗚咽となりて散りかかる^{내 마음의 흐느낌이 되어 흩어진다}"의 어휘 표현과 문형을 따른 의역이다. 다만 호리구치 다이가쿠의 '嗚咽^{흐느낌}' 대신 고바야시 아이유¹⁹¹⁶의 제9연 제2행 "わが魂は溜息にその花瓣を落とす^{나의 혼은 한숨으로 그 꽃잎을 떨어뜨린다}" 중 '溜息^{한숨}'를 택했다.

해설 _____

김억의 「伴奏」의 제1저본은 고바야시 아이유^{小林愛雄 : 1916}의 「伴奏^{반주}」, 제2저본은 호리구치 다이가쿠^{堀口大學 : 1918}의 제1장 「사맹 시초^{サマン詩抄}」의 「相半^{동반}」이다. 김억은 제스로 빗설^{Jethro Bithell : 1912}의 영역시도 열람했지만 제1저본으로 삼지 못했다. 김억은 이 시의 도처에서 볼 수 있듯이 주로 영역시를 염두에 두되, 어휘와 표현 등은 일역시를 따르는 방식으로 옮겼다. 따

라서 사실상 일역시가 제1저본이라고 해도 과언이 아닌 셈이다.

출판 시점으로 보자면 제스로 빗설[1912]이 가장 앞서고, 다음으로 고바야시 아이유[1916]와 호리구치 다이가쿠[1918]가 순서대로 뒤따른다. 그러나 김억이 어느 것을 먼저 열람했던가는 분명하지 않다. 그중 호리구치 다이가쿠[1918]는 이쿠다 슌게쓰[生田春月 : 1919]에도 수록되어 있고, 『오뇌의 무도』 초판 이후인 1921년 7월에 출판된 호리구치 다이가쿠[1921]에도 수록되어 있다. 후술하겠지만 김억이 재판에 알베르 사맹의 「황혼」 연작시를 추가하는 만큼, 초판 이후 호리구치 다이가쿠[1921]를 열람한 것은 분명하다.

사실 알베르 사맹의 원시는 일찍이 우에다 빈[上田敏 : 1905]에도 「伴奏반주」라는 제목으로 수록되어 있다. 그러나 김억은 이 시만이 아니라 『오뇌의 무도』 초판과 재판에 걸쳐서 좀처럼 우에다 빈[1905]을 저본으로 삼지 않았다. 그것은 우에다 빈[1905]의 서문에서도 알 수 있듯이, 알베르 사맹을 비롯한 프랑스 현대 시인들의 이른바 '유완체幽婉體'의 경우 변격의 문체로 옮겼다고 하더라도[우에다 빈 : 1905. 2], 근본적으로 고삽한 문고어체였기 때문이다. 또 구르몽의 원시는 야나기자와 겐[柳澤健 : 1921]에도 수록되어 있지만, 김억이 『오뇌의 무도』 재판에서라도 이것을 열람하고 참조한 흔적은 보이지 않는다.

김억은 제목은 고바야시 아이유[1916]에서 취하고, 본문은 이와 아울러 호리구치 다이가쿠[1918]의 번역시를 두루 저본으로 삼아 번역했다. 앞서 「뻬르렌 시초詩抄」 혹은 「뻬르렌의 시詩」 장과 마찬가지로 이 시 역시 김억은 행 단위는 물론 심지어 한 행 안에서도 서로 다른 두 저본의 구문을 일일이 해체하여 새로 조합한 듯이 옮겼다. 그중에서도 김억은 고바야시 아이유[1916]에 좀 더 의존했다. 어쨌든 김억 특유의 이 복잡한 중역으로 인해 김억의 이 시는 일본어 번역시와 다른 새로운 텍스트가 된 것만은 분명하다.

그런데 앞서 이 장의 모두에서 거론한 바와 같이 고바야시 아이유[1916]가 제스로 빗설[1912]의 중역이라는 점은 예사롭지 않다. 그러니까 김억의 이 시는 한편으로는 프랑스어에서 영어를 경유하여 일본어에 이르는, 다른 한편으로는 프랑스어에서 일본어에 이르는 서로 다른 번·중역의 경로들이 복잡하게 뒤얽혀 있는 텍스트인 셈이다. 환언하자면 김억의 이 시는 프랑스어, 영어, 일본어의 복잡한 적층 위에서 이루어진 혼종적인 텍스트인 것이다. 이것이 이 역시 비서구 식민지 조선의 근대성의 경험을 상징적으로 드러내는 양상임은 두말할 나위도 없다.

水上音樂。

1   초판과 재판의 '빗겨움음을'은
    '빗겨울음을'의 오식으로 보인다.

2   재판에는 "희미한안개속에서".

3   재판에는 "다시 잇스랴".

4   재판에는 "가득히 醉하야"

5   재판에는 "우리들의 맘을".

6   재판에는 "간절케 하여라".

7   재판에는 '펀'.

8   재판에는 "나는 보노라".

9   재판에는 "빗겨울음을 듯어라".

아々 樂調의 빗겨움음을[1] 듯어라!
먼곳의 희미한안개속에서[2] 니러나는
흐릇한樂調의 죽어가는 그소리처럼、
곱고도 살틀한것이야 다시잇스랴[3]。

밤은 憂愁에 가득히醉하야[4]、
우리들의맘을[5]、幸福업는
世上의努力에서 避케하여라、
사람으로하야금 思慕를 간절케하여라[6]。

구름과 물사이를   【초81, 재100】
달아레서 櫓질하게하여라、
내世上과는 써나서、나의맘은
憂愁가득한 그대의눈으로 들어라。   【초81, 재101】

樂調의 빗겨울음에 醉하야
업서지랴는듯한 그대의눈을
奇妙한 달아레에 펀[7]
奇異한곳으로 나는보노라[8]。

樂調의 빗겨울음을듯어라[9]、

희미한樂調의 소리안에、

입살과입살이 서로 마조닷는그것쳐럼[10]

곱고도 살틀한것이야 다시잇스랴[11]。 【초82, 재101】

10 재판에는 "마조닷는 그것처럼".

11 재판에는 "다시 잇스랴".

水上奏樂[1]

堀口大學

1　堀口大學譯,「サマン詩抄」,『昨日の花－佛蘭西近代詩』, 東京：籾山書店, 1918, 1~3면;「王女の園」,『サマン選集』, 東京：アルス, 1921, 19~21면.

2　堀口大學(1921)에는「氣色ほど」.

おお！樂の響に聞入れよ、
遠き狹霧のうちより起る
有耶無耶の樂の音消えも入りなん氣合ほど[2]
やさしきものの世にありや。

夜は憂ひに醉痴れて
われ等が心を味氣なき
世の努力よりのがれしめ
人をして思慕に堪へざらしむ。

空と水との間をば
高き月下に棹ささん、
浮世を他所にわが心
汝か瞳のうちに忍びたり。

樂の響に聞恍れて
消えんとやする汝か眼をば
妙なる日かけの下に咲く
曼珠の花とわれは見る。

樂^{がく}の響に聞入れよ、

微^{かすけ}き樂^{がく}の音^ねのうちに

倚^{より}合^あふ唇のわななき許^{ばか}り

うれしきものの世^よにありや……

MUSIC ON THE WATERS. [†]

[†] Jethro Bithell, "Albert Samain",
Contemporary French Poetry, Lon-
don : Walter Scott Publishing
Co. Ltd., 1912, pp.169~170.

Jethro Bithell

O HARK what the symphony saith,

    Nothing is sweet as a death

    Of music vague on the breath

That a far, dim landscape is sighing;

The heavy night is drunken,

    Our heart that with living is shrunken

    In effortless peace is sunken,

And languorously dying.

Between the cloud and the tide,

    Under the moon let us glide,

    My soul flees the world to hide

In thine eyes where languor is lying.

And I see thine eyeballs swoon.

    When the flute weds the bassoon,

    As though to a ray of the moon

Two ghostly flowers were replying.

『오뇌의 무도』 주해

O list what the symphony saith,

Nothing is sweet as the death

Of lip to lip in the breath

Of music vaguely sighing.

MUSIQUE SUR L'EAU[†]

[†] Albert Samain, "Mon âme est une infante", *Au Jardin de l'Infante : Augmenté de plusieurs poèmes*, Paris : Société du Mercure de France, 1897, pp.25~26; "Au Jardin de l'Infante", *Œuvres d'Albert Samain I*, Paris : Mercure de France, 1924, pp.27~28.

Oh ! Écoute la symphonie ;

Rien n'est doux comme une agonie

Dans la musique indéfinie

Qu'exhale un lointain vaporeux ;

D'une langueur la nuit s'enivre,

Et notre cœur qu'elle délivre

Du monotone effort de vivre

Se meurt d'un trépas langoureux.

Glissons entre le ciel et l'onde,

Glissons sous la lune profonde ;

Toute mon âme, loin du monde,

S'est réfugiée en tes yeux,

Et je regarde tes prunelles

Se pâmer sous les chanterelles,

Comme deux fleurs surnaturelles

Sous un rayon mélodieux.

Oh ! écoute la symphonie ;

Rien n'est doux comme l'agonie

De la lèvre à la lèvre unie

Dans la musique indéfinie ⋯

재판 이외 없음.

주석

제1연

제1행 호리구치 다이가쿠[堀口大學 : 1918/1921]의 제1연 제1행 "おお! 樂の響に聞入れよ [오오, 음악의 울림을 들어라!]"의 의역이다.

제2행 제스로 빗설[Jethro Bithell : 1912]의 제1연 제4행 "That a far, dim landscape is sighing"을 염두에 두되, 호리구치 다이가쿠[1918/1921]의 제1연 제2행 "遠き狹霧のうちより起る [멀리 안개 속에서 일어나는]"의 어휘 표현과 문형을 따른 의역이다. 특히 제스로 빗설[1912]의 'dim'을 더했다.

제3행 흐릇한 : '흐릿한'의 평안도 방언 혹은 김억의 입말로 추정된다. 제스로 빗설[1912]의 제1연 제2행 "Nothing is sweet as a death" 중 'as a death'와 제3행 "Of music vague on the breath"를 조합한 구문을 의식하되, 호리구치 다이가쿠의 제1연 제3행 "有耶無耶の樂の音消えも入りなん氣合ほど [있는지 없는지도 모를 음악 소리도 스러져가는 느낌처럼]"1918 혹은 "有耶無耶の樂の音消えも入りなん氣色ほど [있는지 없는지도 모를 음악 소리도 스러져가는 느낌처럼]"1921의 어휘 표현과 문형을 따른 의역이다.

제4행 제스로 빗설[1912]의 제1연 제2행 중 'Nothing is sweet'를 염두에 두되, 호리구치 다이가쿠[1918/1921]의 제1연 제4행 "やさしきものの世にありや [아름다운 것이 세상에 있는가?]"의 어휘 표현과 문형을 따른 의역이다.

제2연

제1행 제스로 빗설[1912]의 제2연 제1행 "The heavy night is drunken"을 염두에 두되, 호리구치 다이가쿠[1918/1921]의 제2연 제1행 "夜は憂ひに醉痴れて [밤은 근심에 도취하여]"의 어휘 표현

과 문형을 따른 의역이다. 특히 김억은 호리구치 다이가쿠[1918/1921]에는 대응하는 어휘가 없는 제스로 빗설[1912]의 'heavy'를 더했다.

제2행   제스로 빗설[1912]의 제2연 제2행 "Our heart that with living is shrunken"을 염두에 두되, 호리구치 다이가쿠[1918/1921]의 제2연 제2행 "われ等が心を味氣なき우리의 마음을 따분한"의 어휘 표현과 문형을 따른 의역이다. 참고로 후나오카 겐지[船岡獻治:1919]에는 'キミ味氣'를 "(名) ㊀ 츄미 내음새와 맛. ㊁ 긔미. 지취. 쏨사. 趣勢. 趣"로 풀이한다.

제3행   호리구치 다이가쿠[1918/1921]의 제2연 제3행 "世の努力よりのがれしめ세상의 노력으로부터 달아나게 하고"의 의역이다. 제스로 빗설[1912]의 제2연 제3행 "In effortless peace is sunken"에 해당한다.

제4행   호리구치 다이가쿠[1918/1921]의 제2연 제4행 "人をして思慕に堪へざらしむ사람으로 하여금 사모함으로 견딜 수 없게 하라"의 의역이다. 제스로 빗설[1912]의 제2연 제4행 "And languorously dying"에 해당한다.

제3연

제1행   제스로 빗설[1912]의 제3연 제1행 "Between the cloud and the tide"를 염두에 두되, 호리구치 다이가쿠[1918/1921]의 제3연 제1행 "空と水との間をば하늘과 물 사이를"의 어휘 표현과 문형을 따른 의역이다. 다만 김억은 호리구치 다이가쿠[1918/1921]의 '空하늘' 대신 제스로 빗설[1912]의 'cloud'를, 또 제스로 빗설의 'tide' 대신 호리구치 다이가쿠[1918/1921]의 '水물'를 따랐다. 참고로 알베르 사맹의 원시 제3연 제1행은 "Glissons entre le ciel et l'onde하늘과 파도 사이를 미끌어진다"이다.

제2행   제스로 빗설[1912]의 제3연 제2행 "Under the moon let us glide"를 염두에 두되, 호리구치 다이가쿠[1918/1921]의 제3연 제2행 "高き月下に棹さん높이 뜬 달 아래 노를 젓게 하라"의 어휘 표현과 문형을 따른 의역이다. 특히 김억은 제스로 빗설[1912]에 대응하는 어휘가 없는 호리구치 다이가쿠의 '高き높은'를 생략했다.

제3행 호리구치 다이가쿠^{1918/1921}의 제3연 제3행 "浮世を他所にわが心^{뜬세상을 버린 나의 마음}"의
의역이다. 제스로 빗설¹⁹¹²의 제3연 제3행 "My soul flees the world to hide" 중 'to hide'
를 제한 구문에 해당한다.

제4행 제스로 빗설¹⁹¹²의 제2연 제3행 중 'to hide'와 제4행 "In thine eyes where languor is ly-
ing"을 조합한 구문을 염두에 두되, 호리구치 다이가쿠^{1918/1921}의 제3연 제4행 "汝が
瞳のうちに忍びたり^{네 눈 속으로 숨어든다}"의 어휘 표현과 문형을 따른 의역이다. 특히 김
억은 호리구치 다이가쿠^{1918/1921}에 대응하는 어휘가 없는 제스로 빗설¹⁹¹²의 'languor'
를 더했다.

제4연

제1행 호리구치 다이가쿠^{1918/1921}의 제4연 제1행 "樂の響に聞恍れて^{음악의 울림을 듣고 도취하여}"
의 의역이다. 제스로 빗설¹⁹¹²의 제4연 제2행 "When the flute weds the bassoon"에 해
당한다.

제2행 호리구치 다이가쿠^{1918/1921}의 제4연 제2행 "消えんとやする汝が眼をば<sup>사라지려 하는 너
의 눈을</sup>"에 충실한 번역이다. 제스로 빗설¹⁹¹²의 제4연 제1행 "And I see thine eyeballs
swoon"에 해당한다.

제3행 제스로 빗설¹⁹¹²의 제4연 제3행 "As though to a ray of the moon"을 염두에 두되 호리
구치 다이가쿠^{1918/1921}의 제4연 제3행 "妙なる日かげの下に咲く^{묘한 해 그늘 아래에 핀}"의
어휘 표현과 문형을 따른 의역이다. 특히 김억은 호리구치 다이가쿠^{1918/1921}의 '日か
げ^{해 그늘}' 대신 제스로 빗설¹⁹¹²의 'the moon'을 따라, 혹은 호리구치 다이가쿠^{1918/1921}
의 제3연 제2행 중 '高き月下に^{높이 뜬 달 아래}'를 따라 '달아레'로 옮겼다. 참고로 호리구
치 다이가쿠^{1918/1921}는 알베르 사맹 원시 제4연 제4행 "Sous un rayon mélodieux"에 해
당한다. 알베르 사맹의 'rayon'은 제3연 제2행 "Glissons sous la lune profond"에서 알 수
있듯이 달빛이다. 그래서 호리구치 다이가쿠도 제3연 제2행에서 '月^달'로 옮겼다.

제4행 　제스로 빗설¹⁹¹²의 제4연 제4행 "Two ghostly flowers were replying"를 염두에 두되, 호리구치 다이가쿠^{1918/1921}의 제4연 제4행 "曼珠の花とわれは見る ^{석산으로 나는 본다}"의 어휘 표현과 문형을 따른 의역이다. 특히 김억은 호리구치 다이가쿠^{1918/1921}의 '曼珠の花^{석산}' 대신 제스로 빗설¹⁹¹²의 'ghostly flowers'를 의식하여 '奇異한 곳'으로 옮겼다. 호리구치 다이가쿠^{1918/1921}의 '曼珠の花^{彼岸花, 曼珠沙華}'는 석산^{石蒜} 혹은 꽃무릇으로서, 불교 설화 속에서 하늘나라에 피는 꽃이기도 하다. 이 '曼珠の花^{彼岸花, 曼珠沙華}'는 알베르 사맹의 원시 제4연 제3행 "Comme deux fleurs surnaturelles" 중 'fleurs surnaturelles^{신비한 꽃}'에 해당한다.

제5연

제1행 　제스로 빗설¹⁹¹⁸의 제5연 제1행을 염두에 두되, 호리구치 다이가쿠^{1918/1921}의 제1연 제1행 중 '樂の響に聞入れよ^{음악의 울림을 들어라!}'만을 발췌한 구문을 따른 의역이다.

제2행 　호리구치 다이가쿠^{1918/1921}의 제5연 제2행 "微き樂の音のうちに ^{희미한 음악 소리 속에}"의 의역이다. 제스로 빗설¹⁹¹²의 제5연 제4행 "Of music vaguely sighing"에 해당한다.

제3행 　제스로 빗설¹⁹¹²의 제5연 제3행 "Of lip to lip in the breath"를 염두에 두되, 호리구치 다이가쿠^{1918/1921}의 제5연 제3행 "倚合ふ唇のわななき許り ^{맞댄 입술의 떨림만큼}"의 어휘와 문형을 따른 의역이다.

제4행 　제스로 빗설¹⁹¹²의 제5연 제2행 "Nothing is sweet as the death" 중 'Nothing is sweet'를 염두에 두되, 호리구치 다이가쿠^{1918/1921}의 제5연 제4행 "うれしきものの世にありや ^{즐거운 것이 이 세상에 있으랴}"의 문형을 따른 의역이다.

해설

김억의 「水上音樂」의 제1저본은 호리구치 다이가쿠^{堀口大學: 1918}의 제1장 「사맹 시초^{サマン詩抄}」의 「水上奏樂^{수상음악}」이고, 제2저본은 제스로 빗설¹⁹¹²의 영역시이다. 알베르 사맹의 이 시는 이쿠다 슌게쓰生田春月 : 1919에는 수록되어 있지 않으니, 일역시 중에서는 호리구치 다이가쿠1918가 초판 당시까지 김억이 참조할 수 있는 유일한 저본이었다. 그리고 초판 이후 호리구치 다이가쿠1921에 수록되었다. 제4연 이하에서 분명히 드러나듯이, 김억은 우선 호리구치 다이가쿠1918를 제1저본으로 삼으면서, 제스로 빗설1912과 차이가 있는 부분, 또 '曼珠の花'처럼 호리구치 다이가쿠1918에서 의미가 불분명한 부분은 제스로 빗설1912을 따랐다.

이미 「뻬르렌 시초詩抄」 혹은 「뻬르렌의 시詩」장에서 확인한 바와 같이 김억이 제스로 빗설1912을 제1저본으로 삼지 못했던 것은 그의 어학 능력과 관계가 있다. 특히 제스로 빗설1912의 제2연의 'drunken', 'shrunken', 'sunken'으로 종결하는 피동형의 구문과 그 리듬을 옮기기란 쉽지 않다. 또 제4연의 'flute'과 'bassoon' 같은 생경한 악기의 이름도 의미불명의 어휘일 따름이다. 따라서 김억으로서는 제스로 빗설1912을 염두에 두되, 호리구치 다이가쿠1918/1921에 좀 더 의지할 수밖에 없었던 것이다.

한편 이 알베르 사맹의 'fleurs surnaturelles'가 호리구치 다이가쿠의 '曼珠の花', 혹은 제스로 빗설의 'ghostly flowers'를 거쳐 김억의 '奇異한 꽃'으로 번역되는 장면은 예사롭지 않다. 알베르 사맹의 원시의 두 송이 초현실적인, 즉 신비한 꽃이란 너의 두 눈동자를 비유하는 것으로서, 호리구치 다이가쿠는 그 꽃이 "이 세상에 없는" 것임을 염두에 두고 불교 설화를 배경으로 하는 '曼珠の花'로 옮겼다. 그러나 알베르 사맹의 원시를 열람할 수 없었을, 하다못해 제스로 빗설1912을 참조했더라도 자칫 미궁에 빠질 수밖에 없었을 김억으로서는 그저 '기이한 꽃'으로 옮길 수밖에 없었을 것이다. 이것은 이를테면 김억으로서는 번(중)역의 임계점, 공동空洞에 해당하는 사례이다. 또 이것은 근본적으로 기점 언어source language, 기점 텍스트source text로서 프랑스어와 알베르 사맹의 원시와 김억 사이에 가로놓인, 호리구치 다이가쿠에 비해 더 멀었던 그 거리를 드러낸다.

나는 숨쉬노라。[1]

나는 숨쉬노라、곱고도 그소리가 살틀한노래를[2]、
羽毛와갓치靈에[3] 다아도 닷는것갓지 아니한노래를

물속아래의 오쎄리아의 머리털과갓치[4]、
纖細한情이 녹아나는듯한 黃金色의 노래를。[5]

말은적고 韻律도업고 技妙도업서
소리업는 樂調의櫓갓치 흘으는노래를。[6]

다 썩어진 낡은布木과도갓고[7]
빗김소리과도갓고[8]、구름과도갓치 잡을수업는[9] 노래를。

말도적은 女人의祈禱에
째를 眩惑케하는 가을의 저녁의노래를[10]。

맘은 그윽한[11]、妙한愛撫를[12] 맛보는
美女의 櫻도의芳香에 醉햇든 사랑의 져녁노래를。[13]

얼마아니하야 神經의 맘고흔戰慄에 잠기며[14]、
門을닷든[15] 微溫의속으로 슬어저가는 香料와갓치[16]、
달큼한眩暈이되야[17] 永久히 죽어가는 노래를。

【초83, 재102】

【초83, 재103】

【초84, 재103】

---

1 초판목차에는 "나는숨쉬노라".

2 초판 본문에는 '살틀한'. 초판 정오표를 따라 '살틀한'으로 고쳤다. 재판에는 "곱고도 그 曲調가 살틀한 노래를".

3 재판에는 "羽毛와도갓타서靈에".

4 재판에는 "머리털과도갓타".

5 재판에는 '노래를.'.

6 재판에는 "흐르는 노래를.".

7 재판에는 "낡은布木과도 갓으며".

8 재판에는 "빗김소리과도 갓고".

9 초판 본문에는 "잡을슈업는". 초판 정오표를 따라 "잡을수업는"으로 고쳤다.

10 재판에는 "저녁의 노래를".

11 초판 본문에는 '그옥한'. 초판 정오표를 따라 '그윽한'으로 고쳤다.

12 재판에는 "맘은 그윽한 아릿아릿한愛撫를".

13 재판에는 "져녁노래를.".

14 재판에는 "맘곱은戰慄에잠기여".

15 재판에는 "門을닷은".

16 재판에는 "香料와갓치".

17 재판에는 "달큼한眩暈이 되야".

黃金色의 胡弓과[18] 哀傷가득한 樂聲을…………

나는 숨쉬노라, 시둘으랴는 쟝미와갓튼 고혼노래를[19] 。[초84, 재104]

18 재판에는 '예오론과'. 참고로 알
    베르 사맹의 원시에서는 'viole
    (비올라)'이다.

19 재판에는 "시둘어가랴는 쟝미
    와갓튼 곱은노래를".

저본

われは夢む[1]

堀口大學

われは夢む、優しくてその音慕はしき歌を、
羽毛の如く魂に觸れるるともなく觸るる歌を、

水の底なるオフェリヤの髪に似て
纖細なる情の解けかかる黄金色の歌を、

寡言にして韻律なく、また技巧もなく、
響なき調の櫂の如くに[2]滑る歌を、

朽ち果てして古き布のごとく、
響の如く、雲の如く、捕へがたき歌を、

音葉[3]少なき女人の祈に
時を眩惑する秋の夕の歌を、

心微に妙なる愛撫を味ふ程なる
美女櫻の香に誘はれし戀の夕の歌を、

やがて神經の心地よき戰慄にひたりつつ

1 堀口大學譯,「サマン詩抄」,『昨日の花-佛蘭西近代詩』,東京:籾山書店,1918,15~17면;「王女の園」,『サマン選集』,東京:アルス,1921,70~72면.

2 堀口大學(1921)에는 "櫂の如くに".

3 堀口大學(1921)에는 '言葉'.

垂こめし微温の内に消えて行く香料の如く

艶しき眩暈となりて永劫に死に行く歌を、

黄金色の胡弓と哀憐ふかき樂聲と……

われは夢む、凋落れんとする薔薇に似てやさしき歌を。[4]

4　堀口大學(1921)에는 제9연이
제8연 제2행이다.

JE RÊVE DE VERS DOUX ET D'IN-TIMES RAMAGES[†]

[†] Albert Samain, "Mon âme est une infante", *Au Jardin de l'Infante : Augmenté de plusieurs poèmes*, Paris : Société du Mercure de France, 1897, pp.67~68; "Au Jardin de l'Infante", *Œuvres d'Albert Samain I*, Paris : Mercure de France, 1924, pp.69~70.

Je rêve de vers doux et d'intimes ramages,
De vers à frôler l'âme ainsi que des plumages,

De vers blonds où le sens fluide se délie
Comme sous l'eau la chevelure d'Ophélie,

De vers silencieux, et sans rythme et sans trame
Où la rime sans bruit glisse comme une rame,

De vers d'une ancienne étoffe, exténuée,
Impalpable comme le son et la nuée,

De vers de soir d'automne ensorcelant les heures
Au rite féminin des syllabes mineures.

De vers de soirs d'amour énervés de verveine,
Où l'âme sente, exquise, une caresse à peine,

Et qui, au long des nerfs baignés d'ondes câlines,
Meurent à l'infini en pâmoisons félines,

Comme un parfum dissous parmi les tiédeurs closes,

Violes d'or, et *pianissim'amorose* ⋯

Je rêve de vers doux mourant comme des roses.

재판 이외 없음.

제1연

제1행   호리구치 다이가쿠^{堀口大學 : 1918/1921}의 제1연 제1행 "われは夢む、優しくてその音慕はしき歌を 나는 꿈꾼다. 아름답고 그 소리 좋은 노래를"의 의역이다.

제2행   호리구치 다이가쿠^{1918/1921}의 제1연 제2행 "羽毛の如く魂に觸れるるともなく觸るる歌を 새털처럼 혼에 닿지 않는 듯 닿는 노래를"에 충실한 번역이다.

제2연

제1행   물속아래의 오폐리아 : 셰익스피어^{William Shakespeare}의 희곡 『햄릿^{Hamlet}』의 여주인공 오필리아^{Ophelia}. 긴 머리채의 오필리아가 물속에 잠긴 이미지는 서양미술사에서 고전주의 이후 오랫동안 빈번히 등장하는 소재이다. 호리구치 다이가쿠^{1918/1921}의 제2연 제1행 "水の底なるオフェリヤの髪に似て 물 밑의 오필리아[Ophelia]의 머리카락과 닮아서"에 충실한 번역이다.

제2행   호리구치 다이가쿠^{1918/1921}의 제2연 제2행 "纖細なる情の解けかかる黄金色の歌を 섬세한 정이 녹아나는 황금색의 노래를"에 대응한다.

제3연

제1행   호리구치 다이가쿠^{1918/1921}의 제3연 제1행 "寡言にして韻律なく、また技巧もなく 말수도 적은 데다가 리듬도 없고, 또 기교도 없이"에 충실한 번역이다.

제2행   호리구치 다이가쿠의 제3연 제2행 "響なき調の櫂の如くに滑る歌を 울림 없는 가락의 노처럼 미끄러지는 노래를"¹⁹¹⁸ 혹은 "響なき調の櫂の如く滑る歌を 울림 없는 가락의 노처럼 미끄러지는 노래를"¹⁹²¹의 의역이다.

제4연

제1행 호리구치 다이가쿠¹⁹¹⁸/¹⁹²¹의 제4연 제1행 "朽ち果てして古き布のごとく 다 썩은 낡은 천과 같은"에 충실한 번역이다.

제2행 호리구치 다이가쿠¹⁹¹⁸/¹⁹²¹의 제4연 재2행 "響の如く、雲の如く、捕へがたき歌を 울림처럼, 구름처럼, 잡기 어려운 노래를"에 충실한 번역이다.

제5연

제1행 호리구치 다이가쿠¹⁹¹⁸의 제5연 제1행 "音葉少なき女人の祈に 말수 적은 소녀의 기도에", 혹은 호리구치 다이가쿠¹⁹²¹의 제5연 제1행 "言葉少なき女人の祈に 말수 적은 소녀의 기도에"에 대응한다.

제2행 호리구치 다이가쿠¹⁹¹⁸/¹⁹²¹의 제5연 제2행 "時を眩惑する秋の夕の歌を 때를 현혹하는 가을 저녁의 노래를"에 대응한다.

제6연

제1행 호리구치 다이가쿠¹⁹¹⁸/¹⁹²¹의 제6연 제1행 "心微に妙なる愛撫を味ふ程なる 마음 희미하게 묘한 애무를 맛볼 만큼"의 의역이다. 재판에서 김억은 호리구치 다이가쿠¹⁹¹⁸의 '妙なる 묘한'를 따르는 대신 '아릿아릿한'으로 옮겼다.

제2행 호리구치 다이가쿠¹⁹¹⁸/¹⁹²¹의 제6연 제2행 "美女櫻の香に誘はれし戀の夕の歌を 마편초 향에 유혹된 사랑의 저녁 노래를"의 의역이다. 김억은 호리구치 다이가쿠¹⁹¹⁸의 고유명사 '美女櫻 びじょざくら, verbena'를 "미인의 벚꽃"으로 축자적으로 옮겼다. 호리구치 다이가쿠¹⁹¹⁸의 '美女櫻'에 대응하는 알베르 사맹의 원시의 어휘는 'verveine 마편초'이다. 참고로 노무라 야스유키 野村泰亨: 1918에는 'verveine'를 독음 없이 '美女櫻', '馬鞭草'로 풀이한다.

제7연

제1행 호리구치 다이가쿠^{1918/1921}의 제7연 제1행 "やがて神經の心地よき戰慄にひたりつつ 이윽고 신경이 기분 좋은 전율에 잠기며"에 충실한 번역이다.

제2행 호리구치 다이가쿠^{1918/1921}의 제7연 제2행 "垂こめし微溫の内に消えて行く香料の如く 낮게 드린 미온 속으로 사라져 갈 향료처럼"의 의역이다.

제3행 호리구치 다이가쿠^{1918/1921}의 제7연 제3행 "艶かしき眩暈となりて永劫に死に行く歌を 아름다운 어지럼이 되어 영원히 죽어가는 노래를"의 의역이다. 김억은 각 연 둘째 행 마지막 어절이 '노래를'로 끝나는 것을 의식하여 여기에도 '노래를'을 삽입했다. 참고로 후나오카 겐지^{舟岡獻治 : 1919}에는 '艶かしい', 즉 'ナマメカシイ'를 "㊀ 곱다. 아름답다. ㊁ 아릿답다. 아양스러웁다. ㊂ 은근하다"로 풀이한다. 김억은 이 풀이들 대신 '달금한'으로 옮겼다.

제8연

호리구치 다이가쿠^{1918/1921}의 제8연은 "黃金色の胡弓と哀憐ふかき樂聲と 황금빛 호궁과 애련 깊은 음악 소리와"의 의역이다. 김억이 호리구치 다이가쿠¹⁹¹⁸의 '樂聲と 음악 소리와'를 '樂聲을'로 옮긴 이유 역시 각 연 둘째 행 마지막 어절이 '노래를'로 끝나는 것을 의식한 선택이다.

제9연

호리구치 다이가쿠¹⁹¹⁸의 제9연 "われは夢む、凋落れんとする薔薇に似てやさしき歌を 나는 꿈꾼다. 시들어가려는 장미를 닮은 아름다운 노래를"에 충실한 번역이다.

해설

김억의 「나는 꿈쉬노라」의 저본은 호리구치 다이가쿠^{堀口大學 : 1918}의 제1장 「사맹 시초^{サマン詩}

抄」의 「われは夢む^{나는 꿈꾼다}」이다. 알베르 사맹의 이 시 역시 이쿠다 슌게쓰^{生田春月: 1919}에는 수록되어 있지 않으니, 일역시 중에서는 호리구치 다이가쿠¹⁹¹⁸가 초판 당시까지 김억이 참조할 수 있는 유일한 저본이었다. 그리고 알베르 사맹의 이 시는 초판 이후 호리구치 다이가쿠¹⁹²¹에 수록되었다. 그런가 하면 제스로 빗셸^{Jethro Bithell: 1912}에는 수록되어 있지 않다.

그래서 김억은 이 중 호리구치 다이가쿠^{1918/1921}에 의존해서 알베르 사맹의 이 시를 옮길 수밖에 없었을 터이다. 특히 『오뇌의 무도』 초판부터 호리구치 다이가쿠¹⁹¹⁸를 저본으로 삼았다고 판단된다. 호리구치 다이가쿠¹⁹¹⁸의 제9연의 경우 알베르 사맹의 원시와 마찬가지로 독립된 한 개의 연인 데에 반해, 호리구치 다이가쿠¹⁹²¹는 제8연 제2행으로서, 김억의 이 시 역시 행과 연의 구분은 호리구치 다이가쿠¹⁹¹⁸와 같기 때문이다. 그렇지만 김억이 호리구치 다이가쿠^{1918/1921}를 축자적으로 옮기지는 않았다. 예컨대 김억이 제7연 제3행, 제8연에서 호리구치 다이가쿠¹⁹¹⁸의 다른 연들의 둘째 행 마지막 어절을 의식하여 리듬감을 살리기 위해 '노래를'을 삽입한 것은 그 증거이다.

한편 김억의 이 시에서도 알베르 사맹의 제6연 제2행의 'verveine'가 호리구치 다이가쿠의 '美女櫻^{びじょざくら}'를 거쳐 김억의 '美女의 櫻도^桃'로 번역되는 장면을 주목해야 한다. 알베르 사맹의 원시의 'verveine'는 노무라 야스유키^{野村泰亨: 1918}에서도 '美女櫻' 또는 '馬鞭草'로 풀이한다. 호리구치 다이가쿠도 역시 그러한 풀이를 의식해서 '美女櫻^{びじょざくら}'를 선택했을 터이다. 이 과정이 한 언어의 기호^표가 다른 언어의 기호^표로 교체되는 전형적인 언어간^{interlingual} 번역의 사례임은 두말할 나위도 없다.

그러나 김억의 '美女의 櫻도^桃'란 설령 호리구치 다이가쿠^{1918/1921}와 동일한 기호^표라고 하더라도 그것이 지시하는 사물, 기의까지 같을 수 없다. 김억에게는 저 '美女櫻^{びじょざくら}'가 'verveine'의 번역임을 간파할 수 없었기 때문이다. 따라서 김억의 '美女의 櫻도^桃'란 일종의 번(중)역의 임계점, 공동^{空洞}의 사례라고 하겠다. 이 역시 기점 언어^{source language}, 기점 텍스트^{source text}로서 프랑스어와 알베르 사맹의 원시와 김억 사이에 가로놓인, 호리구치 다이가쿠에 비해 훨씬 더 멀었던 그 거리를 드러낸다. 그런데 앞선 작품들에서도 알 수 있듯이, 이 장에서

김억의 번(중)역의 임계점, 공동은 다른 장에 비해 크고 기점 언어, 기점 텍스트와의 거리는 훨씬 멀다.

희미하게 밝음은 써돌며。[1]

1 초판 목차에는 "희미하게밝음
   은써돌며".

2 초판의 '써들며'는 '써돌며'의
   오식으로 보인다. 재판에는 '써
   돌며'.

3 재판에는 "곱은애오론은".

4 재판에는 "주름까닌옷에 손자
   리가 덥게보이는듯한 掌匣은".

5 재판에는 "타는듯한 愛情을".

6 재판에는 "色彩노흔 琉璃窓으로".

7 재판에는 "아낙네의 優雅가".

8 재판에는 "나는 몰앗노라、아
   아 이는 나의靈이엿서라".

희미하게 밝은빗은 써들며[2]、

沈默은 房안에 가득할째、

빗은 날갓스나 모양은갓튼 고흔애오론은[3]

지나간 녯苦惱의 餘韻을 타는듯하여라。

한折半은 맑은물 가득한 水晶의 花瓶에는

꼿한송이가 맑게도 꼿치여잇서라、

鮮明한肉色의 쟝미꼿、

그芳香은 하늘까지 醉케하여라。　　　　　　　【초85, 재105】

되는데로 벗서던진 아낙네의옷과

옷주름의아례 손자리가 덥게보이는듯한 掌匣은[4]

타는듯한愛情을[5] 써노흔 便紙우에 버려잇서라。

하로는 가을바람에 불니여 色琉璃窓으로[6]、　　【초85, 재106】

사랑의 애닯음과、시둘은樂聲와、아낙네의優雅의[7]

뭉치여된 무엇이 숨이여 날아가섯라

이나래잇는 무엇을 나는몰앗노라、아아 이는나의靈이엿서라[8]。

　　　　　　　　　　　　　　　　　　　　　　　　【초86, 재106】

† 堀口大學 譯,「サマン詩抄」,
『昨日の花－佛蘭西近代詩』,
東京：籾山書店, 1918, 33~
35면;「未定詩稿」,『サマン
選集』, 東京：アルス, 1921,
235~237면.

失題†

堀口大學

明みのほのかに漂ひて

沈黙に溢れたる室の内、

色さびて形やさしきヴィオロンは

過ぎし昔の悩の餘韻をかこつに似たり。

清き水半満せる水晶の花瓶に

花一つ雅げに挿されたり、

鮮かなる肉色の薔薇の花

その匂ひみ空をも酔ひ痴れさせん。

また投やりに脱ぎ捨てられし女の着物と

襞の陰に手の痕溫げに見ゆる心地せらるる手袋と

燃るが如き戀情を書き連ねたる玉章の上に散亂れり。

一日秋風に誘はれて色硝子の窓より

戀の悩と涸れたる樂の音と女のやさしさとより成れる何物かの

がれ去りたり。

わが識らぬこの翼ある何物かは、わが魂にてありき。

EN UNE CHAMBRE CLOSE OÙ LE JOUR FLOTTE À PEINE···[†]

† Albert Samain, "Poèmes Inachevès", *Œuvres d'Albert Samain III*, Paris : Mercure de France, 1924, pp.241~242.

En une chambre close où le jour flotte à peine,

Où le silence (······) règne en vainqueur,

Un grand violon sombre et tendre dont le cœur

Vibre encor de l'écho d'une ancienne peine,

Une coupe en cristal d'eau pure à demi pleine

Où baigne, solitaire et suave, une fleur,

Une rose de chair, d'idéale couleur,

Et qui fait défaillir un ciel à son haleine,

Puis une robe éparse et des gants assouplis,

Où l'on voit vivre encore une main dans les plis,

Jetés sur des feuillets griffés de mots de flamme ···

Par le vitrail ouvert au vent d'automne, un jour,

Quelque chose s'enfuit, fait de langueur d'amour,

De musique fanée et de douceurs de femme ···

Et ce je ne sais quoi d'ailé, c'était mon âme.

재판 이외 없음.

주석

제1연

제1행 호리구치 다이가쿠^{堀口大學}: 1918/1921의 제1연 제1행 "明みのほのかに漂ひて^{밝음은 은은하게 떠돌며}"를 'ほのかに^{은은하게}', '明み^{밝음(은)}', '漂ひて^{떠돌며}' 순으로 도치한 구문에 대응한다.

제2행 호리구치 다이가쿠^{1918/1921}의 제1연 제2행 "沈黙に溢れたる室の内^{침묵이 넘쳐나는 방 안}"를 '沈黙に^{침묵으로}', '室の内^{방 안}', '溢れたる^{가득하다}' 순으로 도치한 구문의 의역이다.

제3행 에오론 : '바이올린'. 알베르 사맹의 원시에서는 'violon'이다. 호리구치 다이가쿠^{1918/1921}의 제1연 제3행 "色さびて形やさしきヴイオロンは^{빛은 바래고 모습 아름다운 바이올린은}"의 의역이다.

제4행 호리구치 다이가쿠^{1918/1921}의 제1연 제4행 "過ぎし昔の悩の餘韻をかこつに似たり^{지난 옛 괴로움의 여운을 탓하는 듯하다}"의 의역이다. 참고로 후나오카 겐지^{船岡獻治 : 1919}에는 'カコツ'를 "펑계한다。청탁한다", "자탄한다。중얼거린다。혼자말한다" 등으로 풀이한다. 김억은 'カコツ'가 아니라 '餘韻'을 염두에 두고 '타다^燀'로 옮긴 것으로 보인다.

제2연

제1행 호리구치 다이가쿠^{1918/1921}의 제2연 제1행 "淸き水半滿せる水晶の花瓶に^{맑은 물 반쯤 찬 수정 화병에}"를 '半^반', '淸き水^{맑은 물}', '滿せる水晶の花瓶に^{찬 수정 화병에}' 순으로 도치한 구문의 의역이다.

제2행 호리구치 다이가쿠^{1918/1921}의 제2연 제2행 "花一つ雅げに挿されたり^{꽃 한 송이 단아하게 꽂혀 있고}"의 의역이다.

제3행　호리구치 다이가쿠^{1918/1921}의 제2연 제3행 "鮮かなる肉色の薔薇の花_{산뜻한 살색의 장미꽃}"에 대응한다.

제4행　호리구치 다이가쿠^{1918/1921}의 제2연 제4행 "その匂ひみ空をも酔ひ痴れさせん_{그 향기 하늘도 도취하게 하겠지}"의 의역이다.

제3연

제1행　호리구치 다이가쿠^{1918/1921}의 제3연 제1행 "また投やりに脱ぎ捨てられし女の着物と_{또 아무렇게나 던져 벗어 버린 여인의 옷과}"의 의역이다.

제2행　호리구치 다이가쿠^{1918/1921}의 제3연 제2행 "襞の陰に手の痕温げに見ゆる心地せらるる手袋と_{옷 주름 그늘 손자국 따뜻하게 보이는 느낌의 장갑과}"의 의역이다.

제3행　호리구치 다이가쿠^{1918/1921}의 제3연 제3행 "燃るが如き戀情を書き連ねたる玉章の上に散亂れり_{타는 듯한 연정을 써 내려간 편지 위에 흩어져 있다}"의 의역이다. 참고로 후나오카 겐지¹⁹¹⁹도 'タマズサ_{玉章}'를 "편지。셔간"으로 풀이한다.

제4연

제1행　호리구치 다이가쿠^{1918/1921}의 제4연 제1행 "一日秋風に誘はれて色硝子の窓より_{하루 가을바람에 이끌려 색유리 창문에서}"의 의역이다.

제2행　호리구치 다이가쿠^{1918/1921}의 제4연 제2행 "戀の悩と凋れたる樂の音と女のやさしさとより成れる何物かのがれ去りたり_{사랑의 괴로움과 사그라든 음악 소리와 여인의 다정함으로 이루어진 그 무엇이 달아난다}" 중 '戀の悩と凋れたる樂の音と女のやさしさとより_{사랑의 괴로움과 사그라든 음악 소리와 여인의 다정함으로}'만을 발췌한 구문의 의역이다. 호리구치 다이가쿠^{1918/1921}의 이 행은 알베르 사맹의 원시 제4연 제2행과 제3행에 해당한다.

제3행　호리구치 다이가쿠^{1918/1921}의 제4연 제2행 중 '成れる何物かのがれ去りたり_{이루어진 그 무엇이 달아난다}'만을 발췌한 구문에 해당한다.

제4행   호리구치 다이가쿠^{1918/1921}의 제4연 제3행 "わが識らぬこの翼ある何物かは、わが魂
にてありき^{내가 모르는 이 날개 있는 무언가는, 나의 혼이더라}"를 'この翼ある何物かは<sup>이 날개 있는 무언
가는</sup>', 'わが識らぬ^{내가 모르는}', 'わが魂にてありき^{나의 혼이더라}' 순으로 도치한 구문의 의역
이다. 호리구치 다이가쿠^{1918/1921}의 이 행은 알베르 사맹의 원시 제5연에 해당한다.

해설 _____

김억의 「희미하게 밝음은 써돌며」의 저본은 호리구치 다이가쿠^{堀口大學 : 1918}의 제1장 「사맹 시
초^{サマン詩抄}」의 「失題^{무제}」이다. 알베르 사맹의 이 시 역시 이쿠다 슌게쓰^{生田春月 : 1919}에는 수록
되어 있지 않으니, 일역시 중에서는 호리구치 다이가쿠¹⁹¹⁸가 초판 당시까지 김억이 참조할
수 있는 유일한 저본이었다. 그리고 알베르 사맹의 이 시는 초판 이후 호리구치 다이가쿠¹⁹²¹
에도 수록되었다. 그런가 하면 알베르 사맹의 이 시는 제스로 빗셀^{Jethro Bithell : 1912}에는 수록되
어 있지 않다. 김억은 흔히 일본어 번역시 중 '무제'인 작품들과 마찬가지로 제1연 제1행을
제목으로 삼았다.

이 시에서도 김억은 특히 제1연과 제4연에서 두드러지듯이 결코 호리구치 다이가쿠¹⁹¹⁸
를 축자적으로 옮기는 대신, 그것을 일일이 해체하여 고쳐 쓰는 방식으로 중역했다. 그중 제1
연 제1행과 제2행의 경우 호리구치 다이가쿠¹⁹¹⁸는 '明み^{밝음}'와 '沈黙^{침묵}'이라는 명사를 앞세
운 구문으로 일종의 대구^{對句}를 이루었지만, 김억은 호리구치 다이가쿠¹⁹¹⁸의 제1행의 구문을
도치함으로써 이를 따르지 않았다. 그런가 하면 호리구치 다이가쿠¹⁹¹⁸의 제4연 제2행은 알
베르 사맹의 원시 제4연 제2행과 제3행을 더한 것인데, 김억은 이것을 다시 두 행으로 나누
어 옮겼다. 김억은 호리구치 다이가쿠^{1918/1921}의 제4연 제1행이 격조사 '－より^{에서, 부터}'로 끝
난 것을 의식해서 제2행의 부사 'より^{보다, 더욱}'를 경계로 하여 두 행으로 나눈 것으로 보인다.
흥미롭게도 알베르 사맹의 원시를 열람하지 못했을 김억의 이 선택이 도리어 프랑스 원시에
보다 가깝다.

이 모두 호리구치 다이가쿠^{1918/1921}에 대한 김억 나름의 해석에 근간한 고쳐 쓰기의 양상

들임은 두말할 나위도 없다. 또 이러한 고쳐 쓰기로 인해 김억의 이 시는 알베르 사맹의 원시는 물론 호리구치 다이가쿠[1918/1921]과 전혀 다른 시가 된다. 일단 제1연 제1행과 제2행만 하더라도 호리구치 다이가쿠[1918/1921]는 밝음이 희미하게 떠도는 어둑한 실내의 정경에서 제3행의 빛바랜 바이올린의 성상으로, 다시 제4행의 지난날의 추억으로 이어지는 이미지의 흐름과 그것이 환기하는 리듬을 드러낸다. 그러나 김억의 이 시에서 그것은 사라지고 만다. 또 제2연 제1행 역시 김억의 도치로 인해 수정 화병의 물이 반쯤 차 있는 것이 아니라 반쯤 맑은 물이 되고 만다. 그러나 이로 인해 수정 화병, 장미의 색감은 물론 그 향기 사이의 이미지의 조화와 흐름 역시 깨지고 만다.

이러한 김억의 해석과 고쳐 쓰기로 인해 알베르 사맹이라는 프랑스 현대시가 지역, 언어의 경계를 넘어서 복수로 현전하게 된 것은 분명하다. 또 이러한 김억의 중역은 이른바 세계문학이라는 상과 실체가 단일하고 균질적인 것이 아니라 복수의 것이자 혼종적인 것임을 암시한다. 그래서 김억의 중역이 지닌 이러한 의의를 염두에 두고 보면 그의 번(중)역이 기점 텍스트source text인 알베르 사맹의 시, 매개 텍스트intermediate text인 호리구치 다이가쿠[1918]와의 등가성을 따지는 일은 무의미하다. 그러나 김억으로 인해 새롭게 생성된 「희미하게 밝음은 써돌며」가 한 편의 시로서 완성도가 높다고 보기는 어렵다. 이것은 김억이 『오뇌의 무도』 모두에서 거론한 '창작적 무드'의 번역, 나아가 시인이자 번역자로서 김억의 안목이 낯선 서구의 현대시를 이제 막 읽어가는 문학청년의 수준에서 크게 벗어나지 않았음을 시사한다.

가을。

우리들은 家犬을대리고[1] 느린步調로
낫닉은길을 아직도 아득이며 걸어라、[2]
희멀금한 가을은 수풀밧에 피를흘니고[3]、
喪服입은[4] 아낙네들은 들가를지내여라[5]。

四周는 病院이나 監獄의 쓸과갓치도[6]
가득한寂寞에 다만 고요하여라、
째々、黃金色의 나뭇닙은[7] 하나식둘식
追懷과도갓치 고요히 잔듸우에 써려지어라[8]。   【초87, 재107】

沈默은 우리의사이를 걸으며⋯⋯⋯⋯거즛만흔 우리의맘은
루世의旅苦에 실症이낫듯시[9]、
하욤업는 생각에 잠기며、自己의집길을 숨쒸여라、[10]

그러나 오늘밤林中에[11] 가득한 憂鬱은   【초87, 재108】
우리의맘에 늣김을주며[12]、 자는듯한 하늘아레서
自己의몸은 니저바리고、지내간 빗날을 생각케하여라[13]、
죽은아희의 身勢를말하듯[14]、 고요하게도 나즌말로⋯⋯⋯⋯

          【초88, 재108】

1 재판에는 "우리들은 家犬을 대리고".

2 재판에는 "낫닉은길을 아즉도 아득이며 걸어라、". 재판의 '아득이며'는 '아득이며'의 오식으로 보인다.

3 재판에는 "피를 흘니고".

4 초판 본문에는 '喪服입은'. 정오표를 따라 '喪服'으로 고쳤다.

5 재판에는 "喪服입은 아낙네들은 들가를 지내여라".

6 재판에는 "四周는、病院이나 監獄의 쓸과갓치".

7 재판에는 '나뭇닙사귀는'.

8 재판에는 '써려지어라'.

9 재판에는 "루世의 旅苦에 실症이나 낫듯시".

10 재판에는 "하욤업는 생각에 잠기며、自己의집길을 숨쒸여라、". 재판의 '잡기며'는 '잠기며'의 오식으로 보인다.

11 재판에는 "오늘밤 숲속에".

12 재판에는 "늣김을 주며".

13 재판에는 "생각게하여라".

14 재판에는 "身勢를말하는것처럼". 재판의 '것처렴'은 '것처럼'의 오식으로 보인다.

秋[1]

堀口大學

1　堀口大學譯,「サマン詩抄」,『昨日の花－佛蘭西近代詩』, 東京：籾山書店, 1918, 1~3면; 「王女の園」,『サマン選集』, 東京：アルス, 1921, 19~21면.

2　堀口大學(1921)에는 "徐々と低き聲して".

われ等飼犬を從へて緩やかなる足どりに

已に知りつくしたる道をまたしてもさまよふ。

靑ざめし秋は並木の奥に血を流し

喪服つけたる女等は野末を過ぐ。

病院のまたは牢獄の中庭の如く

四圍は寂しさを含んで靜かなり、

時到りて黄金色の木の葉は一葉づつ

思ひ出に似て徐々と芝生に落つ。

沈默はわれ等が間を歩み……僞り多きわれ等が心は

早世の旅路に飽きて、

あらぬ思ひに傾き易く、各がじし家路を夢む。

さはれ今宵林中の憂鬱深ければ

われ等が心を感ぜしめ、眠れる如き空の下に

自を忘れて過し昔を語り出でしむ、

死せし兒の上を語るが如く、徐々と低き聲して……[2]

AUTUMN.[†]

Jethro Bithell

[†] Jethro Bithell, "Albert Samain", *Contemporary French Poetry*, London : Walter Scott Publishing Co. Ltd., 1912, pp.171~172.

We in the lonely walk by custom marred

    Pace once again with steps how burdensome,

    And by a bleeding autumn pale and numb

The opening of the avenue is barred.

As in a hospital or prison yard,

    The air is chastened with a sadness dumb,

    And every golden leaf, its hour being come,

Falls slowly like a memory to the sward.

Between us Silence walks.... Our hearts do ail,

Each is out-travelled, and its wasted sail

Selfishly dreams of being homeward bound

But on these evening woods such sadness broods,

Under the sleeping sky our heart its moods

Forgets by calling back the past profound,

With a veiled voice, as a dead child's might sound.

AUTOMNE[†]

[†] Albert Samain, "Mon âme est une infante", *Au Jardin de l'Infante : Augmenté de plusieurs poèmes*, Paris : Société du Mercure de France, 1897, pp.33~34 ; "Au Jardin de l'Infante", *Œuvres d'Albert Samain I*, Paris : Mercure de France, 1924, pp.35~37. Gérard Walch, "Albert Samain", *Anthologie des Poètes Français contemporains (Tome troisième)*, Paris : Ch. Delagrave, Leyde : A.-W. Sijthoff, 1907, pp.153~154.

A pas lents, et suivis du chien de la maison,

Nous refaisons la route à présent trop connue.

Un pâle automne saigne au fond de l'avenue

Et des femmes en deuil passent à l'horizon.

Comme dans un préau d'hospice ou de prison,

L'air est calme et d'une tristesse contenue ;

Et chaque feuille d'or tombe, l'heure venue,

Ainsi qu'un souvenir, lente, sur le gazon.

Le Silence entre nous marche ⋯ Cœurs de mensonges,

Chacun, las du voyage, et mûr pour d'autres songes,

Rêve égoïstement de retourner au port.

Mais les bois ont, ce soir, tant de mélancolie

Que notre cœur s'émeut à son tour et s'oublie

A parler du passé, sous le ciel qui s'endort,

Doucement, à mi-voix, comme d'un enfant mort ⋯

재판 이외 없음.

제1연

제1행 호리구치 다이가쿠[堀口大學 : 1918/1921]의 제1연 제1행 "われ等飼犬を從へて緩やかなる 足どりに우리는 기르는 개를 따라서 느긋한 발걸음으로"의 의역이다. 참고로 후나오카 겐지[船岡獻治 : 1919]에는 '足どり', 즉 '足取'를 "㊀ 발장단. ㊁ 거름모양. 거름세."로 풀이한다.

제2행 호리구치 다이가쿠[1918/1921]의 제1연 제2행 "己に知りつくしたる道をまたしてもさまよふ이미 잘 아는 길을 또다시 서성거린다"의 의역이다. 참고로 후나오카 겐지[1919]에는 'サマヨフ[彷徨フ]'를 "㊀ 어릿거린다. 버정거린다. 어정거린다. 어성거린다. ㊁ 써도라단인다 ㊂ 혀맨다. 엇절줄모른다"로 풀이한다.

제3행 '희멀금하다' : 오늘날의 '희멀끔하다', 즉 "(살빛이) 희고 멀끔하다"는 뜻이 아니라, '창백하다', '핼쑥하다'에 가깝다. '핼금하다'와 비슷한 뜻이다.
수풀 : 숲[김이협 : 1981]. 호리구치 다이가쿠[1918/1921]의 제1연 제3행 "靑ざめし秋は並木の奧に血を流し창백한 가을은 가로수 속에서 피를 흘리고"의 의역이다.

제4행 호리구치 다이가쿠[1918/1921]의 제1연 제4행 "喪服つけたる女等は野末を過ぐ상복 입은 여인들은 들가를 지나간다"에 대응한다.

제2연

제1행 호리구치 다이가쿠[1918/1921]의 제2연 제2행 "四圍は寂しさを含んで靜かなり사방은 적막함을 머금어 고요하고" 중에서 '四圍は사방은'와 제1행 "病院のまたは牢獄の中庭の如く병원의 또는 감옥의 안뜰처럼"를 조합한 구문에 충실한 번역이다.

제2행 호리구치 다이가쿠[1918/1921]의 제2연 제2행 "四圍は寂しさを含んで靜かなり사방은 적막

함을 머금어 고요하고" 중에서 '四圍는 ^{사방은}'만 제한 구문의 의역이다.

제3행　호리구치 다이가쿠^{1918/1921}의 제2연 제3행 "時到りて黃金色の木の葉は一葉づつ^{때가 이르러 황금빛 나뭇잎은 한 잎씩}"의 의역이다.

제4행　호리구치 다이가쿠^{1918/1921}의 제2연 제4행 "思ひ出に似て徐々と芝生に落つ^{추억을 닮아 고요하게 잔디로 떨어진다}"에 충실한 번역이다.

제3연

제1행　호리구치 다이가쿠^{1918/1921}의 제3연 제1행 "沈默はわれ等が間を步み^{침묵은 우리 사이를 걸으며}……僞り多きわれ等が心は^{거짓 많은 우리의 마음은}"에 대응한다.

제2행　호리구치 다이가쿠^{1918/1921}의 제3연 제2행 "早世の旅路に飽きて^{요절[夭折]의 여로에 싫증나서}"에 충실한 번역이다.

제3행　호리구치 다이가쿠^{1918/1921}의 제3연 제3행 "あらぬ思ひに傾き易く、各がじし家路を夢む^{있지도 않은 생각에 쉬 기울어, 저마다 제 마음대로 집으로 돌아갈 길을 꿈꾼다}"의 의역이다.

제4연

제1행　호리구치 다이가쿠^{1918/1921}의 제4연 제1행 "さはれ今宵林中の憂鬱深ければ^{그러나 오늘밤 숲속의 우울이 깊어지면}"의 의역이다.

제2행　호리구치 다이가쿠^{1918/1921}의 제4연 제2행 "われ等が心を感ぜしめ、眠れる如き空の下に^{우리의 마음으로 하여금 느끼게 하고, 자는 듯한 하늘 아래로}"의 의역이다.

제3행　호리구치 다이가쿠^{1918/1921}의 제4연 제3행 "自を忘れて過し昔を語り出でしむ^{자기를 잊고서 지난 옛날을 말하리라}"의 의역이다. 김억은 문말의 일본어 조동사 '-む'를 화자의 의지나 희망을 뜻하는 것이 아니라 명령을 뜻하는 것으로 새겼다.

제4행　호리구치 다이가쿠¹⁹¹⁸, 제스로 빗셜¹⁹¹²과 알베르 사맹의 원시에서 이 행은 제5연이다. 호리구치 다이가쿠^{1918/1921}의 제5연 "死せし兒の上を語るが如く、徐々と低き聲

しして 죽은 아이의 일을 말하듯, 천천히 낮은 목소리로"의 의역이다.

해설

김억의 「가을」의 저본은 호리구치 다이가쿠堀口大學:1918의 제1장 「사맹 시초サマン詩抄」의 「가을秋」이다. 알베르 사맹의 이 시 역시 이쿠다 슌게쓰生田春月:1919에는 수록되어 있지 않으니, 일역시 중에서는 호리구치 다이가쿠1918가 초판 당시까지 김억이 참조할 수 있는 유일한 저본이었다. 알베르 사맹의 이 시는 초판 이후 호리구치 다이가쿠1921에 수록되었다. 또 이 시는 제스로 빗셀Jethro Bithell:1912에도 수록되어 있다. 그러나 김억은 이것을 적극 참고하지도 저본으로 삼지도 않았다.

이 시는 베를렌의 「가을의 노래」, 구르몽의 「가을의 싸님」과 「가을의 노래」를 이어 『오뇌의 무도』의 각 장마다 등장하는 '가을'을 제재로 한 작품군의 일부이다. 이 작품군에는 보들레르의 「가을의 노래」, 장 모레아스의 「가을은 쏘다시 와서」, 앙드레-페르디낭 에롤의 「가을의 애달픈 笛聲」, 루이 망댕의 「가을 저녁의 黎明」, 로만로마노 프렌켈의 「가을의 노래」까지도 포함된다. 이외 '황혼', '낙엽' 등 연관 제재까지 포함하면, 『오뇌의 무도』는 '가을'의 정조, 이를테면 조락과 상실의 정서를 주조로 하는 시집이라고 해도 과언이 아니다. 그중에서도 알베르 사맹의 이 시는 가을의 조락으로부터 시적 화자의 아이의 죽음과 그로부터 비롯한 비극적인, 또 절제된 정서를 다양한 객관적 상관물과 그 심상을 통해 점층적으로 극화한 수작秀作이다.

김억에게 이 '가을'이라는 제재, 그것이 환기하는 정조와 심상이란 주지하듯이 그의 초기 창작시, 특히 시집 『해파리의 노래』1923에서도 주조를 이룬다. 그리고 그것이 김억으로서는 프랑스 현대시를 조선의 신시 창작의 전범으로 삼았을 때, 근대적 시의 서정의 문법이자 그 미학의 핵심이라고 여겼을 터이다. 그리고 김억이 그러한 인식을 형성하는 데에 일본에서 출판된 프랑스 현대시 엔솔러지들, 특히 호리구치 다이가쿠1918가 결정적인 역할을 했음은 두말할 나위도 없다. 따라서 호리구치 다이가쿠1918는 김억에게 비단 알베르 사맹을 비롯한 프랑스 현대시 번역의 욕망을 추동한 저본일 뿐만 아니라, 프랑스 현대시로 대표되는 근대적 시의 서정과 미학을 매개한 텍스트라고 하겠다.

池畔逍遙。

1 재판에는 "깁숙한 쓸우에는 곳 업는 靜寂이잇으며".

2 재판에는 "寺院의 鍾聲과 함의 빗겨울어라".

3 재판에는 "째는 只今 핼금한 하는이".

4 재판에는 "새팔한빗을 씌운 神秘의 이湖水를 보아라".

5 재판에는 "흘녀나와 하늘까지 넘진것이라".

6 재판에는 "어둡음은 져녁의골 작이를 희미하게 싸며".

7 재판에는 '가느러와서'.

8 재판에는 "聖女의 맑은靈을 가 저가는듯 하여라".

9 재판에는 "只今 이째는".

10 재판에는 "紫色의수풀우에".

11 재판에는 "褐色의 나뭇닙아레".

12 재판에는 "애닯아 하는 맘인가".

13 재판에는 "鮮明한달의 올나옴 을 숨씹과도 갓타라".

14 재판에는 "네눈빗에 싸이여".

깁숙한쓸우에는 곳업는 靜寂이잇서라[1]、

黃昏의靈은 寺院의鍾聲과함씌 빗겨울어라、[2]

아々 듯어라、째는只今 핼금한하늘의[3] 天使과갓타라

새팔한빗을씌운 神秘의 이湖水를보아라[4]、

나의뉘이여、누구라서 큰맘속으로 사랑의 샘물이

흘녀나와 하늘까지넘진것이라[5] 말치안으랴?

어두음은 져녁의골작이를 희미하게싸며[6]、

먼곳에서 빗기는鍾소리는 그소리가 가늘어와서[7]、【초89, 재109】

聖女의맑은靈을 가저가는듯하여라[8]。

只今이째는[9] 우리의것、보아라、瞬間마다、

寂寞이라는 큰옷은

異常한빗을 紫色의樹木우에[10] 입히여라。　　　　　　　　【초89, 재110】

褐色의나뭇닙아레[11]、銀色의문의를 짓는池水는

無情하엿든하로를 애닯아하는맘인가[12]?

鮮明한달의올나옴을 숨씹과도갓타라[13]。

나는 愛慕가득한 네눈빗에 싸이여[14]、

나붓겨[15] 흔들니는 갈대속에서、　　　　　　　　　【초90, 재110】

프릿한黃昏의 흰듯만듯한꽃을[16] 썩그랴노라。

오요 내愛人아、나는 瞑想가득한池水의겻[17]、

落日뒤에 써도는香氣롭은[18] 그늘속에서

너의愛慕의입살로흘으는 너의靈을머시랴노라[19]。

黃昏은 보드랍고도무거운帳幕과갓타라[20]、

아々 우리들의맘은 서로모혀들어[21]、

寂雅한愛慕의맘은 깃브게도소근거려라[22]。

고요한林間에서 新生의별을[23] 절한듯、

맘의秘密을 그려내는[24] 우리의말소리는　　　　　　【초90, 재111】

어두운안을[25] 맑지게도、祈禱갓치 써서올나라。

그려하다、나는只今天使갓튼 이约體를、눈덥패우에키쓰하노라[26]。

【초91, 재112】

15　재판에는 '나붓기며'.

16　재판에는 "흰듯만듯한 꽃을".

17　재판에는 '瞑想가득한池水의겻'.

18　초판 본문에는 '氣香롭은'. 초판 정오표를 따라 '香氣'로 고쳤다.

19　재판에는 "너의 愛慕의입살로 흘으는 너의靈을 머시랴노라".

20　재판에는 "보드랍고도 무겁은 帳幕과 갓타라".

21　재판에는 "서로 모혀들어".

22　재판에는 "寂雅한愛慕의 맘은 깃브게도 소근거려라".

23　초판과 재판의 '新生의별'은 '新生의별'의 오식으로 보인다.

24　재판에는 '그려내는'. '그러내는'은 '그려내는'의 오식으로 보인다.

25　재판에는 "어둡은안을".

26　재판에는 "그려하다、나는 지금 天使갓튼 이约體를、눈덥패우에 키쓰하노라".

池畔逍遙[1]

堀口大學

1　堀口大學 譯, 「サマン詩抄」, 『昨日の花 − 佛蘭西近代詩』, 東京：籾山書店, 1918, 8~11면; 「王女の園」, 『サマン選集』, 東京：アルス, 1921, 26~30면.

2　堀口大學(1921)에는 '似たり'.

3　堀口大學(1921)에는 '擴がる'.

奥深き庭の静寂は果しなく

夕暮の靈は御寺の鐘樓に響き出づ

聞け、時は今青ざめて空天使に似たり。[2]

紺青を溶きて湛へし神祕なるこの湖を見ては

吾妹子よ、戀の泉大なる心の底より湧出でて

かの空に漲りしなりと人言はざらましか?

もの影は夕闇の谷を溺れしめ、

遠方に響く鐘の音は一聲づつに消え行きて、

聖女の淸き魂を運び去るに似たり。

今、時はわれ等が有なり、見よかし、一瞬每に

寂寥の大なる衣は

不可思議を招きつつ紫いろの森の上に擴がる。[3]

褐色の樹葉の影に銀色の木目織出せる池水は

つれなかりし一日を惱む心か?

爽なる月の出を夢想するに似たり。

われは希ふ、愛慕に滿ちたる汝が目ざしに包まれて

打ち戰ける蘆のあひだに

青ざめし黄昏のほの白き花を摘まんことを。

4 堀口大學(1921)에는 "接吻す".

おお愛人よ、われは希ふ、もの思はしげなる池水の傍にありて

日の暮れたる後の香はしき影漂ふ中にて

汝が愛慕の唇より汝が魂を吸はんことを。

夕闇はやはらかく重き幔幕に似たり

われ等が心は互に倚りそひて

しめやかなる愛慕の心うれしげに睦言す。

靜なる林間にて新生の星に禮するが如く

心の祕密を語り合ふわれ等が聲は

夕闇の中に清らかに祈の如く昇り行くなり。

かくてわれ今天使めく汝が肉體を眼瞼の上に接吻す。[4]

PROMENADE À L'ÉTANG[†]

[†] Albert Samain, "Mon âme est une infante", *Au Jardin de l'Infante : Augmenté de plusieurs poèmes*, Paris : Société du Mercure de France, 1897, pp.29~31 ; "Au Jardin de l'Infante", *Œuvres d'Albert Samain 1*, Paris : Mercure de France, 1924, pp.31~33.

Le calme des jardins profonds s'idéalise.

L'âme du soir s'annonce à la tour de l'église ;

Écoute, l'heure est bleue et le ciel s'angélise.

A voir ce lac mystique où l'azur s'est fondu,

Dirait-on pas, ma sœur, qu'un grand cœur éperdu

En longs ruisseaux d'amour, là-haut, s'est répandu ?

L'ombre lente a noyé la vallée indistincte.

La cloche, au loin, note par note, s'est éteinte,

Emportant comme l'âme frêle d'une sainte.

L'heure est à nous ; voici que, d'instant en instant,

Sur les bois violets au mystère invitant

Le grand manteau de la Solitude s'étend.

L'étang moiré d'argent, sous la ramure brune,

Comme un cœur affligé que le jour importune,

Rêve à l'ascension suave de la lune ⋯

Je veux, enveloppé de tes yeux caressants,

『오뇌의 무도』 주해

Je veux cueillir, parmi les roseaux frémissants,

La grise fleur des crépuscules pâlissants.

Je veux au bord de l'eau pensive, ô bien-aimée,

A ta lèvre d'amour et d'ombre parfumée

Boire un peu de ton âme, à tout soleil fermée.

Les ténèbres sont comme un lourd tapis soyeux,

Et nos deux cœurs, l'un près de l'autre, parlent mieux

Dans un enchantement d'amour silencieux.

Comme pour saluer les étoiles premières,

Nos voix de confidence, au calme des clairières,

Montent, pures dans l'ombre, ainsi que des prières.

Et je baise ta chair angélique aux paupières.

재판 이외 없음.

제1연

제1행 호리구치 다이가쿠[堀口大學 : 1918/1921]의 제1연 제1행 "奧深き庭の靜寂は果しなく 깊숙한 뜰의 정적은 끝없이"를 '奧深き庭の 깊숙한 뜰의', '果しなく 끝없이', '靜寂は 정적은' 순으로 도치한 구문의 의역이나.

제2행 호리구치 다이가쿠[1918/1921]의 제1연 제2행 "夕暮の靈は御寺の鐘樓に響き出づ 저물녘의 영은 절의 종루에서 울려 나온다"의 의역이다.

제3행 햘금하다 : 오늘날의 "가볍게 곁눈질하여 살짝 한 번 쳐다보다"가 아니라, '창백하다' 혹은 '햘쑥하다'의 의미이다. 『오뇌의 무도』에서 자주 쓰인 어휘 중 하나인 '희멀금하다'와 비슷하다. 호리구치 다이가쿠[1918/1921]의 번역시 제1연 제3행 "聞け、時は今靑ざめて空天使に似たり 들어라, 때는 지금 창백하여 하늘의 천사와 닮았다"의 의역이다.

제2연

제1행 호리구치 다이가쿠[1918/1921]의 제2연 제1행 "紺靑を溶きて湛へし神祕なるこの湖を見ては 감청을 녹여 채운 신비한 이 호수를 보면"의 의역이다.

제2행 뉘이 : '누이[姉]'의 평안북도 방언 '뉘[妹]'[김이협 : 1981, 김영배 : 1997]의 이형태, 혹은 김억의 입말로 추정된다. 호리구치 다이가쿠[1918/1921]의 제2연 제2행 "吾妹子よ、戀の泉大なる心の底より湧出でて 나의 누이여, 사랑의 샘이 큰 마음의 바닥에서 솟아나" 중 '吾妹子よ 나의 누이여', '大なる心の底より 큰 마음의 바닥에서', '戀の泉 사랑의 샘물'만을 발췌하여 조합한 구문의 의역이다.

제3행 호리구치 다이가쿠[1918/1921]의 제2연 제2행 중 '湧出でて 솟아나'와 제2연 제3행 "かの空

に漲りしなりと人言はざらましか^{저 하늘에 흘러 넘친다고 사람들은 말하지 않는가}"를 조합한 구문의 의역이다.

제3연

제1행 호리구치 다이가쿠^{1918/1921}의 제3연 제1행 "もの影は夕闇の谷を溺れしめ^{어두운 그림자는 저녁 어둠의 골짜기를 잠기게 하고}"의 의역이다.

제2행 호리구치 다이가쿠^{1918/1921}의 제3연 제2행 "遠方に響く鐘の音は一聲づつに消え行きて^{먼 곳으로 울리는 종소리는 한 소리씩 사라져 가고}"의 의역이다.

제3행 호리구치 다이가쿠^{1918/1921}의 제3연 제3행 "聖女の清き魂を運び去るに似たり^{성녀의 맑은 혼을 옮겨가는 듯하다}"의 의역이다.

제4연

제1행 호리구치 다이가쿠^{1918/1921}의 제4연 제1행 "今、時はわれ等が有なり、見よかし、一瞬毎に^{지금, 때는 우리의 것이며, 보란 듯이, 순간마다}"의 의역이다.

제2행 호리구치 다이가쿠^{1918/1921}의 제4연 제2행 "寂寥の大なる衣は^{적막의 커다란 옷은}"의 의역이다.

제3행 호리구치 다이가쿠^{1918/1921}의 제4연 제3행 "不可思議を招きつつ紫いろの森の上に擴がる^{신비함을 부르면서 보랏빛 숲 위로 퍼져간다}"의 의역이다.

제5연

제1행 문의 : '무늬'의 평안도 방언 혹은 김억의 입말로 추정된다. 호리구치 다이가쿠^{1918/1921}의 제5연 제1행 "褐色の樹葉の影に銀色の木目織出せる池水は^{갈색의 나뭇잎 그림자에 은색 결을 짜내는 연못물은}"의 의역이다.

제2행 호리구치 다이가쿠^{1918/1921}의 제5연 제2행 "つれなかりし一日を惱む心か^{무정했던 하루를}

괴로워하는 마음인가?"의 의역이다.

제3행 　호리구치 다이가쿠^{1918/1921}의 제5연 제3행 "爽なる月の出を夢想するに似たり_{산뜻한 달이 뜨기를 꿈꾸는 듯하다}"의 의역이다.

세6언

제1행 　호리구치 다이가쿠^{1918/1921}의 제6연 제1행 "われは希ふ、愛慕に滿ちたる汝が目ざしに包まれて_{나는 간절히 바란다, 애모로 가득한 너의 눈길에 싸여서}" 중 '希ふ_{간절히 바라다}'를 제한 나머지 구문의 의역이다.

제2행 　호리구치 다이가쿠^{1918/1921}의 제6연 제2행 "打ち戰ける蘆のあひだに_{오들오들 떨고 있는 갈대 사이에}"의 의역이다.

제3행 　호리구치 다이가쿠^{1918/1921}의 제6연 제3행 "靑ざめし黃昏のほの白き花を摘まんことを_{창백한 황혼의 희읍스름한 꽃을 따려는 것을}"와 제6연 제1행에서 생략한 '希ふ_{간절히 바라다}'를 조합한 구문의 의역이다.

제7연

제1행 　호리구치 다이가쿠^{1918/1921}의 제7연 제1행 "おお愛人よ、われは希ふ、もの思はしげなる池水の傍にありて_{오오, 애인이여, 나는 간절히 바란다, 생각에 잠기게 하는 연못 곁에서}" 중 '希ふ_{간절히 바라다}'를 제한 나머지 구문의 의역이다.

제2행 　호리구치 다이가쿠^{1918/1921}의 제7연 제2행 "日の暮れたる後の香はしき影漂ふ中にて_{해 저문 뒤 향기로운 그늘 떠도는 속에}"를 '日の暮れたる後の_{해 저문 뒤}', '漂ふ_{떠도는}', '香はしき影_{향기로운 그늘}', '中にて_{속에}' 순으로 도치한 구문의 의역이다.

제3행 　머시다 : 평안도 방언 '마시다'_{김이협 : 1981}의 이형태 혹은 김억의 입말로 추정된다. 호리구치 다이가쿠^{1918/1921}의 제7연 제3행 "汝が愛慕の唇より汝が魂を吸はんことを_{네 애모의 입술에서 네 혼을 마시려함을}"와 제7연 제1행에서 생략한 '希ふ_{간절히 바라다}'를 조합한 구문의 의역이다.

제8연

제1행 호리구치 다이가쿠[1918/1921]의 제8연 제1행 "夕闇はやはらかく重き幛幕に似たり 저녁 어둠은 부드럽고 무겁게 장막처럼"의 의역이다.

제2행 호리구치 다이가쿠[1918/1921]의 제8연 제2행 "われ等が心は互に倚りそひて 우리의 마음은 서로 다가붙어"의 의역이다.

제3행 호리구치 다이가쿠[1918/1921]의 제8연 제3행 "しめやかなる愛慕の心うれしげに睦言す 고요한 애모의 마음은 즐겁게도 정담을 나눈다"의 의역이다.

제9연

제1행 벌 : '별'의 오식으로 보인다. 호리구치 다이가쿠[1918/1921]의 제9연 제1행 "靜なる林間にて新生の星に禮するが如く 고요한 숲 사이에서 신생의 별에 인사하는 듯이"의 의역이다.

제2행 호리구치 다이가쿠[1918/1921]의 제9연 제2행 "心の祕密を語り合ふわれ等が聲は 마음의 비밀을 서로 말하는 우리의 목소리는"의 의역이다.

제3행 호리구치 다이가쿠[1918/1921]의 제9연 제3행 "夕闇の中に淸らかに祈の如く昇り行くなり 저녁 어둠 속으로 청아하게 기도처럼 떠올라 간다"의 의역이다.

제10연

눈덤패 : 평안도 방언 '눈꺼풀'[김이협 : 1981, 김영배 : 1997]의 이형태 혹은 김억의 입말로 추정된다. 참고로 '눈꺼풀'의 평안북도 방언은 '눈거풀'이고, '눈두덩'의 평안북도 방언은 '눈잔덩', '눈잔등'이다.[김영배 : 1997] 호리구치 다이가쿠[1918/1921]의 제10연 "かくてわれ今天使めく汝が肉體を眼瞼の上に接吻す 그렇게 나 지금 천사 같은 네 육체를 눈꺼풀 위에 입맞춤한다"의 의역이다.

김억의 「池畔逍遙」의 저본은 호리구치 다이가쿠[堀口大學:1918]의 제1장 「사맹 시초[サマン詩抄]」의 「池畔逍遙」이다. 알베르 사맹의 이 시의 역시 호리구치 다이가쿠[1918]와 호리구치 다이가쿠[1921]에만 수록되어 있고, 이쿠다 슌게쓰[生田春月:1919]와 제스로 빗셀[Jethro Bithell:1912]에는 수록되어 있지 않다.

『오뇌의 무도』 도처에는 오늘날에는 이해할 수도, 짐작할 수도 없는 김억만의 독특한 어휘가 즐비하다. 그 가운데에는 김억 나름의 한자어 조어[造語]도 있고, 후나오카 겐지[船岡獻次:1919]의 풀이를 따르거니 혹은 변형한 것도 있으며, 심지어 일본어와 일본의 한자어를 풀이하여 새롭게 고안한 어휘도 있다. 그리고 평안도 방언이거나 '핼금하다'나 '눈덤패'처럼 평안도 방언 혹은 김억의 입말로 추정되는 어휘도 허다하다. 특히 '핼금하다'나 '눈덤패'는 일본어 번역시를 통해 도리어 의미를 추정할 수 있는 어휘들이다.

이러한 어휘들의 의미를 도리어 일본어 번역시 혹은 알베르 사맹의 원시를 통해 겨우 추정하게 되는 형국은 의미심장하다. 그것은 저 '핼금하다'나 '눈덤패'의 경우, 근본적으로 김억만의 입말, 모어[母語]인 만큼, 이러한 사례들을 통해서 김억만의 어휘 색인[concordance] 혹은 어휘 목록[lexicon]을 구성할 수 있기 때문이다. 그보다도 '핼금하다'나 '눈덤패'를 비롯하여 김억만의 독특한 어휘들이 사실은 프랑스어 혹은 영어, 일본어 등 숱한 타자의 언어, 의미의 적층과 혼종에서 고안되고, 선택된 것이기 때문이다. 따라서 이러한 김억만의 시어들도 기실 저와 같은 적층과 혼종의 결과 혹은 효과인 셈이다.

이것이 이 시를 비롯한 『오뇌의 무도』 소재 작품들이 근본적으로 일본어 번역시로부터의 중역인 사정과 관련 있다는 점은 두말할 나위도 없다. 그러나 더욱 중요한 것은 중역에서 비롯한 저 언어, 의미의 적층과 혼종을 통해 근대기 한국의 문학어가 고안되고 발굴되었다는 사실이다.

黃昏。¹

黃昏의天使는 곳사이를 지내가며⋯⋯⋯⋯
默想의女神은 寺院의風琴과함씌² 노래하여라、
눈부쉬게도 써도는저녁노을의³ 하늘에는
찬란한臨終째의光彩가⁴ 아득이여라。

黃昏이天使는 가슴속을 지내며⁵⋯⋯⋯⋯
小女들은微風의나래에 써도는 사랑을마시고잇서라⁶、
가슴을열어노흔곳우에나⁷ 小女의우에는
가이업는 저녁안개가 눈인듯 내려라。　　　　　　　　[초92, 재113]

장미곳은 어두어오는밤에쌀아 머리를숙이고⁸、
슈만의魂은⁹ 空間으로 써돌면서
不治의苦惱을 告訴하는듯하여라¹⁰。

여데서 고혼小女가 반듯시죽으리라¹¹⋯⋯⋯⋯
나의靈이여、日課의祈禱에 標蹟을두어라¹²、
울며들이는 祈禱를天使는 들어주리라¹³。　　　　　[초93, 재114]

1　재판 목차에는 "黃昏(첫재)", 본문에는 "黃昏。(첫재)".

2　재판에는 "寺院의風琴과 함씌".

3　재판에는 "써도는 저녁노을의".

4　재판에는 "찬란한臨終째의 光彩가".

5　초판 재판의 "黃昏이天使는"은 제1행으로 보아 "黃昏의天使는"의 오식으로 보인다. 재판에는 '지내여'.

6　재판에는 "小女들은 微風의나래에 써도는 사랑을 마시고잇서라".

7　재판에는 "가슴을 열어노흔곳우와⋯".

8　재판에는 "장미곳은 어둡어오는밤에 쌀아 머리를 숙이고".

9　재판에는 밑줄없이 "슈만의魂은".

10　초판에는 "告訴하는듯듯하여라". 초판 정오표를 따라 "告訴하는듯하여라"로 고쳤다. 재판에는 "告訴하는 듯 하여라".

11　초판의 '여데서'는 '어데서'의 오식으로 보인다. 재판에는 "어데서 곱은小女가 반듯시 죽으리라".

12　재판에는 "日課의祈禱에 標蹟을 두어라".

13　재판에는 "祈禱를 天使는 들어주리라".

夕暮 その二[1]

堀口大學

1　堀口大學 譯,「サマン詩抄」,『昨日の花－佛蘭西近代詩』, 東京：籾山書店, 1918, 24~25면; 生田春月 編,「佛蘭西－アルベエル・サマン―夕暮」,『泰西名詩名譯集』, 東京：越山堂, 1919, 125~126면;「靈現」,『サマン選集』, 東京：アルス, 1921, 101~102면.

2　堀口大學(1921)에는 "さまよふて".

3　堀口大學(1921)에는 "栞せよ".

夕暮の天使は花の間を過ぎ……

幻想の女神は御寺の風琴に合せて歌ふ

まばゆき夕榮のみなぎれる空に

燦たる光彩の斷末魔はひろごる。

夕暮の天使は胸の間を過ぎ……

少女等は露臺に微風の愛を吸ふ

花の上にも躊躇ふ少女の上にも

可憐なる夕もやは雪となるかな。

全園の薔薇もの憂げに首だれ

シユウマンの魂は木の間をさまようて[2]

癒えがたき苦惱を訴ふるに似たり。

何所にてか優しき少女の死す可き夕なり……

わが魂よ、祈りの書に栞せよ、[3]

泣きてする汝が祈願を天使は聞入れ給はん。

EVENING.[†]

Jethro Bithell

[†] Jethro Bithell, "Albert Samain", *Contemporary French Poetry*, London : Walter Scott Publishing Co. Ltd., 1912, pp.182~183.

The seraph of the eve past flower-beds strays...

    The subtle colours of the sunset die

    An exquisite death, long lingering in the sky ;

The Lady of Reveries the Church organ plays.

Past hearts the seraph of the evening goes...

    The virgins drink love on the zephyr's wing ;

    And on the flowers and virgins opening

Adorable paleness gradually snows.

The roses bow their heads as night grows darker ;

The soul of Schumann wandering through space

A pain incurable seems to be sighing...

Somewhere a little baby must be dying...

My soul, put in the breviary a marker,

The Angel takes the tears from thy dream's face.

SOIRS II[†]

† Albert Samain, "Évocation", *Au Jardin de l'Infante : Augmenté de plusieurs poèmes*, Paris : Société du Mercure de France, 1897, pp.117~118; "Au Jardin de l'Infante", *Œuvres d'Albert Samain 1*, Paris : Mercure de France, 1924, pp.121~122; Adolphe van Bever & Paul Léautaud, "Albert Samain : Soir", *Poètes d'Aujourd'hui, 1880~1900 Morceaux choisis*, Paris : Société du Mercure de France, 1900, p.315; *Poètes d'Aujourd'hui : Morceaux choisis (Tome II)*, Paris : Société du Mercure de France, 1908, p.210; Gérard Walch, "Albert Samain : Soir", *Anthologie des Poètes Français contemporains (Tome troisième)*, Paris : Ch. Delagrave, Leyde : A.-W. Sijthoff, 1907, pp.154~155.

Le Séraphin des soirs passe le long des fleurs…

La Dame-aux-Songes chante à l'orgue de l'église ;

Et le ciel, où la fin du jour se subtilise,

Prolonge une agonie exquise de couleurs.

Le Séraphin des soirs passe le long des cœurs…

Les vierges au balcon boivent l'amour des brises ;

Et sur les fleurs et sur les vierges indécises

Il neige lentement d'adorables pâleurs.

Toute rose au jardin s'incline, lente et lasse,

Et l'âme de Schumann errante par l'espace

Semble dire une peine impossible à guérir…

Quelque part une enfant très douce doit mourir…

O mon âme, mets un signet au livre d'heures,

L'Ange va recueillir le rêve que tu pleures.

번역의 이본

재판 이외 없음.

주석

제1연

제1행   제스로 빗셀Jethro Bithell : 1912의 제1연 제1행 "The seraph of the eve past flower-beds strays"를 염두에 두되, 호리구치 다이가쿠堀口大學 : 1918/1921의 제1연 제1행 "夕暮の天使は花の間を過ぎ 해 질 녘의 천사는 꽃 사이를 지나가고"의 어휘 표현과 문형에 충실한 번역이다.

제2행   제스로 빗셀Jethro Bithell : 1912의 제1연 제4행 "The Lady of Reveries the Church organ plays"를 염두에 두되, 호리구치 다이가쿠1918/1921의 제1연 제2행 "幻想の女神は御寺の風琴に合せて歌ふ 환상의 여신은 사원의 풍금에 맞추어 노래한다"의 어휘 표현과 문형을 따른 의역이다. 특히 김억은 제스로 빗셀1912의 'The Lady of Reveries'를 염두에 두고 호리구치 다이가쿠1918/1921의 '幻想の女神 환상의 여신'가 아니라 '默想의 女神'으로 옮겼다. 참고로 간다 나이부神田乃武 : 1915에는 'reverie'를 "幻想, 夢想, 空想"으로 풀이한다. 또 사이토 히데사부로齊藤秀三郎 : 1918에는 'reverie'를 "夢想, 迷想, 現"으로 풀이한다.

제3행   호리구치 다이가쿠1918/1921의 제1연 제3행 "まばゆき夕榮のみなぎれる空に 눈부신 저녁 노을 넘쳐흐르는 하늘에"의 의역이다.

제4행   제스로 빗셀1912의 제1연 제3행 "An exquisite death, long lingering in the sky"를 염두에 두되, 호리구치 다이가쿠1918/1921의 제1연 제4행 "燦たる光彩の斷末魔はひろごる 찬란한 광채의 단말마는 퍼져간다"의 어휘 표현과 문형을 따른 의역이다. 특히 김억은 제스로 빗셀1912의 'An exquisite death' 중 'death'를 염두에 두고 호리구치 다이가쿠1918/1921의 '斷末魔 단말마'가 아닌 '臨終 째'로 옮겼다. 또 제스로 빗셀1912의 'lingering'을 염두에 두고 호리구치 다이가쿠1918/1921의 'ひろごる 퍼져간다'가 아니라 '아득이여라'로 옮겼다. 참고로 사이토 히데사부로1918에는 'linger'를 '長びく 질질 끌다'로도 풀이한다.

제2연

제1행 제스로 빗설[1912]의 제2연 제1행 "Past hearts the seraph of the evening goes"를 염두에 두되, 호리구치 다이가쿠[1918/1921]의 제2연 제1행 "夕暮の天使は胸の間を過ぎ해 질 녘의 천사는 가슴 사이를 지나가고"의 어휘 표현과 문형을 따른 의역이다.

제2행 제스로 빗설[1912]의 제2연 제2행 "The virgins drink love on the zephyr's wing"를 염두에 두되, 호리구치 다이가쿠[1918/1921]의 제2연 제2행 "少女等は露臺に微風の愛を吸ふ소녀들은 발코니에서 미풍의 사랑을 마신다"의 어휘 표현과 문형을 따른 의역이다. 김억이 호리구치 다이가쿠[1918] 중 '露臺に발코니에서'를 생략한 이유는 그에 해당하는 어휘가 제스로 빗설[1912]에 없었기 때문이다. 그런가 하면 호리구치 다이가쿠[1918/1921]에는 없는 제스로 빗설의 'wing'을 염두에 두고 굳이 '微風의 나래'로 옮겼다. 참고로 제스로 빗설의 'zephyr'는 간다 나이부[1915]에는 "㊀ 西風、㊁ 和風、軟風、㊂ 微風"으로, 사이토 히데사부로[1918]에는 "① 西風の擬人名稱。② 軟風、和風、微風"으로 풀이한다.

제3행 제스로 빗설[1912]의 제2연 제3행 "And on the flowers and virgins opening"을 염두에 두되, 호리구치 다이가쿠[1918/1921]의 제2연 제3행 "花の上にも躊躇ふ少女の上にも꽃 위에도 망설이는 소녀 위에도"의 어휘 표현과 문형을 따른 의역이다. 특히 김억은 제스로 빗설의 'opening'을 염두에 두고 '가슴을열어노흔'으로 옮긴 것으로 판단된다.

제4행 가이업다 : '불쌍하다', '딱하다'는 뜻의 평안도 방언 '가엽다'[김이협 : 1981]의 이형태 혹은 김억의 입말로 추정된다. 제스로 빗설[1912]의 제2연 제4행 "Adorable paleness gradually snow"를 염두에 두되, 호리구치 다이가쿠[1918/1921]의 제2연 제4행 "可憐なる夕もやは雲となるかな가련한 저녁 안개는 이윽고 눈이 될까"의 어휘 표현과 문형을 따른 의역이다. 참고로 후나오카 겐지[船岡獻治 : 1919]에는 'カレン可憐'을 '(名)가련'이라고 풀이한다. 여기에서 김억은 '可憐だ가련하다'를 '가엽다'로 옮겼지만, 구르몽의 「黃昏」"黃昏의 째는 가이업서라", 「田園四季」"사랑은 가이업는 쌔을 감초어 두엇으나", 「落葉」"落葉은 가이업시 버린 싸우에 흐터젓다" 등에서는 호리구치 다이가쿠[1918]의 '果敢はかない덧없다'를 '가엽다'로 옮겼다.

제3연

제1행 제스로 빗설¹⁹¹²의 제3연 제1행 "The roses bow their heads as night grows darker"의 의역이다. 호리구치 다이가쿠^{1918/1921}의 제3연 제1행은 "全園の薔薇もの憂げに首だれ^{온 뜰의 장미 권태롭게 고개 숙이고}"이다.

제2행 제스로 빗설¹⁹¹²의 제3연 제1행 "The soul of Schumann wandering through space"의 의역이다. 혹은 제스로 빗설¹⁹¹²을 염두에 두되, 호리구치 다이가쿠의 제3연 제2행 "シユウマンの魂は木の間をさまようて^{슈만의 혼은 나무 사이를 떠돌아}"¹⁹¹⁸ 혹은 "シユウマンの魂は木の間をさまよふて^{슈만의 혼은 나무 사이를 떠돌아}"¹⁹²¹의 어휘 표현과 문형을 따른 의역이다. 특히 김억은 호리구치 다이가쿠^{1918/1921}의 '木の間^{나무 사이}' 대신 제스로 빗설¹⁹¹²의 'space'를 따랐다.

제3행 호리구치 다이가쿠^{1918/1921}의 제3연 제3행 "癒えがたき苦悩を訴ふるに似たり^{낫기 어려운 고뇌를 호소하는 듯하다}"에 충실한 번역이다. 제스로 빗설¹⁹¹²의 제3연 제3행은 "A pain incurable seems to be sighing"이다.

제4연

제1행 제스로 빗설¹⁹¹²의 제4연 제1행 "Somewhere a little baby must be dying"을 염두에 두되, 호리구치 다이가쿠^{1918/1921}의 제4연 제1행 "何所にてか優しき少女の死き夕なり^{어디에선가 아름다운 소녀가 죽는 저녁이다}"의 어휘 표현과 문형을 따른 의역이다. 특히 김억은 제스로 빗설의 'must'를 염두에 두고 호리구치 다이가쿠¹⁹¹⁸에는 없는 '반듯시'를 추가했다.

제2행 제스로 빗설¹⁹¹²의 제4연 제2행 "My soul, put in the breviary a marker"를 염두에 두되, 호리구치 다이가쿠^{1918/1921}의 제4연 제2행 "わが魂よ、祈りの書に栞せよ^{나의 혼이여, 기도서에 책갈피를 꽂아라}"의 어휘 표현과 문형을 따른 의역이다. 특히 김억은 제스로 빗설의 'breviary'를 염두에 두고, 단지 호리구치 다이가쿠의 '祈りの書^{기도서}'가 아니라 '日課の祈禱'로 옮겼다. 참고로 간다 나이부¹⁹¹⁵에는 'breviary'를 "[ろーま教]日課經、日讀

祈禱書, 聖務日禱書[로마교]일과경, 일독기도서, 성무일도서"로 풀이한다. 참고로 성무일도서란 성무일도Officium Divinum, 즉 매일 정해진 시간에 신을 찬미하는 로마 가톨릭 교회의 공적, 공통적인 기도를 위한 기도서이다. 또 제스로 빗설의 'maker'만으로는 의미가 분명하지 않아서 호리구치 다이가쿠의 '栞'를 따라 '標蹟'으로 옮겼다. 참고로 사이토 히데사부로1918에는 'mark'의 부표제어 'book mark'를 '栞しおり'로 풀이한다. 또 후나오카 겐지1919에는 '栞', 즉 'シヲリ'를 "㊀ 표목, 山路等에 樹枝를 折하야 路를 標하는 것。㊁ 지로。길인도 ㊂ 표지"로 풀이한다.

제3행   호리구치 다이가쿠1918/1921의 제4연 제3행 "泣きてする汝が祈願を天使は聞入れ給はん 울며 드리는 너의 기원을 천사는 들어 주기를"에 충실한 번역이다. 제스로 빗설1912의 제4연 제3행은 "The Angel takes the tears from thy dream's face"이다.

해설

김억의 「黃昏」의 제1저본은 호리구치 다이가쿠堀口大學:1918의 제1장 「사맹 시초サマン詩抄」의 「夕暮その二해질녘 2」 혹은 이쿠다 순게쓰生田春月:1919의 「夕暮해 질 녁」이다. 알베르 사맹의 이 시는 후일 호리구치 다이가쿠1921에도 수록되었다. 이 시는 호리구치 다이가쿠1918/1921에서 이미 드러나듯이 연작시 중 두 번째 시이지만, 『오뇌의 무도』 초판까지 김억은 그 순서 표지를 생략한 채 「黃昏」이라고만 옮겼다. 그리고 재판에 이르러 호리구치 다이가쿠1918/1921 혹은 호리구치 다이가쿠1921의 연작시 중 나머지 두 편을 추가로 수록하면서, 그 순서를 무시한 채 이 시를 '첫째'의 시라고 소개했다.

그것은 제스로 빗설Jethro Bithell:1912에 수록된 알베르 사맹의 이 시의 제목에 연작시임을 알 수 있을 표지가 없다는 점도 한몫했을 것으로 본다. 김억이 제스로 빗설1912과 호리구치 다이가쿠1918 중 어느 것을 먼저 열람했던가는 알 수 없다. 그러나 김억이 이 시를 옮기면서 제스로 빗설1912과 호리구치 다이가쿠1918를 철저하게 대조·비교하여 옮긴 것만은 분명하다. 이미 주석을 통해 검토한 바와 같이 김억은 호리구치 다이가쿠1918/1921와 다르거나, 혹은 호리구치 다이가쿠[1918/1921]에는 없는 어휘들을 제스로 빗설[1912]의 어휘들을 애써 옮겨 넣기도 했다. 그런가 하면 제스로 빗설[1912]에는 없으나 호리구치 다이가쿠[1918/1921]에 있는 어휘들은 굳이 지워버리기도 했다.

그래서 알베르 사맹의 원시를 열람할 수 없었을 김억으로서는 도리어 원시와 멀어지기도 했다. 예컨대 김억의 제1연 제2행의 '默想'이란 알베르 사맹의 원시에는 공상, 몽상, 환영 등을 가리키는 'songe'에 해당한다. 그래서 호리구치 다이가쿠도 '幻想'이라고 옮긴 것이다. 그런데 김억은 제스로 빗설의 'reverie'와 사전들을 따라 '묵상'이라고 옮기고 말았다. 또 제2연 제2행에서 호리구치 다이가쿠[1918/1921]의 '露臺'란 알베르 사맹의 원시 제2연 제2행의 'balcon'을 옮긴 것이다. 김억으로서는 프랑스어 'balcon'에 대응하는 어휘가 없었던 데다가, 후나오카 겐지[船岡獻治:1919]가 '露臺ㅁ夕ィ'를 '한데자리'와 '屋根無キ臺'[지붕 없는 대]라고 풀이한 것도 요령부득이었을 터이므로 생략해 버리고 말았을 터이다.

그러나 김억의 복잡한 중역이 도리어 알베르 사맹의 원시는 물론 호리구치 다이가쿠[1918/1921]를 보다 충실하게 한 사례도 있다. 김억의 제4연 제2행의 '日課의 祈禱'의 경우, 알베르 사맹의 원시의 'livre d'heures'와 호리구치 다이가쿠[1918/1921]의 '祈りの書[기도서]'이다. 그런데 김억은 제스로 빗설[1912]의 'breviary'를 간다 나이부[神田乃武:1915]를 따라 로마 가톨릭의 성무일도서[聖務日禱書]의 원의에 가깝게 옮김으로써 알베르 사맹의 원시의 'livre d'heures'의 의미를 충실히 드러낼 수 있게 되었다.

그것이 긍정적이든 부정적이든 이 모두 김억의 이른바 '자전[字典]과의 씨름'의 결과임은 두말할 나위도 없다. 그런데 김억의 '자전과의 씨름'이 '발코니', '성무일도서'와 같이 목표 언어target language 혹은 목표 문화target culture로서 조선어와 조선에 없는 어휘들을 옮기는 가운데 극적으로 드러난 점은 중요하다. 이 모두 기점 언어source language, 기점 텍스트source text로서 프랑스어와 알베르 사맹의 원시 그리고 김억 사이에 가로놓인, 호리구치 다이가쿠에 비해 훨씬 더 멀었던 그 거리를 드러낸다는 점에서는 마찬가지이다. 그러나 이보다도 이 시에서 주목해야 할 것은 김억의 '자전과의 씨름'이 결국 일본어와 조선어의 씨름이었던 사정이다. 프랑스어는 차치하고서라도 매개 언어intermediate language가 일본어가 아니라 영어이더라도 결국 김억으로서는 그 일본어 풀이들을 어떻게 조선어로 옮겨내는가가 절체절명의 과제였던 셈이다. 이 역시 비서구 식민지 문학청년 김억과 당시 조선의 실존적 소여를 상징적으로 드러낸다.

『오뇌의 무도』 주해

黃昏(둘재)[†]

† 재판 추가 작품.

人跡업는江岸에서 배는 썩도 고요하게 잠들게되야
激烈한 오늘하로의 勞作도 只今은 겨우 끗이 낫서라、
黃金을 녹여흘닌듯한 져녁노을의 써도는江面을
희멀금한薄明은 弱한손으로 흐릿한빗을 지여라。

써들고 짓거리는工場도 只今은 고요해오고、
疲困한女工들은 바람에 머리털을 날니며
쓸데업는願望을 쌀알갓튼金剛石에 니즈랴고
金色이 빗나는商店으로 한가롭게 걸어들어라。   【재115】

오가는사람들의 무리짓는 거리에는
土耳基의구슬、眞珠갓튼 보드랍음에
이가을의 져녁하늘은 죽으려하여라。

只今 째는 薄紗를입은 아낙네처럼 지내가며、
나의靈은 어득한어둡음에 고요히섯서
쑴에서 새별로 옴겨가는 光景을 冥想하여라。   【재115】

夕暮 その一[1]

堀口大學

人なき岸に[2]諸舟はいとも靜けく眠り行く。

激しき今日の勞働も今し漸く果てにけり、[3]

黄金溶して流したる夕焼うつる川面を

色青ざめし薄明かよわき手もて消して行く。

わめき轟りし工場も今悉く靜まりて

疲れ果てたる女工等は風に髪をば亂しつつ

黄金輝く店窓へいとにこやかに急ぎ行く

空なる願を大粒の金剛石に忘れんと。

往き來の人波打ち寄せて暮れんとやする街の上[4]

土耳古玉、眞珠に[5]似たるやさしさに

この秋の夕の空は絶入らん氣合なり。

今時は薄紗まとひし女の如く過ぎゆき、

わが魂はもの影に佇みて

夢より新生の星へと[6]通ふものの姿を冥想す。

1　堀口大學 譯，「サマン詩抄」，『昨日の花－佛蘭西近代詩』，東京：籾山書店，1918，22~23면；「藪現」，『サマン選集』，東京：アルス，1921，98~100면.

2　堀口大學(1921)에는 "人なき岩に".

3　堀口大學(1921)에는 "果てにけり。".

4　堀口大學(1921)에는 "街の上に".

5　堀口大學(1921)에는 "土耳古玉眞珠に".

6　堀口大學(1921)에는 "夢より新生の星と".

SOIRS I [†]

Calmes aux quais déserts s'endorment les bateaux.

Les besognes du jour rude sont terminées,

Et le bleu Crépuscule aux mains efféminées

Éteint le fleuve ardent qui roulait des métaux.

Les ateliers fiévreux desserrent leurs étaux,

Et, les cheveux au vent, les fillettes minées

Vers les vitrines d'or courent, illuminées,

Meurtrir leur désir pauvre aux diamants brutaux.

Sur la ville noircie, où le peuple déferle,

Le ciel, en des douceurs de turquoise et de perle,

Le ciel semble, ce soir d'automne, défaillir.

L'Heure passe comme une femme sous un voile ;

Et, dans l'ombre, mon cœur s'ouvre pour recueillir

Ce qui descend de rêve à la première étoile.

[†] Albert Samain, "Évocation", *Au Jardin de l'Infante : Augmenté de plusieurs poèmes*, Paris : Société du Mercure de France, 1897, pp.115~116: "Au Jardin de l'Infante", *Œuvres d'Albert Samain I*, Paris : Mercure de France, 1924, pp.117~118.

번역의 이본

없음.

주석

제1연

제1행 호리구치 다이가쿠堀口大學 : 1918의 제1연 제1행 "人なき岸に諸舟はいとも靜けく眠り行く 사람 없는 물가 언덕에 온갖 배들은 매우 고요하게 잠들어간다"의 의역이다.

제2행 호리구치 다이가쿠1918/1921의 제1연 제2행 "激しき今日の勞働も今し漸く果てにけり 격한 오늘의 노동도 지금 겨우 끝났다"에 충실한 번역이다.

제3행 호리구치 다이가쿠1918/1921의 제1연 제3행 "黃金溶して流したる夕焼うつる川面を 황금을 녹여 흘린 저녁노을 비친 강물 위를"의 의역이다.

제4행 희멀금하다 : 오늘날의 '희멀끔하다', 즉 "(살빛이) 희고 멀끔하다"는 뜻이 아니라, '창백하다', '핼쑥하다'에 가깝다. '핼금하다'와 비슷한 뜻이다. 『오뇌의 무도』에서 자주 쓰인 어휘 중 하나인 '희멀금하다'와 비슷하다. 호리구치 다이가쿠1918/1921의 제1연 제3행 "色靑ざめし薄明かよわき手もて消して行く 빛깔 창백한 엷은 빛을 가냘픈 손으로 지워간다"의 의역이다.

제2연

제1행 호리구치 다이가쿠1918/1921의 제2연 제1행 "わめき軋りし工場も今悉く靜まりて 시끌벅적하고 삐걱거리던 공장도 이제 모두 조용해지고"의 의역이다. 참고로 후나오카 겐지舟岡獻治 : 1919에는 '軋る', 즉 'キシル軋ル'를 "찌그덕걸인다。쎄걱쎄걱한다"로 풀이한다. 호리구치 다이가쿠1918/1919에는 '軋る'의 독음자ルビ, ふりがな가 부기되어 있지 않았으므로, 김억으로서는 이 어휘를 온전히 옮기지 못한 채 '써들다'와 흡사한 '짓거리는'으로 옮긴 것으로 보인다.

제2행   호리구치 다이가쿠^{1918/1921}의 제2연 제2행 "疲れ果てたる女工等は風に髮をば亂しつ

つ지친 여공들은 바람에 머리칼을 흩트리면서"의 의역이다.

제3행   호리구치 다이가쿠^{1918/1921}의 제2연 제4행 "空なる願を大粒の金剛石に忘れんと헛된 바

람을 알 큰 다이아몬드로 잊으려고"의 의역이다.

제4행   호리구치 다이가쿠^{1918/1921}의 제2연 제3행 "黃金輝く店窓へいとにこやかに急ぎ行く

황금 빛나는 가게 창으로 자못 싱글벙글 서둘러 가고"의 의역이다. 참고로 후나오카 겐지¹⁹¹⁹에는 'ニ

コヤカ'를 "⊖ 화락。柔和 ⊖ 빙글빙글。莞爾"로 풀이한다. 김억은 이 풀이 중 어느 것

도 적당하지 않다고 여겼는지 전혀 다른 의미의 '한가롭게'로 옮겼다.

제3연

제1행   호리구치 다이가쿠의 제3연 제1행 "往き來の人波打ち寄せて暮れんとやする街の上오

가는 사람 물결 밀려와 저물녘의 거리 위"¹⁹¹⁸ 혹은 "往き來の人波打ち寄せて暮れんとやする街の

上に오가는 사람 물결 밀려와 저물녘의 거리 위에"¹⁹²¹의 의역이다.

제2행   土耳其토이기의 구슬 : '터키석' 혹은 '터키옥'. 호리구치 다이가쿠의 제3연 제2행 "土耳

古玉、眞珠に似たるやさしさに터키옥, 진주 같은 아름다움에"¹⁹¹⁸, "土耳古玉眞珠に似たるや

さしさに터키옥, 진주 같은 아름다움에"¹⁹²¹의 의역이다.

제3행   호리구치 다이가쿠^{1918/1921}의 제3연 제3행 "この秋の夕の空は絶入らん氣合なり이 가을

의 저녁 하늘은 숨이 넘어가려는 분위기이다"의 의역이다.

제4연

제1행   호리구치 다이가쿠^{1918/1921}의 제4연 제1행 "今時は薄紗まとひし女の如く過ぎゆき지

금 때는 얇은 비단을 두른 여인처럼 지나가며"에 충실한 번역이다.

제2행   호리구치 다이가쿠^{1918/1921}의 제4연 제2행 "わが魂はもの影に佇みて나의 혼은 어슴푸레한

그늘에 멈춰 서서"의 의역이다.

제3행 　호리구치 다이가쿠[1918]의 제4연 제3행 "夢より新生の星へと通ふものの姿を冥想す^꿈에서 새로 난 별로 통하는 것의 모습을 명상한다"의 의역이다.

해설

김억의 「黃昏^{둘재}」의 저본은 호리구치 다이가쿠[堀口大學: 1918]의 제1장 「사맹 시초^{サマン詩抄}」의 「夕暮その一^{해질녁 1}」이다. 알베르 사맹의 이 시는 이 시는 후일 호리구치 다이가쿠[1921]에도 수록되었다. 한편 이 시는 이쿠다 슌게쓰[生田春月: 1919]와 제스로 빗설[Jethro Bithell: 1912]에는 수록되어 있지 않다. 김억은 이미 호리구치 다이가쿠[1918]를 통해 이 시의 존재를 알았을 터인데, 어째서 초판에는 수록하지 않았는지 알 수 없다. 또 앞서 「黃昏^{첫재}」의 해설에서도 설명했듯이, 호리구치 다이가쿠[1918]의 순서와 다르게 이 시를 어째서 '둘째'로 소개했는지도 알 수 없다.

　김억의 「黃昏^{둘재}」도 초판의 「黃昏」 혹은 재판의 「黃昏^{첫재}」 정도는 아니나 서문에서 언급한 이른바 '자전^{字典}과의 씨름'의 흔적이 역력하다. 엄밀히 말하자면 잘못된 번역도 아닐뿐더러 시 전체의 의미를 방해하는 것은 아니지만, 제3연 제2행의 '土耳其의 구슬'이 그러하다. 주석에서 간단히 설명한 바와 같이 '土耳其의 구슬'이란 알베르 사맹의 원시에서는 'turquoise', 즉 터키석 혹은 터키옥으로서 호리구치 다이가쿠의 '土耳古玉'에 해당하는 어휘이다. 알베르 사맹의 원시를 열람할 수도 없고, 제스로 빗설[1912]을 참조할 수도 없었을 김억으로서는 궁여지책으로 '土耳古玉'를 '土耳古^{トルコ, 터키}'의 '玉^{たま, 구슬}'로 새기고 축자역을 했다. 그도 그럴 것이 후나오카 겐지[船岡獻治: 1919]에는 '土耳古', 'トルコ'조차도 수록되어 있지 않기 때문이다.

　이 이국적인 보석의 이름을 둘러싼 형국 역시 앞서 「나는 꿈쉬노라」에서 알베르 사맹의 'verveine'가 호리구치 다이가쿠의 '美女櫻^{びじょさくら}'를 거쳐 김억의 '美女의 櫻도^桃'로 번역되었던 사정과 마찬가지이다. 즉 김억의 '土耳其의 구슬'이란 설령 호리구치 다이가쿠와 동일한 기호^{記標}라고 하더라도 그것이 지시하는 사물^{記意}까지 같을 수 없는 만큼, 번(중)역의 임계점, 공동^{空洞}의 사례라고 보아야 한다. 김억의 '美女의 櫻도^桃'도, '土耳其의 구슬'도 근본적으로는 프랑스의 알베르 사맹과 조선의 김억 사이에 가로놓인 거리를 드러낸다. 그러나 이보다

도 더 주목해야 할 것은 이 번(중)역의 임계점, 공동이란 김억이 '자전과의 씨름'만으로는 도저히 메울 수 없는 문화와 풍토의 차이에서 비롯한다는 점이다. 그래서 김억의 저 '자전과의 씨름'의 양상과 함의는 사실 매우 복잡하고도 심오하다.

黃昏(셋재)†

† 재판 추가 작품.

하늘은 只今 헬금한金色의 湖水과함씌 슬어지려하며、
먼곳을 바라보면 사람업는 뷘들도 默想하는듯하여라、
寂靜과 空虛가 가득한 하늘에는
밤의 孤寂한靈이 넓어지여라。

여저긔에 희미하게 燈불이 보일째、
매여노흔 암소두마리는 小路로 돌아오며、
頭巾쓴老人은 두손으로 탁을 밧치고
草가집門가에서 고요한黃昏을 보내고잇서라。   【재117】

鐘소리가 들니는 먼孤村은 孤寂도하야、
쒸여 돌아단니는 흰羊을 쓸고가는 예수를 그린
낡고 갑업는 그림幅과갓치 素朴하여라。

별빗은 어둡은하늘에 내리는눈과갓치 빗나며
여저긔의 적은山머리에 음직안코 섯는
牧人의 古風스럽은그림자는 숨쉬는듯하여라。   【재118】

『오뇌의 무도』주해

夕暮 その三[1]

堀口大學

空は今青ざめし黄金色の湖に似て絶え入らんとし
遠く望めば人なき廣野ももの思ふ風情なり、
静けさと空しさの漲れる空に
夜のさびしき魂はひろごる。

彼方此方に燈火のほの見ゆる頃
繋がれたる二頭の牡牛は小徑より歸る、
頭巾頂ける老翁は兩手に頤を支へつつ
茅屋の戸口に静けき夕暮を息ふ。

鐘の音の遠く聞ゆる孤村はもの寂く、
跳ね廻る白き小羊曳きて行く基督を描きし
古拙なる畫面にも似て素朴なり。

星くづは暗き空に、降る雪に以て輝き初め、[2]
彼方小山の頂に動かず立てる
牧人の古風なる影は夢みるに似たり。

1 堀口大學 譯,「サマン詩抄」,『昨日の花－佛蘭西近代詩』,東京：籾山書店, 1918, 26~28면;「靈現」,『サマン選集』,東京：アルス, 1921, 103~104면.

2 堀口大學(1921)에는 "輝き初め".

SOIRS III[†]

[†] Albert Samain, "Évocation", *Au Jardin de l'Infante : Augmenté de plusieurs poèmes*, Paris : Société du Mercure de France, 1897, pp.119~120; "Au Jardin de l'Infante", *Œuvres d'Albert Samain I*, Paris : Mercure de France, 1924, pp.121~122; Gérard Walch, "Albert Samain : Soir", *Anthologie des Poètes Français contemporains (– Tome troisième)*, Paris : Ch. Delagrave, Leyde : A.-W. Sijthoff, 1907, p.154.

Le ciel comme un lac d'or pâle s'évanouit,

On dirait que la plaine, au loin déserte, pense ;

Et dans l'air élargi de vide et de silence

S'épanche la grande âme triste de la nuit.

Pendant que çà et là brillent d'humbles lumières,

Les grands bœufs accouplés rentrent par les chemins ;

Et les vieux en bonnet, le menton sur les mains,

Respirent le soir calme aux portes des chaumières.

Le paysage, où tinte une cloche, est plaintif

Et simple comme un doux tableau de primitif,

Où le Bon Pasteur mène un agneau blanc qui saute.

Les astres au ciel noir commencent à neiger,

Et là-bas, immobile au sommet de la côte,

Rêve la silhouette antique d'un berger.

없음.

주석

제1연

제1행 햂금하다 : 오늘날의 "가볍게 곁눈질하여 살짝 한 번 쳐다보다"가 아니라, '창백하다' 혹은 '햂쑥하다'의 의미이다. 『오뇌의 무도』에서 자주 쓰인 어휘 중 하나인 '희멀금하다'와 비슷하다. 호리구치 다이가쿠[堀口大學 : 1918/1921]의 제1연 제1행 "空は今靑ざめし黃金色の湖に似て絶え入らんと 하늘은 지금 창백한 황금빛 호수를 닮아 숨이 넘어가려 하고"의 의역이다.

제2행 호리구치 다이가쿠[1918/1921]의 제1연 제2행 "遠く望めば人なき廣野ももの思ふ風情なり 멀리 바라보면 사람 없는 광야도 생각에 잠긴 풍경이니"의 의역이다.

제3행 호리구치 다이가쿠[1918/1921]의 제1연 제3행 "靜けさと空しさの漲れる空に 고요함과 공허함이 가득한 하늘에"의 의역이다.

제4행 호리구치 다이가쿠[1918/1921]의 제1연 제4행 "夜のさびしき魂はひろごる 밤의 쓸쓸한 혼은 펼쳐진다"의 의역이다.

제2연

제1행 호리구치 다이가쿠[1918/1921]의 제2연 제1행 "彼方此方に燈火のほの見ゆる頃 여기저기에서 등불이 희미하게 보일 무렵"를 '彼方此方に 여기저기에서', 'ほの(かに) 희미하게', '燈火の 등불이', '見ゆる頃 보일 무렵' 순으로 도치한 구문에 충실한 번역이다.

제2행 호리구치 다이가쿠[1918/1921]의 제2연 제2행 "繫がれたる二頭の牡牛は小徑より歸る 매인 두 마리 황소는 오솔길로 돌아오고"의 의역이다.

제3행 탁 : '턱'의 평안도 방언이다.[김이협 : 1981] 호리구치 다이가쿠[1918/1921]의 제2연 제3행 "頭川頂ける老翁は兩手に頤を支へつつ 두건 쓴 늙은이는 두 손으로 턱을 괴고서"에 충실한 번역이다.

제4행 호리구치 다이가쿠^{1918/1921}의 제2연 제4행 "茅屋の戸口に静けき夕暮を息ふ^{초가집 문 어}
^{귀에서 고요한 해 질 녘을 쉰다}"의 의역이다.

제3연

제1행 호리구치 다이가쿠^{1918/1921}의 제3연 제1행 "鐘の音の遠く聞ゆる孤村はもの寂く^{종소리}
^{멀리 들리는 외로운 마을은 어쩐지 쓸쓸하고}"를 '鐘の音の^{종소리가}', '聞ゆる^{들리는}', '遠く^{멀리}', '孤村は
もの寂く^{외로운 마을은 어쩐지 쓸쓸하고}' 순으로 도치한 구문의 의역이다.

제2행 호리구치 다이가쿠^{1918/1921}의 제3연 제2행 "跳ね廻る白き小羊曳きて行く基督を描き
し^{뛰어다니는 흰 작은 양을 이끌고 가는 예수를 그린}"의 의역이다.

제3행 호리구치 다이가쿠^{1918/1921}의 제3연 제3행 "古拙なる畫面にも似て素朴なり^{고졸한 화폭}
^{처럼 소박하다}"의 의역이다.

제4연

제1행 호리구치 다이가쿠^{1918/1921}의 제4연 제1행 "星くづは暗き空に、降る雪に以て輝き初
め^{별 무리는 어두운 하늘에서, 내리는 눈처럼 빛나기 시작하고}"의 의역이다.

제2행 호리구치 다이가쿠^{1918/1921}의 제4연 제2행 "彼方小山の頂に動かず立てる^{저기 작은 산머}
^{리에 움직이지 않고 서 있는}"에 대응한다.

제3행 호리구치 다이가쿠^{1918/1921}의 제4연 제3행 "牧人の古風なる影は夢みるに似たり^{목인의}
^{고풍스러운 그림자는 꿈꾸는 듯하다}"에 대응한다.

해설

김억의 「黃昏^{셋재}」의 저본은 호리구치 다이가쿠^{堀口人學 : 1918}의 제1장 「사맹 시초^{サマン 詩抄}」의
「夕暮その三^{해질녁 3}」이다. 알베르 사맹의 이 시는 이 시는 후일 호리구치 다이가쿠¹⁹²¹에도 수
록되었다. 한편 이 시는 이쿠다 슌게쓰^{生田春月 : 1919}와 제스로 빗셀^{Jethro Bithell : 1912}에는 수록되어

있지 않다. 김억은 이미 호리구치 다이가쿠[1918]를 통해 이 시의 존재를 알았을 터이나, 『오뇌의 무도』 초판에는 수록하지 않고 재판에 이르러서야 수록했다. 앞서 「黃昏첫재」, 「黃昏둘재」와 달리 이 시만큼은 호리구치 다이가쿠[1918/1921]의 제목과 동일하다.

김억의 이 시는 앞서 같은 연작시의 다른 시들과 달리 고통스러운 '자전自典과의 씨름'의 흔적은 드러나지 않는다. 그 대신 김억 나름의 해석과 고쳐 쓰기의 장면들이 눈에 띈다. 그중 하나는 알베르 사맹의 원시 제2연 제2행의 'bœuf황소'가 호리구치 다이가쿠[1918/1921]의 '牡牛황소'를 거쳐 김억에 이르러 '암소'가 되는 대목이다. 이것을 두고 오역을 지적하는 일은 무의미하다. 이것은 바로 앞의 제2연 제1행이 그러하듯이 알베르 사맹이 그려낸 풍경을 호리구치 다이가쿠는 해질녘 외로운 마을 여기저기 켜진 등불이 희미하게 보이는 것으로 읽어낸 반면, 김억은 그 마을에 켜진 희미한 등불이 보이는 것으로 읽어낸 대목과 다르지 않다. 즉 번역가 김억으로서는 자신이 다시 구성하고 그려낸 풍경에서는 '황소'가 아닌 '암소'가 적당하다고 여겼을 터이기 때문이다.

그러나 이러한 김억 나름의 해석과 고쳐 쓰기는 한 편의 시 전체를 조망하는 가운데 이루어지기보다는 대체로 한 행, 한 연의 차원에 국한하는 경우가 잦다. 이를테면 알베르 사맹의 원시 제3연 제2행의 'doux tableau de primitif'가 호리구치 다이가쿠에게는 '古拙なる畫面고졸한 화폭'이었던 데에 반해, 김억에게는 그저 '낡고 갑업는 그림 幅'이 되고 마는 대목이 그러하다. 사실 알베르 사맹의 "부드러운 색감의 고풍스러운 그림"이란 제3연 제3행의 '선한 목자le Bon Pasteur' 예수의 익숙한 그림일 뿐만 아니라, 제4연 제3행의 "la silhouette antique d'un berger", 즉 양치기의 오래된 그림자와 상응한다. 그래서 단지 '낡고 갑업는' 것일 수만은 없다.

이러한 현상이란 일견 김억의 문학적 안목의 수준을 드러내는 것처럼 보인다. 하지만 이것은 알베르 사맹의 '목자'가 호리구치 다이가쿠에게는 '基督'과 '牧人'으로, 김억에게는 '예수'와 '牧人'으로만 번역될 수밖에 없는 사정, 즉 저 프랑스와 유럽의 오랜 종교적 상징, 전통, 문화가 부재하거나 낯선 일본과 조선의 번역 과정에서 일어날 수밖에 없는 일종의 문화적 할인cultural discount의 현상이라고 할 수도 있겠다. 이 역시 프랑스의 알베르 사맹과 조선의 김억 사이에 가로놓인 거리를 드러낸다. 하지만 그보다 주목해야 할 것은 김억 나름의 해석과 고쳐 쓰기만으로는 메울 수 없는 저 프랑스의 알베르 사맹과 김억 사이에 가로놓인 역사와 문화의 차이이다.

小市의夜景。

요란한소리는 긋기여、적은거리는
소리도업는밤中에¹ 잘쌘이러라。

나무가지인듯한 낡은街燈엔
싸스쏠이 슬어질듯시、애닯게도 빗을노하라、
이러한째러라、밤하늘에는 달이쏫아²、
집집마다 첨아끗은 희게빗나며³、
銀色의琉璃窓을 빗나게하여라⁴。

설더운밤은⁵ 마로니에의나무를 흔들며   【초94, 재119】
깁허가는밤에는 燈쏠빗이듬으러라⁶。
낡은거리에는 모든것이어득하야人跡이업서라⁷、
나의魂이여、낡은鐵橋의欄干에依支하야⁸
물의내암새를 들어마시여라⁹。   【초94, 재120】

靜寂은 깁히도 내맘을 썰게하며¹⁰
敷石우에는 내발자최소리가¹¹ 빗겨라。
沈默은 내가슴을쉬놀게하며¹²
夜半의鍾소리는 빗겨울어라!

修道院의놉흔 담壁을 끼고

1   재판에는 "소리도업는밤中에".

2   재판에는 "달이 쏫아".

3   재판에는 "희게 빗나며".

4   재판에는 "빗나게 하여라".

5   재판에는 "설덥은밤은".

6   재판에는 "燈쏠빗이 듬으러라".

7   재판에는 "모든것이 어득하야
     人跡이 업서라".

8   재판에는 "낡은鐵橋의 欄干에
     依支하야".

9   재판에는 '들어마시라'.

10   재판에는 제3연 제5행 "물의
     내암새를 들어마시여라。"와
     이 행 이하 "夜半의鍾소리는
     빗겨울어라!"까지 제3연으로
     되어 있다。

11   초판에는 "내발자최소가". 초
     판 정오표를 따라 "내발자최소
     리가"로 고쳤다。

12   재판에는 "내가슴을 쉬놀게하며".

나무닙들은 바람에 썰고잇서라.

修道女僧이여‥‥孤女여‥‥‥‥   【초95, 재120】

女僧의 法衣우에 나붓기는당기여[13]‥‥

이곳은 물수린의 法園이러라.

적은바람은 鐵柵을쓸코[14]

呼吸과갓치 보드랍게도 불며、

저便쪽 墻板안에는

빗도 희미한별이하나반짝거리여[15]、

프릇한 守夜燈과도 갓타라.

오々 月光에프르게된[16] 집웅아레、   【초95, 재121】

밝은房안의處女들과[17] 맑은꿈과、

聖衣를입흔 둥글고豐肥한목이여[18]、   【초96, 재121】

그리하고 흰寢臺에 누엇는허물업는[19] 肉體여!

여긔에는 가는時間과오는時間이[20] 한길갓타서、

사랑을 몰으는몸은 浮世를 겻헤두고 고요히잘쌘이러라[21]。

번개갓치 밝은달아레、

通行하는사람도 쓴기여寂寞은限이업서라[22]。

보아라、歷史잇는 넓은곳에、

오랜議事堂의建築物은[23]

엄숙하게[24] 가즈란히 섯지안는가.

13 초판 본문에는 "나붓기는당기
    이여". 이 중 '당기이여'는 초판
    정오표를 따라 '당기여'로 고쳤
    다. 그러나 재판에는 "나붓기는
    당기이여"이다.

14 재판에는 "鐵柵을 쓸코".

15 재판에는 "희미한별이 하나 반
    짝거리여".

16 재판에는 "月光에 프르게된".

17 재판에는 "밝은房안의處女들과".

18 재판에는 "聖衣를 입은 둥글고
    豐肥한 목이여".

19 재판에는 "눕엇는 허물업는".

20 재판에는 "가는時間과 오는時
    間이".

21 재판에는 "사랑을 몰으는몸은
    쓴世上을 겻헤두고 고요히 잘
    쌘이러라".

22 재판에는 "通行하는 사람도 쓴
    기여 寂寞은 限이업서라".

23 재판에는 "오랜議事堂의 建築
    物은".

24 재판에는 '엄속하게'. 재판의
    '엄속하게'는 '엄숙하게'의 오
    식으로 보인다.

저便쪽、네길거리엔 아직도 밝은窓하나잇서라。

집히잠든밤을[25] 직히는 람프가 놉히걸엿슴이여[26] ! 【초96, 재122】

불빗은 열븐카텐을 쭐코

한동안 음직이는女人을 비쵀이고잇서라[27] 。

얼마아니하야 窓은방긋히[28] 열니며、

玉갓튼팔을 아낙네는 프릇한夜天에 내밀고 　　　　　　　　　　【초96, 재123】

주저리어라 世上에는애닯은[29] 、간절한哀願을……

오々 적은거리의밤에 남몰으는愛情이여[30] !

心腸은타며、머리털은흐터져[31] 、어즈럽어라!

애닯은사랑에 무겁고고흔것을 프른손으로잡고[32]

간절하게도 비는祈禱、아々對쫌업는[33] 사랑이여!

들어라 對쫌업는사랑을[34] 사랑하는아낙네여、 　　　　　　　【초97, 재123】

그대의肉軆는[35] 회쑬갓치 타리라、

사랑을위하야 낫다가 사랑을 그리워하는이여[36] 、

그대는 失望하고 그대의고흔肉軆를 위하야울어라[37] 、

그대는 그려다가處女대로[38] 무덤에 눕고말리라!

넓은곳에 서서 생각에고요한[39] 내靈은

사람의그림자가 음직임을보고잇서라[40] 。

열븐카텐은 나붓기며、

람프는쩌지자[41] 、어느덧 한時의鍾은 울어라

25　초판 본문에는 "깁히잠든든밤
을". 이 중 '잠든든밤을'은 초판
정오표를 따라 '잠든밤을'로 고
쳤다. 재판에는 '잠든밤을'이
다. 재판에는 "깁히 잠든 밤을".

26　재판에는 "놉히 걸엇슴이여".

27　재판에는 "비쵀이고 잇서라".

28　재판에는 "窓은 방긋히".

29　재판에는 "世上에는 애닯은".

30　재판에는 "남몰으는愛情이여".

31　재판에는 "心腸은 타며、머리
털은 흐터져".

32　재판에는 "애닯은사랑에 무겁
고고흔것을 프른손으로 잡고".

33　재판에는 "아々 對쫌업는".

34　재판에는 "들어라、對쫌업는
사랑을".

35　재판에는 "그대의 肉軆는".

36　재판에는 "사랑을 위하야 낫다
가、사랑을 그립어하는이여".

37　재판에는 "그대의곱은肉軆를
위하야 울어라".

38　재판에는 "그려다가 處女대로".

39　재판에는 "생각에 고요한".

40　재판에는 "음직임을보고잇서라".

41　재판에는 "람프는 쩌지자".

四周는고요하여라、人跡이나잇스랴、人跡이나잇스랴[42]。

【초97, 재124】

[42] 재판에는 "四周는 고요하여라、人跡이나 잇스랴、人跡이나 잇스랴".

小市夜景[1]

堀口大學

響絶えたる[2]小さき市は

深?たる夜の中に眠る。

形枝に似し古びたる街燈に

瓦斯の火は貧しく消入りなん風情に灯り、[3]

折しも月空にのぼりて

白く家々の軒を照し、

銀色の玻璃窓を輝かす。

微温き夜は橡の並木を煽り、

更け行く夜に燈火の影まばらなり。

古町の方は凡ほの暗く人氣なし、

わが魂よ古き石橋の欄に肱つきて

水の匂を吸へよかし。

靜寂はわが心を戰かせて深く

わが足音許り敷石の上には響く。

沈黙はわが胸を躍らしめ、[4]

眞夜半の鐘鳴り出づ![5]

1 堀口大學 譯, 「サマン詩抄」, 『昨日の花－佛蘭西近代詩』, 東京：籾山書店, 1918, 44~50면；「黄金車」, 『サマン選集』, 東京：アルス, 1921, 158~165면.

2 堀口大學(1921)에는 "音絶えたる".

3 堀口大學(1921)에는 "に灯り".

4 堀口大學(1921)에는 "を躍らしめ".

5 堀口大學(1921)에는 "鐘鳴り出づ".

修道院の高き壁に沿ひて

木の葉は風にわななく。

修道尼生や……また孤女や……

尼生が法衣の上の青きりぼんや……

ここはウルシユリンの法園なり⁶。

微風は鐡柵を透きて

呼吸の如くにやはらかく吹き

彼方生垣の奥

光かすかなる星一つ

青ざめし常夜燈に似たり。⁷

おお! 月光に青ざめし屋根の下

明き室の中なる處女等とその清き夢と

聖衣纏ひし圓み豊なる首すぢよ。

白き寝室に横はる罪なき肉體よ!

茲にては過ぎ行く時も來る時も互に相似て⁸

戀知らぬ身は静にも浮世の岸に隣して眠るかな。

稲妻の如き月下の下

行く人絶えて淋さよ無限。

見よ、歴史ある廣場に⁹

6　堀口大學(1921)에는 "の尼園なり".

7　堀口大學(1921)에는 "に似たり".

8　堀口大學(1921)에는 이 행과 다음 행이 제7연에 연결된다.

9　堀口大學(1921)에는 "見よ歴史ある廣場に".

舊議事堂の建物

おごそかに並び立てるを。

彼方四辻に當りて窓一つ猶明かなり。

もの皆の眠る夜を守るらんぷの高く懸れるよ!

光は薄き窓掛をすきて

瞬時動く女の姿を照す。

やがて窓少しく開かれ、

女は玉の腕を蒼ざめし夜天に差延べ

世にも切なき願ひ言……

おお! 小さき市の夜の人知ぬ情熱よ!

心腸は燃え髪は亂ておどろなり!

戀故に重く美くしき乳房は青ざめし手に握りしめられ、[10]

一心こりたる大祈願、届かぬ戀よ!

語を寄す、片思ひする戀の女よ、

君等が肉體は松明の如くに燃えん。[11]

戀する爲に生れ出て戀の思いに[12]憧憬るる者よ、

君等失望して君等が美くしき肉體の爲に泣け。

君等いつしか處女にて墓に横はらん。

10 堀口大學(1921)에는 "に握り
　しめられ".

11 堀口大學(1921)에는 "ぞ燃えん".

12 堀口大學(1921)에는 "戀の思
　ひに".

廣場に立ちて思に沈むわが魂は
人影うごくかの窓に見入る。[13]

薄き窓掛は戰ぎ、
ランプは消え、[14]一時を告ぐる鐘の聲。
四圍に人氣なし、人氣なし、人氣なし。

13 堀口大學(1921)에는 "に見入る‥‥".

14 堀口大學(1921)에는 "ランプは消え".

NOCTURNE PROVINCIAL[†]

La petite ville sans bruit

Dort profondément dans la nuit.

Aux vieux réverbères à branches

Agonise un gaz indigent ;

Mais soudain la lune émergeant

Fait tout au long des maisons blanches

Resplendir des vitres d'argent.

La nuit tiède s'évente au long des marronniers …

La nuit tardive, où flotte encor de la lumière.

Tout est noir et désert aux anciens quartiers ;

Mon âme, accoude-toi sur le vieux pont de pierre,

Et respire la bonne odeur de la rivière.

Le silence est si grand que mon cœur en frissonne.

Seul, le bruit de mes pas sur le pavé résonne.

Le silence tressaille au cœur, et minuit sonne !

  Au long des grands murs d'un couvent

  Des feuilles bruissent au vent.

[†] Albert Samain, "Les roses dans la coupe", *Œuvres d'Albert Samain II*, Paris : Mercure de France, 1924, pp.51~54 ; Adolphe van Bever & Paul Léautaud, "Albert Samain", *Poètes d'Aujourd'hui : Morceaux choisis (Tome II)*, Paris : Société du Mercure de France, 1908, pp.217~218.

Pensionnaires... orphelines...

Rubans bleus sur les pèlerines...

C'est le jardin des Ursulines.

Une brise à travers les grilles

Passe aussi douce qu'un soupir.

Et cette étoile aux feux tranquilles,

Là-bas, semble, au fond des charmilles,

Une veilleuse de saphir.

Oh! Sous les toits d'ardoise à la lune pâlis,

Les vierges et leur pur sommeil aux chambres claires,

Et leurs petits cous ronds noués de scapulaires,

Et leurs corps sans péché dans la blancheur des lits !...

D'une heure égale ici l'heure égale est suivie

Et l'Innocence en paix dort au bord de la vie...

Triste et déserte infiniment

Sous le clair de lune électrique,

Voici que la place historique

Aligne solennellement

Ses vieux hôtels du Parlement.

A l'angle, une fenêtre est éclairée encor.

Une lampe est là-haut, qui veille quand tout dort !

Sous le frêle tissu, qui tamise sa flamme,

Furtive, par instants, glisse une ombre de femme.

La fenêtre s'entr'ouvre un peu ;

Et la femme, poignant aveu,

Tord ses beaux bras nus dans l'air bleu ⋯

O secrètes ardeurs des nuits provinciales !

Cœurs qui brûlent ! Cheveux en désordre épandus !

Beaux seins lourds de désirs, pétris par des mains pâles !

Grands appels suppliants, et jamais entendus !

Je vous évoque, ô vous, amantes ignorées,

Dont la chair se consume ainsi qu'un vain flambeau,

Et qui sur vos beaux corps pleurez, désespérées,

Et, faites pour l'amour et d'amour dévorées,

Vous coucherez, un soir, vierges dans le tombeau !

Et mon âme pensive, à l'angle de la place,

Fixe toujours là-bas la vitre où l'ombre passe.

Le rideau frêle au vent frissonne...

La lampe meurt... une heure sonne.

Personne, personne, personne.

『오뇌의 무도』 주해

재판 이외 없음.

주석

제1연

제1행 호리구치 다이가쿠^{堀口大學}: 1918/1921의 제1연 제1행 "響絶えたる小さき市は^{울림 끊긴 작은 거리는}"1918 혹은 "音絶えたる小さき市は^{소리 끊긴 작은 거리는}"1921의 의역이다. 김억의 번역은 후자에 가깝지만 이것이 『오뇌의 무도』 초판의 저본일 수는 없다.

제2행 호리구치 다이가쿠1918/1921의 제1연 제2행 "深々たる夜の中に眠る^{깊고 깊은 밤 속에서 잠든다}"의 의역이다. 김억이 호리구치 다이가쿠1918/1921의 '深々たる^{깊고 깊은}'를 그대로 옮기지 않고 '소리도 없는'으로 옮긴 것은 제1행 '요란한'과 대우^{對偶}가 되게 하고자 했기 때문이다.

제2연

제1행 호리구치 다이가쿠1918/1921의 제2연 제1행 "形枝に似し古びたる街燈に^{모양은 가지 같은 낡은 가로등에}"의 의역이다.

제2행 호리구치 다이가쿠1918/1921의 제2연 제2행 "瓦斯の火は貧しく消入りなん風情に灯り^{가스 불은 빈약하게 꺼지려는 풍경에 켜지고}"의 의역이다.

제3행 호리구치 다이가쿠1918/1921의 제2연 제3행 "折しも月空にのぼりて^{때마침 달은 하늘에 떠서}"의 의역이다.

제4행 호리구치 다이가쿠1918/1921의 제2연 제4행 "白く家々の軒を照し^{하얗게 집집이 처마를 비추며}"를 '家々の軒を^{집집이 처마를}', '白く^{하얗게}', '照し^{비추며}' 순으로 도치한 구문의 의역이다.

제5행 호리구치 다이가쿠1918/1921의 제2연 제5행 "銀色の玻璃窓を輝かす^{은빛의 유리창을 빛나게 한다}"에 대응한다.

제3연

제1행 호리구치 다이가쿠[1918/1921]의 제3연 제1행 "微温き夜は橡の並木を煽り 따스한 밤은 상수리 나무들을 흔들며"의 의역이다.

제2행 호리구치 다이가쿠[1918/1921]의 제3연 제2행 "更け行く夜に燈火の影まばらなり 깊어가는 밤에 등불 그림자 드물다"에 대응한다.

제3행 호리구치 다이가쿠[1918/1921]의 제3연 제3행 "古町の方は凡ほの暗く人氣なし 옛 거리 쪽은 모두 어두컴컴하고 인적 없어"에 대응한다.

제4행 호리구치 다이가쿠[1918/1921]의 제3연 제4행 "わが魂よ古き石橋の欄に肱つきて 나의 혼이여 낡은 돌다리의 난간에 팔을 괴고"의 의역이다. 김억은 호리구치 다이가쿠[1918/1921]의 '石橋'를 '鐵橋'로 옮겼다. 참고로 호리구치 다이가쿠[1918/1921]에 대응하는 알베르 사맹 원시의 표현은 'pont de pierre'이므로 '鐵橋'가 아닌 '石橋'가 맞다.

제5행 호리구치 다이가쿠[1918/1921]의 제3연 제5행 "水の匂を吸へよかし 물의 냄새를 마신다"에 대응한다.

제4연

제1행 호리구치 다이가쿠[1918/1921]의 제4연 제1행 "靜寂はわが心を戰かせて深く 정적은 내 마음을 떨게 하고 깊이"를 '靜寂は 정적은', '深く 깊이', 'わが心を 내 마음을', '戰かせて 떨게 하고' 순으로 도치한 구문에 충실한 번역이다.

제2행 호리구치 다이가쿠[1918/1921]의 제4연 제2행 "わが足音許り敷石の上には響く 내 발소리만 부석 위에는 울린다"를 '敷石の上には 부석 위에는', 'わが足音許り 내 발소리만', '響く 울린다' 순으로 도치한 구문에 충실한 번역이다.

제3행 호리구치 다이가쿠[1918/1921]의 제4연 제3행 "沈黙はわが胸を躍らしめ 침묵은 나의 가슴을 뛰게 하며"에 충실한 번역이다. 호리구치 다이가쿠[1918/1921]의 제4연 제3행과 제4행은 알베르 사맹의 원시 제4연 제3행에 해당한다.

『오뇌의 무도』 주해

제4행　호리구치 다이가쿠의 제4연 제4행 "眞夜牛の鐘鳴り出づ^{한밤의 종은 울려 퍼진다}"1918 혹은 "眞夜牛の鐘鳴り出ず^{한밤의 종은 울려 퍼진다}"1921의 의역이다.

제5연

제1행　호리구치 다이가쿠^{1918/1921}의 제5연 제1행 "修道院の高き壁に沿ひて^{수도원의 높은 벽을 따라서}"의 의역이다.

제2행　호리구치 다이가쿠^{1918/1921}의 제5연 제2행 "木の葉は風にわななく^{나뭇잎은 바람에 떤다}"에 대응한다.

제3행　호리구치 다이가쿠^{1918/1921}의 제5연 제3행 "修道尼生や^{수도 비구니여}……また孤女や^{또 외로운 여인이여}……"에 충실한 번역이다. 참고로 알베르 사맹의 원시는 "Pensionnaires^{순진한 아가씨여}... orphelines^{고아여}..."이다.

제4행　'당기' : 평안도 방언 '댕기'^{김이협 : 1981}의 이형태 혹은 김억의 입말로 추정된다. 호리구치 다이가쿠^{1918/1921}의 제5연 제4행 "尼生が法衣の上の靑きりぼんや^{비구니의 법복 위의 푸른 리본이여}"의 의역이다.

제5행　'물수린' : 호리구치 다이가쿠^{1918/1921}의 'ウルシユリン^{우르슐린}'을 음역^{音譯}한 것이다. 알베르 사맹의 원시에서는 'ursulines^{우르술라회}'이다. 참고로 우르술라회는 1525년 성 메리치^{St. Angela Merici}가 이탈리아의 브레스치아^{Brescia}에서 창립한 수도회로서 최초의 교육 수녀회이다. 호리구치 다이가쿠의 제5연 제5행 "ここはウルシユリンの法園なり^{여기는 우르술라회 수도원이다}"1918 혹은 "ここはウルシユリンの尼園なり^{여기는 우르술라회 수도원이다}"1921에 충실한 의역이다.

제6연

제1행　호리구치 다이가쿠^{1918/1921}의 제6연 제1행 "微風は鐵柵を透きて^{미풍은 철책을 비집고 들어와}"의 의역이다.

제2행 　호리구치 다이가쿠[1918/1921]의 제6연 제2행 "呼吸の如くにやはらかく吹き 호흡처럼 부드럽게 불며"에 대응한다.

제3행 　호리구치 다이가쿠[1918/1921]의 제6연 제3행 "彼方生垣の奧 저쪽 산울타리 속"의 의역이다.

제4행 　호리구치 다이가쿠[1918/1921]의 제6연 제4행 "光かすかなる星一つ 빛 희미한 별 하나"의 의역이다.

제5행 　호리구치 다이가쿠[1918/1921]의 제6연 제5행 "靑ざめし常夜燈に似たり 창백한 상야등을 닮았다"의 의역이다.

제7연

제1행 　호리구치 다이가쿠[1918/1921]의 제7연 제1행 "おお! 月光に靑ざめし屋根の下 오오! 달빛에 창백한 지붕 아래"의 의역이다.

제2행 　호리구치 다이가쿠[1918/1921]의 제7연 제2행 "明き室の中なる處女等とその淸き夢と 밝은 방 안의 처녀들과 그 맑은 꿈과"에 충실한 번역이다.

제3행 　호리구치 다이가쿠[1918/1921]의 제7연 제3행 "聖衣纏ひし圓み豊なる首すぢよ 성의를 두른 둥글고 풍만한 목덜미여"의 의역이다.

제4행 　호리구치 다이가쿠[1918/1921]의 제7연 제4행 "白き寢室に橫はる罪なき肉體よ 흰 침대에 누운 죄 없는 육체여!"의 의역이다.

제8연

제1행 　'한길갓타서' : '한결같다'의 평안도 방언 '한길같다'의 활용형이다.김이협 : 1981 호리구치 다이가쿠[1918/1921]의 제8연 제1행 "玆にては過ぎ行く時も來る時も互に相似て 여기에서는 가는 때도, 오는 때도 서로 닮아서"의 의역이다.

제2행 　호리구치 다이가쿠[1918/1921]의 제8연 제2행 "戀知ぬ身は靜にも浮世の岸に隣して眠るかな 사랑을 모르는 몸은 고요하게도 뜬세상의 언덕에 이웃하여 잠들까"의 의역이다.

제3행 호리구치 다이가쿠^{1918/1921}의 제9연 제1행 "稲妻の如き月明の下번개같이 달 밝은 아래"의 의역이다.

제4행 호리구치 다이가쿠^{1918/1921}의 제9연 제2행 "行く人絶えて淋さよ無限가는 사람 끊기어 적막 함이여 무한"의 의역이다.

제5행 호리구치 다이가쿠^{1918/1921}의 제9연 제3행 "見よ、歴史ある廣場に보아라, 역사 있는 광장에"의 의역이다.

제6행 호리구치 다이가쿠^{1918/1921}의 제9연 제4행 "舊議事堂の建物옛 의사당의 건물"에 충실한 번역이다.

제7행 호리구치 다이가쿠^{1918/1921}의 제9연 제5행 "おごそかに並び立てる를 엄숙하게 나란히 서 있 음을"의 의역이다.

제9연

제1행 호리구치 다이가쿠^{1918/1921}의 제10연 제1행 "彼方四辻に當りて窓一つ猶明かなり 저쪽 네거리를 바라보는 창 하나 유난히 밝다"의 의역이다.

제2행 호리구치 다이가쿠^{1918/1921}의 제10연 제2행 "もの皆の眠る夜を守るらんぷの高く懸 れるよ 모두 잠든 밤을 지키는 램프가 높이 걸렸음이여"의 의역이다.

제3행 호리구치 다이가쿠^{1918/1921}의 제10연 제3행 "光は薄き窓掛をすきて 빛은 얇은 커튼을 뚫고 서"에 대응한다.

제4행 호리구치 다이가쿠^{1918/1921}의 제10연 제4행 "瞬時動く女の姿を照す 잠깐 움직이는 여인의 모 습을 비춘다"의 충실한 번역이다. 호리구치 다이가쿠^{1918/1921}도, 알베르 사맹의 원시도 이 행 이하는 제10연으로 나뉜다.

제5행 호리구치 다이가쿠^{1918/1921}의 제11연 제1행 "やがて窓少しく開かれ 이윽고 창문이 조금 열리 고"의 의역이다.

제6행 호리구치 다이가쿠^{1918/1921}의 제11연 제2행 "女は玉の腕を蒼ざめし夜天に差延べ 여인

은 옥 같은 팔을 창백한 밤하늘에 뻗어"를 "玉の腕を옥 같은 팔을", '女は여인은', "蒼ざめし夜天に差延
べ창백한 밤하늘에 뻗어" 순으로 조합한 구문에 충실한 번역이다.

제7행　호리구치 다이가쿠[1918/1921]의 제11연 제3행 "世にも切なき願ひ言참으로 애절한 바람의 말"
의 의역이다. 김억은 '世にも 참으로, 유난히, 특별히'를 축자적으로 새겼다. 참고로 이것은
후나오카 겐지[船岡獻治 : 1919]에는 수록되어 있지 않다.

제10연

제1행　호리구치 다이가쿠[1918/1921]의 제12연 제1행 "おお! 小さき市の夜の人知ぬ情熱よ오오!
작은 거리의 밤 남모르는 정열이여"의 의역이다.

제2행　호리구치 다이가쿠[1918/1921]의 제12연 제2행 "心腸は燃え髪は亂れておどろなり속마음
은 타며 머리카락은 흐트러지고 엉클어져 있다"의 의역이다.

제3행　호리구치 다이가쿠[1918/1921]의 제12연 제3행 "戀故に重く美くしき乳房は靑ざめし手
に握りしめられ사랑 때문에 무겁고 아름다운 젖가슴을 창백한 손으로 움켜쥐고"의 의역이다.

제4행　호리구치 다이가쿠[1918/1921]의 제12연 제4행 "一心こりたる大祈願、届かぬ戀よ한마음 모
은 큰 기원, 닿지 않는 사랑이여!"의 의역이다.

제11연

제1행　호리구치 다이가쿠[1918/1921]의 제13연 제1행 "語を寄す、片思ひする戀の女よ한마디 하겠
다, 짝사랑하는 사랑의 여인이여"의 의역이다.

제2행　호리구치 다이가쿠[1918/1921]의 제13연 제2행 "君等が肉體は松明の如く燃えん그대들의 육
체는 횃불처럼 타려한다"에 충실한 번역이다. 호리구치 다이가쿠[1918/1921]도, 알베르 사맹의
원시도 이 행 이하는 제13연으로 나뉜다.

제3행　호리구치 다이가쿠의 제14연 제1행 "戀する爲に生れ出て戀の思いに憧憬るる者よ사
랑하기 위해 태어나 사랑을 동경하는 이여"[1918], "戀する爲に生れ出で戀の思ひに憧憬るる者よ사랑

하기 위해 태어나 사랑을 동경하는 이여"[1921]에 충실한 번역이다.

제4행   호리구치 다이가쿠[1918/1921]의 제14연 제2행 "君等失望して君等が美くしき肉體の爲に泣け[그대들 실망하여 그대들의 아름다운 육체를 위해 울어라]"에 충실한 번역이다.

제5행   호리구치 다이가쿠[1918/1921]의 제14연 제3행 "君等いつしか處女にて墓に橫はらん[그대들 언젠가 처녀로서 무덤에 누울 것이다]"에 충실한 번역이다.

제12연

제1행   호리구치 다이가쿠[1918/1921]의 제15연 제1행 "廣場に立ちて思に沈むわが魂は[광장에 서서 생각에 잠긴 나의 혼은]"의 의역이다.

제2행   호리구치 다이가쿠[1918/1921]의 제15연 제2행 "人影うごくかの窓に見入る[사람 그림자 움직이는 저 창을 바라본다]"의 의역이다.

제13연

제1행   호리구치 다이가쿠[1918/1921]의 제16연 제1행 "薄き窓掛は戰ぎ[얇은 커튼은 떨리며]"의 의역이다.

제2행   호리구치 다이가쿠[1918/1921]의 제16연 제2행 "ランプは消え、一時を告ぐる鐘の聲[램프는 꺼지고, 한 시를 알리는 종소리]"의 의역이다.

제3행   호리구치 다이가쿠[1918/1921]의 16연 제3행 "四圍に人氣なし、人氣なし、人氣なし[사방에 사람 없다. 인기척 없다. 인기척 없다]"의 의역이다.

해설

김억의 「小市의 夜景」의 저본은 호리구치 다이가쿠[堀口大學:1918]의 제1장 「사맹 시초[サマン 詩抄]」의 「小市夜景」이다. 알베르 사맹의 이 시는 후일 호리구치 다이가쿠[1921]에도 수록되었다. 한편 이 시는 이쿠다 슌게쓰[生田春月:1919]와 제스로 빗셀[Jethro Bithell:1912]에는 수록되어 있지 않다. 그런가 하면 『오뇌의 무도』 초판보다 약 1개월 전에 출판된 야나기자와 다케시[柳澤健:1921]에

는 「田園夜曲」이라는 제목으로 수록되어 있기도 하다. 그러나 김억은 재판에서도 야나기자와 다케시[1921]를 저본으로 삼지 않았다.

김억이 옮긴 이 시의 연과 행의 구분은 호리구치 다이가쿠[1918]와 부분적으로 다르다. 더구나 호리구치 다이가쿠[1918] 역시 알베르 사맹의 원시의 연과 행의 구분을 충실히 따르지 않았으니, 김억과 알베르 사맹의 차이는 더욱 크다. 이것은 알베르 사맹의 이 시에 대한 호리구치 다이가쿠 나름의 해석과 고쳐 쓰기, 또 호리구치 다이가쿠의 번역시에 대한 김억 나름의 해석과 고쳐 쓰기가 더해지며 빚어진 일이라고 하겠다.

이와 아울러 석연치 않은 것은 김억의 제3연 제1행의 '마로니에 나무'이다. 후리구치 다이가쿠[1918/1921]에서 해당 어휘는 '橡の並木상수리 나무들'인데, 문제는 '橡とち'가 후나오카 겐지[舩岡献治:1919]에는 취음자取音當てる가 다른 '栃トチ'와 "칠엽슈。七葉樹。橡ノ木"라는 풀이만 수록되어 있다는 점이다. 물론 후리구치 다이가쿠[1918/1921]의 '橡상수리나무'에 해당하는 알베르 사맹의 원시의 어휘는 'marronnier마로니에'이지만, 김억이 알베르 사맹의 원시를 참고하여 '마로니에'라고 옮겼다고 보기는 어렵다. 다만 야나기자와 다케시[1921]의 제3연 제1행 "温かき夜はマロ二エに添うて搖るる따뜻한 밤은 마로니에를 따라 흔들린다"에는 '마로니에マロ二エ'가 등장한다. 그러나 김억이 초판부터 야나기자와 다케시의 번역시를 참고한 흔적은 보이지 않는다. 따라서 김억의 이 '마로니에 나무'는 그 저본을 알 수 없는 번역이다.

한편 김억의 이 시 역시 그가 서문에서 언급한 이른바 '자전字典과의 씨름'의 흔적은 도처에서 드러나는데, 특히 제4연이 그러하다. 이 중 알베르 사맹의 제5연 제4행의 'ruban'은 호리구치 다이가쿠[1918/1921]의 제5연 제4행의 'りぼん'과 마찬가지로 '리본'이지만, 김억은 이것을 '당기', 즉 '댕기'로 옮기고 말았다. 그러나 이보다 더욱 난감한 것은 다음 행에 등장하는 알베르 사맹의 'ursuline성 우르술라회'과 호리구치 다이가쿠[1918/1921]의 다음 행에 등장하는 'ウルシユリン우슐린'이다. 호리구치 다이가쿠는 일본 독자들에게 낯선 이 프랑스어 어휘의 음가만 표기했을 뿐이지만, 알베르 사맹의 원시를 알 길이 없었을 김억으로서는 어떤 사전의 도움도 받을 수 없었을 터이다. 그래서 김억 역시 궁여지책으로 의미불명의 '물수린'이라는 어휘로 옮기고 말았다.

　알베르 사맹의 'couvent^{수도원}', 'ursulines^{성 우르술라회}'이란 주석에서도 설명했듯이 성녀 우르술라^{Ursula}를 주보성인^{主保聖人}으로 받들어 창립한 수도회인 우르술라회를 가리킨다. 알베르 사맹의 원시는 물론 로마 가톨릭교회와 수도회를 둘러싼 문화가 낯선 김억으로서는 '물수린'이라는 어휘도 엄밀한 의미에서는 번(중)역의 임계점, 공동^{空洞}이었을 터이다. 그리고 그러한 사정은 호리구치 다이가쿠라고 해서 크게 다를 바 없었을 터이다.

쏜드레르의詩[1]

「그대여、그대는 藝術의天國에 아직까지몰으른[2]
悽慘한빗을 주엇슴니다。그대는 새로운 戰標을
創造하엿슴니다。」……
유소   【초99, 재125】

모든것은 흘너가는데[3]
니즐수업는 지내간날을 위하야
나의벗 霽月에게[4]
이 詩를 모하들이노라[5]   【초100, 재125】

1   샤를 보들레르(Charles Pierre
    Baudelaire, 1821~1867, 프랑스).
2   재판에는 "아직까지 몰으든".

3   재판에는 "모든것은 흘너감에
    쌀아".
4   재판에는 '想涉廉君에게'. '霽
    月'은 염상섭의 호(號)이다.
5   재판에는 "모하 들이노라".

"쌘드레르의 詩" 장에 대하여

이 장은 프랑스 상징주의, 나아가 현대시를 대표하는 시인인 샤를 보들레르Charles Pierre Baude-laire, 1821~1867의 시 총 7편을 수록하고 있다. 김억이 보들레르를 처음 언급한 것은 논설 「요구要求와 회한悔恨」『학지광』 제10호, 1916.9에서였다. 사실 보들레르가 베를렌과 더불어 프랑스 상징주의, 데카당티슴을 대표하는 시인이라는 것은 김억이 게이오기주쿠慶應義塾대학에 유학하기 전 일본에서는 일종의 상식으로 통했다.佐藤義亮 : 1914, 304~305 · 345 그래서 김억으로서는 자연스럽게 베를렌을 접했을 터이다.

후일 김억의 회고에 따르면 그는 게이오기주쿠대학 유학 시절 베를렌과 보들레르의 시를 좋아한 나머지 '시적 감격성感激性'으로 세상을 보고 술을 배웠을 뿐만 아니라 극도의 신경쇠약까지 앓을 지경이었다고 했다.金岸曙, 「나의 詩壇生活 二十五年記」, 『신인문학』 제2호, 1934.9 그러나 김억은 「요구와 회한」에서 베를렌의 「都市에 나리는 비Il pleure dans mon cœur」를 소개하면서도 보들레르의 시는 소개하지 않았다. 또 김억은 베를렌의 경우와 달리 『오뇌의 무도』 초판 이전에는 보들레르의 시 번역을 발표하지 않았다. 다만 『오뇌의 무도』 재판 이후 양주동梁柱東, 1903~1977의 보들레르 번역을 비판하는 가운데 「죽음의 즐겁음Le Mortes joyeux」의 개역을 시도한 바는 있다.金岸曙, 「詩壇散策, 『金星』 『廢墟』 以后를 읽고」, 『개벽』 제46호, 1924.4

이 「쌘드레르의 시詩」장의 주된 저본 역시 나가이 가후永井荷風의 『산호집珊瑚集』1913 호리구치 다이가쿠堀口大學의 『어제의 꽃昨日の花』1918, 그리고 바바 무쓰오馬場睦夫, 1888~?의 『악의 꽃惡の華』1919이다. 그 외 우에다 빈上田敏의 『해조음海潮音』1905, 이쿠다 슌게쓰生田春月의 『태서명시명역집泰西名詩名譯集』1919도 참조했다. 이 중 『해조음』, 『산호집』, 그리고 호리구치 다이가쿠의 『달 아래 한 무리月下の一群』1925가 저본일 것으로 추측해 왔다.김용직 : 1964 · 김병철 : 1975 · 김은전 : 1984 하지만 앞서 여러 차례 거론한 바와 같이 『오뇌의 무도』 재판 이후에 출판된 『달 아래 한 무리』는 저본으로 볼 수 없다.

이 중 바바 무쓰오의 『악의 꽃』은 일본에서 최초로 출판된 보들레르의 단행본 시선집이다.

바바 무쓰오의 번역은 나가이 가후, 호리구치 다이가쿠에 비해 훨씬 평이하고도 구어에 가까운 문체를 취한 만큼 김억으로서는 수월하게 활용할 수 있는 저본이었을 것이다. 그럼에도 불구하고 김억은 이미 다른 장에서도 그러했듯이 나가이 가후와 호리구치 다이가쿠의 번역을 중시했다. 그것은 이쿠다 슌게쓰의 『태서명시명역집』에도 이들의 번역시가 수록되어 있었기 때문일 터이다.

바바 무쓰오는 칼망 레비Calmann-Lévy사 판 보들레르 전집, 즉 테오필 고티에Théophile Gautier, 1811~1872가 편집한 미셸 레비Michel Lévy 컬렉션 『보들레르 전집Œuvres complètes de Charles Baudelaire』1868을 저본으로 삼았다고는 했다. 그러나 이보다는 20세기 초 영국에서 출판된 보들레르 번역시 선집들을 주된 저본으로 삼아 중역했다. 바바 무쓰오의 『악의 꽃』이 비록 체제는 미셸 레비 컬렉션 보들레르 전집을 따르고 있지만, 수록된 작품들의 범위는 영역시집들에 수록된 작품의 범위를 넘지 못하기 때문이다. 참고로 바바 무쓰오 스스로 밝힌 그 영역판 보들레르 선집들은 아서 시먼스의 『샤를 보들레르의 산문시Poems in prose from Charles Baudelaire』1905, F. P. 스트럼Frank Pearce Strum의 『샤를 보들레르 시선The Poems of Charles Baudelaire』1906, 시릴 스코트Cyril Scott의 『악의 꽃The Flowers of Evil』1909이다.馬場睦夫 : 1919, 27 이 외 바바 무쓰오는 J. S. 스콰이어John Collings Squire의 『시 그리고 보들레르의 꽃들Poems and Baudelaire flowers』1909도 저본으로 삼은 것으로 보인다.

김억은 이 중 F. P. 스트럼, 시릴 스코트의 영역시집은 참조한 것으로 보인다. 특히 전자는 영국의 시인이자 편집자인 윌리엄 샤프Wiilam Sharp가 편집하여 월터 스코트 출판사The Walter Scott Publishing Co., Ltd.에서 출판한 캔터베리 시인 총서The Canterbury Poets의 일부이다. 김억은 이 총서 중 에쉬모어 윈게이트Ashmore Wingate가 번역한 『폴 베를렌 시선Poems by Paul Verlaine』1904도 열람한 것으로 확인된다. 특히 논설 「요구와 회한」의 보들레르에 대한 설명은 F. P. 스트럼의 영역시집 권두에 수록된 「샤를 보들레르론Charles Baudelaire : A Study」을 발췌한 것이다. 그 외 다른 영역시 보들레르 선집을 참조했던가는 분명하지 않다.

보들레르의 위상을 염두에 두고 보면 김억이 『오뇌의 무도』 본장本章 중 한 장을 할애한 것은 지극히 당연하다. 그런데 이 「쏜드레르의 시」장이 『오뇌의 무도』 초판과 재판에서 모두 베

클렌, 구르몽, 알베르 사맹 보다 나중에 배치된 점, 이들에 비해 현격히 적은 수효의 작품이 수록된 점은 의아하다. 아마도 그것은 우선 보들레르의 시가 난해한 데다가 김억의 취향과 맞지 않았기 때문일 수도 있다. 사실 김억은 베를렌의 경우와 달리 보들레르의 시를 『오뇌의 무도』 재판 이후에도 지속적으로 개역改譯하고 발표하지는 않았던 것이다. 다음으로 『오뇌의 무도』 전반에 걸친 호리구치 다이가쿠와 『어제의 꽃』의 영향일 수도 있다. 특히 호리구치 다이가쿠의 『어제의 꽃』에는 보들레르의 시가 본장이 아닌 습유장拾遺章인 「어제의 꽃昨日の花」장에 단 두 편「Le Revenant」, 「Chant d'Automne」만이 수록되어 있기 때문이다. 참고로 호리구치 다이가쿠는 베를렌『ヴェルレェヌ詩抄』, 1928, 구르몽『グウルモン詩抄』, 1928, 알베르 사맹『サマン選集』, 1921의 경우와 달리 보들레르의 단행본 시선집은 한참 나중에야 발표했다.『惡の華詩抄』, 1947

그런데 김억의 보들레르 시 번역은 앞서 베를렌의 경우만큼 복잡하지는 않지만 나름대로 사실상 기점 텍스트source text들인 일본어 번역시를 해체하고 새롭게 조합하여 조선어 텍스트로 동화시킨 중역에 가깝다. 그것은 베를렌의 경우와 마찬가지로 우에다 빈은 물론 나가이가후, 호리구치 다이가쿠 그리고 바바 무쓰오 등 숱한 번역의 선례들과 비교·대조할 수 있었기 때문이다. 물론 일본의 선례보다 훨씬 더 많은 영역시의 선례들도 있었지만, 김억은 영역시를 적극 저본으로 삼지는 않았다. 이 역시 보들레르의 영역시 역시 난해한 데다가, 그런 영역시를 저본으로 삼을 만큼 김억의 어학 능력이 넉넉하지 않았기 때문이다.

김억이 인용한 이 장의 제사題詞, "그대여、그대는 藝術의天國에 아직까지몰으른 / 悽慘한 빗을 주엇습니다. 그대는 새로운 戰慄을 / 創造하엿습니다。"……"라는 구절은 보들레르에 대한 빅토르 위고Victor-Marie Hugo, 1802~1885의 단평短評 문구로서 유명하다. 정확한 원문은 다음과 같다. "Vous dotez le ciel de l'art d'on ne sait quel rayon macabre. Vous créez un frisson nouveau."Victor Hugo : 1904, 314 우에다 빈上田敏:1905에는 보들레르의 번역시와 더불어 보들레르에 대한 여러 프랑스 작가들의 평가 중의 하나로서 이 문구가 수록되어 있다. "ボドレェル氏よ、君は藝術の天にたぐひなき悽慘の光を與へぬ。卽ち未だ曾て無き一つの戰慄を創成したり。(ヰクトル・ユウゴオ)보들레르 씨여, 당신은 예술의 하늘에 유례없는 처참한 빛을 주었다. 곧 일찍이 없었던 하나의 전율을 만들어냈다[빅토르 위고]."上田敏：1905, 66 한편 바바 무쓰오馬場睦夫：1919의 안표지에도 프랑스어 원문과 일본어 번역문으로 이 구절이 수록되어 있다. "Vous dotez le ciel de l'art d'un rayon macabre, vous créez un frisson nouveau—Victor Hugo—." "貴君は藝術の天國に人の知らざる悽慘な光りを與へた。貴君は新らしき戰慄を創出された—ヴィクトル・ユウゴー—귀군은 예술의 천국에 사람이 모를 처참한 빛을 주었다. 귀군은 새로운 전율을 창출했다—빅토르 위고—." 다만 바바 무쓰오의 프랑스 원문에는 몇 군데 오식이 있다. 김억은 우에다 빈1905과 바바 무쓰오1919를 모두 참조하여 중역한 것으로 보인다.

김억은 이 장에 염상섭에 대한 헌사獻辭를 적어 두었다. 앞서 염상섭의 서문에서 거론한 바와 같이, 염상섭은 김억과 게이오기주쿠대학 동문인 데다가, 오산五山학교, 『동아일보』, 『폐허』지에 이르기까지 문학청년 시절부터 긴 인연을 이어간 사이이다. 또 『오뇌의 무도』 초판 이후 노자영盧子泳의 표절 문제를 제기하기도 했다. 어쨌든 김억으로서는 이러한 염상섭과의 친분을 배경으로 이 장을 헌정했을 터이다.

죽음의 즐겁음.[1]

1 초판 목차에는 "죽음의즐거움".

2 재판에는 "나의 老骨을 쉬이며".

3 재판에는 '자람이노라'.

4 재판에는 '불녀'.

5 재판에는 '디럽은'.

6 재판에는 "눈도업고 귀도업는 暗默이벗아". 재판의 '暗默이벗아'는 '暗默의벗아'의 오식으로 보인다.

7 재판에는 "네게로 가리라".

8 초판과 재판의 "痛限도업는"은 "痛恨도업는"의 오식으로 보인다.

9 재판에는 "魂도업고,".

陰濕한쌍우、달팽이의 모힌곳에、

나는 나의깁흔 무덤을 파노라、

이는 내老骨을쉬이며[2]、忘却의안에

자람이노라[3]—물아레의 鮫魚와 갓치。

나는 遺言을 밉어하며、무덤을 실허하노라、

죽어서 사람의 짜는눈물을 엇음보다는

차라리 살어서 吸血의鴉嘴을 볼녀[4]、

더러운[5] 내死體의 마듸마듸를 먹이랴노라。　　　　　【초101, 재127】

아아 蛆虫! 눈업고 귀업는 暗默의벗아[6]、

自由와 悅樂의死者、쏘는 放蕩의哲學者、

그리하고 腐敗의來孫은 다갓치 네게로가리라[7]。

아모 痛限도업는[8] 내死體를 파먹어들째、　　　　　【초101, 재128】

蛆虫아、알니어라、魂도업고[9] 죽음의안에 죽음되는

다 날근 肉體에도 오히려 苦痛이잇느냐、업느냐。　　【초102, 재128】

死のよろこび[†]

厨川白村

† 厨川白村,「第十講 非物質主意の文藝(其二)」,『近代文學十講』, 東京 : 大日本圖書, 1912, 535~536면.

濕りがちなる土のうち、蝸牛群れるなかに、

われ自ら深き墓穴を穿たむ。

そこにわれ老骨を埋め忘却のうちに眠るべく、

さながら鰺鮫の水中に沈むがごと。

われ遺言を忌み、墳墓を厭ふ。

死して人々の涙を求めむよりは、

むしろ若かず生きながら鴉を招きて、

わが腐肉のはしばしより血を吸はしめむには。

ああ目なく耳なき暗黒の友、なむち蛆よ、

頽廢の子なる放蕩の哲學者、

また自由なる喜びの死人は、みな爾に行かむ。

痛悔なくわれの屍に喰ひ入りて、

蛆よわれに問へ、魂なく

死の中に死したる腐肉に猶ほ苦痛ありやと

死のよろこび[†]

† 永井荷風, 譯, 『珊瑚集(佛蘭西近代抒情詩選)』, 東京: 籾山書店, 1913, 1〜9면; 生田春月 編, 「佛蘭西—ボオドレエル」, 『泰西名詩名譯集』, 東京: 越山堂, 1919, 82〜83면.

永井荷風

蝸牛匍ひまはる粘りて濕りし土の上に
底いと深き穴をうがたん。泰然として、
われ其處に老いさらぼひし骨を横へ、
水底に鰷の沈む如忘却の淵に眠るべう。

われ遺書を厭み、墳墓をにくむ。
死して徒に人の涙を請はんより、
生きながらにして吾寧ろ鴉をまねぎ、
汚れたる脊髄の端々をついばましめん。

おお蛆蟲よ。眼なく耳なき暗黑の友、
君が爲めに腐敗の子、放蕩の哲學者、
よろこべる無賴の死人は來る。

わが亡骸にためらふ事なく食入りて
死の中に死し、魂失せし古びし肉に、
蛆蟲よわれに問へ。猶も悩みのありやなしやと。

死の歡び†

馬場睦夫

† ボオドレエル, 馬場睦夫 譯, 『惡の華』, 東京：洛陽堂, 1919, 71~72면

蝸牛はびこる 粘々と 濕つた土地に

私は手づから深い深い墓穴を穿たう、

期處で私はゆつくりと 古びた骨を橫たへて、

海底の鮫のやうに 忘却の裡に睡れやう。

私は總ゆる遺書を惡み、墳墓を嫌ふ、

死して 世の同情の涙を懇願めんよりは

寧ろ生きながら 烏を招き、吾が穢れた殘骸を

一切ごとに 悉く咬み盡くさせたい。

あ、蛆虫よ! 耳も眼もなき闇黑の侶よ、

自由な 樂しい死者はことごとく お前の許に來るだろう!

腐朽の子、淫蕩な哲學者等も!

悔恨もなく 吾が腐屍の中に死したる

蛆虫よ、私に問へ、魂失せ、死滅の中に死にたる

古い腐朽の肉體に なほ苦惱あるかと。

THE JOYOUS DEFUNCT[†]

[†] Charles Baudelaire, Cyril Scott trans., *The Flowers of Evil*, London : Elkin Mathews, Vigo Street, 1909, p.49.

Cyril Scott

Where snails abound—in a juicy soil,

I will dig for myself a fathomless grave,

Where at leisure mine ancient bones I can coil,

And sleep—quite forgotten—like a shark 'neath the wave.

I hate every tomb—I abominate wills,

And rather than tears from the world to implore,

I would ask of the crows with their vampire bills

To devour every bit of my carcass impure.

Oh worms, without eyes, without ears, black friends !

To you a defunct-one, rejoicing, descends,

Enlivened Philosophers—offspring of Dung !

Without any qualms, o'er my wreckage spread,

And tell if some torment there still can be wrung

For this soul-less old frame that is dead 'midst the dead !

LE MORT JOYEUX[†]

Dans une terre grasse et pleine d'escargots

Je veux creuser moi-même une fosse profonde,

Où je puisse à loisir étaler mes vieux os

Et dormir dans l'oubli comme un requin dans l'onde.

Je hais les testaments et je hais les tombeaux ;

Plutôt que d'implorer une larme du monde,

Vivant, j'aimerais mieux inviter les corbeaux

À saigner tous les bouts de ma carcasse immonde.

Ô vers ! noirs compagnons sans oreille et sans yeux,

Voyez venir à vous un mort libre et joyeux !

Philosophes viveurs, fils de la pourriture,

À travers ma ruine allez donc sans remords,

Et dites-moi s'il est encor quelque torture

Pour ce vieux corps sans âme et mort parmi les morts !

[†] Charles Baudelaire, "Spleen et Idéal", *Œuvres complètes I : Les Fleurs du Mal(3ᵉ éd.)*, Paris : Michel Lévy frères, 1868, p.195.

재판 이외 없음.

제1연

제1행 시릴 스코트^{Cyril Scott : 1909}의 제1연 제1행 "Where snails abound—in a juicy soil"을 염두에 두되, 구리야가와 하쿠손^{厨川白村 : 1912}의 제1연 제1행 "濕りがちなる土のうち、蝸牛群れるなかに ^{축축한 땅 위, 달팽이 모인 가운데}"의 어휘 표현과 문형을 따른 의역이나, 혹은 나가이 가후^{永井荷風 : 1913/1919}의 제1연 제1행 "蝸牛匍ひまはる粘りて濕りし土の上に^{달팽이 우글거리는 끈적끈적하고 축축한 땅 위에}"와 구리야가와 하쿠손¹⁹¹² 중 '濕りし土の上に ^{습한 땅 위에}'^{永井荷風}, '蝸牛群れるなかに ^{달팽이 모인 가운데}'^{厨川白村}만을 발췌하여 조합한 구문의 의역으로 볼 수도 있다. 혹은 바바 무쓰오^{馬場孤夫 : 1919}의 제1연 제1행 "蝸牛はびこる粘々と濕つた土地に^{달팽이 우글거리는 끈적끈적하고 축축한 땅에}"의 의역으로 볼 수도 있다.

제2행 시릴 스코트¹⁹⁰⁹의 제1연 제2행 "I will dig for myself a fathomless grave"를 염두에 두되, 구리야가와 하쿠손¹⁹¹²의 제1연 제2행 "われ自ら深き墓穴を穿たむ^{나는 스스로 깊은 묘혈을 판다}", 혹은 바바 무쓰오¹⁹¹⁹의 제1연 제2행 "私は手づから深い深い墓穴を穿たう^{나는 손수 깊고 깊은 무덤을 파서}"의 어휘 표현과 문형을 따른 의역이다. 다만 김억은 구리야가와 하쿠손¹⁹¹²과 바바 무쓰오¹⁹¹⁹의 한자어 '墓穴' 대신 시릴 스코트¹⁹⁰⁹의 'grave'를 택했다. 참고로 이 'grave'를 간다 나이부^{神田乃武 : 1915}에는 '㊀ 塋血、墓', '㊁ 死滅', '㊂ 地獄'으로, 사이토 히데사부로^{斎藤秀三郎 : 1918}에는 '墓。死'로 풀이한다.

제3행 시릴 스코트¹⁹⁰⁹의 제1연 제3행 "Where at leisure mine ancient bones I can coil"과 제4행의 "quite forgotten"을 조합한 구문을 염두에 두되, 구리야가와 하쿠손¹⁹¹²의 제1연 제3행 "そこにわれ老骨を埋め忘却のうちに眠るべく^{그곳에 내 늙은 뼈를 묻고 망각 속에 잠들도록}" 중 'そこにわれ老骨を埋め忘却のうちに^{그곳에 내 늙은 뼈를 묻고 망각 속에}'만을 발췌한 구문

의 의역이다. 특히 김억은 이 중 '眠るべく잠들도록'만을 제4행으로 옮기는 일종의 앙장브망enjambement을 시도하여, 제1행과 비슷한 문형으로 종결하여 리듬감을 환기한다. 한편 나가이 가후1913/1919의 제1연 제3행 "われ其處に老いさらぼひし骨を橫へ내 그곳에 노쇠한 뼈를 누이고"와 제4행의 "忘却の淵に망각의 연못에"의 조합한 구문에 해당한다. 바바 무쓰오1919의 제1연 제3행 "期處で私はゆつくりと古びた骨を橫たへて그곳에서 나는 느긋하게 낡은 뼈를 눕히고"와 제4행의 "忘却の裡に망각 속에"의 조합한 구문에 해당한다.

제4행   시릴 스코트1909의 제1연 제4행 "And sleep—quite forgotten—like a shark 'neath the wave" 중 'quite forgotten'을 제한 구문, 특히 대시가 삽입된 문형을 따르되, 나가이 가후1913/1919의 제1연 제4행 "水底に鱶の沈む如忘却の淵に眠るべう물밑에 상어가 가라앉듯 망각의 연못에 잠들려 한다"를 '眠るべう잠들려 한다', '水底に鱶の沈む如물밑에 상어가 가라앉듯' 순으로 도치한 후 조합한 구문의 어휘 표현을 따른 의역이다. 혹은 바바 무쓰오1919 제1연 제4행 "海底の鮫のやうに忘却の裡に睡れやう바다 밑의 상어처럼 망각 속에 잠들려 한다" 중 '睡れやう잠들려 한다', '海底の鮫のやうに바다 밑의 상어처럼'만을 발췌하여 조합한 구문의 의역으로 볼 수도 있다.

제2연

제1행   시릴 스코트1909의 제2연 제1행 "I hate every tomb—I abominate wills"를 염두에 두되, 구리야가와 하쿠손厨川白村 : 1912의 제2연 제1행 "われ遺言を忌み、墳墓を厭ふ나는 유언을 미워하며, 무덤을 싫어한다"의 어휘 표현과 문형에 충실한 번역이다. 나가이 가후1913/1919의 제2연 제1행 "われ遺書を厭み、墳墓をにくむ내 유서를 싫어하며, 무덤을 미워한다"의 의역으로 볼 수도 있다.

제2행   구리야가와 하쿠손1912의 제2연 제2행 "死して人々の淚を求めむよりは죽어서 사람들의 눈물을 얻으려 하기보다는", 나가이 가후1913/1919의 제2연 제2행 "死して徒に人の淚を請はんより죽어서 헛되이 남의 눈물을 구하려 하기보다" 그리고 바바 무쓰오1919 제2연 제2행 "死して世の

同情の淚を懇願めんよりは^{죽어서 세상의 동정의 눈물을 구하려 하기 보다는}"의 어휘 표현과 문형을 두루 참조한 의역이다.

제3행   볼녀 : '보다'의 평안도 방언의 활용형 혹은 김억의 입말로 추정된다. 시릴 스코트¹⁹⁰⁹의 제2연 제3행 "I would ask of the crows with their vampire bills"를 염두에 두되, 구리야가와 하쿠손¹⁹¹²의 제2연 제3행 "むしろ若かず生きながら鴉を招きて^{도리어 살면서 까마귀를 불러}", 나가이 가후^{1913/1919}의 제2연 제3행 "生きながらにして吾寧ろ鴉をまねぎ^{살면서 내 오히려 까마귀를 불러}" 그리고 바바 무쓰오¹⁹¹⁹의 제2연 제3행 "寧ろ生きながら 鳥を招き、吾が穢れた殘骸を^{오히려 살면서 까마귀를 불러, 나의 더러운 시체를}" 중 '寧ろ生きながら 鳥を招き^{오히려 살면서 까마귀를 불러}'만을 발췌한 구문을 두루 참조한 의역이다.

제4행   시릴 스코트¹⁹⁰⁹의 제2연 제4행 "To devour every bit of my carcass impure"를 염두에 두되, 구리야가와 하쿠손¹⁹¹²의 제2연 제4행 "わが腐肉のはしべより血を吸はしめむ^{나의 썩은 몸 마디마디부터 피를 마시게 하려고}", 나가이 가후^{1913/1919}의 제2연 제4행 "汚れたる脊髓の端々をついばましめん^{더러운 척수의 마디마디를 쪼어 먹히려 한다}"의 어휘 표현을 두루 참조한 의역이다. 특히 김억은 구리야가와 하쿠손¹⁹¹²의 '腐肉^{썩은 몸}', 나가이 가후^{1913/1919}의 '脊髓^{척수}' 대신 시릴 스코트¹⁹⁰⁹의 'carcass'를 택한 것으로 보인다. 참고로 'carcass'를 간다 나이부¹⁹¹⁵에는 '死體'로, 사이토 히데사부로¹⁹¹⁸에는 "屍(の卑稱)。(殊に牛馬犬猫などの)死體^{주검[의 속된 말]. [특히 소, 말, 개, 고양이 따위의]사체}"로 풀이한다.

제3연

제1행   蛆虫^{저충} : 구더기. 시릴 스코트¹⁹⁰⁹의 제3연 제1행 "Oh worms, without eyes, without ears, black friends!"를 염두에 두되, 나가이 가후^{1913/1919}의 제3연 제1행 "あゝ蛆蟲よ。眼なく耳なき暗黑の友^{아아, 구더기여, 눈도 없고 귀도 없는 암흑의 벗}", 혹은 구리야가와 하쿠손¹⁹¹²의 제3연 제1행 "ああ目なく耳なき暗黑の友、なむち蛆よ^{아아 눈 없고 귀 없는 암흑의 벗, 그대 구더기여}"를 'ああなむち蛆よ^{아아 그대 구더기여}', '目なく耳なき暗黑の友^{눈 없고 귀 없는 암흑의 벗}'

506   『오뇌의 무도』 주해

로 도치한 구문의 어휘 표현과 문형을 충실히 따른 번역이다. 바바 무쓰오[1919]의 제3연 제1행 "あゝ蛆虫よ! 耳も 眼もなき闇黑の侶よ^{아아 구더기여! 귀도 눈도 없는 암흑의 벗이여}"의 의역이기도 하다. 특히 김억은 시릴 스코트[1909]의 'worms' 대신 일역시에 공통된 한자어 '蛆虫^{うじむし}'를 택했다.

제2행   시릴 스코트[1909]의 제3연 제2행 "To you a defunct-one, rejoicing, descends"와 제3행 "Enlivened Philosophers—offspring of Dung!" 중 'o you a defunct-one, rejoicing'과 'Enlivened Philosophers'를 조합한 구문을 염두에 두되, 구리야가와 하쿠손[1912]의 제3연 제3행 "また自由なる喜びの死人は、みな爾に行かむ^{또는 자유로운 즐거움의 죽은 이는, 모두 너에게 가려 한다}"와 제3연 제2행 "頹廢の子なる放蕩の哲學者^{퇴폐한 자식인 방탕의 철학자}" 중 'また自由なる喜びの死人^{또는 자유로운 즐거움의 죽은 이}'과 '放蕩の哲學者^{방탕의 철학자}'를 조합한 구문의 어휘 표현과 문형을 따른 의역이다.

제3행   구리야가와 하쿠손[1912]의 제3연 제2행 중 '頹廢の子^{퇴폐한 자식}' 혹은 바바 무쓰오[1919]의 제3연 제3행 "腐朽の子、淫蕩な哲學者等も^{썩고 낡은 자식, 방탕한 철학자들도!}" 중 '腐朽の子^{썩고 낡은 자식}', 그리고 구리야가와 하쿠손[1912]의 'みな爾に行かむ^{모두 너에게 가려 한다}'만을 발췌하여 조합한 구문에 충실한 번역이다.

제4연

제1행   구리야가와 하쿠손[1912]의 제4연 제1행 "痛悔なく われの屍に喰ひ入りて^{후회 없이 내 시체를 먹어 들어와}"의 의역이다.

제2행   바바 무쓰오[1919]의 제4연 제2행 "蛆虫よ、私に問へ、魂失せ、死滅の中に死にたる^{구더기여, 나에게 물어라, 혼은 사라지고, 사멸 중에 죽는}"의 의역이다. 혹은 구리야가와 하쿠손[1912]의 제4연 제2행 "蛆よ われに問へ、魂なく^{구더기여, 나에게 물어라, 혼 없이}"와 제3행 "死の中に死したる腐肉に猶は苦痛ありやと^{죽음 속에 죽는 썩은 몸에 오히려 고통이 있겠느냐고}" 중 '死の中に死したる^{죽음 속에 죽는}'만을 발췌하여 조합한 구문의 의역이다.

제3행 시릴 스코트[1909]의 제4연 제3행 "For this soul-less old frame that is dead 'midst the dead!"의 문형을 염두에 두되, 바바 무쓰오[1919]의 제4연 제3행 "古い腐朽の肉體に なほ苦惱あるかと오랜 썩고 낡은 육체에 오히려 고뇌가 있느냐고", 구리야가와 하쿠손[廚川白村:1912]의 제4연 제3행 "死の中に死したる腐肉に猶ほ苦痛ありやと죽음 속에 죽는 썩은 몸에 오히려 고통이 있겠느냐고" 중 '腐肉に猶ほ苦痛ありやと썩은 몸에 오히려 고통이 있겠느냐고'만을 발췌한 구문의 어휘 표현을 두루 참조한 의역이다.

해설

김억의 「죽음의 즐겁음」의 저본은 구리야가와 하쿠손[廚川白村:1912]의 「死のよろこび죽음의 기쁨」, 나가이 가후[永井荷風:1913/1919]의 「死のよろこび죽음의 기쁨」, 바바 무쓰오[馬場睦夫:1919]의 「死の歡び죽음의 기쁨」 그리고 시릴 스코트[Cyril Scott:1909]의 영역시이다. 한편 F. B. 스트럼[F. B. Strum:1906]에는 보들레르의 이 시가 수록되어 있지 않다. 김억이 시릴 스코트[1909]의 영역시까지 열람했다고 볼 수 있는 근거는 김억이 「죽음의 즐겁음」 제1연에서 『오뇌의 무도』 소재 여느 시에서는 볼 수 없는 대쉬를 과감히 썼고, 그 문형들이 시릴 스코트[1909]의 영역시와 흡사하기 때문이다. 다만 김억이 어떻게 시릴 스코트[1909]의 존재를 알고 열람했던가는 알 수 없다. 한편 나가이 가후가 번역한 보들레르의 이 시는 이쿠다 슌게쓰[生田春月:1919]에도 수록되어 있다.

이 중 김억이 어느 것을 가장 먼저 열람했던가는 알 수 없다. 다만 김억이 베를렌의 "作詩論°(Art poetique)"의 주된 저본 중 하나가 구리야가와 하쿠손[1912]이었던 만큼, 문학청년 김억으로서는 이것을 가장 먼저 접했을 법하다. 또 후술하겠지만 시릴 스코트[1909]와 F. B. 스트럼[1906]에 수록된 작품들이 서로 일치하지 않으므로, 일역시들을 먼저 열람한 다음 영역시들을 찾아서 열람한 것으로 보인다.

그런데 이미 주석에서도 알 수 있듯이 김억은 바바 무쓰오[1919]라는 일역시 중에서도 가장 평이한 문체의 선례가 있음에도 불구하고 구리야가와 하쿠손[1912]와 나가이 가후[1913/1919]까지 두루 참조해서 중역했다. 그것은 구리야가와 하쿠손[1912]과 나가이 가후[1913]가 바바 무쓰오

1919보다 앞서 번역된 탓도 있겠지만, 바바 무쓰오[1919]의 문체가 선례들에 비해 시적 미감이 결여된 탓도 클 것이다. 또 김억은 구리야가와 하쿠손[1912] 등 일역시의 선례들만이 아니라 시릴 스코트[1909]의 영역시까지 참조했던 것은 앞서 베를렌 시 번역의 사정으로 보건대 김억이 그만큼 보들레르의 이 시에 대해 각별한 애착이 있었기 때문일 것이다.

무엇보다도 김억으로서는 보들레르의 이 시가 수완 좋게 옮기기 어려웠기 때문이라고 보아야 한다. 이를테면 보들레르 원시의 경우, '나'는 물속에 잠든 상어이자[제1연 제4행], 더러운 해골과 시체이자[제2연 제4행], 영혼 없는 늙은 육신이자, 죽은 이들 중에 섞여 죽은 이[제4연 제3행]이다. 그런 나의 해골, 시체의 피를 회한도 없이[제4연 제1행] 빨고 우글거리는 이가 까마귀[제2연 제3행], 구더기[제3연 제1행]이고, 그들의 다른 이름이 방탕한 철학자와 부패의 아들[제3연 제3행]이다. 그리고 그들이 내게 아직 고통이 있다면 말해주어야 한다[제4연 제2행]. 왜냐하면 '나'는 죽었지만 살아있는 자[제2연 제3행], 자유롭고 쾌활한 망자이자[제3연 제2행]이기 때문이다. 그러나 적어도 『오뇌의 무도』를 발표할 무렵까지 김억으로서는 구리야가와 하쿠손[1912] 등 일역시로는 이러한 의미를 분명히 알기 어려웠고, 시릴 스코트[1909]로는 더욱 요령부득이었을 터이다. 그래서 김억은 어쩔 수 없이 참조할 수 있는 모든 선례들을 일일이 해체해서 다시 조합하기도 하고 고쳐 쓸 수밖에 없었다. 이로써 김억은 영국, 일본과 전혀 다른 새로운 보들레르의 시 한 편을 썼다.

한편 김억의 「죽음의 즐겁음」은 후일 그가 양주동이 보들레르의 "Le Mort joyeux"를 옮긴 「깃분 죽음」[「近代佛蘭西詩抄(三)」, 『금성』 제3호, 1924.5]을 비판하는 가운데 논쟁거리가 된다. 김억은 양주동이 보들레르의 시를 제대로 옮기지 못했을 뿐만 아니라 시 번역의 요체를 알지 못한다고 비판했다.[「詩壇散策, 『金星』 『廢墟』 以后를 읽고」, 『개벽』 제46호, 1924.4] 그리고 김억의 비판에 격분한 양주동은 김억의 「죽음의 즐겁음」이야말로 엉터리 번역이라고 비난했다.[「『開闢』 四月號의 「金星」詩를 보고」, 『금성』 제3호, 1924.5] 양주동은 자신이 보들레르의 원시를 저본으로 삼았다고 강변했지만, 사실 그의 「깃분 죽음」 역시 시를 스코트[1909]와 바바 무쓰오[1919]를 두루 참조한 중역에 가깝다. 즉 김억의 「죽음의 즐겁음」이란 비서구 식민지 조선에서 보들레르의 시가 어떻게 이해되고 새로 쓰여지는가를 조망할 한 시금석이기도 한 셈이다.

破鍾。

1 재판에는 '안저'.

2 재판에는 "불을 바라보며".

3 재판에는 '즐겁으랴'.

4 재판에는 "내靈이 째여져".

5 재판에는 '여러番'.

6 재판에는 "이는 血海의두던 山
을짓는".

7 재판에는 "음직일길좃차업는".

거울밤、暖爐의겻헤 안져¹、확々타는
불을바라보며²、한가히 지내간 녯날을 追懷하면서、
안개 가득한밤에 울어나는 鍾소리를 들을째、
얼마나 설으며、얼마나 즐거우랴³。

아아 幸福이여라、鍾이여、奇妙한 咽喉로
늙은몸일지나、오히려 忠實하게 썩 튼々하게
嚴肅한 울님소리를 眞實하게 내임은
陣營의步硝에 섯는老兵과 다름이 업서라。　　　　　【초103, 재129】

아々 내靈이째여져⁴ 倦怠의속에 잠길째、
그曲調를 놉히 寒夜의 하늘에 가득케하랴면
여러번⁵ 힘업는 悶絶의 마듸소리가 되고말아라。

이는 血海의두던、山을짓는⁶ 죽엄「死體」속에 잠기여、
　　　　　　　　　　　　　　　　　　　　　　　【초103, 재130】

괴롭게도 애쓰며 苦悶하여도 음직일길 좃차업는⁷
목숨이 슨기여가는 傷兵의 희미한 末期의苦呻과 갓타라。
　　　　　　　　　　　　　　　　　　　　　　　【초104, 재130】

壊れた鐘†

馬場睦夫

† ボオドレエル, 馬場睦夫 譯, 『惡の華』, 東京: 洛陽堂, 1919, 63~64면.

冬の夜 圍爐裏の傍で、わなわなと燃え上り 燃えつきる

爐火を眺め、徐ろに遠き日の思出を思ひうかべつゝ、

夜霧の中に歌ふ鐘の音に耳を傾けるのは

どんなに哀れにも また快いことだらう!

あゝ 幸福なる哉鐘よ! 逞ましい咽から

老いぼれた身にも似合はず 忠實に、いと健康に

嚴かな響きを まめに上げるのは

宛ら陣營の步哨に立てる老兵そのまゝ。

然るに私は心破れ、その鬱憂に沈む時、

その曲調を高く夜の寒空に充たさうとすれば、

屢々力なく 絶々な聲となつて了ふ、

恰かも血の海の岸、小山なす屍の下に棄てられて、

限りなく悶くけれども、動くことも出來ず

空しく果て行く傷兵の鈍い末期の呻きのやうに。

THE BROKEN BELL [†]

[†] Charles Baudelaire, Cyril Scott trans., *The Flowers of Evil*, London : Elkin Mathews, Vigo Street, 1909, 50면.

Cyril Scott

How sweet and bitter, on a winter night,

Beside the palpitating fire to list,

As, slowly, distant memories alight,

To sounds of chimes that sing across the mist.

Oh, happy is that bell with hearty throat,

Which neither age nor time can e'er defeat,

Which faithfully uplifts its pious note,

Like an aged soldier on his beat.

For me, my soul is cracked, and 'mid her cares,

Would often fill with her songs the midnight airs ;

And oft it chances that her feeble moan

Is like the wounded warrior's fainting groan,

Who by a lake of blood, 'neath bodies slain,

In anguish falls, and never moves again.

LA CLOCHE FÊLÉE[†]

Il est amer et doux, pendant les nuits d'hiver,

D'écouter, près du feu qui palpite et qui fume,

Les souvenirs lointains lentement s'élever

Au bruit des carillons qui chantent dans la brume.

Bienheureuse la cloche au gosier vigoureux

Qui, malgré sa vieillesse, alerte et bien portante,

Jette fidèlement son cri religieux,

Ainsi qu'un vieux soldat qui veille sous la tente !

Moi, mon âme est fêlée, et lorsqu'en ses ennuis

Elle veut de ses chants peupler l'air froid des nuits,

Il arrive souvent que sa voix affaiblie

Semble le râle épais d'un blessé qu'on oublie

Au bord d'un lac de sang, sous un grand tas de morts,

Et qui meurt, sans bouger, dans d'immenses efforts !

[†] Charles Baudelaire, "Spleen et Idéal", *Œuvres complètes I : Les Fleurs du Mal* (*3ᵉ éd.*), Paris : Michel Lévy frères, 1868, p.197.

없음.

제1연

제1행 바바 무쓰오馬場睦夫: 1919의 제1연 제1행 "冬の夜 圍爐裏の傍で、わなわなと燃え上り 燃えつきる 겨울밤, 화로 곁에서, 부르르 타올라 다 타버리는"의 의역이다.

세2행 바바 누쓰오1919의 세1연 세2행 "爐火を眺め、徐ろに遠き日の思出を思ひうかべつゝ 화롯불을 바라보며, 천천히 먼 옛날의 추억을 떠올리며"의 의역이다.

제3행 바바 무쓰오1919의 제1연 제3행 "夜霧の中に歌ふ鐘の音に耳を傾けるのは 밤안개 속에서 노래하는 종소리에 귀를 기울이는 것은"의 의역이다.

제4행 바바 무쓰오1919의 제1연 제4행 "どんなに哀れにも また快いことだらう 얼마나 가련하고도 또 기분 좋은 일인가"의 의역이다.

제2연

제1행 바바 무쓰오1919의 제2연 제1행 "あゝ、幸福なる哉 鐘よ! 逞ましい咽から 아아, 행복하구나 종이여! 억센 목에서"이다. 김억이 바바 무쓰오1919의 '逞ましい 억세다, 씩씩하다'를 '奇妙한'으로 옮긴 것은 취음자取音字: 當て字 '逞'자에 독음자ルビ, ふりがな가 없어서 그 뜻을 제대로 새기지 못한 탓으로 보인다. 참고로 후나오카 겐지舟岡獻治: 1919에는 'タクマシ큰ン'를 "억세다. 긔운차다. 용맹스럽다. 굿세다."로 풀이한다. 또 김억의 '奇妙한', 바바 무쓰오1919의 '逞ましい'에 대응하는 시릴 스코트Cyril Scott : 1909의 어휘는 제2연 제1행 "Oh, happy is that bell with hearty throat" 중 'hearty'이다.

제2행 바바 무쓰오1919의 제2연 제2행 "老いぼれた身にも似合はず 忠實に、いと健康に 늙어빠진 몸에도 어울리지 않게 충실히, 자못 튼튼하게"에 충실한 번역이다.

제3행 바바 무쓰오[1919]의 제2연 제3행 "嚴かな響きを まめに上げるのは엄숙한 울림을 진실하게 올리는 것은"에 대응한다.

제4행 바바 무쓰오[1919]의 제2연 제4행 "宛ら陣營の步哨に立てる老兵そのまゝ마치 진영의 보초로 서 있는 노병의 모습 그대로"의 의역이다.

제3연

제1행 시릴 스코트[1909]의 제3연 제1행 "For me, my soul is cracked, and 'mid her cares"를 염두에 두되, 바바 무쓰오[1919]의 제3연 제1행 "然るに私は 心破れ、その鬱憂に沈む時그러나 나는 마음 부서져, 그 나른함에 잠길 때"의 어휘 표현과 문형을 따른 의역이다. 다만 김억은 바바 무쓰오[1919]의 '心마음' 대신 시릴 스코트[1919]의 'soul'을 택했다.

제2행 바바 무쓰오[1919]의 제3연 제2행 "その曲調を高く 夜の寒空に充たさうとすれば그 곡조를 높이 밤의 찬 하늘에 채우려 한다면"의 의역이다. 김억은 바바 무쓰오의 '夜の寒空밤의 하늘'를 마치 '寒夜の空추운 밤의 하늘'로 고쳐 쓰듯이 옮겼다.

제3행 悶絶민절 : 너무 기가 막혀 정신을 잃고 까무러침. 시릴 스코트[1909]의 제3연 제3행 "And oft it chances that her feeble moan"을 염두에 두되, 바바 무쓰오[1919]의 제3연 제3행 "屢々力なく 絶々な聲となつて了ふ종종 힘없이 끊어질 듯한 소리가 되고 만다"의 어휘 표현과 문형을 따른 의역이다. 다만 김억은 바바 무쓰오[1919]의 '絶々な聲끊어질 듯한 소리'도 시릴 스코트[1909]의 'feeble moan'도 아닌 '悶絶의'로 옮겼다. 참고로 후나오카 겐지[1919]에는 '絶々', 즉 'タエダエ絶絶'를 "간신간신. 욕절미절."로 풀이한다. 한편 간다 나이부神田乃武 : 1915에는 'feeble'을 "弱キ약하다、カヨワキ연약하다、力ナキ힘없다、氣力ナキ기력 없다、柔弱ナル유약하다、微弱ナル미약하다、薄弱ナル박약하다"로, 또 'moan'을 "呻リ신음、ウメキ신음、哀哭애곡、悲歎비탄"으로 풀이한다. 또 사이토 히데사부로齊藤秀三郞 : 1918에는 'feeble'을 "弱き약하다、かよわき연약하다、薄弱なる박약하다、微弱なる미약하다"로, 또 'moan'을 "(微なる)呻吟[미약한] 신음"으로 풀이한다.

제4연

제1행   두던 : '둔덕'의 평안도 방언이다.[김이협 : 1981] 바바 무쓰오[1919]의 제4연 제1행 "恰かも血の海の岸、小山なす屍の下に棄てられて마치 핏빛 바닷가 언덕, 작은 산을 이루는 주검 아래에 버려져서"의 의역이다.

제2행   시릴 스코트[1909]의 제4연 제3행 "In anguish falls, and never moves again"을 염두에 두되, 바바 무쓰오[1919]의 제4연 제2행 "限りなく悶くけれども、動くことも出來ず한없이 몸부림쳐도, 움직일 수조차도 없는"의 어휘 표현과 문형을 따른 의역이다. 김억은 시릴 스코트[1909]의 'In anguish falls'을 염두에 두고 '괴롭게도 애쓰며'로 옮긴 것처럼 보인다. 한편 김억은 바바 무쓰오[1919]의 '悶くけれども몸부림쳐도'를 '苦悶하여도'로 옮겼다. 참고로 후나오카 겐지[1919]에는 'もがく', 즉 'モガク踠ク'를 "몸부림한다. 허위적거린다."로 풀이하는 한편 일본어 유의어 "悶躁エル번민하다. 悶躁ク발버둥치다."도 수록되어 있다. 이 중 김억은 조선어 풀이가 아니라 일본어 유의어 '悶躁エル번민하다'를 택한 것처럼 보인다.

제3행   시릴 스코트[1909]의 제4연 제1행 "Is like the wounded warrior's fainting groan"을 염두에 두되, 바바 무쓰오[1919]의 제4연 제3행 "空しく果て行く傷兵の鈍い末期の呻きのやうに덧없이 죽어가는 부상병의 둔한 말기의 신음처럼"의 어휘 표현과 문형을 따른 의역이다. 다만 김억은 바바 무쓰오[1919]의 '鈍い둔한' 대신 시릴 스코트[1909]의 'faint'를 택한 것처럼 보인다.

해설

김억의 「破鍾」의 주된 저본은 바바 무쓰오[馬場睦夫 : 1919]의 「壊れた鐘부서진 종」이다. 보들레르의 이 시는 우에다 빈[上田敏 : 1905]에는 「破鐘깨진 종」이라는 제목으로 수록되어 있고, 나가이 가후[永井荷風 : 1913]와 이쿠다 슌게쓰[生田春月 : 1919]에는 수록되어 있지 않다. 따라서 김억으로서는 우에다 빈[1905]과 바바 무쓰오[1919]를 저본으로 삼을 수 있었다. 하지만 김억은 우에다 빈[1905]의 제목만을 취하고, 정작 저본으로 삼은 것은 바바 무쓰오[1919]였다. 또 김억은 부분적으로나마 시릴 스코트[Cyril Scott : 1909]의 영역시도 참조했다. 한편 F. B. 스트럼[F. B. Strum : 1906]에는 보들레르의 이 시가 수록되어 있지 않다. 김억은 대체로 바바 무쓰오[1919]의 어휘 표현과 문형을 따라 의역했지만, 일부 어휘 표현은 시릴 스코트[1909]를 염두에 두고 고쳐 쓰기도 했다.

김억의 고쳐 쓰기는 제2연 이하 도처에서 드러난다. 우선 제2연 제1행에서 김억이 바바 무쓰오[1919]의 '逞ましい[억세다. 씩씩하다]'를 '奇妙한'으로 옮긴 것, 또 제3연 제1행에서 바바 무쓰오의 '心[마음]' 대신 시릴 스코트[1909]의 'soul'을 택해 '靈'으로 옮긴 것, 제3연 제3행에서 바바 무쓰오[1919]의 '絶々な聲[끓어질 듯한 소리]'도 시릴 스코트[1909]의 'feeble moan'도 아닌 '悶絶의'로 옮긴 것, 그리고 제4연 제2행에서 바바 무쓰오[1919]의 '悶くけれども[몸부림쳐도]'를 '苦悶하여도'로 옮긴 것이 그러하다.

일견 이 사례들은 사소한 것처럼 보이지만 보들레르의 원시를 염두에 두고 보면 결코 그렇지 않다. 보들레르의 이 시에서 종[cloche], 병사[soldat]는 중의적이다. 우선 종은 힘찬 목청[gosier vigoureux]으로 노래하는 종[carillons qui chantent]과 깨진 종[la cloche fêlée]으로 대비된다. 또 병사도 힘찬 목청으로 엄숙하게 외치는[cri religieux] 건강한[bien portante] 노병[vieux soldat]과 곧 숨이 멎을 듯 죽어가는[le râle épais d'un blessé], 아무리 애써도 움직일 수 없는[sans bouger, dans d'immenses efforts] 병사와 대비된다. 이 두 가지 종, 병사 중 시인의 혼[mon âme]은 당연히 깨진 종, 죽어가는 병사 같은 존재이다. 따라서 김억의 고쳐 쓰기로 인해 이 대비는 지워진 셈이다. 이 대비로 인해 제1연 씁쓸하고 달콤한[amer et doux] 먼 추억[souvenirs lointains]의 대상이 깨지고 죽기 이전의 시인의 혼임이 드러난다고 보면, 김억의 고쳐 쓰기로 인해 이 시의 전체적인 의미, 주제까지도 달라질 수밖에 없는 것이다.

김억의 「파종」, 특히 그의 고쳐 쓰기는 그가 보들레르의 이 시의 중층적인 의미 구조를 간파하지 못한 채 이루어졌음을 나타낸다. 사실 바바 무쓰오[1919]를 통해서라도 보들레르 시의 의미 구조를 이해하는 데에 부족함은 없다. 바바 무쓰오[1919]는 김억이 저본으로 삼은 여느 일역시들에 비해 가장 구어에 가까울뿐더러 평이한 문체로 이루어져 있기 때문이다. 그럼에도 불구하고 김억이 그러하지 못했던 것은 우선 그에게 보들레르의 시와 수사가 익숙하지 않을뿐더러 난해했기 때문이다. 이에 더해서 바바 무쓰오[1919]를 해석하여 조선어로 옮겨 내는 데에 긴박되어 있었기 때문이다. 이를테면 제2연 제1행의 '逞ましい[억세다. 씩씩하다]' 조차도 '자전

辭典과의 씨름'으로도 좀처럼 옮길 수 없었던 것은 그 증거이다. 그래서 김억의 「파종」에서 그의 고쳐 쓰기, 즉 이른바 그의 '창작적 무드'의 번역이란 일견 번(중)역의 불가능을 우회하는 방법처럼 보이기도 한다.

그래서 김억의 어학 능력의 불비, 시에 대한 안목의 졸렬을 탓하는 일은 조심스럽다. 바바 무쓰오¹⁹¹⁹를 통해서든, 시릴 스코트¹⁹⁰⁹를 통해서든, 보들레르의 시를 중역의 프로세스가 아니면 조선어로 옮기는 일은 차치하고서라도 온전히 이해하기도 여의치 않았기 때문이다. 김억으로서는 이 보들레르의 시 한 편을 조선어로 온전히 끌어들이고 용해시키는 일은 고사하고, 마치 거미줄처럼 얽힌 낯선 타자들의 언어들과 그 콘텍스트에 포획되지 않고 가로지르는 일조차도 벅찼을 터이다. 두말할 나위도 없이 그것은 근본적으로 저 보들레르와 프랑스 현대시, 비서구 식민지 문학청년 김억 사이에 놓인 거리에서 비롯한다.

달의悲哀。

오늘밤、달은 괴롭게도 숨을쉬여라[1]、
보드랍은 寢坮우에[2] 눕어、잠들기前에
괴롭고 가뷔얍은 손가락으로
自己의 가슴을 愛撫하는 美人인듯하여라[3]。

보드라운[4] 雪推과갓튼 비단寢具의 우에、
넘어지면서、美女는 悶絶의 歎息을吐하며[5]、
욱어지게 뛴곳인듯、푸른하늘로 올나가는
하이한幻影에 美女의눈는 어리고 잇서라。　　　　【초105, 재131】

잇다금 달은 하욤업는[6] 鬱憂에
下界로 陰秘한 눈물방울을 써러칠째、
잠의大敵、敬虔한詩人은[7]

손바닥에 虹彩과 갓치 빗나는　　　　【초105, 재132】
희멀금한 눈물을 밧아서는
太陽의눈물 避하야 가슴속에 깁히 감추어라。　　　　【초106, 재132】

1　재판에는 "숨을 쉬여라".

2　재판에는 "寢臺 우에".

3　재판에는 "美人인듯 하여라".

4　재판에는 '보드랍은'.

5　재판에는 "歎息을 吐하며".

6　초판과 재판의 '하욤업는'은
　'하욤업는'의오식으로보인다.

7　재판에는 "敬虔한詩人은、".

月の悲哀[†]

† ボオドレエル, 馬場睦夫 譯,
『惡の華』, 東京：洛陽堂, 1919,
106~107면.

馬場睦夫

今宵 月はいよいよ遊惰に夢想に耽る、
數多の褥の上によこたはり、睡ろむ前に
抛げやりな 輕やかな 手附して
吾が胸のまはりを愛撫する美人のやうに、

柔かななだれの雪の襦子の背に
斃れつゝ 彼女は滅入る吐息も長々と、
咲きこぼれた花のやうに 青空に立ち登る
眞白い幻にそか眼を漂はす。

往々月が その所在なき 鬱憂時に
下界の面に 陰秘な涙の玉を降らす時、
眠りの敵なる 敬虔な詩人は

吾が常に猫目石の斷片のやうに
彩光きらめく そが蒼ざめた涙を取り、
太陽の眼を避けて 吾が胸の奥深く それを秘めかくす。

月のかなしみ[†]

永井荷風

[†] 永井荷風 譯, 『珊瑚集(佛蘭西近代抒情詩選)』, 東京：籾山書店, 1913, 25~27면.

「月」今宵いよよ懶く夢みたり。
おびただしき小布團に亂れて輕き片手して、
まどろむ前にそが胸の
ふくらみ撫づる美女の如。

軟き雪のなだれの繻子の背や、
仰向きて横はる月は吐息も長々と、
青空に眞白く昇る幻の、
花の如きを眺めてやりて、

懶き疲れの折折は下界の面に、
消え易き涙の玉を落す時、
眠りの仇敵、沈思の詩人は、
そが掌に猫眼石の破片ときらめく
蒼白き月の涙を摘取りて
「太陽」の眼を忍びて胸にかくしつ。

SADNESS OF THE MOON-GOD-DESS[†]

[†] Charles Baudelaire, Cyril Scott trans,, *The Flowers of Evil*, London : Elkin Mathews, Vigo Street, 1909, p.45.

Cyril Scott

To-night the Moon dreams with increased weariness,

Like a beauty stretched forth on a downy heap

Of rugs, while her languorous fingers caress

The contour of her breasts, before falling to sleep.

On the satin back of the avalanche soft,

She falls into lingering swoons, as she dies,

While she lifteth her eyes to white visions aloft,

Which like efflorescence float up to the skies.

When at times, in her languor, down on to this sphere,

She slyly lets trickle a furtive tear,

A poet, desiring slumber to shun,

Takes up this pale tear in the palm of his hand

(The colours of which like an opal blend),

And buries it far from the eyes of the sun.

『오뇌의 무도』 주해

THE SADNESS OF THE MOON. [†]

Frank Pearce Sturm

[†] Charles Baudelaire, Frank Pearce Sturm trans., "The Flowers of Evil", *The Poems of Charles Baudelaire*, London and New Castle : The Walter Scott Publishing, 1906, p.7.

THE Moon more indolently dreams to-night

Than a fair woman on her couch at rest,

Caressing, with a hand distraught and light,

Before she sleeps, the contour of her breast.

Upon her silken avalanche of down,

Dying she breathes a long and swooning sigh ;

And watches the while visions past her flown,

Which rise like blossoms to the azure sky.

And when, at times, wrapped in her languor deep,

Earthward she lets a furtive tear-drop flow,

Some pious poet, enemy of sleep,

Takes in bis hollow hand the tear of snow

Whence gleams of iris and of opal start,

And hides it from the Sun, deep in his heart.

TRISTESSES DE LA LUNE[†]

† Charles Baudelaire, "Spleen et Idéal", *Œuvres complètes I : Les Fleurs du Mal(3ᵉ éd.)*, Paris : Michel Lévy frères, 1868, p.188.

Ce soir, la Lune rêve avec plus de paresse ;

Ainsi qu'une beauté, sur de nombreux coussins,

Qui, d'une main distraite et légère, caresse

Avant de s'endormir le contour de ses seins,

Sur le dos satiné des molles avalanches,

Mourante, elle se livre aux longues pâmoisons,

Et promène ses yeux sur les visions blanches

Qui montent dans l'azur comme des floraisons.

Quand parfois sur ce globe, en sa langueur oisive,

Elle laisse filer une larme furtive,

Un poëte pieux, ennemi du sommeil,

Dans le creux de sa main prend cette larme pâle,

Aux reflets irisés comme un fragment d'opale,

Et la met dans son cœur loin des yeux du Soleil.

| 번역의 이본 |

재판 이외 없음.

주석

제1연

제1행 시릴 스코트[Cyril Scott : 1909] 제1연 제1행 "To-night the Moon dreams with increased weariness"를 염두에 두되, 바바 무쓰오[馬場睦夫 : 1919]의 제1연 제1행 "今宵 月はいよいよ遊惰に夢想に耽る오늘 밤 달은 드디어 게으르게 몽상에 잠기는"의 어휘 표현과 문형을 따른 의역이다. 다만 김억은 바바 무쓰오[1919]의 '遊惰に게으르게' 대신 시릴 스코트[1909]의 'weariness'와 나가이 가후[永井荷風 : 1913]의 제1연 제1행 「月」今宵いよよ懶く夢みたり'달' 오늘 밤 이윽고 울적하게 꿈꾼다" 중 '懶く울적하게'를 따랐다.

제2행 시릴 스코트[1909] 제1연 제2행 "Like a beauty stretched forth on a downy heap" 중 'on a downy heap'과 제2행 중 'Of rugs', 제4행 중 'before falling to sleep'을 조합한 구문을 염두에 두되, 바바 무쓰오[1919]의 제1연 제2행 "數多の褥の上によこたはり、睡ろむ前に무수한 요 위에 드러누워, 선잠 들기 전에"의 어휘 표현과 문형을 따른 의역이다. 그런데 김억은 시릴 스코트[1909]의 'a downy heap of rugs'나 바바 무쓰오[1919]의 '數多の褥무수한 요' 대신 F. P. 스트럼[F. P. Sturm : 1906]의 제1연 제2행 "Than a fair woman on her couch at rest" 중 'couch'를 택했다. 그것은 김억이 'downy'와 'rug'의 뜻을 온전히 새기지 못했기 때문으로 보인다. 참고로 사이토 히데사부로[齊藤秀三郎 : 1918]에는 'downy'를 "うぶ毛の如き。うぶ毛の生へた(顔など)솜털처럼. 솜털이 난[얼굴 따위]"로 풀이한다. 또 'rug'를 "(厚毛織の)膝掛、敷物[두터운 모직의] 무릎 덮개, 깔개"로 풀이한다. 한편 간다 나이부[神田乃武 : 1915]에는 'couch'를 "寢臺、臥榻침상、寢椅子、長椅子"로 풀이한다. 또 사이토 히데사부로[1918]에는 'couch'를 "寢臺、長椅子"로 풀이한다. 김억은 이 중 공통된 풀이인 '寢臺'를 택한 셈이다.

제3행 바바 무쓰오[1919]의 제1연 제3행 "抛げやりな 輕やかな 手附して아무렇게나 가벼운 손을 대어", 나가이 가후[1913]의 제1연 제2행 "輕き片手して가벼운 한 손으로"의 어휘 표현과 문형을 따른 의역이다. 특히 김억은 F. P. 스트럼[1909]의 제1연 제3행 "Caressing, with a hand distraught and light" 중 '(with a hand) distraught and light'를 따랐다. 참고로 간다 나이부[1915]에는 'distraught'를 "心ノ亂レタル심란한、困惱セル고민스러운、心ノ狂セル제정신이 아닌"로 풀이한다. 또 사이토 히데사부로[1919]에는 'distraught'를 "亂心せる심란한、發狂せる발광한"로 풀이한다. 한편 후나오카 겐지[船岡獻治: 1919]에는 '抛なげやりな되는 대로, 아무렇게나'는 수록되어 있지 않고, 그나마 'テッケ[附]'도 "약됴금。又슈표。又션금", 즉 '계약금'으로 풀이했을 뿐이다.

제4행 바바 무쓰오[1919]의 제1연 제4행 "吾が胸のまはりを愛撫する美人のやうに나의 가슴 주위를 애무하는 미인처럼"의 의역이다. 다만 김억은 바바 무쓰오[1919]의 '吾が나의' 대신 나가이 가후[1913]의 제1연 제4행 "ふくらみ撫づる美女の如풍만함을 어루만지는 미녀처럼" 중 '美女', 시릴 스코트[1909]의 제1연 제2행 "Like a beauty stretched forth on a downy heap" 중 'beauty'를 따랐다.

제2연

제1행 나가이 가후[1913]의 제2연 제1행 "軟き雪のなだれの繻子の背や부드러운 눈사태 같은 공단의 등과" 혹은 바바 무쓰오[1919]의 제2연 제1행 "柔かななだれの雪の繻子の背に부드러운 눈사태의 눈 같은 공단의 등에"의 의역이다. 참고로 후나오카 겐지[1919]에는 'なだれ[눈사태]'를 "㊀ 문어짐。㊁ 눈사태。頹雪"로 풀이한다. 김억은 이 중 '頹雪'을 참조하여 '雪推'라는 낯선 어휘로 옮긴 것으로 보인다. 또 '繻子・襦子공단, 새틴', 즉 'シュース繻子'는 '공단'으로 풀이한다. 김억은 이 '공단'을 참조하여 '비단'으로 옮긴 것으로 보인다.

제2행 바바 무쓰오[1919]의 제2연 제2행 "斃れつゝ 彼女は滅入る吐息も長々と쓰러지며 그녀는 우울한 한숨도 길디길게"의 의역이다. 다만 김억은 바바 무쓰오[1919]의 '滅入る풀죽은, 우울한' 대신, 시릴 스코트[1909]의 제2연 제2행 "She falls into lingering swoons, as she dies"와, F. P.

스트럼¹⁹⁰⁹의 제2연 제2행 "Dying she breathes a long and swooning sigh" 중 'swooning'을 택해 '悶絶의'로 옮겼다. 참고로 간다 나이부¹⁹¹⁵에도 사이토 히데사부로¹⁹¹⁸에도 'swoon'을 "氣絶、悶絶。"로 풀이한다.

제3행　바바 무쓰오¹⁹¹⁹의 제2연 제3행 "咲きこぼれた花のやうに 靑空に立ち登る^{흐드러지게 핀 꽃처럼 푸른 하늘에 오르는}"에 충실한 번역이다.

제4행　바바 무쓰오¹⁹¹⁹의 제2연 제4행 "眞白い幻にそか眼を漂はす^{새하얀 환영에 그 눈동자를 띄울 때}"의 의역이다.

제3연

제1행　바바 무쓰오¹⁹¹⁹의 제3연 제1행 "往々月が その所在なき鬱憂時に^{이따금 달이 그 따분하고 나른한 때에}"의 의역이다.

제2행　바바 무쓰오¹⁹¹⁹의 제3연 제2행 "下界の面に陰秘な淚の玉を降らす時^{하계의 겉으로 드러나지 않는 눈물방울을 내릴 때}"에 충실한 번역이다.

제3행　바바 무쓰오¹⁹¹⁹의 제3연 제3행 "眠りの敵なる 敬虔な詩人は^{잠의 적인 경건한 시인은}"에 충실한 번역이다.

제4연

제1행　나가이 가후¹⁹¹³의 제4연 제1행 "そか掌に猫眼石の破片ときらめく^{그 손바닥에 묘안석 조각들처럼 반짝이는}"의 의역이다. 혹은 바바 무쓰오¹⁹¹⁹의 제4연 제1행 "吾が常に猫目石の斷片のやうに^{내 손바닥에 묘목석 조각처럼}"와 제2행 "彩光きらめく そが蒼ざめた淚を取り^{채광 빛나는 그 창백한 눈물을 받아서}" 중 '彩光きらめく^{채광 빛나는}'만을 발췌하여 조합한 구문의 의역이기도 하다. 다만 김억은 나가이 가후¹⁹¹³의 '猫眼石', 바바 무쓰오¹⁹¹⁹의 '猫目石' 대신 시릴 스코트¹⁹⁰⁹ 제4연 제3행 "The colours of which like an opal blend" 중 'opal', F. P. 스트럼¹⁹⁰⁹의 제4연 제2행 "Whence gleams of iris and of opal start" 중 'iris'와 'opal'을

따르고자 했다. 참고로 간다 나이부[1915]에는 'iris'를 "㈠ 虹^{무지개}, ㈡ 虹狀^{무지개 모양}, ㈢ 虹色^{무지갯빛}, 暈色^{훈색}, ㈣ 虹彩^{홍채}, (眼球ノ)黑目^{[안구의] 눈동자}"로, 'opal'은 '蛋白石^{단백석}'로 풀이한다. 또 사이토 히데사부로[1918]에는 'iris'를 "虹^{무지개}。(眼球の)黑目^{[안구의] 눈동자}" 로, 'opal'은 "(鑛物^[광물]) 猫眼石^{묘안석}、蛋白石^{단백석}。"로 풀이한다. 김억은 간다 나이부 [1915]의 풀이, 혹은 'iris'의 풀이 중 공통된 '虹'과 바바 무쓰오[1919]의 '彩光'을 조합해서 '홍채'로 옮긴 것처럼 보인다.

제2행   희멀금하다 : 오늘날의 '희멀끔하다', 즉 "(살빛이) 희고 멀끔하다"는 뜻이 아니라, '창 백하다', '핼쑥하다'에 가깝다. '핼금하다'와 비슷한 뜻이다. 『오뇌의 무도』에서 자주 쓰인 어휘 중 하나인 '희멀금하다'와 비슷하다. 시릴 스코트[1909] 제4연 제1행 "Takes up this pale tear in the palm of his hand", F. P. 스트럼[1909]의 제4연 제1행 "Takes in bis hollow hand the tear of snow"를 염두에 두되, 바바 무쓰오[1919]의 제4연 제2행 "彩光き らめく そが蒼ざめた涙を取り ^{채광 빛나는 그 창백한 눈물을 받아서}" 중 'そが蒼ざめた涙を取り ^{그 창백한 눈물을 받아서}'만을 발췌한 의역이다. 혹은 나가이 가후[1913]의 제4연 제2행 "蒼白 き月の涙を摘取りて ^{창백한 달의 눈물을 따서}"의 의역이다.

제3행   바바 무쓰오[1919]의 제4연 제3행 "太陽の眼を避けて 吾が胸の奧深く それを秘めかく す ^{태양의 눈을 피하여 나의 가슴속 깊이 그것을 숨긴다}"에 충실한 번역이다.

해설

김억의 「달의 悲哀」의 제1저본은 바바 무쓰오^{馬場睦人 : 1919}의 「月の悲哀^{달의 비애}」, 제2저본은 나가이 가후^{永井荷風 : 1913}의 「月のかなしみ^{달의 비애}」이다. 또 부분적으로나마 시릴 스코트^{Cyril Scott : 1909}와 F. P. 스트럼^{F. P. Sturm : 1906}의 영역시도 참조했다. 김억은 주로 바바 무쓰오[1919]나 나 가이 가후[1913]의 어휘 표현과 문형을 따르되, 그중 석연치 않은 대목이나 의미가 분명하지 않 은 대목은 시릴 시코트[1909]의 영역시와 사전을 참조하여 옮겼다. 김억으로서는 그가 열람할 수 있는 번역의 선례들을 모두 참조하여 「달의 悲哀」를 옮긴 셈이다.

그것은 보들레르 시 도처에 있는, 김억으로서는 생경한 고유명사들과 무관하지 않다. 예컨대 바바 무쓰오[1919]의 제1연 제2행의 '褥^요'는 어딘지 프랑스 미녀의 방 풍경에 어울리지 않는다. 한편 나가이 가후[1913]의 제1연 제2행 "おびたゞしき小布團に亂れて輕き片手して^{수많은} ^{방석으로 흐트러져 한 손으로}" 중 '小布團'의 독음자^{ルビ, ふりがな}인 'クッサン'만으로는 무엇을 가리키는지 알 수 없었을 터이다. 'クッサン'은 두말할 나위도 없이 보들레르 원시 제1연 제2연의 'coussin(s)'이지만 보들레르의 원시를 저본으로 삼을 수 없었던 김억으로서는 이를테면 노무라 야스유키^{野村泰亨 : 1918}를 참조할 수도 없었을 터이다. 그래서 시릴 스코트[1909]의 '(a) downy heap of rugs'를 참조해도 사정은 달라질 리 없었고, 결국 F. P. 스트럼[1906]의 'couch'를 통해 겨우 '寢臺'로 옮길 수 있었던 것이다.

그러나 바바 무쓰오[1919]의 제4연 제1행 '猫目石과 나가이 가후[1913]의 제1연 제2행의 '猫眼石'의 경우 사태는 더욱 심각했을 법하다. 이 모두 보석의 일종이라고 유추할 수는 있어도 조선어에 적절히 대응할 어휘는 상상조차 하기 어렵기 때문이다. 그것이 시릴 스코트[1909]와 F. P. 스트럼[1906]의 'opal'을 가리키는 줄 알아도, 설령 김억이 보들레르의 원시를 열람해서 그것이 제4연 제2행의 'opale'을 가리킨다는 것을 알아도 사정은 다르지 않다. 그 이름이 무엇이든 김억으로서는 생경한 고유명사일 뿐이기 때문이다.

결국 김억은 'opal(e)', '猫眼(目)石'는 끝내 옮기지 않았다. 그래서 '눈물'의 보조관념은 '虹彩', 즉 무지갯빛이 되고, '눈물'은 '빗나는'과 '희멀금한'이라는 형용 모순^{oxymoron}에 갇히고 말았다. 물론 보석 오팔의 성상을 염두에 두고 보면 이것을 단지 형용 모순이라고 하기 어렵다. 그런데 관점을 달리해서 보면 이 형용 모순이 이 시의 제목이기도 한 달의 '悲哀'의 중의성을 그럴듯하게 드러내는 것처럼 보이기도 한다. 그럼에도 불구하고 이것이 번(중)역의 임계점, 공동^{空洞}이라고도 할 만한 이 사태인 것만은 틀림없다. 그리고 김억이 끝내 'opal(e)'도 '猫眼(目)石'도 옮기지 못했던 원인은 당연히 목표 언어^{souce langage}로서 조선어와 기점 텍스트^{source text}로서 프랑스어 사이를 가로지르는 사회, 역사, 문화 등 맥락의 차이이다. 또 그것 역시 보들레르와 프랑스 현대시, 비서구 식민지 문학청년 김억 사이의 아득한 격절을 드러낸다.

仇敵。

1   재판에는 "여긔저긔에 日光이".

2   재판에는 "내리는 戟烈한비에".

3   재판에는 "써러진붉은果實좃차".

4   재판에는 "그러하다 생각의가
      을은 只今 와서라".

5   재판에는 "호메와가래를가지고".

6   재판에는 "洪水가 잠긴쌍을 뒤
      엿노라, 洪水는 쌍에".

7   재판에는 "나는 생각하노라,
      이제는 다시 새롭은곳이,".

8   재판에는 "씻기여 河川된".

9   재판에는 "「째」는生命을먹으며".

10   재판에는 "暗慘한「仇敵」은".

내靑春은 다만 여저긔日光이[1] 숨이든
暴風雨의暗黑에 지내지안앗서라。
우는소리의 凄凉한우뢰、나리는戟烈한비에[2]
내동산에는 써러진붉은果實좃차[3] 듬으려라。

그러하다、생각의가을은 只今와서라[4]、
나는 새롭히 호메와가래를가지고[5]
洪水가잠긴쌍을 뒤엿노라、洪水는쌍에[6]、
무덤갓튼 깁흔구멍만 만들어서라。   【초107, 재133】

나는생각하노라、이제는다시 새롭은곳이[7]
씻기여河川된[8] 이러한쌍우에、
우거질生盛을、엇더케 잇기바래랴。

아々 설어라、아々 설어라、「째」는生命을먹으며[9]、 【초107, 재134】
暗慘한「仇敵」은[10] 혼자 맘속에 들어와서
나의앓은피를 머시며 깃버뛰여라。   【초108, 재134】

저본
仇敵[†]

永井荷風

[†] 永井荷風 譯,『珊瑚集(佛蘭西近代抒情詩選)』, 東京：籾山書店, 1913, 10~12면; 生田春月 編,「佛蘭西ーボオドレエル」,『泰西名詩名譯集』, 東京：越山堂, 1919, 83~84면; 樋口紅陽 編,『西洋譯詩 海のかなたより』, 東京：文獻社, 1921(4.5), 435~436면.

わが青春は唯だ其處此處に照日の光漏れ落し
暴風雨の闇に過ぎざりき。
鳴る雷のすさまじさ降る雨のはげしさに、
わが庭に落殘る紅の果實とても稀なりき。

されば今、思想の秋に近きて、
われ鋤と鍬とにあたらしく、
洪水の土地を耕せば、洪水は土地に
墓と見る深き穴のみ穿ちたり。

われ夢む、新なる花今更に、
洗はれて河原となりしかかる地に、
生茂るべき養ひを、いかで求め得べきよ。

ああ悲し、ああ悲し。「時」生命を食ひ、
暗澹たる「仇敵」獨り心にはびこりて、
わが失へる血を吸ひ誇り榮ゆる。

THE ENEMY[†]

Cyril Scott

† Charles Baudelaire, Cyril Scott trans., *The Flowers of Evil*, London : Elkin Mathews, Vigo Street, 1909, p.14.

My childhood was nought but a ravaging storm,

Enlivened at times by a brilliant sun ;

The rain and the winds wrought such havoc and harm

That of buds on my plot there remains hardly one.

Behold now the Fall of ideas I have reached,

And the shovel and rake one must therefore resume,

In collecting the turf, inundated and breached,

Where the waters dug trenches as deep as a tomb.

And yet these new blossoms, for which I craved,

Will they find in this earth—like a shore that is laved—

The mystical fuel which vigour imparts ?

Oh misery !—Time devours our lives,

And the enemy black, which consumeth our hearts

On the blood of our bodies, increases and thrives !

L'ENNEMI[†]

Ma jeunesse ne fut qu'un ténébreux orage,

Traversé çà et là par de brillants soleils ;

Le tonnerre et la pluie ont fait un tel ravage,

Qu'il reste en mon jardin bien peu de fruits vermeils.

Voilà que j'ai touché l'automne des idées,

Et qu'il faut employer la pelle et les râteaux

Pour rassembler à neuf les terres inondées,

Où l'eau creuse des trous grands comme des tombeaux.

Et qui sait si les fleurs nouvelles que je rêve

Trouveront dans ce sol lavé comme une grève

Le mystique aliment qui ferait leur vigueur ?

— Ô douleur ! ô douleur ! Le Temps mange la vie,

Et l'obscur Ennemi qui nous ronge le cœur

Du sang que nous perdons croît et se fortifie !

[†] Charles Baudelaire, "Spleen et Idéal", *Œuvres complètes I : Les Fleurs du Mal(3ᵉ éd.)*, Paris : Michel Lévy frères, 1868, p.101.

없음.

주석

제1연

제1행 나가이 가후永井荷風 : 1913/1919의 제1연 제1행 "わが靑春は唯だ其處此處に照日の光漏れ落し 나의 청춘은 다만 여기저기에 비치는 햇빛이 새어 떨어진"의 의역이다.

제2행 나가이 가후1913/1919의 제1연 제2행 "暴風雨の闇に過ぎざりき 폭풍우의 어둠에 지나지 않았다"에 충실한 번역이다.

제3행 나가이 가후1913/1919의 제1연 제3행 "鳴る雷のすさまじさ降る雨のはげしさに 울리는 우레의 무시무시함 내리는 비의 격렬함으로"의 의역이다.

제4행 나가이 가후1913/1919의 제1연 제4행 "わが庭に落殘る紅の果實とても稀なりき 내 마당에 떨어져 남은 붉은 과실조차도 드물다"의 의역이다.

제2연

제1행 나가이 가후1913/1919의 제2연 제1행 "されば今、思想の秋に近きて 그렇다 지금, 생각의 가을에 가까워져"의 의역이다. 다만 김억은 나가이 가후1913/1919의 'に近きて에 가까워져' 대신 시릴 스코트Cyril Scott : 1909의 제2연 제1행 "Behold now the Fall of ideas I have reached" 중 'I have reached'를 택해서 '只今와서라'로 옮겼다.

제2행 호메 : '호미'의 평안도 방언이다.김영배 : 1997 나가이 가후1913/1919의 제2연 제2행 "われ鋤と鍬とにあたらしく 나는 가래와 쟁기로 새롭게"를 'われ나는', 'あたらしく 새롭게', '鋤と鍬とに가래와 쟁기로' 순으로 도치한 구문의 의역이다. 이 중 김억이 '호메와 가래'로 옮긴 '鋤と鍬가래와 쟁기' 중 'スキ鋤'는 후나오카 겐지船岡獻治 : 1919에는 "삽。왜삽"으로, 'クハ鍬'는 '광이'로 풀이한다. 이에 대응하는 어휘들은 시릴 스코트1909의 제2연 제2행에는

'shovel and rake', 보들레르 원시 제2연 제2행에는 'la pelle et les râteaux'이다.

제3행   뒤엇다 : 평안도 방언 '뒤엎다'^{김이협 : 1981}의 이형태 혹은 김억의 입말로 추정된다. 나
　　　　가이 가후^{1913/1919}의 제2연 제4행 "洪水の土地を耕せば、洪水は土地に^{홍수 난 땅을 갈면, 홍}
　　　　^{수는 땅에}"의 의역이다.

제4행   나가이 가후^{1913/1919}의 제2연 제3행 "墓と見る深き穴のみ穿ちたり^{무덤처럼 보이는 깊은 구}
　　　　^{멍을 파고든다}"의 의역이다.

제3연

제1행   나가이 가후^{1913/1919}의 제3연 제1행 "われ夢む、新なる花今更に^{나는 꿈꾼다. 새로운 꽃은 지금}
　　　　^{새삼}"를 'われ夢む^{나는 꿈꾼다}', '今更に^{지금 새삼}', '新なる花^{새로운 꽃}' 순으로 도치한 구문의
　　　　의역이다.

제2행   나가이 가후^{1913/1919}의 제3연 제2행 "洗はれて河原となりしかかる地に^{씻긴 강가 모래밭이}
　　　　^{된 이 땅에}"의 의역이다.

제3행   나가이 가후^{1913/1919}의 제3연 제3행 "生茂るべき養ひを、いかで求め得べき^{우거지게}
　　　　^{할 자양을, 어찌 구할 수 있겠는가}"의 의역이다.

제4연

제1행   나가이 가후^{1913/1919}의 제3연 제1행 "ああ悲し、ああ悲し。「時」生命を食ひ^{아, 슬프다. 아}
　　　　^{슬프다. '때'는 생명을 먹고}"의 의역이다.

제2행   나가이 가후^{1913/1919}의 제4연 제2행 "暗澹たる「仇敵」獨り心にはびこりて^{암담한 '원수' 홀}
　　　　^{로 마음속에 퍼져}"의 의역이다.

제3행   나가이 가후^{1913/1919}의 제4연 제3행 "わが失へる血を吸ひ誇り榮ゆる^{내가 잃은 피를 마시고}
　　　　^{뽐내며 번성한다}"의 의역이다.

김억의 「仇敵」의 저본은 나가이 가후永井荷風 : 1913의 「仇敵원수」이다. 나가이 가후1913는 이쿠다 슌게쓰生田春月 : 1919에도 수록되어 있다. 한편 보들레르의 원시의 번역은 바바 무쓰오馬場睦夫 : 1919에도 또 시릴 스코트Cyril Scott : 1909에도 수록되어 있다. 하지만 김억은 나가이 가후1913/1919를 주된 저본으로 삼고 바바 무쓰오1919와 시릴 스코트1909는 저본으로 삼지 않았다. 참고로 F. P. 스트럼F. P. Sturm : 1906에는 보들레르의 이 시가 수록되어 있지 않다. 김억으로서는 바바 무쓰오1919가 나가이 가후1913/1919에 비해 상대적으로 구어에 가까운 문형, 평이한 어휘 표현으로 이루어진 만큼 저본으로 삼을 만했을 텐데, 군이 나가이 가후1913/1919를 저본으로 삼은 이유는 알 수 없다. 다만 김억으로서는 다소 산문적인 전자에 비해 후자가 고졸古拙하기는 해도 훨씬 시적인 번역이라고 판단했을 것으로 짐작할 뿐이다.

　　김억의 「仇敵」 역시 나가이 가후1913/1919의 축자적인 번역은 아닌데, 그중에서도 나가이 가후1913/1919의 제2연 제2행의 '鋤と鍬가래와 쟁기'를 김억이 '호메와 가래'로 옮긴 것은 흥미롭다. 이 차이란 단순히 언어적 차이만이 아닌 문화적 차이에서 비롯한다. 그런데 그러한 사정은 보들레르의 원시의 'la pelle et les râteaux', 즉 '삽과 갈퀴'를 나가이 가후가 '鋤と鍬가래와 쟁기'로 옮긴 경우에도 마찬가지이다. 특히 시릴 스코트1909도 보들레르 원시와 마찬가지로 'shovel and rake'라는 점에서 그러하다. 이 차이들이란 일견 사소한 것처럼 보이지만 목표 텍스트target text들 간의 문화적 차이를 반영한다는 점, 특히 이를 통해서 번(중)역의 본질이 드러나기도 하다는 점에서 흥미롭다.

　　한편 「쌘드레르의 詩」 소재 여느 시들과 마찬가지로 보들레르의 이 시 역시 김억으로서는 난해한 시였을 터이다. 우선 시간, 죽음, 악, 권태 등 그 모든 것인 원수의 함의부터가 그러하다. 특히 제3연과 제4연이 문제적이다. 우선 나가이 가후1913/1919의 제3연에서 '나'는 새로운 꽃이 모래밭이 되어 버린 땅에서 다시 무성하게 자라게 할 자양을 과연 구할 수 있을지 없을지를 꿈꾼다. 그런데 사실 보들레르의 원시의 제3연에서 '나'는 새로운 꽃이 혹시 모래밭 같은 땅에 생기를 불어넣을 신비한 자양을 찾을지도 모른다고 기대한다. 반면에 김억의 제3연

에서 '나'는 그런 자양을 구할 수 없다고 절망한다. 김억이 나가이 가후[1913/1919]와 달리 옮긴 이유는 제2연의 '洪水'와 그것으로 인한 '무덤갓튼 깁흔구멍' 때문이고, 나가이 가후[1913/1919]의 '夢む꿈꾼다'를 세심하게 고려하지 않았기 때문일 것이다.

그런데 제4연에서 시의 화자는 괴로워한다. 그 이유는 나가이 가후[1913/1919]에 따르면 가을, 즉 조락 시간은 생명을 먹고, 새로운 꽃 대신 암담한 적 혹은 원수만 '나'의 마음에 퍼져 그의 피를 마시고 번성하기 때문이다. 또 김억에 따르면 조락의 시간은 생명을 먹고, 어둡고 비참한 원수는 '나'의 마음속에서 '나'가 잃은 피를 마시고 기뻐 뛰기 때문이다. 반면에 보들레르 원시에 따르면 조락의 시간은 생명을 먹고, '우리'의 마음을 파먹는 어두운 적은 '우리'가 잃은 피로 자라고 튼튼해지기 때문이다.Claude Pichois : 1975, 858 즉 나가이 가후[1913/1919]는 보들레르의 원시 제4연에서 탄식하는 '나'와 어두운 적이 침투한 곳이 '나'가 아닌 '우리'의 마음임을 구분하지 않았던 것이다. 그러한 사정은 나가이 가후[1909]를 따랐던 김억도 마찬가지이다. 이러한 나가이 가후[1913/1919]의 해석이 보들레르의 원시를 열람하지 못했을 김억에게도 반복되었다.

그래서 보들레르의 원시의 화자의 탄식, 시간과 원수仇敵의 의미는 나가이 가후[1913/1919]와 김억에 이르러 더욱 모호하게 되고 말았다. 물론 김억으로서는 시릴 스코트[1909]를 통해 나가이 가후[1913/1919]의 착오를 간파할 수 있었지만 그리하지 못했다. '무덤갓튼 깁흔구멍'은 물론 '나의 잃은 피'를 마시는 '仇敵'도「죽음의 즐겁음」을 통해 유추할 수 있었지만 그리하지 못했다. 이 중 원수의 경우 이 시의 제목이기도 하다는 점에서 더욱 그러하다. 김억이 보들레르의 이 시를 옮기면서 이러한 문제들에 얼마나, 과연 진지하게 임했던가는 알 수 없다. 그러나 한 가지는 분명하다. 상징의 숲과도 같은 보들레르의 원시를 얼마나 충실하게 해석하고 옮겼던가와 별개로 나가이 가후[1913/1919]이든 김억의 이「仇敵」이든 보들레르의 원시와 다른 새로운 시가 되고 말았다는 점이다.

幽靈。[1]

1 초판 목차에는 이 작품과 해당 페이지가 누락되어 있다.

2 재판에는 "어득한밤의".

3 재판에는 "네게 주리라".

褐色의 눈을가진 天使와 갓치、

나는 너의 寢臺로 돌아오리라、

어둑한밤의[2] 그늘아레에 싸이여、

소리도업시、나는 네게로 갓싸히 가리라。

나는 네게주리라[3]、검웃한 愛人이여、

씨그러진 구멍의 周園에

달갓튼 찬키쓰와、

배암갓튼 愛撫를。   【초109, 재135】

희멀금한 아츰이 되랴는째、

아모것도업는 뷔인자리만 남으리라、

그러나、그자리는 저녁짜지 차리라。

사람들은 아름답은 맘으로   【초109, 재136】

너의 生命과 절믐의우에 나려오나、

나는、오직 恐怖로 네게 臨하리라。   【초110, 재136】

幽靈[†]

堀口大學

[†] 堀口大學 譯, 「昨日の花」, 『昨日の花－佛蘭西近代詩』, 東京：籾山書店, 1918, 210~211면；生田春月 編, 「佛蘭西－ボオドレェル」, 『泰西名詩名譯集』, 東京：越山堂, 1919, 86~87면.

褐いろの眠せるかの天使等の如く、

われ君が寢所へ歸へり來らん、

さて小暗き夜のもの陰にかくれて、

われ音も無く君が方へすべりよらん。

かくてわれ君に與へん、愛人よ、

傾斜ある窩のまはりに

月の如冷たき接吻と

蛇の愛撫とを。

靑ざめし朝來る頃

空しきわが席を君が見出でん

されどそこは夜來るまで冷たかるべし。

君が生命と若さの上に

人等やさしさによりてなす如く

われ氣味わるさもて君臨せん！

幽靈[†]

[†]　ボオドレエル, 馬場睦夫 譯,
『惡の華』, 東京：洛陽堂, 1919,
48~49면.

褐色の眼をした天使のやうに、

俺はお前の寢所に歸り、

夜陰の影につれ こつそりと

音もなく お前の方へ滑つて行かう。

淺黑い戀女よ、俺はお前に

太陰のやうな冷たい接吻と、

傾いた窩のまはりに

蛇のやうな抱愛をしてやらう。

蒼ざめた朝が歸つて來ると、

俺の居處の空虛なのを お前は見出すだらう、

併し夕方までは其處は冷たからう。

他のものが優しい心で、お前の命と

お前の若さを治めるやうに、

俺は恐怖で支配をしやう！

THE GHOST. [†]

Frank Pearce Sturm

[†] Charles Baudelaire, Frank Pearce Sturm trans., "The Flowers of Evil", *The Poems of Charles Baudelaire*, London and New Castle : The Walter Scott Publishing, 1906, p.31.

SOFTLY as brown-eyed Angels rove.

I will return to thy alcove,

And glide upon the night to thee,

Treading the shadows silently.

And I will give to thee, my own,

Kisses as icy as the moon,

And the caresses of a snake

Cold gliding in the thorny brake.

And when returns the livid morn

Thou shalt find all my place forlorn

And chilly, till the falling night.

Others would rule by tenderness

Over thy life and youthfulness,

But I would conquer thee by fright!

LE REVENANT[†]

[†] Charles Baudelaire, "Spleen et Idéal", *Œuvres complètes I : Les Fleurs du Mal (3ᵉ éd.)*, Paris : Michel Lévy frères, 1868, p.186.

Comme les anges à l'œil fauve,

Je reviendrai dans ton alcôve

Et vers toi glisserai sans bruit

Avec les ombres de la nuit ;

Et je te donnerai, ma brune,

Des baisers froids comme la lune

Et des caresses de serpent

Autour d'une fosse rampant.

Quand viendra le matin livide,

Tu trouveras ma place vide,

Où jusqu'au soir il fera froid.

Comme d'autres par la tendresse,

Sur ta vie et sur ta jeunesse,

Moi, je veux régner par l'effroi !

재판 이외 없음.

제1연

제1행 바바 무쓰오^{馬場睦夫:1919}의 제1연 제1행 "褐色の眼をした天使のやうに^{갈색의 눈을 한 천사처럼}"에 충실한 번역이다. 호리구치 다이가쿠^{堀口大學:1918/1919}의 번역시 제1연 제1행 "褐いろの眠せるかの天使等の如く^{갈색의 눈을 한 저 천사들처럼}"의 의역이기도 하다.

제2행 호리구치 다이가쿠^{1918/1919}의 제1연 제2행 "われ君が寝所へ歸へり來らん^{나는 너의 침소로 돌아오련다}"의 의역이다. 바바 무쓰오¹⁹¹⁹의 제1연 제2행 "俺はお前の寝所に歸り^{나는 너의 침소로 돌아와}"의 의역이기도 하다.

제3행 희멀금하다 : 오늘날의 '희멀끔하다', 즉 "(살빛이) 희고 멀끔하다"는 뜻이 아니라, '창백하다', '핼쑥하다'에 가깝다. '핼금하다'와 비슷한 뜻이다. 호리구치 다이가쿠^{1918/1919}의 제1연 제3행 "さて小暗き夜のもの陰にかくれて^{그리고 어스름밤 그늘에 숨어}" 중 'さて^{그리고}'만을 제한 구문에 충실한 번역이다.

제4행 호리구치 다이가쿠^{1918/1919}의 제1연 제4행 "われ音も無く君が方へすべりよらん^{나 소리도 없이 네 쪽으로 미끄러져 깃들련다}"의 의역이다. 바바 무쓰오¹⁹¹⁹의 제1연 제4행 "音もなく お前の方へ滑つて行かう^{소리도 없이 네 쪽으로 미끄러져 가련다}"의 의역이기도 하다.

제2연

제1행 호리구치 다이가쿠^{1918/1919}의 제2연 제1행 "かくてわれ君に與へん、愛人よ^{이렇게 너에게 주련다, 애인이여}" 중 'われ君に與へん^{나는 너에게 주련다}'와 바바 무쓰오¹⁹¹⁹의 제2연 제1행 "淺黑い戀女よ、俺はお前に^{거무스레한 애인이여, 나는 너에게}" 중 '淺黑い戀女よ^{거무스레한 애인이여}'만을 발췌하여 조합한 구문에 충실한 번역이다.

제2행 호리구치 다이가쿠[1918/1919]의 제2연 제3행 "傾斜ある窩のまはりに기울어진 구멍의 둘레에"의 의역이다. 바바 무쓰오[1919]의 제2연 제3행 "傾いた窩のまはりに이지러진 구멍의 둘레에"의 의역이기도 하다.

제3행 호리구치 다이가쿠[1918/1919]의 제2연 제2행 "月の如つめたき接吻と달같이 찬 입맞춤과"에 충실한 번역이다. 또 바바 무쓰오[1919]의 세2연 세2행 "人陰のやうな冷たい接吻と달같이 찬 입맞춤과"에도 충실한 번역이다. 다만 김억은 호리구치 다이가쿠[1918/1919] 혹은 바바 무쓰오[1919]의 '接吻입맞춤' 대신 F. P. 스트럼[Sturm : 1906]의 제2연 제2행 "Kisses as icy as the moon" 중 'Kisses'를 택했다.

제4행 호리구치 다이가쿠[1918/1919]의 제2연 제4행 "蛇の愛撫とを뱀 같은 애무를"에 대응한다. 바바 무쓰오[1919]의 제2연 제4행 "蛇のやうな抱愛をしてやらう뱀 같은 포옹과 애무를 해 주련다" 중 '蛇のやうな抱愛を뱀 같은 포옹과 애무를'만을 발췌한 구문에 해당한다.

제3연

제1행 호리구치 다이가쿠[1918/1919]의 제3연 제1행 "靑ざめし朝來る頃창백한 아침이 올 무렵"에 충실한 번역이다. 바바 무쓰오[1919]의 제3연 제1행 "蒼ざめた朝か歸つて來ると창백한 아침이 돌아오면"의 의역이기도 하다.

제2행 호리구치 다이가쿠[1918/1919]의 제3연 제2행 "空しきわが席を君が見出でん텅 빈 내 자리를 너는 찾아내겠지"의 의역이다.

제3행 호리구치 다이가쿠[1918/1919]의 제3연 제3행 "されどそは夜來るまで冷たかるべし그러나 그곳은 밤이 올 때까지 차가울 것이다"의 의역이다. 바바 무쓰오[1919]의 제3연 제3행 "倂し夕方までは其處は冷たからう그러나 저녁까지는 그곳은 차갑겠지"를 '倂し그러나', '其處は그곳은', '夕方までは저녁까지는', '冷たからう차갑겠지' 순으로 도치한 구문의 의역이기도 하다.

제4연

제1행　호리구치 다이가쿠[1918/1919]의 제4연 제2행 "人等やさしさによりてなす如く 사람들이 친절한 마음으로 하듯이"와 바바 무쓰오[1919]의 제4연 제1행 "他のものが優しい心で 남들이 아름다운 마음으로" 중 '人等 사람들'[堀口大學], '優しい心で 아름다운 마음으로'[馬場陸夫]만을 발췌하여 조합한 구문에 충실한 번역이다.

제2행　호리구치 다이가쿠[1918/1919]의 제4연 제1행 "君が生命と若さの上に 너의 목숨과 젊음의 위로"의 의역이다. 바바 무쓰오[1919]의 제4연 제1행의 'お前の命と 너의 목숨과'와 제2행 "お前の若さを治めるやうに 너의 젊음을 치유하듯이"를 조합한 구문의 의역이기도 하다.

제3행　호리구치 다이가쿠[1918/1919]의 제4연 제3행 "われ氣味わるさもて君臨せん 나 무서움으로 군림하련다"과 바바 무쓰오[1919]의 제4연 제3행 "俺は恐怖で支配をしやう 나는 공포로 지배하겠다!" 중 'われ 나'[堀口大學] 혹은 '俺は恐怖で 나는 공포로'[馬場陸夫], '君臨せん 군림하련다'[堀口大學]만을 조합한 구문의 의역이다. 특히 김억은 호리구치 다이가쿠[1918/1919]의 '君臨せん 군림하련다'를 '너[君]에게 임臨하련다'로 옮긴 것처럼 보인다. 참고로 F. P. 스트럼[Sturm : 1906]의 제4연 제3행은 "But I would conquer thee by fright!"이다.

해설 _____

김억의 「幽靈」의 주된 저본은 호리구치 다이가쿠[堀口大學 : 1918]의 「幽靈」과 바바 무쓰오[馬場陸夫 : 1919]의 「幽靈」이다. 이 중 호리구치 다이가쿠[1918]는 이쿠다 슌게쓰[生田春月 : 1919]에도 수록되어 있다. 우에다 빈[上田敏 : 1905], 나가이 가후[永井荷風 : 1913]에는 보들레르의 이 시가 수록되어 있지 않다. 한편 보들레르의 이 시는 F. P. 스트럼[Sturm : 1906]에는 수록되어 있지만, 시릴 스코트[Cyril Scott : 1909]에는 수록되어 있지 않다. 즉 김억으로서는 호리구치 다이가쿠[1918/1919], 바바 무쓰오[1919] 그리고 F. P. 스트럼[1906] 등 모두 네 개의 선례가 있었던 셈이다.

　김억은 호리구치 다이가쿠[1918/1919]와 바바 무쓰오[1919] 가운데 주로 전자를 따르되, 후자의 의미가 보다 분명한 경우 후자를 따르기도 했다. 그럼에도 불구하고 김억이 호리구치 다이가쿠[1918/1919]를 주된 저본으로 삼은 이유는 역시 이 「쌘드레르의 詩」장은 물론 이미 검토한 장들을 통해서도 드러난 바와 같이, 김억이 그 어떤 번역의 선례들보다도 호리구치 다이가쿠[1918]를 선호했던 사정과 관련 있다. 또 바바 무쓰오[1919]가 호리구치 다이가쿠[1918]에 비해 훨씬 구어에 가깝지만, 시적인 미감은 상대적으로 결여되어 있다는 점도 간과할 수 없다. 한편 F. P. 스트럼[1906]의 영역시도 다른 작품들에 비해 현대적인 어휘 표현으로 이루어져 있는 데다가, 한 개 행과 한 개 연이 하나의 구문이자 의미의 단위인 만큼, 김억으로서는 얼마든지 저본으로 삼을 수 있었을 법하다. 하지만 김억은 F. P. 스트럼[1906]도 저본으로 삼지 않았고, 심지어 호리구치 다이가쿠[1918/1919] 등의 일역시와 대조·비교하지도 않았다.

어쨌든 김억은 이 「幽靈」 역시 호리구치 다이가쿠[1918/1919]와 바바 무쓰오[1919]라는 신뢰할 만한 선례들을 그대로 따르는 대신 그 나름의 해석과 고쳐 쓰기를 통해 옮겼다. 흥미롭게도 그 해석과 고쳐 쓰기는 때로는 일역시보다 보들레르의 원시에 더 가깝기도 하고, 원시는 물론 그 어떤 번역의 선례와도 무연한 김억만의 「幽靈」을 만들어내기도 했다.

이를테면 제2연 제1행의 '검웃한 愛人이여'의 경우, 호리구치 다이가쿠[1918/1919]의 '愛人よ 애인이여'와 바바 무쓰오[1919]의 '淺黑い戀女よ 거무스레한 애인'를 두루 참조한 결과이다. 특히 호리구치 다이가쿠[1918/1919]의 '愛人'도, F. P. 스트럼[1906]의 'my own'도 색채가 드러나지 않는데 김억이 굳이 바바 무쓰오[1919]를 따랐던 것은, '검웃한'을 덧붙임으로써 제1연 제1행의 '褐色'과 대우[對偶]가 이루어진다고 보았을 터이다. 그런가 하면 바바 무쓰오[1919]는 아마도 보들레르 원시의 'ma brune'을 저본으로 삼았을 터이다. 그리고 이것은 제1연 제1행의 'les anges à l'œil fauve', 그러니까 천사의 마치 야수와도 같은 갈색 눈동자와 대우를 이룬다. 그러나 보들레르의 원시에서 'ma brune'이란 피부가 아닌 머리카락의 색인데, 바바 무쓰오[1919]에서는 피부색으로 옮겼고, 김억 역시 이것을 따랐다. 어쩌면 바바 무쓰오는 그 '연인'이 보들레르의 연인이자 혼혈이었던 잔느 뒤발Jeanne Duval임을Claude Pichois : 1975, 945 염두에 두고 있었는지도 모른다. 보들레르의 원시를 열람하지 못했을 김억으로서는 그러한 사정까지 의식하지 않았을 터이다. 설령 우연이라고 하더라도 김억의 이러한 선택으로 인해 그의 「幽靈」이 보들레르의 원시에 한결 가까워진 것은 분명하다.

한편 제2연 제2행의 '씨그러진 구멍' 역시 호리구치 다이가쿠[1918/1919]의 '傾斜ある窩기울어진 구멍', 바바 무쓰오[1919]의 '傾いた窩이지러진 구멍'를 두루 참조한 결과이다. 참고로 F. P. 스트럼[1906]은 'the thorny brake'이다. 사실 이 모두 보들레르 원시의 'fosse', 즉 구덩이 혹은 묘혈墓穴이다. 보들레르 원시의 'fosse'가 한편으로는 여성을, 다른 한편으로는 묘혈을 뜻하는 중의성을 지니지만, 일역시도 영역시도 그 중의성이 선명하게 드러나지 않는다. 하지만 제2연의 'fosse'가 제4연을 이해하는 열쇠이고 보면, 그 중의성은 중요하다. 즉 보들레르 원시의 제4연의 주지는 시의 화자가 대상인 '여인'의 생명과 젊음을 남들처럼 '애정'이 아니라 '공포'로 군림하겠다는 것이다. 즉 제2연의 구덩이·묘혈이란 한편으로는 죽음 다른 한편으로는 생명과 젊음의 공동空洞이고, 차가운 키스와 뱀의 애무란 한편으로는 사랑 다른 한편으로는 공포의 군림인 것이다.

그러나 김억의 제4연, 특히 제3행은 '군림'[호리구치 다이가쿠 : 1918/1919]도 아닐뿐더러 '지배'[바바 무쓰오 : 1919]와는 더욱 거리가 멀다. 김억은 하다못해 F. P. 스트럼[1906]의 'conquer'도 염두에 두지 않았던 것으로 보인다. 김억이 어째서 호리구치 다이가쿠[1918]의 '君臨せん군림하련다'를 군이 '너에게 임臨하려다'는 식으로 옮겼던가는 알 수 없다. 그러나 이로써 보들레르의 원시의 에로티시즘과 사디즘은 김억에 이르러서 흐릿해지고 말았다. 그래서 그의 「幽靈」은 보들레르의 원시는 물론 영역시, 일역시와도 전혀 다른 시가 되었다. 어쩌면 김억과 식민지 조선, 그리고 당시의 문학청년들은 아직 보들레르의 데카당티슴을 간파하고 받아들일 준비가 되어 있지 않았을지도 모르겠다.

가을의노래。[1]

1 재판 목차에는 "가을의 노래".

2 재판에는 "숨속인듯 하여라".

3 초판에는 '戟慄'. 초판 정오표를 따라 '戰慄'로 고쳤다. 재판에는 '憤怒과憎惡、戰慄'. 재판의 '戰慄' 역시 '戰慄'의 오식으로 보인다.

4 재판에는 "쓴입업는 스린". 초판과 재판의 '쓴입업는'은 '쓴입업는'의 오식으로 보인다.

5 재판에는 '斷頭臺를'.

6 재판에는 "무겁은 鐵槌에".

7 재판에는 "못을박는 소리가 들네라".

一

오래지아니하야 우리들은 寒冷의 暗黑으로 들게되여라、
숨속인듯하여라[2]、쌩々한 녀름의빗이여、아아 가거라。
쓸안의 敷石우에 써러지는 나무닙의 애닯은 소리를
나는 발서 듯고 놀내엿노라。

憤怒과憎惡、戰慄[3]과恐怖의 쓴입엄는 쓰린[4] 苦役의 겨울은
只今 나의 몸우로 돌아와서、
北極의 地獄엣太陽과 갓치、
내맘은 얼어서 쌔여진 붉은 鐵片과 갓타라。   【초111, 재137】

써러지는 落葉의소리는 斷頭坮를[5] 세우는
그소리보다도 더陰慘함을 나는 썰면서 들엇노라。
내맘은 困한줄도 몰으고 싸리는
戰士의 무거운鐵槌에[6] 넘어치는 塔과 갓타라。   【초111, 재138】

이러한 單調한 소리에 흔들니우며、어데선지、
분주하게 너울에 못을박는소리가 들네라[7]、
누구의 너울? 지내간昨日인 녀름의 너울이러라、
只今은 가을이러라、異常한 이소리는 죽은이를 보내는
鍾소리와 갓치도 애닯게 울어빗겨라。

二

아름답고도 살틀한님이여, 긴 그대의　　　　　　　【초112, 재138】

눈의팔한빗을[8] 나는 사랑하여왓노라,

그러나 엇지하랴, 그대의 썩 고흔모양[9], 그대의愛情,

그대의密室, 쏘는 그대의 暖房도[10] 오늘의 내게는

바다에 빗나는 해볏만도[11] 못하게 보이는것을.

그러나 나를사랑하여라, 오오, 고흔맘이여[12],

忘恩의아들, 쏘는 惡한것에게 오마니 갓치하여라,

愛人이며,[13] 뉘이에게, 光輝가득한 가을과갓치,

그리하고 넘는 夕陽과갓치 한동안은 고흔맘을[14] 가저라.

사람의生命을 쌀바라, 실흔줄도[15] 몰으고 무덤은 기달여라,

　　　　　　　　　　　　　　　　　　【초112, 재139】

아々 너의무릅에[16] 내니마를 기대고　　　　　　【초113, 재139】

덥고희든 녀름의 볏날을 울어보내며,

붉고도 다사롭은 晩秋의빗을 즐기게하여라[17].　　【초113, 재140】

8　초판 본문에는 "눈의팔한빗
　을". 초판 정오표를 따라 '팔한
　빗을'로 고쳤다. 재판에도 "눈
　의팔한빗을".

9　재판은 "곱은모양".

10　재판에는 "그대의暖房도".

11　초판에는 '해볏만도'. 초판 정
　오표를 따라 '해볏만도'로 고
　쳤다. 재판에는 '해볏만도'.

12　재판에는 "나를 사랑하여라,
　오오, 곱은맘이여".

13　재판에는 '愛人이며'('.' 없음).

14　재판에는 "곱은맘을".

15　재판에는 "실흘줄도".

16　재판에는 "너의 무릅에".

17　재판에는 "줄기게하여다".

저본

秋の歌†

永井荷風

† 永井荷風 譯, 『珊瑚集(佛蘭西近代抒情詩選)』, 東京：籾山書店, 1913, 13~17면; 生田春月 編, 「佛蘭西－ボオドレエル」, 『泰西名詩名譯集』, 東京：越山堂, 1919, 84~85면.

一

吾等忽ちに寒さの闇に陥らん、
夢の間なりき、強き光の夏よ、さらば。
われ既に聞いて驚く、中庭の敷石に、
落つる木片のかなしき響。

冬の凡ては―憤怒と憎惡、戰慄と恐怖や、
又強ひられし苦役はわが身の中に歸り來る。
北極の地獄の日にもたとへなん、
わが心は凍りて赤き鐵の破片よ。

をののぎてわれ聞く木片落つる響は、
斷頭臺を人築く音なき音にも增りたり。
わが心は重くして疲れざる
戰士の槌の一撃に崩れ倒るる觀樓かな。

かかるも懶き音に搖られ、何處にか、
いとも忙しく柩の釘を打つ如き……そは、
昨日と逝きし夏の爲め。秋來ぬと云ふ

この怪しき聲は宛らに、死せる者送出す鐘と聞かずや。

二

長き君か眼の緑の光のなつかしし。

いと甘かりし君か姿もなど今日の我には苦き。

君か情けも、暖かき火の邊や化粧の室も、

今のわれには海に輝く日に如かず。

さりながら我を憐れめ、やさしき人よ。

母の如かれ、忘恩の輩、ねぢけしものに。

戀人か將た妹か。うるはしき秋の榮や、

又沈む日の如、束の間の優しさ忘れそ。

定業は早し。貪る墳墓はかしこに待つ。

ああ君か膝にわか額を押當てて、

暑くして白き夏の昔を嘆き、

軟くして黄き晩秋の光を味はしめよ。

秋の歌[†]

† 堀口大學 譯、「昨日の花」、『昨日
の花－佛蘭西近代詩』、東京：籾
山書店、1918、206〜209면.

堀口大學

一

われ等やがて肌寒き闇の中に沈み入らん、

おおさらば、左様ならよ、短きに過ぐるわれ等が夏の生氣ある輝
きよ！

われすでに聞くなり、庭の鋪石の上に、

さびしい響して落つる枯枝を。

恨み、憎み、戰慄、怖れ、止むなくもつらき勞働の冬は

今し再びわが身のうちに歸へり來らんとし、

極地に於ける太陽に似て、わが心は

凍りたる赤色の一塊に過ぎざらんとす。

われ戰慄きつつ一つ一つ落木の一音に耳を傾く、

斷頭臺建つるもの音も斯は陰慘たることなけん、

今わが精神は斷間なく打ち下す重き鐵槌の下にくづれ行く塔に
も似たり。

この單調なるもの音にうち搖られつつ

何處にか人ありて急ぎ棺釘する如し

誰が爲の棺ぞ？昨日夏なりき、さるを今し秋！
この神祕なるもの音は何やらん出發の如くにひびく。

二

やさしくも美くしき愛人よ、われは愛づ、
汝が長く切れたる眼の薄みどりなる輝きを、
されど今日もの皆はわれに苦く、汝が愛情も
汝が密室も、また汝が暖房も海に照る太陽の價あらず。

さはれわれを愛せよ、おおやさしき心よ！
忘恩の子にも、惡しきものにも、母の如かれ、
戀人たるも、姉たるも、かにかくに光輝に滿つる
秋の如く或は夕陽の如く束の間はやさしさたれ。

短き人の生命や！墓ぞ待つ、墓は飽くなし！
ああ！汝が膝に額うづめつつわれをして
眞白くも燃ゆるが如き夏の日を惜み
黄色くもやさしき秋の光を味はしめよ！

秋の歌[†]

† ボオドレヱル, 馬場睦夫 譯,
『惡の華』, 東京：洛陽堂, 1919,
42~45면.

馬場睦夫

一

はや人は 冷たい闇黑の世界に沈むだらう、
束の間だつた 爽快な夏の光輝よ、お、さらば!
私は既に聞く 送葬のやうな悲音を立て、
中庭の敷石の上に落ちる木片音を。

冬の世界は悉く―憤怒憎しみ 戰慄 恐怖や
強ひられた苦役と 再び私の身内に喰い入り、
極地の奈落に沈む太陽のやうに
私の心は 唯だ赤く凍れる土塊となるだらう。

私はわな、きつゝ 落ちる木片音を聞く、
建ちかゝる斷頭臺も これ程鈍くは響くまい。
私の魂は 重い破城槌の撓みなき打擊の元に、
脆くも崩れ行く櫓のやう。

この單調な打擊に搖られつゝ 私の耳は
何處かでか慌しげに棺に釘を打つ音を聞くやうな氣がする、……
誰のため?―夏は昨日と過ぎ、今は秋だ!

この神秘な物音は 送葬の鐘のやうに響き渡る。

二

私はお前の長い眼の 緑か、つた光りが好きだ、

しかし、可愛い女よ、今日は何もかも私には苦い、

お前の愛も あの閨房も 圍爐裏も 何もかも

海に輝く太陽の光には比べられない。

しかし私を愛し、慈しんでくれ、優しい女よ!

たとへ私は恩知らぬ 價値なきものであらうとも、

戀人か または妹よ、壯麗な秋か 落日の

泡沫の甘さを味はせてくれ!

果無い定業! 墓は吾等を待つてゐる、飽くことも知らずに、

あゝ! 私に許してくれ、お前の膝に吾が頭をのせて、

過ぎ去つた白熱の夏を悔いながら、

晚秋の 黄色い 甘い日光を味ふことを!

AUTUMN SONG [†]

† Charles Baudelaire, Cyril Scott
  trans., *The Flowers of Evil*, Lon-
  don : Elkin Mathews, Vigo
  Street, 1909, p.38.

Cyril Scott

I.

Shortly we will plunge within the frigid gloom ;

Farewell swift summer brightness; all too short—

I hear already sounding with a death-like boom,

The wood that falls upon the pavement of the court.

The whole of winter enters in my Being—pain,

Hate, honor, labour hard and forced—and dread,

And like the northern sun upon its polar plane,

My heart will soon be but a stone, iced and red.

I listen trembling unto every log that falls,

The scaffold, which they build, has not a duller sound,

My spirits waver, like the trembling tower walls

that shake—with every echoing blow, the builders pound.

Meseemeth—as to these monotonous blows I sway,

They nail for one a coffin lid, or sound a knell—

For whom? Autumn now—and summer yesterday !

This strange mysterious noise betokens a farewell.

II.

I love within your oblong eyes the verdant rays,

My sweet! but bitter everything to-day meseems :

And nought—your love, the boudoir, nor the flickering blaze,

Can replace the sun that o'er the ocean streams.

And yet bemother and caress me, tender heart !

Even me the thankless and the worthless one ;

Beloved or sister—unto me the sweets impart

Of a glorious Autumn or a sinking sun.

Ephemeral task! the beckoning the beckoning empty tomb is set !

Oh grant me—as upon your knees my head I lay,

(Because the white and torrid summer I regret)

To taste the parted season's mild and amber ray.

CHANT D'AUTOMNE[†]

[†] Charles Baudelaire, "Spleen et Idéal", *Œuvres complètes I : Les Fleurs du Mal(3ᵉ éd.)*, Paris : Michel Lévy frères, 1868, pp.172~173.

I.

Bientôt nous plongerons dans les froides ténèbres ;
Adieu, vive clarté de nos étés trop courts !
J'entends déjà tomber avec des chocs funèbres
Le bois retentissant sur le pavé des cours.

Tout l'hiver va rentrer dans mon être : colère,
Haine, frissons, horreur, labeur dur et forcé,
Et, comme le soleil dans son enfer polaire,
Mon cœur ne sera plus qu'un bloc rouge et glacé.

J'écoute en frémissant chaque bûche qui tombe ;
L'échafaud qu'on bâtit n'a pas d'écho plus sourd.
Mon esprit est pareil à la tour qui succombe
Sous les coups du bélier infatigable et lourd.

Il me semble, bercé par ce choc monotone,
Qu'on cloue en grande hâte un cercueil quelque part.....
Pour qui ? — C'était hier l'été ; voici l'automne !
Ce bruit mystérieux sonne comme un départ.

II.

J'aime de vos longs yeux la lumière verdâtre,

Douce beauté, mais tout aujourd'hui m'est amer,

Et rien, ni votre amour, ni le boudoir, ni l'âtre,

Ne me vaut le soleil rayonnant sur la mer.

Et pourtant aimez-moi, tendre cœur ! soyez mère,

Même pour un ingrat, même pour un méchant ;

Amante ou sœur, soyez la douceur éphémère

D'un glorieux automne ou d'un soleil couchant.

Courte tâche ! La tombe attend ; elle est avide !

Ah ! laissez-moi, mon front posé sur vos genoux,

Goûter, en regrettant l'été blanc et torride,

De l'arrière-saison le rayon jaune et doux !

재판 이외 없음.

제1시

제1연

제1행 바바 무쓰오^{馬場睦夫:1919}의 제1연 제1행 "はや人は 冷たい闇黒の世界に沈むだらう^{이제 사람들은 차가운 암흑의 세계로 사라있겠지}"의 의역이나. 나가이 가후^{永井荷風:1913/1919}의 제1연 제1행 "吾等忽ちに寒さの闇に陥らん^{우리 홀연히 추위의 어둠으로 빠져들려 한다}"을 '忽ちに^{홀연히}' '吾等^{우리}', '寒さの闇に陥らん^{추위의 어둠으로 빠져들려한다}' 순으로 도치한 구문의 의역이다. 호리구치 다이가쿠^{堀口大學:1918}의 제1연 제1행 "われ等やがて肌寒き闇の中に沈み入らん^{우리 이윽고 으스스한 어둠 속으로 잠겨든다}"를 'やがて^{이윽고}', 'われ等^{우리}', '肌寒き闇の中に沈み入らん^{으스스한 어둠 속으로 잠겨든다}' 순으로 도치한 구문의 의역으로도 볼 수 있다.

제2행 나가이 가후^{1913/1919}의 제1연 제2행 "夢の間なりき、強き光の夏よ、さらば^{꿈결이었다, 강렬한 빛의 여름이여, 잘가라}"의 의역이다. 바바 무쓰오¹⁹¹⁹의 제1연 제2행 "束の間だつた 爽快な夏の光輝よ、お、さらば!^{잠깐이었다 상쾌한 여름의 광휘여, 안녕히!}"의 의역이기도 하다.

제3행 바바 무쓰오¹⁹¹⁹의 제1연 제4행 "中庭の敷石の上に落ちる木片音を^{안뜰의 부석 위에 떨어지는 나뭇조각 소리를}"의 의역이다. 나가이 가후^{1913/1919}의 제1연 제3행 "われ既に聞いて驚く、中庭の敷石に^{나 이미 듣고 놀랐다, 안뜰의 부석에}" 중 '中庭の敷石に^{안뜰의 부석에}'와 제4행 "落つる木片のかなしき響^{떨어지는 나뭇조각의 애처로운 울림}"를 조합한 구문의 의역이기도 하다. 호리구치 다이가쿠¹⁹¹⁸의 제1연 제3행 "われすでに聞くなり、庭の鋪石の上に^{나 이미 들었다. 뜰의 포석 위에}" 중 '庭の鋪石の上に^{뜰의 포석 위에}'와 제4행 "さびしい響して落つる枯枝を^{쓸쓸한 울림으로 떨어지는 마른 나뭇가지를}"를 조합한 구문의 의역이기도 하다.

제4행 나가이 가후^{1913/1919}의 제1연 제3행의 "われ既に聞いて驚く^{나는 이미 듣고 놀란다}"에 충실

한 번역이다.

제2연

제1행 　호리구치 다이가쿠¹⁹¹⁸의 제2연 제1행 "恨み、憎み、戰慄、怖れ、止むなくもつらき勞働の冬は원망, 증오, 전율, 두려움, 그칠 줄 모르는 괴로운 수고의 겨울은"에 충실한 번역이다.

제2행 　호리구치 다이가쿠¹⁹¹⁸의 제2연 제2행 "今し再びわが身のうちに歸へり來らんとし지금 다시 내 몸 안으로 돌아오려 하고"에 충실한 번역이다.

제3행 　나가이 가후^{1913/1919}의 제2연 제3행 "北極の地獄の日にもたとへなん북극의 지옥의 해에도 비겨도 좋겠다"과 호리구치 다이가쿠¹⁹¹⁸의 제2연 제3행 "極地に於ける太陽に似て극지의 태양처럼" 중 '北極の地獄북극의 지옥'^{永井荷風}, '太陽に似て태양처럼'^{堀口大學} 순으로 발췌하여 조합한 구문에 충실한 번역이다.

제4행 　나가이 가후^{1913/1919}의 제2연 제4행 "わが心は凍りて赤き鐵の破片よ나의 마음은 얼어서 붉은 쇳조각이여"의 의역이다.

제3연

제1행 　호리구치 다이가쿠¹⁹¹⁸의 제3연 제1행 "われ戰慄きつつ一つ一つ落木の一音に耳を傾く나 떨면서 하나씩 떨어지는 나무의 한 소리에 귀를 기울이니"와 제3연 제2행 "斷頭臺建つるもの音も斯は陰慘たることなけん단두대 세우는 소리도 이토록 음산하고 참담하지 않겠다" 중 '落木の一音떨어지는 나무의 한 소리'와 '斷頭臺建つる단두대 세우는'만을 발췌하여 조합한 구문의 의역이다. 또 바바 무쓰오¹⁹¹⁹의 제3연 제1행 "私はわなゝきつゝ 落ちる木片音を聞く나는 떨면서 떨어지는 나뭇조각 소리를 들으며"와 제3연 제2행 "建ちかゝる斷頭臺も これ程鈍くは響くまい세우는 단두대도 이만큼 둔하게 울리지 않겠다" 중 '落ちる木片音떨어지는 나뭇조각 소리'와 '建ちかゝる斷頭臺세우는 단두대'만을 발췌하여 조합한 구문의 의역이기도 하다.

제2행 　호리구치 다이가쿠¹⁹¹⁸의 제3연 제2행 중 'もの音も소리도', '陰慘たる 음산하고 참담한'만을 발췌하고, 제3연 제1행 "われ戰慄きつつ一つ一つ落木の一音に耳を傾く 나 떨면서 하나씩 떨어지는 나무의 한 소리에 귀를 기울이니" 중 'われ戰慄きつつ 나 떨면서', '耳を傾く 귀 기울인다'만을 발췌하여, 'もの音も 소리도', '陰慘たる 음산하고 참담한', 'われ戰慄きつつ 나 떨면서', '耳を傾く 귀 기울인다' 순으로 조합한 구문의 의역이다.

제3행　나가이 가후[1913/1919]의 제3연 제3행 "わが心は重くして疲れざる 나의 마음은 무겁고도 지칠 줄 모르는"와 호리구치 다이가쿠[1918]의 제3연 제3행 "今わが精神は斷間なく打ち下す重き鐵槌の下にくづれ行く塔にも似たり 지금 나의 정신은 간단없이 내리치는 무거운 철퇴 아래에 부서져 가는 탑과도 같다" 중 'わが心は 나의 마음은'와 '疲れざる 지칠 줄 모르는'[永井荷風], '打ち下す 내려치는'[堀口大學] 순으로 발췌하여 조합한 구문의 의역이다. 혹은 호리구치 다이가쿠[1918]의 제3연 제3행의 의역이기도 하다.

제4행　나가이 가후[1913/1919]의 제3연 제4행 "戰士の槌の一擊に崩れ倒るる觀樓かな 전사의 철퇴의 일격에 무너져 쓰러지는 망루일까" 중 '戰士の 전사의'와 호리구치 다이가쿠[1918]의 제3연 제3행 중 "重き鐵槌の下にくづれ行く塔にも似たり 무거운 철퇴 아래에 부서져 가는 탑과도 같다"를 조합한 구문에 대응한다.

제4연

제1행　나가이 가후[1913/1919]의 제4연 제1행과 호리구치 다이가쿠[1918]의 제4연 제1행 "この單調なるもの音にうち搖られつつ 이 단조로운 소리에 흔들리면서" 중 'かかるも 이러한'[永井荷風], "單調なるもの音にうち搖られつつ 단조로운 소리에 흔들리면서"[堀口大學], '何處にか 어디에선가'[永井荷風]만을 발췌하여 조합한 구문에 충실한 번역이다. 또 나가이 가후[1913/1919]의 제4연 제1행 "かかるも懶き音に搖られ、何處にか 이러한 나른한 소리에 흔들리며, 어디에선가"의 의역이기도 하다. 또 바바 무쓰오[1919]의 제4연 제1행 "この單調な打擊に搖られつ、私の耳は 이 단조로운 타격에 흔들리면서 나의 귀는" 중 'この單調な打擊に搖られつ、私の耳は 이 단조로운 타격에 흔들리면서'와 제2행 중 '何處かで 어디에선가'만을 발췌하여 조합한 구문의 의역이기도

하다.

제2행 너울 : '관棺'의 평안도 방언 '널'^{김이협 : 1981}의 이형태 혹은 김억의 입말로 추정된다. 바바 무쓰오¹⁹¹⁹의 제4연 제2행 "何處かでか慌しげに棺に釘を打つ音を聞くやうな氣がする^{어디선가 급하게 관에 못을 박는 소리를 듣는 듯하다}" 중 '何處かでか^{어디에선가}'를 제한 나머지 구문에 충실한 번역이다. 나가이 가후^{1913/1919}의 제4연 제2행 "いとも忙しく柩の釘を打つ如き(…중략…)^{그는 너무도 분주히 관의 못을 박듯이}" 또는 호리구치 다이가쿠^{1918/1919}의 제4연 제2행 "何處にか人ありて急き棺釘する如し^{어디에서 누군가 서둘러 관에 못을 박듯이}"의 의역이기도 하다.

제3행 호리구치 다이가쿠¹⁹¹⁸의 제4연 제3행 "誰が爲の棺ぞ? 昨日夏なりき、さるを今し秋!^{누구를 위한 관? 어제는 여름이고, 그러나 지금은 가을!}" 중 'さるを今し秋!^{그러나 지금은 가을!}'만을 제한 구문의 의역이다. 바바 무쓰오¹⁹¹⁹의 제4연 제3행 "誰のため?—夏は昨日と過ぎ^{누구를 위한? —여름은 어제처럼 지나고}"의 의역이다.

제4행 호리구치 다이가쿠¹⁹¹⁸의 제4연 2행 중 '今し秋^{지금은 가을}'와 나가이 가후^{1913/1919}의 제4연 제4행 "この怪しき聲は宛らに、死せる者送出す鐘と聞かずや^{이 괴이한 소리는 마치 죽은 이 떠나보내는 종소리로 들리지 않는가}" 중 'この怪しき聲は宛らに、死せる者送出す^{이 이상한 소리는 마치, 죽은 이 떠나보내는}'만을 발췌하여 조합한 구문에 충실한 번역이다.

제5행 바바 무쓰오¹⁹¹⁹의 제4연 제4행 "この神秘な物音は 送葬の鐘のやうに響き渡る^{이 신비한 소리는 장례식 종소리처럼 울려퍼진다}" 중 '送葬の鐘のやうに響き渡る^{이 신비한 소리는 장례식 종소리처럼 울려퍼진다}'에 충실한 번역이다.

제2시

제1연

제1행 호리구치 다이가쿠¹⁹¹⁸의 제1연 제1행 "やさしくも美くしき愛人よ、われは愛づ^{다정하고도 아름다운 애인이여, 나는 사랑한다}"와 제2행 "汝が長く切れたる眼の薄みどりなる輝きを^너

의 길고 찢어진 눈동자의 옅은 초록의 반짝임을" 중 'やさしくも美くしき愛人よ다정하고도 아름다운 애인이여', '汝が長く너의 긴'만을 발췌하여 조합한 구문의 의역이다.

제2행   호리구치 다이가쿠[1918]의 제1연 제2행 중 '眼の薄みどりなる輝きを눈동자의 초록의 반짝임을'와 제1행 중 'われは愛づ나는 사랑한다'만을 발췌하여 조합한 구문의 의역이다.

제3행   나가이 가후[1913/1919]의 제1연 제2행은 "いと甘かりし君が姿もなど今日の我には苦き몹시도 달콤한 너의 모습도 오늘 나에게는 쓰고"이다. 호리구치 다이가쿠[1918]의 제1연 제3행은 "されど今日もの皆はわれに苦く、汝が愛情も그러나 오늘 모든 것은 나에게 쓰고, 너의 애정도"이다. 바바 무쓰오[1919]의 제1연 제2행은 "しかし、可愛い女よ、今日は何もかも私には苦い그러나, 사랑스러운 여인이여, 오늘은 어떤 것도 나에게는 쓰다"이다. 이 가운데 'されど그러나'堀口大學 혹은 'しかし그러나'馬場睦夫, 'いと甘かりし君が姿몹시도 달콤한 너의 모습'永井荷風, '汝が愛情너의 애정'堀口大學만을 발췌하여 조합한 구문의 의역이다.

제4행   호리구치 다이가쿠[1918]의 제1연 제4행 "汝が密室も、また汝が暖房も海に照る太陽の價あらず너의 밀실도, 또한 너의 따뜻한 방도 바다에 비치는 태양만 한 값어치도 없다"와 나가이 가후[1913/1919]의 제1연 제4행 "今のわれには海に輝く日に如かず오늘의 내게는 바다에 빛나는 해만 같지 않다" 중 '汝が密室も、また汝が暖房も너의 밀실도, 또한 너의 따뜻한 방도'堀口大學와 '今のわれには오늘의 내게는'永井荷風만을 발췌하여 조합한 구문에 충실한 번역이다. 바바 무쓰오[1919]의 제1연 제3행 중 "あの閨房も圍爐裏も그 방도, 화로도"와 제2행의 "今日は何もかも私には오늘은 모두 나에게는"만을 발췌하여 조합한 구문의 의역으로도 볼 수 있다.

제5행   호리구치 다이가쿠[1918]의 제1연 제4행 중 '海に照る太陽の價あらず바다에 비치는 태양 만한 값어치도 없다' 혹은 나가이 가후[1913/1919]의 제1연 제4행 중 '海に輝く日に如かず바다에 빛나는 해만 같지 않다'의 의역이다. 또 바바 무쓰오[1919]의 제1연 제4행 "海に輝く太陽の光には比べられない바다에 빛나는 태양 빛에는 비길 수 없다"의 의역으로도 볼 수 있다.

제2연

제1행 호리구치 다이가쿠[1918]의 제2연 제1행 "さはれわれを愛せよ、おおやさしき心よ그러나 나를 사랑하여라, 오오 다정한 마음이여"에 충실한 번역이다.

제2행 호리구치 다이가쿠[1918]의 제2연 제2행 "忘恩の子にも、惡しきものにも、母の如かれ은혜 잊은 아이에게도, 나쁜 이에게도, 어머니처럼 하여라"의 의역이다.

제3행 뉘이 : '누이姊'의 평안북도 방언 '뉘뉘'[김이협 : 1981; 김영배 : 1997]의 이형태, 혹은 김억의 입말로 추정된다. 호리구치 다이가쿠[1918]의 제2연 제3행 "戀人たるも、姉たるも、かにかくに光輝に滿つる연인에게도, 누이에게도, 어찌하든 광휘로 가득한"와 제2연 제4행 "秋の如く或は夕陽の如く束の間はやさしさたれ가을처럼 또는 석양처럼 잠깐은 다정하여라" 중 '秋の如く가을처럼'만을 발췌하여 조합한 구문의 의역이다.

제4행 호리구치 다이가쿠[1918]의 제2연 제4행 "秋の如く或は夕陽の如く束の間はやさしさたれ가을처럼 또는 석양처럼 잠깐은 다정하여라" 중 "或は夕陽の如く束の間はやさしさたれ또는 석양처럼 잠깐은 다정하여라"의 의역이다.

제3연

제1행 호리구치 다이가쿠[1918]의 제3연 제1행 "短き人の生命や! 墓ぞ待つ、墓は飽くなし짧은 사람의 생명이여! 무덤은 기다린다, 무덤은 질리지도 않는다"를 '人の生命사람의 생명'(은), '短き'+'や!짧아라', '飽くなし질리지도 않는', "墓ぞ待つ무덤은 기다린다" 순으로 도치한 후 조합한 구문에 충실한 번역이다.

제2행 나가이 가후[1913/1919]의 제3연 제2행 "ああ君が膝にわか額を押當てて아아, 너의 무릎에 내 이마를 대고"에 충실한 번역이다. 호리구치 다이가쿠[1918]의 제3연 제2행의 "ああ! 汝が膝に額うづめつつ아아! 너의 무릎에 이마를 파묻고"의 의역이기도 하다.

제3행 나가이 가후[1913/1919]의 제3연 제3행 "暑くして白き夏の昔を嘆き덥고 흰 여름의 지난날을 한탄하며"의 의역이다.

제4행 호리구치 다이가쿠[1918]의 제3연 제4행 "黄色くもやさしき秋の光を味はしめよ누렇고 다사로운 가을빛을 음미하여라"의 의역이다. 또 나가이 가후[1913/1919]의 제3연 제4행 "軟くして黄き晩秋の光を味はしめよ연약하고 누런 늦가을의 빛을 음미하라"의 의역이기도 하다.

해설

김억의 「가을의 노래」의 주된 저본은 나가이 가후永井荷風:1913와 호리구치 다이가쿠堀口大學:1918의 「秋の歌가을의 노래」이다. 이 중 전자는 이쿠다 슌게쓰生田春月:1919에도 수록되어 있다. 이외 김억은 바바 무쓰오馬場睦夫:1919의 「秋の歌가을의 노래」도 부분적으로나마 저본으로 삼았다. 보들레르의 원시의 번역은 시릴 스코트Cyril Scott:1909에도 수록되어 있지만 김억은 이것을 저본으로 삼지 않았다. 한편 F. P. 스트럼Sturm:1906에는 보들레르의 이 시가 수록되어 있지 않다. 김억으로서는 나가이 가후[1913/1919], 호리구치 다이가쿠[1918] 그리고 바바 무쓰오[1919] 등 일역시만으로도 이미 세 가지 선례가 있는 만큼, 이들을 대조·비교하여 특유의 고쳐 쓰기의 방식으로 보들레르의 이 시를 옮겼다.

이 김억 나름의 고쳐 쓰기에서 우선 눈길을 끄는 것은 제1시 제1연 제3행의 '나무닙', 제3연의 '落葉', 그리고 제4연의 '너울', 즉 관으로 이어지는 이미지군群이다. 김억은 이 시의 제재가 조락의 계절인 가을인 만큼 일역시의 '木片'나가이 가후:1913, 바바 무쓰오:1919, '枯枝'와 '落木'호리구치 다이가쿠:1918은 어울리지 않는다고 판단하여, '나무닙'과 '落葉'으로 옮겼을 터이다. 하지만 보들레르의 원시에서 제1시의 제1연의 나뭇조각bois이 떨어지는 소리는 그보다 큰 장작bûche이 떨어지는 소리로, 또 관cercueil에 못질하는 소리로 점점 크고 무서워진다. 이 소리들은 시적 화자에게 불안과 공포를 점증시키며 영육의 죽음을, 어쩌면 새로운 시작départ을 예고한다. 또 제1시의 나뭇조각과 장작은 제2시 제1연의 난로âtre와, 제1시의 관은 당연히 제2시 제4연의 무덤tombe과 대위법적으로 조응한다.

따라서 김억의 '나무닙'이나 '낙엽'으로는 보들레르의 원시와 일역시들의 이미지군과 점증하는 불안과 공포, 특히 제1시와 제2시의 대응이 온전히 드러나지 않는다. 또 이로 인해 제1

시의 제2연의 지옥 같은 극지의 태양le soleil dans son enfer polaire , 얼어붙은 붉은 덩어리bloc rouge et glacé 같은 시적 화자의 마음을 제2시 제2연에서 연인이자 누이인 대상에게 어머니와 같은, 가을 석양의 짧은 감미로움la douceur éphémère 같은 마음으로 사랑해 달라는 시적 화자의 간절함도 반감되고 만다. 사실 보들레르의 원시가 그의 연인 마리 도브렁Marie Daubrun을 향한 것이고 보면 그것은 보다 분명해진다.Claude Pichois : 1975, 934; Claude Pichois & Jean-Paul Avice : 2002, 144

보들레르의 원시의 배경은 물론 그의 시풍, 나아가 프랑스 현대시의 수사나 작시법에 익숙하지 않았을 비서구 식민지 문학청년인 김억이 원시의 시안詩眼을 간파하기란 무리였을 수도 있다. 더구나 김억이 보들레르의 원시를 열람하지 못했던 사정을 염두에 두고 보면 더욱 그러하다. 그러나 일역시의 선례들이 있음에도 불구하고 김억이 굳이 '나무닙'과 '落葉'을 선택했다는 것은 그의 오역도김용직 : 1967, 559~561, 개성적 해석도 아닌 가을에 대한 그의 자동화된 반응의 결과처럼 보인다. 만약 김억이 이것도 '창작적 무드'의 번역에 해당한다고 여겼다면, 그 함의를 비판적으로 따져 밝힐 수밖에 없다.

한편 보들레르의 이 시는 베를렌의 「가을의 노래」, 구르몽의 「가을의 짜님」과 「가을의 노래」, 알베르 사맹의 「가을」을 이어 『오뇌의 무도』 각 장마다 등장하는 '가을'을 제재로 한 작품군의 일부이다. 이 작품군에는 장 모레아스의 「가을은 쏘다시 와서」, 앙드레-페르디낭 에롤의 「가을의 애달픈 笛聲」, 루이 망댕의 「가을 저녁의 黎明」, 로만로마노 프렌켈의 「가을의 노래」까지도 포함된다. 이외 '황혼', '낙엽' 등 연관 제재까지 포함하면, 『오뇌의 무도』는 '가을'의 정조, 이를테면 조락과 상실의 정서를 주조로 하는 시집이라고 해도 과언이 아니다. 그중에서도 보들레르의 이 시는 베를렌의 「가을의 노래」에도 영감을 준 작품으로 알려져 있다.

悲痛의 煉金術。[1]

1 초판과 재판의 목차에는 "悲痛의 鍊金術".

2 재판에는 "그대에게 입혀다".

3 재판에는 "그대는 나를 가장".

4 재판에는 "黃金을 鐵로".

5 재판에는 '사랑스럽은'.

6 재판에는 "諸神의 使者。".

7 재판에는 "만지기만 하면 黃金으로 變케하는힘이 잇는것".

「自然」이여! 하나는 熱情으로 그대를 빗내이며、

다른 하나는 喪服을 그대에게 입혀라[2]、

하나에게는「무덤」!을 말하며、

다른 하나에겐「生命과光輝」!를 말하여라。

나를 돕기도하며、나를 恒常놀내게도 하는

未知의 나의 헤르메쓰여、

그대는、나를가장[3] 불상한 煉金術使。

마이다王 과갓치 만들어 주어라。　　　　　　【초114, 재141】

그대를 위하야는 나는 黃金을 鐵로[4]、

極樂을 地獄으로、變하게하고

雲霧의 壽衣안에、

사랑스러운[5] 死體를 차자내여、　　　　　　　【초114, 재142】

天上의 바다가에

나는 큰 무덤을 세우노라。

註 x 헤르메쓰(Hermes) 諸神의 使者、[6]

　　xx 마이다(Midas)王은 무엇이든지 손으로 만지기만하면 黃金으로 變케하는 힘이 잇는것[7]。　　　　　　　　　　　　　　　　【초115, 재142】

悲痛の煉金術[†]

馬場睦夫

[†] ボオドレエル, 馬場睦夫 譯, 『悪の華』, 東京 : 洛陽堂, 1919, 125~127면.

『自然』よ！あるものは その熱情でお前を輝かし、

あるものは その喪服をお前に着せる、

甲のものには「墓」！と云ひ、

乙のものには「生命」！「光輝」！とお前は云ふ。

私を幇助け、また常に私を脅かす

不知のヘルメス*よ、

お前は私を 最も哀れな煉金術使、

かのマイダ王**と等しきものとする。

お前のために 私は黄金を鐵に、

極樂を地獄と變じ、

雲霧の屍衣の中に

懷かしい死屍を見出し、

天上の濱邊に

私は大きな墳墓を建てる。

（* ギリシヤ神話に云ふヘルメス（英、ハーミーズ Hermes）は諸神

の使者にして、又商業、發明、體操等の神、盜人、旅人等の守り神なり。

※※ 希臘神話、phrygiaの王、酒の神ダイオニソスより、手に觸れしものは悉く黃金に化する力を得、然るに何物をも金に化する處より、彼の食物も金に化して困却せりと。譯者)

THE ALCHEMY OF GRIEF[†]

John Collings Squire

† Charles Baudelaire, John Collings Squire trans., "Blossoms of Evil", *Poems and Baudelaire Flowers*, London : New Age Press Ltd., 1909, p.72.

One, Nature! burns and makes thee bright,

One gives thee weeds to mourn withal ;

And what to one is burial

Is to the other life and light.

The unknown Hermes who assists

And alway fills my heart with fear,

Makes the mighty Midas' peer

The saddest of the alchemists.

Through him I make gold changeable

To dross, and paradise to hell ;

Clouds for its corpse-cloths I descry.

A stark dead body I love well,

And in the gleaming fields on high

I build immense sarcophagi.

ALCHIMIE DE LA DOULEUR[†]

† Charles Baudelaire, "Spleen et Idéal", *Œuvres complètes I : Les Fleurs du Mal(3ᵉ éd.)*, Paris : Michel Lévy frères, 1868, p.206.

John Collings Squire

L'un t'éclaire avec son ardeur,

L'autre en toi met son deuil, Nature !

Ce qui dit à l'un : Sépulture !

Dit à l'autre : Vie et splendeur !

Hermès inconnu qui m'assistes

Et qui toujours m'intimidas,

Tu me rends l'égal de Midas,

Le plus triste des alchimistes ;

Par toi je change l'or en fer

Et le paradis en enfer ;

Dans le suaire des nuages

Je découvre un cadavre cher,

Et sur les célestes rivages

Je bâtis de grands sarcophages.

재판 이외 없음.

주석

제1연

제1행 바바 무쓰오馬場睦人 : 1919의 제1연 제1행 "『自然』よ！あるものは その熱情でお前を輝かし '자연'이여! 어떤 것은 그 열정으로 너를 빛나게 하고"에 충실한 번역이다.

제2행 바바 무쓰오1919의 제1연 제2행 "あるものは その喪服をお前に着せる어떤 것은 그 상복을 너에게 입히는"의 의역이다.

제3행 바바 무쓰오1919의 제1연 제3행 "甲のものには「墓」！と云ひ어떤 것에는 '무덤'!이라고 하고"의 의역이다.

제4행 바바 무쓰오1919의 제1연 제4행 "乙のものには「生命」！「光輝」！とお前は云ふ다른 것에는 '생명'! '광휘'!라고 너는 말한다"의 의역이다.

제2연

제1행 바바 무쓰오1919의 제2연 제1행 "私を幇助け、また常に私を脅かす나를 도우며, 혹은 항상 나를 위협하는"의 의역이다.

제2행 바바 무쓰오1919의 제2연 제2행 "不知のヘルメスよ알지 못할 헤르메스여"의 의역이다.

제3행 바바 무쓰오1919의 제2연 제3행 "お前は私を 最も哀れな煉金術使너는 나를 가장 불쌍한 연금술사"에 충실한 번역이다.

제4행 바바 무쓰오1919의 제2연 제4행 "かのマイダ王と等しきものとする저 미다스 왕과 꼭 같은 이로 삼는다"의 의역이다.

제3연

제1행　바바 무쓰오[1919]의 제3연 제1행 "お前のために 私は黄金を鐵に 너를 위하여 나는 황금을 철로"에 충실한 번역이다.

제2행　바바 무쓰오[1919]의 제3연 제2행 "極樂を地獄と變じ 극락을 지옥으로 변하게 하고"에 대응한다.

제3행　바바 무쓰오[1919]의 제3연 제3행 "雲霧の屍衣の中に 구름과 안개의 수의 안에서"에 충실한 번역이다.

제4연

제1행　바바 무쓰오[1919]의 제4연 제1행 "懷かしい死屍を見出し 그리운 주검을 찾아내어"의 의역이다.

제2행　바바 무쓰오[1919]의 제4연 제2행 "天上の濱邊に 천상의 바닷가에"에 대응한다.

제3행　바바 무쓰오[1919]의 제4연 제3행 "私は大きな墳墓を建てる 나는 큰 무덤을 세운다"에 대응한다.

역자 주

제1행　바바 무쓰오[1919]의 주석 '＊'의 "ギリシヤ神話に云ふヘルメス(英、ハーミーズ Hermes)は諸神の使者にして、又商業、發明、體操等の神、盜人、旅人等の守り神なり 그리스 신화에서 말하는 헤르메스(영, 허미즈[Hermes])는 모든 신의 사자(使者)로서, 또 상업, 발명, 체조 등의 신, 도둑, 여행객 등의 수호신이다"의 발췌역이다.

제2행　바바 무쓰오[1919]의 주석 '＊＊'의 "希臘神話、phrygiaの王、酒の神ダイオニソスより、手に觸れしものは悉く黄金に化する力を得、然るに何物をも金に化する處より、彼の食物も金に化して因却せりと。譯者 그리스 신화. 프리지아의 왕. 술의 신 디오니소스에게서 손에 닿는 것이라면 모두 황금으로 변하게 하는 힘을 얻음. 그래서 무엇이든 금으로 변하게 하여, 그의 음식도 금으로 변하게 해 버렸다고 한다. 번역자"의 발췌역이다.

김억의 「悲痛의 煉金術」의 저본은 바바 무쓰오馬場陸夫 : 1919의 「悲痛の煉金術비통의 연금술」이다. 보들레르의 이 시는 근대기 일본에서 바바 무쓰오1919 이외 번역의 사례가 발견되지 않는다. 또 F. P. 스트럼Sturm : 1906과 시릴 스코트Cyril Scott : 1909에도 수록되어 있지 않다. 다만 J. C. 스콰이어John Collings Squire : 1909에는 수록되어 있지만, 김억이 이것을 열람하거나 저본으로 삼은 것 같지는 않다. 따라서 김억이 보들레르의 원시를 저본으로 삼지 않는 한, 바바 무쓰오1919가 유일한 저본이었다고 하겠다.

그런데 바바 무쓰오1919는 보들레르의 원시가 아닌 J. C. 스콰이어1909를 저본으로 삼았을 가능성이 크다. 앞서 「"쌘드레르의 詩" 장에 대하여」에서 거론한 바와 같이 바바 무쓰오1919는 칼망 레비Calmann-Lévy사 판 보들레르 전집1968의 체제를 따르되, 사실상 F. P. 스트럼1906, 시릴 스코트1909 등의 영역시집들에 수록된 작품 목록을 벗어나지 않는다. 따라서 이 「悲痛の煉金術비통의 연금술」 만큼은 여느 작품들과 달리 오로지 보들레르의 원시만을 저본으로 삼아 옮겼다고 볼 수 없다. 만약 바바 무쓰오1919의 저본이 J. S. 스콰이어1909라면 김억의 「悲痛의 煉金術」은 삼중역인 셈이다.

어쨌든 보들레르의 이 시의 핵심은 제2연의 헤르메스Hermes와 미다스Midas이다. 헤르메스가 화자인 '나'를 미다스와는 다른 고통의 연금술사로 만들었기 때문이다. 이때 헤르메스란 바바 무쓰오1919의 주석 그대로 고대 그리스 신화의 제신 중 하나라기보다는 고대 그리스 신화의 변형인 고대 근동의 연금술사의 신 헤르메스Hermes Trismegistus에 가까워 보인다.William Smith : 1895, 361~362; Antoine Faivre : 1995 그런 헤르메스 신으로 인해 '나'는 미다스만도 못한, 금을 쇠붙이로 만들어 놓고 천국을 지옥으로 바꾸는 저주를 받았다. 연금술이라는 남다른 능력이 저주인 '나'란 꼭 '저주받은 시인Les Poètes maudits'만 같다. 그런 '나'에게 시 창작이란 형태 없는 관념, 영혼le suaire des nuages[구름의 수의]을 살아 있는 육체가 아닌 시신으로 형상화하고 기념하는grands sarcophages[거대한 석관] 일이기 때문이다.Claude Pichois : 1975, 983 화자 '나'에게 이 저주란 결코 비참하지만은 않은데, 저주받은 시인의 자리가 바로 천상의 해변les célestes rivages이기 때문이다.

그런데 바바 무쓰오[1919]의 주석도 보들레르 원시를 이해하는 데에 부족하지만, 그마저도 온전히 옮기지 않은 김억의 주석은 더욱 그러하다. 그러나 이를 두고 두 번역자의 수완의 모자람을 탓하는 일은 무의미하다. 저 유럽의 프랑스와 달리 일본, 더욱이 일본의 식민지 조선에서 그리스 신화와 상징의 의미를 온전히 이해하고 보들레르의 시를 해석하는 일은 불가능에 가깝기 때문이다. 특히 J. C. 스콰이어[1909]를 거쳐 보들레르의 이 시를 옮겨야 했을 바바 무쓰오[1919]로서는, 또 그런 바바 무쓰오[1919]를 통해 보들레르의 시 시의 의미를 나름대로 해석하고 옮겨야 했을 김억으로서는 더욱 그러할 수밖에 없다.

우에다 빈[上田敏 : 1905/1919]에도, 나가이 가후[永井荷風 : 1913]에도, 호리구치 다이가쿠[堀口大學 : 1918/1920]에도 보들레르의 이 시는 수록되지 않았다. 그러나 바바 무쓰오는 이 시야말로 보들레르의 미학을 일목요연하게 드러낸다고 보아 이 시를 옮겼을 것이다. 김억 역시 사정은 다르지 않을 것이다. 그래서 바바 무쓰오와 김억은 물론 어쩌면 이들을 통해 보들레르의 시를 접했을 동시대 독자들에게 저 프랑스의 현대시는 물론 프랑스, 현대시란 신기루와 같았을 것이다. 그리고 김억과 비서구 식민지 조선의 문학청년들에게 그것은 더욱 아득한 '환[幻]'이었을 터이다.

이 옛츠의 詩[1]

아름답은[2] 온갖것은 가고말아라
물결처럼 흘너가고 올줄 몰나라.

이 옛츠   【초117, 재143】

이리도 다사롭고 이리도 고흔詩를[3] 모하서는
나의벗 高敬相에게 들이노라.[4]   【초118, 재144】

1 윌리엄 버틀러 예이츠(William
   Butler Yeats, 1865~1939, 아일
   랜드).

2 재판에는 '아름납은'. 재판의
   '아름납은'은 '아름답은'의 오
   식으로 보인다.

3 재판에는 "곱은詩를".

4 재판에는 "바람결갓치 써도는
   나의벗 高敬相에게 들이노라.".
   고경상(高敬相, 생몰년도 미
   상)은 이 번역시집을 간행한 광
   익서관(廣益書舘)의 주인이다.

"이옛츠의 詩" 장에 대하여

이 장은 영국의 상징파와 아방가르드avant-garde 시는 물론 영국 문학을 대표하는 아일랜드 출신의 시인 윌리엄 버틀러 예이츠William Butler Yeats, 1865~1939의 시 7편을 수록하고 있다. 이 중 대부분이 예이츠의 시집『갈대밭의 바람The Wind among the Reeds』1899에 수록된 작품들로서, 특히 이 시집은 프랑스 상징주의의 영향을 받은 것으로 평가받기도 했다.Edmund Wilson : 1931『오뇌의 무도』초판 당시 이 장에는 총 6편이 수록되었으나, 재판에는 「버들동산Down by the Salley Gardens」 한 편이 추가되었다. 김억이『오뇌의 무도』초판 이전 발표한 예이츠의 시는「쑴」『태서문예신보』제11호, 1918.12.14, 「낙엽落葉」『폐허』, 창간호, 1920.7, 「술노래」『창조』제7호, 1920.7 등 모두 세 편이다. 나머지 작품들은『오뇌의 무도』초판과 재판에서 처음으로 발표했다. 즉 김억은 베를렌 등 프랑스 시인들에게 매료되어 있던 시기 이미 예이츠에 대해서 알고 번역까지 했던 것이다.

김억은 이 장을 엮으면서 산구 마코토山宮允, 1890~1967의『역주 현대영시초譯註 現代英詩鈔』1917, 고바야시 아이유小林愛雄, 1881~1945의『근대사화집近代詞華集』1912・『현대만엽집現代萬葉集』1916・『근대시가집近代詩歌集』1918을 주된 저본으로 삼았다. 또 부분적으로 구리야가와 하쿠손厨川白村, 1880~1923의『근대문학십강近代文學十講』1912, 사이조 야소西條八十, 1892~1970의 번역시 엔솔러지『백공작白孔雀』1920도 저본으로 삼았다. 이 중 산구 마코토, 고바야시 아이유, 구리야가와 하쿠손의 번역시들은 진작부터 저본으로 추정되기도 했다.Kebin O'Rouke : 1984, 김용권 : 2013 또 산구 마코토와 고바야시 아이유의 번역시 중 일부는 이쿠다 슌게쓰生田春月, 1892~1930의『태서명시명역집泰西名詩名譯集』1919에도 수록되어 있었다.

구리야가와 하쿠손, 산구 마코토, 사이조 야소는 당시 일본에서 예이츠를 위시한 아일랜드 시를 적극적으로 번역하고 연구하던 이들이었다. 이 중 산구 마코토의『역주 현대영시초』는 근대기 일본에서 나름의 영국문학의 정전이 구성되던 가운데 동시대 아일랜드 포함되던 장면을 고스란히 드러낸다. 김억이 이들의 번역시 엔솔러지와 저작들을 저본으로 삼았다는 것은 근대기 일본 영문학의 아일랜드 열熱이 식민지 조선에도 미쳤음을 시사한다. 또 산구 마코토의 엔솔러지는 엄밀히 말하면 당시 대학의 영문학 교재로 편찬한 영일 대역 엔솔러지이다. 그래서 김억으로서는 예이츠의 원시와 번역의 선례는 물론 간단한 주석까지 참조할 수 있는 가장 신뢰할 만한 저본이었다. 더구나 산구 마코토의 대역 엔솔러지는 예이츠 이외 영국과 아일랜드의 현대시들을 수록하고 있다. 이로써 김억의 영문학 수용의 경로와 범위까지 짐작할 수 있다.

한편 김억은 그와 동시대 문학청년들의 신문학 교과서였던 구리야가와 하쿠손의 『근대문학십강近代文學十講』1912, 이와노 호메이岩野泡鳴, 1873~1920가 번역한 아서 시먼스의 『표상파의 문학운동表象派の文學運動, 원제 : The Symbolist Movement in Literature』1913 그리고 사토 요시스케佐藤義亮, 1878~1951와 신쵸사新潮社가 펴낸 『신문학백과정강新文學百科精講』1914류의 책을 통해서 예이츠의 존재를 알게 되었던 것으로 보인다. 이 중 『신문학백과정강』에는 예이츠를 영국의 신낭만주의, 특히 프랑스 상징주의와 데카당티슴의 영향을 받은 작가로 소개하고 있기도 했다.佐藤義亮 : 1914, 559 그런가 하면 가타카미 노부루片上伸, 1884~1928의 『생의 요구와 문학生の要求と文學』1913에 수록된 「예이츠론イエーツ論」을 통해 예이츠의 문학세계에 대한 지식을 얻었다. 특히 김억의 예이츠 관련 논설은 가타카미 노부루의 「예이츠론」에 빚진 바가 매우 크다.

『오뇌의 무도』의 다른 장들과 마찬가지로, 이 장에서도 김억은 그저 일본어 텍스트를 조선어로 옮겨 놓는 단순한 방식으로 예이츠를 옮기지 않았다. 김억은 근본적으로 영시 원문을 참조하면서도 정작 주된 어휘 표현과 문형은 산구 마코토 등의 일본어 번역시들을 따르는 방식으로 중역했다. 특히 김억의 「낙엽落葉」은 그가 서문에서 말한 이른바 '자전字典과의 씨름'의 구체적 양상을 고스란히 드러낸다.

『오뇌의 무도』 재판 이후에도 김억은 『개벽』1924과 『조선문단』1925에도 예이츠 시를 지속적으로 개역改譯해갔을 뿐만 아니라, 모두 6편의 예이츠 시를 더 번역했다. 김억은 『오뇌의 무도』 재판 이후에도 일부 작품을 지속적으로 개역했지만, 『오뇌의 무도』에 수록한 작품 수에 필적할 만큼의 새로운 작품을 번역한 사례는 예이츠가 유일하다. 이것은 근본적으로 예이츠의 노벨문학상 수상1923과도 관계가 있겠지만, 예이츠에 대한 김억의 깊은 관심을 드러내기도 한다.

한편 김억은 이 장에 '나의 벗'이라고 칭한 출판인 고경상高敬相에 대한 헌사獻辭를 적어 두었다. 『오뇌의 무도』 초판을 출판한 광익서관廣益書館은 바로 고경상이 운영하던 출판사였다. 고경상은 『학지광』지의 판매, 『창조』1919~1921지와 『폐허』1920~1921 등 동인지들의 발간 활동을 지원하기도 했고, 이광수의 소설 『무정』1918을 간행하는 등, 한국근대문학 형성기의 후원자 역할을 담당했다. 그러한 고경상의 광익서관은 동인지시대 문학청년들의 사랑방이기도 했다.

고경상은 『오뇌의 무도』를 출판할 당시에도 김억에게 상당한 인세를 지불했던 것으로 알려져 있다. 김억은 이 장만이 아니라 서문에도 고경상에게 감사를 뜻을 적었던 만큼, 고경상을 각별히 여기고 있었던 것으로 보인다. 김동인의 회고에 따르면 고경상은 영리자營利者로서는 외도에 해당하는 '문학 옹호'를 하다가 결국 서점 문을 닫고서는 한동안 상해上海, 북경北京 등지를 유랑하다가 1930년경 귀국했다고 한다.김동인: 1983. 281~282 김억이 이 재판의 사사에서 고경상을 두고 "바람같이 떠도는 나의 벗"이라고 한 것은 그러한 사정과 관련 있는 것으로 보인다.

꿈。

「내가 만일[1] 光明의

黃金、白金으로[2] 짜아내인

하늘의 繡노흔옷[3]、

날과밤、[4] 또는 저녁의

프르름、어스렷함、그리하고 어두움의[5]

물들인옷을[6] 가젓슬지면、

그대의 발아레 페노흘려만[7]、

아々 가난하여라、내所有란 꿈박게업서라[8]、

그대의발아레[9] 내쑴을 페노니、

나의생각가득한 꿈우를[10]

그대여、가만히 밟고지내라[11]。

【초119, 재145】

1　재판에는 "만일에 내가".

2　재판에는 "黃金과 白金으로".

3　재판에는 "하늘의 繡노흔옷".

4　재판에는 "날과밤의".

5　재판에는 "프르름바、어스렷함、그리하고 어둡음의". 재판의 '프르름바'는 '프르름과'의 오식으로 보인다.

6　재판에는 "물들인 옷을".

7　재판에는 "발아레에페노흐러만".

8　재판에는 "아々 나는 가난하야 所有란 꿈밧게 업노라".

9　재판에는 "그대의 발아레에".

10　재판에는 "네쑴우를 밟으실랴거든、".

11　재판에는 "곱게도가만히밟으라".

이옛츠의詩

無題[†]

厨川白村

[†] 厨川白村, 「第十講 非物質主意
の文藝(其二)」, 『近代文學十
講』, 東京: 大日本圖書, 1912,
520~521면; 『英詩選釋(第
1卷)』, 東京: アルス, 1922,
54~55면. 구리야가와 하쿠손
은 이 번역시를 「戀と夢(사랑
과 꿈)」이라는 제목으로 1905
년 『明星』 제6호(東京新詩社,
1905.6)에 발표했다. 또 『英詩
選釋』 소재의 번역시는 원시와
마찬가지로 연의 구분이 없다.

光明の、

こがね白がね織りなせる、

あまつみそらの繡衣

白晝と夜とたそがれの、

碧や、うすずみ、ぬばたまの、

染めわけ衣われ持たば、

君が裳裾のしたにこそ、

敷かましものをかひなしや。

われの夢路を通ふ君、

み足のもとのこの敷裳、

われのおもひの夢なるを、

やをら行きませ、夢のうへ。

天津み空の刺繡布[†]

山宮允

[†] 山宮允, 「ウイルヤム・バトラー・イェーツ」, 『譯註 現代英詩鈔』, 東京 : 有朋館書店, 1917, 119면.

もしわれに金銀織りなせる

天津み空の刺繡布、

夜畫及びたそがれの

靑や薄黑また烏雨玉の布あらば、

その布を君が足もとにひろげむ。

ああされどわれは貧しく、唯我が夢のあるばかり、

我夢をひろげぬ君が足もとに、

君よわが夢踏むからは柔らにこそは踏みたまへ。

夢[†]

小林愛雄

[†] 小林愛雄 譯, 『近代詞華集』, 東京 : 春陽堂, 1912, 6~7면; 小林愛雄・佐武林藏 譯, 『近代詩歌集』, 東京 : 佃堂書肆, 1918, 95면.

もしやわれ、こかねしろがね

縫箱ある天の衣もたば

暗の夜の布、光の青衣

微光をぐらき衣を

汝が足のもとにひろげむ、

ああさはれまづしいやわれは、

ただ夢をひろげむ君が

足元に、

君やわが夢ふむからは

靜かにも踏め。

HE WISHES FOR THE CLOTHS OF HEAVEN [†]

Had I the heavens embroidered cloths,

Enwrought with golden and silver light,

The blue and the dim and the dark cloths

Of night and light and the half light,

I would spread the cloths under your feet :

But I, being poor, have only my dreams;

I have spread my dreams under your feet;

Tread softly because you tread on my dreams.

[†] 山宮允, 「ウイルヤム・バトラー・イエーツ」, 『譯註 現代英詩鈔』, 東京 : 有朋館書店, 1917, 118면; 厨川白村, 『近代文學十講』, 東京 : 大日本圖書, 1912, 520면; 『英詩選釋 (第1卷)』, 東京 : アルス, 1922, 13면. William Butler Yeats, "Aedh Wishes For The Cloths Of Heaven", *The Wind Among the Reeds*, London : Ekin Mathews 1899, p.60; "The Wind among the Reeds", *The Poetical Works of William B. Yeats (Volume I — Lyrical Poems)*, New York : The Macmillan Company & London : Macmillan & Co. Ltd., 1906/1920, p.272; "The Wind among the Reeds", *The Collected Works in Verse and Prose of William Butler Yeats (Vol.1)*, Stratford-on-Avon : Imprinted at the Shakespeare Head Press, 1908, p.39.

첫 번째 번역은 「꿈」, 「동서시문집」, 『태서문예신보』 제11호, 1918.12.14.

네 번째 번역은 제목 없이 「예이츠의 연애시^{戀愛詩}」, 『조선문단』, 1925.7에 수록되었다.

주석

제1연

제1행　「꿈」¹⁹²⁵은 "만일에 내가 光明의"이다. 산구 마코토^{山宮允 : 1917}의 제1행 "もしわれに金銀織りなせる^{만약 나에게 금과 은으로 짜낸}", 고바야시 아이유^{小林愛雄 : 1912/1918}의 번역시 제1행 "もしやわれ、こがねしろがね^{만약 내가, 금과 은}", 구리야가와 하쿠손^{廚川白村 : 1912}의 제1연 제1행 "光明の^{광명의}" 중 'もしわれに^{만약 나에게}山宮允' 혹은 'もしやわれ^{만약 내가}小林愛雄', '光明の^{광명의}廚川白村'만을 발췌하여 조합한 구문에 충실한 번역이다.

제2행　「꿈」¹⁹¹⁸은 "黃金、白金으로 짜아닌인", 「꿈」¹⁹²⁵은 "黃金과白金으로 짜내여"이다. 예이츠의 원시 제2행 "Enwrought with golden and silver light"를 염두에 두되, 구리야가와 하쿠손¹⁹¹²의 제1연 제2행 "こがね白がね織りなせる^{금과 은으로 짜낸}", 산구 마코토¹⁹¹⁷의 제1행 중 '金銀織りなせる^{금과 은으로 짜낸}'의 어휘 표현과 문형을 따른 의역이기도 하다. 고바야시 아이유^{1912/1918}의 제1행 중 'こがねしろがね^{금과 은}'와 제2행 "縫箱ある天の衣もたば^{수놓은 하늘의 옷 가졌다면}" 중 '縫箱ある^{수놓은}'만을 발췌하여 조합한 구문의 의역으로도 볼 수 있다. 김억은 일역시에 공통된 아어^{雅語}인 'こがね白がね^{금과 은}'의 뜻은 모른 채 'がね'의 반복을 염두에 두고 '황금'과 '백금'으로 옮긴 것으로 판단된다. 참고로 후나오카 겐지^{船岡獻治 : 1919}에는 'コガネ'를 '황금'으로, 'シロガネ'를 "「銀」의 一名"으로 풀이한다.

제3행　「꿈」¹⁹¹⁸은 "하늘의 繡노흔옷", 「꿈」¹⁹²⁵은 "하늘의繡노흔옷이나"이다. 구리야가와 하쿠손¹⁹¹²의 제1연 제3행 "あまつみそらの繡衣^{하늘의 수놓은 옷}"에 대응한다. 산구 마코토¹⁹¹⁷의 제3행 "天津み空の刺繡布^{하늘의 수놓은 옷감}"에 충실한 번역이기도 하다.

제4행 「꿈」¹⁹¹⁸은 "날과밤、쏘는 져녁의"、「꿈」¹⁹²⁵은 "날과밤과 저녁의"이다. 구리야가와 하쿠손¹⁹¹²의 제1연 제4행 "白晝と夜とたそがれの^{낮과 밤과 해질녘의}", 산구 마코토¹⁹¹⁷의 제3행 "夜晝及びたそがれの^{밤과 낮 그리고 해질녘의}"에 충실한 번역이다.

제5행 「꿈」¹⁹¹⁸은 "프름、아득함、쏘는어두움의"、「꿈」¹⁹²⁵은 "프르며、어스렷하고 어둡음의"이다. 예이츠의 원시 제3행 "The blue and the dim and the dark"에 충실한 번역이다. 한편 구리야가와 하쿠손¹⁹¹²의 제1연 제5행 "碧や、うすずみ、ぬばたまの^{푸름과、거무스름함、검음}"의 의역으로도 볼 수 있다. 산구 마코토¹⁹¹⁷의 제4행은 "靑や薄黑また烏羽玉の布あらば^{푸름、옅은 검정 또는 검은 옷감이 있다면}"이다. 참고로 간다 나이부^{神田乃武 : 1915}에는 'dim'을 "薄明キ^{옅은 어둠}、ホノクラ^{옅은 어둠}"、"カスメル^{흐리게 하다}、カスナル^{희미하다}、朦朧タル^{흐릿하다}"로、사이토 히데사부로^{齋藤秀三郎 : 1918}에는 'dim'을 '霞_かすむ'와 '曇_くもる^{흐리다}'로 풀이한다. 또 후나오카 겐지¹⁹¹⁹에는 '霞_{カスム}'는 '어린다'、"흐려진다。침침하야진다"로、'曇_{クモル}'는 "흐린다。그늘낀다"、"울침하야진다。얼버무러진다"、"마암이울침하야진다"로 풀이한다. 한편 표제어 'ぬばたまの'와 풀이는 수록되어 있지 않고、흔히 검음・밤・어두움・꿈 등을 수식하는 와카^{和歌}의 관습적 수식어^{枕詞、마쿠라고토바}인 'ウバタマ^{烏羽玉}'는 "사탕붓친엿"으로 풀이한다.

제6행 「꿈」¹⁹¹⁸은 "물들인옷을 가젓다ㅎ면"、「꿈」¹⁹²⁵은 "물들인옷을 가젓을것갓트면"이다. 구리야가와 하쿠손¹⁹¹²의 제1연 제6행 "染めわけ衣われ持たば^{여러 빛깔로 물들인 옷을 내가 가졌다면}"의 의역이다.

제7행 페노흘려만 : '펴놓으련만'. '페다'는 '펴다'는 뜻의 평안도 방언^{김이협 : 1981, 김영배 : 1997}이다. 「꿈」¹⁹¹⁸은 "그듸의발아래 펼치나"、「꿈」¹⁹²⁵은 "그대의발아레에 펴노흘련만"이다. 예이츠 원시의 제5행 "I would spread the cloths under your feet"을 염두에 두되、고바야시 아이유^{1912/1918}의 제5행 "汝が足のもとにひろげむ^{너의 발아래 펴놓을 것이다}" 혹은 산구 마코토¹⁹¹⁷의 제5행 "その布を君が足もとにひろげむ^{그 천을 그대의 발아래 펴놓을 것이다}" 중 'その布を^{그 천을}'를 생략한 구문의 어휘 표현과 문형에 충실한 번역이다. 한편 구리야가와 하쿠손[1912]의 제1연 제7행과 8행은 "君が裳裾のしたにこそ / 敷かましものをか ひなしや그대의 치맛자락의 아래에 / 깐다면 보람 있을 텐데"이다.

제8행　「숨」[1918]은 "아々가난ᄒ여라、所有난 숨샌임이", 「숨」[1925]은 "아々 나는 가난하야 내所 有란 숨밧게업서"이다. 예이츠 원시의 제6행 "But I, being poor, have only my dreams" 를 염두에 두되, 산구 마코토[1917]의 제6행 "ああされどわれは貧しく、唯我が夢のある ばかり아아 그러나 나는 가난하고, 그저 나의 꿈만 있을 뿐"의 어휘 표현과 문형을 따른 의역이다.

제9행　페노니 : '펴다'의 평안도 방언의 활용형 혹은 김억의 입말로 추정된다. 「숨」[1918]은 "그 듸의 발아레 늬숨펴노니", 「숨」[1925]은 "그대의말아레에 내숨을 펴노니"이다이 중 '말'은 '발'의 오식으로 보인다. 예이츠 원시의 제7행 "I have spread my dreams under your feet"을 염 두에 두되, 산구 마코토[1917]의 제6행 "我夢をひろげぬ君が足もとに내 꿈을 펼친다. 그대의 발 아래에"를 '君が足もとに그대의 발아래에', '我夢をひろげぬ내 꿈을 펼친다' 순으로 도치한 구문 의 어휘 표현과 문형을 따른 의역이다. 또 고바야시 아이유[1912/1918]의 제7행 "ただ夢 をひろげむ君が다만 꿈을 펴놓을 것이다. 그대의"와 제8행 '足元に발아래에'를 '君が그대의', '足元 に발아래에', 'ただ夢をひろげむ다만 꿈을 펴놓을 것이다' 순으로 도치하여 조합한 구문의 어 휘 표현과 문형을 따른 의역으로 볼 수도 있다.

제10행　「숨」[1918]은 "나의 싱각가득ᄒ 숨위로", 「숨」[1925]은 "나의생각가득한숨우를"이다. 구리야 가와 하쿠손[1912]의 제2연 제3행 "われのおもひの夢なるを나의 생각의 꿈을"의 의역이다.

제11행　「숨」[1918]은 "그듸여 가만히 밟고서라", 「숨」[1925]은 "나의그대여、고요히 밟으라"이다. 산구 마코토[1917]의 제8행 "君よわが夢踏むからは柔らにこそは踏みたまへ그대여, 내 꿈 을 밟을 바에는 부드럽게만 밟으라" 중 '君よ그대여', '柔らにこそは踏みたまへ부드럽게 밟으라'만을 발췌하여 조합한 구문의 의역이다. 고바야시 아이유[1912/1918]의 제9행 "君やわが夢ふ むからは그대여 내 꿈을 밟을 바에는"와 제10행 "靜かにも踏め고요히만 밟으라"를 조합한 구문의 의역으로도 볼 수 있다.

김억의 「꿈」의 저본은 구리야가와 하쿠손厨川白村:1912 중 제목 없이 소개된 일역시와 예이츠의 원시, 산구 마코토山宮允:1917의 「天津み空の刺繍布하늘의 수놓은 옷」와 예이츠의 원시 그리고 고바야시 아이유小林愛雄:1912/1918의 「夢꿈」이다. 이 중 구리야가와 하쿠손1912과 고바야시 아이유1912/1918는 일찍이 김용권2013도 거론한 바 있다.

이 중 김억이 무엇을 가장 먼저 열람했던가는 알 수 없다. 다만 김억의 「꿈」의 첫 번째 번역의 발표일자1918.12를 보건대, 이 세 가지 선례를 모두 참조할 수 있었다. 특히 이 중 구리야가와 하쿠손1912과 산구 마코토1917는 모두 대역의 형태로 예이츠의 원시와 일역시를 병기하고 있다. 또 구리야가와 하쿠손1912는 후일 구리야가와 하쿠손1922에도 수록되어 있다. 또 산구 마코토1917는 증보판에 해당하는 『An Anthology of new English verse現代英詩選集』1921 서문에서도 알 수 있듯이, 중학교 이상 교과과정의 교재로 활용할 목적으로 편찬된 것이었다. 그래서 영시 원문과 일역시는 물론, 작품의 주제, 주요 어휘와 발음에 대한 편역자의 주석까지 첨기되어 있다. 따라서 김억이 예이츠의 원시를 직접 저본으로 삼고자 했을 때에도 구리야가와 하쿠손1912, 산구 마코토1917를 참조했을 것이다.

김억은 예이츠의 원시를 염두에 두면서도 정작 구리야가와 하쿠손1912 등 일역시 선례들의 어휘 표현과 문형을 따르는 방식으로 옮겼다. 이를테면 제목, 연과 행의 구분은 고바야시 아이유1912/1918, 산구 마코토1917를 따르고, 본문은 일역시 선례들의 구문을 뒤섞거나, 생략하거나, 일일이 해체하여 고쳐 쓰는 등, 『오뇌의 무도』 전편에 일관하는 김억 특유의 방식으로 옮겼다. 이 모두 김억이 「서문」에서 거론한 '창작적 무드'의 번역임은 두말할 나위도 없다. 특히 예이츠의 원시에서 제2행 "Enwrought with golden and silver light"에 해당하는 김억의 제2행의 "黃金、白金으로 짜아내인"은 흥미롭다. 김억의 '黃金、白金'이 예이츠 원시의 'golden and silver light'에 해당하고, 그것이 실상 해와 달을 상징한다고 본다면김상무:2014b, 294~295, 김억의 번역은 적절하지 않아 보이기도 한다. 하지만 이를 두고 김억의 번역을 폄훼하는 일은 온당하지 않다.

한편 예이츠 원시의 'golden and silver light'에 해당하는 일역시의 어휘 표현은 'こがね白がね'[厨川白村：1912], 'こかねしろがね'[小林愛雄：1912/1918], '金銀'[山宮允：1917], 즉 금과 은을 뜻하는 아어雅語[이다. 물론 김억으로서는 굳이 일역시의 선례들에 의지하지 않더라도 간다 나이부[神田乃武：1915]와 사이토 히데사부로[齊藤秀三郎：1918]만으로도 완미하게 옮길 수 있었을 터이다. 그럼에도 불구하고 일역시의 선례들을 의식한 나머지 'しろがね은'를 그 취음자取音字인 '白金'으로 옮긴 것이다. 그 가운데 김억은 일역시의 어휘 표현들이 아어라는 것을 간파하지 못한 것처럼 보인다. 어쨌든 이것은 이미 앞선 장에서 숱하게 목격한 바와 같이 김억에게 사실상 기점 텍스트source text가 일역시의 선례들이었던 사정과 관련 있다. 또 김억에게 번역이란 사실상 기점 언어source language인 일본어와 벌인 '자전字典과의 씨름'이었던 사정과 관련 있다.

한편 예이츠의 원시는 그의 오랜 뮤즈muse 중 한 사람이었던 모드 곤Maud Gonne, 1865~1953을 향해 쓴 것으로서[김상무：2017b, 294~295], 연인과 이별하는 시적 화자의 자세를 표현한 것으로 해석되기도 한다.[A. N. Jeffares：1968, 84] 특히 제9행 이하는 김소월의 「진달래꽃」과의 관련성도 상상하게 한다. 김억이 예이츠의 이 시를 이 장에서 가장 먼저 수록한 이유는 아마도 일찍이 구리야가와 하쿠손[1912]에 실린 것이 바로 이 시였고, 그래서 이 시를 예이츠의 대표작으로 인식했기 때문일 것이다.

늙은이。

나는 들엇노라、世故에늙은이의말이[1]、

「世上의모든物件은 다變하야[2]

우리도 한사람두사람 가고못와라。」

고양이의톱갓튼[3] 늙은이의손、

무릅은 꺽부러진 가시나문듯

냇물가에 어리운。

나는 들엇노라、世故에늙은이의말이[4]

「아름답은 온갓것은 가고말아라、

물결처럼 흘너가고、올줄몰나라[5]。」

【초119, 재145】

1   재판에는 "世苦에늙은이의말이".

2   재판에는 "世上의 모든物件은 다變하야".

3   재판에는 "고양이의 톱갓큰". 재판의 '톱갓큰'은 '톱갓튼'의 오식으로 보인다.

4   재판에는 "世苦에늙은이의말이".

5   재판에는 "올줄 몰나라".

老人[1]

小林愛雄

1 小林愛雄 譯, 『近代詞華集』, 東京：春陽堂, 1912, 10~11면; 小林愛雄·佐武林藏 譯, 『近代詩歌集』, 東京：佑堂書肆, 1918, 96면; 生田春月 編, 「英吉利－イェェツ」, 『泰西名詩名譯集』, 東京：越山堂, 1919, 51면; 樋口紅陽 編, 『西洋譯詩 海のかなたより』, 東京：文獻社, 1921(4,5), 568~569면.

2 小林愛雄(1912)에는 "きみを變りさてわれら".

3 小林愛雄(1912)에는 "ひとりびとり消えて行く".

4 小林愛雄(1918)에는 "水のごとくに流れ行く".

われはきく、老いたる人のいふことに、

『ものみな變りさてわれら[2]

ひとりびとり消えてゆく[3]。』

爪のやうなる翁の手、

膝は彎曲の刺の樹か

水のほとりの。

われはきく、老いたる人のいふことに、

『美しきものみなは

水のごとくにながれゆく[4]。』

我聞きぬ[1]

山宮允

我聞きぬ老人達（としよりたち）の云ふことを[2]、

『もの皆變り（かは）

追ひ追ひに我等は死に行く。』

彼等には鍵爪（つめ）なす手あり、かつその膝は

水際（みぎは）なる

荊の如く縋（よ）れてありき。

我聞きぬ老人達の云ふことを

『美しきものみなは水の如くに

流れ去る。』

1　山宮允,「ウイルヤム・バトラー・イエーツ」『譯註現代英詩鈔』,東京:有朋館書店,1917,155면.

2　산구 마코토(山宮允:1917)의 "我聞きぬ老人達（としよりたち）の云ふことを"는 독음자(ルビ, 후리가나)의 위치가 어긋나 있다. 정확하게 다시 표기하면 "我聞きぬ老人達（としよりたち）の云ふことを"이다.

THE OLD MEN ADMIRING THEM-
SELVES IN THE WATER [†]

[†] 山宮允, 「ウイルヤム・バトラ
ー・イエーツ」, 『譯註 現代英詩
鈔』, 東京 : 有朋館書店, 1917,
154면; William Butler Yeats, *In
the Seven woods*, Dundrum : The
Dun Emer Press, 1903, p.20; "In
the Seven woods", *The Poetical
Works of William B. Yeats*(*Vol-
ume I —Lyrical Poems*), New
York : The Macmillan Company
& London : Macmillan & Co,
Ltd., 1906/1920, p.234; "In
the Seven woods", *The Collected
Works in Verse and Prose of William
Butler Yeats*(*Vol.1*), Stratford-on-
Avon : Imprinted at the Shake-
speare Head Press, 1908, p.75.

I heard the old, old men say

"Everything alters,

And one by one we drop away."

They had hands like claws, and their knees

Were twisted like the old thorn trees

By the waters.

I heard the old old men say

"All that's beautiful drifts away

Like the waters."

『오뇌의 무도』 주해

이 작품의 마지막 두 행이 「예이츠의 戀愛詩」『조선문단』 제10호, 1925.7에 수록되어 있다.

주석

제1연

제1행　예이츠 원시의 제1행 "I heard the old, old men say"를 염두에 두되, 고바야시 아이유小
林愛雄 : 1912/1918/1919의 제1행 "われはきく、老いたる人のいふことに나는 듣는다, 늙은이가 하
는 말로", 산구 마코토山宮允 : 1917의 제1행 "我聞きぬ老人達の云ふことを나는 듣는다 늙은이들
이 하는 말을"의 어휘 표현과 문형에 충실한 번역이다.

제2행　예이츠 원시의 제2행 "Everything alters"를 염두에 두되, 산구 마코토1917의 제1행 "も
の皆變り 모든 것은 변하여", 고바야시 아이유1912/1918/1919의 제2행 "ものみな變りさてわれ
ら 모든 것은 변해가서 우리들은" 중 'ものみな變りさて 모든 것은 변해가서'만 발췌한 구문의 어휘
표현과 문형을 따른 의역이다.

제3행　예이츠 원시의 제3행 "And one by one we drop away"를 염두에 두되, 고바야시 아이유
1912/1918/1919의 제2행 중 'われら 우리들'와 제3행 "ひとりびとり消えてゆく 한 사람 한 사람
사라져 간다"를 조합한 구문, 산구 마코토1917의 제3행 "追ひ追ひに我等は死に行く 머지않
아 우리들은 죽어 간다"의 어휘 표현과 문형을 따른 의역이다.

제4행　예이츠 원시의 제4행 "They had hands like claw, and their knees" 중 'They had hands like
claw'를 염두에 두되, 고바야시 아이유1912/1918/1919의 제4행 "爪のやうなる翁の手손
톱 같은 늙은이의 손"의 어휘 표현과 문형을 따른 의역이다. 다만 김억은 고바야시 아이유
1912/1918/1919의 '爪손톱' 대신 예이츠 원시의 'claw'를 택했다. 참고로 사이토 히데사부
로齊藤秀三郎 : 1918에는 'claw'를 "(猫などの)爪" 즉 "(고양이 따위의) 발톱"으로 풀이했다.
김억의 번역은 마치 이 풀이를 옮겨 놓은 것처럼 보인다.

제5행　고바야시 아이유1912/1918/1919의 제5행 "膝は彎曲の刺の樹か무릎은 구부러진 가시나무인가"

의 의역이다. 예이츠 원시의 제4행 "They had hands like claw, and their knees" 중 'their knees'와 제5행 "Were twisted like the old thorn trees"를 조합한 구문에 해당한다. 산구 마코토[1917]의 제4행 "彼等には鍵爪なす手あり、かつその膝は ^{그들에게는 손톱 같은 손이 있고, 또 그 무릎은}"와 제6행 "荊の如く縋れてあり き ^{가시나무처럼 엉클어져 있고}" 중 'かつその膝は ^{또 그 무릎은}', '荊の如く ^{가시나무처럼}'만을 발췌하여 조합한 구분의 의역으로도 볼 수 있다.

제6행   예이츠 원시의 제6행 "By the waters"를 염두에 두되, 고바야시 아이유[1912/1918/1919]의 제6행 "水のほとりの ^{물가의}" 혹은 산구 마코토[1917]의 제5행 "水際なる ^{물가의}"의 어휘 표현을 따른 의역이다.

제7행   제1행과 동일

제8행   「늙은이」[1925]는 "아름답은 모든것은 가고말아서"이다. 고바야시 아이유[1912/1918/1919]의 제8행 "美しきものみなは ^{아름다운 것 모두는}"의 문형을 염두에 두되, 예이츠 원시의 제8행 "All that's beautiful drifts away"의 어휘 표현을 따른 의역이다.

제9행   「늙은이」[1925]는 "물결처럼 흘너가고 올줄몰나라"이다. 고바야시 아이유[1912/1918/1919]의 제9행 "水のごとくにながれゆく ^{물처럼 흘러간다}", 산구 마코토[1917]의 제8행 중 '水の如くに ^{물처럼}'와 제9행 "流れ去る ^{흘러간다}"만을 발췌하여 조합한 구문의 의역이다.

해설

김억의 「늙은이」의 저본은 고바야시 아이유[小林愛雄:1912/1918]의 「老人 ^{노인}」, 산구 마코토[山宮允:1917]의 예이츠 원시와 「我聞きぬ ^{나는 듣는다}」이다. 김억은 후자에 병기된 예이츠 원시를 참조하되, 정작 일역시들의 어휘 표현과 문형을 따라 옮겼다. 이 중 전자는 이쿠다 슌게쓰[生田春月:1919]에도 수록되어 있다. 김억이 일역시 중 무엇을 가장 먼저 열람했던가는 알 수 없다. 다만 김억이 사실상 고바야시 아이유[1912/1918/1919]를 제1저본으로 삼아 옮긴 것은 분명하다. 그도 그럴 것이 고바야시 아이유[1912/1918/1919]와 김억의 번역시는 제목이 일치하고, 이쿠다 슌게쓰[1919]에도 수록되어 있다. 또 다소 고삽 ^{苦澁}한 산구 마코토[1917]의 어휘 표현에 비해 상대적으로 평이해 보이기 때문이다.

『오뇌의 무도』 소재 여느 시와 마찬가지로 김억의 「늙은이」 역시 일역시들을 축자적으로 옮긴 것은 아니다. 김억은 일역시는 물론 예이츠 원시까지 참조하는 가운데 자신만의 번역을 모색했는데, 특히 제4행 "고양이의 톱갓튼 늙은이의 손"이 그러하다. 앞서 주석에서도 간단히 설명한 바와 같이 김억은 이 행에서 마치 사이토 히데사부로齊藤秀三郎 : 1918의 풀이를 따라 그 어떤 번역의 선례도 없는 '고양이'를 써넣은 것처럼 보인다. 이것이 김억의 의도인지 아닌지는 분명히 알 수 없다. 어쨌든 이로 인해 제4행의 '고양이의 톱'은 제5행의 "구부러진 가시나무 같은 무릅"과 정히 대구를 이루며 시각적 심상이 분명히 드러났다. 또 이로써 김억의 「늙은이」는 일역시들은 물론 예이츠 원시와도 다른 시가 되고 말았다.

한편 김억의 「늙은이」의 원시는 「舊友를 닛지말아라」의 원시"The Lover pleads with his friend for old friends"와 마찬가지로 늙음과 지혜에 대한 시이다.김상무 : 2014c, 402~403 이 모두 단시형短詩型, 에피그램epigram : 警句詩 풍의 작품이라는 공통점을 지니고 있다. 물론 후자는 앞서 「꿈」의 원시처럼 예이츠의 뮤즈 모드 곤Maud Gonne을 향한 시이기는 하다. 예이츠의 이런 형식과 양식의 작품은 단테Dante Alighieri, 1926~1321의 가면이라고 평가받기도 한다.Edmund Wilson : 1931, 37~38 예이츠의 시 중 이런 단시형, 에피그램 풍의 작품들은 후일 김억이 『해파리의 노래』1925에 수습한 「하품론論」, 「입」, 「우정友情」 등의 창작에 영감을 준 것으로 보인다. 특히 김억의 이 「늙은이」, '창작적 무드'로서의 번역은 후일 그의 창작시 「늙은이의 말」『안서시집』, 1929을 가능하게 했다.

버들동산.[1]

1   재판 추가 작품.

2   새판의 '어니고'는 '어리고'의
     오식으로 보인다.

버드나무의 동산가에서

나는 내님과 만나엿노라、

내님은 눈인듯 하이한 적은발로

버드나무동산을 지내갓서라、

나무에 돗아나는 닙과도갓치

사랑은 슬어지기 쉽다고 내님은 말하여라、

그러나、나는 어리고 어리석엇노라、

이리하야 내님의말을 듯지 안앗노라。

江물가에 눕엇는 벌판에   【재147】

나는 내님과 섯섯노라、

내님은 눈인듯 하이한 그손을、

나의 숙인억개에 언젓서라、

언덕가에 자라는풀과도 갓치

목슴은 슬어지기 쉽다고 내님은 말하여라、

그러나、나는 어니고[2] 어리석엇노라、

이리하야 只今 내눈에는 追懷의 눈물이 흘너라。   【재148】

柳苑¹

小林愛雄

柳ふく苑のほとり戀人とわれ會ひぬ、

われ雪白の小足して柳ある苑ゆきぬ、

かれはいふ、『戀はおもしろ、樹に生ふる葉とものどかに、²』

されどわれ、若く愚かに、うべなはず。

河添ひの小野のわたり戀人とわれたちぬ、

わが肩に雪白の手は倚りぬ、

かれはいふ、『人生をかしや、堰の上の小草さながら、³』

さてもわれ、若く愚かに、さてもいま涙しあふる⁴。

1 小林愛雄 譯、『近代詞華集』、東京：春陽堂, 1912, 1~2면; 小林愛雄・佐武林藏 譯『近代詩歌集』、東京：佶堂書肆, 1918, 94면.

2 小林愛雄(1918)에는 "かれはいふ、『戀はおもしろ、樹に生ふる葉とものどかに!』".

3 小林愛雄(1918)에는 "かれはいふ、『人生をかしや、堰の上の小草さながら!』".

4 小林愛雄(1918)에는 "さてもわれ、若く愚かに、一さてもいま涙しあふる".

DOWN BY THE SALLEY GARDENS [†]

[†] William Butler Yeats, *The Wanderings of Oisin and Other Poems*, London : Kegan Paul & Co., 1889; "Early Poems : I, Ballad and Lyrics", *The Poetical Works of William B. Yeats* (*Volume I — Lyrical Poems*), New York : The Macmillan Company & London : Macmillan & Co. Ltd., 1906, p.45; "Early poems, Ballad and lyrics", *The Collected Works in Verse and Prose of William Butler Yeats* (*Vol.1*), Stratford-on-Avon : Imprinted at the Shakespeare Head Press, 1908, p.117.

Down by the salley gardens my love and I did meet;

She passed the salley gardens with little snow-white feet.

She bid me take love easy, as the leaves grow on the tree;

But I, being young and foolish, with her did not agree.

In a field by the river my love and I did stand,

And on my leaning shoulder she laid her snow-white hand.

She bid me take life easy, as the grass grows on the weirs;

But I was young and foolish, and now am full of tears.

첫 번째 번역은 「버들동산」, 『개벽』, 1922.4

제1연

제1행 「버들동산」¹⁹²²은 "버드나무의동산가서"이다. 예이츠의 원시 제1연 제1행 "Down by the salley gardens my love and I did meet" 중 'Down by the salley gardens'만을 발췌한 구문에 충실한 번역이다. 고바야시 아이유^{小林愛雄 : 1912/1918}의 제1연 제1행 "柳ふく 苑のほとり 戀人とわれ會ひぬ버드나무 싹트는 동산가 연인과 나는 만났다" 중 '柳ふく 苑のほとり 버드나무 싹트는 동산가'만을 발췌한 구문의 의역으로도 볼 수 있다.

제2행 예이츠의 원시 제1연 제1행 중 'my love and I did meet'를 염두에 두되, 고바야시 아이유^{1912/1918}의 제1연 제1행 중 '戀人とわれ會ひぬ연인과 나는 만났다'를 'われ나', '戀人と연인과', '會ひぬ만났다' 순으로 도치한 구문의 어휘 표현과 문형을 따른 의역이다.

제3행 예이츠의 원시 제1연 제1행 중 'my love', 제2행 "She passed the salley gardens with little snow-white feet" 중 'with little snow-white feet'만을 발췌한 구문을 염두에 두되, 고바야시 아이유^{1912/1918}의 제1연 제2행 "われ雪白の小足して柳ある苑ゆきぬ나는 눈처럼 희고 작은 발로 버드나무 있는 동산으로 간다" 중 'われ雪白の小足して 나는 눈처럼 희고 작은 발로'만을 발췌한 구문의 어휘 표현을 따른 의역이다. 다만 김억은 고바야시 아이유^{1912/1918}의 'われ나는' 대신 예이츠 원시의 'my love'를 택해 '내님'으로 옮겼다.

제4행 예이츠의 원시 제1연 제2행 중 'passed the salley gardens'를 염두에 두되, 고바야시 아이유^{1912/1918}의 제1연 제2행 중 '柳ある苑ゆきぬ버드나무 있는 동산으로 간다'의 어휘 표현과 문형을 따른 의역이다.

제5행 「버들동산」¹⁹²²은 "나무에 도다나는 닙과도가티"이다. 예이츠의 원시 제1연 제3행 "She bid me take love easy, as the leaves grow on the tree" 중 'as the leaves grow on the tree'

에 충실한 번역이다. 고바야시 아이유^{1912/1918}의 제1연 제3행 "かれはいふ、『戀はおもしろ、樹に生ふる葉とものどかに^{그이는 말한다. "사랑은 재미있다. 나무에 자라는 이파리처럼 한가롭게"} 중 '樹に生ふる葉とものどかに^{나무에 자라는 이파리처럼 한가롭게}'만을 발췌한 구문의 의역으로도 볼 수 있다.

제6행 「버들농산」¹⁹²²은 "사랑은 슬어지기쉽다고 내님은 말하여라,"이다. 예이츠의 원시 제1연 제3행 중 'She bid me take love easy'에 해당한다. 고바야시 아이유^{1912/1918} 제1연 제3행 중 'かれはいふ、『戀はおもしろ^{그이는 말한다. "사랑은 재미있다"}'를 '戀はおもしろ^{사랑은 재미있다}', 'かれはいふ^{그이는 말한다}' 순으로 도치한 구문의 문형을 따른 의역으로도 볼 수 있다.

제7행 예이츠의 원시 제1연 제4행 "But I, being young and foolish, with her did not agree" 중 'But I, being young and foolish'에 충실한 번역이다. 고바야시 아이유^{1912/1918}의 제1연 제4행 "されどわれ、若く愚かに、うべなはず^{그러나 나는, 젊어서 어리석게. 수긍하지 않았다}" 중 'されどわれ、若く愚かに^{그러나 나는. 젊어서 어리석게}'만을 발췌한 구문에 충실한 번역이기도 하다.

제8행 「버들동산」¹⁹²²은 "이리하야 내님의말을 듯지안핫노라"이다. 예이츠의 원시 제1연 제4행 중 'with her did not agree'에 해당한다. 고바야시 아이유^{1912/1918}의 제1연 제4행 중 'うべなはず^{수긍하지 않았다}'에 해당한다.

제2연

제1행 「버들동산」¹⁹²²은 "江물가에 누엇는벌판에"이다. 예이츠의 원시 제2연 제1행 "In a field by the river my love and I did stand" 중 'In a field by the river'만을 발췌한 구문의 의역이다. 고바야시 아이유^{1912/1918}의 제2연 제1행 "河添ひの小野のわたり戀人とわれたちぬ^{강가의 작은 들 근처 연인과 나는 섰다}" 중 '河添ひの小野のわたり^{강가의 작은 들 근처}'만을 발췌한 구문의 의역으로도 볼 수 있다.

제2행　예이츠의 원시 제2연 제1행 중 'my love and I did stand'의 의역이다. 고바야시 아이유 1912/1918의 제2연 제1행 중 '戀人とわれたちぬ연인과 나는 섰다'를 'われ나는', '戀人と연인과', 'たちぬ섰다' 순으로 도치한 구문의 의역으로도 볼 수 있다. 다만 김억은 고바야시 아이유 1912/1918의 'われ나는' 대신 예이츠 원시의 'my love'를 택했다.

제3행　예이츠의 원시 제2연 제2행 "And on my leaning shoulder she laid her snow-white hand" 중 'her snow-white hand'만을 발췌한 구문의 의역이다. 고바야시 아이유 1912/1918의 제2연 제2행 "わが肩に雪白の手は倚りぬ내 어깨에 눈처럼 흰 손을 기대고" 중 '雪白の手は눈처럼 흰 손을'만을 발췌한 구문의 의역으로도 볼 수 있다.

제4행　「버들동산」1922은 "나의숙인억개에 언젓서라,"이다. 예이츠의 원시 제2연 제2행 중 'And on my leaning shoulder she laid'의 충실한 번역이다. 고바야시 아이유 1912/1918의 제2연 제2행 중 'わが肩に내 어깨에'와 '倚りぬ기댄다'를 조합한 구문의 의역으로도 볼 수 있다.

제5행　「버들동산」1922은 "언덕가에 자라는풀과도가티"이다. 예이츠의 원시 제2연 제3행 "She bid me take life easy, as the grass grows on the weirs" 중 'as the grass grows on the weirs'에 충실한 번역이다. 고바야시 아이유 1912/1918의 제2연 제3행 "かれはいふ、『人生をかしや、堰の上の小草さながら인생은 이상해라. 둑 위의 작은 풀처럼" 중 '堰の上の小草さながら둑 위의 작은 풀처럼'만을 발췌한 구문의 의역으로도 볼 수 있다.

제6행　「버들동산」1922은 "목슴은 슬어지기쉽다고 내님은 말하여라,"이다. 고바야시 아이유 1912/1918의 제2연 제3행 "かれはいふ、『人生をかしや인생은 이상해라"를 '人生をかしや인생은 이상해라', 'かれはいふ그는 말한다' 순으로 도치한 구문의 문형을 따른 의역으로도 볼 수 있다. 예이츠의 원시 제2연 제3행 중 'She bid me take life easy'에 해당한다. 다만 김억은 고바야시 아이유 1912/1918의 'かれは그는' 대신 예이츠 원시의 'she' 혹은 'my love'를 택했다. 반면에 고바야시 아이유 1912/1918의 '人生をかしや인생은 이상해라'도, 예이츠 원시의 'take life easy'도 따르지 않았다. 참고로 후나오카 켄지船岡獻治 : 1919의 표제어

중에는 'をかしい이상하다', 즉 'オカシイ'가 없다. 또 사이토 히데사부로齋藤秀三郞:1918에
는 'take things easy'를 "物事を呑氣に考へる사물을 느긋하게 생각한다"라고 풀이한다.

제7행 「버들동산」1922에는 재판 제7행에 해당하는 부분이 없다. 예이츠 원시의 제2연 제4행
"But I was young and foolish, and now am full of tears" 중 'But I was young and foolish'
만을 발췌한 구문에 충실한 번역이다. 고바야시 아이유1912/1918의 제2연 제4행 "さて
もわれ、若く愚かに、さてもいま淚しあふる그러나 나는, 젊어서 어리석게, 그리고 이제 눈물 흘러넘
친다" 중 'さてもわれ、若く愚かに그러나 나는, 젊어서 어리석게'만을 발췌한 구문에 충실한 번
역이기도 하다.

제8행 「버들동산」1922은 "이리하야只今 내눈에는 追懷의눈물이、흘러라"이다. 고바야시 아
이유1912/1918의 제2연 제4행 중 "さてもいま淚しあふる그리고 이제 눈물 흘러넘친다"만을 발
췌한 구문의 의역이다. 예이츠 원시의 제2연 제4행 중 'and now am full of tears'에 해
당한다.

해설

김억의 「버들동산」의 저본은 예이츠의 원시와 고바야시 아이유小林愛雄:1912/1918의 「柳苑버들동
산」이다. 『오뇌의 무도』 초판과 재판 사이 김억이 참조할 수 있었던 일역시의 선례는 고바야
시 아이유1912/1918뿐이었다. 예이츠의 이 시는 산구 마코토山宮允:1917, 구리야가와 하쿠손廚川
白村:1921에는 수록되지 않았기 때문이다. 김억의 「버들동산」이라는 제목부터가 고바야시 아
이유1912/1918의 제목과 대응한다는 점은 그러한 사정을 방증한다.

　김억의 「버들동산」 도처에는 분명히 예이츠의 원시를 염두에 둔 대목들이 보인다. 그러나
김억이 과연 예이츠의 원시를 어떻게 열람했던가는 의문이다. 예이츠의 원시가 산구 마코토
1917에도 구리야가와 하쿠손1921에도 수록되지 않았으니, 김억으로서는 영미권에서 출판된
예이츠의 엔솔러지들을 열람했어야 했다. 설령 김억이 그러한 엔솔러지들을 저본으로 삼고
자 했더라도 이를테면 예이츠 원시의 제목은 물론 본문의 주요한 시어인 'salley' 같은 어휘는

간다 나이부神田乃武:1915와 사이토 히데사부로齊藤秀三郎:1918의 도움으로도 옮길 수 없기 때문이다.

어쨌든 김억으로서는 출전을 알 수 없는 예이츠의 원시, 고바야시 아이유1912/1918를 저본으로 삼아 이 시를 옮긴 것은 틀림없다. 그러나 앞서 주석에서도 본 바와 같이 김억은 이 두 가지 저본 중 어느 것도 축자적으로 옮기지 않았다. 이미 예이츠의 원시, 고바야시 아이유1912/1918의 한 행을 군이 두 행으로 개행改行한 점이 그러하다. 특히 김억의 제2연 제5, 6행은 예이츠의 원시는 물론 고바야시 아이유1912/1918와도 다른 이른바 '창조적 무드'의 번역이 돋보이는 사례인데, 김억은 전자의 주(제)어she, 후자의 문형만을 취했을 뿐, 두 저본과 무연하게 보이기 때문이다. 이렇게 김억의 「버들동산」은 예이츠의 원시와도, 고바야시 아이유1912/1918와도 다른 시가 되고 말았다. 또 이 「버들동산」은 「이옛츠의 시詩」장 가운데에서도 김억 나름의 해석과 고쳐 쓰기의 양상이 가장 현저한 사례이기도 하다.

한편 예이츠의 원시는 원래 아일랜드의 오랜 민요를 예이츠가 고쳐 쓴 것이다.김상무:2014a, 52~53; A. N. Jeffares:1968, 14~15; 鈴木弘:1994, 190 고바야시 아이유는 본래 영문학도였을 뿐만 아니라 오페라를 비롯한 서양의 성악聲樂에 조예가 깊었으므로中村喜久子:1964; 平井法:1984; 伊藤由紀:2009, 아일랜드 음악가 허버트 휴즈Herbert Hughes, 1882~1937가 이미 1909년경 예이츠의 원시에 새 악곡을 붙였던 사정도 알고 있었을 법하다. 그래서 예이츠의 이 시가 산구 마코토1917나 구리야가와 하쿠손1921가 아닌 고바야시 아이유1912/1918에만 수록되어 있었을 수 있겠다. 김억이 예이츠의 원시를 둘러싼 그러한 사정까지 잘 알아서 「버들동산」을 발표하고 『오뇌의 무도』에 수록했던가는 알 수 없다. 다만 김억 역시 후일 민요와 시의 음악화에 경도했던 점구인모:2008/2013을 염두에 두고 보면 이 「버들동산」은 예사롭지 않다.

落葉。

1   재판에는 "가을은 우리를 사랑
     하는".

2   재판에는 "쥐우에도 와서".

3   재판에는 "우리의우에 잇는 로
     완나무닙도".

4   재판에는 "들가의저즌쌀기닙도".

5   재판에는 "이즈러지는사랑의
     「째」는".

6   재판에는 "셜어라、 困憊한 나
     의靈이여".

7   재판에는 "숙인니마에 남기고".

가을은 나의사랑하든[1] 긴닙우에、

보리단속、 숨어잇는 쥐우에도와서[2]、

내우에잇는 아쉬나무닙도[3] 눌으고、

저즌 들가에쌀기닙도[4] 눌은빗이러라。

成熟의「째」는[5] 내몸을 둘너싸서라、

아々 셜어라、 困憊한 나의靈이여[6]、

熱情의째가 가기前에 키쓰와눈물을、

나는 그대의 숙인니마에남기고[7] 가랴노라。

【초121, 재149】

『오뇌의 무도』주해

저본

落葉[†]

小林愛雄

† 小林愛雄 譯, 『近代詞華集』, 東京 : 春陽堂, 1912, 4면; 小林愛雄・佐武林藏 譯, 『近代詩歌集』, 東京 : 佑堂書肆, 1918, 91면. 生田春月 編, 「英吉利ーイエェツ」, 『泰西名詩名譯集』, 東京 : 越山堂, 1919, 51면.

秋はわれを愛でにし長き木の葉の上に、
大麥の束のなかなる鼠の上に。
わがうへの石檀の葉は黃ばみ、
濡れはてし野苺の葉もまた黃ばみ。

戀ざめの 『時』 ぞわが身を被ひぬる、
うら哀し、疲れはてたるわが靈よ。
わかれなむ情熱の季の過ぎぬまに、
接吻と涙と君がうなだれの額にをきて。

木の葉の凋落[†]

山宮允

山宮允, 「ウイルヤム・バトラー・イエーツ」, 『譯註 現代英詩鈔』, 東京 : 有朋館書店, 1917, 117면.

秋は來ぬ我等を愛しむ長き木の葉の上に、

また大麥の束のなかなる二十日鼠の上に、

秦皮の葉は頭上に黄ばみ、

野苺の露けき葉もまた黄ばみ。

戀はつ秋襲ひきて、

われ等の哀しき靈今疲れ果てたり。

別れなむ情熱の季の過ぎぬ間に、

俛首れし君か額に接吻と涙を措きて。

『오뇌의 무도』 주해

THE FALLING OF THE LEAVES[†]

Autumn is over the long leaves that love us,

And over the mice in the barley sheaves;

Yellow the leaves of the rowan above us,

And yellow the wet wild-strawberry leaves.

The hour of the waning of love has beset us,

And weary and worn are our sad souls now;

Let us part, ere the season of passion forget us,

With a kiss and a tear on thy drooping brow.

[†] 山宮允, 「ウイルヤム」バトラー・イェーツ」『譯註 現代英詩鈔』, 東京 : 有朋館書店, 1917, 116면; William Butler Yeats, *The Wanderings of Oisin and Other Poems*, London : Kegan Paul & Co., 1889; "Early Poems : I. Ballad and Lyrics", *The Poetical Works of William B. Yeats* (*Volume I - Lyrical Poems*), New York : The Macmillan Company & London : Macmillan & Co. Ltd., 1906/1920, p.30; "Early poems. Ballad and Lyrics", *The Collected works in Verse and Prose of William Butler Yeats* (*Vol.1*), Stratford-on-Avon : Imprinted at the Shakespeare Head Press, 1908, p.106.

번역의 이본

첫 번째 번역은 「落葉^{이엣츠의}」, 「에르렌^作」, 『페허』 창간호, 1920.7

네 번째 번역은 「落葉」, 「가을에 울퍼진 노래」, 『개벽』 제52호, 1924.10

다섯 번째 번역은 「落葉」, 「예이츠의 戀愛^作」, 『조선문단』 제10호, 1925.7

여섯 번째 번역은 「落葉」, 「울퍼진 가을의 노래」, 『조선문단』 제12호, 1925.10

주석

제1연

제1행 「落葉」¹⁹²⁰은 "가을은 내의 사랑하든 긴닙우에", 「落葉」¹⁹²⁴은 "가을은 우리를 사랑하든 긴닙에도 오고", 「落葉」^{1925.7}은 "가을은 우리를사랑하든 긴닙우에 덥히고", 「落葉」^{1925.10}은 "가을은 우리를사랑하는 긴닙우와"이다. 예이츠의 원시 제1연 제1행 "Autumn is over the long leaves that love us"를 염두에 두되, 고바야시 아이유^{小林愛雄：1912/1918/1919}의 제1연 제1행 "秋はわれを愛でにし長き木の葉の上に^{가을은 나를 사랑하는 긴 나뭇잎 위에}"의 어휘 표현과 문형을 따른 의역이다. 한편 김억의 재판 이후의 번역은 예이츠의 원시를 염두에 두되, 산구 마코토^{山宮允：1917}의 제1연 제1행 "秋は來ぬ我等を愛しむ長き木の葉の上に^{가을은 와서 우리를 사랑하는 긴 나뭇잎의 위에}" 중 '來ぬ^{와서}'만을 제한 구문의 어휘 표현과 문형을 따른 의역이다.

제2행 「落葉」¹⁹²⁰은 "보리단의안, 숨어잇는 쥐우에도와서", 「落葉」¹⁹²⁴과 「落葉」^{1925.10}은 "보리단속에 숨어잇는 쥐에게도 와서", 「落葉」^{1925.7}은 "보리단속에 숨어잇는 쥐우에도 와서"이다. 예이츠의 원시 제1연 제2행 "And over the mice in the barley sheaves"를 염두에 두되, 고바야시 아이유^{1912/1918/1919}의 제1연 제2행 "大麥の束のなかなる鼠の上に^{보릿단 속의 쥐 위에}" 혹은 산구 마코토¹⁹¹⁷의 제1연 제2행 "また大麥の束のなかなる二十日鼠の上に^{또 보릿단 속의 생쥐 위에}"의 공통된 어휘 표현과 문형을 따른 의역이다.

제3행 「落葉」¹⁹²⁴은 "우리우에 잇는 로완나무닙도 눌으고", 「落葉」^{1925.7}은 "우리우에 잇는

「로완」나무닙사귀도 눌으고", 「落葉」^{1925.10}은 "우리우에 잇는 로완나무닙도 눌엇고"
이다. 예이츠 원시 제1연 제3행 "Yellow the leaves of the rowan above us"를 염두에 두되,
고바야시 아이유^{1912/1918/1919}의 제1연 제3행 "わがうへの石檀の葉は黃ばみ^{내 위의 물푸}
^{레나무 잎은 누레지고}"의 어휘 표현과 문형을 따른 의역이다. 혹은 산구 마코토¹⁹¹⁷의 제1
연 제3행 "秦皮の葉は頭上に黃ばみ^{물푸레나무 잎은 머리 위에 누레지고}"를 '頭上に^{머리 위에}', '秦
皮の葉は^{물푸레나무 잎은}', '黃ばみ^{누레지고}' 순으로 도치한 구문의 의역으로도 볼 수 있다.
김억은 초판 이후 예이츠의 원시에 충실한 번역을 시도했다. 한편 고바야시 아이유
^{1912/1918/1919}의 '石檀'와 산구 마코토¹⁹¹⁷의 '秦皮' 모두 'とねりこ^{물푸레나무}'로서, 후나오
카 겐지^{船岡獻治：1919}에도 'トネリコ'를 '무푸레나무'로 풀이한다. 그러나 김억은 이 대
신 '아쉬나무'로 옮겼다. 초판의 '아쉬나무'란 'ash^{물푸레나무}'로 추정된다. 참고로 간다
나이부^{神田乃武：1915}에는 'rowan tree'를 "(植) ミヤマナナカマド"로, 'ash'를 "(植) 秦皮,
トネリコ, 桉" 즉 '물푸레나무'로 풀이한다. 후자는 김억의 '아쉬나무'와 일치하지만,
그가 어째서 '아쉬나무'로 옮겼는지는 알 수 없다. 다만 김억의 초판^{1921.3.20}보다 10일
앞서 출판된 구리야가와 하쿠손^{厨川白村：1921}에는 "rowan은mountain ash或はrowan tree
とも云ふ^{rowan은 mountain ash 혹은 rowan tree라고도 한다}"라는 주석이 있다.

제4행 「落葉」¹⁹²⁴은 "들가의 저즌쌀기닙사귀도 눌은빗이러라", 「落葉」^{1925.7}은 "저즌쌀기닙사
귀도 그빗이 눌으럿습니다", 「落葉」^{1925.10}은 "들가의 저즌쌀기닙도 눌은빗어더라"이
다. 예이츠의 원시 제1연 제4행 "And yellow the wet wild-strawberry leaves"를 염두에
두되, 고바야시 아이유^{1912/1918/1919}의 제1연 제4행 "濡れはてし野苺の葉もまた黃ば
み^{흠뻑 젖은 산딸기 잎도 또한 누레지고}"의 어휘 표현과 문형을 따른 의역이다. 산구 마코토¹⁹¹⁷
의 제1연 제4행 "野苺の露けき葉もまた黃ばみ^{산딸기의 젖은 잎도 또 누레지고}"를 '露けき^{젖은}',
'野苺の^{들 딸기의}', '葉もまた黃ばみ^{잎도 또 누레지고}' 순으로 도치한 구문의 의역이기도 하
다. 김억은 일본어 번역시의 '野苺^{산딸기}'이든, 영시 원문의 'wild-strawberry'이든 김억
은 모두 '들의 딸기'로 새긴 것으로 보인다.

제2연

제1행 「落葉」[1924]은 "이즈러지는사랑의「째」는 내몸을 에워싸나니", 「落葉」[1925.7]은 "사랑의이
즈러지는째는 우리를덥허싸서", 「落葉」[1925.10]은 "이즈러지는사랑의「째」는 우리를 둘
너싸서"이다. 고바야시 아이유[1912/1918/1919]의 제2연 제1행 "戀ざめの『時』ぞわが身を
被ひぬる 사랑이 식은 '때'이다 내 몸을 뒤덮다"의 의역이다. 김억의 초판 이후의 번역은 예이츠
의 원시 제2연 제1행 "The hour of the waning of love has beset us"를 염두에 두고 개역
한 것이다. 참고로 간다 나이부[1915]에는 'wane'을 '虧ヶ(月ナド ノ)달 따
위의', 즉 '이지러짐달 따위의'로, 사이토 히데사부로[齊藤秀三郞:1918]에는 'wane'을 '(waxに對し—月が)虧ヶける', 즉
'(wax와 반대로 달이) 이지러지다'로 풀이한다. 초판 이후의 번역에서 '이즈러지는'은
예이츠 원시를 참조하되, 간다 나이부[1915]와 사이토 히데사부로[1918]의 풀이를 두루 따
른 것으로 보인다.

제2행 「落葉」[1924]은 "아아 설어라, 시달니운 나의靈이여", 「落葉」[1925.7]은 "우리의설은靈은 시
달녀疲困햇나니"이다. 초판·재판과 「落葉」[1924]은 고바야시 아이유[1912/1918/1919]의 제
2연 제2행 "うら哀し、疲れはてたるわが靈よ 서글프다. 지쳐버린 나의 영이여"의 의역이다. 한
편 「落葉」[1925.7]은 산구 마코토[1917]의 제2연 제2행 "われ等の哀しき靈今疲れ果てたり 우
리들의 슬픈 마음은 지금 지쳐버렸다"의 의역이다.

제3행 「落葉」[1924]과 「落葉」[1925.7]은 "情熱의째가 다 가기 前에 키쓰와눈물을", 「落葉」[1925.10]은
"情熱의째가 우리를 바리기前에"이다. 고바야시 아이유[1912/1918/1919]의 제2연 제3행의
"わかれなむ情熱の季の過ぎぬまに 헤어지자 사랑의 시절이 지나가기 전에"와 제4행의 "接吻と涙
と君がうなだれの額にをおきて 입맞춤과 눈물과 그대의 숙인 이마에 두고서" 중 '情熱の季の過ぎ
ぬまに 정열의 시절이 지나가기 전에', '接吻と涙と 입맞춤과 눈물과'만을 발췌하여 조합한 구문에
충실한 번역이다. 한편 산구 마코토[1917]의 제2연 제3행 "別れなむ情熱の季の過ぎぬ
間に 헤어지자 정열의 때가 지나기 전에"와 제2연 제4행 "俛首れし君が額に接吻と涙を措きて 숙
인 그대의 이마에 입맞춤과 눈물을 두고" 중 '情熱の季の過ぎぬ間に 정열의 때가 지나기 전에'와 '接吻と

涙입맞춤과 눈물'만을 발췌하여 조합한 구문에 충실한 번역이기도 하다.

제4행　「落葉」1920은 "그대의 숙인니마에남기고 가랴노라", 「落葉」1924은 "그대의 숙인니마우에 남기고 나는 가랴노라", 「落葉」1925.7은 "나는 키쓰와눈물을 그대의숙인이마에 남기고써나겠습니다", 「落葉」1925.10은 "나는 그대의 숙인니마에 남기고 가랴노라"이다. 고바야시 아이유1912/1918/1919의 제2연 제4행 중 '君がうなだれの額にをおきて그대의 숙인 이마에 두고서'와 제3행 중 'わかれなむ헤어지자'만을 발췌하여 조합한 구문에 대응한다. 산구 마코토1917의 제2연 제4행 중 '俛首れし君が額に숙인 그대의 이마에'와 '措きて두고', 제2연 제3행 중 '別れなむ헤어지자'만을 발췌하여 조합한 구문의 의역이다.

해설

김억의 「落葉」의 제1저본은 고바야시 아이유小林愛雄 : 1912/1918이고, 제2저본은 산구 마코토山宮允 : 1917이다. 이 중 전자는 이쿠다 슌게쓰生田春月 : 1919에도 수록되어 있다. 김억이 고바야시 아이유1912/1917를 제1저본으로 삼은 것도 그것이 이쿠다 슌게쓰1919에 수록되어 있던 탓도 있겠다. 또 두 일역시 모두 근본적으로 문어체로 이루어져 있지만, 상대적으로 고바야시 아이유1912/1918/1919가 좀더 이해하기 쉬웠기 때문일 것이다. 물론 김억은 산구 마코토1917에 수록된 예이츠의 원시도 참조했지만 적극적으로 저본으로 삼지 않았다.

　예이츠의 원시는 아일랜드 민요의 수사와 리듬을 따른 것으로서김상무 : 2014a, 10~11, 열정의 피할 수 없는 소진을 주제로 삼은 것이라고 한다.A. N. Jeffers : 1968. 9 이러한 사정과 무관하게 김억이 이 「낙엽」을 『오뇌의 무도』에 수록했을 뿐만 아니라, 재판 이후에도 여러 차례 개역했던 이유는 바로 '가을'을 제재로 한 작품이기 때문일 터이다. 이미 『오뇌의 무도』의 지난 각 장마다 '가을'을 제재로 한 작품이 수록되었거니와, 베를렌의 「가을의 노래」, 구르몽의 「가을의 싸님」과 「가을의 노래」, 알베르 사맹의 「가을」 그리고 보들레르의 「가을의 노래」가 그 예이다. 또 「오뇌의 무도」장에서 살필 장 모레아스의 「가을은 쏘다시 와서」, 앙드레-페르디낭 에롤의 「가을의 애달픈 笛聲」, 루이 망댕의 「가을 저녁의 黎明」, 로만로마노 프렌켈의 「가을의 노래」가 그러하다. 이 작품들과 더불어 김억의 「낙엽」 역시 조락과 상실을 중심으로 한 『오뇌의 무도』의 정서적 주조를 형성한다.

김억의 「낙엽」 역시 여느 예이츠의 시들, 『오뇌의 무도』에 수록된 여느 시들과 마찬가지로 일역시들을 그대로 조선어로 옮기지 않았다. 예컨대 예이츠 원시와 일역시의 제1연의 경우, 제1행의 'Autumn' 혹은 '秋가을'의 정경을 파노라마로 제시하는 보어절들인 반면, 이 내목에 대응하는 김억의 「낙엽」의 제3, 4행은 그 자체로 하나의 문장이다. 그래서 「낙엽」은 예이츠의 원시, 일역시와 달리 단편적인 정경의 나열처럼 보인다. 또 제2연에서 김억은 일역시와 다른 어휘 표현과 문형을 취하기도 하고, 특히 제3행과 제4행에서는 일역시의 구문을 일일이 해체하여 고쳐 쓰다시피 옮겼다. 그 가운데 고바야시 아이유1912/1918/1919의 'わかれなむ헤어지자' 같은 청유형 구문을 '가랴노라'라는 감탄형 구문으로 바꾸어 놓기도 했다. 그리하여 김억의 「낙엽」은 예이츠의 원시는 물론 일역시와도 다른 시가 되어 버렸다.

그러나 그 과정은 순탄하지 않았다. 그 증거가 바로 제2연 제3행의 '아쉬나무' 혹은 '로완나무'이다. 이 낯선 나무 이름은 예이츠의 원시의 'rowan'에 대응하는 것으로서 일역시 모두 'トネリコ' 즉 '무푸레나무'로 옮겼다. 따라서 김억 역시 일본의 선례를 따르면 되었건만, 의미 불명의 낯선 이름으로 옮기고 말았다. 그것은 'rowan'이든 'トネリコ'이든 김억으로서는 '자전字典과의 씨름'으로도 결코 옮길 수 없는 중역의 공동空洞이었다. 어쩌면 김억의 '아쉬나무'는 다음 행의 '딸기'와 대우를 이루는 리듬감, 이국의 정조를 환기하는 효과는 거둘 수 있겠다. 그렇다고 하더라도 저 중역의 공동이 제국 일본을 경유해서라도 이를 수 없는 영국, 근대시, 세계문학과 비서구 식민지 조선의 문학청년 김억 사이에 가로놓인 아득한 거리를 드러내는 것은 분명하다.

한편 이 아득한 거리와 무관하게 영국, 일본과 달리 조선의 문학청년 김억이 고쳐 쓴 예이츠의 「낙엽」이 그의 창작을 추동하기도 했다. 김억이 『오뇌의 무도』 초판 이후 발표한 창작시 「落葉」『창조』제9호, 1921.6;『해파리의 노래』, 1925 第5연의 "熱情이식기前、쓰거운키쓰로 / 오늘 이밤을 함씌 밝혜보서다。//"와 같은 문장은 예이츠의 「낙엽」 제2연 제3, 4행이 아니고서는 쓸 수 없었던 것이다. 이 짧은 두 행의 근저에는 한편으로는 아일랜드, 영국의 시가 일본을 경유하여 조선에 이르는 텍스트의 도정道程이, 다른 한편으로는 영어와 일본어라는 기점언어source language 와 매개언어intermediate language의 적층이 가로놓여 있다. 비서구 문학청년 김억의 글쓰기는 그런 도정과 적층 위에서 비로소 가능했다.

失戀。

프릇한눈섭[1]、고요한손과、검은머리털、

이러한 아름답은내벗이[2] 잇엇서라。

그리하고 지내간녯날의絶望이[3]、

마즈막에는「사랑」일줄로 생각하엿노라。

하로는 그아낙네가 내맘속을 엿보고

自己의 모양이 아직도 내가슴에 잇슴을보고는[4]

그 아낙네는 울면서 써나갓서라。

【초122, 재150】

戀人のなげき[†]

山宮允

[†] 山宮允,「ウイルヤム・バトラー・イェーツ」,『譯註 現代英詩鈔』, 東京 : 有朋館書店, 1917, 145면. 生田春月 編,「英吉利－イェェツ」,『泰西名詩名譯集』, 東京 : 越山堂, 1919, 50~51면.

靑き眉、しづかなる手に黑き髮、

我に美しの友ありき

かくてむかしの絶望の

終のとまりは戀とこそ想ひしに、

彼女ひと日わが心を覗き

君が像をそこに見出でつ、

彼女はしも泣きて往にけり。

失戀[†]

†　小林愛雄 譯, 「英吉利」, 『現代
萬葉集』, 東京：愛音會出版部,
1916, 75~76면.

靑白い額、靜かな手、曇った髮、

私には美くしい友達があつた。

さうして昔の失望が終には

戀に終るだらうと夢んで居た。

その女はある日私の心の中を眺めて、

お前の居るのを知ると、

その女は泣き乍ら行つて仕舞つた。

618　　　　『오뇌의 무도』 주해

THE LOVER MOURNS FOR THE LOSS OF LOVE[†]

Pale brows, still hands and dim hair,

I had a beautiful friend

And dreamed that the old despair

Would end in love in the end :

She looked in my heart one day

And saw your image was there;

She has gone weeping away.

[†] 山宮允, 「ウイルヤム・バトラー・イェーツ」, 『譯註 現代英詩鈔』, 東京 : 有朋館書店, 1917, 144면; William Butler Yeats, "Aedh laments the loss of love", *The Wind among the Reeds*, London : Ekin Mathews 1899, p.21; "The Wind among the Reeds", *The Poetical Works of William B. Yeats(Volume I - Lyrical Poems)*, New York : The Macmillan Company & London : Macmillan & Co. Ltd., 1906, p.234; "The Wind among the Reeds", *The Collected Works in Verse and Prose of William Butler Yeats(vol.1)*, Stratford-on-Avon : Imprinted at the Shakespeare Head Press, 1908, p.14.

재판 이외 없음.

주석

제1연

제1행 예이츠의 원시 제1행 "Pale brows, still hands and dim hair"를 염두에 두되, 산구 마코토 山宮允：1917/1919의 제1행 "靑き眉、しづかなる手に黑き髮푸른 눈썹, 고요한 손에 검은 머리카락"에 충실한 번역이다. 한편 고바야시 아이유小林愛雄：1916의 제1행은 "靑白い額、靜かな手、曇った髮창백한 이마, 고요한 손, 어두운 머리카락"이다.

제2행 예이츠의 원시 제2행 "I had a beautiful friend"를 염두에 두되, 산구 마코토1917/1919의 제2행 "我に美しの友ありき나에게 아름다운 벗이 있었다"를 '美しの友아름다운 벗', '我に나에게', 'ありき있었다' 순으로 도치한 구문의 어휘 표현을 따른 의역이다. 고바야시 아이유1916의 제2행 "私には美くしい友達があつた나에게는 아름다운 친구가 있었다"를 '美くしい友達아름다운 친구가', '私には나에게는', 'あつた있었다' 순으로 도치한 구문의 의역으로도 볼 수 있다.

제3행 예이츠의 원시 제3행 "And dreamed that the old despair"를 염두에 두되, 산구 마코토1917/1919의 제3행 "かくてむかしの絶望の이리하여 옛날의 절망의"의 어휘 표현과 문형에 충실한 번역이다. 한편 고바야시 아이유1916의 제3행은 "さうして昔の失望が終には그리고 옛날의 실망의 끝에는"이다.

제4행 예이츠의 원시 제3행 중 'dreamed that'과 제4행 "Would end in love in the end"를 조합한 구문을 염두에 두되, 산구 마코토1917/1919의 제4행 "終のとまりは戀とこそ想ひしに마지막 막다른 곳은 사랑이라고만 생각하여"의 어휘 표현과 문형을 충실히 따른 번역이다. 특히 김억은 '戀と사랑이라고' 중 격조사 'と이라고'를 의식하여 인용부호 「 」 안에 '사랑'을 명기한 것으로 보인다. 한편 고뱌아시 아이유1917의 제4행은 "戀に終るだらうと夢ん

で居た^{사랑으로 끝나리라 꿈꾸고 있었다}"이다.

제5행 예이츠의 원시 제5행 "She looked in my heart one day"를 염두에 두되, 산구 마코토 ^{1917/1919}의 제5행 "彼女ひと日わが心を覗き^{그녀가 하루는 내 마음을 엿보고}"를 'ひと日^{하루는}', '彼女^{그녀가}', 'わが心を覗き^{나의 마음을 엿보고}' 순으로 도치한 구문의 어휘 표현에 충실한 번역이다. 고바야시 아이유¹⁹¹⁶의 제5행 "その女はある日私の心の中を眺めて^{그녀는 어느 날 나의 마음속을 바라보고}"를 'ある日^{어느 날}', 'その女は^{그녀는}', '私の心の中を眺めて^{나의 마음속을 바라보고}' 순으로 도치한 구문의 의역으로도 볼 수 있다.

제6행 예이츠의 원시 제6행 "And saw your image was there"를 염두에 두되, 산구 마코토 ^{1917/1919}의 제6행 "君が像をそこに見出でつ^{그대의 모습을 거기에서 찾아내어}", 혹은 고바야시 아이유¹⁹¹⁶의 제6행 "お前の居るのを知ると^{네가 있음을 알자}"를 두루 참조한 의역이다. 김 억은 이 행을 옮기면서 예이츠 원시의 'You'와 'She'는 물론 일역시에서 현재 발화시^{發話時}의 청자인 '君^{그대}'^{山宮允}, 'お前^너'^{小林愛雄}와 이 행 이외 사건시^{事件詩}의 서술 대상인 '彼女^{그녀}'^{山宮允}와 'その女^{그녀}'^{小林愛雄}가 다름에도 불구하고, 전자와 후자가 같다고 보았다.

제7행 예이츠의 원시 제7행 "She has gone weeping away"를 염두에 두되, 산구 마코토^{1917/1919}의 제7행 "彼女はしも泣きて往にけり^{그녀는 울면서 떠나갔다}"의 어휘 표현과 문형을 충실히 따른 번역이다. 고바야시 아이유¹⁹¹⁶의 제7행 "その女は泣き乍ら行つて仕舞つた^{그녀는 울면서 가 버렸다}"의 충실한 번역이기도 하다.

해설 _____

김억의 「失戀」의 주된 저본은 산구 마코토^{山宮允 : 1917}의 「戀人のなげき^{연인의 탄식}」이다. 김억은 고바야시 아이유^{小林愛雄 : 1917}의 「失戀^{실연}」도 참조하고 특히 제목을 취했지만, 주된 저본으로 삼지는 않았다. 또 김억은 산구 마코토¹⁹¹⁷에 수록된 예이츠의 원시를 참조했지만, 주된 저본으로 삼지 않았다. 김억이 상대적으로 구어에 가까운 문체로 옮긴 고바야시 아이유¹⁹¹⁶가 아

니라 산구 마코토[1917]를 저본으로 삼은 것은 아무래도 후자가 이쿠다 슌게쓰生田春月 : 1919에 수록되었기 때문일 것이다.

『오뇌의 무도』 소재 다른 시편들도 마찬가지이지만, 기점언어 텍스트에 대한 김억의 해석의 방식, 범위는 대체로 한 편의 시 전체가 아니라, 한 행, 혹은 두 행 정도의 단위 내 몇 개의 구句와 절節들에 국한하기 일쑤이다. 특히 그 구와 절들이 시 전체의 의미를 좌우하는 시안詩眼일 경우, 시 전체의 의미와 어긋나게 읽고 옮기거나 하는 경우도 자주 나타난다. 이 「실연」에서는 제6행이 그러하다. 예이츠의 원시에서 시적 발화 주체인 'I'의 현재 발화시의 청자는 'You'이고, 'She'는 발화 주체와 청자가 두루 아는 과거 사건시의 제3의 인물이다. 그리고 'She'가 시적 주체인 'I'의 마음속의 'You'의 잔영을 들여다보고 떠나갔다는 것이 시적 발화 주체의 진술이다.

산구 마코토[1917/1919], 고바야시 아이유[1916]와 달리 김억이 'She'와 'You'의 차이를 구분할 수 없었던 것은 예이츠의 원시를 둘러싼 배경을 알 수 없었기 때문이다. 알려진 바와 같이 예이츠의 이 시는 그의 뮤즈인 모드 곤Maud Gonne과 영국의 소설가 올리비아 셰익스피어Olivia Shakespear, 1863~1938 사이의 엇갈린 사랑을 배경으로 한다.J. M. Hassett : 2010, 23~25; 김상무 : 2014b, 456~457 엄밀히 말하자면 예이츠의 원시는 예이츠가 자신의 마음을 받아 주지 않는 모드 곤에게 올리비아 셰익스피어와의 이별을 말하는 시이다. 즉 제2행의 '아름답은 내 벗', '그 아낙네'와 '사랑'은 올리비아 셰익스피어를 가리키고, '지내간 녯날의 絶望'은 모드 곤과의 절망적인 관계, 또 예이츠의 원시에서는 'your image'인 '自己의 모양'이란 모드 곤에 대한 미련을 의미하는 것이다.

김억으로서는 이러한 배경을 알 수 없었고, 더구나 「이옛츠의 시詩」장에 수록된 시들이 대체로 *The Wind among the Reeds*[1899] 소재 작품들이라는 점, 이 시집이 모드 곤과 올리비아 셰익스피어 사이에서의 복잡한 심경을 반영한다는 점은 더욱 알 수 없었다.Sam McCready : 1997, 420~421; David Holdeman : 2010, 22~23 그래서 제6행을 고쳐 쓸 수밖에 없었을 터이다. 그래서 김억을 통해 조선에 온 예이츠의 이 시는 '나'와 '그 아낙네'의 '실연', 엄밀히 말해 비련悲戀의 회상이 되고 말았다. 그렇다고 해서 김억의 제6행은 물론 「실연」을 오역誤譯이라고 섣불리 단정해서는 안 된다. 분명히 김억의 「실연」이 예이츠의 원시는 물론 일역시들과 전혀 다른 시이지만, 근본적으로 「실연」이 직접번역이 아닌 간접번역, 즉 중역이고 그것은 번역자인 자신을 포함한 조선의 독자들에게 오로지 이해 가능한 시적 발화로서 다시 쓰는 일이기 때문이다.

舊友을 닛지말아라.[1]

1 　초판 목차에는 "舊友를닛지마
아라". 재판 목차에는 "舊友를
닛지말아라".

2 　재판에는 "그대가 비록".

3 　재판에는 "새롭은빗이". 재판
의 "새롭은빗이"는 "새롭은벗
이"의 오식으로 보인다.

4 　재판에는 "교만도 말아라".

5 　재판에는 "그러지를 말고서".

6 　재판에는 "洪水의셜은「째」는".

7 　재판에는 "그대의 얼골엔".

8 　재판에는 "넷벗을 除하고는".

只今은 그대가비록[2] 幸運을 만나

여러사람의 혀긋에 올으내리며、

새롭은벗이[3] 씐지안코 그대를 칭찬하나、

無情스럽게도 말아라、교만도말아라[4]、

그러지를말고서[5]、넷벗을 생각하여라、

오래지아니하야、洪水의셜은「째」는[6] 와서

그대의얼골엔[7] 아름답은빗이 업서지리라。

그째、아々 그리될째에야

넷벗을除하고는[8] 다른사람이 다 닛고마리라。　　　【초123, 재151】

戀人はその友に舊友を說く[†]

山宮允

[†] 山宮允,「ウイルヤム・バトラー・イェーツ」,『譯註 現代英詩鈔』, 東京：有朋館書店, 1917, 121면; 生田春月 編,「英吉利－イェェツ」,『泰西名詩名譯集』, 東京：越山堂, 1919, 50면.

よしや君今は榮えて、

群衆(ひとびと)の噂にのぼり

新しき友頻りに君を頌(ほ)むるとも、

情なくまた傲りてあるなかれ、

しかあらで舊友(ふるきとも)をばよく思へ、

やがては辛き 『時』の洪水(みづ)起り、

君が容色(みめ)の美しさ失せ淪び

舊友(ふるきとも)を除きてなべての人に忘られむ(お)。

THE LOVER PLEADS WITH HIS FRIEND FOR OLD FRIENDS [†]

[†] 山宮允, 「ウイルヤム・バトラー・イエーツ」, 『譯註 現代英詩鈔』, 東京 : 有朋館書店, 1917, 120면; William Butler Yeats, "The Poet pleads with his friend for old friends", *The Wind among the Reeds*, London : Ekin Mathews 1899, p.54; "The Wind among the Reeds", *The Poetical Works of William B. Yeats*(*Volume I —Lyrical Poems*), New York : The Macmillan Company & London : Macmillan & Co. Ltd., 1906/1920, p.266; "The Wind among the Reeds", *The Collected Works in Verse and Prose of William Butler Yeats*(*Vol.1*), Stratford-on-Avon : Imprinted at the Shakespeare Head Press, 1908, p.35.

Though you are in your shining days,

Voices among the crowd

And new friends busy with your praise,

Be not unkind or proud,

But think about old friends the most:

Time's bitter flood will rise,

Your beauty perish and be lost

For all eyes but these eyes.

없음.

주석

제1연

제1행 예이츠의 원시 제1행 "Though you are in your shining days"를 염두에 두되, 산구 마코토山宮允 : 1917/1919의 제1행 "よしや君今は榮えて 설령 그대 지금 번창하여"의 어휘 표현과 문형을 따른 의역이다.

제2행 예이츠의 원시 제2행 "Voices among the crowd"를 염두에 두되, 산구 마코토1917/1919의 제2행 "群衆の噂にのぼり 사람들의 소문에 오르고"의 어휘 표현과 문형을 따른 의역이다.

제3행 예이츠의 원시 제3행 "And new friends busy with your praise"를 염두에 두되, 산구 마코토1917/1919의 제3행 "新しき友頻りに君を頌むるとも 새로운 벗이 빈번히 그대를 칭송하더라도"의 어휘 표현과 문형에 충실한 번역이다.

제4행 예이츠의 원시 제4행 "Be not unkind or proud"를 염두에 두되, 산구 마코토1917/1919의 제4행 "情なくまた傲りてあるなかれ 무정하지도, 또 교만하지도 말아라"의 어휘 표현과 문형에 충실한 번역이다.

제5행 예이츠의 원시 제5행 "But think about old friends the most"를 염두에 두되, 산구 마코토1917/1919의 제5행 "しかあらで舊友をばよく思へ 그러지 말고 오랜 벗을 잘 생각하라"의 어휘 표현과 문형에 충실한 번역이다.

제6행 예이츠의 원시 제6행 "Time's bitter flood will rise"보다 산구 마코토1917/1919의 제6행 "やがては辛き『時』の洪水起り 머지않아 괴로운 '때'가 홍수처럼 일어나"의 어휘 표현과 문형에 충실한 번역이다.

제7행 예이츠의 원시 제7행 "Your beauty perish and be lost"보다 산구 마코토1917/1919의 제7행 "君が容色の美しさ失せ淪び 그대의 얼굴이 아름다움을 잃고 스러져"의 어휘 표현과 문형에 충실한 번역이다.

제8행　예이츠의 원시에도, 산구 마코토[1917/1919]에도 없는 김억이 새로 써서 삽입한 행이다.

제9행　예이츠의 원시 제8행 "For all eyes but these eyes"보다 산구 마코토[1917/1919]의 제8행 "舊友を除きてなべての人に忘られむ[오랜 벗을 제하고 모든 이에게 잊히겠지]"의 어휘 표현과 문형에 충실한 번역이다.

해설

김억의 「舊友을 닛지말아라」의 저본은 산구 마코토[山宮允 : 1917]의 「戀人はその友に舊友を說く[연인은 그 친구에게 옛 친구를 말한다]」이다. 김억은 산구 마코토[1917]에 수록된 예이츠의 원시도 참조했지만 적극적으로 저본으로 삼지 않았다. 『오뇌의 무도』 초판 이전 일본에서 출판된 번역시 엔솔러지 중 예이츠의 원시를 수록하고 옮긴 것은 산구 마코토[1917]뿐이다. 또 산구 마코토[1917]는 이쿠다 슌게쓰[生田春月 : 1919]에도 수록되었다. 따라서 김억이 저본으로 삼을 수 있는 번역의 선례란 사실상 산구 마코토[1917/1919]뿐이었다. 특히 김억이 제6행에서 '때'를 강조하는 문장부호「」『』를 사용한 것은 산구 마코토[1917/1919]를 참조하지 않고서는 불가능한 일이다.

그러나 김억이 오로지 산구 마코토[1917/1919]만을 저본으로 삼아 이 「舊友을 닛지말아라」를 옮기기란 쉽지 않았을 것이다. 예컨대 산구 마코토[1917/1919] 제5행의 접속부사 'しかあらで[그러지 말고]'와 같은 고어나, 독음자[ルビ, ふりかな]도 없는 제7행의 '淪[ほろびる 쇠하다. 사라지다. 스러지다]'와 같은 고삽[苦澁]한 어휘가 그러하다. 특히 후자의 경우 김억은 생략하는 방식으로 곤경을 피했다.

예이츠의 원시는 표면적으로는 상대의 청춘과 아름다움이 사라져도 변치 않는 연인의 마음을 표현한 시이지만, 사실 예이츠의 뮤즈, 이룰 수 없는 사랑의 대상, 영국인으로서 아일랜드의 배우이자 정치운동가이기도 했던 모드 곤[Maud Gonne]을 향해 쓴 시이다.[김상무 : 2014b, 316~317] 특히 예이츠의 원시 제1행은 배우이자 정치운동가로서 인기의 절정을 맞이했던 시기[1897~1898]의 모드 곤을, 또 제8행의 'these eyse'와 산구 마코토[1917/1919]의 '舊友[오랜 벗]'란 예이츠 자신을 가리킨다.[A. N. Jeffares : 1968, 81~82] 그러나 예이츠 원시의 배경까지 알 수 없었을 김억으로서는 이 시를 인생의 영고성쇠^{榮枯盛衰}와 옛 벗의 소중함을 경계하는 시로 옮겼다.

사실 「舊友을 닛지말아라」도 앞서 「늙은이」와 마찬가지로 인생에 대한 통찰, 교훈을 담은 에피그램^{epigram : 警句詩}처럼 읽힌다. 김억은 이 단시형^{短詩型}, 에피그램 풍의 작품에 매료되었던 것으로 보인다. 예이츠만이 아니라 「오뇌의 무도」장의 고대 그리스의 아나크레온^{Anacreon} 등의 에피그램을 수록한 것은 그러한 사정을 방증한다. 특히 예이츠의 「늙은이」와 「舊友을 닛지말아라」는 후일 김억이 『해파리의 노래』¹⁹²⁵에 수록한 「하품론^論」, 「입」, 「우정^{友情}」 등의 시를 쓰도록 이끌었다. 특히 「우정」은 「舊友을 닛지말아라」와 「술노래」의 아류작^{epigonen}이다. 이처럼 김억에게 중역이란 곧 창작의 원천이기도 했다. 김억이 어째서 이 단시형, 에피그램 풍의 작품에 매료되어 있었던가는 알 수 없다. 다만 이것이 근대 이전 '잠^箴'을 비롯한 한문학의 유산, 시조 등 운문문학의 전통과 연맥하는 점을 간과할 수 없다.

술노래。

술은입으로[1] 들어가고、

사랑은눈으로[2] 들어가나니、

사람아、늙어서죽기前에[3]

반듯시알아둘것은[4] 이것이러라。

나는 술잔을 입에대이고[5]

그대를 바라보며、탄식하노라。   【초124, 재152】

저본

酒の歌[1]

山宮允

1　山宮允,「ウイルヤム・バトラー・イェーツ」,『譯註 現代英詩鈔』, 東京：有朋館書店, 1917, 159면; 生田春月 編,「英吉利―イェエツ」,『泰西名詩名譯集』, 東京：越山堂, 1919, 50면.

2　西條八十 譯,『白孔雀』, 東京：尚文堂, 1920, 17면.

酒は口より入り

戀は目より入る、

我等老いかつ死なぬ間に

確實に知るべきことはこれのみ。

われ杯を口に擧げ、

君を眺めて、嘆息す。

酒の歌[2]

西條八十

酒は唇よりきたり

戀は眼より入る。

われら老いかつ死ぬる前に

知るべき一切の眞はこれのみ。

われ杯を唇にあて

おんみを眺めかつ嘆息す。

A DRINKING SONG [†]

[†] 山宮允,「ウイルヤム・バトラー・イェーツ」,『譯註現代英詩鈔』, 東京：有朋館書店, 1917, 158 면; William Butler Yeats, *Responsibilities and other Poems*, New York : The Macmillan company, 1916, p.101.

Wine comes in at the mouth

And love comes in at the eye;

That's all we shall know for truth

Before we grow old and die.

I lift the glass to my mouth,

I look at you, and I sigh.

번역의 이본

첫 번째 번역은 「술노래」.「譯詩 멧 編」,『창조』, 1920.7

네 번째 번역은 「술노래」.「예이츠의 戀愛詩」,『조선문단』, 1925.7

주석

제1연

제1행 「술노래」¹⁹²⁰는 "술은입으로 들어가고、"、「술노래」¹⁹²⁵는 "술은 입으로 들어가고"이다. 예이츠의 원시 제1행 "Wine comes in at the mouth"를 염두에 두되, 산구 마코토^{山口充:1917} 제1행 "酒は口より入り 술은 입으로 들어가고", 사이조 야소^{西條八十:1920}의 제1행 "酒は唇よりきたり 술은 입으로 들어가고"의 어휘 표현과 문형에 두루 충실한 번역이다.

제2행 「술노래」¹⁹²⁰는 "사랑은눈으로 들어가나니、"、「술노래」¹⁹²⁵는 "사랑은 눈으로 들어가나니、"이다. 예이츠의 원시 제2행 "And love comes in at the eye:"를 염두에 두되, 산구 마코토¹⁹¹⁷의 제2행 "戀は目より入る 사랑은 눈으로 들어가며"의 어휘 표현과 문형에 충실한 번역이다. 사이조 야소¹⁹²⁰의 제2행 "戀は眼より入る 사랑은 눈동자로 들어간다"에 충실한 번역으로도 볼 수 있다.

제3행 「술노래」¹⁹²⁰는 "사람아、늙어서죽기前에"、「술노래」¹⁹²⁵는 "사람아、늙어서 죽기前에"이다. 예이츠의 원시 제4행 "Before we grow old and die"를 염두에 두되, 사이조 야소¹⁹²⁰의 제3행 "われら老いかつ死ぬる前に 우리 늙어서 죽기 전에"의 어휘 표현과 문형에 충실한 번역이다. 산구 마코토¹⁹¹⁷의 제3행 "我等老いかつ死なぬ間に 우리 늙어서 죽기 전에"의 어휘 표현과 문형을 따른 의역으로도 볼 수 있다.

제4행 「술노래」¹⁹²⁰는 "반드시알아둘것은 이것이러라。"、「술노래」¹⁹²⁵는 "반듯시 알아둘것은 이것이러라。"이다. 초판은 산구 마코토¹⁹¹⁷의 제4행 "確實に知るべきことはこれのみ 분명히 알아 두어야 할 것은 이것뿐"에 대응한다. 재판은 사이조 야소¹⁹²⁰의 제4행 "知るべき一切の眞はこれのみ 알아야 할 모든 진리는 이것뿐"에 대응한다. 한편 예이츠의 원시 제3행은

"That's all we shall know for truth"이다.

제5행 「술노래」¹⁹²⁰는 "나는 술잔을 입에대이고", 「술노래」¹⁹²⁵는 "나는 只수술잔을 입에대이고"이다. 예이츠의 원시 제5행 "I lift the glass to my mouth"를 염두에 두되, 사이조 야소¹⁹²⁰의 제5행 "われ杯を唇にあて^{나는 술잔을 입에 대고}"의 어휘 표현과 문형에 충실한 번역이다. 산구 마코토¹⁹¹⁷의 제5행 "われ杯を口に擧げ^{나는 술산을 입으로 들어 올려}"의 의역으로도 볼 수 있다.

제6행 「술노래」¹⁹²⁰는 "그대를보며、탄식하노라。", 「술노래」¹⁹²⁵는 "그대를 바라보며 한숨쉬노라"이다. 예이츠의 원시 제6행 "I look at you, and I sigh"를 염두에 두되, 산구 마코토¹⁹¹⁷의 제6행 "君を眺めて、嘆息す^{그대를 바라보며、탄식한다}", 사이조 야소¹⁹²⁰의 제6행 "おんみを眺めかつ嘆息す^{그대를 바라보며 탄식한다}"의 어휘 표현과 문형에 두루 충실한 번역이다.

해설 _____

김억의 「술노래」의 주된 저본은 산구 마코토^{山宮允:1917}의 「酒の歌^{술의 노래}」와 사이조 야소^{西條八十:1920}의 「酒の歌^{술의 노래}」이다. 이 중 후자는 진작 저본으로 추정되어 왔다^{김장호:1993/1994}. 물론 김억은 전자에 수록된 예이츠의 원시도 참조했지만, 정작 일역시의 어휘 표현과 문형을 따라 번역했다. 김억이 이 중 어느 것을 먼저 열람했던가는 알 수 없다. 다만 김억이 「술노래」의 첫 번째 번역을 발표한 시점^{1920.7}에는 사이조 야소¹⁹²⁰가 수록된 번역시 앤솔러지 『백공작^{白孔雀}』이 이미 출판되어 있었다.^{1920.1.10} 또 「술노래」의 제5행과 제6행의 경우 초판은 산구 마코토¹⁹¹⁷를, 재판 이후부터는 사이조 야소¹⁹²⁰를 저본으로 삼은 점으로 보건대, 전자를 먼저 열람한 것으로 볼 수도 있다.

한편 김억이 『오뇌의 무도』 재판 이후 그가 발표한 창작시 「술노래」^{『개벽[開闢]』, 1924.2}는 예이츠의 이 「술노래」의 아류작^{epigonen}이다. 또 예이츠의 이 「술노래」는 앞서 「舊友을 닛지말아라」와 더불어 그의 창작시집 『해파리의 노래』¹⁹²⁵ 소재 「우정^{友情}」의 창작에 영감을 불어넣은 작품이기도 하다. 특히 「우정」의 제2연 제5, 6행 "나는 떠들어가는 술잔을 입에 대이고 / 우정 가득한 그대의 얼굴을 혼자 보며 웃노라"는 「술노래」의 제5, 6행 "나는 술잔을 입에대이고 / 그대를 바라보며、탄식하노라"가 없었더라면 김억으로서는 쓸 수 없었을 대목이다.

이 「이옛츠 시詩」 장의 작품들, 특히 김억 특유의 '창작적 무드'의 번역이 『오뇌의 무도』 이후 창작을 추동하는 사정은 흥미롭다. 비록 김억이라는 한 사람의 문학청년에 국한하더라도 비서구 식민지 조선의 신시新詩의 창작이 서구 근대시의 전지구적 이동, 영어와 일본어라는 타자들의 어휘 표현과 문형을 고쳐 쓰는 가운데 추동되었다는 점은 저 「술노래」1924, 「우정」1925에 단순한 아류작 이상의 의의가 있음을 시사한다. 특히 김억의 번(중)역이 창작으로 이어지는 도정에 제국 일본의 국어가 개입된다는 점은 그는 물론 근대기 조선과 신문학의 실존적 소여를 고스란히 드러낸다.

뽀르의詩[†]

서오한標로 배써나는 그날엔

눈물흘니며 餞送하릿가、

그만둬라、그만둬라、海汁바람、

들세는바람、눈물싸윈、말으고말니라。

뽀르   【재153】

이詩를 곱히나곱게 모하서는

닛수은 잇는곳좃차 몰을 어린한새의

지내간 어린날의 여러벗에게 들이노라。   【재154】

[†] 폴 포르(Paul Fort, 1872~
1960, 프랑스). 초판 「懊惱의
舞蹈」장의 폴 포르 시 두 편, 새
로 번역한 네 편을 더해 재판
에 새로 만든 장.

"또르의 詩"장에 대하여

이 장은 구르몽Remy de Gourmont, 1858~1915, 알베르 사맹Albert Samain, 1858~1900과 더불어 프랑스 신상징주의neo-symbolisme의 거점이었던『메르퀴르 드 프랑스Mercure de France』지의 대표적인 시인 폴 포르Paul Fort, 1872~1960의 시 총 6편을 수록하고 있다. 김억은『오뇌의 무도』재판에서 처음으로 이 장을 구성했다. 이 중「결혼식전結婚式前」과「이별離別」은 김억이 1920년 5월『창조』지에 초역을 발표한 후 초판「오뇌의 무도」장에 수록했다. 또「인생人生」등 나머지 네 편은 1921년 8월『개벽』지에 발표한 후 초판의 저 두 편과 함께 재판「포르의 시」장에 수록했다.

근대기 일본에서 폴 포르의 시는 이미 다케토모 소후竹友藻風가 엮은 엔솔러지『울금초鬱金草』1915에 수록된 우에다 빈上田敏의 번역을 통해 소개된 바 있다. 그 후 1918년 5월 일본의『현대시가現代詩歌』지의 폴 포르 특집호에 우에다 빈, 가와지 류코川路柳虹, 호리구치 다이가쿠堀口大學의 번역과 요사노 히로시與謝野寬, 1873~1935의 평론을 통해 소개된 바 있다. 이 중 우에다 빈의 번역은 그의 두 번째 번역시 엔솔러지인『목양신牧羊神』1920에 다시 수록되기도 했다. 또 가와지 류코의 번역은 후일 이쿠다 슌게쓰生田春月의『태서명시명역집泰西名詩名譯集』1919에 수록되었다. 또 호리구치 다이가쿠의 번역은 후일『어제의 꽃昨日の花』1918과『잃어버린 보배失はれた寶玉』1920에 수록되었다. 그리고『오뇌의 무도』초판이 출판될 무렵에 발표된 야나기자와 다케시柳澤健의 번역시 엔솔러지『현대불란서시집現代佛蘭西詩集』1921에는 당시로서는 가장 많은 규모로 폴 포르의 시가 수록되어 있기도 했다. 이 중 김억이 초판에 수록한「결혼식전」과「이별」은『울금초』와『태서명시명역집』에 수록된 우에다 빈과 가와지 류코의 번역시를 저본으로 삼은 것이었다.

한편 호리구치 다이가쿠는『현대시가』지의 특집호에 발표한 작품들 중「윤무輪踊り」한 편만『어제의 꽃』에 수록했다가,『잃어버린 보배』에 이르러「윤무」와「사람의 일생人の一生」등 나머지 작품들을 모두 수록했다. 김억은『오뇌의 무도』초판 이후『잃어버린 보배』를 저본으로 삼아「인생人生」등 네 편을 옮겨 재판에 수록했다. 따라서 김억이『오뇌의 무도』재판에 폴 포르의 장을 따로 안배한 것은 역시 호리구치 다이가쿠와 『잃어진 보배』의 영향이라고 보아야 한다. 김억의 폴 포르 시 번역의 저본은 호리구치 다이가쿠의 『달 아래 한 무리月下の一群』 1925로 추정되어 왔다.김용직:1967; 김은전:1984/1991 그러나 여러 차례 거론했듯이, 『오뇌의 무도』 재판보다 늦게 출판된 『달 아래 한 무리』가 저본일 수는 없다. 어쨌든 이로써 김억에게 호리구치 다이가쿠의 초기 번역시 엔솔러지들이 폴 포르의 시는 물론 프랑스 데카당티슴과 상징주의 문학운동을 비롯한 현대시에 대한 지식과 이해의 창이었음이 보다 분명해진다.

김억은 재판에서 이 장을 새로 꾸리면서 야나기자와 다케시의 『현대불란서시집』을 저본으로 삼을 수 있었지만 그리하지 않았다. 당시 김억으로서는 이 번역시 엔솔러지의 존재를 몰랐을 리는 없는데, 이것을 저본으로 삼지 않은 이유는 알 수 없다. 비록 재판이 출판된 지 한참이 지난 회고이기는 하지만, 김억은 가장 좋아했던 작가로 타고르Rabindranath Tagore, 투르게네프, 안톤 체호프Anton P. Chekhov, 아서 시먼스, W. B. 예이츠, 나쓰메 소세키夏目漱石, 모리 오가이森鷗外, 호리구치 다이가쿠와 더불어 폴 포르를 꼽기도 했다.金岸曙,「내가 조화하는 1.작품과 작가 2.영화와 배우」, 『문예공론』 창간호, 1929.5 그래서 김억이 야나기자와 다케시의 『현대불란서시집』 소재 폴 포르의 시를 저본으로 삼지 않았던 것은 의아하다. 만약 김억이 야나기자와 다케시의 번역시까지 저본으로 삼았더라면 이 장은 보다 풍성해졌을 것이다.

영국에서 폴 포르의 시는 제스로 빗설Jethro Bithell의 『현대 프랑스 시선Contemporary French Poetry』 1912 중 몇 편의 번역시가 수록되어 있었다. 김억은 「결혼식전」의 초역 당시부터 이 영역시를 참조한 것으로 보이는데, 그렇다고 해서 주된 저본으로 삼지는 못했다. 한편 제스로 빗설의 이 번역시 엔솔러지는 이미 여러 차례 설명한 바와 같이 윌리엄 샤프Wiilam Sharp가 편집하여 월터 스코트 출판사The Walter Scott Publishing Co., Ltd.에서 출판한 캔터베리 시인 총서The Canterbury Poets 의 일부이다. 따라서 김억이 이 제스로 빗설의 번역시 엔솔러지를 읽었던 것은 더욱 분명해진다.

그런데 『오뇌의 무도』에 수록된 폴 포르의 시들은 『프랑스 발라드Les Ballades Françaises』1896~1958 연작시의 일부로서, 대체로 한 연이 한 행으로 이루어진 짧은 시들이다. 이것은 폴 포르가 이

미 19세기 말부터 프랑스 문학계를 풍미하던 '아이카이'Haïkaï 혹은 Hai-Kaï, 즉 일본의 하이카이俳諧 형식5·7·5조 17음절과 와카和歌의 유행에 따라 쓴 작품들이다.William L. Schwartz : 1924, 170 그리고 이 '아이카이'의 유행은 우키요에浮世繪의 유행과 더불어 근대기 프랑스의 자포니슴Japonisme을 반영하기도 한다. 또 호리구치 다이가쿠는 1913년 벨기에 브뤼셀에서 구르몽, 알베르 사맹과 더불어 폴 포르의 시에 매료되었고, 『오뇌의 무도』 초판 출판 이후인 1921년 7월과 8월 사이 브라질에서 폴 포르를 만난 이후 긴밀히 교류했다.堀口大學, 「ボオル・フオル : 詩王と島へ」, 『詩と詩人』, 東京 : 講談社, 1948 특히 그가 'Nico D. Horigoutchi'라는 이름으로 파리에서 출판한 단카短歌 형식의 프랑스어 창작 시집 Tankas1921에 서문을 써 준 것도 폴 포르였다.Nico-D. Horigoutchi, Tankas : Petits Poémes Japonais, Paris : Edité par Éditions du Fauconnier, 1921 또 호리구치 다이가쿠는 후일 폴 포르의 번역시집 『폴 포르 시초ポオル・フオル詩抄』1934를 발표하기도 했다. 이것은 김억의 폴 포르의 번역, 특히 「포르의 시」장이 근대기 프랑스와 일본 사이의 문학을 둘러싼 교류의 맥락을 배경으로 하고 있음을, 그 흔적이 식민지 조선에도 남았음을 의미한다.

結婚式前。[1]

쏘 르[2]

이싸님은 돌아가서라、돌아가서라、
　　애닯은 사랑에。
싸님에게 壽衣입혀라、壽衣입혀라、
　　꽃갓튼 壽衣를。
사람들은 쟝사하여라[3]、쟝사하여라、
　　밝아올 첫녁에。
이싸님을 혼자누혀라[4]、혼자누혀라、
　　외로운[5] 너울에。
이른아츰 한가롭게도、한가롭게도、
　　노래를 노흐며。[6]　　　　　　　　　　　【초145, 재155】
사람들은 「째가오면은、째가오면은、
　　우리도 밟을길、
이싸님은 돌아가서라、돌아가서라、
　　애닯은 사랑에。」
그리하곤 들로가더라、들로가더라、
　　어제도 오늘도。　　　　　　　　　　　【초145, 재156】

1 초판「懊惱의 舞踏」장에 수록
　된 작품.

2 재판에는 없음.

3 재판에는 "사람들은 葬事하여라".

4 재판에는 "혼자눕혀라".

5 재판에는 '외롭은'.

6 재판에는 '노흐며'.

저본

村歌[1]

上田敏

1　竹友藻風 編, 『鬱金草』, 東京: 榮江堂書店, 1915, 5면; 上田敏 譯, 「ポオル・フオル PAUL FORT : このをとめ CETTE FILLE, ELLE EST MORTE」, 『牧羊神』, 東京: 金尾文淵堂, 1920, 232~233면.

2　上田敏(1915)에는 "寂しくも唯 ひとり、唯ひとり、きのまゝに".

このをとめ、みまかりぬ、みまかりぬ、戀やみに。

ひとこれを葬りぬ、葬りぬ、あけがたに。

寂しくも唯ひとり、唯ひとり、きのままに[2]

棺のうち、唯ひとり、唯ひとり、のこしきて、

朝まだき、はなやかに、はなやかに、うちつれて、

歌ふやう「時くれば、時くれば、ゆくみちぞ、

このをとめ、みまかりぬ、みまかりぬ、戀やみに。」

かくてみな、けふもまた、けふもまた、野に出でぬ。

鄙唄[1]

あの娘、あの娘ごも死にはてた、死にはてた戀のある身で[2]。

村びとは土へうづめた、なきがらを、土へうづめた、爽明に。

村びとは娘ごをやすませた、たゞひとり、たゞひとり、そのまゝに。

村びとは娘ごをやすませた、たゞひとり、たゞひとり、棺のなか。

村びとはたのしげに、たのしげにかへりくる。日とともに。

村びとはたのしげに、たのしげにうたひつゝ「誰もおなじ身。」[3]

「あの娘、あの娘ごも死にはてた、死にはてた戀のある身で。」

村びとは野へと出てゆく、いつものやうに野へと出てゆく。

1 柳虹 譯, 「ボオル・フォール詩章」, 『現代詩歌』第1巻 第4號, 東京：曙光詩社, 1918.5, 16면; 生田春月 編,「佛蘭西－ポオル・フォオル」, 『泰西名詩名譯集』, 東京：越山堂, 1919, 127~128면.

2 川路柳虹(1918)에는 "死にはてた、戀のある身で".

3 川路柳虹(1918)에는 "村びとはたのしげに、たのしげにうたひつゝ「誰もおなじ身。"

BEFORE HER WEDDING-DAY[†]

[†] Jethro Bithell, "Paul Fort", *Contemporary French Poetry*, London : Walter Scott Publishing Co. Ltd., 1912, pp.18~19.

Jethro Bithell

This maiden she is dead, is dead before her wedding-day.

They lay her in her shroud, her shroud as white as flowering may.

They bear her to the earth, the earth, while yet the dawn is grey.

They lay her all alone, alone down in the chilly clay.

They come back merry, merrily a-singing all the way.

"We too shall have our turn, our turn," a-singing glad and gay.

This maiden she is dead, is dead before her wedding-day.

They go to till the fields, the fields as they do every day.

LA FILLE MORTE DANS SES AMOURS[†]

† Paul Fort, "Chansons", *Choix de Ballades Françaises : Hymnes, Chansons, Lieds, Élégies, Poèmes*, Paris : Eugène Figuière, 1913, pp.43~44. Adolphe van Bever & Paul Léautaud, "Paul Fort : Des «Ballades au hameau»", *Poètes d'Aujourd'hui, 1880~1900 Morceaux choisis*, Paris : Société du Mercure de France, 1900, p.44; *Poètes d'Aujourd'hui : Morceaux choisis(Tome I)*, Paris : Société du Mercure de France, 1908, pp.82~83. Gérard Walch, "Paul Fort : Cette fille, elle est morte…", *Anthologie des Poètes Français contemporains(~Tome troisième)*, Paris : Ch. Delagrave, Leyde : A.-W. Sijthoff, 1907, p.183.

Cette fille, elle est morte, elle est morte dans ses amours.

Ils l'ont portée en terre, en terre au point du jour.

Ils l'ont couchée toute seule, toute seule en ses atours.

Ils l'ont couchée toute seule, toute seule en son cerceuil.

Ils sont rev'nus gaîment, gaîment avec le jour.

Ils ont chanté gaîment, gaîment : « Chacun son tour.

« Cette fille, elle est morte, est morte dans ses amours. »

Ils sont allés aux champs, aux champs comme tous les jours …

첫 번째 번역은 「結婚式前」, 「譯詩 編」, 『창조』 제6호, 1920.5

주석

제1연

제1행 「結婚式前」[1920]은 "이짜님은 돌아가섯다, 돌아가섯다"이다. 제스로 빗설[Jethro Bithell : 1912]의 제1행 "This maiden she is dead, is dead before her wedding-day" 중 'This maiden she is dead, is dead'를 염두에 두되, 우에다 빈[上田敏 : 1915/1920]의 제1행 "このをとめ、みまかりぬ、みまかりぬ、戀やみに[이 처녀, 세상을 떠났다, 떠났다, 사랑앓이로]" 중 '戀やみに[사랑앓이로]'를 제한 구문의 어휘 표현과 문형을 따른 의역이다. 가와지 류코[川路柳虹 : 1918/1919]의 제1행 "あの娘、あの娘ごも死にはてた、死にはてた戀のある身で[그 소녀, 그 소녀 죽고 말았다, 죽고 말았다 사랑 품은 몸으로]" 중 '戀のある身で[사랑 품은 몸으로]'를 제한 구문의 의역으로도 볼 수 있다.

제2행 「結婚式前」[1920]은 "애닯은사랑에"이다. 우에다 빈[1915/1920]의 제1행 중 "戀やみに[사랑앓이로]"의 의역이다. 한편 가와지 류코[1918/1919]의 제1행 중 "戀のある身で[사랑 품은 몸으로]"에 해당한다.

제3행 「結婚式前」[1920]은 "님에게 壽衣입힌다, 壽衣입힌다"이다. 제스로 빗설[1912]의 제2행 "They lay her in her shroud, her shroud as white as flowering may" 중 'They lay her in her shroud, her shroud'의 의역이다. 일역시, 프랑스어 원시에는 해당 행이 없다. 참고로 사이토 히데사부로[齊藤秀三郎 : 1918]에는 'shroud'를 "(死人を包む)屍布、經帷子。" 즉 "(죽은 이를 싸는)염포, 수의"로 풀이한다.

제4행 「結婚式前」[1920]은 "꼿갓튼壽衣를"이다. 제스로 빗설[1912]의 제2행 중 'as white as flowering may'의 의역이다. 일역시, 프랑스어 원시와 대응하는 행이 없다.

제5행 「結婚式前」[1920]은 "사람들은 쟝사하더라, 쟝사하더라"이다. 제스로 빗설[1912]의 제3행

"They bear her to the earth, the earth, while yet the dawn is grey" 중 'They bear her to the earth, the earth'를 염두에 두되, 우에다 빈[1915/1920]의 제2행의 "ひとこれを葬りぬ、葬りぬ、あけがたに 사람들 그녀를 장사지낸다. 장사지낸다. 새벽녘에" 중 "ひとこれを葬りぬ、葬りぬ、あけがたに 사람들 그녀를 장사지낸다. 장사지낸다"의 어휘 표현과 문형을 따른 의역이다. 한편 가와지 류코[1918/1919]의 제2행 "村ひとは土へうづめた、なきがらを、土へうづめた、爽明に 마을 사람들은 땅에 묻었다. 울면서. 땅에 묻었다. 새벽녘에" 중 '土へうづめた、爽明に 마을 사람들은 땅에 묻었다. 새벽녘에'를 제한 구문에 해당한다.

제6행 넉 : '녘'의 평안도 방언이다.[김이협 : 1981] 첫넉 : '새벽녘'으로 추정된다.「結婚式前」[1920]은 "밝아올첫넉에"이다. 제스로 빗설[1912]의 제3행 중 'while yet the dawn is grey'의 의역이다. 한편 우에다 빈[1915/1920]의 제2행 중 'あけがたに 새벽에', 가와지 류코[1918/1919]의 제2행 중 '爽明に 새벽녘에'에 해당한다.

제7행 「結婚式前」[1920]은 "이싸님을 혼자누힌다. 혼자누힌다"이다. 제스로 빗설[1912]의 제4행 "They lay her all alone, alone down in the chilly clay" 중 'They lay her all alone, alone down'의 의역이다. 한편 우에다 빈[1915/1920]의 제3행은 "寂しくも唯ひとり、唯ひとり、きのまゝに 쓸쓸하게 그저 홀로. 그저 홀로. 입은 옷 그대로"이다. 또 가와지 류코[1918/1919]의 제3행은 "村ひとは娘ごをやすませた、たゞひとり、たゞひとり、そのまゝに 마을 사람들은 소녀를 쉬게 하다. 그저 홀로. 그저 홀로. 그대로"이다.

제8행 너울 : '관棺'의 평안도 방언 '널'[김이협 : 1981]의 이형태 혹은 김억의 입말로 추정된다.「結婚式前」[1920]은 "외로운너울에"이다. 제스로 빗설[1912]의 제4행 중 'in the chilly clay'를 염두에 두되, 우에다 빈[1915/1920]의 제4행 "棺のうち、唯ひとり、唯ひとり、のこしきて 관속. 그저 홀로. 그저 홀로. 남겨두고서" 중 '棺のうち 관속'와 'のこしきて 남겨 두고서'만을 발췌하여 조합한 구문, 가와지 류코[1918/1919]의 제4행 "村ひとは娘ごをやすませた、たゞひとり、たゞひとり、棺のなか 마을 사람들은 소녀를 쉬게 했다. 그저 홀로. 그저 홀로. 관속" 중 'たゞひとり、棺のなか 그저 홀로. 관 속'만을 발췌하여 조합한 구문의 어휘 표현을 두루 따른 의역이다.

제9행   제스로 빗설¹⁹¹²의 제5행 "They come back merry, merrily a-singing all the way" 중 'They come back merry, merrily'를 염두에 두되, 우에다 빈^{1915/1920}의 제5행 "朝まだき、はなやかに、はなやかに、うちつれて^{이른 아침, 화려하게, 화려하게, 함께 가며}"와 가와지 류코^{1918/1919}의 제5행 "村ひとはたのしげに、たのしげにかへりくる。日とともに^{마을 사람들은 즐겁게, 즐겁게 돌아온다. 해와 더불어}" 중 '朝まだき^{이른 아침}'와 'たのしげに、たのしげに^{즐겁게, 즐겁게}'만을 발췌하여 조합한 구문의 어휘 표현을 따른 의역이다.

제10행   「結婚式前」¹⁹²⁰은 "노래를노흐며"이다. 제스로 빗설¹⁹¹²의 제5행 중 "a-singing all the way"를 염두에 두되, 가와지 류코^{1918/1919}의 제6행 "村ひとはたのしげに、たのしげにうたひつゝ「誰もおなじ身。」^{마을 사람들은 즐겁게, 즐겁게 노래하면서 "누구나 같은 신세"}" 중 'うたひつゝ^{노래하면서}'만을 발췌한 구문의 어휘 표현을 따른 의역이다. 한편 우에다 빈^{1915/1920}의 제6행 "歌ふやう「時くれば、時くれば、ゆくみちぞ^{노래하는 듯 "때가 오면, 때가 오면, 갈 길이야}"" 중 '歌ふやう^{노래하는 듯}'만을 발췌한 구문에 해당한다.

제11행   우에다 빈^{1915/1920}의 제6행 중 "時くれば、時くれば^{때가 오면, 때가 오면}"의 의역이다.

제12행   「結婚式前」¹⁹²⁰은 "우리도밟을길"이다. 우에다 빈¹⁹¹⁵의 제6행 중 'ゆくみちぞ^{갈 길이야}'의 의역이다. 한편 가와지 류코^{1918/1919}의 제6행 중 '誰もおなじ身^{누구나 같은 신세}'에 해당한다.

제13행   「結婚式前」¹⁹²⁰은 "이싸님은 돌아가섯다、돌아가섯다"이다. 제스로 빗설¹⁹¹²의 제7행 "This maiden she is dead, is dead before her wedding-day" 중 'This maiden she is dead, is dead'를 염두에 두되, 우에다 빈^{1915/1920}의 제7행 "このをとめ、みまかりぬ、みまかりぬ、戀やみに^{이 처녀, 세상을 떠났다, 떠났다, 사랑앓이로}" 중 "このをとめ、みまかりぬ、みまかりぬ^{이 처녀, 세상을 떠났다, 떠났다}"의 어휘 표현과 문형을 따른 의역이다. 한편 가와지 류코^{1918/1919}의 제7행 "あの娘、あの娘ごも死にはてた、死にはてた戀のある身で^{그 소녀, 그 소녀 죽고 말았다, 죽고 말았다 사랑 품은 몸으로}" 중 'あの娘、あの娘ごも死にはてた、死にはてた^그

소녀, 그 소녀 죽고 말았다, 죽고 말았다'의 의역으로도 볼 수 있다.

제14행 「結婚式前」¹⁹²⁰은 "애닲은사랑에"이다. 우에다 빈^{1915/1920}의 제7행 중 '戀やみに^{사랑앓이로}'의 의역이다. 가와지 류코^{1918/1919}의 제7행 중 '戀のある身で^{사랑 품은 몸으로}'에 해당한다.

제15행 「結婚式前」¹⁹²⁰은 "그리하곤 들로가도다, 들로가도다"이다. 제스로 빗셀¹⁹¹²의 제8행 "They go to till the fields, the fields as they do every day" 중 'They go to till the fields, the fields'를 염두에 두되, 우에다 빈^{1915/1920}의 제8행 "かくてみな、けふもまた、けふもまた、野に出でぬ^{그리하여 모두, 오늘도 또, 오늘도 또, 들로 나간다}" 중 'かくてみな^{그리하여 모두}'와 '野に出でぬ^{들로 나간다}'를 조합한 구문을 따른 의역이다. 가와지 류코^{1918/1919}의 제8행 "村ひとは野へと出てゆく、いつものやうに野へと出てゆく^{마을 사람들은 들로 나간다, 여느 때처럼 들로 나간다}" 중 '野へと出てゆく^{들로 나간다}'만을 발췌하여 반복한 구문을 따른 의역으로도 볼 수 있다.

제16행 「結婚式前」¹⁹²⁰은 "어제도오늘도"이다. 제스로 빗셀¹⁹¹²의 제8행 중 'as they do every day'를 염두에 두되, 우에다 빈^{1915/1920}의 제8행 중 'けふもまた、けふもまた^{오늘도 또, 오늘도 또}'의 어휘 표현과 문형을 따른 의역이다. 가와지 류코^{1918/1919}의 제8행 중 'いつものやうに^{여느 때처럼}'만을 발췌한 구문에 해당한다.

해설

김억의 「結婚式前」은 『오뇌의 무도』 초판에는 「오뇌의 무도」장에 수록되었다가, 재판에는 「포르의 시」장에 수록되었다. 또 이 시의 저본은 다케토모 소후^{竹友藻風 : 1915} 소재 우에다 빈^{上田敏}의 「村歌^{시골 노래}」, 이쿠다 슌게쓰^{生田春月 : 1919} 소재 가와지 류코^{川路柳虹}의 「鄙唄^{시골 노래}」 그리고 제스로 빗셀^{Jethro Bithell : 1912}의 "Before Her Wedding-Day"가 저본이다. 김억은 제스로 빗셀¹⁹¹²의 제목도 따랐다. 물론 우에다 빈의 『목양신^{牧羊神}』^{1920.12}에도 이 작품은 수록되어 있지만, 김억의 초역이 1920년 5월에 발표된 만큼 이 판본을 저본으로 삼을 수는 없다. 또 『현대시가^{現代詩歌}』지 특집호^{1918.5}에는 우에다 빈의 「시골 노래」가 아닌 가와지 류코의 「시골 노래」

가 수록되어 있다. 다만『오뇌의 무도』초판 이후에는 우에다 빈[1920]을 열람할 수 있었을 것이다.

이미 베를렌, 보들레르 등의 선례를 통해서도 알 수 있듯이, 김억은 제스로 빗설[1912]을 염두에 두되, 정작 우에다 빈[1915]과 가와지 류코[1919]의 어휘 표현과 문형을 참작하여 새로 고쳐 쓰다시피 옮겼다. 그 가운데 김억은 한 개 연 한 개 행, 총 8개 연 8개 행으로 이루어진 폴 포르의 원시, 이를 한 개 연 총 8행으로 옮긴 엉역시, 일본어 번역시들과 달리, 총 16행으로 옮겼다. 즉 김억은 영역시, 특히 일본어 번역시들의 한 개 행 중 반복되는 구절을 별개의 행으로 옮긴 것이다. 사실 이쿠다 슌게쓰[1919]가 2단으로 조판된 탓에, 가와지 류코의 마지막 어절인 반복 구절들은 모두 다음 줄에 내어쓰기로 인쇄되어 있다. 김억은 우에다 빈[1915]과 영역시도 읽었던 만큼, 가와지 류코[1919]를 보고 폴 포르의 원시의 형식이 그러하리라고 착각했을 리는 없다. 그러나 가와지 류코[1919]의 형식을 보고 이것이 더 낫다고 판단했을 가능성이 있다.

두말할 나위도 없이 이것은 번역자로서 김억 나름의 해석과 고쳐 쓰기의 결과이다. 또 이러한 김억 나름의 해석과 고쳐 쓰기는 제3행과 제4행에서도 드러난다. 사실 이 대목은 폴 포르의 원시는 물론 일본어 번역시들에서는 존재하지 않고 오로지 영역시에만 존재하는, 일종의 제스로 빗설 나름의 번안에 가까운 부분이다. 김억은 일본어 번역시들과 다른 영역시 제2행에 주목하고, 이것이 일본어 번역시들에서는 누락된 것으로 판단하여 옮겨 넣었을 터이다. 이미 알베르 사맹의「수상음악水上音樂」을 통해 짐작된 바이지만, 이 시를 통해 김억이 제스로 빗설을 읽었다는 것은 보다 분명해졌다.

離別。[1]

쪼르[2]

서오한標로、離別의 키스나마 바다가에 가서
던지리잇가[3]。
그만둬라、그만둬라、海邊바람、들세는바람、
키스싸윈 날아나리라。

서오한標로 離別의 紀念삼아 이 에프론이나
흔드오릿가。
그만둬라、그만둬라、海邊바람、들세는바람、
에프론싸윈 날고말니라。

【초146, 재157】

서오한標로、배써나는[4] 그날엔 눈물 흘니며、
餞送하릿가。[5]
그만둬라、그만둬라、海邊바람、들세는바람、
눈물싸윈 말으고 말니라。

【초146, 재158】

그럼그럼、언제까지 언제든지 그리워하며[6]
안니즐엇가[7]、
올치올치、그게正말이냐、眞情이냐、그러기에
너야말로 내님이다。

【초147, 재158】

1 초판「懊惱의 舞踏」장에 수록
  된 작품.

2 재판에는 없음.

3 재판에는 '던지오릿가'.

4 재판에는 "쎄써나는". 재판의
  '쎄써나는'은 '배써나는'의 오
  식으로 보인다.

5 재판에는 '餞送하릿가、'.

6 재판에는 "그럼그럼、언제든
  지 언제까지 그립어하며".

7 초판은 '안니즐잇가'의 오식으로
  보인다. 재판에는 '안니즐릿가'.

わかれ[1]

上田敏

せめてなごりのくちづけを濱へ出てみて投げませう[2]。

いや、いや、濱風、むかひ風、くちづけなんぞは吹いてしまふ[3]。

せめてわかれのしるしにと、この前掛けをふりませふ[4]。

いや、いや、濱風、むかひ風、前掛けなんぞは飛んでしまふ[5]。

せめて船出のその日には、涙ながして、おくりませふ[6]。

いや、いや、濱風、むかひ風、涙なんぞは干してしまふ。

えい、そんなら、いつも、いつまでも、思ひつづけて忘れまい。

おゝ、それでこそお前だ、それでこそお前だ。

1　上田敏 譯、「佛蘭西―ボオル・フォオル」、生田春月 編、『泰西名詩名譯集』、東京：越山堂、1919、126면；「ボオル・フォオル PAUL FORT：離別 L'ADIEU」、『牧羊神』、東京：金尾文淵堂、1920、232~233면.

2　上田敏(1920)에는 "せめてなごりのくちづけを濱へ出てみて返りませう".

3　上田敏(1920)에는 "いや、いや、濱風、むかひ風、くちづけなんぞは吹きはらふ".

4　上田敏(1920)에는 "せめてわかれのしるしにと、この手拭をふりませふ".

5　上田敏(1920)에는 "いや、いや、濱風、むかひ風、手拭なんぞは飛んでしまふ".

6　上田敏(1920)에는 "せめて船出のそのひには、涙ながして、おくりませふ".

L'ADIEU A LA MÈRE[†]

—J'irai sur la grève te jeter mon baiser.

—Le vent vient de mer, ma mie, il te le rapportera.

—Je te ferai des signes avec mon tablier.

—Le vent vient de mer, maman, ça reviendra sur toi.

—Je verserai mes larmes en te voyant partir.

—Le vent vient de mer, maman, il te les séchera.

—Eh bien, je penserai seulement à toi.

—Te voici raisonnable, te voici raisonnable.

[†] Paul Fort, "Poèmes Marins", *Choix de Ballades Françaises : Hymnes, Chansons, Lieds, Élégies, Poèmes*, Paris : Eugène Figuière, 1913, p.199. Gérard Walch, "Paul Fort : L'adieu", *Anthologie des Poètes Français contemporains(Tome troisième)*, Paris : Ch. Delagrave, Leyde : A.-W. Sijthoff, 1907, p.186.

번역의 이본

첫 번째 번역은 「結婚式前」.「譯詩 編」,『창조』제6호, 1920.5

주석

제1연

제1행 서오한 : 평안도 방언 '서운하다'[김이협 : 1981]의 이형태 혹은 김억의 입말로 추정된다. 참고로 비슷한 음가의 '서어(鉏鋙/鉏鋙)하다'의 경우, "틀어져서 어긋나다", "익숙하지 아니하여 서름서름하다", "뜻이 맞지 아니하여 조금 서먹하다"인데, 이 중 "익숙하지 아니하여 서름서름하다"가 그나마 가깝다. 한편 우에다 빈[上田敏 : 1919]의 제1연 제1행 첫 단어인 'せめて'의 경우, 후나오카 겐지[船岡献治 : 1919]에는 "(副) 아쉰대로. 그런대로. 차라리"로 풀이한다. 우에다 빈[1919]의 제1행 "せめてなごりのくちづけを濱へ出てみて投げませう 하다못해 추억의 입맞춤이라도 바닷가에 나가보고 던집시다" 중 'せめてなごりのくちづけを濱へ出てみて 하다못해 추억의 입맞춤이라도 바닷가에 나가보고'만을 발췌한 구문의 의역이다.

제2행 우에다 빈[1919]의 제1행 중 '投げませう 던집시다'의 의역이다.

제3행 들세는 : 평안도 방언 '드세다'[김이협 : 1981]의 이형태 혹은 김억의 입말로 추정된다. 우에다 빈[1919]의 제2행 "いや、いや、濱風、むかひ風、くちづけなんぞは吹いてしまふ아니, 아니, 바닷바람, 맞바람, 입맞춤 따위는 불려 날아가 버린다" 중 'いや、いや、濱風、むかひ風아니, 아니, 바닷바람, 맞바람'만을 발췌한 구문의 의역이다.

제4행 우에다 빈[1919]의 제2행 중 'くちづけなんぞは吹きはらふ 입맞춤 따위는 불려 날아간다'의 의역이다.

제2연

제1행 에프론 : 앞치마[apron, エプロン]. 참고로 후나오카 겐지[1919]에서 'マヘガケ前懸'는 '행쥬치마'로 풀이한다. 우에다 빈[1919]의 제3행 "せめてわかれのしるしにと、この前掛けを

ふりませふ_{하다못해 이별의 정표로, 이 앞치마를 흔듭시다}" 중 'せめてわかれのしるしに と、この
前掛けを_{하다못해 이별의 정표로, 이 앞치마를}'만을 발췌한 구문의 의역이다. 참고로 폴 포르의
원시 제3행에서 대응하는 어휘는 'tablier_{앞치마}'이다.

제2행 우에다 빈¹⁹¹⁹의 제3행 중 'ふりませふ_{흔듭시다}'의 의역이다.

제3행 우에다 빈¹⁹¹⁹의 제4행 "いや、いや、濱風、むかひ風、前掛けなんぞは飛んでしまふ_아
_{니, 아니, 바닷바람, 맞바람, 앞치마 따위는 날아가 버린다}" 중 'いや、いや、濱風、むかひ風_{아니, 아니, 바닷}
_{바람, 맞바람}'만을 발췌한 구문의 의역이다.

제4행 우에다 빈¹⁹¹⁹의 제4행 중 '前掛けなんぞは飛んでしまふ_{앞치마 따위는 날아가 버린다}'의 의역
이다.

제3연

제1행 우에다 빈¹⁹¹⁹의 제5행 "せめて船出のそのひには、涙ながしておくりませふ_{하다못해 배}
_{떠나는 그날에는, 눈물 흘리며 보내 드립시다}" 중 'せめて船出のそのひには、涙ながして_{하다못해 배}
_{떠나는 그날에는, 눈물 흘리며}'만을 발췌한 구문의 의역이다.

제2행 우에다 빈¹⁹¹⁹의 제5행 중 'おくりませふ_{보내 드립시다}'의 의역이다.

제3행 우에다 빈¹⁹¹⁹의 제6행 "いや、いや、濱風、むかひ風、涙なんぞは干してしまふ_{아니, 아}
_{니, 바닷바람, 맞바람, 눈물 따위는 말라 버렸다}" 중 'いや、いや、濱風、むかひ風_{아니, 아니, 바닷바람, 맞바}
_람'만을 발췌한 구문의 의역이다.

제4행 우에다 빈¹⁹¹⁹의 제6행 중 '涙なんぞは干してしまふ_{눈물 따위는 말라 버렸다}'에 충실한 번역
이다.

제4연

제1행 우에다 빈¹⁹¹⁹의 제7행 "えい、そんなら、いつも、いつまでも、思ひつづけて忘れまい_에
_{이, 그렇다면 언제나, 언제까지라도, 생각하면서 잊지 않으리}" 중 'えい、そんなら、いつも、いつまでも、

思ひつづけて^{에이, 그렇다면 언제나, 언제까지라도, 생각하면서}'만을 발췌한 구문의 의역이다.

제2행 우에다 빈¹⁹¹⁹의 제7행 중 '忘れまい^{잊지 않으리}'의 의역이다.

제3행 우에다 빈¹⁹¹⁹의 제8행 "おゝ、それでこそお前だ、それでこそお前だ^{오오, 그래야 너답다, 그래야 너답다}" 중 'おゝ、それでこそお前だ、それでこそ^{오오, 그래야 너답다, 그래야}'만을 발췌한 구문의 의역이다.

제4행 우에다 빈¹⁹¹⁹의 제8행 중 'お前だ^{너답다}'의 의역이다.

해설

김억의 「離別」은 『오뇌의 무도』 초판에는 「오뇌의 무도」장에 수록되었다가, 재판에는 「뽈르의 시」장에 수록되었다. 이 시의 저본은 이쿠다 슌게쓰^{生田春月 : 1919} 소재 우에다 빈^{上田敏}의 「わかれ^{이별}」이다. 이 시는 우에다 빈¹⁹²⁰에도 수록되어 있다. 다만 폴 포르의 이 시는 호리구치 다이가쿠^{堀口大學 : 1918/1920}와 제스로 빗설^{Jethro Bithell : 1912}에는 수록되어 있지 않다. 따라서 김억이 참조할 수 있는 저본은 우에다 빈¹⁹¹⁹과 우에다 빈¹⁹²⁰ 이 두 판본이었다. 그러나 김억은 이 중 후자는 저본으로 삼지 않았다. 김억의 제2연 제1행의 '에프론'에 해당하는 우에다 빈¹⁹¹⁹의 어휘가 '前掛け^{앞치마}'인데, 우에다 빈¹⁹²⁰의 어휘는 '手拭^{손수건}'이기 때문이다.

김억의 「이별」은 폴 포르의 원시는 물론 우에다 빈^{1919/1920}까지도 총 8행인 것과 달리, 각 연 2행 총 8연 16행이다. 이것은 김억이 이쿠다 슌게쓰¹⁹¹⁹의 조판 형식에 따른 줄 바꿈을 오해한 결과일 수도 있고, 김억 나름의 해석과 고쳐 쓰기의 결과일 수도 있다. 만약 후자의 경우라면 김억은 이러한 연과 행의 구분을 통해 우에다 빈^{1919/1920}에는 명시적으로 드러나지 않는 리듬감을 부각하고자 한 셈이다. 이 외에도 김억은 우에다 빈의 고삽^{苦澁}한 문어체를 그대로 옮기기보다는 사실상 번안에 가까운 방식으로 고쳐 쓰다시피 했다.

한편 이 시에는 예컨대 제1연 제1행의 '서오한', 제3행의 '들세는'과 같이 김억의 방언^{평안북도 정주군} 혹은 그의 독특한 구어^{口語} 어휘들이 등장한다. 이 어휘들은 『오뇌의 무도』 초판, 재판 안에서 다른 용례를 찾기 어려운데, 그나마 우에다 빈^{1919/1920}과의 대조를 통해 겨우 그 의미를 추정할 수 있을 뿐이다. 이로써 김억에게 이 시의 번역이란 우에다 빈[1919]을 참조하되 사실상 그가 새롭게 고쳐 쓰는 일, 즉 우에다 빈[1919]의 어휘이든 구문이든 자신의 방언 혹은 구어로 끌어들여 용해시키는 일이었음은 거듭 분명해진다. 김억의 이 시가 폴 포르의 원시는 물론 우에다 빈[1919/1920]과도 다른, 새로운 시가 되었음은 두말할 나위도 없다.

人生。[†]

[†] 재판 수록 작품.

첫鐘소리가 들니여라、
「나아노흔것은 마구우의 예수갓튼아들…………」

둘재鐘소리가 빗겨울어라、
「아々 깃버라、 오늘부터는 나의안해…………」

한동안 잇다가 셋재鍾이 울어라、
「아々 설기도하여라、 이番은 죽음의鍾소리…………」【재159】

『오뇌의 무도』 주해

저본

人の一生[1]

堀口大學

鐘が鳴る、

『生れ出たのは秣槽の中の基督のやうなお子さま……』[2]

激しく鐘が鳴る、

『あはれうれしや、今日よりのわが夫……』[3]

やゝありてまた鐘が鳴る、

あはれこ度は死の鐘。[4]

1 　堀口大學 譯, 「ポオル・フォー
ル詩章」, 『現代詩歌』第1卷 第
4號, 東京 : 曙光詩社, 1918. 5,
15면; 堀口大學 譯, 「Paul Fort
1872」, 『失はれた寶玉』, 東
京 : 籾山書店, 1920, 19~20면.

2 　堀口大學(1918)에는 "鐘が鳴
る「生れ出たのは秣槽の中の基
督の様なお子様さま……」".

3 　堀口大學(1918)에는 "激しく
鐘が鳴る、「あはれうれしや、
今日よりのわが夫の君……」".

4 　堀口大學(1918)에는 "やゝあ
りてまた鐘が鳴る、あはれこ
度は死の鐘."

LA VIE[†]

† Paul Fort, "Chansons", *Choix de Ballades Françaises : Hymnes, Chansons, Lieds, Élégies, Poèmes*, Paris : Eugène Figuière, 1913, p.42.

Au premier son des cloches : « C'est Jésus dans sa crèche ⋯ »

Les cloches ont redoublé : « O gué, mon fiancé ! »

Et puis c'est tout de suite la cloche des trépassés.

번역의 이본

첫 번째 번역은 「人生:Paul Fort」, 「알는薔薇꽃」, 『개벽』 제14호, 1921.8

주석

제1연

제1행 「人生」[1921]은 "첫鐘소리가 들니어라"이다. 호리구치 다이가쿠[堀口大學 : 1920]의 제1연 제1행 "鐘が鳴る^{종이 운다}"의 의역이다.

제2행 「人生」[1921]은 "나아노은것은 마구우의예수가튼아들……"이다. 호리구치 다이가쿠[1920]의 제1연 제2행 "生れ出たのは秣槽の中の基督のやうなお子さま^{태어난 것은 말구유 속의 그리스도와 같은 아기님……}"의 의역이다.

제2연

제1행 호리구치 다이가쿠[1920]의 제2연 제1행 "激しく鐘が鳴る^{세차게 종이 운다}"의 의역이다.

제2행 「人生」[1921]은 "아아 깃버라, 오늘부터는 나의안해……」"이다. 호리구치 다이가쿠[1920]의 제2연 제2행 "『あはれうれしや、今日よりのわが夫^{가련하고도 기쁘다, 오늘부터 나의 아내……}』"의 의역이다.

제3연

제1행 「人生」[1921]은 "한동안잇다가 셋재鐘이울어라"이다. 호리구치 다이가쿠[1920]의 제3연 제1행 "やゝありてまた鐘が鳴る^{조금 이따가 또 종이 운다}"의 의역이다.

제2행 「人生」[1921]은 "아아 설어라, 이번은 죽음의鐘소리"이다. 호리구치 다이가쿠[1920]의 제3연 제2행 "あはれこ度は死の鐘^{가련하다 이번에는 죽음의 종}"의 의역이다.

김억의 「人生」 역시 『오뇌의 무도』 재판에 새로 추가된 작품으로서, 저본은 호리구치 다이가 쿠堀口大學:1920 소재 「人の一生사람의 일생」이다. 호리구치 다이가쿠1920의 초역은 『현대시가現代詩歌』지 1918년 5월호의 폴 포르 특집에 수록된 바 있다. 그러나 김억이 「인생」의 초역을 『오 뇌의 무도』 초판 이후에 발표한 점, 또 그 시점이 호리구치 다이가쿠1920의 발표 이후인 점으 로 보건대, 호리구치 다이가쿠1918의 판본을 읽고 저본으로 삼았을 가능성은 없어 보인다. 또 폴 포르의 이 시는 호리구치 다이가쿠1918/1920 이외 다른 번역의 선례는 없는 만큼, 호리구치 다이가쿠1920가 김억의 주된 저본이라고 보아야 할 것이다. 참고로 이 시는 제스로 빗셀Jethro Bithell:1912에는 수록되어 있지 않다.

김억의 「인생」의 저본이 호리구치 다이가쿠1920인 만큼, 행과 연의 구분 역시 호리구치 다 이가쿠1920와 같다. 즉 한 행이 곧 한 연으로서 총 3연 3행인 폴 포르의 원시를 호리구치 다이 가쿠가 총 2연 6행으로 옮긴 것을 김억이 그대로 따랐던 셈이다. 심지어 김억은 호리구치 다 이가쿠1920의 문장부호까지 그대로 따랐다. 그러나 김억은 호리구치 다이가쿠1920의 각 연 첫 행마다 "鐘が鳴る종이 운다"는 반복 어구에 '첫', '둘재', '셋재'의 순서를 붙인다든가, 각 연의 제 2행을 비슷한 구문으로 가지런하게 하는 등, 번역자 나름의 해석과 고쳐 쓰기의 방식으로 옮 겼다. 이로써 김억은 자신의 리듬감을 투영하는 한편, 호리구치 다이가쿠1920와는 다른 새로 운 텍스트로 만들어냈다.

폴 포르의 원시는 앞서 설명했듯이, 『프랑스 발라드Les Ballades Françaises』1896~1958 연작시의 일 부이자, 19세기 말부터 프랑스 문학계를 풍미하던 '아이카이Haïkaï 혹은 Haï-Kaï', 즉 일본의 하이 카이俳諧 형식5·7·5조 17음절과 와카和歌의 유행에 따라 쓴 작품이다.William L. Schwartz:1927, 170 김억 이 하필 이 「인생」을 선택한 것은 「이엣츠 시詩」장의 「늙은이」 등 일련의 작품들에서 본 바와 같이 단시형短詩型, 에피그램epigram:警句詩 풍의 작품에 대한 독특한 기호와 관련 있을 터이다. 그래서 「늙은이」 등의 예이츠 시와 더불어 폴 포르의 「인생」 등이 후일 김억 특유의 격조시형 格調詩形의 아류작epigonen으로 용해되어 『안서시집』에 이르는 과정은 주목에 값한다.

저마다.[†]

고양이는 제소리를 다른고양이의 소린줄로안다、
웃읍기도한 慰安이다、무엇이 자미롭아!
鍾은 바람을 鍾소리로 잘못 듯는다.
직、똔! 太陽이 갓갑은 靑天을 쑤다리는소리다、
사람은 제魂을 사람이 지은하느님인줄로 안다、
언제 한番은 다갓치 업서지고 말것이다、
엇더케 될것은 하느님이 아실쑨이다.

【재160】

[†] 재판 수록 작품. 재판 목차에
는 "처마다".

† 堀口大學 譯, 「Paul Fort 1872」, 『失はれた寶玉』, 東京 : 籾山書店, 1920, 17~18면.

見かけ[†]

堀口大學

猫は自分の尻尾を他の猫とまちがへる。

何と云ふ馬鹿らしい懇だらう、何が面白いのだらう!

鐘は風を鐘の音とききちがへる。

ジング・ドン!日が手近の青空をたたく音だ。

人間は自分の魂を人間の造つた神さまとまちがへる。

何時かは皆吹きとばされてしまふのだ。

何うしてかは神さまが御承知だ。

첫 번째 번역은 「저마다」, 「알는薔薇꽃」, 『개벽』 제14호, 1921.8

주석

제1연

제1행　「저마다」[1921.8]는 "고양이는 제소리를 다른고양의소린줄로안다"이다. 호리구치 다이가쿠[堀口大學 : 1920]의 제1행 "猫は自分の尻尾を他の猫とまちがへる고양이는 자기 꼬리를 다른 고양이라고 착각한다"의 의역이다.

제2행　「저마다」[1921.8]는 "웃읍기도한慰安이다?무엇이자미잇나!"이다. 호리구치 다이가쿠[1920]의 제2행 "何と云ふ馬鹿らしい慰だらう、何が面白いのだらう이 얼마나 바보 같은 위안일까? 무엇이 재미있을까?"의 의역이다.

제3행　「저마다」[1921.8]는 "鐘은바람을 鐘소리로 잘못듯는다"이다. 호리구치 다이가쿠[1920]의 제3행 "鐘は風を鐘の音ときゝちがへる좋은 바람을 종소리로 잘 못 듣는다"에 대응한다.

제4행　「저마다」[1921.8]는 "직、똔!太陽이 가까운靑天을쑤드리는소리다"이다. 호리구치 다이가쿠[1920]의 제4행 "ジング・ドン！日が手近の靑空をたたく音だ직, 돈! 해가 가까운 푸른 하늘을 두드리는 소리이다"에 대응한다.

제5행　「저마다」[1921.8]는 "사람은 제魂을 사람이지은한우님인줄로안다"이다. 호리구치 다이가쿠[1920]의 제5행 "人間は自分の魂を人間の造つた神さまとまちがへる인간은 제 혼을 인간이 만든 신이라고 착각한다"에 충실한 번역이다.

제6행　「저마다」[1921.8]는 "언제한번은 다가티 업서지고만다"이다. 호리구치 다이가쿠[1920]의 제6행 "何時かは皆吹きとばされてしまふのだ언젠가는 모두 불려 날아가고 말 것이다"의 의역이다.

제7행　「저마다」[1921.8]는 "어써케될것은 한우님이 알쌘이다"이다. 호리구치 다이가쿠[1920]의 제7행 "何うしてかは神さまが御承知だ왜 그런가는 신만이 아신다"의 의역이다.

김억의 「저마다」 역시 『오뇌의 무도』 재판에 새로 추가된 작품으로서, 저본은 호리구치 다이가쿠[堀口大學: 1920] 소재 「見かけ겉보기」이다. 호리구치 다이가쿠의 이 시는 『현대시가現代詩歌』지 1918년 5월호의 폴 포르 특집에는 수록되어 있지 않다. 또 제스로 빗셀Jethro Bithell: 1912에도 수록되어 있지 않다. 따라서 호리구치 다이가쿠[1920]는 김억이 서본으로 삼을 수 있는 유일한 번역의 선례이다.

그런데 호리구치 다이가쿠[1920]의 저본인 폴 포르의 원시를 특정할 수 없다. 호리구치 다이가쿠[1920]와 비슷한 어휘, 구문으로 이루어진 시구는 적어도 이 주해서에서 인용한 폴 포르[1913]와 1920년 이전에 출판된 그의 시집들은 물론 그 이후에 출판된 영역 시집J. S. Newberry: 1921에서도 찾을 수 없다. 그래서 호리구치 다이가쿠 전집의 편집자들도 프랑스어 원시를 특정하지 못했다.[安藤元雄: 1982]

앞서 「쑤르몬의 시詩」장에 수록된 김억의 「메테르린크의 演劇」의 저본인 호리구치 다이가쿠의 「メェテルリンクの芝居메테를링크의 연극」만 하더라도, 본래 시가 아니라 구르몽이 모리스 마테를링크의 문학과 데카당티슴에 대해 쓴 산문 중 한 단락이다.Remy de Gourmont: 1896, 20~21 그러므로 호리구치 다이가쿠[1920]의 저본 역시 폴 포르의 시가 아닐 가능성도 있다. 이것은 어디까지나 추정이므로, 그저 박람강기博覽强記한 독자가 나타나서 김억의 「저마다」, 호리구치 다이가쿠의 「겉보기」의 폴 포르의 원시와 출전을 밝혀 주기를 고대할 뿐이다.

한편 김억의 이 시는 총 7연 7행, 즉 한 연이 한 행으로만 이루어진 호리구치 다이가쿠[1920]와 달리, 총 1연 7행으로 옮겼다. 호리구치 다이가쿠도 이와 비슷한 형식의 「人の一生사람의 일생」의 한 연을 두 행으로 옮기기도 했지만, 김억 역시 한 연이 한 행인 형식이 안정적이지도 않거니와 시적이지도 않다고 여겼을 법하다. 만약 호리구치 다이가쿠[1920]의 저본이 폴 포르의 시가 아니라면, 이 역시 저 「メェテルリンクの芝居메테를링크의 연극」나 김억의 「메테르린크의 연극」처럼 흥미롭다. 본래 존재하지 않는 폴 포르의 새로운 시가 일본과 조선에서 번역의 과정에서 생성되었을 뿐만 아니라, 그 양태 또한 제각각이기 때문이다. 이것은 번역이 결코 단

순히 기점 텍스트source text를 목표 텍스트target text로 옮기는 일만이 아니라, 새로운 텍스트를 생성해는 실천임을 시사하기 때문이다.

두맘。[†]

[†] 재판 수록 작품.

只今 이 새쌀한 夕照아레에
金色을 놋는 져녁바람속에
밤의恐怖에 나의맘은 썰고잇다⋯⋯⋯⋯

只今 이 햇금한 달아레에
金色을 놋는 져녁바람속에
밤의歡樂에 그대의맘은、노래한다⋯⋯⋯⋯

그럿컨만은 그럿컨만은 以前날、
우리들의室內의 어둡은곳에서는 내눈瞳子의 불길에
白晝의恐怖에、그대의맘은 썰고잇섯다。

그럿컨만은 그럿컨만은 以前날、
우리들의室內의 어둡은곳에서는 내눈瞳子의 불길에
白晝의歡樂에、나의맘은 노래하엿다。　　　　　【재161】

『오뇌의 무도』 주해

二つの心¹

堀口大學

今この赤い夕日の光のもと、
黄金いろの夕風のなかで
夜のおそれに私の心はわななく……²

今この青ざめた月かげに
黄金いろの夕風の中で
夜のよろこびにお前の心は歌ふ……³

それなのに、それなのに、かつての日、
私たちの家の中の暗がりで、私の瞳の火の中で、
書のおそれにお前の心はふるへてゐたのだ。⁴

それなのに、それなのに、かつての日、
私たちの家の中の暗がりで、お前の瞳の明さの中で、
書のよろこびに私の心は歌つてゐたのだ。⁵

1 堀口大學 譯, 「ボオル・フォール詩章」, 『現代詩歌』 第1卷 第4號, 東京 : 曙光詩社, 1918. 5. 15면; 堀口大學 譯, 「Paul Fort 1872」, 『失はれた寶玉』, 東京 : 籾山書店, 1920. 28~29면.

2 堀口大學(2018)에는 "今この赤い夕日の光のもと、黄金色の夕風の中で、夜のおそれに私の心はわなく……".

3 堀口大學(2018)에는 "今この青ざめた月かげに、黄金色の夕風の中で、夜のよろこびにお前の心は歌ふ……".

4 堀口大學(2018)에는 "それなのに、それなのに、かつての日、私たちの家の中の暗がりで、私の瞳の火の中で、書のおそれにお前の心はふるへてゐたのだ。".

5 堀口大學(2018)에는 "それなのに、それなのに、かつての日、私たちの家の中の暗がりで、お前の瞳の明さの中で、書のよろこびに私の心は歌つてゐた。".

LES DEUX AMES[†]

[†] Paul Fort, "Lieds", *Choix de Ballades Françaises : Hymnes, Chansons, Lieds, Élégies, Poèmes*, Paris : Eugène Figuière, 1913, p.77.

Sous le soleil rouge, au vent doré du soir, peureuse des nuits, mon âme tremblante…

Sous la lune bleue, au vent doré du soir, heureuse des nuits, ton âme chantante…

Mais, chez nous dan l'ombre, au feu de mon regard, peureuse du jour ton âme a tremblé.

Mais, chez nous dans l'ombro, au clair de ton regard, heureuse du jour mon âme a chanté.

첫 번째 번역은 「두맘Parui Fort 」. 「알는薔薇笑」, 『개벽』 제14호, 1921.8

주석

제1연

제1행 「두맘」1921.8은 "지금 이새쌜간夕照의알에、"이다. 호리구치 다이가쿠堀口大學：1920의 제1연 제1행 "今この赤い夕日の光のもと지금 붉은 저녁 햇빛 아래"의 의역이다.

제2행 「두맘」1921.8은 "金色을 놋는 暮風의속에"이다. 호리구치 다이가쿠1920의 제1연 제2행 "黃金いろの夕風のなかで황금 빛깔 저녁 바람 속에"의 의역이다.

제3행 「두맘」1921.8은 "밤의 恐怖에 나의맘은 썰고잇다。………"이다. 호리구치 다이가쿠1920의 제1연 제3행 "夜のおそれに私の心はわななく밤의 두려움에 내 마음은 떤다……"의 의역이다.

제2연

제1행 핼금하다 : 오늘날의 "가볍게 곁눈질하여 살짝 한 번 쳐다보다"가 아니라, '창백하다' 혹은 '핼쑥하다'의 의미이다. 『오뇌의 무도』에서 자주 쓰인 어휘 중 하나인 '희멀금하다'와 비슷하다. 「두맘」1921은 "只今 이핼금한 달알에、"이다. 호리구치 다이가쿠1920의 제2연 제1행 "今この靑ざめた月かげに지금 이 창백한 달그림자에"에 대응한다.

제2행 「두맘」1921.8은 "金色을 놋는 暮風의속에"이다. 호리구치 다이가쿠1920의 제2연 제2행 "黃金いろの夕風の中で황금 빛깔 저녁 바람 속에"의 의역이다.

제3행 「두맘」1921.8은 "밤의歡樂에 그대의맘은 노래한다。………"이다. 호리구치 다이가쿠1920의 제2연 제3행 "夜のよろこびにお前の心は歌ふ밤의 기쁨에 너의 마음은 노래한다……"의 의역이다.

제3연

제1행 「두맘」[1921.8]은 "그러컨마는 그러컨마는 以前날"이다. 호리구치 다이가쿠[1920]의 제3연 제1행 "それなのに、それなのに、かつての日[그런데도, 그런데도, 지난날]"에 대응한다.

제2행 「두맘」[1921.8]은 "우리들의房안어두운대서 그대의瞳子의光明에、"이다. 호리구치 다이가쿠[1920]의 제3연 제2행 "私たちの家の中の暗がりで、私の瞳の火の中で[우리 집 안의 어두움에, 내 눈동자의 불 속에]"의 의역이다.

제3행 「두맘」[1921.8]은 "白晝의恐怖에 그대의맘은 썰고잇섯다"이다. 호리구치 다이가쿠[1920]의 제3연 제3행 "晝のおそれにお前の心はふるへてゐた[한낮의 두려움에 너의 마음은 떨고 있다]"의 의역이다.

제4연

제1행 「두맘」[1921.8]은 "그러컨마는 그러컨마는 以前날"이다. 호리구치 다이가쿠[1920]의 제4연 제1행 "それなのに、それなのに、かつての日[그런데도, 그런데도, 지난날]"에 대응한다.

제2행 「두맘」[1921.8]은 "우리들의房안 어두운대서 내瞳子의光明에、"이다. 호리구치 다이가쿠[1920]의 제3연 제2행 "私たちの家の中の暗がりで、私の瞳の明さの中で[우리 집 안의 어두움에, 내 눈동자의 밝음 속에]"의 의역이다.

제3행 「두맘」[1921.8]은 "白晝의歡樂에 나의맘은 노래하엿다"이다. 호리구치 다이가쿠[1920]의 제4연 제3행 "晝のよろこびに私の心は歌つてゐたのだ[한낮의 즐거움에 나의 마음은 노래하고 있었던 것이다]"의 의역이다.

해설

김억의 「두맘」 역시 『오뇌의 무도』 재판에 새로 추가된 작품으로서, 저본은 호리구치 다이가쿠[堀口大学: 1920] 소재 「二つの心[두 마음]」이다. 호리구치 다이가쿠의 이 시 역시 이미 『현대시가[現代詩歌]』지 1918년 5월호의 폴 포르 특집에서 수록된 바 있다. 그러나 앞서 다른 시들과 마찬가

지로 김억은『현대시가』지의 특집호가 아닌 호리구치 다이가쿠[1920]를 저본으로 삼았다고 보아야 한다. 또 폴 포르의 이 시는 호리구치 다이가쿠[1918/1920] 이외 다른 번역자의 번역은 없고, 제스로 빗셀[Jethro Bithell : 1912]에도 수록되어 있지 않다.

김억의 「두맘」은 총 4연 4행으로 이루어진 폴 포르의 원시와 달리 호리구치 다이가쿠[1920]를 따라 총 3연 12행의 형식으로 옮긴 점도 그러하거니와, 시 행의 구문과 주요 어휘, 심지어 연 단위로 반복되는 각운까지도 호리구치 다이가쿠[1920]를 충실히 따르고 있다. 그런가 하면 김억은 호리구치 다이가쿠[1920]의 제1연 제1행의 '夕日の光のもと[저녁노을 아래]'를 '夕照아레에'로 옮기면서 이것과의 대우[對偶]를 위해 호리구치 다이가쿠[1920]의 제2연 제1행의 '月かげに[달그림자에]'를 '달아레에'로 옮긴다든지, 제1연과 제2연의 제2행에 반복된 '黃金いろの[황금 빛깔의]'를 굳이 '金色을 놋는'으로 옮긴다든지, 호리구치 다이가쿠[1920]의 제3연 제3행의 '晝のおそれ[낮의 두려움]'와 '晝のよろこび[낮의 기쁨]'를 역시 '白晝의 恐怖'와 '白晝의 歡樂'으로 옮기면서, 'おそれ[두려움]', 'よろこび[깃븜]'로 다하지 못하는 어감과 의미를 한자어로 메우고자 했다. 이 모두 김억이 서문에서 언급한 '창작적 무드'의 번역임은 두말할 나위도 없다.

김억의 「두맘」에서 새삼 주목할 것은 때로는 기점언어source language인 일본어에 목표언어target language인 자신의 구어를 대응시키거나, 이도 여의치 않다고 판단될 때에는 중세 한문맥의 잔영을 기입하기도 하고, 때로는 제3연 제2행의 '室內'와 같이 근대기 일본어 번역어들을 차용하기도 하는 등의 대목들이다. 이 모두 김억이 이질적인 기점언어와 텍스트를 목표언어로 용해시켜 자기화domestication 한 사례들임은 두말할 나위도 없다. 또 이러한 김억의 중역의 방법이란 단지 기점언어, 텍스트를 목표언어, 텍스트로서 고쳐 쓰는 일일 뿐만 아니라, 그가 판단하기에 기점 텍스트의 불완전한 의미를 첨가하여 새로 쓰는 일이었다고도 하겠다.

곱은노래[†]

† 재판 수록 작품.

나는 내草笛보다 더 놉흔노래를 불으랴고 하지안는다,

그러고 지내간옛날에 내가 크레들(搖籃)속에서 듯든노래보다 더 놉흔노래를 불으랴고 하지안는다。

나는 종달새와 黎明의鍾樓우에 흔들니우는果實보다 더 놉흔노래를 불으랴고 하지안는다。 나는 나무닙사귀우에 내리는 비의노래보다 더 놉흔노래를 불으랴고 하지안는다。

무엇보다도 내맘에 맛는노래는 나무닙사귀의 소군거리는 노래보다도 오히려 더 곱다란노래、

냇가의버들을 흔드는 小川의흘음보다도 더 纖細한프른하늘을 날아가는 갈메기와 종달새보다도 더 희미한、 또는 잇는듯업는듯한 울음소리를 내는아츰의吊鍾草、그[재163]리하고 삼가는듯시 부는 나의草笛보다도 더 가븨얍은曲調의노래、 이러한것이다

그리하고 내가 즐겨하는 노래는⋯⋯⋯⋯

寂寞하고도 任意롭은 곱음가득한曲調로、聖母마리아가 예수에게 노래하야 消日쩌리삼든、 또는 工쟝요셥이 입작난으로 하느님의 아들을 쑴으로 引導하든 노래보다도 더더 쒸여나게 보드랍은노래、 그런것이다。

오々 울님가락의 희미한 그歌聲이여、

『오뇌의 무도』 주해

世上에는 짝이업는 그노래는

　以前날、예수가 쎄들레헴에서 여러番 노래하든노래、그리하고 只今도 오히려 씨리아少女가 泉邊에서 깁허가는하늘을 우러려보면서 한가롭게 거문고를 타며、적은목소리로 노래하는노래、그것이다.

【재164】

やさしい歌[1]

堀口大學

私はもう私の草笛よりも聲高く歌はうとは思はない、

私はまた昔私が搖籃の中で聞いた歌よりも聲高く歌はうとは思

はない。

私はまたあの雲雀よりも、明け方の鐘樓の屋根に鳴る草の實よ

りも聲高く歌はうとは思はない。

私はまた木の葉の上に降る雨の歌よりも強く歌はうとは思はな

い。[2]

私に一番似合ふのは木の葉の囁よりも尚やさしい歌、

川柳をそそる小川の流よりも纖細な、

青空を渡る鷗や雲雀よりもほのかな、

又はかのあるやなきやの響を立てる朝の吊鐘草、

又は忍び音に吹く私の草笛よりも輕い調子の歌。[3]

そして私の好きな歌は……

淋くつてしかも氣隨なやさしさの籠つた節で

聖母マリヤが基督に歌つてきかせてなぐさみ

工匠ヨセフが口すさんで神の子を夢路に誘つた歌よりも

もつと一きわやさしい歌。[4]

1 堀口大學 譯, 「ポオル・フォー
   ル詩章」, 『現代詩歌』第1卷 第
   4號, 東京: 曙光詩社, 1918. 5.
   15~16면; 堀口大學 譯, 「Paul
   Fort 1872」, 『失はれた寶玉』, 東
   京: 籾山書店, 1920. 21~23면.

2 堀口大學(1918)에는 "私はもう
   私の草笛よりも聲高く歌はうと
   は思はない、私はまた昔私が搖
   籃の中で歌つたよりも聲高く歌
   はうとは思はない。私は又雲雀
   よりも明け方の鐘樓の屋根に鳴
   る草の實よりも強く歌はうとは
   思はない。―また木の葉の上に
   降る雨の歌よりも強く歌はうと
   は思はない。".

3 堀口大學(1918)에는 "私に一
   番似合ふのは木の葉の囁きよ
   りも尚やさしい歌、川柳を产
   る小川の流よりも纖細な、青
   空を渡る鷗や雲雀よりもほの
   かな、又はかのあるやなきや
   の響を立てる朝の吊鐘草、又
   はふせて吹く私の草笛よりも
   輕い調子の歌。".

4 堀口大學(1918)에는 "おお、
   そして私の好きな歌は……淋
   くつてしかも氣まま愛撫の籠
   つた節つきでマリヤが基督に
   聞かせてよろこび、工匠ヨセ
   フが口すさんで「神の子を夢
   路」に誘つた歌よりも、もつと
   一きわやさしい歌。".

『오뇌의 무도』주해

おお、響《ひびき》かすかなその歌聲よ、

世に類もないその歌は、

そのかみの日基督がベトレェムの空で度々歌つた歌、

そうして今でも尚、シリヤの少女が泉のかたはらで、

夜更の空を仰ぎ乍ら、徐かに竪琴かき鳴らし乍ら小聲に歌ふその歌だ! 5

5 　堀口大學(1918)에는 "おお、響《ひびき》かすかなその歌聲よ、世に類比《たぐひ》なきその歌は、そのかみかつて基督がベトレェの空で度々歌つた歌、そうして今でも尚、シリヤの少女が泉のかたはらに、夜ふけの空をあふぎつつ徐々と竪琴かき鳴らし小聲に歌ふあはれその歌だ!".

LE PLUS DOUX CHANT[†]

† Paul Fort, "Odes et Odelettes", *Choix de Ballades Françaises : Hymnes, Chansons, Lieds, Élégies, Poèmes*, Paris : Eugène Figuière, 1913, p.217.

Je ne veux plus chanter plus haut que ma musette, ni plus chanter plus haut qu'à mon berceau d'osier. Je ne veux plus chanter plus fort que l'alouette et qu'au seuil du matin le millet des clocher. — Ne plue chanter plus fort que la pluie sur les feuilles...

Il me sied plus doux chant que murmure de feuilles, air plus fin qu'au ruisseau qui susurre en l'osier, plus lointain qu'au ciel bleu mouette ou alouette, ou, tintinant et frêle, un matin de clochettes, ou que le plus doux son que cèle ma muaette.

Mais, oh ! le chant que j'aime... Il me faut l'air câlin plus nonchalant et triste dont Marie enchanta l'ouïe au petit Christ, et que siffla si doux Joseph le menuisier qu'il fit naître à ce chant le Rêve de l'Enfant.

O les plus frêles sons ! le suprême chant, que répétait Jésus au ciel de Bethléem, et que les Syriennes, éveillant lea cithares, murmuraient —s'y penchant —aux ciels de leurs fontaines !

『오뇌의 무도』 주해

┌───┐
│   번역의 이본   │
└───┘

첫 번째 번역은 「고혼노래」. 「알는薔薇꽃」. 『개벽』 제14호, 1921.8

┌───┐
│   주석   │
└───┘

제1연

제1행　「고혼노래」^{1921.8}는 "나는 내草笛보다 더놉히노래하랴하지안는다"^{제1행}이다. 호리구치 다이가쿠^{堀口大學:1920}의 제1행 "私はもう私の草笛よりも聲高く歌はうとは思はない_{나는 이제 내 풀피리보다도 소리 높게 노래하려고 하지는 않는다}"의 의역이다.

제2행　「고혼노래」^{1921.8}는 "그러고 나는예적에 搖籃속에 내가듯든노래보다 더놉히 노래하랴고 하지안는다."^{제2행}이다. 호리구치 다이가쿠¹⁹²⁰의 제2행 "私はまた昔私が搖籃の中で聞いた歌よりも聲高く歌はうとは思はない_{나는 또 옛날 내가 요람 속에서 듣던 노래보다도 소리 높게 노래하려고 하지는 않는다}"의 의역이다.

제3행　「고혼노래」^{1921.8}는 "나는 종달새나, 黎明의鍾樓의집웅에 흔들리는果實보다 더놉히 노래하랴고하지안는다"^{제3행}, "나는 나무닙우에 내리는비의노래보다 더놉히 노래하랴고하지안는다"^{제4행}이다. 호리구치 다이가쿠¹⁹²⁰의 제3행 "私はまたあの雲雀よりも、明け方の鐘樓の屋根に鳴る草の實よりも聲高く歌はうとは思はない_{나는 또 저 종달새보다도 새벽의 종루의 지붕에서 우는 풀 열매보다도 소리 높게 노래하려고 하지는 않는다}"와 제4행 "私はまた木の葉の上に降る雨の歌よりも強く歌はうとは思はない_{나는 또 나뭇잎 위에 내리는 비의 노래보다도 힘차게 노래하려고 하지는 않는다}"의 의역이다.

제2연

제1행　「고혼노래」^{1921.8}는 "第一・내가 맛는노래는 나무닙의속살거림보다도 오히려 곱다란노래,"^{제1연 제5행}, "더더 엄청나게 보들압은노래、그것이다"^{제1연 제6행}이다. 호리구치 다이가쿠¹⁹²⁰의 제2연 제1행 "私に一番似合ふのは木の葉の囁きよりも尚やさしい歌_{나에게}

가장 어울리는 것은 나뭇잎의 속삭임보다도 더 자상한 노래"의 의역이다.

제2행 「고흔노래」^{1921.8}는 "냇가의버들을 흔드는 小川의흐름보다도 더纖細한"^{제1연 제7행}, "푸른하늘을 날아가는 갈매기와 종달새보다도 더희미한"이다^{제1연 제8행}, "쏘는 잇는듯업는듯한울음소리를 내는아츰의吊鐘草"^{제1연 제9행}, "쏘는 삼가는듯이 부는나의草笛보다도 더가비야운曲調잇노래、 이것이다."^{제1연 제10행}이다. 호리구치 다이가쿠¹⁹²⁰의 제2연 제2행 "川柳をそそる小川の流よりも纖細な^{냇가의 버드나무를 흔드는 개울 흐름보다도 섬세한}", 제3행 "青空を渡る鷗や雲雀よりもほのかな^{푸른 하늘을 지나는 갈매기나 종달새보다도 은은한}", 제4행 "又はかのあるやなきやの響を立てる朝の吊鐘草^{또는 저 있는 듯 없는 듯한 울림을 일으키는 내일의 초롱꽃}", "又は忍び音に吹く私の草笛よりも輕い調子の歌^{또는 속삭이듯 부는 내 풀피리 소리보다 가벼운 곡조의 노래}"의 의역이다.

제3연

제1행 「고흔노래」^{1921.8}는 "그리하고 내가즐겨하는노래는………"^{제2연 제1행}이다. 호리구치 다이가쿠¹⁹²⁰의 제3연 제1행 "そして私の好きな歌は^{그리고 내가 좋아하는 노래는……}"의 의역이다.

제2행 「고흔노래」^{1921.8}는 "寂寞하고도任意로운 고흠가득한曲調로 聖母마리아가 예수를들레주어、消日하던、쏘는 工장요셉이 입작난으로 한우님의아들을 꿈으로引導하던노래보다도"^{제2연 제2행}, "더더 엄청나게 보들압은노래、 그것이다"^{제2연 제3행}이다. 호리구치 다이가쿠¹⁹²⁰의 제3연 제2행 "淋くつてしかも氣隨なやさしさの籠つた節で^{쓸쓸하고 또한 제멋대로 부드러움 담긴 가락으로}", 제3행 "聖母マリヤが基督に歌つてきかせてなぐさみ^{성모 마리아가 그리스도에게 불러 주며 달랜}", 제4행 "工匠ヨセフが口すさんで神の子を夢路に誘つた歌よりも^{장인 요셉이 읊조리며 신의 아들을 꿈길로 이끌던 노래보다도}"의 의역이다.

제4연

제1행 「고흔노래」^{1921.8}는 "오.오 울림소리의희미한 그歌聲이어"^{제2연 제4행}이다. 호리구치 다이가쿠¹⁹²⁰의 제4연 재1행 "おお、響かすかなその歌聲よ_{오오, 울림 희미한 그 노랫소리여}"의 의역이다.

제2행 「고흔노래」^{1921.8}는 "世上에는 짝이업는 그노래는"^{제2연 제5행}이다. 호리구치 다이가쿠¹⁹²⁰의 제4연 제2행 "世に類もないその歌_{세상에 닮은 것 없는 그 노래는}"의 의역이다.

제3행 「고흔노래」^{1921.8}는 "以前날 예수가쌔들레헴에서 여러번노래하던노래"^{제2연 제6행}, "그리하고只今도오히려 씨리아의少女가 泉邊에서"^{제2연 제7행}, "깁허가는한울을 우럴어보면서, 한가하게거문고를쓰드며 작은소리로 노래하는노래, 그소래다!"^{제2연 제8행}이다. 호리구치 다이가쿠¹⁹²⁰의 제4연 제3행 "そのかみの日基督がベトレェムの空で度々歌つた歌_{그 신의 날 그리스도가 베들레헴의 하늘에서 때마다 부르던 노래}", 제4행 "そうして今でも尚、シリヤの少女が泉のかたはらで_{그리하여 오늘날에도, 시리아 소녀가 샘터 주변에서}", 제5행 "夜更の空を仰ぎ乍ら、徐かに竪琴かき鳴らし乍ら小聲に歌ふその歌だ_{깊은 밤 하늘을 우러르며, 고요히 하프를 타면서 작은 목소리로 부르는 그 노래이다!}"의 의역이다.

해설

김억의 「곱은노래」 역시 『오뇌의 무도』 재판에 새로 추가된 작품으로서, 저본은 호리구치 다이가쿠^{堀口大學 : 1920} 소재 「やさしい歌_{아름다운 노래}」이다. 호리구치 다이가쿠의 이 시 역시 이미 『현대시가^{現代詩歌}』지 1918년 5월호의 폴 포르 특집에서 수록된 바 있다. 그러나 앞서 다른 시들과 마찬가지로 김억은 『현대시가』지의 특집호가 아닌 호리구치 다이가쿠¹⁹²⁰를 저본으로 삼았다. 또 폴 포르의 이 시는 호리구치 다이가쿠^{1918/1920} 이외 다른 번역자의 번역은 없고, 제스로 빗셀^{Jethro Bithell : 1912}에도 수록되어 있지 않다.

폴 포르의 이 시 역시 한 연이 한 행인 시이나 그 길이가 상대적으로 긴 편이다. 이것을 호리구치 다이가쿠는 각 연 총 4행 전체 총 4연으로 옮겼다. 그런데 김억은 호리구치 다이가쿠가 제3행과 제4행으로 구분한 대목만큼은 한 행으로 옮겼다. 김억이 어째서 그렇게 옮겼던 가는 알 수 없다. 다만 호리구치 다이가쿠[1920]는 폴 포르의 원시의 형식을 따르면 일견 산문 처럼 보일 수 있는 번역시의 구문을 개행하면서 나름대로 두운과 각운을 통해 리듬감을 부여 하고자 했다. 그러나 김억은 호리구치 다이가쿠[1920]의 이 의도를 의식하지 않았거나 반영하 지 않았다.

특히 호리구치 다이가쿠[1920]는 폴 포르의 원시의 각 연이 명사 종지인 것을 의식하여 제2 연 이하 각 4행 모두 '노래[歌]'로 끝맺었다. 그런데 김억은 호리구치 다이가쿠가 '노래'로 종지 한 구문을 따르면서도 '이러한 것이다'[제2연], '그런 것이다'[제3연], '그것이다'[제4연]와 같이 굳이 서 술격조사로 끝맺었다. 이로써 김억 나름의 리듬감을 부여한 것으로 볼 수 있겠지만, 폴 포르 의 원시나 호리구치 다이가쿠[1920]에 비해 시적인 미감은 상대적으로 떨어진다. 이것은 『오뇌 의 무도』에서 흔히 볼 수 있는 현상으로서, 이를테면 도치 구문의 기피, 주요 문장 성분[주어, 목 적어·보어, 서술어]을 두루 갖춘 구문의 선호와 같은 김억의 고집스러운 태도와 무관하지 않다.

어쨌든 이로써 김억의 이 시는 호리구치 다이가쿠[1920]는 물론 폴 포르의 원시와 전혀 다른 새로운 시가 되었다. 그리고 이 역시 시적 미감의 여부와 무관하게 호리구치 다이가쿠[1920]에 대한 김억 나름의 해석의 결과이다. 그러나 그 해석이 번역시의 시적인 미감을 충실히 드러 내도록 기여했다고 보기는 어렵다. 이미 제목부터 이 시가 '노래'에 관한 것임을, 또 그 자체로 '노래'임을 내세우고 있는 만큼, 번역시 나름의 리듬감, 음악성을 섬세하게 고려했어야 하기 때문이다. 김억의 「곱은노래」와 같은 사례들은 시인이자 번역자로서 그의 안목이 낯선 서구 의 현대시를 이제 막 읽어가는 문학청년의 수준에서 크게 벗어나지 않았음을 거듭 시사한다.

懊惱의 舞蹈[1]

차고 寂寞한 水面에 슬어저가는
내그림자와 핼금한 해그늘을 드러다보랴노라.
모레쓰   【초125, 재165】

곱고도설은[2] 이詩를 모하서는
알기도하고 몰으기도하는[3]
여러젊은 가슴에게 들이노라.   【초126, 재166】

1 재판 목차에는 "懊惱의舞蹈曲".

2 재판에는 "곱고도설은".

3 재판에는 "알기도 하고 몰으기
   도 하는".

"懊惱의 舞蹈"장에 대하여

이 장은 샤를 게랭Charles Guérin, 1873~1907 등 프랑스 시 27편초판 혹은 18편재판, 영시 10편초판, 재판, 아나크레온Anacreon, 기원전 582?~485? 등 고대 그리스 4편초판 혹은 2편재판, 그리고 로만로마노 프란켈 등 에스페란토 시 1편초판 혹은 2편재판 등 총 34편초판 혹은 33편재판으로 이루어진 습유拾遺장이다. 초판과 재판의 목차에는 이 중 줄리앙 보캉스Julien Vocance, 1878~1954의 연작시 「소곡小曲」 4편을 비롯한 총 12편초판 혹은 10편재판이 '소곡'장으로 구분되어 있다. 그러나 본문을 살펴보면 '소곡'의 활자의 크기와 배치가 여느 장과 다르고, 장 제목 아래 각 장의 대표작 일부의 인용도 없을뿐더러 헌사獻辭도 없다. 따라서 제목에서 '소곡'이라는 제목 아래 해당하는 작품은 줄리앙 보캉스의 「명일明日의 목숨」 등 4편에 국한한다고 보는 편이 타당하다.

이 「오뇌의 무도」장은 이미 그 구성에서 짐작할 수 있듯이 앞서 베를렌, 구르몽, 알베르 사맹, 보들레르, 예이츠 등 본장本章이라 할 수 있는 앞선 장의 주요 저본들을 바탕으로 구성되었다. 특히 「오뇌의 무도」장의 이름, 구성은 호리구치 다이가쿠堀口大學의 『어제의 꽃昨日の花』1918의 영향이다. 그도 그럴 것이 『어제의 꽃』의 습유장의 제목이 「어제의 꽃」인 데다가, 이 장의 총 27편 중 11편이 「오뇌의 무도」장 소재 프랑스 시의 저본이기 때문이다. 이외 프랑스 시는 나가이 가후永井荷風의 『산호집珊瑚集』1913과 호리구치 다이가쿠의 『잃어버린 보배失はれた寶玉』1920, 영시는 고바야시 아이유小林愛雄의 『근대시가집近代詩歌集』1912, 아나크레온 등의 고대 그리스 시는 이쿠다 슌게쓰生田春月의 『태서명시명역집泰西名詩名譯集』1919이 주요 저본들이다.

이 장은 앞선 다른 장에 비해 초판과 재판 사이 작품의 구성이며 수효의 변화가 다소 복잡하다. 그것은 김억이 초판 발표 이후 호리구치 다이가쿠의 『잃어버린 보배』와 산구 마코토山宮允의 『블레이크 선집ブレイク選集』1922 등에 수록된 작품들을 추가한 데에서 비롯한다. 예컨대 김억은 이 시집들을 저본으로 삼아 「포르의 시ㅁ」장을 새로 구성하는 한편, 비록 이 규모에는 못 미치지만 앙리 드 레니에Henri de Régnier, 1864~1936, 루이 망댕, 윌리엄 블레이크William Blake, 1757~1827 그리고 바실리 에로셴코Vasili Eroshenko, 1890~1952의 시를 추가했다. 반면에 김억 스스

『오뇌의 무도』 주해

로「재판再版되는 첫머리에」에서 밝혔듯이, 후일 출판할『잃어진 진주眞珠』1924를 위해 초판의 단 한 편뿐인 아서 시먼스의 시를 제외하는가 하면, 이유는 알 수 없으나 초판의 팔라다스의 시 역시 제외했다. 김억은 초판 이후인 1921년 5월부터 재판 이전인 1922년 4월까지 총 17편의 번역시를 발표했는데, 그중 9편만을 재판에 수록했다. 만약 그 나머지 시인들Vincent Muselli, Éphraïm Mikhaël, Léon Dierx의 8편까지, 더구나 초판 이전인 김억은 초판 이전 1918년에서 1919년 사이『태서문예신보』에 발표한 투르게네프Ivan S.Turgenev, 1818~1883의 시들까지 추가되었더라면, 재판의「오뇌의 무도」장의 작품 구성과 수효의 변화는 더 복잡해졌을 것이다.

그런가 하면 이「오뇌의 무도」장은 공시적으로는 프랑스와 영국의 현대시를 두루 포함하면서, 통시적으로는 고대의 시부터 현대의 시까지 포함하고 있고, 심지어 당시로서는 아직 실험 단계에 머물렀던 에스페란토 시까지 포함하고 있다. 그래서 김억이 이렇게 구성한 취지가 무엇인지 드러나지 않는다. 또 그중 적지 않은 수의 작품들은 오늘날 정전적 위격을 인정받지도 못한다. 물론 이것은 이 장이 성격이 전혀 다른 일역시집들을 저본으로 삼은 데에서 기인한다. 그러나 잡거 상태에 가까운「오뇌의 무도」장의 구성이란 사실 20세기 초 일본의 서구 시 수용, 그 정전 구성의 성과를 반영한다. 특히 그러한 사정은『태서명시명역집』을 통해서 분명히 알 수 있다. 영국을 필두로 하여 프랑스에서 고대 그리스까지 유럽 각 지역명을 장의 제목으로 삼아 각 지역의 대표작을 배치한 이 시집의 구성이란, 그 자체로 근대기 일본이 그려낸 서구 시의 성좌도星座圖이다. 따라서「오뇌의 무도」장은 이러한 일본의 성좌도(들)을 근간으로 김억이 자기 나름대로 그려낸 서구 시의 성좌도라고 하겠다.

그나마 잇는가 업는가.[1]

비록 빗기여 나는 反響은 업다하여도
物件마다 쌀으는 그림자야 업스랴.
밤하늘의 별빗은 샘물에서 빗나며、
가난한이도 남의덕을 입지안는가.
애닯은 笛聲엔 土墻의 反響이잇고[3]、
小鳥의 노래엔 小鳥가 쌀아울으며、
갈닙은 갈닙과 마조처 흔들니건만、
憂愁가득한 내가슴의 부르짓즘엔、
빗기여 울어줄 反響의 맘이나마、
아〻 그것이나마 잇는가 업는가.

【초127, 재167】

---

1. 초판 목차에는 "그나마잇는가 업는가".

2. 샤를 게랭(Charles Guérin, 1873~1907, 프랑스). 첫 번째 번역(『창조』 제6호, 1920.5) 은 '샬르、쎼란'. 재판 본문에는 '예란'.

3. 재판에는 "反響이 잇고".

『오뇌의 무도』 주해

ありやなしや[†]

永井荷風

[†] 永井荷風 譯, 『珊瑚集(佛蘭西近代抒情詩選)』, 東京：籾山書店, 1913, 101~102면; 生田春月 編, 「佛蘭西ーシヤアル・ゲラン」, 『泰西名詩名譯集』, 東京：越山堂, 1919, 107~108면.

よし反響のきかれずとも、物には凡て隨ふ影あり。

夜來れば泉は星の鏡となり、

貧しきものも人の惠に逢ひぬべし。

澄みて悲しき笛の音に土墻は立ちて反響を傳へ、

歌ふ小鳥は小鳥をさそひて歌はしめ、

蘆の葉は蘆の葉にゆすられて打顫ふ。

憂ひは深きわが胸の叫びに答へん人心、

ああ、そはありやなしや。

TOUT ÊTRE A SON REFLET OU SON ECHO ···[†]

[†] Charles Guérin, "Livre Second", *Le Semeur de Cendres : 1898~1900*, Paris : Mercure de France, 1901, p.168.

Charles Guérin

Tout être a son reflet ou son écho. Le soir,

La source offre à l'étoile un fidèle miroir ;

Le pauvre trouve un coeur qui l'accueille, la flûte

Un mur où son air triste et pur se répercute ;

L'oiseau qui chante appelle et fait chanter l'oiseau,

Et le roseau gémit froissé par le roseau :

Rencontrerai-je un jour une âme qui réponde

Au cri multiplié de ma douleur profonde ?

첫 번째 번역은 「그나마 잇는가 업는가」.「譯詩 一編」『창조』제6호, 1920.5

제1연

제1행 「그나마 잇는가 업는가」1920.5는 "비록 빗기여나는 反響은 업다하여도"이다. 나가이 가후永井荷風:1913/1919의 제1행 "よし反響のきかれずとも物には凡て隨ふ影あり 비록 반향이 들리지 않아도 사물에는 모두 따르는 그림자 있으니" 중 'よし反響のきかれずとも 비록 반향이 들리지 않아도'만을 발췌한 구문의 의역이다.

제2행 「그나마 잇는가 업는가」1920.5는 '物件마다 쌀으는그림자야 업스랴'이다. 나가이 가후1913의 제1행 중 '物には凡て隨ふ影あり 사물에는 모두 따르는 그림자 있으니'의 의역이다.

제3행 「그나마 잇는가 업는가」1920.5는 "밤하늘의별빗은 샘물에서 빗나며"이다. 나가이 가후1913/1919의 제2행 "夜來れば泉は星の鏡となり 밤이 오면 샘은 별의 거울이 되고"의 의역이다.

제4행 나가이 가후1913/1919의 제3행 "貧しきものも人の惠に逢ひぬべし 가난한 이도 남의 은혜를 입어야 한다"의 의역이다.

제5행 「그나마 잇는가 업는가」1920.5는 "애닯은笛聲엔 土墙의反響이잇고"이다. 나가이 가후1913/1919의 제4행 "澄みて悲しき笛の音に土墙は立ちて反響を傳へ 맑고 슬픈 피리 소리에 흙담은 일어나 반향을 전하며"의 의역이다.

제6행 「그나마 잇는가 업는가」1920.5는 "小鳥의노래엔 小鳥가쌀아울으며"이다. 나가이 가후1913/1919의 제5행 "歌ふ小鳥は小鳥をさそひて歌はしめ 노래하는 작은 새는 작은 새를 유혹해 노래하게 하며"의 의역이다.

제7행 갈닙 : 갈잎, 갈댓잎. 「그나마 잇는가 업는가」1920.5는 "갈닙은갈닙과 마츠처흔들니건만"이다. 나가이 가후1913/1919의 제6행 "蘆の葉は蘆の葉にゆすられて打顫ふ 갈댓잎은 갈댓잎에 흔들려 떤다"의 의역이다.

제8행 「그나마 잇는가 업는가」^{1920.5}는 "憂愁가득한 내가슴의부르짓즘엔"이다. 나가이 가후^{1913/1919}의 제7행 "憂ひは深きわが胸の叫·びに答へん 人心슬픔은 깊은 나의 가슴의 절규에 답하려는 사람의 마음" 중 '憂ひは深きわが胸の叫·びに슬픔은 깊은 나의 가슴의 절규에'만을 발췌한 구문의 의역이다.

제9행 「그나마 잇는가 업는가」^{1920.5}는 "빗기어 울어줄反響의맘이나마"이다. 나가이 가후^{1913/1919}의 제7행 중 '答へん 人心답하려는 사람의 마음'의 의역이다.

제10행 「그나마 잇는가 업는가」^{1920.5}는 "아々그것이나마 잇는가업는가"이다. 나가이 가후^{1913/1919}의 제8행 "ああ、そはありやなしや아아. 그것은 있는가. 없는가"의 의역이다.

해설

김억의 「그나마 잇는가 업는가」의 저본은 나가이 가후^{永井荷風 : 1913}에 수록된 「ありやなしや있는가 없는가」이다. 나가이 가후¹⁹¹³는 이쿠다 슌게쓰^{生田春月 : 1919}에도 수록되어 있다. 다만 제스로 빗셀^{Jethro Bithell : 1912}에는 수록되어 있지 않다. 따라서 김억으로서는 나가이 가후¹⁹¹³와 나가이 가후¹⁹¹⁹ 이외 저본으로 삼을 수 있는 다른 번역의 선례가 없었다.

샤를 게랭은 보들레르로부터 베를렌으로 이어지는 정서적 상징주의^{poésie affective} 계보를 잇는 시인이자, 『메르퀴르 드 프랑스^{Mercure de France}』지의 신상징주의^{neo-symbolisme}를 대표하는 시인 중 한 사람이다. 김억은 이 시와 「길가에서」 두 편을 옮겼는데, 이 또한 나가이 가후¹⁹¹³와 이쿠다 슌게쓰¹⁹¹⁹를 저본으로 삼은 것이었다. 사실 나가이 가후¹⁹¹³에는 「저녁의 식사^{夕方の食事. 원제 : Tu rangeais en chantant pour le repas du soir}」 한 편이 더 수록되어 있다. 하지만 나가이 가후가 샤를 게랭의 원시와 달리 개행^{改行}도 하지 않고 산문시처럼 옮긴 탓에 김억은 이를 옮기지 않은 것으로 보인다. 또 샤를 게랭의 시는 호리구치 다이가쿠^{堀口大學 : 1918}의 습유장인 「어제의 꽃^{昨日の花}」장에 원시를 알 수 없는 「둥근 달^{圓き月}」 한 편, 호리구치 다이가쿠¹⁹²⁰에 「저녁의 문 앞^{夕暮の戸口. 원제 : Qui pleure à ma porte}」, 「마음^{心. 원제 : Ce cœur d'automne}」 두 편이 수록되어 있다. 그러나 무슨 이유에서인지 김억은 호리구치 다이가쿠의 번역시를 저본으로 삼지 않았다.

김억은 샤를 게랭의 시 중 이 시만은『오뇌의 무도』초판에 앞선 1920년 5월 한 차례 발표한 바 있다. 그런데 이 시의 첫 번째 번역은 원래 김억이 1919년 8월 22일 유봉영劉鳳榮에게 보낸 편지 중에 수록되어 있다. 이 편지에 따르면 이 시의 제목은「아々 그것이나마 잇는가 업는가」였고, 1919년 7월 22일 김억의 고향인 정주군 곽산면에서 옮겼다. 이것만 보더라도 김억이 1919년경 나가이 가후[1913]와 이쿠다 슌게쓰[1919]를 열람할 수 있었음을 알 수 있다. 특히 후자의 경우 발행일이 1919년 4월 15일이라는 점에서 그러하다.

한편 김억의「그나마 잇는가 업는가」역시『오뇌의 무도』소재 여느 시와 마찬가지로 일역시를 축자적으로 옮긴 것은 결코 아니다. 예컨대 제3행 "밤하늘의 별빗은 샘물의 빗나며"의 경우, 나가이 가후[1913/1919]와 가장 거리가 먼, 김억이 나름대로 고쳐 쓴 대목이다. 그런데 이것은 이를테면 베를렌의「흰달」중 제1연의 "銀色의흰달은 / 수플에 빗나며" 혹은 제2연 "反射의거울인 / 池面은빗나며"의 구문 구조와 매우 흡사하다. 사실 김억의 창작 과정에 고쳐 쓰기로서 번역의 경험, 번역 텍스트가 개입하는 사례는 이미 여러 차례 살폈다. 그러나 이「그나마 잇는가 업는가」는 김억의 고쳐 쓰기로서의 번역에 다른 번역시 텍스트가 개입하는 사례라는 점에서 주목에 값한다.

오늘밤도。

1 장-마크 베르나르(Jean-Marc Bernard, 1881~1915, 프랑스). 첫 번째 번역(『창조』 제6호, 1920.5)은 "짠、마르크、베르날".

2 재판에는 "올째싸지". 재판의 '올째싸지'는 '올째까지'의 오식으로 보인다.

3 재판에는 "찻기는 하리라".

베르날[1]

오늘밤에도 써 올으는 그대、

아〻 달이여、살틀도하여라。

깃븜가득한 이동산안으로、

只今와서라、내쑴을 치랴고。

멀지안아서 갓튼 이동산에、

그대、오히려、멧밤을 새우며、

黎明의빗이 올나 올째까지[2]、

나의 모양을 찾기는하리라[3]、

아〻 달이여、그러나 엇제랴…………。

【초128, 재193】

『오뇌의 무도』 주해

今宵また[1]

堀口大學

今宵また汝空に昇る

おお月よ、親み多き光かな。

歡びにあふれたるこの園に[2]

汝今來る、わが夢を培はんと。

されどやがてこの同じき園に、

なほ幾夜汝來りて

あかつきいたるまで、

わが影を求むるならん、

おお月よ、遂に空しく……

1 堀口大學 譯, 「昨日の花」, 『昨日の花 — 佛蘭西近代詩』, 東京 : 籾山書店, 1918, 156~157면; 生田春月 編, 「佛蘭西 — ジヤン・マルク・ベルナアル」, 『泰西名詩名譯集』, 東京 : 越山堂, 1919, 116면.

2 生田春月(1919)에는 "歡びにあふれたるこの園に、".

POÈM 6 : CE SOIR ENCORE TU TE LÈVES ···[†]

† Pierre Lièvre, "JEAN-MARC BERNARD", *Anthologie des Poètes du Divan*, Paris : Le Divan, 1923, p.50.

Jean-Marc Bernard

Ce soir encore tu te lèves,

O lune, amicale clarté :

Et dans le jardin enchanté,

Tu viens nourrir mes tendres rêves.

Plus tard, dans ce même jardin,

O lune, que de soirs encore,

Tu chercheras jusqu'à l'aurore,

A me revoir — hélas ! en vain...

『오뇌의 무도』주해

첫 번째 번역은 「오늘밤도」. 「譯詩三編」, 『창조』제6호, 1920.5

주석

제1연

제1행 「오늘밤도」[1920.5]는 "오늘밤에도 써올으는그대,"이다. 호리구치 다이가쿠[堀口大學: 1918/1919]의 제1행 "今宵また汝空に昇る오늘 밤 또 너는 하늘에 떠오른다"를 '今宵また오늘 밤 또', '昇る떠오르는', '汝너' 순으로 도치하여 조합한 구문에 충실한 번역이다.

제2행 살틀하다 : "사랑하고 위하는 마음이 자상하고 지극하다"는 뜻의 '살뜰하다'의 평안도 방언이다.[김이협 : 1981] 호리구치 다이가쿠[1918/1919]의 제2행 "おお月よ、親み多き光かな오오 달이여, 친근함 많은 빛일까"의 의역이다. 참고로 후나오카 겐지[船岡獻治 : 1919]에는 'シタシミ親'를 '친근', '애정愛情'으로 풀이한다. 김억은 호리구치 다이가쿠[1918]의 설의형 구문을 감탄형으로 바꾸었다.

제3행 호리구치 다이가쿠[1918/1919]의 제3행 "歡びにあふれたる この園に기쁨으로 넘치는 이 정원에"에 충실한 번역이다.

제4행 치다 : 동식물을 기르다.[김이협 : 1981] 「오늘밤도」[1920.5]는 "只今와서라, 내쑴을치랴고."이다. 호리구치 다이가쿠[1918]의 제4행 "汝今來る、わが夢を培はんと너는 왔다, 나의 꿈을 북돋우려고" 중 주어 '汝너'를 제한 구문의 의역이다.

제5행 「오늘밤도」[1920.5]는 "멀지안아서 갓튼이동산에,"이다. 호리구치 다이가쿠[1918/1919]의 제5행 "されどやがてこの同じき園に그러나 이윽고 이 꼭 같은 정원에"중 'されど그러나'만을 제한 후 'やがて이윽고', '同じき꼭 같은', 'この이', '園に정원' 순으로 도치한 구문의 의역이다.

제6행 「오늘밤도」[1920.5]는 "그대, 오히려, 멧밤을새우며,"이다. 호리구치 다이가쿠[1918/1919]의 제6행 "なほ幾夜汝來りて또 몇 밤이나 너는 와서"를 '汝너', 'なほ또', '幾夜몇 밤', '來りて와서' 순으로 도치한 구문의 의역이다. 참고로 후나오카 겐지[1919]에는 'ナホ猶'를 '아직', '오히

려', '다시', '이상', '마침', '맛치' 등으로 풀이한다. 김억은 이 중 '오히려'를 선택한 것으로 보인다.

제7행 「오늘밤도」[1920.5]는 "黎明의빗이 올나올째까지、"이다. 호리구치 다이가쿠[1918/1919]의 제7행 "あかつきいたるまで 새벽녁 이르기까지"의 의역이다.

제8행 「오늘밤도」[1920.5]는 "내의보양을 찻기는하리라、"이다. 호리구치 다이가쿠[1918/1919]의 제8행 "わか影を求むるならん 나의 그림자를 찾겠지"의 의역이다.

제9행 「오늘밤도」[1920.5]는 "아々 달이여、그러나 엇제랴…………"이다. 호리구치 다이가쿠[1918/1919]의 제9행 "おお月よ、遂に空しく 오오 달이여, 끝내 허무하게"의 의역이다.

해설

김억의 「오늘밤도」의 저본은 호리구치 다이가쿠[堀口大學:1916]의 「今宵また 오늘밤 또」이다. 호리구치 다이가쿠[1918]는 이쿠다 슌게쓰[生田春月:1919]에도 수록되어 있다. 다만 장-마크 베르나르의 이 시는 제스로 빗셀[Jethro Bithell:1912]에는 수록되어 있지 않다. 따라서 김억으로서는 호리구치 다이가쿠[1918/1919] 이외 저본으로 삼을 수 있는 다른 일역시의 선례가 없었던 셈이다.

원작자 장-마크 베르나르는 공상파[fantaisistes] 혹은 신고전주의자로 간주되는 시인으로서[마르셀 레몽:2007, 192], 엄밀한 의미에서 『오뇌의 무도』 소재 프랑스 시의 주조인 신상징주의[neo-symbolisme]의 계보와는 거리가 먼 시인이다. 그래서인지 장-마크 베르나르의 시는 헤라르트 발크[Gérard Walch:1906~1907]나 아돌프 방 비베와 폴 리오토[Adolphe van Bever & Paul Léautaud:1900~1930]와 같은 엔솔러지에도 수록되어 있지 않다. 또 구르몽의 작가론을 모은 평론집 『가면의 책[Le livre des masques]』1896~1898에도 장-마크 베르날은 등장하지 않는다.

따라서 장-마크 베르날의 이 시가 『오뇌의 무도』에 수록된 것은 호리구치 다이가쿠의 취향이 투영된 결과라고 하겠다. 또 모두 총 2개 연인 장-마크 베르날의 원시와 달리 김억의 이 시가 단 하나의 연으로 이루어진 것도 호리구치 다이가쿠의 영향이다. 그러나 김억은 여느 시와 마찬가지로 이 시 역시 호리구치 다이가쿠[1918]를 축자적으로 옮기지 않았다. 이 시의 도처에서 호리구치 다이가쿠[1918]의 구문 중 일부만 발췌한다든가, 그나마도 도치한 흔적이 보이는 것은 바로 그 증거이다.

한편 김억의 「오늘밤도」는 베를렌의 「흰달」, 「싯업는 倦怠의」와 「L'heure de Berger牧人의째」, 알베르 사맹의 「伴奏」와 「池畔逍遙」, 보들레르의 「달의 悲哀」, 폴 포르의 「두 맘」과 더불어 '달'이 중요한 제재인 시이다. 이 외에도 페르낭 그레그[Fernand Gregh, 1873~1960]의 「午後의 달」, 앙리 드 레니에[Henri de Régnier, 1864~1936]의 「黃色의 月光」, 로랑 타이아드[Laurent Taihade, 1854~1919], 「女僧과 갓치 희멀금하야」, 장 라오르[Jean Lahor, 1840~1909], 「月下의 漂泊」까지 '달(빛)'은 우울과 권태, 몽환적 정경을 환기하는 제재로서 『오뇌의 무도』 전편의 정서적 주조를 형성한다.

길가에서。

길가에
해는 넘어라、
손을 잡고서
키쓰하게 하여라[2]。

懷疑의 맘과갓치、
이 샘물은 흘이여서라[3]、
그대여、목말은 나에게、
그대의 눈물을 마시게하여라。

해는 넘어가고
져녁鍾이[4] 울어라、
그대여 그대의 가슴에서 써는 사랑을
나에게 주어라。

길은 길고 흰리봉갓치
니엇다가、쯧에는
프른 적은山의
傾斜길이 되여라。

서々 압에잇는[5]
樹木을 바라보아라、
집웅에는 烟氣가 찌고
村落은 숨을 매자라。

쩌러지는 나무닙 갓튼[6]
그대의 검은무리털에[7] 싸여서   【초128, 재193】
저곳인 門가에서
나는 자라노라[8]。

5   재판에는 "압에 잇는".

6   재판에는 "ᄂ무닙갓튼".

7   재판에는 "검은머리털에".

8   재판에는 "나는 자라노라". 재
     판의 '자라노라'는 '자라노라'
     의 오식으로 보인다.

道のはづれに[†]

[†] 永井荷風 譯,『珊瑚集(佛蘭西近
代抒情詩選)』, 東京：籾山書店,
1913, 97~100면; 生田春月 編,
「佛蘭西ーシヤアル・ケラン」,
『泰西名詩名譯集』, 東京：越山
堂, 1919, 106~107면.

永井荷風

道のはづれに
日はしづむ
手を取らん、
接吻せしめよ。

疑へる心の如く
この泉は濁りたり。
渇けるわれに
君が涙をのましめよ。

日は暮れたり。
鐘が鳴る。

われにあたへよ、
君が胸打ふるふ其戀を。

道はくだる、
幾里と長き眞白の帯。
青き小山の
坂道つきぬ。

たたずまん。行手<ruby>行手<rt>ゆくて</rt></ruby>なる
<ruby>森<rt>もり</rt></ruby>をながめよ。
<ruby>屋根<rt>やね</rt></ruby>はかすみて
<ruby>村<rt>むら</rt></ruby>は<ruby>夢<rt>ゆめ</rt></ruby>む。

わが<ruby>眠<rt>ねむ</rt></ruby>らんとするは
<ruby>彼處<rt>かしこ</rt></ruby>なり。<ruby>扉<rt>とぼそ</rt></ruby>のかげ、
<ruby>落<rt>おつ</rt></ruby>る<ruby>木<rt>こ</rt></ruby>の<ruby>葉<rt>は</rt></ruby>に<ruby>埋<rt>うづ</rt></ruby>るる
<ruby>君<rt>きみ</rt></ruby>が<ruby>黑髮<rt>くろかみ</rt></ruby>に<ruby>抱<rt>いだ</rt></ruby>かれて。

THE JOURNEY'S END[†]

† Jethro Bithell, "Charles Guérin",
Contemporary French Poetry, Lon-
don : Walter Scott Publishing
Co. Ltd., 1912, p.36.

Jethro Bithell

At the road's end

The sun goes down ;

Give me your hand,

And give me your mouth.

This spring is as black

As a faithless heart ;

I am thirsty, give me

Your tears to drink.

O dusk from above !

The angelus rings ;

Give me the love

That your breasts tremble with.

The road descends,

White ribbon of leagues,

The last, long slope

Of the blue hills.

『오뇌의 무도』 주해

Now stay, and look

At yonder trees,

And the smoking roofs

Where a village dreams :

For I will there

In the porchways sleep,

Among your hair

Full of withered leaves.

AU BOUT DU CHEMIN[†]

[†] Charles Guérin, *Le Semeur de Cendres : 1898~1900*, Paris : Mercure de France, 1901, pp.28~29.

Charles Guérin

Au bout du chemin

Le soleil se couche ;

Donne-moi ta main,

Donne-moi ta bouche.

Comme un cœur sans foi

Cette source est noire ;

J'ai soif, donne-moi

Tes larmes à boire.

Ô chute du jour !

Des angélus sonnent ;

Donne-moi l'amour

Dont tes seins frissonnent.

La route descend,

Blanc ruban de lieues,

Le dernier versant

Des collines bleues.

Arrêtons-nous ; vois,

Là-bas, ce feuillage

Où fument des toits,

Où rêve un village :

C'est là que je veux

Dormir sous les portes,

Parmi tes cheveux

Pleins de feuilles mortes.

재판 이외 이본 없음.

주석

제1연

제1행   제스로 빗셜^{Jethro Bithell : 1912}의 제1연 제1행 "At the road's end"를 염두에 두되, 나가이 가후^{永井荷風 : 1913/1919}의 제1연 제1행 "道のはづれに^{길가에}"의 어휘 표현에 충실한 번역이다.

제2행   제스로 빗셜¹⁹¹²의 제1연 제2행 "The sun goes down"을 염두에 두되, 나가이 가후^{1913/1919}의 제1연 제2행 "日はしづむ^{해는 진다}"의 어휘 표현을 따른 의역이다.

제3행   제스로 빗셜¹⁹¹²의 제1연 제3행 "Give me your hand"보다 나가이 가후^{1913/1919}의 제1연 제3행 "手を取らん^{손을 잡아라}"의 어휘 표현을 따른 의역이다.

제4행   제스로 빗셜¹⁹¹²의 제1연 제4행 "And give me your mouth"보다 나가이 가후^{1913/1919}의 제1연 제4행 "接吻せしめよ^{입맞춤하게 하라}"의 어휘 표현과 문형을 따른 의역이다.

제2연

제1행   제스로 빗셜¹⁹¹²의 제2연 제2행 "As a faithless heart"를 염두에 두되, 나가이 가후^{1913/1919}의 제2연 제1행 "疑へる心の如く^{의심스러운 마음처럼}"의 어휘 표현과 문형에 충실한 번역이다.

제2행   흘이다 : '흐리다^濁'의 평안도 방언 혹은 김억의 입말로 추측된다. 제스로 빗셜¹⁹¹²의 제2연 제1행 "This spring is as black"보다 나가이 가후^{1913/1919}의 제2연 제2행 "この泉は濁りたり^{이 샘은 탁하다}"의 어휘 표현과 문형에 충실한 번역이다.

제3행   제스로 빗셜¹⁹¹²의 제2연 제3행 "I am thirsty, give me"보다 나가이 가후^{1913/1919}의 제2연 제3행 "渇けるわれに^{목마른 나에게}"의 어휘 표현을 따른 의역이다.

제4행　제스로 빗설¹⁹¹²의 제2연 제4행 "Your tears to drink"보다 나가이 가후^{1913/1919}의 제2연 제4행 "君が淚をのましめよ^{그대의 눈물을 마시게 하라}"의 어휘 표현과 문형에 충실한 번역이다.

제3연

제1행　제스로 빗설¹⁹¹²의 제3연 제1행 "O dusk from above!"보다 나가이 가후^{1913/1919}의 제3연 제1행 "日は暮れたり^{낮은 저문다}"의 어휘 표현을 따른 의역이다.

제2행　제스로 빗설¹⁹¹²의 제3연 제2행 "The angelus rings"보다 나가이 가후^{1913/1919}의 제3연 제2행 "鐘が鳴る^{종이 운다}"의 어휘 표현을 따른 의역이다. 참고로 노무라 야스유키^{野村泰亨:1918}에는 'angélus'를 "御告げの禱(朝暮幷に午時)"와 "御告げの禱の鐘", 즉 로마 가톨릭 교회의 "삼종^鐘기도^{아침 저녁 모두 오시}", "삼종기도의 종"으로 풀이한다. 또 간다 나이부^{神田乃武:1915}에는 'angelus'를 '御告ノ祈', "御告ノ鐘[同上ノ時刻ヲ報號ズル鐘]", 즉 로마 가톨릭 교회의 '삼종^鐘기도', "삼종기도의 종^{삼종기도 시간을 알리는 종}"으로 풀이한다. 삼종기도는 아침, 낮, 저녁 세 번 봉송하는데, 로마 가톨릭 교회의 교리와 전승에 밝을 리 없는 김억으로서는 나가이 가후^{1913/1919}의 제3연 제1행을 염두에 두고 '저녁종'으로 새긴 것으로 보인다.

제3행　제스로 빗설¹⁹¹²의 제3연 제3행 "Give me the love"와 제4행 "That your breasts tremble with"를 염두에 두되, 나가이 가후^{1913/1919}의 제3연 제4행 "君が胸打ふるふ其戀を^{그대의 가슴 떠는 그 사랑을}"의 어휘 표현과 문형을 따른 의역이다.

제4행　제스로 빗설¹⁹¹²의 제3연 제3행 중 'Give me', 나가이 가후^{1913/1919}의 제3연 제3행 "われにあたへよ^{나에게 주어라}"에 대응한다.

제4연

제1행　리봉 : 리본. 제스로 빗설¹⁹¹²의 제4연 제1행 "The road descends" 중 'The road'와 제2행

“White ribbon of leagues”를 조합한 구문을 염두에 두되, 나가이 가후[1913/1919]의 제4연 제1행 “道はくだる길은 내려가고” 중 ‘道は길은’과 제2행 “幾里と長き眞白の帶몇 리나 긴 새하얀 띠” 중 ‘長き眞白の帶긴 새하얀 띠’만을 발췌하여 조합한 구문의 어휘 표현과 문형을 따른 의역이다. 다만 김억은 나가이 가후[1913/1919]의 ‘眞白の帶새하얀 띠’가 아닌 제스로 빗설[1912]의 ‘White ribbon’을 택했다.

제2행 제스로 빗설[1912]의 제4연 제2행 “White ribbon of leagues” 중 ‘of leagues’와 제3행 “The last, long slope” 중 ‘last’, 나가이 가후[1913/1919]의 제4연 제2행 “幾里と長き眞白の帶몇 리 나 긴 새하얀 띠” 중 ‘幾里と長き몇 리나 긴’를 두루 염두에 둔 의역이다.

제3행 제스로 빗설[1912]의 제4연 제4행 “Of the blue hills”를 염두에 두되, 나가이 가후[1913/1919]의 제4연 제3행 “靑き小山の푸른 작은 산의”의 어휘 표현과 문형에 충실한 번역이다.

제4행 제스로 빗설[1912]의 제4연 제3행 “The last, long slope”를 염두에 두되, 나가이 가후 [1913/1919]의 제4연 제4행 “坂道つきぬ언덕길 이어진다”의 어휘 표현을 따른 의역이다.

제5연

제1행 제스로 빗설[1912]의 제5연 제1행 “Now stay, and look”을 염두에 두되, 나가이 가후 [1913/1919]의 제5연 제1행 “たたずまん。行手なる멈춰 서라. 앞길의”의 어휘 표현과 문형을 따른 의역이다.

제2행 제스로 빗설[1912]의 제5연 제2행 “At yonder trees”를 염두에 두되, 나가이 가후[1913/1919] 의 제3연 제2행 “森をながめよ숲을 바라보라”의 어휘 표현과 문형을 따른 의역이다. 다만 김억은 나가이 가후[1913]의 ‘森숲’이 아닌 제스로 빗설[1912]의 ‘trees’를 따라 ‘樹木’으로 옮겼다.

제3행 제스로 빗설[1912]의 제5연 제3행 “And the smoking roofs”를 염두에 두되, 나가이 가후 [1913]의 제3연 제3행 “屋根はかすみて지붕은 희미하여”의 어휘 표현과 문형을 따른 의역 이다. 다만 김억은 나가이 가후[1913/1919]의 ‘かすみて희미하여’ 대신 제스로 빗설[1912]의

'smoking roof(s)'를 택했다.

제4행 　제스로 빗설[1912]의 제5연 제4행 "Where a village dreams"를 염두에 두되, 나가이 가후 [1913/1919]의 제3연 제4행 "村は夢む^{마을은 꿈꾼다}"의 어휘 표현과 문형에 충실한 번역이다.

제6행

제1행 　제스로 빗설[1912]의 제6연 제4행 "Full of withered leaves"를 염두에 두되, 나가이 가후 [1913/1919]의 제6연 제3행 "落る木の葉に埋るる^{떨어지는 나뭇잎에 파묻힌}"의 어휘 표현과 문형을 따른 의역이다. 다만 김억은 제스로 빗설[1912]의 제6연 제4행이 제3행을 수식하는 구문임을 의식하고 있었다.

제2행 　제스로 빗설[1912]의 제6연 제3행 "Among your hair"를 염두에 두되, 나가이 가후 [1913/1919]의 제6연 제4행 "君が黑髮に抱かれて^{그대의 검은 머리카락에 안겨서}"의 어휘 표현과 문형을 따른 의역이다.

제3행 　나가이 가후[1913/1919]의 제6연 제2행 "彼處なり。扉のかげ^{저곳이다. 문의 그늘}"의 의역이다.

제4행 　나가이 가후[1913/1919]의 제6연 제1행 "わか眠らんとするは^{내가 자려 함은}"의 의역이다.

해설 _____

김억의 「길가에서」는 나가이 가후^{永井荷風 : 1913}에 수록된 「道のはづれに^{길가에}」가 주된 저본이다. 이 나가이 가후[1913]는 이쿠다 슌게쓰^{生田春月 : 1919}에도 수록되어 있다. 샤를 게랭의 이 시는 제스로 빗설^{Jethro Bithell : 1912}에도 수록되어 있다. 김억은 제스로 빗설[1912]을 염두에 두되, 정작 나가이 가후[1913/1919]의 어휘 표현과 문형을 따라 옮겼다. 이것은 『오뇌의 무도』 도처에서 나타나는 현상이기도 하다.

　김억은 「길가에서」 역시 『오뇌의 무도』의 여느 작품들과 마찬가지로 일역시를 축자적으로 옮기지 않았다. 예컨대 제4연 제1행에서 나가이 가후[1913]의 '眞白の帶^{새하얀 띠}' 대신 제스로 빗설[1912]의 'White ribbon'을, 제5연에서 나가이 가후[1913]의 '森^숲' 대신 제스로 빗설[1912]의 'trees'

를, 또 'かすみて^{희미하여}' 대신 'smoking'을 선택한다는가 한 대목들이 그러하다. 이 모두 나가이 가후¹⁹¹³의 모호한 표현과 구문들을 제스로 빗설¹⁹¹²을 통해 보완한 사례들이다. 이로써 김억의 번역시 안에서 서로 다른 매개 언어^{intermediate language}들이 서로 다른 층을 이루게 된다. 이처럼 김억의 이 번역시란 이질적인 타자들의 언어, 텍스트가 혼종하는 공간이다.

또 제6연은 김억 나름의 해석과 고쳐 쓰기가 현저한 사례로서, 나가이 가후^{1913/1919}의 시행의 순서를 뒤바꾸어 놓았다. 김억은 나가이 가후^{1913/1919}의 제6연 제2행의 '彼處^{저곳}'를 수식·묘사하는 구문들이 모두 '彼處'를 후행하는 것을 자신의 조선어 감각으로는 납득할 수 없는 부자연스러운 문장이라고 보았을 터이다. 그래서 나가이 가후^{1913/1919}는 물론 제스로 빗설¹⁹¹²과 상관없이 시행의 순서를 뒤바꾸어 놓았다.

이것은 이 주해서의 도처에서 볼 수 있듯이, 일본어 번역시의 도치 구문의 번역 과정에서 한결같은, 일종의 김억 나름의 강박에 가까운 번역 원칙이다. 물론 나가이 가후^{1913/1919}의 도치 구문이란 근본적으로 샤를 게랭의 원시, 그것을 의식한 제스로 빗설¹⁹¹²의 시행의 배열, 문법적 특징을 존중한 결과이다. 또 이 모두 김억의 「길가에서」에서는 결코 드러나지 않는 미묘한 의미의 차이, 심도를 드러내기도 한다. 그래서 김억의 강박에 가까운 원칙, 고쳐 쓰기의 양상을 통해 낯선 서구의 현대시를 이제 막 읽어가는 습작기 문학청년의 초상을 엿볼 수 있다.

『오뇌의 무도』 주해

解脫[1]

쓰레쓰흐[2]

물거품우에 남긴발자최갓치 내설음은[3] 업서저서라、

오々 하느님이여、너는妙하게도 또한고흔것에게[4] 人生을 주엇

서라。

일즉 나는설어햇노라、일즉 나는울엇노라[5]、

그러나 只今내게는[6] 사랑하든 追憶만 남아잇서라。

이리도칩고 孤獨한房안에 밤이깁도록[7]

혼자잇는 가이업슴이여、愁心이여、살틈함이여!

그림자는 뉘이갓튼손을 내니마에 노흐며、　　　　　【초131, 재171】

時計는 쓸데업시 소리를내여라[8]、오오、잠々치못할맘이여!

일즉나는 사랑햇노라、일즉나는 괴로윗노라、일즉나는 울엇노라[9]、

그러나 只今내게는[10] 사랑하든 追憶만 남아잇서라。【초131, 재172】

지내간날의情熱은[11] 날마다 나무닙갓치 훗터저가며、

나의맘은 只今애닯은靑春의 다음되는 가을이여라[12]。

1 　재판 목차에는 "解脫"、본문에
　는 "解脫。".

2 　페르낭 그레그(Fernand Gregh,
　1873~1960, 프랑스).

3 　재판에는 "내설음은".

4 　재판에는 "오々 하느님이여、너
　는妙하게도또한곱은것에게".

5 　재판에는 "일즉 나는 셜어햇노
　라、일즉 나는 울엇노라".

6 　재판에는 "그러나只今내게는".

7 　재판에는 "이리도 칩고 孤獨한
　房안에 밤이 깁도록".

8 　재판에는 "소리를 내여라".

9 　재판에는 "일즉 나는 사랑햇노
　라、일즉 나는 괴롭엇노라、일
　즉 나는 울엇노라".

10 　재판에는 "그러나只今내게는".

11 　재판에는 "지내간날의情熱은".

12 　재판에는 "나의맘은只今 애닯은
　靑春의다음되는가을이러라".

그리도만흔苦惱에 나는世上을 미워햇노라[13]、

그러나 只今나게는 寬恕와 사랑박게 업서라[14]。

물거픔우에 남긴발잘최갓치 내설음은 업서젓서라[15]、【초132, 재172】

나는 내絶望의 부르짓즘과 내사랑의 이름을 沈默에 넛노라[16]。

나는 아직도사노라!죽으랴든것이!나는[17] 아직도 사노라、

아々 이것이야 永劫의奇蹟、꼿업는神秘가 아닌가[18]。

나는 고요히 只今寂寞한夜半에 혼자비노라[19]、

이世上은 내와는 멀니써러저、平穩도하며、아름다워라[20]。

아々 하느님이여、너는妙하게도 또한고흔것에게[21] 人生을 주엇서라。

물거픔우에 남긴발자최갓치[22] 내설음은 업서젓서라。【초132, 재173】

일즉나는 설어햇노라、일즉나는 울엇노라[23]、

그러나 只今내게는 사랑하든追憶만 남아잇서라。 【초133, 재173】

13 재판에는 "그리도 만흔苦惱에 나는 世上을 밉어햇노라".

14 재판에는 "그러나 只今 나게는 寬恕와 사랑밧게 업서라".

15 재판에는 "물거픔우에 남긴 잘 발최갓치 …". 재판의 '잘발최' 는 '발잘최'의 오식이고, 초판 과 재판의 '발잘최'는 '발자최' 의 오식으로 보인다.

16 재판에는 "나는 내絶望의 부르 짓즘과 내사랑의 이름을 沈默 에 넛노라".

17 재판에는 "나는 아직도 사노 라! 죽으랴든것이! 나는".

18 재판에는 "꼿업는神秘가아니라".

19 재판에는 "只今 寂寞한 夜半에 혼자 비노라".

20 재판에는 '아름답어라'.

21 재판에는 "아々 하느님이여、너 는妙하게도또한 곱은것에게".

22 재판에는 "물거픔우에 남긴 발 자최갓치".

23 재판에는 "일즉 나는 설어햇노 라、일즉 나는 울엇노라".

『오뇌의 무도』 주해

解脱[†]

堀口大學

† 堀口大學 譯, 「昨日の花」, 『昨日の花－佛蘭西近代詩』, 東京：籾山書店, 1918, 163~166면.

泡沫の上の足跡の如くわが苦悩は凡て消えたり。

おお神よ、汝は不思議にも亦優しきものに人生を造り給ひぬ。

かつてわれ苦しみぬ。かつてわれ泣きぬ。

さるを今われに殘るは愛せしことの思ひ出のみ。

うら寒く孤獨なる室の内に

夜更けて唯一人あることの氣うとさよ、愁しさよ、やさしさよ！

影は妹の如くにさはやかなる手をわが前額の上に置き、

時計は果なく時を刻む、おお默し得ぬ心よ。

かつてわれ愛でき、かつてわれ惱みき、われかつて泣きたりき、

さるを今われに殘るは愛せしことの思ひ出のみ。

過ぎし日の情熱は日毎に木の葉の如くに散りゆき、

わが心の内は今悲しき靑春に次げる秋なり。

多くも受けたる苦悩の爲にわれ世を憎むと思ひきや、

われは今寛容と愛とに外ならず。

泡沫の上の足跡の如くわが苦悩は凡て消えたり。
われわが絶望の叫とわが愛でし名とを沈黙に付す。

われ今なほ生く！ 死ぬと思ひたりしを！われ今なほも生く！
これやこれ永劫の奇蹟、果しなき神秘。

われ今心靜かに寂しき夜半に獨祈る、
浮世は遠くわれより隔たりて隱かに且は美くし。

おお神よ、汝は不思議にも又優しきものに人生を造り給ひぬ。
泡沫の上の足跡の如くわが苦悩は凡て消えたり。

かつてわれ苦しみぬ。かつてわれ泣きぬ。
さるを今われに殘るは愛せしことの思ひ出のみ。

APAISEMENT[†]

Fernand Gregh

[†] Fernand Gregh, "Soupirs", *La Maison de L'enfance*, Paris : Calmann Lévy, 1896/1900, pp.128~130.

Toute ma peine a fui comme un pas sur la mousse.

Mon Dieu, vous avez fait la vie étrange et douce.

Autrefois j'ai souffert, autrefois j'ai pleuré,

Je ne me souviens plus que d'avoir adoré.

Seul à minuit parmi la chambre solitaire

Et froide. O lassitude, ô tristesse, ô douceur !

L'ombre pose à mon front ses mains fraîches de sœur,

L'horloge bat sans fin, cœur qui ne peut se taire.

J'aimais jadis ; jadis j'ai souffert, j'ai pleuré ;

Je ne me souviens plus que d'avoir adoré.

Les passions d'antan s'effeuillent jour à jour.

C'est l'Automne en mon cœur après les tristes Mais.

J'ai cru hair pour tous les chagrins qu'on m'a faits.

Voici : je ne suis plus qu'indulgence et qu'amour.

Toute ma peine a fui comme un pas sur la mousse.
J'ai tu mes cris d'angoisse et le nom que j'aimais.

Mes pleurs s'en sont allés de mes yeux à jamais.
Mon Dieu, vous avez fait la vie étrange et douce.

On vit ! on avait cru qu'on mourrait... Et l'on vit !
C'est l'éternel miracle et l'infini mystère.

On est calme et l'on prie en la nuit solitaire,
Et le monde est lointain, pacifique et ravi.

Mon Dieu, vous avez fait la vie étrange et douce.
Toute ma peine a fui comme un pas sur la mousse.

Autrefois j'ai souffert, autrefois j'ai pleuré,
Je ne me souviens plus que d'avoir adoré.

『오뇌의 무도』 주해

재판 이외 이본 없음.

제1연

제1행　호리구치 다이가쿠[堀口大學：1918]의 제1연 제1행 "泡沫の上の足跡の如く わが苦惱は凡て消えたり 물거품 위의 발자국같이 나의 고뇌는 모두 사라졌다"의 의역이다.

제2행　호리구치 다이가쿠[1918]의 제1연 제2행 "おお神よ、汝は不思議にも亦優しきものに人生を造り給ひぬ 오오 신이여, 당신은 이상하고도 아름다운 것으로 인생을 만드신다"의 의역이다.

제2연

제1행　호리구치 다이가쿠[1918]의 제2연 제1행 "かつてわれ苦しみぬ。かつてわれ泣きぬ 일찍이 나는 괴로웠다. 일찍이 나는 울었다"의 의역이다.

제2행　호리구치 다이가쿠[1918]의 제2연 제2행 "さるを今われに殘るは愛せしことの思ひ出のみ 그런데도 지금 나에게 남은 것은 사랑했던 일의 추억뿐"의 의역이다.

제3연

제1행　호리구치 다이가쿠[1918]의 제3연 제1행 "うら寒く孤獨なる室の內に 어쩐지 춥고 고독한 방안에"와 제3연 제2행 "夜更けて唯一人あることの氣うとさよ、愁しさよ、やさしさよ 밤 깊어서 다만 혼자 있음의 쓸쓸함이여. 외로움이여. 온화함이여" 중 '夜更けて 밤 깊어서'만을 발췌하여 조합한 구문의 의역이다.

제2행　가이업다 : '불쌍하다', '딱하다'는 뜻의 평안도 방언 '가엽다'[김이협：1981]의 이형태 혹은 김억의 입말로 추정된다. 호리구치 다이가쿠[1918]의 제3연 제2행 중 "唯一人あることの氣うとさよ、愁しさよ、やさしさよ 다만 혼자 있음의 쓸쓸함이여. 외로움이여. 온화함이여"의 의역이다. 김억은 호리구치 다이가쿠[1918]의 '果敢はかない덧없다'를 '가이업다', 즉 '가엽다'로 옮겼다. 구르몽,「黃昏」·「田園四界」·「落葉」 또 호리구치 다이가쿠의 '可憐だ가련하다'도 '가이업다'로 옮겼다. 알베르 사맹,「暗昏」 이 시에서는 '愁さびしい쓸쓸하다. 적적하다. 외롭다'를 '가엽다'로 옮겼다. 참고로 후나오카 겐지[舟岡獻治:1919]에는 'サビシ淋シ·寂'를 "㈀ 심심하다 ㈁ 적막하다. 적적하다. 죠용하다. ㈂ 쓸쓸하다. 고독하다. ㈃ 섭섭하다. 슯흐다."로 풀이한다.

제4연

제1행 뉘이 : '누이姊'의 평안북도 방언 '뉘뉘'[김이협:1981, 김영배:1997]의 이형태, 혹은 김억의 입말로 추정된다. 호리구치 다이가쿠[1918]의 제4연 제1행 "影は妹の如くにさはやかなる手をわが前額の上に置き그림자는 누이처럼 말쑥한 손을 나의 이마 위에 놓으며"의 의역이다.

제2행 호리구치 다이가쿠[1918]의 제4연 제2행 "時計は果なく時を刻む、おお默し得ぬ心よ시계는 덧없이 째깍거리며, 오오, 잠자코 있을 수 없는 마음이여"의 의역이다.

제5연

제1행 호리구치 다이가쿠[1918]의 제5연 제1행 "かつてわれ愛でき、かつてわれ惱みき、われかつて泣きたりき일찍이 나는 사랑했으며, 일찍이 나는 괴로웠으며, 나는 일찍이 울었다"의 의역이다.

제2행 호리구치 다이가쿠[1918]의 제5연 제2행 "さるを今われに殘るは愛せしことの思ひ出のみ그런데도 지금 나에게 남은 것은 사랑했던 일의 추억뿐"의 의역이다.

제6연

제1행 호리구치 다이가쿠[1918]의 제6연 제1행 "過ぎし日の情熱は日每に木の葉の如くに散りゆき지난날의 정열은 날마다 나뭇잎처럼 흩어져가고"에 대응한다.

제2행 호리구치 다이가쿠[1918]의 제6연 제2행 "わが心の內は今悲しき靑春に次げる秋なり내

마음속은 지금 슬픈 청춘에 잇따른 가을이다"에 충실한 번역이다.

제7연

제1행 호리구치 다이가쿠[1918]의 제7연 제1행 "多くも受けたる苦惱の爲にわれ世を憎むと思ひきや많이도 받은 고뇌 때문에 나는 세상을 밉다고 생각했으나"의 의역이다.

제2행 호리구치 다이가쿠[1918]의 제7연 제2행 "われは今寬容と愛とに外ならず나는 지금 관용과 사랑일 뿐이다"의 의역이다.

제8연

제1행 호리구치 다이가쿠[1918]의 제8연 제1행 "泡沫の上の足跡の如くわが苦惱は凡て消えたり물거품 위의 발자국같이 나의 고뇌는 모두 사라졌다"의 의역이다.

제2행 호리구치 다이가쿠[1918]의 제8연 제2행 "われわが絶望の叫とわが愛でし名とを沈默に付す나는 나의 절망의 부르짖음과 내가 사랑한 이름을 침묵에 붙인다"의 의역이다.

제9연

제1행 호리구치 다이가쿠[1918]의 제9연 제1행 "われ今なほ生く！ 死ぬと思ひたりしを！われ今なほも生く！나는 아직도 산다! 죽으려고 생각했던 것을! 나는 아직도 산다!"에 충실한 번역이다.

제2행 호리구치 다이가쿠[1918]의 제9연 제2행 "これやこれ永劫の奇蹟、果しなき神秘이야말로 영겁의 기적, 끝없는 신비"의 의역이다.

제10연

제1행 호리구치 다이가쿠[1918]의 제10연 제1행 "われ今心靜かに寂しき夜半に獨祈る나는 지금 마음 고요히 적막한 한밤에 홀로 기도한다"의 의역이다.

제2행 호리구치 다이가쿠[1918]의 제10연 제2행 "浮世は遠くわれより隔たりて隱かに且は美

くし뜬세상은 멀리 나에게서 떨어져 평온하고 또 아름답다"의 의역이다.

제11연

제1행   호리구치 다이가쿠[1918]의 제11연 제1행 "おお神よ、汝は不思議にも亦優しきものに
人生を造り給ひぬ오오 신이어, 당신은 이상하고도 아름다운 것으로 인생을 만드신다"의 의역이다.

제2행   호리구치 다이가쿠[1918]의 제11연 제2행 "泡沫の上の足跡の如く わが苦悩は凡て消え
たり물거품 위의 발자국같이 나의 고뇌는 모두 사라졌다"의 의역이다.

제12연

제1행   호리구치 다이가쿠[1918]의 제12연 제1행 "かつてわれ苦しみぬ。かつてわれ泣きぬ일찍
이 나는 괴로웠다. 일찍이 나는 울었다"의 의역이다.

제2행   호리구치 다이가쿠[1918]의 제12연 제2행 "さるを今われに殘るは愛せしことの思ひ出
のみ그런데도 지금 나에게 남은 것은 사랑했던 일의 추억뿐"의 의역이다.

해설

김억의 「解脱」의 저본은 호리구치 다이가쿠[堀口大學 : 1918]의 「解脱해탈」이다. 근대기 일본에서
페르낭 그레그의 원시의 번역은 호리구치 다이가쿠[1918] 이외 다른 선례가 없다. 또 페르낭 그
레그의 이 시는 제스로 빗셀[Jethro Bithell : 1912]에 수록되어 있지 않다. 따라서 김억으로서는 호리
구치 다이가쿠[1918]가 유일한 저본이었다.

　페르낭 그레그는 초기에는 베를렌 풍의 시를 창작했으나, 엄밀한 의미에서 『오뇌의 무도』
소재 프랑스 시의 주조인 신상징주의[neo-symbolisme]의 계보와는 거리가 먼 시인이다. 도리어 페
르낭 그레그는 고답파 시인들[parnassiens]과 상징주의자[symbolistes]의 예술지상주의가 경시한 휴머
니즘의 복권을 주장한 시인으로 알려져 있다.[마르셀 레몽 : 2007, 99~102] 그러나 페르낭 그레그는
『폴 베를렌 시선[Paul Verlaine : Poëmes choisis]』[Paris : Editions de Cluny, 1932]의 서문을 쓰기도 했다.

호리구치 다이가쿠가 페르낭 그레그에 주목했던 이유는 그가 아돌프 방 비베와 폴 리오토Adolphe van Bever & Paul Léautaud : 1900~1930나 헤라르트 발크Gérard Walch : 1907 등의 당시 프랑스의 대표적인 현대시 엔솔러지에도 소개된 시인이기 때문이었을 터이다. 하지만 호리구치 다이가쿠는 이 엔솔러지들이 두루 꼽는 페르낭 그레그의 대표작「Menuet」, 「Promenade d'automne」, 「Doute」, 「Le Retour」 대신 이 시를 비롯한 다른 작품들을 옮겼다.

후에 「午後의 달」 해설에서 다시 거론하겠지만, 페르낭 그레그는 20세기 초 일본의 하이카이俳諧를 모방한 아이카이Haïkaï, Haï-Kaïe를 창작하는 등, 당시 프랑스의 문학과 예술 전반을 풍미한 이른바 프랑스의 자포니즘Japonisme과 관련 있는 인물이기도 했다.William L. Schwartz : 1927, 159~163 그리고 이것이 호리구치 다이가쿠가 페르낭 그레그를 주목한 이유로 보인다. 김억이 옮긴 이 시는 바로 이러한 호리구치 다이가쿠의 관점, 취향이 『오뇌의 무도』에도 그대로 투영된 결과 중 하나인 셈이다.

十一月의戰慄[1]

스레스흐

1 초판 목차에는 "十一月의戰慄", 재판 목차에는 "十一月의戰慄", 본문에는 "十一月의戰慄".

2 재판에는 "戰慄의時節이여、나는 이런째를". 초판과 재판의 '戰慄(전표)'는 '戰慄(전율)'의 오식으로 보인다.

3 초판과 재판의 '花瓣(화변)'은 '花瓣(화판)'의 오식으로 보인다.

4 재판에는 "적은山우와、안개안에".

5 재판에는 "敷金한 鐵塊와갓치 붉은빗을 노하라".

6 재판에는 "그러나 黃昏은 와서 바람은 불어 풀은 붉어라".

7 재판에는 "갓갑은밤에".

戰慄의時節이여、나는이런째를[2] 죠와하노라、
하늘은 花瓣우에[3] 찬비방울을 내려부어라。

太陽은 적은山우나、안개안에나[4]、
敷金한우의 鐵塊와갓치 붉은빗을노하라[5]。

잇다금 鈍한빗만 지내가며 번듯이여라。
그러나 黃昏은와서 바람은불어 풀은붉어라[6]、

이러한째、갓가운밤에[7] 모든것은 고요한데、
저녁볏에 짤아옴은 겨을의그림자러라。　【초134, 재174】

『오뇌의 무도』 주해

十一月の戰慄[†]

内藤 濯

† 生田春月 編,「佛蘭西－フェ
ルナン・グレエグ」,『泰西名詩
名譯集』, 東京：越山堂, 1919,
108면.

戰慄の季節よ! 吾は斯かる時をこそ好め。

空は花びらの上に冷やかなるしづくをそそぐ

太陽は、丘の上、狹霧の中。

金敷の上なる鐵塊の如く赤き色したる。

折々はさと迸しり閃めくその鈍き光。

されど夕暮は來りぬ、ふく風、草の火を煽る。

と見れば夜氣の深さに物皆しりぞき

夕暮の光りに冬迫りくる俤。

FRISSON DE NOVEMBRE [†]

[†] Fernand Gregh, "Automnes", *La Beauté de Vivre*, Paris : Calmann Lévy, 1900, p.135.

C'est l'heure frissonnante et que j'aime entre toutes,

Où le serein aux fleurs verse ses fraîches gouttes

Le soleil, au‑dessus des coteaux, dans la brume,

Rougeoie ainsi qu'un bloc de métal sur l'enclume.

Parfois son sombre éclat se ranime par gerbes ;

Mais la nuit vient, le vent avive les feux d'herbes,

Et, dans la profondeur de l'air où tout recule,

On sent l'hiver descendre avec le crépuscule...

재판 이외 이본 없음.

제1연

제1행 나이토 아로오^{內藤鑵:1919}의 제1연 제1행 "戰慄の季節よ! 吾は斯かる時をこそ好め^{전율의 계절이여! 나는 이런 때야말로 좋아한다}"에 충실한 번역이다.

제2행 花瓣^{화판} : 꽃잎. 참고로 후나오카 겐지^{船岡獻治:1919}에는 '花びら', 즉 'ハナビラ'를 '花瓣クワベン'으로 풀이한다. 나이토 아로오¹⁹¹⁹의 제1연 제2행 "空は花びらの上に冷やかなるしづくをそそぐ^{하늘은 꽃잎 위에 찬 물방울을 쏟는다}의 의역이다.

제2연

제1행 나이토 아로오¹⁹¹⁹의 제2연 제1행 "太陽は、丘の上、狹霧の中^{태양은, 언덕 위, 안개 속}"의 의역이다.

제2행 敷金^{부금한} : 일본어 'かなしきモ루'의 한자표기 '金敷'를 도치한 어휘이다. 참고로 후나오카 겐지^{船岡獻治:1919}에는 'カナシキ^{金敷}'를 '鐵床カナトコ'와 동의어로만 풀이했다. 하지만 정작 이 사전에는 'カナトコ^{鐵床}'라는 표제어가 없다. 따라서 김억은 이 어휘를 '도금^{鍍金}한'으로 이해한 것으로 판단된다. 나이토 아로오¹⁹¹⁹의 제2연 제2행 "金敷の上なる鐵塊の如く赤き色したる^{모루 위의 쇳덩이처럼 붉은빛을 띤다}"의 의역이다.

제3연

제1행 나이토 아로오¹⁹¹⁹의 제3연 제1행 "折々はさと進しり閃めくその鈍き光^{이따금 휙 달리며 번뜩이는 그 둔한 빛}"이 의역이다. 이 중 '進しり^{달리며}'의 경우, 흔히 '走'나 '疾'이 취음자^{取音字:當て字}인 것이 상례인 데에 반해, '進'의 옛 글자 '进'이 취음자이다. 김억은 이 벽자

偏旁인 '進'을 온전히 새기지 못했는지 그저 '지나가다'로만 옮겼다.

제2행 　　나이토 아로오[1919]의 제3연 제2행 "されど夕暮は來りぬ、ふく風、草の火を煽る그러나 황혼은 오고, 부는 바람, 풀의 불을 부친다"의 의역이다. 김억은 이 중 동사 '煽る부채질하다, 펄럭이게 하다, 부추기다'의 '煽부칠 선'을 '編엮을 편'으로 오독한 것으로 보인다.

제4연

제1행 　　나이토 아로오[1919]의 제4연 제1행 "と見れば夜氣の深さに物皆しりぞき그리고 보면 밤의 정적의 깊음에 모든 것은 물러나고"의 의역이다.

제2행 　　나이토 아로오[1919]의 제4연 제2행 "夕暮の光りに冬迫りくる俤황혼의 빛에 겨울이 다가오는 모습"의 의역이다.

해설

김억의 「十一月의 戰慄」의 저본은 이쿠다 슌게쓰生田春月:1919에 수록된 나이토 아로오內藤濯의 「十一月の戰慄십일월의 전율」이다. 페르낭 그레그의 이 시는 호리구치 다이가쿠堀口大學:1918에도 제스로 빗셀Jethro Bithell:1912에도 수록되어 있지 않다. 따라서 김억으로서는 이쿠다 슌게쓰[1919] 소재 나이토 아로오[1919] 이외 저본으로 삼을 수 있는 번역시의 선례는 없었던 것이다.

비록 이 시는 총 4연 8행의 비교적 짧은 시이지만 김억이 서문에서 언급한 '자전과의 씨름'의 흔적이 역력하다. 예컨대 나이토 아로오[1919] 제1연 제2행의 '花びら꽃잎'를 굳이 '花瓣꽃잎'으로 옮겼다든가, 제2연 제2행의 공구인 '金敷모루'를 '敷金한'으로 옮겼다든가, 제3연 제1행 '進しり(る)달리는[대]'를 '지나가다'로 옮긴 것이 그 예이다.

이러한 사례들, 그리고 이 시는 나이토 아로오에게는 굳이 독음자ルビ, ふりがな가 필요하지 않았을 이 일상적인 어휘를 옮기는 일이 김억에게는 '자전과의 씨름'을 요하는 일이었음을 드러낸다. 또 김억에게 번(중)역이란 기점언어source language로서 프랑스어가 아니라, 매개언어intermediate language인 일본어, 한어漢語와의 씨름이었음을, 그 모호한 의미를 해석하거나 혹은 결

코 정의할 수 없는 기호에 새로운 의미를 기입하는 일이었음을 새삼 드러낸다. 바로 그러한 이유에서 김억은 서문에서 '창작적 무드'의 번역을 언급하며 스스로 정당화할 수밖에 없었을 터이다.

그 '창작적 무드'의 번역이란 어휘만이 아니라 구문의 차원에서도 마찬가지이다. 제3연 제2행은 가장 분명한 예이다. 페르낭 그레그의 원시에서 이 행은 "밤은 오고, 바람은 불고, 풀이 불탄다la nuit vient, le vent avive les feux d'herbes"는 세 개의 대등한 절로 이루어져 있고, 밤과 바람과 타는 풀잎 사이의 순서, 혹은 인과관계는 분명하지 않다. 그러나 나이토 아로오1919의 이 행은 두 번째 절인 'ふく 風부는 바람'와 세 번째 절인 '草の火풀의 불'가 모두 '煽る부친다'와 결합된다. 그리하여 황혼과 부는 바람이 주(제)어이고 '煽る부친다'가 서술어인 구문이 되었다. 그런데 김억은 나이토 아로오1919가 독점讀點˙˙˙으로 구분한 부분들을 다시 대등한 절로 옮겼고, 그래서 페르낭 그레그의 원시에 좀더 가까워졌다.

그러나 이것은 김억이 프랑스어 원시의 문장 구조를 염두에 두어서가 아니라, 근본적으로 그의 독특한 문장 감각에서 기인한 우연한 결과이다. 『오뇌의 무도』에서 볼 수 있듯이, 김억은 나이토 아로오1919의 "ふく 風、草の火を煽る부는 바람, 풀의 불을 부친다"와 같이 복수의 구句가 단수의 동사와 결합하는 구절, 특히 그 전후의 절과 달리 주어와 서술어가 도치된 듯한 'ふく 風부는 바람'와 같은 구문을 그대로 옮기는 경우가 없다. 김억은 주어와 서술어가 호응하지 않거나, 도치된 구문은 고집스러울 정도로 반드시 주어와 서술어를 일치시키고 또 순치順置된 구문으로 고쳐 옮겼다. 그래서 나이토 아로오1919의 이 문장도 마치 "風ふく、草の火を煽る바람이 불고, 풀의 불을 부친다"인 양 옮겼다.

김억에게 번역이란 단지 '자전과의 씨름'일 뿐만 아니라, 이처럼 기점 텍스트source text를 고쳐써서 목표 텍스트target text로 옮기는 일이었으므로, 당연히 번역을 일종의 창작이라고 역설했을 터이다. 번역이 기점 언어, 기점 텍스트의 형식문법과 내용의미을 고식적으로 목표 언어, 목표 텍스트로 옮기는 형식적 등가formal equivalence를 추구하는 일이 아니라, 기점 언어, 기점 텍스트와 가장 가까우면서도 목표 언어, 목표 텍스트의 언어 체계에 자연스럽게 하는 역동적 등가dynamic equivalence를 추구하는 일임은 일종의 상식이다.

그 점에서 김억의 '자전과의 씨름'이나 '창작적 무드'의 번역 태도, 방법은 타당하다. 그로 인해 김억의 이 시는 당연히 원시는 물론 일본어 번역시와도 다른 시가 될 수밖에 없다. 그러나 김억이 나이토 아로오1919의 '花びら꽃잎'와 '金敷모루'와의 씨름 끝에 '꽃잎'이 아닌 '花瓣꽃잎'이 되는 사태, '모루'가 아닌 '敷金한'이 되는 사태까지도 수긍하기는 어렵다. 이것은 김억에게 모어의 문장 감각을 따르는 일만이 아니라, 그의 모어에서 저 '꽃잎', '모루'와 같은 어휘를 발굴해 내는 일이 중요한 과제였음을 시사한다.

『오뇌의 무도』주해

午後의달.

쓰레쓰흐[1]

차々 흰빗을 씌고[2]

가지틈으로 오르는달[3]、

한조각의 구름인듯 가뷔압게도[4]

아직도 푸른하늘로오르며[5] 써돌아라.　　　【초135, 재175】

1　첫 번째 번역(「동셔시문집」,『태
서문예신보』제11호, 1918.12.
14)에는 '쓰레후-作'.

2　재판에는 "차차 흰빗을 씌우며".

3　재판에는 "오르는달은".

4　재판에는 "구름인듯 가뷔압게도".

5　재판에는 "푸른하늘로 오르며".

午後の月[1]

1 　堀口大學 譯, 「昨日の花」, 『昨日の花－佛蘭西近代詩』, 東京：籾山書店, 1918, 167면; 生田春月 編, 「佛蘭西－フェルナン・グレエグ」, 『泰西名詩名譯集』, 東京：越山堂, 1919, 108면; 樋口紅陽 編, 『西洋譯詩 海のかなたより』, 東京：文獻社, 1921(4,5), 147~148면.

堀口大學

徐々とほの白く、

木の間がくれた月昇る。

一片の雲のごと輕らかに、

なほ碧き大空によぢ昇り且つは漂ふ。

LUNE D'APRÈS–MIDI[2]

2 　Fernand Gregh, "Deuxième livre Une Ame d'aujourd'hui : Quatrains A la façon des Haïkaï Japonais", *La Chaîne Éternelle : Poèmes*, Paris : Eugèn Fasquelle, 1910, p.416.

Fernand Gregh

La lune à travers le feuillage

Se lève pâle, et peu à peu

Monte et flotte au ciel encor bleu,

Aussi légère qu'un nuage...

번역의 이본

첫 번째 번역은 「午後의달」.「동서시문집」.『태서문예신보』 제11호, 1918.12.14

주석

제1연

제1행　「午後의달」[1918]은 "차々 흰빗을 씌고"이다. 호리구치 다이가쿠[堀口大學：1918/1919]의 제1행 "徐々とほの白く 서서히 어렴풋이 하얗게"의 의역이다.

제2행　「午後의달」[1918]은 "가지틈으로 흐르는달"이다. 호리구치 다이가쿠[1918/1919]의 제2행 "木の間がくれた月昇る 나무 사이에 숨은 달이 뜬다"의 의역이다.

제3행　「午後의달」[1918]은 호리구치 다이가쿠[1918/1919]의 제3행 "一片の雲のごと輕らかに 한 조각의 구름처럼 가볍게"에 대응한다.

제4행　호리구치 다이가쿠[1918/1919]의 제4행 "なほ碧き大空によち昇り且つは漂ふ 더욱 푸른 큰 하늘에 기어오르며 또 떠돈다"의 의역이다.

해설

김억의 「午後의 달」의 저본은 호리구치 다이가쿠[堀口大學：1918] 소재 「午後の月 오후의 달」이다. 페르낭 그레그의 이 시는 김억의 첫 번째 번역 「午後의달」[1918]을 발표했던 시점까지 호리구치 다이가쿠[1918]에만 수록되었다. 또 『오뇌의 무도』 초판 이전 이쿠다 슌게쓰[生田春月：1919]에도 수록되었으나, 이 역시 호리구치 다이가쿠[1918]의 번역시를 전재한 것이었다. 한편 이 시는 제스로 빗설[Jethro Bithell：1912]에는 수록되어 있지 않다. 따라서 호리구치 다이가쿠[1918]가 이 시의 유일한 저본이다. 그런가 하면 「午後의달」[1918]의 발표일이 1918년 12월 14일이고, 호리구치 다이가쿠[1918]의 발행일이 1918년 4월 15일이므로, 김억은 「午後의달」[1918]을 발표할 무렵 이미 호리구치 다이가쿠[1918]를 열람했다는 것을 알 수 있다.

　　페르낭 그레그의 원시는 시집 『영원의 연쇄 La Chaine Éternelle』[1910]의 제2장 중 「일본 하이카이

풍의 4행시(Quatrains A la façon des Haïkaï Japonais」 연작 중 하나이다. 이 장의 이름에서 알 수 있듯이 원시는 20세기 초 프랑스 문학계를 풍미한, 일본의 하이카이(俳諧)를 모방한 아이카이(Haïkaï, Haï-Kaïe 작품이다. 앞서 「해탈(解脫)」의 해설에서 간단히 언급했듯이, 페르낭 그레그는 20세기 초 프랑스 문학계를 풍미한 자포니즘(Japonisme)의 핵심 인물 중 한 사람이다. 페르낭 그레그가 주재한 『문학(Les Lettre』지(1906년 창간)는 당시 일본 하이쿠 등 일본 전래 시가의 번역과 아이카이 창작의 주된 무대였다. 또 페르낭 그레그가 신상징주의의 미학과 자유시에 반발하여 제창한 휴머니즘, 정형시 옹호의 거점이기도 했다. 이러한 페르낭 그레그의 문학적 입장에 부합했던 것이 일본 전래시가의 미학과 형식이었고, 그래서 창작한 것이 바로 「일본 하이카이풍의 4행시」 연작이었다.(金子美都子: 2015, 167~206)

앞서 「포르의 시(詩)」장의 모두에서 설명한 것처럼, 호리구치 다이가쿠는 1913년 벨기에에서 폴 포르와 『프랑스 발라드(Les Ballades Françaises』1896~1958 연작시를 경유하여 20세기 초 프랑스의 아이카이 유행, 자포니즘을 접했던 것으로 보인다. 그 후 호리구치 다이가쿠는 폴 포르의 시는 물론 페르낭 그레그, 줄리앙 보캉스의 아이카이를 번역하고, 파리에서 프랑스어 단카(短歌) 가집 Tankas1921를 발표하기도 했다. 즉 호리구치 다이가쿠1918와 그의 「오후의 달」은 20세기 초 일본 전래 시가를 둘러싼 프랑스와 일본의 문학(화)교류의 한 장면인 셈이다.

그리고 그 흔적이 김억의 이 시를 통해 『오뇌의 무도』에도 남게 된 것은 흥미롭다. 두말할 나위도 없이 이것은 김억이 『오뇌의 무도』를 엮으면서 호리구치 다이가쿠1918를 중심 저본으로 삼은 데에서 비롯한 효과이다. 어쩌면 우연일 수도 있으나 김억이 하필이면 페르낭 그레그의 이 아이카이, 즉 7음절의 2개 행과 5음절의 2개 행이 교차하는 4행시를 그의 문학적 편력의 초기인 1918년에 옮긴 점은 예사롭지 않다. 이로부터 불과 10년이 지나지 않아 김억이 사실상 7・5조를 방불케 하는 한 행 12음절의 총 4행의 정형시로 옮겨 간 점, 「격조시형론(格調詩形論)」1930에 이르렀던 점을 염두에 두고 보면, 이 시는 김억의 도정을 예고한 것처럼 보이기도 하기 때문이다.

가을은 또다시 와셔[1]

모레쓰[2]

가을은 또다시와서[3] 다 썩어진
물방아의녯못을 落葉으로 덥흘째、
바람은 또다시와서[4] 째여진窓틈과
일즉방아가[5] 돌든 뷔인小舍를 채울째、

나는 또다시 물가에가서[6] 쉬이랴노라、
해가오래、붉은댕ゞ이넉줄이 얼컨[7] 담壁을
혼자 긔대고、차고寂寞한水面에[8] 슬어저가는
내그림자와 핼금한해그늘을 드러다보랴노라[9]。　【초136, 재176】

1 초판 목차에는 "가을은쏘다시
와서". 재판 목차, 본문에는 "가
을은 쏘다시 와서".

2 장 모레아스(Jean Moréas,
1856~1910, 그리스).

3 재판에는 "쏘다시 와서".

4 재판에는 "쏘다시 와서".

5 재판에는 "일즉 방아가".

6 재판에는 "물가에 가서".

7 재판에는 "해가 오래、붉은
댕ゞ이의넉줄이 얼컨".

8 재판에는 "차고寂寞한水面에".

9 재판에는 "핼금한 해그늘을 드
려다보랴노라".

また秋の來て[1]

堀口大學

1 堀口大學 譯, 「昨日の花」, 『昨日の花－佛蘭西近代詩』, 東京：籾山書店, 1918, 204~205면; 生田春月 編, 「佛蘭西－ジアン・モレアス」, 『泰西名詩名譯集』, 東京：越山堂, 1919, 106면.

2 堀口大學(1919)에는 "また秋の來て".

3 堀口大學(1919)에는 "朽果てし水車の古池を落葉もて被はん時".

4 堀口大學(1919)에는 "昔挽臼の廻りゐたる空しき屋とを滿す時".

5 堀口大學(1919)에는 "かくてわれ冷たく寥しき水の面に".

また秋の來て、朽果てし[2]
水車の古池を落葉もて被はん時[3]、
また風の來て、破れし戸のすきと
かつて挽臼廻りゐたる空の小屋とを滿す時[4]、

またしてもわれかの汀に行きて憩はん、
年經て紅き木蔦を織れる壁に身を凭せつつ
冷たく寥しき水の面に[5]
わが影と青ざめし日影の消えゆくを眺めん。

XI. QUAND REVIENDRA L'AU-
TOMNE [†]

Jean Moréas

[†] Jean Moréas, "Sixième Livre", *Les Stances*, Paris : Société du Mercure de France, 1905, pp.199~200 ; Adolphe van Bever & Paul Léautaud, "Jean Moréas : Quand reviendra l'automne avec les feuilles mortes", *Poètes d'Aujourd'hui : Morceaux choisis(Tome II)*, Paris : Société du Mercure de France, 1908, p.71.

Quand reviendra l'automne avec les feuilles mortes

Qui couvriront l'étang du moulin ruiné,

Quand le vent remplira le trou béant des portes

Et l'inutile espace où la meule a tourné,

Je veux aller encor m'asseoir sur cette borne,

Contre le mur tissé d'un vieux lierre vermeil,

Et regarder longtemps dans l'eau glacée et morne

S'éteindre mon image et le pâle soleil.

번역의 이본

세 번째 번역은 「가을은 쏘다시 와서」,「가을에 을퍼진 노래」, 『개벽』 제52호, 1924.10

네 번째 번역은 「가을은 쏘다시 와서」,「을퍼진 가을의 노래」, 『조선문단』 제12호, 1925.10

주석

제1연

제1행 「가을은 쏘다시 와서」[1924]는 "가을은 쏘다시와서", 「가을은 쏘다시 와서」[1925]는 "가을은 쏘나시 와서 나 썩어신"이나. 호리구치 나이가쿠[堀口大學 : 1918]의 제1연 세1행 "また秋の來て、朽果てし[또다시 가을이 와서, 다 썩은]"의 의역이다.

제2행 「가을은 쏘다시 와서」[1924]는 "쌔여진물방아의옛못을 落葉으로덥흘새", 「가을은 쏘다시 와서」[1925]는 "물방아의 옛못에 落葉이 덥히며"이다. 호리구치 다이가쿠[1918]의 제1연 제2행 "水車の古池を落葉もて被はん時[물레방아의 옛 연못을 낙엽으로 뒤덮을 때]"에 대응한다.

제3행 「가을은 쏘다시 와서」[1924]는 "바람은 쏘다시불어 쌔여진門싼과", 「가을은 쏘다시 와서」[1925]는 "바람은 쏘다시 와서 쌔여진窓틈과"이다. 호리구치 다이가쿠[1918/1919]의 제1연 제3행 "また風の來て、破れし戶のすきと[또 바람이 와서, 부서진 문틈과]"의 의역이다.

제4행 「가을은 쏘다시 와서」[1924]는 "예前에 물방아가 돌아가든헛싼을 채울새", 「가을은 쏘다시 와서」[1925]는 "以前에 물방아가 돌든 뷔인小舍를 채울새"이다. 호리구치 다이가쿠[1918/1919]의 제1연 제4행 "かつて挽臼廻りゐたる空の小屋とを滿す時[일찍이 절구가 돌고 있던 텅 빈 오두막을 채울 때]"의 의역이다.

제2연

제1행 「가을은 쏘다시 와서」[1924]는 "나는 쏘다시 물가에가서 쉬이며"이다. 호리구치 다이가쿠[1918/1919]의 제2연 제1행 "またしてもわれかの汀に行きて憩はん[또다시 나 저 물가에 가서 쉬려고]"의 의역이다.

제2행 댕々이넉줄 : '댕댕이덩굴', '상춘등'. '넉줄'은 '덩굴' 혹은 '넝쿨'의 평안북도 방언^{김이}이다. 김영배 : 1997이다. 「가을은 쏘다시 와서」¹⁹²⁴는 "오래된 붉은 댕댕이넝쿨이 얼킨 담壁을", 「가을은 쏘다시 와서」¹⁹²⁵는 "여러해묵은 붉은댕댕이넝쿨이 얼킨담壁을"이다. 호리구치 다이가쿠^{1918/1919}의 제2연 제2행 "年經て紅き木蔦を織れる壁に身を凭せつつ^{해가 지나 붉은 댕댕이덩굴을 짜는 벽에 몸을 기대며}" 중 '年經て紅き木蔦を織れる壁に^{해가 지나 붉은 댕댕이덩굴을 짜는 벽에}'만을 발췌한 구문에 대응한다.

제3행 「가을은 쏘다시 와서」¹⁹²⁴는 "혼자 기대고안자서 차고 孤寂한水面에"이다. 호리구치 다이가쿠¹⁹¹⁸의 제2연 제2행 중 "身を凭せつつ^{몸을 기대며}"와 제3행 "冷たく寥しき水の面に^{차고 쓸쓸한 수면에}"를 조합한 구문에 대응한다.

제4행 햴금하다 : 오늘날의 "가볍게 곁눈질하여 살짝 한 번 처다보다"가 아니라, '창백하다' 혹은 '햴쑥하다'의 의미이다. 『오뇌의 무도』에서 자주 쓰인 어휘 중 하나인 '희멀금하다'와 비슷하다. 「가을은 쏘다시 와서」¹⁹²⁴는 "슬어저가는 내그림자와 넘어가는 日光을 드러다보랴노라", 「가을은 쏘다시 와서」¹⁹²⁵는 "내그림자와 햴금한해ㅅ빗을 드러다보랴노라"이다. 호리구치 다이가쿠^{1918/1919}의 제2연 제4행 "わが影と靑ざめし日影の消えゆく を眺めん^{나의 그림자와 창백한 햇빛이 스러져 가는 것을 바라보련다}"의 의역이다.

해설

김억의 「가을은 쏘다시 와셔」의 저본은 호리구치 다이가쿠^{堀口大學 : 1918} 소재 「また秋の來て^{또다시 가을이 와서}」이다. 또 이것은 이쿠다 슌게쓰^{生田春月 : 1919}에도 수록되어 있다. 장 모레아스의 이 시는 『오뇌의 무도』 초판 이전에는 호리구치 다이가쿠^{1918/1919}에만 수록되었고, 제스로 빗셀^{Jethro Bithell : 1912}에는 수록되어 있지 않다. 따라서 호리구치 다이가쿠^{1918/1919}가 이 시의 저본이라고 볼 수밖에 없다. 그러나 전자와 후자는 개행^{改行}의 구분에 차이가 있는데, 김억의 「가을은 쏘다시 와셔」는 호리구치 다이가쿠¹⁹¹⁸와 같으므로 이것이 저본이라고 보아야 한다.

또 김억의 「가을은 쏘다시 와셔」는 본장의 베를렌의 「가을의 노래」를 비롯하여, 구르몽의

「가을의 짜님」과 「가을의 노래」, 알베르 사맹의 「가을」, 보들레르의 「가을의 노래」 그리고 습유장의 앙드레-페르디낭 에롤의 「가을의 애달픈 笛聲」, 루이 망댕의 「가을 저녁의 黎明」, 로만로마노 프렌켈의 「가을의 노래」 등과 더불어 조락과 상실을 중심으로하는 『오뇌의 무도』 전편의 정서적 주조를 형성한다.

장 모레아스는 보들레르에서 말라르메를 거친 이른바 지적인 상징시poésie intellecuelle 계보의 시인으로서, 「상징주의 선언Symbolist Manifesto」1886을 발표하는 등 앙리 드 레니에와 더불어 보들레르, 베를렌, 말라르메, 랭보 이후 전성기 상징주의symbolisme를 주도한 시인이기도 하다. 그런가 하면 장 모레아스는 북유럽·그리스·로마의 고대 신화와 고전, 상징주의 이전의 프랑스 고전에 경도하여 1891년에는 로만파l'ecolle romane의 헌장을 발표하기도 했다.마르셀 레몽 : 2007, 73~75 이 시가 수록된 『비가Les Stances』1905는 장 모레아스가 상징주의와 결별한 후, 12음절의 4행으로 이루어진 엄격한 시형, 시의 불멸성, 향수, 가을의 비애, 고대 그리스와 로마의 수사 등을 통해 고전주의archaism로 회귀한 시절의 시집이다.Pierre Martino : 1980, 158 동시대 시인이자 평론가 구르몽은 이런 장 모레아스를 두고 롱사르Pierre de Ronsard, 1524~1542의 재능 있는 모방자라고 평가하기도 했다.Remy de Gourmont : 1896, 214

김억은 『오뇌의 무도』 초판, 재판 이후에도 1920년대 중반까지 이 시를 두 차례 개역改譯했다. 특히 이것이 재판 이후에 이루어진 점은 예사롭지 않다. 『오뇌의 무도』 초판의 초역에서 개역까지의 시간이란, 김억이 「쯔란스 시단詩壇」1918에서 「스웽쓰의 고뇌苦惱」1920 그리고 『오뇌의 무도』까지 사실상 프랑스 (신)상징주의 수용을 주도했다가, 「조선심朝鮮心을 배경背景삼아」1924에서 『안서시집岸曙詩集』1929과 「격조시형론格調詩形論」1930에 이르는, 이른바 조선과 민요(시)로의 회귀의 도정이라는 점에서 그러하다. 이처럼 장 모레아스와 김억의 문학적 편력은 닮은 데가 있다. 물론 김억은 장 모레아스의 문학적 편력에 매혹되어서가 아니라 호리구치 다이가쿠1918의 영향으로 이 시를 옮겼다. 그럼에도 불구하고 김억이 하필이면 장 모레아스, 또 이 시를 번역한 것은 후일 김억의 도정을 예고한 것처럼 보이기도 한다.

내몸을 比하랴노라.[1]

모레쓰

죽은사람에게、말은새암에、어두운地平에[2]、
써러진곳에、빗變한잔듸에、썩어가는木葉에、

너울만드랴고、푸른빗죳차 업는林中에 樵夫가찍어노은나무에[3]、
겨울안개에、寂寞케도 애닯음만흔自然에 내몸을比기랴노라[4]。

그러나、내몸은 바다와갓타라、언제나 픠여芳香을노하며[5]
지내가는째를 앗기지안코、모래우에 흐득여울면서 거품을 남기고
지내가는바다와[6] 차라리 내몸은 갓지안으랴。　　　【초137, 재177】

1 초판 목차에는 "내몸을比기노
   라"、재판 목차에는 "내몸을 比기
   노라".

2 재판에는 "어둡은地平에".

3 재판에는 "樵夫가 찍어노은나
   무에".

4 재판에는 "겨울안개에、寂寞
   케도 애닯음만흔自然에 내몸
   을 比기랴노라".

5 재판에는 "그러나、내몸은 바
   다와 갓타라、언제나 픠여 芳
   香을노흐며".

6 재판에는 "지내가는바다와、".

われ身を比ぶ[†]

[†] 堀口大學 譯, 「昨日の花」, 『昨日
の花－佛蘭西近代詩』, 東京 : 籾
山書店, 1918, 202～203면.

堀口大學

われ身を比ぶ死人等に、涸れたる泉に、暗き地平に、

散りたる花に、色褪せし芝生に、朽行く木の葉に、

柩つくらんと、青きものとではなき林中に杣人の伐り倒す木に、

冬の霧に、寂しくも哀れ深きあらゆる自然に。

されどむしろわれかの渡津海と似たらずや、常に咲き匂ひつつも

過ぎ行く時を惜まず、砂の上に咽び泣く泡沫残し行くかの渡津
海に

XIII. JE ME COMPARE AUX MORTS[†]

Jean Moréas

[†] Jean Moréas, "Troisième Livre", *Les Stances, Paris : Société du Mercure de France*, 1905, pp.111~112.

Je me compare aux morts, à la source tarie,

    A l'obscur horizon,

A la fleur effeuillée, à la feuille pourrie

    Sur un pâle gazon,

A l'arbre qu'on abat dans un bois sans verdure

    Pour former un cercueil,

Aux brouillards de l'hiver, à toute la nature

    De tristesse et de deuil.

Mais ne suis-je plutôt à l'Océan semblable,

    Qui, toujours florissant,

Laisse le vol du temps passer, et sur le sable

    Écume en gémissant ?

재판 이외 이본 없음.

제1연

제1행 호리구치 다이가쿠堀口大學 : 1918의 제1연 제1행 "われ身を比ぶ死人等に、涸れたる泉に、暗き地平に내 자신을 비긴다 죽은 이들에게, 마른 샘에, 어두운 지평선에" 중 'われ身を比ぶ내 자신을 비긴다'만을 제한 나머지 부분에 충실한 번역이다.

제2행 호리구치 다이가쿠1918의 제1연 제2행 "散りたる花に、色褪せし芝生に、朽行く木の葉に떨어진 꽃에, 색 바랜 잔디에, 썩어가는 나뭇잎에"에 대응한다.

제2연

제1행 너울 : '관棺'의 평안도 방언 '널'김이협 : 1981의 이형태 혹은 김억의 입말로 추정된다. 호리구치 다이가쿠1918의 제2연 제1행 "柩つくらんと、青きものとではなき林中に柚人の伐り倒す木に관을 짜려고, 푸른빛이라고는 없는 숲속에 나무꾼이 잘라 쓰러뜨린 나무에"에 대응한다.

제2행 호리구치 다이가쿠1918의 제2연 제2행 "冬の霧に、寥しくも哀れ深きあらゆる自然に겨울 안개에, 쓸쓸하게도 슬픔 깊은 모든 자연에"와 제1연 제1행 중 'われ身を比ぶ내 자신을 비긴다'를 조합한 구문에 해당한다.

제3연

제1행 호리구치 다이가쿠1918의 제3연 제1행 "されどむしろわれかの渡津海と似たらずや、常に咲き匂ひつつも그러나 오히려 나는 저 깊은 바다와 닮지 않은가, 언제나 피어 향기 뿜으면서"의 의역이다.

제2행 호리구치 다이가쿠1918의 제3연 제2행 "過ぎ行く時を惜まず、砂の上に咽び泣く泡沫残し行くかの渡津海に지나가는 때를 아쉬워하지 않고, 모래 위에 흐느껴 울며 물거품 남기고 가는 저 깊은 바

위에 흐느껴 울며 물거품을 남기고"에 충실한 번역이다.

제3행   호리구치 다이가쿠¹⁹¹⁸의 제3연 제2행 중 '行く かの渡津海に^{가는 저 깊은 바다에}'와 제1연 제1행 중 'われ身を比ぶ^{내 자신을 비긴다}'를 조합한 구문에 해당한다.

해설

김억의 「내몸을 比하랴노라」의 저본은 호리구치 다이가쿠^{堀口大學：1918} 소재 「내 자신을 비긴다^{われ身を比ぶ}」이다. 장 모레아스의 이 시는 『오뇌의 무도』 초판 이전에는 오로지 호리구치 다이가쿠¹⁹¹⁸에만 수록되었고, 이쿠다 슌게쓰^{生田春月：1919}와 제스로 빗셀^{Jethro Bithell：1912}에는 수록되어 있지 않다. 따라서 호리구치 다이가쿠¹⁹¹⁸가 유일한 저본이라고 하겠다.

장 모레아스의 원시도, 호리구치 다이가쿠의 번역시도, 사실상 제1연 제1행 "Je me compare aux^{나는 내 자신을 비긴다…}", "われ身を比ぶ^{나의 몸을 비긴다}" 이하 제2연 전체가 '나 자신' 혹은 '나의 신세'에 대한 보조 관념들이 대등하게 나열된 형식 이루어져 있다. 그러한 사정은 제1행의 'Je^나', 'われ^나' 이하 전체가 그 보조 관념들의 나열인 제3연도 마찬가지이다. 즉 장 모레아스의 원시나 호리구치 다이가쿠¹⁹¹⁸나 사실상 두 개의 문장으로 이루어져 있는 셈이다.

김억은 호리구치 다이가쿠¹⁹¹⁸의 어휘 표현과 문형을 충실히 따르면서도, 전체 형식만큼은 제1연 제2연은 한 문장으로, 제3연은 두 문장으로 옮겼다. 즉 "무엇에 내 몸을 비기랴노라", "내 몸은 무엇과 갓타라"의 형식으로 고쳐 쓴 것이다. 김억이 호리구치 다이가쿠¹⁹¹⁸의 형식을 따르지 않은 이유는 역시 도치된 구문의 기피하고, 한 행 혹은 한 연 단위로 문장의 주성분, 부속성분을 정연히 갖춘 구문을 선호했던 김억의 문장 구조에 대한 독특한 취향 혹은 고집스러운 원칙 때문이다. 김억으로서는 아무리 긴 문장이라고 하더라도 서술어로 종결하지 않는 문장은 어색한, 혹은 불완전한 문장이었을 터이다.

사실 장 모레아스의 원시, 호리구치 다이가쿠¹⁹¹⁸의 독특한 문장 구조와 시의 형식은 다양한 보조 관념과 그 공간의 변화, 명사형 종지로 인해 독특한 리듬감을 드러낸다. 하지만 김억의 문장 구조로는 그 독특한 리듬감이 반감된다. 물론 김억의 제1연, 제2연의 경우, '무엇에 ⒢'로 종지하는 구문의 연쇄가 리듬감을 환기하지만, 결국 제2연 제2행, 제3연 제3행 마지막 구문으로 인해, 하다못해 호리구치 다이가쿠[1918]만한 리듬감은 드러나지 않는다. 역시 김억의 이러한 고쳐쓰기로 인해 이 시가 호리구치 다이가쿠[1918]는 물론 장 모레아스의 원시와 전혀 다른 텍스트가 된 것은 분명하다. 하지만 『오뇌의 무도』의 비슷한 사례의 작품들과 마찬가지로 이러한 김억의 고쳐 쓰기가 성공적이었다고 보기는 어렵다. 이것은 시인이자 번역자로서 김억의 안목이 낯선 서구의 현대시를 이제 막 읽어가는 문학청년의 수준에서 크게 벗어나지 않았음을 거듭 시사한다.

한편 호리구치 다이가쿠[1918]를 축자적으로 옮긴 김억의 이 시의 제목, "내몸을 比하랴노라"도 예사롭지 않다. 사실 김억의 '몸'이란 호리구치 다이다쿠[1918]의 '身'에 대응하는 것으로서, 이 두 어휘 모두 육신, 처지와 신세 등을 모두 가리키는 중의적인 어휘이기 때문이다. 예컨대 후나오카 겐지[船岡獻治: 1919]만 하더라도 '㊀ 몸。신톄', '㊁ 제몸。자긔', '㊂ 신분。분슈' 등으로 풀이하고 있다. 하지만 장 모레아스 원시의 제목 혹은 제1연 제1행의 첫 문장에서 대명사 'me'는 호리구치 다이다쿠[1918]의 '身'나 김억의 '몸'과 같은 중의적인 어휘는 아니다. 어쩌면 김억이 장 모레아스의 원시를 저본으로 삼았더라면, 저 '몸'도 그 중의성도 드러나지 않았을 것이다. 이것은 어디까지나 김억이 호리구치 다이가쿠[1918]를 중역한 데에서 빚어진 결과이다.

가을。

레니에[1]

쌩々한녀름과、어슬러한날에、
가지에서가지로[2] 써도는바람은
검은부엉이와 흰비듥이가 우는
늙은나무의가지를 흔들고잇서라[3]。

나무닙에 방울돗치는 비소□의[4]、
아름답고도 애닯은노래는
飄泊의몸에는 거름을옴길쌔마다[5]、
「설음」의 흐득이는 울음소리와[6] 갓타라。 【초138, 재178】

綠色에서黃色、黃色에서 紅色으로[7]、
쏘는 黃金色에서 黃金色으로
나뭇가지의닙들이 늙어갈쌔、나는늣기노라[8]、
가을에서가을로 흐러저가는[9] 「내過去」를。 【초138, 재179】

솟사잇는 山峰에서 山峰으로、수풀의
새밝한썩갈나무와 새팔한소나무를 흔드나[10]、
「괴로움」와 갓치도、「바다」와갓치도[11]
부는바람에는 엄숙한소리가 숨어잇서라。 【초139, 재179】

1 앙리 드 레니에(Henri de Régni-
er, 1864~1936, 프랑스).

2 재판에는 "가지에서 가지로".

3 재판에는 "늙은나무의 가지를
흔들고 잇서라".

4 재판에는 '비소리의'. 초판도
'비소리의'일 것으로 추정된다.

5 재판에는 "거름을 옴길쌔마다".

6 재판에는 "울음소리와도".

7 재판에는 "綠色에서 黃色으로
黃色에서 紅色으로".

8 재판에는 "나뭇가지의 닙들이
늙어갈쌔, 나는 늣기노라".

9 재판에는 "가을에서 가을로 흐
터저가는". 초판의 '흐러저가
는'은 '흐터저가는'의 오식으
로 보인다.

10 재판에는 "새밝한 썩갈나무와
새팔한 소나무를 흔들며".

11 재판에는 "「괴롭음」와 갓치도、
「바다」와 갓치도".

秋†

永井荷風

† 永井荷風 譯, 『珊瑚集(佛蘭西近代抒情詩選)』, 東京: 籾山書店, 1913, 74~76면; 生田春月 編, 「佛蘭西―アンリイ・ド・レニエエ」, 『泰西名詩名譯集』, 東京: 越山堂, 1919, 119~120면.

枝より枝を渡る風は

明き夏とまた暗き日に、

黑き梟と白き鳩鳴く

老木の梢をゆする。

木の葉に滴る雨の聲

やさしくも又ものうきは

さすらふ身には一歩一歩

「悲しみ」の忍び泣く音と聞かれずや。

綠より黃に、黃よりして紅に

又黃金色より黃金のいろに

木木の梢の老い行けば、われは

秋より秋に散りて行くわが「過去」を思ふ。

林は聳えたる頂よりして頂に

紅の櫟と綠の松を動せども

吹く風は嚴かに聲を呑みたり、

かの「苦み」と「海」の如くに。

L'AUTOMNE[†]

Henri de Régnier

† Henri de Régnier, *La Cité des Eaux*, Paris : Mercure de France, 1902, pp.164~165.

Si l'automne fut douce au soir de ta beauté,

Rends-en grâces aux dieux qui veulent qu'à l'été

Succède la saison qui lui ressemble encore,

Ainsi que le couchant imite une autre aurore

Et comme elle s'empourpre et comme elle répand

Au ciel mystérieux des roses et du sang !

Ce sont les dieux, vois-tu, qui font les feuilles mortes

D'un or flexible et tiède au vent qui les emporte,

Et dont l'ordre divin veut que les verts roseaux

Deviennent tour à tour, uniques ou jumeaux,

Et, selon que décroît leur taille à la rangée,

L'inégale syrinx ou la flûte allongée.

Ce sont eux qui, des fleurs de ton été, couronnent

Ta jeunesse mûrie à peine par l'automne

Et qui veulent encor que le parfum enfui

De la fleur se retrouve encore au goût du fruit

Et que, devant la mer qui baisse et se retire,

Une femme soit belle et puisse encor sourire.

재판 이외 이본 없음.

제1연

제1행   어슬러한 : 조금 어둡다는 뜻의 '어슬하다', 날이 어두워지거나 밝어질 무렵에 둘레가 조금 어둡다는 뜻의 '어슬어슬하다'의 평안도 방언 혹은 김억의 입말로 보인다. 참고로 평안도 방언 '어슬막'은 해가 지고 막 어두워 가는 때를 가리킨다.[김이협 : 1981] 나가이 가후[永井荷風 : 1913/1919]의 제1연 제2행 "明き夏とまた暗き日に[밝은 여름과 또 어두운 날에]"의 의역이다.

제2행   나가이 가후[1913/1919]의 제1연 제1행 "枝より枝を渡る風は[가지에서 가지를 스치는 바람은]"의 의역이다.

제3행   나가이 가후[1913/1919]의 제1연 제3행 "黑き梟と白き鳩鳴く[검은 올빼미와 흰 비둘기 우는]"에 충실한 번역이다. 참고로 후나오카 겐지[船岡獻治 : 1919]에는 'フクロフ[梟]'를 '옷쌩이'로 풀이한다.

제4행   나가이 가후[1913/1919]의 제1연 제4행 "老木の梢をゆする[늙은 나무의 우듬지를 흔든다]"의 의역이다. 참고로 후나오카 겐지[1919]에는 'ゴズエ[梢]'를 "잔가지。나무끗。杪。標"로 풀이한다.

제2연

제1행   나가이 가후[1913/1919]의 제2연 제1행 "木の葉に滴る雨の聲[나뭇잎에 방울져 떨어지는 빗소리]"에 충실한 번역이다.

제2행   나가이 가후[1913/1919]의 제2연 제2행 "やさしくも又ものうきは[아름답고도 또 나른한은]"의 의역이다. 김억은 제1행의 '聲[소리]'를 의식하여 '노래'라는 어휘를 덧붙인 것으로 보인다.

제3행   나가이 가후[1913/1919]의 제2연 제3행 "さすらふ身には一步一步[떠도는 몸에는 한 걸음 한 걸음]"

의 의역이다. 참고로 후나오카 겐지1919에는 'サスラフ流離フ'를 "류리한다. 써도라단인다. 流浪."으로 풀이한다.

제4행 나가이 가후1913/1919의 제2연 제4행 "「悲しみ」の忍び泣く 音と聞かれずや'슬픔'의 흐느껴 우는 소리로 들리지 않는가?"의 의역이다.

제3연

제1행 나가이 가후1913/1919의 제3연 제1행 "綠より黃に、黃よりして紅に녹색에서 노랑으로, 노랑에서 다홍색으로"에 충실한 번역이다.

제2행 나가이 가후1913/1919의 제3연 제2행 "又黃金色より黃金のいろに또 황금색에서 황금색으로"에 충실한 번역이다.

제3행 나가이 가후1913/1919의 제3연 제3행 "木木の梢の老い行けば、われは나무들의 우듬지가 늙어 가면, 나는"와 제4행 "秋より秋に散りて行く わが「過去」を思ふ가을에서 가을로 떨어져 가는 나의 '과거'를 생각한다" 중 '思ふ생각한다'를 조합한 구문의 의역이다.

제4행 나가이 가후1913/1919의 제3연 제4행 중 "秋より秋に散りて行く わが「過去」を思ふ가을에서 가을로 흩어져 가는 나의 '과거'를 생각한다" 중 '思ふ생각한다'를 제한 나머지 부분에 충실한 번역이다.

제4연

제1행 나가이 가후1913/1919의 제4연 제1행 "林は聳えたる頂よりして頂に숲은 우뚝 솟은 꼭대기에서 꼭대기로"를 "聳えたる頂よりして頂に우뚝 솟은 꼭대기에서 꼭대기로", '林は숲은' 순으로 도치한 구문의 의역이다.

제2행 나가이 가후1913/1919의 제4연 제2행 "紅の檞と綠の松を動せども주홍빛 떡갈나무와 초록빛 소나무를 흔드나"의 의역이다.

제3행 나가이 가후1913/1919의 제4연 제4행 "かの「苦み」と「海」の如くに저 '괴로움'과 '바다'처럼"의 의역이다.

제4행　나가이 가후[1913/1919]의 제4연 제3행 "吹く風は嚴かに聲を呑みたり ^{부는 바람은 엄숙하게 소}리를 삼켰다"의 의역이다.

해설

김억의 「가을」의 저본은 나가이 가후^{永井荷風:1913} 소재 「秋_{가을}」이다. 앙리 드 레니에의 원시는 『오뇌의 무도』 초판 이전에는 나가이 가후[1913]와 이쿠다 슌게쓰^{生田春月:1919}에 수록되었고, 제스로 빗셀^{Jethro Bithell:1912}에는 수록되어 있지 않다. 따라서 나가이 가후[1913] 혹은 나가이 가후[1919]가 이 시의 저본이라고 볼 수밖에 없다. 나가이 가후[1913]에는 모든 한자 어휘마다 독음자^{ルビ.ふりがな}가 첨기되어 있는 데에 반해 나가이 가후[1919]에는 그렇지 않다. 그 한자 중 벽자^{僻字}도 적지 않아서 독음자 없이 의미를 파악하기란 여의치 않았을 것이다. 따라서 김억이 「가을」을 옮기면서 나가이 가후[1913]를 저본으로 삼는 편이 더 수월했을 터이다.

앙리 드 레니에는 보들레르와 말라르메로 이어지는 이른바 지적 상징주의^{poésie intellectuelle} 계보의 시인으로 분류되기는 하나, 장 모레아스와 마찬가지로 창작 방법, 율격의 측면에서 고답파^{parnasse}에 가까운 작품을 창작한 것으로 평가받는다. 특히 이 시가 수록된 시집 『물의 도시^{La Cité des Eaux}』¹⁹⁰²는 앙리 드 레니에가 상징주의와 결별한 이후의 시집으로서, 고대 그리스 문학의 수사와 예지로 미만해 있다는 평가를 받기도 한다.^{마르셀 레몽:2007, 94. Pierre Martino:1980, 159~162} 나가이 가후가 앙리 드 레니에에 주목한 이유는 역시 그가 아돌프 방 비베와 폴 리오토^{Adolphe van Bever & Paul Léautaud:1900}나 헤라르트 발크^{Gérard Walch:1907} 등 당시 프랑스의 대표적인 현대시 엔솔러지에도 소개된 시인이기 때문일 터이다.

김억이 앙리 드 레니에를 접한 것은 역시 나가이 가후[1913] 혹은 그 이전 우에다 빈^{上田敏:1905}일 터이다. 그런데 김억은 1918년 6월 26일 유봉영^{劉鳳榮}에게 보낸 편지에 이미 앙리 드 레니에의 『물의 도시』 중 한 부분의 원문과 대강의 의미를 적어 두었다.^{동아옥선:2018, 172} 김억이 어떻게 『물의 도시』를 열람했던가는 알 수 없다. 하지만 김억이 앙리 드 레니에의 원시를 저본으로 삼지 않은 것은 분명하다. 앙리 드 레니에의 원시와 달리 나가이 가후[1913]와 김억의 「가을」은 4행 단위로 개행改行되어 있기 때문이다.

그렇다고 해서 김억은 나가이 가후[1913/1919]를 축자적으로 옮기지도 않았다. 이를테면 나가이 가후[1913/1919]의 제1연 제1행의 '바람'은 늙은 나무의 우듬지를 흔들고[제1연 제4행], 나뭇잎에 방울져 떨어져 소리를 내고[제2연 1행], 아름답고도 나른하게[제2연 제2행] 한 걸음 한 걸음 떠도는 몸이고[제2연 제3행], 슬픔으로 흐느껴 운다.[제2연 제4행] 그러나 김억의 번역시에서 나뭇잎에 방울져 떨어지는 것은 빗소리이고[제2연 제1행], 그 애달픈 노래가[제2연 제2행] 걸음을 옮길 때마다[제2연 제3행] 설움에 흐느끼는 울음소리처럼 들린다.[제2연 제4행]

또 김억은 나가이 가후[1913/1919]의 제3연과 제4행을 일부 해체하고 다시 조합한 듯한 방식으로 옮기기도 했다. 특히 김억은 제3연에서는 나가이 가후[1913/1919]의 제3연 제3행의 앙장브망enjambement, 즉 마지막의 'われは[나는]'와 제4행의 '思ふ[생각한다]'를 결합하여 비록 도치된 구문이기는 하나 주어와 서술어를 갖춘 문장으로 옮겨 놓고서, 정작 제4행에서는 나가이 가후[1913]의 제3연 제4행의 '思ふ[생각한다]'를 생략한 제3행의 목적어 역할을 하는 명사절처럼 옮겨 놓고 말았다. 『오뇌의 무도』 도처에서 자주 볼 수 있듯이 도치된 구문을 꺼렸던 김억이고 보면 이것은 매우 예외적인 경우이다. 하지만 그러한 사례는 제4연 제1행에서도 나타난다.

이처럼 김억 나름의 고쳐 쓰기가 과연 나가이 가후[1913]에 비해 뛰어난 시적 미감을 거두었던가는 의문이다. 그러나 김억이 나가이 가후[1913]의 구문 구조를 충실히 따랐더라면 저 낯선 앙장브망이나 도치 구문이 조선어 글쓰기에 주었을 참신한 충격의 효과, 혹은 익숙한 조선어의 감각을 낯설게 하는 효과defamiliarization를 얻지 못하게 된 것은 분명하다. 그도 그럴 것이 앙리 드 레니에의 「가을」을 옮기던 무렵의 김억의 안목이란 낯선 서구의 현대시를 이제 막 읽어가는 문학청년의 수준에서 크게 벗어나지 않았기 때문이다.

黃色의月光。[1]

1 재판 목차에는 "黃色의日光".

2 재판에는 "굿은샥리를".

3 재판에는 '쓰겁은'.

4 재판에는 "피빗의자최로".

5 재판에는 "픠윗슬째、".

6 재판에는 "불이 꺼지고".

7 재판에는 "넘어가는 곱은오늘
   하로가".

레니에、

달빗에 그윽한 芳香을 놋는 져녁空氣안에、

저즌 갈밧에 자는물의 香氣가 퍼질째、

한가하게도 포프라닙사이로 써올으는

黃色의月光에 빗최여、긴하롯날도 넘고말어라。

지지는듯한 太陽아레서 둘이함께 붉은쌍과

굿든샥리를[2] 파면서 우리가 생각하엿든가、

쓰거운[3] 모래우에 우리의거름이 피의자최로[4]

남기든 그째에 우리가 생각하엿든가。 【초140, 재180】

사랑은 希望업는 苦痛에 넘어진 우리의맘에

그놉흔 火焰을 픠윗슬째[5] 우리가 생각하엿든가、

우리를 타치든 불이꺼지고[6]、재(灰)가 우리의 저녁을

이리도 보드랍게 이리도 살틀스럽게、 【초140, 재181】

저즌 갈밧에 생각깁흔 물의香氣에 쌀아

넘어가는 설은오늘하로가[7] 포프라닙사이로

둥글게 써올으는 黃色의 月光에 빗최여、

한가하게 넘어가리라고、우리가 생각하엿든가。 【초141, 재181】

黄色い月[1]

堀口大學

なよやかにポプラの葉かげにのぼつて行く
黄色い月に照らされて永い一日が暮れて行く[2]
月の光のほの匂ふ夕暮の空氣のうちに
濡れた葦の間に眠る水の匂ひがひろがる頃を[3]

焼きつけるやうな太陽の下に二人して[4]
赤い土と強い木の根を掘起し乍ら
われ等思つたであらうか?
熱い砂の上にわれ等の歩が血の足跡を印した時に[5]、
われ等思つたであらうか?

望のない苦痛に傷いたわれ等が心の中に[6]
戀がその高い焔をもやした時に、
われ等思つたであらうか?
われ等を焼き焦す火の死んだ後に[7]
灰が吾等の夕にかくまでやさしく親み多く[8]

濡れた葦の間にもの思ふ水の
匂に滿ちて暮れ行く苦い今日の日が[9]、

1　生田春月 編,「佛蘭西－アンリ　イ・ド・レニエェ」,『泰西名詩名譯集』, 東京 : 越山堂, 1919, 122~123면; 堀口大學 譯, 「Henri de Regnier 1864」,『失はれた寶玉』, 東京 : 籾山書店, 1920, 120~122면.

2　堀口大學(1920)에는 "黄色い月に照らされて永い一日が暮れて行く、".

3　堀口大學(1920)에는 "濡れた葦の間に眠る水の匂ひがひろがる頃を。".

4　堀口大學(1920)에는 "焦きつけるやうな太陽の下に二人して".

5　堀口大學(1920)에는 "熱い砂の上にわれ等の歩が血の足跡を印した時に".

6　堀口大學(1920)에는 "望のない苦痛に傷いたわれ等が心の中に".

7　堀口大學(1920)에는 "われ等を焦きこかす火の死んだ後で".

8　堀口大學(1920)에는 "濡れた葦の間にもの思ふ水の".

9　堀口大學(1920)에는 "匂に滿ちて暮れ行く苦い今日の日が".

ポプラの葉かげに圓くのぼる

黄色い月に照らされてしとやかに暮れようと[10]

われ等思つたであらうか?

10　堀口大學(1920)에는 "黄色い
月に照らされてしとやかに暮
れようと".

THE YELLOW MOON[†]

Jethro Bithell

[†] Jethro Bithell, "Henri de Régnier", *Contemporary French Poetry*, London : Walter Scott Publishing Co. Ltd., 1912, pp.111~112.

Now with a yellow moon this long day ends.

Soft risen in the poplars she with rest

Floods all the air with which the odour blends

From the wet reeds that hide the water's breast.

Did we two know, when over the baked soil

And pointed stubble in a sun that parched,

And on the arid sands we tramped in toil,

With bleeding footprints showing where we marched,

Did we two know, when Love was wild to scorch

Our hearts, and rend them with a hopeless pain,

Did we two know, when in our hearts his torch

Flickered and failed, what sweet ash would remain

At our life's eve, and that this bitter day

Would by a yellow moon be soothed to rest,

Rounded o'er poplars, and by reeds that sway,

And breathe the odours of the water's breast?

LA LUNE JAUNE[†]

† Henri de Régnier, *La Cité des Eaux*, Paris : Mercure de France, 1902, pp.93~94 ; Adolphe van Bever & Paul Léautaud, "Henri de Régnier", *Poètes d'Aujourd'hui : Morceaux choisis(Tome II)*, Paris : Société du Mercure de France, 1908, pp.137~138.

Henri de Régnier

Ce long jour a fini par une lune jaune

Qui monte mollement entre les peupliers,

Tandis que se répand parmi l'air qu'elle embaume

L'odeur de l'eau qui dort entre les joncs mouillés.

Savions-nous, quand, tous deux, sous le soleil torride

Foulions la terre rouge et le chaume blessant,

Savions-nous, quand nos pieds sur les sables arides

Laissaient leurs pas empreints comme des pas de sang,

Savions-nous, quand l'amour brûlait sa haute flamme

En nos cœurs déchirés d'un tourment sans espoir,

Savions-nous, quand mourait le feu dont nous brûlâmes

Que sa cendre serait si douce à notre soir,

Et que cet âpre jour qui s'achève et qu'embaume

Une odeur d'eau qui songe entre les joncs mouillés

Finirait mollement par cette lune jaune

Qui monte et s'arrondit entre les peupliers ?

『오뇌의 무도』 주해

재판 이외 이본 없음.

제1연

제1행   호리구치 다이가쿠^{堀口大學 : 1919/1920}의 제1연 제3행 "月の光のほの匂ふ夕暮の空氣の
うちに 달빛의 어렴풋이 향기 나는 해질녘의 공기 속에"의 의역이다.

제2행   호리구치 다이가쿠^{1919/1920}의 제1연 제4행 "濡れた葦の間に眠る水の匂ひがひろがる
頃を 젖은 갈대 사이에서 잠든 물의 냄새가 퍼질 무렵을"의 의역이다.

제3행   제스로 빗셀^{Jethro Bithell : 1912}의 제1연 제2행 "Soft risen in the poplars she with rest"를 염
두에 두되, 호리구치 다이가쿠^{1919/1920}의 제1연 제1행 "なよやかにポプラの葉かげに
のぼつて行く 보드랍게 포프라 잎 그늘에 떠오르는"의 어휘 표현을 따른 의역이다. 참고로 후나
오카 겐지^{船岡獻治 : 1919}의 표제어 중 'なよやかだ 보드랍다, 가냘프다'는 없다.

제4행   호리구치 다이가쿠^{1919/1920}의 제1연 제2행 "黃色い月に照らされて永い一日が暮れて
行く 노란 달에 비치어 긴 하루가 저물어 간다"의 의역이다.

제2연

제1행   호리구치 다이가쿠^{1919/1920}의 제2연 제1행 "燒(焦)きつけるやうな太陽の下に二人し
て 달구어 누르는 듯한 태양 아래에 둘이서"와 제2행의 "赤い土と强い木の根を掘起し乍ら 붉은 땅과
거센 나무뿌리를 파내며" 중 '赤い土と 붉은 땅과'만을 발췌하여 조합한 구문의 의역이다.

제2행   호리구치 다이가쿠^{1919/1920}의 제2연 제2행 중 "强い木の根を掘起し乍ら 거센 나무뿌리를
파내며"와 제3행 "われ等思つたであらうか 우리 생각했던가?"를 조합한 구문의 의역이다.

제3행   호리구치 다이가쿠^{1919/1920}의 제2연 제4행 "熱い砂の上にわれ等の歩が血の足跡を印
した時に 뜨거운 모래 위에 우리의 걸음이 피의 발자국을 남긴 때에" 중 '熱い砂の上にわれ等の歩が血

の足跡を뜨거운 모래 위에 우리의 걸음이 피의 발자국을'만을 발췌한 구문의 의역이다.

제4행　호리구치 다이가쿠^{1919/1920}의 제2연 제4행 중 '印した時に남긴 때에'와 제5행 "吾(われ)等思つたであらうか우리 생각했던가?"를 조합한 구문에 충실한 번역이다.

제3연

제1행　호리구치 다이가쿠^{1919/1920}의 제3연 제2행 "戀がその高い焰をもやした時に사랑이 그 높은 불길을 태웠던 때에" 중 '戀が사랑이'와 제1행 "望のない苦痛に傷いたわれ等が心の中に희망 없는 고통으로 상처받은 우리가 마음속에"를 조합한 구문의 의역이다.

제2행　호리구치 다이가쿠^{1919/1920}의 제3연 제2행 중 "その高い焰をもやした時に그 높은 불길을 태웠던 때에"와 제3행 "われ等思つたであらうか우리 생각했던가?"를 조합한 구문의 의역이다.

제3행　호리구치 다이가쿠^{1919/1920}의 제3연 제4행 "われ等を燒(焦)きこが(焦)す火の死んだ後に(で)우리를 지져 태운 불이 죽은 뒤에"와 제5행의 "灰が吾(われ)等の夕にかくまでやさしく親み多く재가 우리의 저녁에 그토록 다정하게 친근함 많게" 중 '灰がわれ等の夕に재가 우리의 저녁에'를 조합한 구문의 의역이다.

제4행　호리구치 다이가쿠^{1919/1920}의 제3연 제5행 중 'かくまでやさしく親み多く그토록 다정하게 친근함 많게'의 의역이다.

제4연

제1행　호리구치 다이가쿠^{1919/1920}의 제4연 제1행 "濡れた葦の間にもの思ふ水の젖은 갈대 사이로 생각에 잠긴 물의"와 제2행 "匂に滿ちて暮れ行く苦い今日の日が향기로 가득 차 저물어 가는 괴로운 오늘의 하루가" 중 '匂に滿ちて향기로 가득 차'만을 발췌하여 조합한 구문의 의역이다.

제2행　호리구치 다이가쿠^{1919/1920}의 제4연 제2행 중 "暮れ行く苦い今日の日が저물어 가는 괴로운 오늘의 하루가"와 제3행 "ポプラの葉かげに圓くのぼる포플러 잎 그늘에 둥글게 떠오르는" 중 'ポプラの葉かげに포플러 잎 그늘에'만을 발췌하여 조합한 구문의 의역이다.

제3행　호리구치 다이가쿠[1919/1920]의 제4연 제3행 중 '圓くのぼる둥글게 떠오르는'와 제4행 "黄色い月に照らされてしとやかに暮れようと노란 달에 비치어 단아하게 저물리라고" 중 '黄色い月に照らされて노란 달에 비치어'만을 발췌하여 조합한 구문에 대응한다.

제4행　호리구치 다이가쿠[1919/1920]의 제4연 제4행 중 'しとやかに暮れようと단아하게 저물리라고'와 제5행 "われ等思つたであらうか우리 생각했던가?"를 조합한 구문의 의역이다. 참고로 후나오카 겐지[船岡獻治 : 1919]에는 'シトヤカ閑雅'를 "한아。단아。言語動作이 閑靜하고 淸雅함。"으로 풀이한다. 김억은 'シトヤカ閑雅'의 취음자[取音字 : 當て字] '閑雅' 중 '閑'만을 취해 '한가하게'로 옮긴 것으로 판단된다.

해설

김억의 「黃色의 月光」의 저본은 『오뇌의 무도』 초판 당시까지는 이쿠다 슌게쓰[生田春月 : 1919] 소재 호리구치 다이가쿠[堀口大學]의 「黄色い月황색의 달」이다. 그리고 김억은 재판에 이르러 호리구치 다이가쿠[1920] 소재의 「黄色い月황색의 달」를 열람했던 것으로 보인다. 앙리 드 레니에의 이 시는 제스로 빗셀[Jethro Bithell : 1912]에도 수록되어 있는데, 김억은 분명히 이 영역시를 열람했지만 저본으로 삼지 못했다.

일찍이 구르몽은 앙리 드 레니에를 두고 우수에 찬 장려[壯麗]한 시인, 이탈리아의 고대 궁전을 연상케 할 만한 고풍스럽고 전아한 시를 쓴 시인, 또 누구보다도 풍부한 이미지의 시를 쓴 작가라고 평가했다. 특히 앙리 드 레니에가 병적일 정도로 황금과 죽음 이 두 시어에 집착했다고 평가하기도 했다.[Remy de Gourmont : 1896, 41~42] 비록 인상평에 가깝기는 하지만 앞서 「가을L'automne」도 이 시도 구르몽의 평가에 적절하게 부합하는 사례라고 하겠다. 특히 해가 지고 달이 뜨는 시간의 변화를 통해 열정적인 사랑의 상실을 한탄하는 이 시는 『오뇌의 무도』의 정서적 주조와 정히 부합한다.

김억의 「황색의 월광」은 앞서 장-마크 베르나르, 「오늘밤도」와 마찬가지로, 본장의 베를렌의 「흰달」・「긋업는 倦怠의」・「L'heure de Berger牧人의 째」, 알베르 사맹의 「伴奏」・「池畔逍遙」,

보들레르의「달의 悲哀」, 폴 포르의「두 맘」과 더불어 '달'이 중요한 제재인 시이다. 이 시들에서 일관하는 우울과 권태, 몽환적 정경을 환기하는 제재로서 '달(빛)'은『오뇌의 무도』의 정서적 주조 중 하나이다.

김억의 이 시 역시 호리구치 다이가쿠^{1919/1920}를 축자적으로 옮기지 않았다. 우선 호리구치 다이가쿠^{1919/1920}의 경우 제1연을 제한 나머지 연 모두 각 5행인데, 이것은 각 연이 4행씩인 앙리 드 레니에의 원시는 물론 제스로 빗설¹⁹¹²과도 다르다. 김억은 일단 형식의 차원에서는 제스로 빗설¹⁹¹²을 따라 각 연을 4행으로 옮기되, 시의 주된 어휘 표현과 문형은 호리구치 다이가쿠^{1919/1920}를 따랐다. 특히 김억은 호리구치 다이가쿠^{1919/1920}의 각 행들을 일일이 해체하고 다시 조합하여 고쳐 쓰듯이 옮겼다. 그 가운데 김억은 제2연부터 호리구치 다이가쿠^{1919/1920}의 "われ等思つたであらうか^{우리 생각했던가}?", 제스로 빗설¹⁹¹²의 "Did we two know"라는 반복 구문을 의식하여, "우리가 생각하엿든가"의 반복을 통해 그 리듬감까지 옮기고자 했다.

小頌歌。†

레니에　　　　† 재판 수록 작품.

만일 내가 나의사랑을

말한다 하면

그것은 내가 그우에 머리를 숙일째、

내말을 들어주는

저 고요한 물째문입니다。

만일 내가 나의사랑을

말한다 하면

그것은 나무사이에서 웃으며 소군거리는

저 바람째문입니다。

만일 내가 나의사랑을

말한다 하면

그것은 바람과함씌

노래하며 날아단니는

저 적은새째문입니다。

만일 내가 나의사랑을　　　　　　　　　【재182】

말한다 하면

그것은 反響째문입니다。

孤寂하고도 즐겁은맘으로

만일 내가 無心엣사랑을 하엿다하면

그것은 그대의눈째문입니다.

만일 내가 無心으로 사랑을 하엿다하면

그것은 그대의 보드랍음과 眞實째문입니다. 【재183】

하고 그것은 그대의 입째문입니다.

만일 내가 眞心으로 사랑을 하엿다하면

그것은 다사한 그대의살과 찬손째문입니다

만은 只今 나는 그대의그림자를 차자돌쏻입니다. 【재184】

『오뇌의 무도』 주해

小頌歌[†]

堀口大學

† 堀口大學 譯,「Henri de Regnier 1864」,『失はれた寶玉』, 東京：籾山書店, 1920, 117~119면.

若も私が私の戀を

物語つたとすれば

それはその上に私が首だれる時に

私の言葉に耳を傾ける

あの静かな流れの爲だ、

若も私が私の戀を

物語つたとすれば

それは木の間に笑ひそしてささやく

あの風の爲だ、

若も私が私の戀を

物語つたとすれば

それは風とつれ立つて

歌ひさうしてとびまける

あの小鳥の爲だ、

若も私が私の戀を

物語つたとすれば

それは木だまの爲だ。

さびしいまたよろこばしい心で

若も私が心から愛したとすれば

それはお前の目だ、

若も私が心から愛したとすれば

それはお前のやさしくそしてまじめな 口^{くち}だ、

それはお前の口だ、

若も私が心から愛したとすれば

それは温いお前の肉と冷たいお前の手とだ、

そして今私はお前の影をたづねてゐる。

ODELETTE IV[†]

Henri de Régnier

[†] Henri de Régnier, "La Corbeille des Heures", *Les Jeux Rustiques et Divins, Paris : Mercure de France*, 1897, pp.228~229; Adolphe van Bever & Paul Léautaud, "Henri de Régnier", *Poètes d'Aujourd'hui : Morceaux choisis (Tome II)*, Paris : Société du Mercure de France, 1908, p.133.

Si j'ai parlé

De mon amour, c'est à l'eau lente

Qui m'écoute quand je me penche

Sur elle ; si j'ai parlé

De mon amour, c'est au vent

Qui rit et chuchote entre les branches ;

Si j'ai parlé de mon amour, c'est à l'oiseau

Qui passe et chante

Avec le vent ;

Si j'ai parlé

C'est à l'écho.

Si j'ai aimé de grand amour,

Triste ou joyeux,

Ce sont tes yeux ;

Si j'ai aimé de grand amour,

Ce fut ta bouche grave et douce,

Ce fut ta bouche ;

Si j'ai aimé de grand amour,

Ce furent ta chair tiède et tes mains fraîches.

Et c'est ton ombre que je cherche.

첫 번째 번역은 「小頌歌Henri de Regnier」, 「알는 薔薇笑」, 『개벽』 제14호, 1921.8

제1연

제1행 호리구치 다이가쿠堀口大學: 1920의 제1행 "若も私が私の戀を만약 내가 나의 사랑을"에 대응한다.

제2행 「小頌歌」1921는 "말한다하면". 호리구치 다이가쿠1920의 제2행 "物語つたとすれば이야기했다고 한다면"의 의역이다.

제3행 「小頌歌」1921는 "그것은 내가 그우에머리를숙일새". 호리구치 다이가쿠1920의 제3행 "それはその上に私が首だれる時に그것은 그 위에 내가 고개 숙일 때"에 충실한 번역이다.

제4행 호리구치 다이가쿠1920의 제4행 "私の言葉に耳を傾ける나의 말에 귀를 기울이는"의 의역이다.

제5행 「小頌歌」1921는 "저 고요한물새문입니다". 호리구치 다이가쿠1920의 제5행 "あの靜かな流れの爲だ저 고요한 흐름 때문이다"의 의역이다.

제6행 호리구치 다이가쿠1920의 제6행 "若も私が私の戀を만약 내가 나의 사랑을"에 대응한다.

제7행 「小頌歌」1921는 "말한다하면". 호리구치 다이가쿠1920의 제7행 "物語つたとすれば이야기했다고 한다면"의 의역이다.

제8행 「小頌歌」1921는 "그것은 나무사이에 웃으며소군거리는 저바람새문입니다。", 즉 다음 행과 한 행이다. 호리구치 다이가쿠1920의 제8행 "それは木の間に笑ひそしてささやく그것은 나무 사이로 웃으며 그리고 속삭이는"에 대응한다.

제9행 호리구치 다이가쿠1920의 제9행 "あの風の爲だ저 바람 때문이다"에 충실한 번역이다.

제10행 호리구치 다이가쿠1920의 제10행 "若も私が私の戀を만약 내가 나의 사랑을"에 대응한다.

제11행 「小頌歌」1921는 "말한다하면". 호리구치 다이가쿠1920의 제11행 "物語つたとすれば이야기했다고 한다면"의 의역이다.

제12행 「小頌歌」¹⁹²¹는 "그것은 바람과한쇠". 호리구치 다이가쿠¹⁹²⁰의 제12행 "それは風とつれ立つて^{그것은 바람과 함께}"에 대응한다.

제13행 「小頌歌」¹⁹²¹는 "노래하며 날아단이는". 호리구치 다이가쿠¹⁹²⁰의 제13행 "歌ひさうしてとびまける^{노래하며 그리고 날아다니는}"에 충실한 번역이다.

제14행 호리구치 다이가쿠¹⁹²⁰의 제14행 "あの小鳥の爲だ^{저 작은 새 때문이다}"에 충실한 번역이다.

제15행 이 행부터 프랑스어 원시는 제2연으로 나뉜다. 호리구치 다이가쿠¹⁹²⁰의 제15행 "若も私が私の戀を^{만약 내가 나의 사랑을}"에 대응한다.

제16행 「小頌歌」¹⁹²¹는 "말한다하면". 호리구치 다이가쿠¹⁹²⁰의 제16행 "物語つたとすれば^{이야기했다고 한다면}"의 의역이다.

제17행 호리구치 다이가쿠¹⁹²⁰의 제17행 "それは木だまの爲だ^{그것은 메아리 때문이다}"에 충실한 번역이다. 참고로 후나오카 겐지^{船岡獻治 : 1919}에는 'コダマ木靈'를 "㊀ 목신 樹의 靈。 ㊁ 매산이。反響。山彦"로 풀이한다. 김억의 번역은 이 중 '反響'과 일치한다.

제18행 「小頌歌」¹⁹²¹는 "寂寞하고도 즐거운맘으로". 앙리 드 레니에의 원시는 이 행부터 제3연으로 나뉜다. 호리구치 다이가쿠¹⁹²⁰의 제18행 "さびしいまたよろこばしい心で^{쓸쓸하고 또 즐거운 마음으로}"에 충실한 번역이다.

제19행 「小頌歌」¹⁹²¹는 "만일 내가無心엣사랑을하엿다하면". 호리구치 다이가쿠¹⁹²⁰의 제19행 "若も私が心から愛したとすれば^{만일 내가 진정으로 사랑했다면}"의 의역이다. 참고로 후나오카 겐지^{船岡獻治 : 1919}에는 '心カラ'를 "본심。진심。진정"으로 풀이한다.

제20행 「小頌歌」¹⁹²¹는 "그것은 그대의눈입니다". 호리구치 다이가쿠¹⁹²⁰의 제20행 "それはお前の目だ^{그것은 너의 눈이다}"의 의역이다.

제21행 「小頌歌」¹⁹²¹는 "만일 내가無心으로사랑을하엿다하면". 호리구치 다이가쿠¹⁹²⁰의 제21행 "若も私が心から愛したとすれば^{만일 내가 진정으로 사랑했다면}"의 의역이다.

제22행 「小頌歌」¹⁹²¹는 "그것은 그대의보들압고眞實함입니다". 호리구치 다이가쿠¹⁹²⁰의 제22행 "それはお前のやさしくそしてまじめな口だ^{그것은 너의 다정하고 그리고 진실된 입이다}"의 의역이다.

제23행 「小頌歌」[1921]는 "그것은 그대의입니다". 호리구치 다이가쿠[1920]의 제23행 "それはお前の口だ^{그것은 너의 입이다}"의 의역이다.

제24행 「小頌歌」[1921]는 "만일 내가 眞心으로사랑하엿다하면". 호리구치 다이가쿠[1920]의 제24행 "若も私が心から愛したとすれば^{만일 내가 진정으로 사랑했다면}"에 충실한 번역이다.

제25행 「小頌歌」[1921]는 "그것은 다사한그대의살과 찬손입니다". 호리구치 다이가쿠[1920]의 제25행 "それは溫いお前の肉と冷たいお前の手とだ^{그것은 따뜻한 너의 살과 차가운 손이다}"에 충실한 번역이다.

제2연

「小頌歌」[1921]는 "마는 只今나는 그대의그림자를차자돌쑨입니다". 「小頌歌」[1921]에서 이 행은 별개의 연이 아닌 이전 행 다음에 이어지는 제26행이다. 호리구치 다이가쿠[1920]의 제26행 "そして今私はお前の影をたづねてゐる^{그리고 지금 나는 너의 그림자를 찾고 있다}"의 의역이다.

해설

김억의 「小頌歌」의 저본은 호리구치 다이가쿠^{堀口大學：1920} 소재 「小頌歌」이다. 앙리 드 레니에의 이 시는 일본의 번역시집 중에는 호리구치 다이가쿠[1920]에만 수록되어 있다. 그런가 하면 제스로 빗설^{Jethro Bithell：1912}에는 수록되어 있지 않다. 특히 김억의 첫 번째 번역이 1921년 8월에 발표되었으므로 그로서는 호리구치 다이가쿠[1920]가 유일한 저본이었다고 하겠다. 물론 김억의 「소송가」는 총 3개 연으로 이루어진 앙리 드 레니에의 원시, 총 1개 연으로 이루어진 호리구치 다이가쿠[1920]와 달리 총 2개 연으로 이루어져 있는 차이가 있다. 그러나 이 정도의 차이만 있을 뿐, 김억의 「소송가」는 호리구치 다이가쿠[1920]의 어휘 표현과 문형 모두 충실히 옮긴 것이다.

다만 이 가운데 김억이 호리구치 다이가쿠[1920]의 '心から[진심으로. 진정으로]'를 제1연 제19행에서 '無心[엣]', 제21행에서는 '無心으로'로 옮긴 점을 간과할 수 없다. '무심[無心]'이란 김억의 시대에도 오늘날에도, 일본에서도 조선에서도 "감정이나 생각하는 마음이 없음"이고 보면, 호리구치 다이가쿠[1920]의 '心から'와는 상반되기 때문이다. 위의 주석에서도 밝힌 바와 같이 후나오카 센시[船岡獻治·1919]에는 '心カゥ'를 "본심. 진심. 진성"으로 풀이하는 만큼, '부심[無心]'이란 김억의 특별한 선택이라고 보아야 할 것이다. 김억의 첫 번째 번역의 제24행의 경우, 호리구치 다이가쿠[1920]의 '心から'를 후나오카 겐지[1919]와 마찬가지로 '眞心으로'로 옮겼다는 점은 그 증거이다.

김억이 호리구치 다이가쿠[1920]의 '心から'를 '無心[엣]', '無心으로'로 옮긴 것은 제22행에서도 호리구치 다이가쿠[1920]의 'まじめな'를 '진실된'으로 옮긴 데에서 알 수 있듯이, 비슷한 의미의 어휘의 중복을 피하기 위해서였는지도 모르겠다. 그리고 '無心[엣]', '無心으로' 쪽이 시적 화자의 '그대'의 감정이 운명적인 것임을 드러낼 수 있다고 판단한 결과였는지도 모르겠다. 그것은 호리구치 다이가쿠[1920]에 대한 개행[改行]과 마찬가지로 김억 나름의 해석이 투영된 결과임을 의미하기 때문이다. 또 김억에게 시의 번역이란 기점텍스트[source text]의 고쳐 쓰기임을 새삼 환기하기 때문이다. 그러나 그것은 김억 나름의 해석, 고쳐 쓰기가 훌륭했던가 여부와는 별개이다.

女僧과갓치 희멀금하야.[1]

타이랏드[2]

애닮음에 맘은 흘리여[3]、
女僧과갓치[4] 희멀금하야
달은 그寂寞한
흰생각을 써러치어라[5]。

희멀금하야 숨쉬는 달이여、
흔들니는듯한 저녁하늘에 百合과 갓터라、
푸른 오팔(蠶白石)의 너의 光輝에는
淸雅로운[6] 修道女의 고흠이[7] 잇서라。　　　　【초142, 재189】

오々 黃金色의 달이여、忘却을 내리여라!
그리하고[8] 이집흔 밤에
복기는 맘을 慰勞하여라。

다만하나 하늘에걸닌[9] 百合의 꼿이여! 아옥꼿이여!　【초142, 재190】
너의 花心에서 金色의
빗花粉을 샏리어라。　　　　　　　　　　　　　　【초143, 재190】

1　초판 목차에는 "女僧과갓치희
　　말금하야".

2　로랑 타이아드(Laurent Tai-
　　hade, 1854~1919, 프랑스).

3　재판에는 '흐리여'.

4　초판 본문에는 "女僧과 곳치".
　　초판 정오표를 따라 "女僧과갓
　　치"로 고쳤다. 재판에도 "女僧
　　과갓치".

5　재판에는 '써러치여라'.

6　재판에는 '淸雅롭은'.

7　재판에서는 '곱음이'.

8　재판에는 '그리고'.

9　재판에서는 "다만 하나 하늘에
　　걸닌".

尼の如くに靑ざめて[†]

† 堀口大學 譯, 「昨日の花」, 『昨日
の花－佛蘭西近代詩』, 東京：籾
山書店, 1918, 161~162면.

堀口大學

哀(かな)みに心うち曇る
尼の如くに靑(あを)ざめて
月(つき)はそがさびしさの
白き思(おも)ひをしたたらす。

靑ざめて夢(ゆめ)みる月よ、
搖(ゆる)るが如き夕(ゆふべ)の空に百合(ゆり)の如(ごと)。
色靑き蛋白石(おぱある)の汝(な)が輝(かがや)に
しとやかなる修道女(しうだうめ)のやさしさあり。

おお黄金色(きんいろ)の月よ、忘却(ばうきやく)を降(ふ)らせかし！
またこの深(ふか)き夜(よる)の中(うち)に
悩(なや)める心をなぐさめよ。

唯(ただ)一つみ空(そら)にかかる百合の花よ！ はな葵(あふり)よ！
汝(な)が花心(くわしん)より黄金色(きんいろ)の
光の花粉(ちら)を散せかし。

SONNET[†]

Laurent Taihade

† Laurent Tailhade, *Poèmes élégiaques*, Paris : Mercure de France, 1907, pp.92~93.

Toute pâle, comme une sœur,

A la tristesse qui s'oublie

La Lune verse la douceur

Blanche de a mélancolie.

O Lune pâle qui délie,

Liliale en le soir berceur,

Ta lueur d'opâle appâlie

A la douceur d'une aime sœur.

Verse l'oubli, Sélène blonde !

Et berce, dans la nuit profonde,

Berce les cœurs endoloris.

Lis unique! Rose trémière !

Sème ton pollen de lumière

Par les blondeurs où tu fleuris.

재판 이외 이본 없음.

주석

제1연

제1행 흘리다 : '흐리다'의 평안도 방언의 이형태 혹은 김억의 입말로 추정된다. 호리구치 다이가쿠[堀口大學: 1918]의 제1연 제1행 "哀みに心うち曇る 슬픔으로 마음 잔뜩 흐려"의 의역이다.

제2행 희벌금하다 : 오늘날의 '희멀끔하다', 즉 "(살빛이) 희고 멀끔하다"는 뜻이 아니라, '창백하다', '핼쑥하다'에 가깝다. '핼금하다'와 비슷한 뜻이다. 호리구치 다이가쿠[1918]의 제1연 제2행 "尼の如くに靑ざめて 비구니같이 창백하여"에 충실한 번역이다.

제3행 호리구치 다이가쿠[1918]의 제1연 제3행 "月はそがさびしさの 달은 그 적막함의"에 충실한 번역이다.

제4행 호리구치 다이가쿠[1918]의 제1연 제4행 "白き思ひをしたたらす 하얀 추억을 떨어뜨린다"의 의역이다.

제2연

제1행 호리구치 다이가쿠[1918]의 제2연 제1행 "靑ざめて夢みる月よ 창백하여 꿈꾸는 달이여"에 충실한 번역이다.

제2행 호리구치 다이가쿠[1918]의 제2연 제2행 "搖るが如き夕の空に百合の如 흔들 듯한 저녁 하늘에 백합같이"에 충실한 번역이다.

제3행 호리구치 다이가쿠[1918]의 제2연 제3행 "色靑き蛋白石の汝が輝に 빛깔 푸른 오팔의 너의 광휘에"에 충실한 번역이다.

제4행 호리구치 다이가쿠[1918]의 제2연 제4행 "しとやかなる修道女のやさしさあり 정숙한 수도녀의 자상함이 있다"의 의역이다.

제3연

제1행   호리구치 다이가쿠¹⁹¹⁸의 제3연 제1행 "おお黄金色の月よ、忘却を降らせかし^{오오 황금}
^{색의 달이여, 망각을 내리게 하라}"에 충실한 번역이다.

제2행   호리구치 다이가쿠¹⁹¹⁸의 제3연 제2행 "またこの深き夜の中に^{또 이 깊은 밤중에}"에 충실
한 번역이다.

제3행   호리구치 다이가쿠¹⁹¹⁸의 제3연 제3행 "悩める心をなぐさめよ^{괴로울 마음을 달래 주어라}"의
의역이다.

제4연

제1행   아욱꽃 : '아욱꽃'. '아욱'은 '아욱'의 평안도 방언이다^{김이협 : 1981}. 호리구치 다이가쿠
¹⁹¹⁸의 제4연 제1행 "唯一つみ空にかかる百合の花よ! はな葵よ^{오직 하나만 하늘에 걸린 백합}
^{꽃이여! 아욱꽃이여}"에 충실한 번역이다. 참고로 후나오카 겐지^{船岡獻治 : 1919}에는 '葵アヒフ : ア
^{ヒヒ의 오식}'를 '당아욱^{당아욱}'으로 풀이한다.

제2행   호리구치 다이가쿠¹⁹¹⁸의 제4연 제2행 "汝が花心より黄金色の^{너의 꽃술에서 황금색의}"에
충실한 번역이다.

제3행   호리구치 다이가쿠¹⁹¹⁸의 제4연 제3행 "光の花粉を散せかし^{빛의 꽃가루를 흩뿌려라}"에 대
응한다.

해설 ──

김억의 「女僧과 갓치 희멀금하야」의 저본은 호리구치 다이가쿠^{堀口大學 : 1918} 소재 「尼の如く
に靑ざめて^{비구니같이 창백하여}」이다. 로랑 타이아드의 이 시는 일본의 번역시집 중에는 호리구치
다이가쿠¹⁹¹⁸에만 수록되어 있고, 제스로 빗셀^{Jethro Bithell : 1912}에는 수록되어 있지 않다. 특히
김억이 『오뇌의 무도』 초판과 재판 모두 시인의 이름을 '타이랏드'라고 표기한 것은 호리구
치 다이가쿠¹⁹¹⁸의 일본어 표기 'ロラン・タイラッド'의 음가를 그대로 따른 결과이다.

로랑 타이아드는 쥘 라포르그Jules Laforgue를 필두로 한 이른바 데카당파decadents의 시인이자 아나키스트로 알려져 있다. 또 로랑 타이아드의 시는 헤라르트 발크Gérard Walch : 1906나 아돌프 방 비베와 폴 리오토Adolphe van Bever & Paul Léautaud : 1900~1930 등의 프랑스를 대표하는 현대 엔솔러지에도 수록되어 있다. 일찍이 구르몽은 로랑 타이아드를 두고 문학에 대해 오만하지 않고 소박하게 임하는 이라고 평가한 바 있다. 또 로랑 타이아드를 고대 로마의 웅변가에 빗대어 언어를 정복하며, 사상의 굴레에 예속시키며, 자극하고 고무하는 시인, 위험하고도 미지의 일이라도 제 뜻대로 할 수 있는 시인이라고 극찬하기도 했다.Remy de Gourmont : 1896, 100

김억의 이 시는 호리구치 다이가쿠1918를 대체로 축자적으로 옮긴 것이어서, 김억만의 해석과 고쳐쓰기는 좀처럼 드러나지 않는다. 그러한 사정은 김억이 호리구치 다이가쿠1918를 따라서 로랑 타이아드의 원시의 달의 보조관념 중 하나인 '수녀sœur'를 '비구니女僧'로 옮긴 데에서도 드러난다. 이것은 알베르 사맹의 "Nocturne Provicial"에서 우르술라회ursuline 수녀pensionnaire가 호리구치 다이가쿠1918의 「小市夜景」에서는 '수도 비구니修道尼生' 혹은 '비구니尼生'로 번역되고, 또 김억의 「小市의 夜景」에서는 '修道女僧'으로 옮겨진 사정과 꼭 일치한다.

로마 가톨릭교회가 낯설 수밖에 없는 일본에서 '수녀'를 '비구니'로 옮긴 것은 기점 언어source languate의 사회·문화적 요소가 낯선 목표 언어target language의 독자를 위한 당연한 선택일 것이다. 이러한 호리구치 다이가쿠의 선택으로 인해 일본으로 옮겨온 로랑 타이아드의 이 시는 불교의 색채를 띤, 새로운 혹은 다른 시가 된다. 이러한 사정은 호리구치 다이가쿠의 선택을 따른 김억의 이 시라고 해서 다르지 않다. 다만 김억의 경우 '누이'로 옮길 법도 했을 프랑스어 'sœur'를 모른 채 호리구치 다이가쿠의 '尼비구니', '修道女수도녀'를 그대로 따랐다는 점을 간과할 수 없다. 이것은 김억에게는 호리구치 다이가쿠가 선택의 과정에서 했을 궁리의 시간이 없었음을, 또 로랑 타이아드와 김억 사이에는 좁힐 수 없는 공간의 거리가 가로놓여 있었음을 시사하기 때문이다.

月下의 漂泊。

이는 쏘헤미아의 넷말이러라、
깁흔 夜半의 달빗아레서
얼골빗은 프른 漂泊의손이
胡弓의줄을 고요히 뜻고잇서라。

이째까지도 들인다더라、
썩 아름답은 그의 樂曲은
종용한 수풀의 그윽한 안에서
소군거리는 님샌이러라。　　　　　【초144, 재191】

나의 사람아、검은수풀엔
달빗이 밝아、째가와서라[2]、
가서듯세나[3]、오늘밤 月下의
胡弓의 曲調는 엇더할거나。　　　　【초144, 재192】

1 장 라오르(Jean Lahor, 본명은
Henri Cazalis, 1840~1909, 프
랑스).「月下의漂泊」(1920.7)
에는 '쨘 라올'.

2 재판에는 "째가 와서라".

3 재판에는 "가서 듯세나".

懊惱의 舞蹈 | 777

月の中の漂泊人 [†]

[†] 堀口大學 譯, 「昨日の花」, 『昨日の花－佛蘭西近代詩』, 東京：籾山書店, 1918, 154～155면.

堀口大學

こはポヘミヤの昔がたりなり。

眞夜中の月の中に

靑ざめし漂泊人ありて

音を忍びヴィオロンひくと、

いともやさしきその樂の音は

かの森の靜さの中にて

ささやき交す戀人ばかり

此日まで聞くを得たるなりと。

わが愛人よ、今し、

月は黑きかの森に銀を着せたり、

來れ、われ等行きて聞かん

今宵月の中にヴィオロンの歌ふや如何に。

LE TSIGANE DANS LA LUNE[†]

Jean Lahor

[†] Jean Lahor, "Chants de l'amour et de la mort", *Poésies complètes : L'Illusion*, Paris : Alphonse Lemerre, 1888, p.15; *Œuvres de Jean Lahor : L'Illusion*, Paris : Alphonse Lemerre, 1925, p.16.

C'est un vieux conte de Bohème :

Sur un violon, à minuit,

Dans la lune un tsigane blême

Joue en faisant si peu de bruit,

Que cette musique très tendre,

Parmi le silence des bois,

Jusqu'ici ne s'est faite entendre

Qu'aux amoureux baissant la voix.

Mon amour, l'heure est opportune :

La lune argenté le bois noir ;

Viens écouter si dans la lune

Le violon chante ce soir !

첫 번째 번역은 「月下의 漂泊」.「譯詩몃編」, 『창조』제7호, 1920.7

주석

제1연

제1행 「月下의 漂泊」[1920]은 "이는샌헤미아의 넷말이러라,"이다. 호리구치 다이가쿠[堀口大學:1918]의 제1연 제1행 "こはポヘミヤの昔がたりなり 이는 뽀헤미아의 옛 이야기이다"에 충실한 번역이다.

제2행 「月下의 漂泊」[1920]은 "깁흔夜半의달빗아레서"이다. 호리구치 다이가쿠[1918]의 제1연 제2행 "眞夜中の月の中に 한밤중의 달 속에"의 의역이다.

제3행 「月下의 漂泊」[1920]은 "얼골빗은프른 漂泊의손이"이다. '손客' : 다른 곳에서 찾아온 사람, 지나가다가 잠시 들른 사람. 호리구치 다이가쿠[1918]의 제1연 제3행 "靑ざめし漂泊人ありて 창백한 떠도는 이 있어"의 의역이다.

제4행 「月下의 漂泊」[1920]은 "胡弓의줄을 고요히쯧고잇서라。"이다. 호리구치 다이가쿠[1918]의 제1연 제4행 "音を忍びヴィオロンひく 소리를 죽여 바이올린 켜면"의 의역이다.

제2연

제1행 「月下의 漂泊」[1920]은 "이쌔까지도 들닌다더라,"이다. 호리구치 다이가쿠[1918]의 제2연 제4행 "此日まで聞くを得たるなり 오늘날까지도 들을 수 있다고"의 의역이다.

제2행 「月下의 漂泊」[1920]은 "썩아름답은 그의樂曲은"이다. 호리구치 다이가쿠[1918]의 제2연 제1행 "いともやさしきその樂の音は 너무나도 아름다운 그 음악 소리는"에 충실한 번역이다.

제3행 종용한 : '조용한'의 평안도 방언 '종용하다'[김이협:1981]의 이형태 혹은 김억의 입말로 추정된다. 「月下의 漂泊」[1920]은 "종용한수풀의 그윽한안에서"이다. 호리구치 다이가쿠[1918]의 제2연 제2행 "かの森の靜さの中にて 저 숲의 고요한 속에서"의 의역이다.

제4행 「月下의漂泊」[1920]은 "소근거리는 님샏이러라。"이다. 호리구치 다이가쿠[1918]의 제2연 제3행 "ささやき交す戀人ばかり 서로 속삭이는 연인들뿐"의 의역이다. 김억은 '戀人'을 '님'으로 옮겼다.

제3연

제1행 「月下의漂泊」[1920]은 "나의사람아, 검은수풀엔"이다. 호리구치 다이가쿠[1918]의 제3연 제1행 "わが愛人よ、今し 나의 애인이여, 바로 지금"와 제2행 "月は黑きかの森に銀を着せたり 달은 검은 저 숲에 은빛을 입혀" 중 'わが愛人よ 나의 애인이여'와 '黑きかの森に 검은 저 숲속에'만을 발췌하여 조합한 구문의 의역이다.

제2행 「月下의漂泊」[1920]은 "달빗이밝아, 째가와서라,"이다. 호리구치 다이가쿠[1918]의 제3연 제2행 중 '月は 달은'와 '銀を着せたり 은빛을 입혀', 제1행의 '今し 바로 지금'만을 발췌하여 조합한 구문의 의역이다.

제3행 「月下의漂泊」[1920]은 "가서듯세나, 오늘밤月下의"이다. 호리구치 다이가쿠[1918]의 제3연 제3행 "來れ、われ等行きて聞かん 오라, 우리 가서 듣자", 제4행 "今宵月の中にヴィオロンの歌ふや如何に 오늘밤 달 속에 바이올린의 노래는 어떠한가" 중 '行きて聞かん 가서 듣자'와 '今宵月の中に 오늘밤 달 속에'만을 발췌하여 조합한 구문의 의역이다.

제4행 「月下의漂泊」[1920]은 "胡弓의曲調는 엇더할거나。"이다. 호리구치 다이가쿠[1918]의 제3연 제4행 중 "ヴィオロンの歌ふや如何に 바이올린의 노래는 어떠한가"만을 발췌한 구문의 의역이다.

해설

김억의 「月下의 漂泊」의 저본은 호리구치 다이가쿠堀口大學:1918의 습유장인 「어제의 꽃昨日の花」에 수록된 「月の中の漂泊人 달 속의 떠도는 이」이다. 장 라오르의 이 시는 일본의 번역시집 중에는 호리구치 다이가쿠[1918]에만 수록되어 있다. 또 제스로 빗셀Jethro Bithell:1912에는 장 라오르

의 장이 있지만 이 시는 수록되어 있지 않다.

　장 라오르는 의사이자 시인이기도 했던 앙리 카잘리스[Henri Cazalis]의 필명 중 하나이다. 앙리 카잘리스는 장 라오르 외에도 장 카잘리스라는 필명으로도 활동했다. 앙리 카잘리스 혹은 장 라오르는 말라르메와 교유했던 데카당파[decadents]의 시인으로서 힌두교, 독일철학, 영국시로부터 영감을 얻어, 미에 대한 사랑, 우울, 허무한 신비, 열정의 환멸 등을 주조로 하는 작품을 주로 창작했다고 한다.[Gérard Walch : 1906a, 282~283] 그래서 당시 청년 시인들에게도 상당한 영감을 주었던 것으로 평가받는다.[Gustave Kahn : 1902, 116~117] 장 리오르의 시는 본명인 앙리 카살리스의 작품으로 프랑스를 대표하는 현대 엔솔러지 중 하나인 헤라르트 발크[Gérard Walch : 1906a]에도 수록되어 있다. 다만 구르몽[Remy de Gourmont : 1896/1898]은 앙리 카잘리스이든, 장 라오르이든 일절 언급하지 않았다.

　김억의 「월하의 표박」은 여느 작품들과 마찬가지로 호리구치 다이가쿠[1918]를 저본으로 하되, 결코 축자적으로 옮긴 것은 아니다. 특히 제2연 이하는 호리구치 다이가쿠[1918]를 고쳐 쓰다시피 한 대목들이 적지 않다. 그것은 호리구치 다이가쿠[1918]의 각 연이 주어와 서술어를 온전히 갖춘 문장이 아닌 사정과 관련 깊다. 한 개의 연을 한 두 개의 완전한 문장으로 옮기는 김억의 고집스러운 태도는 이 시에서도 드러난다.

　그런데 이러한 김억 나름의 고쳐 쓰기는 비단 구문 혹은 문장의 차원에 국한하지 않는다. 김억은 호리구치 다이가쿠[1918] 제1연 제1행의 ‘ポヘミヤ[보헤미아]’에 착안하여, 낯선 ‘月下’의 ‘쏜헤미아’의 ‘漂泊의 손’ 정조를 부각하는 방향으로 해석하고 고쳐 쓰고자 한 것으로 보인다. 특히 장 라오르의 원시의 ‘violon[바이올린]’을 음역한 호리구치 다이가쿠[1918]의 ‘ヴィオロン[바이올린]’을 따라 ‘예오론’「가을의 노래」,「나는 꿈쒸노라」이 아닌 ‘胡弓’으로 옮긴 점은 눈길을 끈다.

　김억이 군이 ‘胡弓’을 선택한 것도 사실은 호리구치 다이가쿠 덕분이다. 호리구치 다이가쿠 역시 알베르 사맹의 “Je rêve de vers doux et d’intimes ramages”를 번역한 「われは夢む[나는 꿈꾼다]」에서 또 “En une chambre close où le jour flotte à peine”를 번역한 「失題[무제]」에서 ‘violon’을 ‘胡弓’으로 옮긴 적이 있기 때문이다. 그 어떤 사례이든 프랑스어 원시의 ‘violon’을 알지 못했을 김억으로서는 호리구치 다이가쿠의 'ヴィオロン'과 '胡弓' 중 이 시에 적합한 것이 후자라고 판단했을 터이다. 어쨌든 김억이 '해금奚琴'을 연상시키는 '胡弓'을 선택함으로써, 이 시에 이국적 정취를 덧입히게 된 셈이다. 이로써 장 라오르의 이 시는 호리구치 다이가쿠를 거쳐 김억에 이르러 새로운 시가 된 것은 분명하다.

結婚式前。[1]

1 재판 「앞르의 詩」장에 수록된 작품.

본문은 이 책 제6장 「앞르의 詩」장을 참고할 것.

【초145, 재155~156】

離別[2]

앞르

2 재판 「앞르의 詩」장에 수록된 작품.

본문은 이 책 제6장 「앞르의 詩」장을 참고할 것.

【초146~147, 재157~158】

가을의 애닯은 笛聲.¹

에로르²

가을의 애닯은 笛소리가 울어나는
不穩스러운³ 黃昏의째、
하늘은 눈물을 거두으며⁴、
젖엇든⁵ 나무는 썰고잇서라。

섯은 혼자말나 시들고
저便들가로 적은새들는 날아라、
아〻 저곳에는 四月의 빗도잇서⁶
즐거운⁷ 노래가 들니여라。

치위를 저어하는 그대는 설어라、
희멀금한 얼골로 써도는 그대는
소리부터 흘이운 노래를 차자라⁸。 【초148, 재194】

아〻 둘이함꾀 즐겨듯는⁹ 그노래는 【초148, 재195】
째의가을, 올길좃차 바이업서라¹⁰、
오늘 이째엔 눈물가득한 그대의눈을
어느날이나 쏘한번 웃스며 바라보랴。 【초149, 재195】

1 재판에는"가을의 애닯은笛聲".

2 앙드레-페르디낭 에롤(And ré-Ferdinand Hérold, 1865~ 1949, 프랑스).

3 재판에는 '不穩스럽은'.

4 재판에는 "눈문을 거둡으며". 재판의 '눈문'은 '눈물'의 오식 으로 보인다.

5 재판에는 '젓엇든'.

6 재판에서는 "꼿도잇서".

7 재판에는 '즐겁은'.

8 재판에는 '차는가'.

9 재판에는 '즐겨듯는'.

10 재판에는 "바이 업서라".

秋のいたましき笛[1]

永井荷風

秋のいたましき笛は泣く

おだやかならぬ夕まぐれ。

空は涙を啜る時

ぬれし樹木はをののきぬ。

花はおもむろに枯れしぼみ、

小鳥は去りぬ、彼方の野邊。

そこには四月の色もある

うれしき歌の聞ゆべし、

寒さ恐るる君は悲しく、

わが生命の君は小徑を行く。[2]

色青ざめて旅する君は

聲も曇りし歌を求むる。

ああ二人して喜び聽きし其の歌は

秋と云ひなば返り來じ。

何時の日か、われは又笑ひて眺めん、

今ははや涙となりし君が眼を。

1 永井荷風 譯, 『珊瑚集(佛蘭西近代抒情詩選)』, 東京：籾山書店, 1913, 56~58면; 生田春月 編, 『佛蘭西―アア・エフ・ヱロオル』, 『泰西名詩名譯集』, 東京：越山堂, 1919, 113~114면.

2 生田春月(1919)에는 이 행이 생략되어 있다.

LA FLUTE AMÈRE DE L'AUTOMNE···[†]

André-Ferdinand Hérold

[†] Adolphe van Bever & Paul Léautaud, "A. -Ferdinand Herold", *Poètes d'Aujourd'hui 1880~1900 Morceaux choisis*, Paris : Société du Mercure de France, 1900, p.84; *Poètes d'Aujourd'hui : Morceaux choisis(Tome 1)*, Paris : Société du Mercure de France, 1908, p.168; Gérard Walch, "André-Ferdinand Hérold", *Anthologie des Poètes Français contemporains(Tome deuxième)*, Paris : Ch. Delagrave, Leyde : A.-W. Sijthoff, 1906, p.486.

La flûte amère de l'automne

Pleure dans le soir anxieux,

Et les arbres mouillés frissonnent

Tandis que sanglotent les cieux.

Les feurs meurent d'une mort lente,

Les oiseaux ont fui vers des prés

Où peut‑être un autre avril chante

Son hymne joyeux et pourpré.

Et vous passez, triste et frileuse,

O mon âme, par les allées.

Vous cherchez, pâle voyageuse,

Les chansons, hélas ! envolées.

Ah, les chansons qui nous charmaient

Ne reviendront pas dans l'automne.

Verrai‑je rire désormais

Vos yeux que les larmes étonnent ?

(Au Hasard des chemins.)

『오뇌의 무도』 주해

재판 이외 이본 없음.

제1연

제1행 나가이 가후^{永井荷風 : 1913/1919}의 제1연 제1행 "秋のいたましき笛は泣く^{가을의 괴로운 피리소리는 우는}"의 의역이다.

제2행 不穩스러운 : 평온하지 않은. 나가이 가후^{1913/1919}의 제1연 제2행 "おだやかならぬ夕まぐれ^{평온하지 않은 황혼}"의 의역이다. 참고로 후나오카 겐지^{船岡獻治 : 1919}에는 'オダヤカ^穩'를 "온자。온화。無事。平和"로 풀이한다. 나가이 가후^{1913/1919}로 보건대 김억은 '穩やかな^{평온한}'+'-らぬ^{지 않은. 부정의 조동사}'를 한자어 '不穩'으로 새긴 것으로 판단된다.

제3행 나가이 가후^{1913/1919}의 제1연 제3행 "空は淚を啜る時^{하늘은 눈물을 훌쩍거리는 때}"의 의역이다. 참고로 후나오카 겐지¹⁹¹⁹에는 'ススル^{啜る}'를 '들이마신다'로 새긴다. 또 'ススリナキ^{啜泣}'를 "늣겨 움. 훌적훌적움. 歔欷. 嗚咽. 啜泣ク"로 새긴다. 이 가운데 '들이마신다'가 김억의 '거두다'에 가장 가깝다.

제4행 나가이 가후^{1913/1919}의 제1연 제4행 "ぬれし樹木はをののきぬ^{젖은 수목은 오들오들 떤다}"의 의역이다.

제2연

제1행 나가이 가후^{1913/1919}의 제2연 제1행 "花はおもむろに枯れしぼみ^{꽃은 서서히 말라 시들며}"의 의역이다.

제2행 나가이 가후^{1913/1919}의 제2연 제2행 "小鳥は去りぬ、彼方の野邊^{작은 새는 떠난다. 저쪽의 들가}"를 '彼方の野邊^{저쪽 들가}', '小鳥は去りぬ^{작은 새는 떠난다}' 순으로 도치한 구문의 의역이다.

제3행 나가이 가후^{1913/1919}의 제2연 제3행 "そこには四月の色もある^{그곳에는 사월의 빛깔도 있는}"

의 의역이다. 김억은 나가이 가후[1913/1919]의 '色もある빛깔도 있는'를 재판에서는 '곳도 잇서'로 옮겼다.

제4행 나가이 가후[1913/1919]의 제2연 제4행 "うれしき歌の聞ゆべし기쁜 노래가 들려오겠지"의 의역이다.

제3연

제1행 나가이 가후[1913/1919]의 제3연 제1행 "寒さ恐るる君は悲しく추위를 두려워하는 그대는 슬프고"의 의역이다.

제2행 희멀금하다 : 오늘날의 '희멀끔하다', 즉 "(살빛이) 희고 멀끔하다"는 뜻이 아니라, '창백하다', '핼쑥하다'에 가깝다. '핼금하다'와 비슷한 뜻이다. 나가이 가후[1913/1919]의 제3연 제3행 "色靑ざめて旅する君は빛깔 창백하게 여행하는 그대는"의 의역이다.

제3행 흘이운 : '흐리다'의 평안도 방언 '흐리우다'[김이협 : 1981]의 활용형 혹은 김억의 입말로 추정된다. 나가이 가후[1913/1919]의 제3연 제4행 "聲も曇りし歌を求むる소리도 찌푸린 노래를 찾는다"의 의역이다.

제4연

제1행 나가이 가후[1913/1919]의 제4연 제1행 "ああ二人して喜び聽きし其の歌は아아 둘이서 즐거워 듣는 그 노래는"의 의역이다.

제2행 나가이 가후[1913/1919]의 제4연 제2행 "秋と云ひなば返り來じ가을이라면 돌아오지 않는다"의 의역이다.

제3행 나가이 가후[1913/1919]의 제4연 제4행 "今ははや涙となりし君が眼を오늘은 이미 눈물 젖은 그대의 눈을"의 의역이다.

제4행 나가이 가후[1913/1919]의 제4연 제3행 "何時の日か、われは又笑ひて眺めん언젠가, 우리는 또 웃으며 바라보려 한다"의 의역이다.

김억의 「가을의 애닯은 笛聲」의 저본은 나가이 가후永井荷風 : 1913 소재 「秋のいたましき笛가을의 괴로운 피리소리」이다. 앙드레-페르디낭 에롤의 이 시는 일본어 번역시집 중에는 나가이 가후 1913와 이쿠다 슌게쓰生田春月 : 1919에 수록되어 있다. 호리구치 다이가쿠堀口大學 : 1918, 호리구치 다이가쿠1920에는 앙드레-페르디낭 에롤의 시가 수록되어 있지 않다. 또 제스로 빗셀Jethro Bithell : 1912에도 앙드레-페르디낭 에롤의 시는 수록되어 있지 않다. 따라서 김억으로서는 나가이 가후1913/1919를 저본으로 삼을 수밖에 없었을 것이다.

그러나 김억은 이 시를 옮기면서 나가이 가후1913가 아닌 이쿠다 슌게쓰1919 소재 나가이 가후의 번역시를 저본으로 삼은 것으로 판단된다. 나가이 가후1913의 제3연은 총 4행인데, 나가이 가후1919는 앙드레-페르디낭 에롤의 원시 제3연 제2행 "O mon âme, par les allées"에 해당하는 제2행, 즉 "わが生命の君は小徑を行く나의 목숨의 그대는 오솔길을 간다"가 생략되어 있다. 그런데 김억의 「가을의 애달픈 적성」 역시 이 대목이 생략된 채 나머지 3개 행만 수록했다. 물론 김억은 재판에 앞서 이 오류를 수정할 기회가 있었지만 그리하지 않았다. 이 점은 김억이 나가이 가후의 번역시를 저본으로 삼은 다른 초판과 재판의 시도 과연 나가이 가후1913를 저본으로 삼았던가 의심하게 한다.

한편 앙드레-페르디낭 에롤은 말라르메, 앙리 드 레니에Henri de Régnier 등과 교분이 두터웠던 상징파symbolistes 시인으로 알려져 있다.Gustave Kahn : 1902, 316 또 구르몽은 앙드레-페르디낭 에롤을 두고 부드럽고도 우울한 삶의 우아함을 지닌 시, 풍부한 리듬감을 지닌 시를 창작한 이로 평가했는데Remy de Gourmont : 1896, 77~78, 아돌프 방 비베와 폴 리오토 역시 그 평가에 동의하기도 했다.Adolphe van Bever & Paul Léautaud : 1900, 78

김억은 이 시 역시 나가이 가후1919를 축자적으로 옮기지 않았다. 그것은 김억이 서문에서부터 언명한 그 나름의 번역의 원칙이기도 했지만, 특히 나가이 가후의 고삽한 문어체의 수사와 구문을 그로서는 손쉽게 옮길 수 없었던 탓도 있을 것이다. 그럼에도 불구하고 김억의 이 시에서는 명백한 오역이 눈에 띈다. 그중 하나는 역시 제1연 제2행의 '不穩스러운'이다.

설령 김억이 나가이 가후[1919]의 '<ruby>おだやかならぬ<rt>평온하지 않은</rt></ruby>', 즉 '<ruby>穏やかな<rt>평온한</rt></ruby>'+'-<ruby>らぬ<rt>지 않은</rt></ruby>'의 부정의 조동사를 한자 '不'로 새겼다고 하더라도, 결국 나가이 가후[1919]와는 전혀 다른 의미일 수밖에 없다.

　나머지 하나는 김억의 재판 제2연 제3행의 '四月의 꼿'이다. 김억은 초판에서는 나가이 가후[1919]를 따라 '四月의 빗'으로 옮겼음에도 불구하고, 재판에 이르러 군이 '빗'을 '꼿'으로 옮겼다. 이것은 단순한 오식이라고 보기 어렵다. 김억으로서는 제2연 제2행과 제4행을 의식하여 '꼿'이 더 적당하다고 여겼는지 모르나, 이것은 제1행과는 모순된다. 이것은 이 대목이 황혼의 시간, 조락의 계절 중에도 남아 있는 봄의 흔적, 추억을 환기하고 있음을 온전히 이해하지 못한 데에서 비롯한다. 그래서 재판 제2연 제3행의 '四月의 꼿'은 번역자 이전 시인으로서 김억의 안목마저 의심스럽게 한다.

그저롭지아니한설음[1]

쏘우손[2]

그저롭지아니한 설음은

나의 설은가슴을 녹여라!

아々 明日만되면은[3]

우리는 서로 써나게되여라、

그저롭지아니한 설음이야

只今 우리의 온갓이러라。

그대여、검은고를 내여던지고

타지를 말아라、 【초149, 재196】

다만 그대의 머리를

내에게 누이여라[4]、

나는 비노라[5]、曲調의 설음이나 깃븜을

타지말고 그대로 두어라。

한마듸라도 말을말으며[6]、 【초150, 재197】

울지도말아라[7]、희멀금한 沈默、

그리하고 싄지아니하는 沈默、

이것으로하야금 우리를 支配케하여라、

나는 비노라、말을말아라[8]、

1 재판 목차에는 "그저롭지아니
   한 설음", 본문에는 "그저롭지
   아니한설음。".

2 어니스트 다우슨(Ernest Chris-
   topher Dowson, 1867~1900,
   영국).

3 재판에는 "明日만 되면은".

4 재판에는 '눕이여라'.

5 재판에는 "나는 비노니".

6 재판에는 "말을 말으며".

7 재판에는 "울지도 말아라".

8 재판에는 "나는 비노니、말을
   말아라".

아々 나는 참을수가 업서라.[9]   【초151, 재197】

오랴는 明日을 니저버려라[10]!
울지를 말아라、沈默의
다만한沈默의 설음에[11]、
그대의 머리를 내에게 눕이여라、
오랴는 明日은 니저버리고
그저 오늘하로를 보내게하여라.   【초151, 재198】

9   재판에는 "아々 나는 참을수가
    업서라、".

10 재판에는 '니저바려라'.

11 재판에는 '설음음에'. 재판의
    '설음음에'는 '설음에'의 오식
    으로 보인다.

無題[1]

厨川白村

たゞならぬみに[2]

ほろび行くわが心

あすこそは

ふたりがわかれ

たゞならぬ悲みぞ

いまわがつとめ。

彈くをやめよ

君が琴おかせたまへ。

ただこなたに

君がかうべを横たへて、

願はくば君、彈くをやめよ

悲しきもまた樂しきも。

語りたまふな一ことだけにも

泣かせたまふな。

色あせた「沈黙」の絶間なく

ここを領するにまかせよ。

願はくば語るをやめよ、

1　生田春月 編,「英吉利－アア
ネスト・ドオソン」,『泰西名詩
名譯集』, 東京：越山堂, 1919,
43~44면; 樋口紅陽編,『西洋譯
詩海のかなたより』, 東京：文獻
社, 1921(4.5), 361~364면.

2　生田春月(1919)와 樋口紅陽
(1921)의 "たゞならぬみに"
는 제1연 제5행으로 보건대
"たゞならぬ悲みに" 중 '悲'가
누락된 것으로 보인다.

われは堪へざらむ。

翌日を忘れよ、

泣かせたまふな

ただ沈黙の悲みに、おかせ給へ、

こなたに君がかうべを。

翌日を忘れて、

唯だけふの日をこそ。

O MORS! QUAM AMARA EST ME-MORIA TUA HOMINI PACEM HABENTI IN SUBSTANTIS SUIS[†]

Ernest Dowson

[†] Ernest Dowson, a Memoir by Arthur Symons, "Verses", *The Poems of Ernest Dowson*, London & New York : John Lane, The Bodley Head, 1905, pp.34~35; *The Poems and Prose of Ernest Dowson*, New York : Modern Library, 1919, p.43; T. Kuriyagawa(厨川辰夫) & K. Yano(矢野禾積), *The Later Nineteenth Century Poets : with Biographical and Explanatory notes*, Tokyo & Osaka : Seki-zen-kwan, 1922, pp.120~121.

EXCEEDING sorrow

   Consumeth my sad heart !

Because to-morrow

   We must depart,

Now is exceeding sorrow

   All my part !

Give over playing,

   Cast thy viol away :

Merely laying

   Thine head my way :

Prithee, give over playing,

   Grave or gay.

Be no word spoken ;

   Weep nothing : let a pale

Silence, unbroken

Silence prevail !

Prithee, be no word spoken,

Lest I fail !

Forget to-morrow !

Weep nothing : only lay

In silent sorrow

Thine head my way :

Let us forget to-morrow,

This one day !

재판 이외 이본 없음.

제1연

제1행 어니스트 다우슨Ernest Dowson의 원시 제1연 제1행 "EXCEEDING sorrow"를 염두에 두되, 구리야가와 하쿠손廚川白村：1919의 제1연 제1행 "たゞならぬ(悲)みに예사롭지 않은 [슬픔]에"의 어휘 표현과 문형을 따른 의역이다.

제2행 구리야가와 하쿠손1919의 제1연 제2행 "ほろび行く わが心슬어져가는 내 마음"보다 어니스트 다우슨의 원시 제1연 제2행 "Consumeth my sad heart"를 따른 의역으로 볼 수 있다. 참고로 사이토 히데사부로齊藤秀 郞：1918에는 'consume'를 "消耗する、消費する。(薪を)焚いて了ふ。(食物なら)食つて了ふ。(酒を)飮んで了ふ。(金を)使つて了ふ。(暇を)潰す。(家を)燒いて了ふ。", 즉 "소모하다, 소비하다. (장작을) 태워 버리다. (음식이라면) 먹어 버리다. (술을) 마셔 버리다. (시간을) 허비하다. (집을) 태워 버리다"로 풀이한다.

제3행 구리야가와 하쿠손1919의 제1연 제3행 "あすこそは내일이야말로"의 의역이다.

제4행 어니스트 다우슨의 원시 제1연 제4행 "We must depart"의 어휘 표현, 구리야가와 하쿠손1919의 제1연 제4행 "ふたりがわかれ두 사람이 헤어져"의 문형을 두루 따른 의역이다.

제5행 구리야가와 하쿠손1919의 제1연 제5행 "たゞならぬ悲みぞ예사롭지 않은 슬픔이다"의 의역이다.

제6행 어니스트 다우슨의 원시 제1연 제5행 "Now is exceeding sorrow", 제6행 "All my part"의 어휘 표현, 구리야가와 하쿠손1919의 제1연 제6행 "いまわがつとめ지금 내 할 일"의 문형을 두루 따른 의역이다.

제2연

제1행 구리야가와 하쿠손1919의 제2연 제2행 "君が琴おかせたまへ그대의 거문고를 내려놓아라"의 의역이다.

제2행   구리야가와 하쿠손[1919]의 제2연 제1행 "彈く をやめよ^{그만 뜯어라}"에 충실한 번역이다.

제3행   구리야가와 하쿠손[1919]의 제2연 제3행 "ただこなたに^{그저 나에게}"와 제4행 "君がかうべを横たへて^{너의 고개를 기대고}" 중 'ただ^{그저}'와 '君がかうべを^{너의 고개를}'만을 발췌하여 조합한 구문에 충실한 번역이다.

제4행   구리야가와 하쿠손[1919]의 제2연 제3행 중 'こなたに^{그저 나에게}'와 제4행 중 '横たへて^{기대고}'를 조합한 구문에 충실한 번역이다.

제5행   구리야가와 하쿠손[1919]의 제2연 제5행 "願はくば君、彈く をやめよ^{바라건대 그대, 그만 뜯어라}" 중 '願はくば^{바라건대}'와 제6행 "悲しきもまた樂しきも^{슬픔도 또 즐거움도}"를 조합한 구문의 의역이다.

제6행   구리야가와 하쿠손[1919]의 제2연 제5행 중 '彈く をやめよ^{그만 뜯어라}'의 의역이다.

제3연

제1행   구리야가와 하쿠손[1919]의 제3연 제1행 "語りたまふな一ことだけにも^{말하지 말아라 단 한 마디라도}"를 '一ことだけにも^{단 한 마디라도}', '語りたまふな^{말하지 말아라}' 순으로 도치한 구문에 충실한 번역이다.

제2행   희멀금하다 : 오늘날의 '희멀끔하다', 즉 "(살빛이) 희고 멀끔하다"는 뜻이 아니라, '창백하다', '핼쑥하다'에 가깝다. '핼금하다'와 비슷한 뜻이다. 구리야가와 하쿠손[1919]의 제3연 제2행 "泣かせたまふな^{울지 말아라}"와 제3연 제3행 "色あせた「沈默」の絶間なく^{빛바랜 '침묵'의 끊임없는}" 중 '色あせた「沈默」^{빛바랜 '침묵'}'만을 발췌하여 조합한 구문의 의역이다.

제3행   구리야가와 하쿠손[1919]의 제3연 제3행 중 "「沈默」の絶間なく^{빛바랜 '침묵'의 끊임없는}"를 '絶間なく^{끊임없는}', '「沈默」^{침묵}'의 순으로 도치한 구문의 의역이다.

제4행   구리야가와 하쿠손[1919]의 제3연 제4행 "ここを領するにまかせよ^{이곳을 지배하도록 내버려두라}"의 의역이다.

제5행   구리야가와 하쿠손[1919]의 제3연 제5행 "願はくば語るをやめよ^{바라건대 말하지 말라}"의 의역이다.

제6행   구리야가와 하쿠손[1919]의 제3연 제6행 "われは堪へざらむ^{나는 견딜 수 없다}"의 의역이다.

제4연

제1행   구리야가와 하쿠손[1919]의 제4연 제1행 "翌日を忘れよ^{내일을 잊어라}"의 의역이다.

제2행   구리야가와 하쿠손[1919]의 제4연 제2행 "泣かせたまふな^{울지 말아라}"와 제3행 중 '침묵沈默'만을 발췌하여 조합한 구문의 의역이다.

제3행   구리야가와 하쿠손[1919]의 제4연 제3행 "ただ沈默の悲みに、おかせ給へ^{그저 침묵의 슬픔에 내맡겨 두어라}" 중 "ただ沈默の悲みに^{그저 침묵의 슬픔에}"의 의역이다.

제4행   구리야가와 하쿠손[1919]의 제4연 제4행 "こなたに君がかうべを^{나에게 그대의 고개를}"와 제3행 중 'おかせ給へ^{내맡겨 두어라}'를 조합한 구문의 의역이다.

제5행   구리야가와 하쿠손[1919]의 제4연 제5행 "翌日を忘れて^{내일을 잊고}"의 의역이다.

제6행   구리야가와 하쿠손[1919]의 제4연 제5행 "唯だけふの日をこそ^{그저 오늘만을}"의 의역이다.

해설

김억의 「그저롭지 아니한 설움」의 주된 저본은 이쿠다 슌게쓰[生田春月 : 1919]에 수록된 구리야가와 하쿠손[廚川白村]의 번역시 「無題」이다. 김억은 제1연만큼은 어니스트 다우슨[Ernest Dowson]의 원시와 구리야가와 하쿠손[1919]를 대조하면서 옮기고자 한 것으로 보인다. 그러나 김억이 어니스트 다우슨을 어떻게 알고 그의 시를 열람했던가는 알 수 없다. 『오뇌의 무도』 초판 이전에 발표된 일본의 번역시집들 중 어니스트 다우슨의 이 시가 수록된 것은 이쿠다 슌게쓰[1919] 정도이니, 이것을 통해 알게 되었던 것만큼은 분명하다. 하지만 원시는 구리야가와 하쿠손[廚川白村 : T. Kuriyagawa, 廚川辰夫]과 야노 호진[矢野峰人 : K. Yano, 矢野禾積]의 『19세기 후기 시인들^{The Later Nineteenth Century Poets}』[1922]에 수록되어 있다. 따라서 김억은 『오뇌의 무도』 초판 서문을 쓸 무렵[1921.1.30]까지는 구리야가와 하쿠손과 야노 호진¹⁹²²이 아닌 다른 문헌을 통해 어니스트 다우슨의 원시를 보았을 터이다. 하지만 그것은 알 수 없다.

구리야가와 하쿠손과 야노 호진¹⁹²²은 1922년 11월 25일 초판 발매 이래, 구리야가와 하쿠손의 사망^{1923.9.2} 이후에도 1925년까지 판을 거듭해서 출판되었다. 참고로 이 엔솔러지는 구리야가와 하쿠손이 대학 교재로 출판한 『영시선석^{英詩選釋}』^{1921.3.15}의 속편에 해당한다. 따라서 김억이 재판 서문을 쓸 무렵^{1923.5.3}에는 이 엔솔러지의 재판 4쇄^{1922.7.14}까지 출판되었으니 충분히 열람할 수 있었을 것이다. 더구나 김억은 1924년 10월 『영대^{靈臺}』지 제3호에 어니스트 다우슨의 "Vite summa brevis spem nos vetat incohare longam"과 「아낙네의 맘」을 발표했는데, 이 중 전자의 라틴어 제목을 염두에 두고 보면 그 무렵 김억이 구리야가와 하쿠손과 야노 호진¹⁹²²을 열람했던 것은 분명하다. 다만 구리야가와 하쿠손과 야노 호진¹⁹²²은 대역시집이 아닌 영시 원문과 주석으로만 이루어진 만큼, 김억으로서는 구리야가와 하쿠손¹⁹¹⁹를 주된 저본으로 삼을 수밖에 없었을 것이다.

어쨌든 김억은 이 「그저롭지 아니한 설움」 역시 구리야가와 하쿠손¹⁹¹⁹을 축자적으로 옮긴 것이 아니다. 김억은 제1연을 제한 나머지 연 대부분 구리야가와하쿠손¹⁹¹⁹에서 명사로 종지한 구문에는 서술어를 써넣고, 도치된 구문은 고쳐 쓰는 등, 구리야가와 하쿠손¹⁹¹⁹의 구문을 일일이 해체하고 조합하여 새로 쓰다시피 했다. 다만 그 가운데에서도 김억은 구리야가와 하쿠손¹⁹¹⁹의 명령형 구문들을 따르는 한편, 감탄형 종결어미를 통해 그 어조만큼은 따르고자 했다. 김억이 구리야가와 하쿠손¹⁹¹⁹을 새로 쓰다시피 옮기면서도 어조만큼은 따르고자한 이유는 그 고삽한 문어체야말로 시적인 것이라고 여겼기 때문일 것이다.

한편 원시의 저자인 어니스트 다우슨은 19세기 말 영국의 베를렌이라고 불릴 만큼 데카당티즘을 대표하는 시인이다. 또 어니스트 다우슨은 프랑스 문학의 알렉산더격^{alexandrin}을 영국에 훌륭하게 도입한 시인으로서 평가받기도 한다.^{Clive Scott : 1982, 127~137; Marion Thain : 2007, 127~137; Nick Freeman : 2019, 73~78; 前川祐一 : 1995, 157~179} 어니스트 다우슨의 원시가 수록된 시집 『어네스 다우슨의 시와 산문 선집^{The Poems and Prose of Ernest Dowson}』¹⁹¹⁹은 그의 사후에 출판된 시집으로서, 김억도 주목했던 아서 시먼스가 서문을 썼다. 김억이 어니스트 다우슨을 어떻게 알게 되었던가, 과연 영국의 데카당티즘의 맥락에서 그에게 주목했던가는 알 수 없다. 이쿠다 슌게쓰[1919] 제1장 「영국英吉利」장은 분명히 구분하지는 않았지만 셰익스피어 이후 영시를 시대순으로 수록하고 있고, 특히 19세기 이후의 작품이 주조를 이룬다. 그 가운데에서 김억이 굳이 어니스트 다우슨과 이 시를 굳이 선택한 이유는 문학사의 위상과 별개로 이 시가 드러낸 이별의 비애에 이끌렸기 때문이라고 판단된다. 이러한 사정은 「오뇌의 무도」장의 다른 영시의 경우와 마찬가지이다.

사랑과잠.[1]

1 재판 미수록 작품.

2 아서 시몬스(Arthur Symons,
1865~1945, 영국).

시몬즈[2]

나는자랴고 설게도 누엇노라、
只今은 사랑도 자고잇서라。
째줏차 나를울니든 그사람、
只今은 울고잇서라。

나는 사랑하엿노라、 니젓노라、
그러나 아직도 오히려、
사랑은 소근거려라!
그사람은 아직도 못니젓다고。

아々 그사람은 나를 가게하여라、
엇더한 몰을 길을
사랑은 밟게하는가?
애닯아라、 사람은 알수업서라。 【초152】

나는 울기를 멈추엇노라、
그러나 그사람은 울고잇서라。
安眠이라는 큰 바다에
사랑은 只今고요히 자고잇서라。 【초153】

저본

LOVE AND SLEEP [†]

I have laid sorrow to sleep,

Love sleeps.

She who oft made me weep

Now weeps.

I loved, and have forgot,

And yet

Love tells me she will not

Forget.

She it was bid me go;

Love goes

By what strange ways, ah! no

One knows.

Because I cease to weep,

She weeps.

Here by the sea in sleep,

Love sleeps.

[†] Arthur Symons, "II. Amoris Exsul : VII. Love and Sleep", *Amoris Victima*, London : Leonard Smithers, 1897, p.25; "Amoris Victima", *Poems(Vol.II)*, London : William Heinemann, 1912, p.23.

초판 이후 두 번째 번역은 「Love and Sleep^{사랑과잠}」, 『잃어진 진주』, 평문관, 1924

주석

제1연

제1행 「사랑과 잠」¹⁹²⁴은 "나는 설음을 재윗노라"이다. 아서 시먼스^{Arthur Symons : 1897/1912}의 제1연 제1행 "I have laid sorrow to sleep"의 의역이다.

제2행 「사랑과 잠」¹⁹²⁴은 "사랑도 잠들어라."이다. 아서 시먼스^{1897/1912}의 제1연 제2행 "Love sleeps"의 의역이다.

제3행 「사랑과 잠」¹⁹²⁴은 "자조 나를 울니든 그님은"이다. 아서 시먼스^{1897/1912}의 제1연 제3행 "She who oft made me weep"의 의역이다.

제4행 「사랑과 잠」¹⁹²⁴은 "只今 울고 잇서라"이다. 아서 시먼스^{1897/1912}의 제1연 제4행 "Now weeps"에 충실한 번역이다.

제2연

제1행 「사랑과 잠」¹⁹²⁴은 "나는 사랑햇노라, 나는 니젓노라"이다. 아서 시먼스^{1897/1912}의 제2연 제1행 "I loved, and have forgot"에 충실한 번역이다.

제2행 「사랑과 잠」¹⁹²⁴은 "아々 아직도 오히려"이다. 아서 시먼스^{1897/1912}의 제2연 제2행 "And yet"의 의역이다.

제3행 「사랑과 잠」¹⁹²⁴은 "사랑은 소삭이나니,"이다. 아서 시먼스^{1897/1912}의 제2연 제3행 "Love tells me she will not" 중 'Love tells me'만을 발췌한 구문의 의역이다.

제4행 「사랑과 잠」¹⁹²⁴은 "그님은 나를 못닛는다고"이다. 아서 시먼스^{1897/1912}의 제2연 제3행 중 'she will not'과 제4행 "Forget"을 조합한 구문의 의역이다.

제3연

제1행 「사랑과 잠」¹⁹²⁴은 "나를써나게 한 것은 그님이러라"이다. 아서 시먼스^{1897/1912}의 제3연 제1행 "She it was bid me go"의 의역이다.

제2행 「사랑과 잠」¹⁹²⁴은 "엇더한 몰을길로"이다. 아서 시먼스^{1897/1912}의 제3연 제3행 "By what strange ways, ah! no" 중 'what strange ways'에 충실한 번역이다.

제3행 「사랑과 잠」¹⁹²⁴은 "사랑은 걸어가는가,"이다. 아서 시먼스^{1897/1912}의 제3연 제2행 "Love goes"와 제3행 'By'를 조합한 구문의 의역이다.

제4행 아서 시먼스^{1897/1912}의 제3연 제3행 중 'ah! no'와 제4행 "One knows"를 조합한 구문의 의역이다.

제4연

제1행 「사랑과 잠」¹⁹²⁴은 "나는 울음을 슨첫노라"이다. 아서 시먼스^{1897/1912}의 제4연 제1행 "Because I cease to weep" 중 'I cease to weep'만을 발췌한 구문에 충실한 번역이다.

제2행 「사랑과 잠」¹⁹²⁴은 "그님은 이째문에 只今 울어라,"이다. 아서 시먼스^{1897/1912}의 제4연 제2행 "She weeps"의 의역이다. 특히 「사랑과 잠」¹⁹²⁴의 '이째문에'는 아서 시먼스^{1897/1912}의 제1행 중 'Because'를 염두에 둔 번역이다.

제3행 「사랑과 잠」¹⁹²⁴은 "사랑은 只今 잠들엇서라"이다. 아서 시먼스^{1897/1912}의 제4연 제4행 "Love sleeps"의 의역이다.

해설

김억의 「사랑과잠」의 저본은 아서 시먼스의 "Love and Sleep"으로 판단된다. 김억이 이 시를 번역하면서 무엇을 저본으로 삼았던가는 분명히 알 수 없다. 근대기 일본에서 출판된 번역시 엔솔러지 중 고바야시 아이유小林愛雄: 1912/1916/1918에는 당시로서는 아서 시먼스의 작품을 가장 많이 수록하고 있지만, 공교롭게도 "Love and Sleep"만큼은 수록하고 있지 않다. 또 이쿠다 순게쓰生田春月：1919나 히구치 고요樋口紅陽：1921의 경우에도 사정은 마찬가지이다.

아서 시먼스는 주지하듯이 19세기 말 영국 데카당티즘을 대표하는 시인으로서, W. B. 예이츠가 주도한 시인 모임The Rhymers' Club, 1892~1894의 일원이자, 영국 데카당티즘의 거점이었던 『사보이The Savoy』1896.1~12지의 편집자이기도 했다. 또 아서 시먼스는 프랑스에 오래 체재하면서 베를렌, 말라르메 등 프랑스 상징주의 시인들과도 교분이 두터웠고, 『보들레르의 산문시 번역Poems in prose from Charles Baudelaire』1913, 『보들레르 연구Charles Baudelaire : A study』1920 등을 통해 프랑스 현대시를 영국에 소개하는 데에 앞장서기도 했다.前川祐一：1990, 200~207; 前川祐一：1995, 180~199 특히 아서 시먼스의 『상징파의 문학운동The Symbolist Movement in Literature』1899/1919은 바로 프랑스 현대시 소개의 결정판이기도 하다. 다만 아서 시먼스의 시는 아름답기는 하지만 독특한 개성은 없다고 평가받기도 한다.Louis Cazamian : 1965, 288~290

한편 근대기 일본에서 아서 시먼스는 구리야가와 하쿠손廚川白村：1912에서 진작 거론되었고, 『상징파의 문학운동』 역시 일찍이 이와노 호메이岩野泡鳴가 『표상파의 문학운동表象派の文學運動』1913이라는 제목으로 번역하기도 했다. 김억은 바로 이들을 통해서 아서 시먼스에 대해 알게 되었고, 그의 시까지 번역하기에 이르렀을 터이다. 더구나 『오뇌의 무도』 초판 이후인 1921년 12월 영문학자 야노 호진矢野峰人, 1893~1988이 옮긴 『시먼스 선집シモンズ選集』1921도 출판되었다.

김억이 아서 시먼스의 원시를 저본으로 삼았더라도 몇 가지 석연치 않은 점이 있다. 일단 아서 시먼스Arthur Symons : 1897의 경우, 김억이 19세기 말 영국에서 출판된 시집까지 직접 저본으로 삼았을 가능성은 매우 희박하다. 아서 시먼스1901/1912의 경우, 김억이 『잃어진 진주眞珠』평문관, 1924의 첫 번째 서문1922.1.25에서 밝혔듯이 김소월에게서 빌려 보았다고 한다. 그러나 그 시점이 『오뇌의 무도』 초판 원고를 작성할 시점인지는 분명하지 않다. 더구나 『잃어진 진주』의 저본도 야노 호진의 『시먼스 선집』과 고바야시 아이유1912/1916/1918였다. 다만 아서 시먼스의 「Love and Sleep」이 기초적인 어휘와 기본적인 구문으로 이루어진 매우 평이한 작품이므로, 김억으로서는 사이토 히데사부로齋藤秀三郎：1918에 의지해서 충분히 옮길 수 있었을 것이다.

김억의 이 시는 초판에만 수록되어 있을 뿐 재판에는 수록되어 있지 않다. 김억이 이 시를 재판에 수록하지 않은 것은 재판 서문에서 밝히고 있듯이, 조만간 출판할『잃어진 진주』에 수록하기 위해서였다. 실제로 김억은 야노 호진의『시먼스 선집』과 고바야시 아이유 1912/1916/1918를 저본으로 삼아『잃어진 진주』를 출판하면서『오뇌의 무도』재판에서는 제한 이 시를 수록했다.

　　그런데 김억이『오뇌의 무도』초판의 초고를 쓸 무렵 이미 야노 호진의『시먼스 선집』이외 일본의 번역시 엔솔러지들이 있는 데에도 아서 시먼스의 시 중 유독 이 "Love and Sleep"만을 옮긴 점은 의아하다. 또『오뇌의 무도』재판 이후 영시만 두고 보면 W. B. 예이츠가 아닌 아서 시먼스를 가장 먼저 별도의 번역시집으로 출판한 점도 의아하기는 마찬가지이다. 따라서 이 시는 단지『오뇌의 무도』초・재판만이 아니라, 김억의 번역자로서의 도정에서도 독특한 수수께끼와 같은 사례이다. 박람강기博覽強記한 독자가 나타나서 수수께끼와 같은 이 시의 보다 확실한 저본을 밝혀 주기를 고대할 뿐이다.

쟝미쏫은 病들어서라[1]

1   초판 목차에는 "쟝미쏫을病들어서라". 재판 목차에는 "알는쟝미쏫", 본문에는 "알는薔薇쏫".

2   윌리엄 블레이크(William Blake, 1757~1827, 영국). 재판에는 '쌜레크'.

3   재판에는 "오々 쟝미여、그대는 病들엇서라".

4   재판에는 "어둡은밤에".

5   재판에는 "보라도 볼수업는".

6   재판에는 '버레가、'. 재판에는 이곳까지 제1연이다.

7   재판에는 "깁흔 紅色의 悅樂가득한". 재판에는 이곳부터 제2연이다.

8   재판에는 "찻잣냇나니、".

9   재판에는 "그의 어둡고도".

10   재판에는 "病들어 죽게되엇서라".

쌜렉크[2]

쟝미쏫은 病들어서라、쟝미쏫은 病들어서라[3]!

몹살스럽게 내리는 暴風雨의

어두운밤에[4] 날아단니는

보랴도 불슈업는[5] 적은 버레가[6]

즐거움가득한 깁흔 紅色의[7]

그대의 寢臺를 괴롭게하는[8]

그의 어두운사랑[9]、그윽한 사랑째문에

그대의 목슴은 이리도 病들어서라[10]。   [초154, 재185]

病める薔薇†

生田長江

† 生田長江 譯, 「英吉利－ヰ
リアム・ブレエク」, 生田春
月 編, 『泰西名詩名譯集』, 東
京：越山堂, 1919, 8면; 樋口
紅陽 編, 『西洋譯詩 海のかな
たより』, 東京：文獻社, 1921
(4.5), 371~372면.

花薔薇、はなさうび、

汝は病めり。飛ぶかけの

見もわかぬ夜の虫の、

風さゆる闇にして

深紅な歡樂の

汝が床を見出でたり。

そのくらき密なる戀に

戀にしも汝は死なむ。

病める薔薇[1]

1 山宮允 譯,「ブレークの詩集より」,『未來』第2輯, 東京:東雲堂書店, 1914.6, 64면;『ブレイク選集』, 東京:アルス, 1922, 133~134면.

2 山宮允(1922)에는 "ああ薔薇、汝は病みたり。".

3 山宮允(1922)에는 "吼え狂ふあらしのなかを".

4 山宮允(1922)에는 "夜半に飛ぶ".

5 山宮允(1922)에는 "見えざる蟲は".

6 山宮允(1922)에는 "眞紅の卓の".

7 山宮允(1922)에는 "汝が床を見出でぬ".

8 山宮允(1922)에는 "かくてその暗き秘めたる戀ぞ".

9 山宮允(1922)에는 "汝が生命をばやぶるなる".

あゝ薔薇、汝は病めり、[2]
吼え狂ふあらしの中に[3]、
夜半に飛ぶ[4]
目に見えぬ蟲は、[5]

眞紅の喜の[6]
汝が床を見いでて[7]、
その暗き秘めたる戀は[8]
汝の命をば毀つなり[9]。

THE SICK ROSE[†]

William Blake

O Rose thou art sick !

   The invisible worm,

That flies in the night,

   In the howling storm,

Has found out thy bed

   Of crimson joy,

And his dark secret love

   Does thy life destroy.

[†] William Blake, Edwin J. Ellis & W. B. Yeats, ed., *The Works of William Blake : Poetic, Symbolic, and Critical (Vol. III)*, London : Bernard Quaritch, 1893, p.53 ; William Blake, W. B. Yeats, ed., *Poems of William Blake*, London : George Routledge & Sons, Ltd., New York : E. P. Dutton & Co., 1905, p.72.

재판 이외 이본 없음.

제1연

제1행 이쿠다 죠코^{生田長江: 1919}의 제1행 "花薔薇、はなさうび^{장미꽃, 장미꽃}"와 제2행 "汝は病めり。飛ぶかけの^{너는 병들었다. 날아다니는}" 중 '汝は病めり^{너는 병들었다}'만을 발췌하여, '花薔薇^{장미꽃}', '汝は病めり^{너는 병들었다}', 'はなさうび^{장미꽃}', '汝は病めり^{너는 병들었다}' 순으로 조합한 구문의 의역이다. 산구 마코토^{山宮允: 1914/1922}의 제1연 제1행 "あゝ薔薇、汝は病めり^{아아, 장미, 너는 병들었다}"를 반복한 구문의 의역으로도 볼 수 있다. 특히 재판은 산구 마코토^{1914/1922}에 보다 가깝다.

제2행 이쿠다 죠코¹⁹¹⁹의 제4행 "風さゆる闇にして^{바람 거센 어둠에}"의 의역이다. 산구 마코토의 제1연 제2행 "吼え狂ふあらしの中に^{미쳐 울부짖는 폭풍 속에}"¹⁹¹⁴ 혹은 "吼え狂ふあらしのなかを^{미쳐 울부짖는 폭풍 속을}"¹⁹²²의 의역이기도 하다.

제3행 이쿠다 죠코¹⁹¹⁹의 제4행 중 '闇にして^{어둠에}', 제2행 중 '飛ぶかけの^{날아다니는}'을 조합한 구문의 의역이다. 산구 마코토^{1914/1922}의 제1연 제3행 "夜半に飛ぶ^{한밤에 나는}"의 의역이기도 하다.

제4행 이쿠다 죠코¹⁹¹⁹의 제3행 "見もわかぬ夜の虫の^{눈도 분간할 수 없는 밤 벌레의}"의 의역이다. 산구 마코토의 제1연 제4행 "目に見えぬ蟲は^{눈에 안 보이는 벌레는}"¹⁹¹⁴ 혹은 "見えざる蟲は^{안 보이는 벌레는}"¹⁹²²의 의역이다.

제5행 초판은 이쿠다 죠코¹⁹¹⁹의 제5행 "深紅な歡樂^{심홍색의 환락}"를 '歡樂の深紅^{환락의 심홍색}'으로 도치한 구문의 의역이다. 재판은 이쿠다 죠코¹⁹¹⁹ 제5행과 산구 마코토^{1914/1922}의 제2연 제1행 "眞紅の喜の^{진홍의 기쁨의}"를 조합한 구문의 의역이다.

제6행 이쿠다 죠코¹⁹¹⁹의 제6행 "汝が床を見出でたり^{너의 침상을 찾노니}"의 의역이다. 산구 마코토의 제2연 제2행 "汝が床を見いでて너의 침상을 찾아서"1914, "汝が床を見出でぬ너의 침상을 찾는"1922의 의역이다.

제7행 이쿠다 죠코1919의 제7행 "そのくらき密なる戀に그 어둡고 은밀한 사랑으로"와 "戀にしも汝は死なむ사랑 때문에 너는 죽으리라" 중 '戀にしも사랑 때문에'를 조합한 구문의 의역이다. 산구 마코토 제2연 제3행 "その暗き秘めたる戀は그 어둡고 감춰진 사랑은"1914 혹은 "かくてその暗き秘めたる戀ぞ그렇게 그 어둡고 감춰진 사랑이다"의 의역으로도 볼 수 있다.

제8행 이쿠다 죠코1919의 제1행 중 '汝は病めり너는 병들었다' 혹은 제8행 중 '汝は死なむ너는 죽으리라'만을 발췌한 구문의 의역이다. 산구 마코토의 제2연 제4행 "汝の命をば毀つなり너의 목숨을 상하게 한다"1914와 "汝が生命をばやぶるなる너의 목숨을 상하게 한다"1922의 의역이기도 하다. 혹은 산구 마코토1914/1922의 제2연 제4행 중 '汝が生命너의 목숨'와 산구 마코토1914/1922의 제1연 제1행의 '汝は病みたり너는 병들었다'를 조합한 구문의 의역으로도 볼 수 있다.

해설

김억의 「장미꽃은 病들어서라」의 제1저본은 이쿠다 슌게쓰生田春月 : 1919 소재 이쿠다 죠코生田長江의 「病める薔薇병든 장미」이고 제2저본은 산구 마코토山宮允 : 1914/1922의 「病める薔薇병든 장미」이다. 『오뇌의 무도』 초판 이전 일본에서 발표된 번역의 선례 중 윌리엄 블레이크의 이 시가 수록된 것은 산구 마코토1914와 이쿠다 슌게쓰1919뿐이었다. 이쿠다 슌게쓰1919가 산구 마코토1914 대신 이쿠다 죠코의 번역시를 수록한 것은 당시 이쿠다 슌게쓰가 이쿠다 죠코의 서생으로 사사師事하고 있던 것과 관련 있을 것이다. 한편 『오뇌의 무도』 초판 직후에 출판된 히구치 고요樋口紅陽 : 1921에도 이쿠다 죠코1919가 수록되어 있다. 산구 마코토1922는 김억이 초판 이후 열람할 수 있었다. 김억이 윌리엄 블레이크의 원시를 참조했을 가능성도 있다. 김억이 「파리의 노래」의 경우 출전을 알 수 없는 윌리엄 블레이크의 원시를 저본으로 삼았던 것으로 판단되기 때문이다.

김억의 「장미꽃은 병들어서라」는 W. B. 예이츠, 어니스트 다우슨, 아서 시먼스에 이어 네 번째로 수록된 영시인데, 윌리엄 블레이크는 이들에 비해 한참 앞선 세대의 시인일 뿐만 아니라, 이른바 영국 데카당티즘과 거리가 멀다. 다만 윌리엄 블레이크는 근대기 일본에서 쓰보우치 쇼요坪内逍遙, 1859~1935, 라프카디오 헌Lafcadio Hearn, 1850~1904 등에 의해 영국의 신비주의자로서, 또 와쓰지 데쓰로和辻哲郎, 1899~1960와 구리야가와 하쿠손厨川白村에 의해 영국의 상징주의자로서 소개되기도 했다.佐藤光 : 2015 특히 구리야가와 하쿠손厨川白村 : 1912은 김억으로 하여금 윌리엄 블레이크를 영국 상징주의자로서 이해하도록 이끌었을 터이다. 한편 근대기 일본에서 『순수 경험의 노래Songs of Innocence and of Experience』1789 소재의 시편들은 일찍이 시인 간바라 아리아케蒲原有明, 1875~1952의 번역을 필두로 간헐적으로 소개되다가 산구 마코토山宮允 : 1922에 의해 시집의 형태로 본격적으로 소개되었다.

일단 김억은 초판에서는 산구 마코토1914보다는 이쿠다 죠코1919를 저본으로 삼은 것으로 보인다. 우선 김억이 총 2개 연으로 이루어진 산구 마코토1914가 아니라, 한 개의 연으로 이루어진 이쿠다 죠코1919를 따랐다는 점에서 그러하다. 그러나 김억은 재판에 앞선 개역改譯의 과정에서 행과 연의 구분을 비롯하여 본문까지도 산구 마코토1922를 따랐다. 그도 그럴 것이 이쿠다 죠코1919의 문체는 산구 마코토1922에 비해 훨씬 고삽한 문어체였기 때문이다.

어쨌든 김억은 이쿠다 죠코1919와 산구 마코토1914/1922를 모두 저본으로 삼으면서, 사실상 두 저본을 대조하면서 새로 쓰다시피 했다. 이를테면 재판 제2연 제1행의 "깁흔 紅色의 悅樂 가득한"의 경우, 마치 산구 마코토1914/1922의 제1연 제1행 중 '眞紅の진홍의'와 이쿠다 죠코1919의 제5행을 도치한 '歡樂の深화락의 깊은'를 조합한 구문처럼 보인다는 점이 그러하다. 또 초판 제7행 혹은 재판 제2연 제3행 "그의 어두운사랑、그윽한 사랑째문에" 역시 이쿠다 죠코1919의 제7행과 제8행의 일부를 조합한 구문 혹은 산구 마코토1922의 제2연 제3행을 의역한 것처럼 보인다는 점이 그러하다.

또 김억의 「장미꽃은 병들어서라」가 이쿠다 슌게쓰1919, 산구 마코토1914/1922와도 달리 제1연 제1행의 '病들어서라'를 제8행에도 반복하는 수미일관의 형식을 취한 점도 간과할 수 없다. 김억의 이러한 선택은 같은 의미이지만 다른 어휘를 선택한 산구 마코토[1914/1922]에 비해 단조롭고, 장미의 죽음으로 점강하는 이쿠다 슌게쓰[1919]에 비해 덜 비극적이다. 김억은 이 수미일관의 형식을 통해 리듬감을 부여하고자 했다. 이로써 김억의 이 시가 윌리엄 블레이크의 원시는 물론, 일역시들과 전혀 다른 「장미꼿은 병들어서라」 혹은 「알는 장미꼿」이 된 것은 분명하다.

한편 후일 김억이 『안서시집岸曙詩集』1929에 수록한 「장미꼿」, 즉 "내게當한일도 아니연만은 / 고히는 눈물은 어인일이랴。 / 써러저즛밟힌 장미꼿이어、 / 네게만 世上이 설은것이랴。"[178면]는 「장미꼿은 병들어서라」 혹은 「알는 장미꼿」을 개역한 것이거나, 혹은 이 시의 화답처럼 보이기까지 한다. 이 「장미꼿」은 우선 저자와 번역자의 이름도 없이 그저 '洋詩譯'이라는 부제로 수록된 점, 또 김억의 이른바 '격조시형格調詩形'을 번역시에도 적용한 사례라는 점에서 흥미롭다. 과연 이것이 윌리엄 블레이크의 "The Sick Rose"라면 일역시들을 새로 쓰다시피 한 그의 번역의 의미는 더욱 심오하다. 「장미꼿은 병들어서라」에서 비롯하여 「장미꼿」에 이르는 과정이 윌리엄 블레이크의 원시가 중역과 개역을 통해 조선의 것으로 용해되어 가는 자국화domestication의 과정을 드러내기 때문이다.

파리의 노래。†

† 재판 수록 작품.

셸렉크

이리도 적은파리여、
나의 無心스럽은 이손이
한녀름의 그대의 놀음을
휩쓸어 바리게하나니、

그러면 나는 그대와갓튼
다만한 파리가 아니런가、
그리고 그대는 나와갓튼
다만한 사람이 아니런가?

【재186】

그러하다、엇던 몰을盲目의 손이
나의 나래를 휩쓸어가기까지、
나는 춤도 추고
마시기도 하며、노래로 하노라。

만일에 思辨이라는것이
목슴도 되고、元氣도되며、
呼吸도 된다면 思辨이 업슴은
죽음밧게는 될것이 업나니、

『오뇌의 무도』주해

그러면 나의 이몸은

살음에서나 죽음에서나　　　　　　　　【재187】

아아 나의 이몸은

幸福가득한 파리러라。　　　　　　　　【재188】

蒼蠅の歌[1]

蒲原有明

1　生田春月 編,「英吉利ーヰリアム・ブレェク」,『泰西名詩名譯集』, 東京：越山堂, 1919, 6면; 蒲原有明,「蠅」,『有明集』, 東京：易風社, 1908, 191~193면; 樋口紅陽 編,『西洋譯詩 海のかなたより』, 東京：文獻社, 1921(4.5), 369~370면.

2　蒲原有明(1908)에는 "さ蠅よ, あわれ".

3　蒲原有明(1908)에는 "あわれぬか, われや".

4　蒲原有明(1908)에는 "汝に似たるさ蠅の身,".

5　蒲原有明(1908)에는 "われにも似たる人さま".

6　蒲原有明(1908)에는 "かつ歌へども, 終の日や".

7　蒲原有明(1908)에는 "差別をおかぬくら闇の手の".

8　蒲原有明(1908)에는 "思ひわかつぞ".

9　蒲原有明(1908)에는 "死にはあるなれ, かくもあらば".

蒼蠅よ、あわれ青蠅よ[2]、
わがこころなき手もて、今、
汝が夏の戯れを
うるさきものに打拂ふ。

げにやあわれぬか、われらはた、[3]
汝に似たる蒼蠅の身[4]
あらぬか汝、さらばまた
われにも似たるひとさま[5]。

われもかつ舞ひ、かつは飲み
かつ歌へども、つひの日や[6]、
けじめをおかぬくらやみの[7]
うち拂ふらむ、わが翼。

思ひわかつぞ命なる[8]、
げにも命なる、力なる、
思ひなきこそ文盲なき
死にはあるなれ、かくもあれ[9]。

さらばわが身はいとどしく[10]

世にも幸ある蒼蠅かな[11]

生くといひ、将た死ぬといふ、

その熟れとももあらばあれ。

10 蒲原有明(1908)에는 "さらば
   わが身は".

11 蒲原有明(1908)에는 "世にも
   幸あるさ蠅かな".

蠅[†]

[†] 山宮允 譯,『ブレイク選集』, 東
京：アルス, 1922, 135~136면.

山宮允

やよ、蠅、
汝が夏の戯を
われなにげなく手をあげて
うるさしと今拂へれど。

われこそげにや
汝に似たる蠅の身。
はたまた汝さしもげに
われにひとしき人さま。

われ踊り、
飲み、かつて歌ひつづくれど、
つひに運命の闇の手ぞ
わが翼をば拂ふらむ

思想あるこそまことこれ
生命にてまた力にて、
思想なきぞ
わりなき死とふものならば．

さらばわれは
いともうれしき蠅（さばえ）の身。
生きてありとも、
はた死ぬるとも。

THE FLY[†]

[†] William Blake, Edwin J. Ellis & W. B. Yeats, ed., *The Works of William Blake : Poetic, Symbolic, and Critical(Vol.III)*, London : Bernard Quaritch, 1893, p.53; William Blake, W. B. Yeats, ed., *Poems of William Blake*, London : George Routledge & Sons, Ltd., New York : E. P. Dutton & Co., 1905, p.73.

William Blake

Little Fly,

Thy summer's play,

My thoughtless hand

Has brush'd away.

Am not I

A fly like thee ?

Or art not thou

A man like me ?

For I dance

And drink, and sing,

Till some blind hand

Shall brush my wing.

If thought is life

And strength and breath,

And the want

Of thought is death ;

『오뇌의 무도』 주해

Then am I

A happy fly.

If I live,

Or if I die.

재판 이외 이본 없음.

주석

제1연

제1행 윌리엄 블레이크^{William Blake}의 원시 제1행 "Little Fly"를 염두에 두되, 한편 간바라 아리아케^{蒲原有明: 1919}의 제1연 제1행 "蒼蠅よ、あわれ青蠅よ ^{작은 파리여, 가여워라 푸른 파리여}"¹⁹¹⁹, 산구 마코토^{山宮允: 1922}의 제1연 제1행 "やよ、蠅^{애야, 파리야}"의 어휘 표현과 문형을 두루 참조한 의역이다.

제2행 윌리엄 블레이크의 원시 제3행 "My thoughtless hand"를 염두에 두되, 간바라 아리아케¹⁹¹⁹의 제1연 제2행 "わがこころなき手もて、今^{나의 무심한 손으로 지금}" 중 '今^{지금}'만을 제한 구문의 어휘 표현과 문형에 충실한 번역이다.

제3행 윌리엄 블레이크의 원시 제1연 제2행 "Thy summer's play"를 염두에 두되, 간바라 아리아케¹⁹¹⁹의 제1연 제3행 "汝が夏の戲を^{너의 여름의 장난을}", 산구 마코토¹⁹²²의 제1연 제2행 "汝が夏の戲を^{너의 여름의 장난을}"의 어휘 표현과 문형을 두루 따른 의역이다.

제4행 윌리엄 블레이크의 원시 제4행 "Has brush'd away"를 염두에 두되, 감바라 아리아케¹⁹¹⁹의 제1연 제4행 "うるさきものに打拂ふ ^{시끄럽다고 내쫓는다}", 산구 마코토¹⁹²²의 제1연 제4행 "うるさしと今拂へれど ^{시끄럽다고 지금 쫓더라도}"의 어휘 표현을 따른 의역이다.

제2연

제1행 윌리엄 블레이크의 원시 제2연 제1행 "Am not I" 중 'I', 제2행 "A fly like thee" 중 'like thee'를 조합한 구문을 염두에 두되, 간바라 아리아케¹⁹¹⁹의 제2연 제1행 "あわれぬか、われや^{가엾지 않은가, 나는야}"와 제2행 "汝に似たるさ蠅の身^{너와 닮은 작은 파리의 몸}" 중 'われや^{나는야}', '汝に似たる^{너와 닮은}'만을 발췌하여 조합한 구문을 따른 의역이다. 산구 마코토[1922]의 제2연 제1행 "われこそげにや나야말로 참으로"와 제2행의 "汝に似たる蠅の身너와 닮은 작은 파리의 몸" 중 '汝に似たる너와 닮은'만을 발췌하여 조합한 구문의 의역으로도 볼 수 있다.

제2행 윌리엄 블레이크의 원시 제2연 제1행과 제2행 중 'A fly'를 조합한 구문을 염두에 두되, 간바라 아리아케[1919]의 제2연 제2행 "汝に似たるさ蠅の身너를 닮은 작은 파리의 몸"와 제3행 "あらぬか汝、さらばまた아닌가 너. 그러면 또" 중 'さ蠅の身작은 파리의 몸'와 'あらぬか아닌가'만을 발췌하여 조합한 구문을 따른 의역이다.

제3행 윌리엄 블레이크의 원시 제2연 제3행 "Or art not thou" 중 'not'을 제한 구문과 제4행 "A man like me" 중 'like me'를 조합한 구문을 염두에 두되, 간바라 아리아케[1919]의 제2연 제3행 중 'さらばまた그러면 또'와 제4행 "われにも似たるひとさま나를 닮은 사람" 중 'われにも似たる나를 닮은'만을 발췌하여 조합한 구문을 따른 의역이다. 산구 마코토[1922]의 제2연 제3행 "はたまた汝さしもげに혹은 너 그리도 참으로"와 제4행 "われにひとしき人さま나와 꼭 같은 사람" 중 'われにひとしき나와 꼭 같은'만을 발췌하여 조합한 구문의 의역으로도 볼 수 있다.

제4행 윌리엄 블레이크의 원시 제2연 제4행 "A man like me"의 의역이다. 간바라 아리아케[1919]의 제2연 제4행 중 'ひとさま사람'에 해당한다. 산구 마코토[1922]의 제2연 제4행 중 '人さま사람'에 해당한다.

제3연

제1행 윌리엄 블레이크의 원시 제3연 제1행 "For I dance" 중 'For'와 제3행 "Till some blind hand" 중 'some blind hand'를 조합한 구문의 어휘 표현을 염두에 두되, 간바라 아리아케[1919]의 제3연 제3행 "差別をおかぬくら闇の手の분간할 수 없는 어두움의 손의", 산구 마코토[1922]의 제3연 제3행 "つひに運命の闇の手ぞ끝내 운명의 어둠의 손이야말로"의 문형을 따른 의역이다. 특히 김억의 '엇던 몰을 盲目의 손'은 윌리엄 블레이크의 원시의 'some blind hand', 간바라 아리아케[1919]의 제4연 제3행 "思ひなきこそ文盲なき 생각 없고도 분별없는"를 따랐다.

제2행 윌리엄 블레이크의 원시 제3연 제3행 중 'Till'과 제4행 "Shall brush my wing"을 조합한 구문을 염두에 두되, 간바라 아리아케[1919]의 제3연 제4행 "うち拂ふらむ、わが翼내 쫓겠지, 나의 날개", 산구 마코토[1922]의 제3연 제4행 "わが翼をば拂ふらむ나의 날개를 쫓겠지"의 어휘 표현과 문형을 두루 따른 의역이다.

제3행 윌리엄 블레이크의 원시 제3연 제1행 "For I dance"를 염두에 두되, 간바라 아리아케[1919]의 제3연 제1행 "われもかつ舞ひ、かつは飮み나도 또 춤추고, 또 마시고" 중 'われもかつ舞ひ나도 또 춤추고'만을 발췌한 구문, 산구 마코토[1922]의 제3연 제1행 "われ踊り나는 춤추며"의 어휘 표현과 문형을 두루 따른 의역이다.

제4행 윌리엄 블레이크의 원시 제3연 제2행 "And drink and sing"을 염두에 두되, 산구 마코토[1922]의 제3연 제2행 "飮み、かつて歌ひつづくれど마시며, 또 노래 불러가면서도"의 어휘 표현과 문형을 따른 의역이다. 간바라 아리아케[1919]의 제3연 제1행 중 'かつは飮み또 마시고', 제2행 "かつ歌へども、終の日や또 노래해도, 마지막 날이야" 중 'かつ歌へども또 노래해도'만을 발췌하여 조합한 구문의 의역으로도 볼 수 있다.

제4연

제1행 윌리엄 블레이크의 제1행 "If thought is life" 중 'If thought is'의 문형, 산구 마코토[1922]의 제4연 제1행 "思想あるこそまことこれ마음 있다면 참으로 이것은"의 어휘 표현을 따른 의역이다.

제2행 윌리엄 블레이크의 원시 제4연 제1행 중 'life'와 제2행의 "And strength and breath" 중 'And strength'를 조합한 구문을 염두에 두되, 간바라 아리아케[1919]의 제4연 제2행 "げにも命なる、力なる참으로 목숨 되는, 힘 되는"의 어휘 표현과 문형을 따른 의역이다.

제3행 윌리엄 블레이크의 원시 제4연 제2행 중 'and breath'와 제3, 4행 "And the want / Of thought"를 조합한 구문의 의역이다. 간바라 아리아케[1919]의 제4연 제3행은 "思ひなきこそ文盲なき 생각 없고도 분별없는"이다. 참고로 후나오카 겐지船岡獻治：1919에는 'アヤメ綾目−文目'를 "죠리。분간。경위"로 풀이한다. 산구 마코토[1922]의 제4연 제3행은 "思想なきぞ마음 없음이야말로"이다.

제4행 윌리엄 블레이크의 원시 제4연 제4행 "Of thought is death" 중 'is death'를 염두에 두되, 간바라 아리아케[1919]의 제4연 제4행 "死にはあるなれ、かくもあれ죽음이겠지. 그렇겠지"1919, 산구 마코토[1922]의 제4연 제4행 "わりなき死とふものならば어쩔 수 없는 죽음이라고 한다면"를 두루 따른 의역이다.

제5연

제1행 윌리엄 블레이크의 원시 제5연 제1행 "Then am I"를 염두에 두되, 간바라 아리아케[1919]의 제5연 제1행 "さらばわが身はいとどしく 그러면 내 몸은 더욱더" 중 'さらばわが身は 그러면 내 몸은'의 어휘 표현과 문형에 충실한 번역이다. 산구 마코토[1922]의 제5연 제1행 "さらばわれは 그러면 나는"의 의역으로도 볼 수 있다.

제2행 윌리엄 블레이크의 원시 제3행, 제4행 "If I live, / Or if I die"를 염두에 두되, 간바라 아리아케[1919]의 제5연 제3행 "生くといひ、將た死ぬといふ 산들 혹은 죽은들", 산구 마코토[1922]의 제5연 제3행 "生きてありとも 살아있어도"와 제4행 "はた死ぬるとも 아니면 죽더라도"를 조합한 구문을 두루 따른 의역이다.

제3행 윌리엄 블레이크의 원시, 일역시 어디에도 대응되는 부분이 없다.

제4행 윌리엄 블레이크의 원시 제2행 "A happy fly"를 염두에 두되, 간바라 아리아케[1919] 제5연 제2행 "世にも幸あるさ蠅かな 세상에도 행복한 작은 파리일까" 중 '幸あるさ蠅かな 행복한 작은 파리일까'만을 발췌한 구문의 어휘 표현과 문형을 따른 의역이다. 산구 마코토[1922]의 제5연 제2행은 "いともうれしき蠅の身 매우 즐거운 작은 파리"이다.

김억의「파리의 노래」시의 저본은 출전이 불분명한 윌리엄 블레이크의 "The Fly", 이쿠다 슌게쓰生田春月：1919 소재 간바라 아리아케蒲原有明의「蒼蠅の歌푸른 파리의 노래」, 산구 마코토山宮允：1922의「蠅파리」이다. 근대기 일본에서 윌리엄 블레이크의 원시는 시인 간바라 아리아케가 「蒼蠅푸른 파리」라는 제목으로 번역하여 1906년 6월『묘조明星』지에 발표했다. 그 후 간바라 아리아케1906는「蠅파리」라는 제목으로 그의 단행본 시집『아리아케집有明集』1908에, 또「蒼蠅の歌푸른 파리의 노래」라는 제목으로 이쿠다 슌게쓰1919에 수록되었다. 또 윌리엄 블레이크의 이 시는 히구치 고요樋口紅陽：1921에는 이쿠다 슌게쓰1919와 동일한 시가 이쿠다 죠코生田長江의 번역으로 명기되어 수록되었다. 그리고 윌리엄 블레이크의 이 시는 산구 마코토山宮允：1922에도 수록되었다.

근대기 일본에서는 윌리엄 블레이크의 생사관生死觀이 동양철학과 가깝고, 그의 시가 철학적 상징을 주조로 한다고 평가했다고 한다. 특히 "The Fly"가 그 사례로서 거론되었다고 한다.佐藤光：2015, 69~70 사실 근대기 일본에서 윌리엄 블레이크를 신비주의, 상징주의의 차원에서 이해했던 데에는 W. B. 예이츠와 아서 시몬스도 한몫했다고 보아야 한다. 일찍이 W. B. 예이츠는 두 차례나 걸쳐 윌리엄 블레이크의 저작 출판에 관여했다. 그중 에드윈 엘리스Edwin John Ellis, 1848~1916와 편찬한 총 3권의『윌리엄 블레이크 선집The Works of William Blake』1893의 서문에서 이 편집자들은 윌리엄 블레이크의 문학을 신비주의, 상징주의의 차원에서 평가했다.William Blake：1893a, 8~13 또 W. B. 예이츠는『윌리엄 블레이크 전집』제3권을 따로 다듬은『윌리엄 블레이크 시선Poems of William Blake』1905을 출판할 때에도 마찬가지로 평가했다.William Blake：1905, 13~14 그리고 아서 시먼스도 W. B. 예이츠의『윌리엄 블레이크 선집』으로부터 영감을 받아 윌리엄 블레이크의 평전을 썼다.Arthur Symons：1907

김억이 과연 이러한 사정까지 알고 있었던가는 알 수 없다. 다만 김억이 주검에 모여든 구더기를 묘사한 보들레르의「죽음의 즐거움Le Mort Joyeux」을 옮기기도 한 만큼, 윌리엄 블레이크의 이 시 역시 위화감 없이 옮길 수 있었을 것이다. 어쨌든 김억이 윌리엄 블레이크의 이 시를 옮기면서 간바라 아리아케[1919]나 산구 마코토[1922]를 적극적으로 저본으로 삼지 않았다. 우선 윌리엄 블레이크의 원시가 사이토 히데사부로[齊藤秀三郞:1918]만으로도 충분히 옮길 수 있을 만큼, 단순한 어휘 표현과 문형으로 이루어져 있는 것도 그 이유일 것이다. 또 간바라 아리아케[1919]는 물론 산구 마코토[1922]의 문체가 매우 고삽[苦澁]하고 고풍스러운 문어라는 점도 그 이유일 수 있다.

김억은 적어도 이쿠다 슌게쓰[1919]를 저본으로 삼아 이 시를 초판에도 수록할 수 있었다. 하지만 이쿠다 슌게쓰[1919]와 산구 마코토[1922]를 저본으로 삼아 재판에 이르러서야 수록했다. 김억은 초판이 아닌 재판에 이 시를 수록한 이유, 블레이크의 숱한 시들 가운데 이 작품을 선택한 이유는 정확히 알기 어렵다. 또 앞서 주석에서 알 수 있듯이, 김억은 분명히 윌리엄 블레이크의 원시를 참조했지만, 그 저본과 출처는 알 수 없다.

김억은 이「파리의 노래」역시 윌리엄 블레이크의 원시를 참조하되 일역시들의 어휘 표현과 문형을 따라 자신만의 수사와 표현들로 옮겼다. 예컨대 제1연, 제4연의 경우 유사한 구문을 통해, 또 제2연, 제4연의 경우 원시와 달리 홀수행과 짝수행이 교차하는 가운으로 리듬감을 불어넣고자 한 점은 주목할 만하다. 특히 제5연 제3행은 김억이 오로지 각 연 총 4행의 형식, 리듬감 환기를 위해 써넣은 대목이다. 다만 이러한 리듬감이 시의 화자가 파리와 동일시하는 제3연 제1행에서 윌리엄 블레이크의 원시는 물론 일역시에도 없는 산문투의 '그러하다', 뒤이어 동어반복이라고 할 '엇던'과 '몰을'과 같은 췌사[贅辭]로 반감되는 점은 흠결이다.

김억은 재판 서문의 작성 후 재판 발행 사이[1923.5.3~8.10]인 1923년 7월『신생명[新生命]』지에「남의 설음을」등 윌리엄 블레이크의 시 2편을 발표하기도 했다. 또 박경수[1987] 제8권[차례·작품 연보 및 서지]에 따르면 1924년 4월『신천지[新天地]』지에도「나리꽃」등 윌리엄 블레이크의 시 4편을 발표하기도 했다고 한다. 하지만『신천지』지 해당 호의 현전 혹은 실존 여부가 분명하지 않고, 박경수[1987]에도 수록되어 있지 않다. 따라서 재판 이후 김억의 윌리엄 블레이크 번역에 대해서는 보다 엄밀한 문헌 조사가 필요하다.

寂寞。

1 퍼시 비시 셸리(Percy Bysshe Shel-
ley, 1792~1822, 영국).「寂
寞」(「譯詩멧編」,『창조』제7호,
1920.7)에는 'Shelley'. 초판 목
차에는 '쉘례'.

2 재판에는 '悼哭하여라、、'. 재판
에 연이어 인쇄된 '、、'은 오식
으로 보인다.

3 재판에는 '흘너내려라'.

4 재판에는 "한송이꼿이나 잇스랴".

쉘례[1]

것츨은겨울의 마른가지꼿에는
홀몸의새、지아비를 悼哭하여라、[2]
우에는 몹슬은바람이 휩쌀아돌며、
아레엔嚴寒의川流가 흘너나려라[3]。

옷벗은수풀에는 닙이나잇으며、
얼은쌍우엔 한송이꼿이나잇으랴[4]、
다만 물방아의소리밧게는
고요하야 들니는소리업서라。

【초155, 재199】

寂寞[†]

高田梨雨

† 生田春月 編,「英吉利ーシェ
レイ」,『泰西名詩名譯集』, 東
京：越山堂, 1919, 18면; 樋
口紅陽 編,『西洋譯詩 海の
かなたより』, 東京：文獻社,
1921(4.5), 425~426면.

やもめの鳥、夫を悼みて

冬枯の枝にあり。

上に朔風這ひ、

下に寒流。

枯山に葉ひとつ、

地に花ひとつなく、

水車の響措きては

大氣更に動かず。

Song from "CHARLES THE FIRST" (Scene V) [†]

[†] Percy Bysshe Shelley, Humphrey Milford ed,, "CHARLES THE FIRST", *The Complete Poetical Works of Percy Bysshe Shelley*, London : Humphrey Milford, Oxford University Press, 1839/1914, p.502.

A widow bird sate mourning for her love

    Upon a wintry bough ;

The frozen wind crept on above,

    The freezing stream below.

There was no leaf upon the forest bare,

    No flower upon the ground,

And little motion in the air

    Except the mill—wheel's sound.

첫 번째 번역은 「寂寞」, 「譯詩맛編」, 『창조』 제7호, 1920.7

주석

제1연

제1행 「寂寞」^{1920.7}은 "것츨은겨울의 말은가지곳에는"이다. 다카타 리우^{高田梨雨 : 1919}의 제1연 제2행 "冬枯の枝にあり ^{겨울 마른 가지에 있다}"의 의역이다.

제2행 「寂寞」^{1920.7}은 "홀몸의새、지아비를悼哭하여라"이다. 다카타 리우¹⁹¹⁹의 제1연 제1행 "やもめの鳥、夫を悼みて ^{과부 새 지아비를 애도하며}"의 의역이다.

제3행 다카타 리우¹⁹¹⁹의 제1연 제3행 "上に朔風這ひ ^{위에는 겨울바람이 기고}"의 의역이다.

제4행 다카타 리우¹⁹¹⁹의 제1연 제4행 "下に寒流 ^{아래에는 차가운 물}"의 의역이다.

제2연

제1행 다카타 리우¹⁹¹⁹의 제2연 제1행 "枯山に葉ひとつ ^{마른 산에 잎사귀 하나}"의 의역이다.

제2행 다카타 리우¹⁹¹⁹의 제2연 제2행 "地に花ひとつなく ^{땅에 꽃 한 송이 없고}"의 의역이다.

제3행 다카타 리우¹⁹¹⁹의 제2연 제3행 "水車の響措きては ^{물레방아 울림 빼고는}"의 의역이다.

제4행 다카타 리우¹⁹¹⁹의 제2연 제4행 "大氣更に動かず ^{대기 더욱 움직이지 않는다}"이다.

해설

김억의 「寂寞」의 저본은 이쿠다 슌게쓰^{生田春月 : 1919} 소재 다카타 리우^{高田梨雨}의 「寂寞^{적막}」이다. 『오뇌의 무도』 초판 이전 김억이 참고할 만한 일본어 번역시 중 퍼시 비시 셸리의 이 시가 수록된 것은 이쿠다 슌게쓰¹⁹¹⁹뿐이다. 한편 『오뇌의 무도』 초판 직후에 출판된 히구치 고요^{樋口紅陽 : 1921}에도 다카다 리우¹⁹¹⁹가 수록되어 있다. 김억이 히구치 고요¹⁹²¹를 열람했던가는 불분명하므로, 이 시의 저본은 이쿠다 슌게쓰¹⁹¹⁹ 소재 다카다 리우의 번역시라고 보는 편이 타당하다.

　김억이 셸리의 이 시를 선택한 이유는 이 시 역시 『오뇌의 무도』의 주조인 가을^{혹은 겨울}과 조락^{凋落}의 비애의 정서와 부합하기 때문이었을 터이다. 특히 셸리의 「적막」은 윌리엄 왓슨 ^{William Watson}의 「새」를 비롯하여 베를렌의 「하늘은 지붕위에」·「바람」·「지내간 녯날」, 폴 포르의 「곱은 노래」, 앙리 드 레니에의 「小頌歌」, 앙드레-페르디낭 에볼의 「가을의 애낡픈 笛聲」 등과 함께 새를 제재로 한 시이다. 또 이 시들에서 '새'는 대체로 고립과 고독의 정서를 환기하는 제재로서 『오뇌의 무도』 전편의 정서적 주조를 형성한다.

　한편 김억의 「적막」을 통해 그가 『오뇌의 무도』의 구성 과정에서 영시의 경우 오로지 데카당티즘만을 염두에 둔 것은 아님을 알 수 있다. 또 윌리엄 블레이크의 시를 선택한 데에서도 드러나듯이 17세기 이후 영국시의 통시적 소개를 염두에 둔 것도 아님을 알 수 있다. 영국 데카당티즘을 염두에 두었더라면 W. B. 예이츠, 어니스트 다운슨, 아서 시먼스와 함께 마땅히 선택할 수밖에 없을 로세티^{Dante Gabriel Rossetti}, 스윈번^{Algernon Charles Swinburne}, 오스카 와일드^{Oscar Wilde}의 시편들이 포함되지 않았기 때문이다.

　김억의 이 시에서 흥미로운 점은 제목은 물론 본문의 주된 어휘, 구문의 형태 모두 다카다 리우¹⁹¹⁹를 따르면서도 마치 다카다 리우¹⁹¹⁹에 없는 의미의 어휘들을 새로 써넣고 있는 점이다. 이를테면 다카다 리우¹⁹¹⁹ 제1연 제2행의 '冬枯の枝^{겨울의 마른 가지}'에는 '겻츨은'과 '갖에는', 제1연 제4행의 '寒流'에는 한자 '巖'과 '川'이, 제2연 제2행의 '地に^{땅에}'에는 '얼은', '우위' 등 형용사 역할을 하는 어휘들이 첨가된 것이 그러하다.

　김억이 이처럼 마치 다카다 리우¹⁹¹⁹의 공백을 메우듯이 써넣은 이유는 일본어 번역시의 구문이 너무나 함축적인 나머지, 이를테면 제1연 제4행 "下に寒流^{아래에 한류}"처럼 일견 비시적인 것처럼 보였기 때문일 터이다. 또 다카다 리우¹⁹¹⁹의 한어^{漢語} 어휘들을 조선어 구어에 가까운 어휘들로 옮기기 위해서였을 터이다. 뿐만 아니라 김억 나름대로 번역된 '시'로서의 미감을 부여하고자 했기 때문일 것이다. 셸리의 원시만이 아니라 다카다 리우¹⁹¹⁹까지도 첫 행과 마지막 행을 제한 나머지 부분은 대체로 장소-대상-행위·성상^{性狀}의 순으로 구성되어 있다.

김억 역시 이를 따라 다카다 리우[1919]의 제1연 제1행 'やもめの鳥홀몸의 새'를 의식하면서, 장소 이든 대상이든 명사류의 어휘들 앞에 수식하는 적절한 어휘들을 써넣어, 각 행의 구문 구조를 통일시키고자 했던 것이다. 그리고 이를 통해 김억 나름대로 리듬감을 부여하고자 했다.

두말할 나위도 없이 이로써 김억의 이 시는 셸리의 원시는 물론 다카다 리우[1919]와도 전혀 다른 텍스트가 되었다. 하지만 이 새로 쓰기가 성공적이라고만 보기는 어렵다. 예컨대 셸리의 원시는 물론 다카다 리우[1919]도 근본적으로 'A widow bird' 혹은 'やもめの鳥'라는 구체적 대상을 향한 시적 발화 주체의 시선이 점차 그 대상 주변의 풍경으로 확장되는 가운데, 이미 지의 점증을 통한 리듬감이 드러나는 데에 반해, 김억의 「적막」은 제1연 제1행과 제2행을 도 치시킨 까닭으로 그러한 리듬감은 선명히 드러나지 않게 되어 버렸기 때문이다.

새。

왓슨[1]

새가 나무가지에서 노래하지 안을째、

내가 네노래를 듯엇고、

이 世上이 겨을이엿을째[2]、

너의몸은 봄철이엿다[3]。

只今이째、世上엣맘은 새롭게

새팔한빗이 생기려한다、

그런데 고요히소나무아레에[4]

녀의맘만은 치운겨울이다[5]。

【초156, 재200】

1 윌리엄 왓슨(William Watson, 1858~1935, 영국). 재판에는 '왓슨'.

2 초판의 '겨울'은 '겨울'의 오식 으로 보인다. 재판에는 "겨울 이엿을째".

3 재판에는 '봄철이엇다'.

4 재판에는 "그런데 고요히 소나 무아래에".

5 초판의 '녀의'는 '너의'의 오식 으로 보인다. 재판에는 "너의 맘만은 칩은겨울이다".

鳥[†]

小林愛雄

[†] 小林愛雄 譯,「英吉利」,『現代萬葉集』, 東京：愛音會出版部, 1916, 124~125면.

鳥が枝にゐて唄はない時に、

おまへの唄ふのを私は聽いた。

この世に冬が一杯であつた時に、

おまへは春で一杯であつた。

今日この頃この世の心は新しく

緑のうごめくのを感じる、

それなのに森とした水松(しん)の木(いちゐ)の下に

おまへの心は寒い冬である。

WHEN BIRDS WERE SONGLESS[†]

[†] William Watson, "Elegiac Poems", *The Poems of William Watson*, London & New York : Macmillan and Co., 1893, p.71.

William Watson

When birds were songless on the bough
   I heard thee sing.
The world was full of winter, thou
   Wert full of spring.

To-day the world's heart feels anew
   The vernal thrill,
And thine beneath the rueful yew
   Is wintry chill.

『오뇌의 무도』 주해

재판 이외 이본 없음.

제1연

제1행 고바야시 아이유^{小林愛雄：1916}의 제1연 제1행 "鳥が枝にゐて唄はない時に새가 가지에서 노래하지 않을 때"에 충실한 번역이다.

제2행 고바야시 아이유¹⁹¹⁶의 제1연 제2행 "おまへの唄ふのを私は聽いた네가 노래하는 것을 나는 들었다"를 '私は나는', 'おまへの唄ふのを네가 노래하는 것을', '聽いた들었다' 순으로 도치한 구문의 의역이다.

제3행 고바야시 아이유¹⁹¹⁶의 제1연 제3행 "この世に冬が一杯であつた時に이 세상에 겨울이 가득했던 때"의 의역이다.

제4행 고바야시 아이유¹⁹¹⁶의 제1연 제4행 "おまへは春で一杯であつた너는 봄으로 가득했다"의 의역이다.

제2연

제1행 고바야시 아이유¹⁹¹⁶의 제2연 제1행 "今日この頃この世の心は新しく오늘 지금 이 세상의 마음이 새롭게"의 의역이다.

제2행 고바야시 아이유¹⁹¹⁶의 제2연 제2행 "綠のうごめくのを感じる신록이 움트는 것을 느낀다"의 의역이다.

제3행 고바야시 아이유¹⁹¹⁶의 제2연 제3행 "それなのに森とした水松の木の下に그런데 조용한 주목 나무 아래"의 의역이다. 김억은 이 중 '水松'을 그저 '소나무'라고 옮겼다. 참고로 후나오카 겐지^{船岡獻治：1919}에는 'イチヰ檪木'을 「アララギ」와 同', 즉 '주목朱木'과 같다고 풀이한다. 또 'アララギ'를 "㊀ 왕마늘. 茗葱 大蒜의 一種。㊁ 젹목。쥬목。水松。檪木"

이라고 풀이한다. 김억은 이 두 풀이 사이에서 '쥬목'을 선택하지 못한 셈이다. 한편 윌리엄 왓슨의 원시에서 'yew^{주목}'의 경우 사이토 히데사부로^{齊藤秀三郎：1918}에는 "水松、アララギ", 역시 '주목'으로 풀이한다. 설령 김억이 윌리엄 왓슨의 원시를 저본으로 삼았더라도 사정은 달라지지 않았을 것이다.

제4행   고바야시 아이유¹⁹¹⁶의 제2연 제4행 "おまへの心は寒い冬である^{네 마음은 추운 겨울이다}"의 의역이다.

해설

김억의 「새」의 저본은 고바야시 아이유^{小林愛雄：1916} 소재 「鳥^새」이다. 『오뇌의 무도』 재판 이전 김억이 참고할 만한 일역시집 중 윌리엄 왓슨의 이 시가 수록된 것은 고바야시 아이유¹⁹¹⁶ 뿐이다. 윌리엄 왓슨은 평생 윌리엄 워즈워스를 숭앙하여 전통적인 낭만주의 시를 쓴 시인으로서 데카당티즘과는 거리가 먼 시인이다. 윌리엄 왓슨은 시집 『워즈워스의 무덤과 그 외 시편^{Wordsworth's Grave and Other Poems}』¹⁸⁹⁰으로 한때나마 천재적인 시인이라는 명성을 얻기도 했고, 앨프리드 테니슨의 사후 계관시인의 후보로 거론되었던 시인이었다. 특히 윌리엄 왓슨이 초기에 쓴 소네트와 비가^{elegy}는 탁월하다는 평가를 받았다. 그러나 반제국주의적 성향의 시풍으로 경도하면서 오랫동안 문학계에서 소외되었고, 오늘날 문학사에서도 그를 좀처럼 거론하지 않는다.^{Stanley J. Kunitz & Howard Haycraft：1973}

이미 영국에서 윌리엄 왓슨의 위상, 또 고바야시 아이유¹⁹¹⁶ 이외 근대기 일본에서 다른 번역의 선례가 없다는 사실이 시사하듯이, 김억의 이 시는 윌리엄 왓슨의 원시가 아닌 고바야시 아이유¹⁹¹⁶가 유일한 저본이다. 또 김억이 이 낯선 윌리엄 왓슨의 시를 선택한 것은 우선 고바야시 아이유의 감식안 덕분이다. 하지만 이 시가 이보다 앞서 수록한 퍼시 비시 셸리의 「적막^{寂寞}」과 제재, 정서의 측면에서 거리가 멀지 않은 만큼, 김억의 시적 기호와 부합했기 때문일 것이다.

김억은 대체로 고바야시 아이유¹⁹¹⁶의 어휘 표현과 문형을 따라 홀수행과 짝수행 각각 반

복되는 각운으로 리듬감도 불어넣고자 했다. 일견 단순한 어휘 표현과 문형으로 이루어진 고바야시 아이유1916를 옮기면서 김억이 겪었을 곤경도 감지된다. 바로 고바야시 아이유1916의 제2연 제3행에 등장하는 '水松', 즉 '주목朱木'을 '소나무'로 옮긴 대목이 그러하다. 주목을 '수송'이라고도 하므로 이 번역이 어색한 것은 아니다. 다만 일본어 'イチヰ'와 'アララギ', 혹은 그 취음자取音字：當て字인 '水松'과 '櫟木' 사이에서 김억은 서문에서 언급한 이른바 '자전字典과의 씨름'을 벌였을 터이고, 결국 '소나무'라는 전혀 다른 사물의 이름으로 대체했을 것이다.

이 씨름은 일견 기점언어source language인 일본어와 목표언어target language인 조선어 사이의 차이에서 비롯하는 것이 아니라, 궁극의 기점언어인 영어와 조선어 사이의 거리에서 연원한다. 그것은 두말할 나위도 없이 비서구 식민지 문학청년 김억이 아무리 자전과 씨름을 벌여도 접근할 수도 없고, 자기화domestication할 수도 없는 환영과도 같은 영국(문학), 서양(문학)과의 거리이기도 하다.

心願。

늬유마틔[1]

아々 變키쉬운[2] 四月하늘에 써도는빗이여、
그灰色의 變키쉬위눈(眼)을[3] 생각케말아라。

오々 소낙비가 짱에내릴째[4]、빗나는 비방울이여、
나의 흐르기쉬운 쓰거운눈물을[5] 생각케말아라。

오々 人跡업는 것츨은짱을 써도는바람아、
쯧박게 듯게되는 설은말을 생각케말아라[6]。　　　　　【초157, 재203】

아々 쓸데업시 찬 흰바위에[7] 밀어오는 바다여、
괴로움만[8] 만흔過去를 생각케말아라。

오々 봄비에 다사하게 저즌大地여、
내에게 忘却의 곳을 엇게하여라　　　　　【초157, 재204】

1　로사 뉴마치(Rosa Harriet New-
　　march, 1857~1940, 영국). 재
　　판에는 '늬우마티'.

2　재판에는 "아々 變키쉽은".

3　재판에는 "그灰色의 變키쉽은
　　눈(眼)을".

4　재판에는 "오々 소낙비가 짱에
　　내릴째".

5　재판에는 "나의 흐르기쉽은 눈
　　물을".

6　재판에는 "쯧밧게 듯게되는 설
　　믄말을 생각케말이라". 재판의
　　'생각케말이라'는 '생각케말아
　　라'의 오식으로 보인다.

7　재판에는 "아々 쓸대업시 차고
　　흰바위에".

8　재판에는 '괴롭음만'.

本願[†]

小林愛雄

[†] 小林愛雄 譯, 「英吉利」, 『現代萬葉集』, 東京: 愛音會出版部, 1916, 133~134면.

おお、變り易い四月の空を洩れる光よ、
その灰色の移り氣な眼を思はすな、

おお、驟雨の地を洗ふ時きらめく雨滴よ、
わたしの出易い燃える涙を思はすな。

おお、人も居ぬ荒地を喚く風よ、
告げられた厭な言葉を思はすな。

おお、徒に冷たい白い岩に言ひ寄る海よ、
苦しみのある過去を思はすな。

おお、春雨に暖く濡れた母の地よ
私に忘れる場所を下されよ。

A LITANY[†]

[†] Rosa Newmarch, "Horæ Amoris : Songs and Sonnets(1903) — V , A Litany", Alfred Henry Miles ed., *The Poets and the Poetry of the Nineteenth century*(*Vol.9*), London : Routledge & Sons, Ltd., 1907, p.353.

Rosa Newmarch

O LIGHTS that break from fickle April skies,

Let me forget those grey, inconstant eyes.

O raindrops glittering when the shower clears,

Let me forget my swift and burning tears.

O wind that cries through wastes untenanted,

Let me forget the bitter things were said.

O sea that woos the cold, white rock in vain,

Let me forget the past with all its pain.

O mother earth, warm with spring showers, and wet,

Give me a place wherein I may forget.

재판 이외 이본 없음.

제1연

제1행 고바야시 아이유小林愛雄：1916의 제1연 제1행 "おお、變り易い四月の空を洩れる光よ오오, 변하기 쉬운 사월 하늘에 새는 빛이여"의 의역이다.

제2행 고바야시 아이유1916의 제1연 제2행 "その灰色の移り氣な眼を思はすな그 회색의 변덕스러운 눈을 떠올리게 하지 마라"의 의역이다.

제2연

제1행 고바야시 아이유1916의 제2연 제1행 "おお、驟雨の地を洗ふ時きらめく雨滴よ오오, 소나기가 땅을 씻을 때 빛나는 빗방울이여"의 의역이다.

제2행 고바야시 아이유1916의 제2연 제2행 "わたしの出易い燃える涙を思はすな。나의 흐르기 쉬운 타는 눈물을 떠올리게 하지 마라"의 의역이다.

제3연

제1행 고바야시 아이유1916의 제3연 제1행 "おお、人も居ぬ荒地を喚く風よ오오, 사람도 없는 황무지에서 아우성치는 바람이여"의 의역이다.

제2행 고바야시 아이유1916의 제3연 제2행 "告げられた厭な言葉を思はすな어쩌다 들은 싫은 말을 떠올리게 하지 마라"의 의역이다.

제4연

제1행 고바야시 아이유1916의 제4연 제1행 "おお、徒に冷たい白い岩に言ひ寄る海よ오오, 헛되

이 차고 흰 바위에 구애하는 바다여"의 의역이다. 재판이 고바야시 아이유[1916]에 보다 가깝다.

제2행   고바야시 아이유[1916]의 제4연 제2행 "苦しみのある過去を思はすな괴로움만 있는 과거를 떠올리게 하지 마라"의 의역이다.

제5연

제1행   고바야시 아이유[1916]의 제5연 제1행 "おお、春雨に暖く濡れた母の地よ오오, 봄비에 따뜻하게 젖은 어머니의 땅이여"의 의역이다.

제2행   고바야시 아이유[1916]의 제5연 제2행 "私に忘れる場所を下されよ나에게 잊을 장소를 주려무나"의 의역이다.

해설

이 시의 저본은 고바야시 아이유小林愛雄: 1916 소재「本願숙원」이다.『오뇌의 무도』재판 이전 김억이 참고할 만한 일역시집 중 로사 뉴마치의 이 시가 수록된 것은 고바야시 아이유[1916]뿐이다. 로사 뉴마치는『차이코프스키 전기와 작품Tchaikovsky : His Life and Works』1900,『러시아 시와 전개Poetry and progress in Russia』1907,『러시아 가집The Russian song books』1910,『러시아 오페라The Russian Opera』1914,『러시아 예술The Russain Arts』1915 등의 저작을 통해, 19세기 말 차이코프스키와 푸쉬킨을 중심으로 동시대 러시아 음악오페라, 문학, 미술 등 러시아 문화 예술 전반을 영국에 소개한 평론가, 전기 작가이다.Philip Ross Bullock : 2016

로사 뉴마치는 시인으로서『사랑의 시간Horæ Amoris』1903과『가수를 위한 노래Songs to a singer』1906라는 시집을 남기기도 했으나, 오늘날 문학사에서는 그를 좀처럼 기억하지 않는다. 다만 로사 뉴마치의 시는 알프레드 헨리 마일스Alfred Henry Miles, 1848~1929가 편찬한『19세기 시인들과 시The Poets and the Poetry of the Nineteenth century』1905~1907 전집 중 여성 시인들 편에 수록되었으므로, 적어도 20세기 초 영국에서는 당시를 대표하는 여성 시인으로 평가받았음을 알 수 있다.Alfred H. Miles : 1907, 351~352

김억이 로사 뉴마치의 시를 번역한 것은 그와 그의 시에 대한 이해 덕분이기보다는 고바야시 아이유 덕분이라고 보아야 한다. 또 고바야시 아이유가 로사 뉴마치는 물론 그의 시에 주목한 것은 고바야시 아이유가 도쿄_{東京}제국대학 영문과에 재학 중이던 시절부터 일본에 서양 오페라의 도입뿐만 아니라, 오페라의 번역과 창작에도 열심이었던 사정과 관련 있다고 보아야 한다.中村喜久子:1964, 平井法:1984 그 가운데 고바야시 아이유는 자연스럽게 로사 뉴마치에 대해 알게 되었을 것이다.

로사 뉴마치의 원시의 제목은 "A Litany", 즉 로마 가톨릭교회의 미사 등 그리스도교 예식 중 탄원 기도로서, 사제·부제·성가대 등이 선창하면, 신자들이 응답하는 형태의 기도인 '호칭기도_{呼稱祈禱}'를 의미한다. 이 호칭기도는 선창자가 먼저 탄원의 기도문을 외면, 신자들이 "주님, 자비를 베푸소서", "그리스도님, 자비를 베푸소서", "그리스도님, 저희의 기도를 들으소서" 등으로 응답하거나, 선창자의 기도문을 다시 반복하는 형태로 이루어져 있다. 로마 가톨릭교회의 대표적인 호칭기도로서는 '예수 성심 호칭 기도', '성 요셉 호칭 기도' 등이 있다. 그래서 로사 뉴마치의 원시는 물론 고바야시 아이유[1916] 역시 각 연 제1행은 돈호법을 취하고 있다.

이 'Litany', 즉 '호칭기도'를 사이토 히데사부로_{齊藤秀三郎:1918}에는 "英國國敎のCommon Payer-Book中の祈願文", 즉 "영국 성공회 기도서 중 기도문"으로 풀이한다. 영국 성공회 혹은 그리스도교의 교리나 전례에 대해 그리 해박하지 않았을 고바야시 아이유라도 이런 류의 풀이에 따라 로사 뉴마치의 원시를 「本願_{숙원}」으로 번역했을 것이다. 그런데 로사 뉴마치의 원시를 직접 열람하지 못했을 뿐더러, 역시 그리스도교의 교리나 전례에 어두웠을 김억으로서는 고바야시 아이유의 낯선 한자어 '本願'이 아니라 '心願', 즉 '마음의 바람'이라고 옮겼을 것이다. 이로써 로사 뉴마치라는 낯선 영국의 여성 시인의 종교적 문체의 이 시는 일본을 거쳐 조선에 이르러 범박한 서정시가 되었다.

가을의노래。

옌란켈[1]

몹살스러운 荒凉과싹하야[2]

어느덧 내가을은 차자와서라、

애닯다、돗는해야 빗이나잇으라[3]、

아々 보아라、雨天은 눈물하나니[4]。

끈임도업시 威嚇과싹하야

灰色의구름쟝은 써서돌아라、

애닯다、나는思惱에[5] 因憊햇노라、

아々 보아라、疑惑은내靈을 뚤코두나니[6]。

【초158, 재205】

1　로만(로마노) 프렌켈(Roman[o] Abrosimovič Frenkel,?~?, 러시아).「가을의노래」(「譯詩멧編」,『창조』제7호., 1920.7)에는 'Hankel'. 재판에는 '란켈'.

2　재판에는 "몹살스럽은 荒凉과 싹하야".

3　재판에는 "빗이나 잇으라".

4　재판에는 '눈문하나니'. 재판의 '눈문하나니'는 '눈물하나니'의 오식으로 보인다.

5　재판에는 "나는 思惱에".

6　재판에는 "疑惑은 내靈을 뚤코 드나니".

KANTO AŬTUNA. [†]

Roman Frenkel

[†] Roman Frenkel, *Verdaj fajreroj*, Bruĝo : A. J. Witteryck, 1908, p.12.

Jam spiras aŭtuno

Per sia malvarmo kruela ;

Malgaje, malbrile rigardas la suno

    Kaj ploras pluvanta ĉielo ⋯

Kaj ĉiam minace

Alrampas grizegaj la nuboj ;

De pensoj malgajaj jam estas mi laca,

    Penetras animon la duboj ⋯

첫 번째 번역은 「가을의노래」, _譯늘뫳編, 『창조』 제7호, 1920.7

주석

제1연

제1행 「가을의 노래」¹⁹²⁰는 "몹살스러운 荒凉과싹하야"이다. 에스페란토 원시 제1연 제2행 "Per sia malvarmo kruela^{잔혹한 추위와}"에 해당한다.

제2행 「가을의 노래」¹⁹²⁰는 "어느덧 내가울은차자와서라"이다. 에스페란토 원시 제1연 세1행 "Jam spiras aŭtuno^{가을은 이미 숨쉬고 있다}"에 해당한다.

제3행 「가을의 노래」¹⁹²⁰와 초판은 동일하다. 에스페란토 원시 제1연 제3행 "Malgaje, malbrile rigardas la suno^{태양은 슬프게, 희미하게 바라본다}"에 해당한다.

제4행 「가을의 노래」¹⁹²⁰와 초판은 동일하다. 에스페란토 원시 제1연 제4행 "Kaj ploras pluvanta ĉielo^{또 비오는 하늘은 운다}"에 해당한다.

제2연

제1행 「가을의 노래」¹⁹²⁰는 "슨임도업시 威嚇과싹하야"이다. 에스페란토 원시 제2연 제1행 "Kaj ĉiam minace^{또 언제나 위협하는}"에 해당한다.

제2행 「가을의 노래」¹⁹²⁰와 초판은 동일하다. 에스페란토 원시 제2연 제1행 "Alrampas grizegaj la nuboj^{잿빛 구름은 다가온다}"에 해당한다.

제3행 「가을의 노래」¹⁹²⁰는 "애달프다、나는思惱에셔憊햇노라"이다. 에스페란토 원시 제2연 제3행 "De pensoj malgajaj jam estas mi laca^{나는 슬픈 생각으로 이미 지쳤다}"에 해당한다.

제4행 「가을의 노래」¹⁹²⁰는 "아々 보아라、疑惑은내靈을괴롭히나니"이다. 에스페란토 원시 제2연 제4행 "Penetras animon la dubo^{의심은 영혼을 꿰뚫는다}"에 해당한다.

김억의 「가을의 노래」의 저본은 로만^{로마노} 프렌켈의 에스페란토 시 "Kanto Aŭtuna^{가을의 노래}"
이다. 일찍이 김병철은 『오뇌의 무도』에 수록된 '프란켈'의 「가을의 노래」를 영국 작가의 작
품으로 보았다.^{김병철 : 1975, 422} 하지만 '프란켈', 즉 로만^{로마노} 프렌켈은 러시아 시베리아의 체육
교사이자 에스페란토 문학자·번역자이다.^{Geoffrey H. Sutton : 2008, 51}

김억은 일본에스페란토학회^{日本エスペラント學會}를 주재한 오사카 겐지^{小坂狷二, 1888~1969}가
1916년 8월 18일에서 31일까지 현재 도쿄이과대학^{東京理科大學}의 전신인 도쿄물리학교^{東京物理學校, 1881~1951}에서 개최한 하계강습에서 이일 등과 함께 에스페란토를 배운 것으로 알려
져 있다. 또 김억은 이 로만^{로마노} 프렌켈의 「가을의 노래」를 발표했던 무렵^{1920.7} 조선에스페
란토협회를 결성하여 YMCA 등에서 강습회를 개최하기도 했다.^{김삼수 : 1976, 53}

따라서 김억이 로만^{로마노} 프렌켈의 에스페란토 원시를 직접 번역했을 가능성은 충분하다.
그러나 김억이 과연 로만^{로마노} 프렌켈의 시집 『녹색 불꽃^{Verdaj fajreroj}』¹⁹⁰⁸을 직접 저본으로 삼았
는지, 아니면 일본에서 간행된 에스페란토 관련 잡지나 단행본^{교재를 포함하여}을 저본으로 삼았
는지는 확인할 수 없다. 정황상 후자일 가능성이 높다. 다만 오사카 겐지가 주재한 일본에스
페란토학회 기관지 『라 레부오 오리엔타^{La Revuo Orienta}』지의 1920년 1월 창간호부터 7월호 중
에는 로만^{로마노} 프렌켈의 작품이 수록되어 있지 않다. 박람강기^{博覽强記}한 독자가 나타나서 이
작품의 저자, 저본, 출전을 밝혀 주기를 고대할 뿐이다.

로만^{로마노} 프렌켈의 이 시가 『오뇌의 무도』에 수록될 수 있었던 것은 역시 「오뇌의 무도곡」
장만 두고 보더라도 장 모레아스의 「가을은 또다시 와서」, 앙드레-페르디낭 에롤의 「가을의
애달픈 笛聲」, 이 다음 소개할 루이 망댕의 「가을 저녁의 黎明」 등으로 이어지는 '가을'을 제
재로 한 시이기 때문이라고 보아야 한다. 낯선 러시아의 에스페란티스토의 이 시가 『오뇌의
무도』에 위화감 없이 수록될 수 있었던 데에는 시집 전체를 일관하는 '가을'을 제재로 한 조
락과 상실의 정서를 형성하는 데에 기여하기 때문이다.

물론 로만^{로마노} 프렌켈의 이 시는 총 2개 연으로서 분량도 적은 데다가 시상의 전개 역시

단순하다. 그러나 김억은 이 로만^{로마노} 프렌켈의 원시 역시 주된 어휘 표현부터 문형까지 나름의 해석에 따라 고쳐 쓰듯이 옮긴 것으로 보인다. 특히 로만^{로마노} 프렌켈의 원시와 달리 제1연과 제2연이 어휘 표현부터 문형까지 동일한 형태로 옮긴 점, 그로 인해 그 나름의 리듬감을 드러내려 했다. 제1연 제1행의 '荒涼과 싹하야'와 제2연 제1행의 '威嚇과싹하야'라는 원시와 다른 어색한 표현들이 바로 그 예이다.

『오뇌의 무도』주해

가을저녁의黎明[1]

마리엔[2]

夕陽의光輝、아々 太陽의離別이러라、

슬어저가는 光輝속에 소리가잇서 말하나니、

「生命、그대의生命의싯을 픠우랴고

暗黑속에 검고 큰 장미쏫을 픠우랴는

그대의노래、

아々 憧憬키쉽은 희멀금한 그대의노래、

이는 分明한 져녁이러라、

그러나 이는 아직 熱情의黎明이러라。　　　　　【재201】

夕陽은 곱은빗을가진 고대의[3] 눈안에

고요히 잇서라、

黃昏은 그대의 눈속에 잇서라、

그러하다、그대의맘속에도 잇서라。」　　　　　【재202】

1　재판 수록 작품.

2　루이 망댕(Louis Mandin, 1872~1943, 프랑스). 「가을저녁의黎明(Luen Mrnein)」(「알는薔薇쏫」, 『개벽』 제14호, 1921,8)에는 'Luen Mrnein'으로 표기가 잘못되어 있다.

3　재판의 '고대의'는 '그대의'의 오식으로 보인다.

秋の夕暮の黎明[†]

堀口大學

† 堀口大學 譯, 「Luis Madin」, 『失はなれた寶玉』, 東京：籾山書店, 1920, 136~137면. 호리구치 다이가쿠(1920)의 'Luis Madin'은 'Louis Mandin'의 오식이다.

これらの太陽の離別、これら夕陽の光輝

これらの光輝は聲であり、消え行き乍ら私に告げる、

『生命_{いのち}がお前の生命_{いのち}の花を咲かせる爲に

闇の中の黒い大きな薔薇_{ばら}の花を起しに行く お前の歌、

おお憧憬_{あこがれ}がちな、そして青ざめたお前の歌、

それは正しく夕暮だ、

然しそれはまた、熱情ある黎明だ、

夕暮は親しげな輝を持つたお前の瞳の中にある、

夕暮はお前の瞳の中にある、然し黎明はお前の心の中にある。』

L'AURORE D'UN SOIR D'AU-TOMNE[†]

Louis Mandin

[†] Louis Mandin, "Automne : L'aurore d'un soir d'automne", *Les Saisons ferventes : Poèmes*, Paris : Mercure de France, 1914, p.127.

I

Ces adieux du soleil, ces lueurs du couchant,

Ces lueurs sont des voix et me disent en s'éteignant :

« Ton chant qui va dans l'ombre éveiller de grands rosiers noirs,

Pour que la vie enfin, ta vie y puisse éclore,

Oh ! ton chant nostalgique et bleu, c'est bien le soir.

Mais c'est aussi, fervente et chaude encor, l'aurore.

« Le soir est sur tes yeux aux intimes lueurs.

Le soir est sur tes veux, mais une aurore est dans ton cœur. »

첫 번째 번역은 「가을저녁의 黎明」, 「알는 薔薇꽃」, 『개벽』 제14호, 1921.8

주석

제1연

제1행   호리구치 다이가쿠^{堀口大學: 1920}의 제1연 제1행 "これらの太陽の離別、これら夕陽の光輝^{이들 태양의 이별, 이들 석양의 광휘}" 중 '夕陽の光輝^{석양의 광휘}', '太陽の離別^{태양의 이별}'만을 발췌하여 조합한 구문의 의역이다.

제2행   호리구치 다이가쿠¹⁹²⁰의 제1연 제2행 "これらの光輝は聲であり、消え行き乍ら私に告げる^{이들 광휘는 목소리이고, 스러져가면서 내게 고한다}" 중 '消え行[く]^{스러져가는}', '光輝[に]^{광휘[로]}', '聲[が]^{목소리[가]}', '告げる^{고한다}' 순으로 조합한 구문의 의역이다.

제3행   호리구치 다이가쿠¹⁹²⁰의 제2연 제1행 "生命がお前の生命の花を咲かせる爲に^{생명이 너의 생명의 꽃을 피우기 위해}"의 의역이다.

제4행   호리구치 다이가쿠¹⁹²⁰의 제2연 제2행 "闇の中の黑い大きな薔薇の花を起しに行くお前の歌^{어둠 속 검고 큰 장미꽃을 일으켜 가는 너의 노래}" 중 "闇の中の黑い大きな薔薇の花を起しに行く^{어둠 속 검고 큰 장미꽃을 일으켜 가는}"에 해당한다.

제5행   호리구치 다이가쿠¹⁹²⁰의 제2연 제2행 중 'お前の歌^{너의 노래}'에 충실한 번역이다.

제2연

제1행   희멀금하다 : 오늘날의 '희멀끔하다', 즉 "(살빛이) 희고 멀끔하다"는 뜻이 아니라, '창백하다', '핼쑥하다'에 가깝다. '핼금하다'와 비슷한 뜻이다. 호리구치 다이가쿠¹⁹²⁰의 제2연 제3행 "おお憧憬がちな、そして靑ざめたお前の歌^{오오 동경하기 쉬운, 그리고 창백한 너의 노래}"의 의역이다.

제2행   호리구치 다이가쿠¹⁹²⁰의 제2연 제4행 "それは正しく夕暮だ^{그것은 바로 저녁이다}"의 의역이다.

제3행   호리구치 다이가쿠[1920]의 제2연 제5행 "然しそれはまた、熱情ある黎明だ그러나 그것은 또, 정열 있는 여명이다"의 의역이다.

제3연

제1행   호리구치 다이가쿠[1920]의 제3연 제1행 "夕暮は親しげな輝を持つたお前の瞳の中にある석양은 부드러운 광채를 지닌 너의 눈동자 속에 있다" 중 "夕暮は親しげな輝を持つたお前の瞳の中に석양은 부드러운 광채를 지닌 너의 눈동자 속에"의 의역이다.

제2행   호리구치 다이가쿠[1920]의 제3연 제1행 중 마지막 'ある있다'의 의역이다.

제3행   호리구치 다이가쿠[1920]의 제3연 제2행 "夕暮はお前の瞳の中にある、然し黎明はお前の心の中にある석양은 너의 눈동자 속에 있다, 그러나 여명은 너의 마음속에 있다" 중 "夕暮はお前の瞳の中にある석양은 너의 눈동자 속에 있다"의 의역이다.

제4행   호리구치 다이가쿠[1920]의 제3연 제2행 중 "然し黎明はお前の心の中にある그러나 여명은 너의 마음속에 있다"의 의역이다.

해설 _____

김억의 「가을 저녁의 黎明」의 저본은 호리구치 다이가쿠[堀口大學: 1920] 소재의 「秋の夕暮の黎明가을 저녁의 여명」이다. 그리고 호리구치 다이가쿠[1920]의 저본은 프랑스 시인 루이 망댕의 총 3편의 연작시 중 첫 번째 시이다. 김억은 호리구치 다이가쿠[1920]를 저본으로 삼아 『개벽』 제14호[1921.8]에는 'Luen Mrnen'의 작품으로, 『오뇌의 무도』 재판에는 '마리엔'의 작품으로 발표했다. 일찍이 김병철은 이 작품을 프랑스 시인의 작품일 것으로 추정했지만, 시인의 이름은 비정하지 못했다.[김병철: 1975, 439] 한편 박경수는 '마랭Marein, Luen'으로 비정하고 김병철을 따라서 프랑스 시인으로 분류했다.[박경수: 1987, 402]

    루이 망댕은 오늘날 프랑스문학사에서는 좀처럼 거론되지 않는 시인이지만, 그의 시는 아돌프 방 비베와 폴 리오토Adolphe van Bever & Paul Léautaud : 1930에 수록되어 있고, 이 앤솔러지가 출판될 무렵 메르퀴르 드 프랑스Mercure de France 출판사에서 편집에 관여하기도 했다. 그리고 호리구치 다이가쿠1920에는 총 3편의 시가 수록되어 있다. 한편 이 호리구치 다이가쿠1920에는 루이 망댕을 비롯해서 기-샤를 크로Guy-Charles Cros, 1879~1956, 레옹 되벨Léon Deubel, 1879~1913 등 오늘날에는 생소한 프랑스 현대 시인들의 작품이 수록되어 있다. 그런데 이들 모두 10년 후 아돌프 방 비베와 폴 리오토1929/1930에도 수록되어 있다는 점에서 공통된다. 즉 루이 망댕은 프랑스에서 명실상부한 대표적인 현대 시인으로서 평가를 받기 전, 이미 호리구치 다이가쿠에 의해 일본에 소개되었던 셈이다. 그리고 이렇게 일본에 소개된 루이 망댕이 김억에 의해 다시 조선에 소개된 것이다.

이 시 역시 호리구치 다이가쿠1920를 저본으로 삼되 축자적으로 옮긴 것은 아니다. 우선 김억의 제1연의 경우 일본어 번역시 제2연 제2행까지 포함할 뿐만 아니라, 제1행과 제2행의 경우 프랑스어 'Ces', 일본어 'これら(の)'와 같은 지시대명사는 생략한 채 호리구치 다이가쿠1920의 몇 개 어휘를 발췌하여 조합하는 방식으로 옮겼다. 또 제1연 제4행과 5행, 제3연 전체는 호리구치 다이가쿠1920의 한 행을 두 행으로 나누는 방식으로 옮겼다. 사실 호리구치 다이가쿠1920의 제2연 제3행과 제4행도 프랑스어 원시 제2연 제3행을 두 행으로 나눈 것이기도 하다.

김억이 이렇게 호리구치 다이가쿠1920의 연과 행을 임의로 구분하고 조합한 이유는 분명하다. 그것은 제1연의 경우 석양의 광휘와 암흑 속의 장미, 광휘 속의 말과 그대의 노래로 얽힌 시청각의 공감각을, 제3연의 경우 그대의 눈에 담긴 석양이, 그대의 마음속에 담긴 황혼이 '있음'을 리듬감 있게 강조하기 위해서이다. 이것이 김억 나름의 해석이자 고쳐 쓰기임은 두말할 나위도 없다.

流浪美女의豫言。[1]

에로쉔코[2]

1 재판 수록 작품. 첫 번째 번역(「流浪美女의豫言－(世界語雜誌에서)」, 『창조』 제9호, 1921.6)의 번역자는 '萬々生譯'으로 명기되어 있다.

2 바실리 에로셴코(Vasili Eroshenko, Vaselj Erošenko, 1890~1952, 러시아).

여보셔요、내사랑의님이여、
들으셔요、내高貴의님이여、
流浪少女는 거즛말을 하지안아요、
그리고 그대를 決결코 속이지안치요。

小女답은夢想과 그리하고
밤의秘密을 나는 잘 알아요
人生의幸福이 엇던지도 알어요、
쏘 사랑의苦痛이 엇던지도 알지요。　　　　【재206】

아마 그대는 幸福이 그대의
眞正한運命인줄로 알으시고
그리하고 美와사랑이 죽을째까지
그대와 함쯰하야 써나지안을줄로 밋으시지요。

그대는 사나희의사랑이 太陽볏아레서
永久하게 變치안을줄로 밋으시지요、
쏘 永久의맘이 달빗아레서

永久하게 變節되지안을줄로 밋으시지요。

그대는 꼭 그럿케 밋겟지요、만은
내사랑의 그리고 내高貴의님이여、   【재207】
眞正한말을 말하는 나를 밋어주셔요、
流浪小女는 決코 그대를 속이지안아요。

永久한사랑과 永久한즐겁음은
空虛롭은 아름답은希望밧게 아니되지요、
世上에는 온갓것이 달나져요、하고
地上에는 모든것이 지내가지 안아요?

사랑하는사람와 知己의벗을 위하야는
가쟝 설은째가 오게됨니다、
하야 슨지안코 哀慕하는 생각만
절믄가슴속에 남아잇게 되지요。   【재208】

내사랑의、내高貴의 내님이여、
同情을 밧을만한 내사람이여、
流浪小女는 그대를 同情하기는 합니다、
만은 그대를 돕아들일수는 업습니다。

宿命인죽음을 對抗할만한
魔術法은 아직짜지는 업서요、

『오뇌의 무도』주해

그러고요、咀呪밧는運命을 對抗할만한
守護法는 只今까지 存在치 못해요。

그래도 닛지말으시고 記憶하서요、
내사랑의、내高貴의 살틀한님이여、   【재209】
이世上에는 다만하나 문엇이 잇습니다。
그 무엇는 決코 그대를 속이지안습니다。

그것는 다른것이 아니고 短刀지요、
그러고 그다음는 毒藥이지요、
모든것이 그대를 지여바릴째에
그것들는 眞正한祝福이 되지요。

여보서요、닛지말으시고 記憶하서요、
내사랑의、내高貴의 아름답는님이여、
短刀가 그대의원수를 갑하들이며、
毒藥이 그대를 것즛하지 아니하지요。   【재210】

내사랑의、내高貴의 내님이여、
여보서요 들으셔요、살틀한님이여、
流浪小女는 거즛말을 하지안아요、
그러고 그대를 決코 속이지안아요。

小女답는夢想과、그리하고

맘의 秘密도 나는 잘 알아요、

人生의 幸福이 엇던지도 알지요、

또 사랑의 苦痛이 엇던지도 알지요、

(에쓰페란트雜誌에서)³　　　　　　【재211】

3　첫 번째 번역에서 이 표기는
　　없다 대신 부제가 "-(世界語
　　雜誌에서)-"이다.

ジブシイの豫言[†]
（エロセンコ作家作曲）

† Vaselj Erošenko, 秋田雨雀 譯, "ジブシイの豫言(エロセンコ 作家作曲)", *La Revuo Orienta*(ひ がしあじあ), Jaro 1 / Numero 12(第一年第12號), Tokio：Or- gano de Japana Esperanto Insti- tuto(東京：日本エスペラント 學會), 1920.12, p.136.

秋田雨雀 譯

私の可愛い、大事な美しいお方よ！

ジブシイの女はいつでもほんとを言ひます、決して僞は申しま せん。

私は人間の子供らしい夢想、心の秘密を知つてゐます。

また私は人間の幸福と云ふものを知つてゐます。

また愛の苦痛といふものを知つてゐます。

あなたは人間のほんとうの運命は幸福であると信じ切つてゐま す。

あなたは美と愛とは死ぬまで道づれとなるだらうと信じ切つて ゐます。

あなたは男の愛が太陽の下で永遠に變らぬものと信じ切つてゐ ます。

またあなたは友達は月の下で決してあなたを裏切らぬものと信 じ切つてゐます。

あなたは信じてゐます然し私の大事な美しいお方よ。

私を信じてください。

私はほんとを言ひませう。

ジブシイの女は決して僞を言ひません。

永遠の愛永遠の喜びとは空しい美しい希望にすぎません。

この世ではすべてが變化します。

すべてが地上では過ぎて行きます。

いつか戀人の爲めに友達のたに最も悲しい時が來るでせう。

そして若い心の中にたゞ永遠の慨きだけが殘りませう。

私の大事な美しいお方よジブシイの女はあなたに同情します。

あなたの一番信頼する人もあなたに裏切る時が來るでせう。

最も愛してゐる人もあなたを僞す時が來ませう。

私の大事な可愛想なあなたよ。

ジブシイの女はあなたに同情します。

然しあなたを救ふことは出來ません。

人間の運命的な死を救ふような占はありません。

呪はれだ運命も救ふお守りはありません。

然し忘れないで憶えてゐて下さい。

私の大事な美しいお方よ。

この世でたつた一ツあなたを裏切らないものがあります。

それは短刀です。

それは毒藥です。

すべてがあなたを裏切つた時彼等は眞の祝福となりませう。

どうぞ忘れずに憶えてゐて下さい。

私の大事な美しいお方よ。

短刀があなたの復讐を助けませう。

また毒藥があなたを僞さないでせう。

ANTAÛDIRO DE LA CIGANINO[†]

Mia kara, mia bona !

Mia nobla belulin᾽ !

Ciganino diras veron,

Ciganin᾽ ne trompas vin.

Scias mi knabinajn revojn,

La sekretojn de la kor᾽,

Scias mi pri homfeliĉo,

Scias mi pri amdolor᾽.

Kredas vi, ke la feliĉo

Estas via vera sort᾽,

Kredas, ke solec᾽ kaj amo

Akompanos vin ĝis mort᾽.

Kredas vi, ke ne sanĝiĝas

Vira amo sub la sun᾽,

Kredas vi, ke la amikoj

Ne perfidas sub la lun᾽.

Kredas vi, sed mia kara,

[†] Vaselj Eroŝenko, "ANTAÛDIRO DE LA CIGANINO", *La Revuo Orienta*(ひがしあじあ), Jaro 1 / Numero 12(第一年 第12 號), Tokio : Organo de Japana Esperanto Instituto(東京 : 日本エスペラント學會), 1920.12, pp.135~136; Vaselj Eroŝenko, *La Ĝemo de Unu Soleca Animo*, Ŝanhajo : Orienta Esperanto-Propaganda Instituto, 1923; Verkoj de Vaselj Eroŝenko, *Lumo kaj Ombro*, Toyonaka : Japana Esperanta Librokooperativo, 1979, pp.20~22.

Mia nobla belulin᾽,

Kredu min, mi diros veron,

Ciganin᾽ ne trompas vin.

Daŭra amo, daŭra ĝojo,

Estas vana belesper᾽ :

En la mond᾽ sanĝiĝas ĉio ;

Ĉio pasas sur la ter᾽.

Por amat᾽, pro l᾽amikoj

Venos plej malĝoja hor᾽,

Kaj por ĉiam nur sopiro

Restas en la juna kor᾽.

Mia kara, mia bona,

Kompatinda belulin᾽,

Ciganino vin kompatas,

Sed ne povas helpi vin.

Ne ekzistas ja sorĉado

Kontraŭ la fatala mort᾽ ;

Ne ekzistas talismanoj

Kontraŭ malbenita sort᾽.

『오뇌의 무도』주해

Sed memoru, ne forgesu,

Mia kara belulin',

Estas io en la mondo,

Kio ne perfidas vin.

Tio estas la ponardo,

Tio estas mortvenen';

Kiam ĉio viu perfidas,

Ili estas vera ben'.

Vi memoru, ne forgesu,

Mia nobla belulin',

En la venĝ' ponard' vin helpos,

Mort-venen' ne trompos vin.

Mia kara, mia bona,

Mia nobla belulin' !

Ciganino diras verōn,

Ciganin' ne trompas vin.

Scias mi knabinajn revojn,

La sekretojn de la kor',

Scias mi pri homfeliĉo,

Scias mi pri amdolor'.

Vasilj Eroŝenko, Tokio.

『오뇌의 무도』 주해

첫 번째 번역은「流浪美女의 豫言—(世界語雜誌에서)—」,『창조』제9호, 1921.6

주석

제1연

제1행 아키다 우자쿠秋田雨雀 : 1920의 제1행 "私の可愛い、大事な美しいお方よ나의 귀여운, 소중한 아름다운 분이여!" 중 '私の可愛い나의 귀여운'와 'お方よ분이여'만을 발췌하여 조합한 구문에 해당한다. 에스페란토 원시 제1연 제1행 "Mia kara, mia bona나의 친애하는, 나의 좋은 이여!"에 해당한다. 김억의 번역은 에스페란토 원시에 더 가깝다.

제2행 아키다 우자쿠1920의 제1행 중 '大事な美しいお方よ소중한 아름다운 분이여'에 해당한다. 에스페란토 원시 제1연 제2행 "Mia nobla belulin나의 고귀한 아름다운 이여!"에 해당한다. 김억의 번역은 에스페란토 원시에 더 가깝다.

제3행 「流浪美女의 豫言」1921은 "流浪少女는 거즛말을 하지안니해요"이다. 아키다 우자쿠1920의 제2행 "ジブシイの女はいつでもほんとを言ひます、決して僞は申しません집시 여인은 언제나 사실을 말합니다, 결코 거짓은 말하지 않습니다" 중 "ジブシイの女はいつでもほんとを言ひます집시 여인은 언제나 진실을 말합니다"에 해당한다. 에스페란토 원시 제1연 제3행 "Ciganino diras veron집시 여인은 진실을 말한다"에 해당한다. 김억의 번역은 아키다 우자쿠1920에 더 가깝다.

제4행 「流浪美女의 豫言」1921은 "그리고 그대를 決코 속이지안치요"이다. 아키다 우자쿠1920의 제2행 중 "決して僞は申しません결코 거짓은 말하지 않습니다"에 해당한다. 에스페란토 원시 제1연 제4행 "Ciganin' ne trompas vin집시 여인은 당신을 속이지 않는다"에 해당한다. 김억의 번역은 에스페란토 원시에 더 가깝다.

제2연

제1행　「流浪美女의 豫言」[1921]은 "小女답은夢想과 그리하고는"이다. 아키다 우자쿠[1920]의 제
3행 "私は人間の子供らしい夢想、心の秘密を知つてゐます저는 인간의 어린이 같은 몽상, 마음
의 비밀을 알고 있습니다" 중 "私は人間の子供らしい夢想저는 인간의 어린이 같은 몽상"에 해당한다.
에스페란토 원시 제2연 제1행 "Scias mi knabinajn revojn나는 소녀들의 꿈들을 안다"이다. 김
억의 번역은 아키다 우자쿠[1920]의 '人間の子供らしい인간의 어린이 같은' 대신 에스페란토
원시의 'knabinajn소녀들'을 택했다.

제2행　「流浪美女의 豫言」[1921]은 "맘의秘密도 나는 잘 알아요."이다. 재판의 '밤의秘密을' 중
'밤'은 에스페란토 원시와 아키다 우자쿠[1920]로 보건대 '맘', 즉 '마음'의 오식으로 보
인다. 아키다 우자쿠[1920]의 제3행 중 "心の秘密を知つてゐます마음의 비밀을 알고 있습니다"
에 해당한다. 에스페란토 원시 제2연 제2행 "(Scias mi)La sekretojn de la kor'나는 안다마음
의 비밀들"에 해당한다.

제3행　「流浪美女의 豫言」[1921]은 "人生의幸福이 엇던지도 알아요."이다. 아키다 우자쿠[1920]의
제4행 "また私は人間の幸福と云ふものを知つてゐます또 저는 인간의 행복이라는 것을 알고 있
습니다"에 해당한다. 에스페란토 원시 제2연 제3행은 "Scias mi pri homfeliĉo나는 인간의 행
복에 대해 안다"이다.

제4행　아키다 우자쿠[1920]의 제5행 "また愛の苦痛といふものを知つてゐます또 사랑의 고통이라는 것
을 알고 있습니다"에 해당한다. 에스페란토 원시 제2연 제4행은 "Scias mi pri amdolor'나는 고통에
대해 안다"이다. 김억의 번역은 에스페란토 원시보다 아키다 우자쿠[1920]에 가깝다.

제3연

제1행　「流浪美女의 豫言」[1921]은 "아마 그대는幸福이 그대의"이다.

제2행　「流浪美女의 豫言」[1921]은 "眞正한運命인줄로 알으시고,"이다. 제1행과 제2행에 해당
하는 아키다 우자쿠[1920]의 제6행은 "あなたは人間のほんとうの運命は幸福であると

信じ切つてゐます^{당신은 인간의 진정한 운명은 행복이라고 믿고 있습니다}"이다. 에스페란토 원시 제 3연 제1행과 제2행은 "Kredas vi, ke la feliĉo / Estas via vera sort'^{당신은 당신의 진정한 운명이 행복이라고 믿는다}"이다. 김억의 번역은 에스페란토 원시에 더 가깝다.

제3행 「流浪美女의 豫言」¹⁹²¹은 "그리하고, 美와사랑이 죽을째까지"이다. 아키다 우자쿠¹⁹²⁰의 제7행 "あなたは美と愛とは死ぬまで道づれとなるだらうと信じ切つてゐます^{당신은 아름다움과 사랑은 죽을 때까지 길동무일 줄 믿고 있습니다}" 중 "あなたは美と愛とは死ぬまで^{당신은 아름다움과 사랑은 죽을 때까지}"의 의역이다.

제4행 아키다 우자쿠¹⁹²⁰의 제7행 중 "道づれとなるだらうと信じ切つてゐます^{길동무일 줄 믿고 있습니다}"에 해당한다. 에스페란토 원시 제3연 제3행과 제4행 "Kredas, ke solec' kaj amo / Akompanos vin ĝis mort^{당신은 외로움과 사랑이 죽을 때까지 함께 하리라 믿는다}"에 해당한다. 김억의 번역은 아키다 우자쿠¹⁹²⁰에 더 가깝다.

제4연

제1행 「流浪美女의 豫言」¹⁹²¹은 "그대는 사나희의사랑이 太陽빗아레서"이다. 아키다 우자쿠¹⁹²⁰의 제8행 "あなたは男の愛が太陽の下で永遠に變らぬものと信じ切つてゐます^{당신은 남자의 사랑이 태양 아래에서 영원히 변하지 않을 것이라고 믿고 있습니다}" 중 "あなたは男の愛が太陽の下で^{당신은 남자의 사랑이 태양 아래에서}"의 의역이다.

제2행 아키다 우자쿠¹⁹²⁰의 제8행 중 "永遠に變らぬものと信じ切つてゐます^{영원히 변하지 않을 것이라고 믿고 있습니다}"의 의역이다. 에스페란토 원시 제4연 제1행과 제2행 "Kredas vi, ke ne sanĝiĝas / Vira amo sub la sun'^{당신은 남자의 사랑이 태양 아래에서 변하지 않으리라 믿는다}"의 의역 이기도 하다. 김억의 번역시의 '永久하게', 아키다 우자쿠¹⁹²⁰의 '永遠に^{영원히}'로 보건 대, 김억의 번역시는 아키다 우자쿠¹⁹²⁰에 더 가깝다.

제3행 「流浪美女의 豫言」¹⁹²¹은 "또 知己의맘이 달빗아레서"이다. 아키다 우자쿠¹⁹²⁰의 제9 행 "またあなたは友達は月の下で決してあなたを裏切らぬものと信じ切つてゐます^또

당신은 친구가 달 아래에서 결코 당신을 배신하지 않을 이라고 믿고 있습니다" 중 "またあなたは友達は月の下で또 당신은 친구가 달 아래에서"에 해당한다. 「流浪美女의 豫言」[1921]은 아키다 우자쿠[1920]에 더 가깝다.

제4행 아키다 우자쿠[1920]의 제9행 중 "決してあなたを裏切らぬものと信じ切つてゐます결코 당신을 배신하지 않을 이라고 믿고 있습니다"에 해당한다. 에스페란토 원시 제4연 제3행과 제4행은 "Kredas vi, ke la amikoj / Ne perfidas sub la lun당신은 친구들이 달 아래에서 배신하지 않으리라 믿는다"이다. 역시 김억의 번역시의 '永久하게', 아키다 우자쿠[1920]의 '決して결코'로 보건대, 김억의 번역시는 아키다 우자쿠[1920]에 더 가깝다.

제5연

제1행 아키다 우자쿠[1920]의 제10행 "あなたは信じてゐます然し私の大事な美しいお方よ당신은 믿고 있습니다 그러나 나의 소중한 아름다운 분이어" 중 "あなたは信じてゐます然し당신은 믿고 있습니다 그러나"에 해당한다. 에스페란토 원시 제5연 제1행 "Kredas vi, sed mia kara나는 당신을 믿는다. 그러나 나의 친애하는"에 해당한다. 김억의 번역은 아키다 우자쿠[1920]에 더 가깝다.

제2행 「流浪美女의 豫言」[1921]은 "내사랑의、그러고 내高貴의님이여、"이다. 아키다 우자쿠[1920]의 제10행 중 "私の大事な美しいお方よ나의 소중한 아름다운 분이어"에 해당한다. 에스페란토 원시 제5연 제2행 "Mia nobla belulin나의 고귀한 아름다운 이여"에 해당한다. 김억의 번역은 에스페란토 원시에 더 가깝다.

제3행 아키다 우자쿠[1920]의 제11행 "私を信じてください저를 믿어 주세요"와 제12행 "私はほんとを言ひませう저는 진실을 말하지요"를 도치하여 조합한 구문에 해당한다. 에스페란토 원시 제5연 제3행 "Kredu min, mi diros veron나를 믿어라, 나는 진실만을 말하겠다"에 해당한다.

제4행 아키다 우자쿠[1920]의 제13행 "ジブシイの女は決して僞を言ひません집시 여인은 결코 거짓을 말하지 않습니다"에 해당한다. 에스페란토 원시 제5연 제4행 "Ciganin' ne trompas vin집시 여인은 당신을 속이지 않는다"에 해당한다.

『오뇌의 무도』 주해

제6연

제1행 「流浪美女의 豫言」[1921]은 "永久한사랑과, 永久한즐거움은"이다. 아키다 우자쿠[1920]의 제14행 "永遠の愛永遠の喜びとは空しい美しい希望にすぎません영원한 사랑 영원한 즐거움이란 공허한 아름다운 희망에 지나지 않습니다" 중 "永遠の愛永遠の喜びとは영원한 사랑 영원한 즐거움이란", 에스페란토 원시 제6연 제1행 "Daŭra amo, daŭra ĝojo영원한 사랑, 영원한 즐거움"에 두루 충실한 번역이다.

제2행 「流浪美女의 豫言」[1921]은 "空虛의 아름답은希望밧게 아니되지요,"이다. 아키다 우자쿠[1920]의 제14행 중 "空しい美しい希望にすぎません공허한 아름다운 희망에 지나지 않습니다"에 충실한 번역이다. 에스페란토 원시 제6연 제2행 "Estas vana belesper'[영원한 사랑, 영원한 즐거움]은 헛되이 사라지고"에 해당한다.

제3행 「流浪美女의 豫言」[1921]은 "世上에는 온갓것이 달나져요,"이다. 아키다 우자쿠[1920]의 제15행 "この世ではすべてが變化します이 세상에서는 모든 것이 변화합니다"의 의역이다. 에스페란토 원시 제6연 제3행은 "En la mond' sanĝiĝas ĉio세상의 모든 것은 변한다"이고, 이것은 제2행 "Estas vana belesper'~은/는 헛되이 사라진다"에 이어 새겨야 한다. 즉 "세상의 모든 것은 변하여 헛되이 사라진다"라는 의미이다. 김억의 번역은 에스페란토 원시의 복잡한 구문보다 아키다 우자쿠[1920]에 더 가깝다.

제4행 「流浪美女의 豫言」[1921]은 "地上에는 모든것이 지내가지 안아요."이다. 아키다 우자쿠[1920]의 제16행 "すべてが地上では過ぎて行きます모든 것이 지상에서는 지나갑니다"를 '地上では지상에서는', 'すべてが모든 것이', "過ぎて行きます지나갑니다" 순으로 도치한 후 조합한 구문의 의역이다. 에스페란토 원시 제6연 제4행은 "Ĉio pasas sur la ter'지상에서 생겨난 모든 것"이고, 이것 역시 제2행 "Estas vana belesper'~은/는 헛되이 사라진다"에 이어 새겨야 한다. 즉 "지상에서 생겨난 모든 것은 헛되이 사라진다"라는 의미이다. 김억의 번역은 에스페란토 원시의 복잡한 구문보다 아키다 우자쿠[1920]에 가깝다.

제7연

제1행 「流浪美女의 豫言」¹⁹²¹은 "사랑하는사람와 知己를 위하얀"이다. 아키다 우자쿠¹⁹²⁰의 제17행 "いつか戀人の爲めに友達のたに最も悲しい時が來るでせう 언젠가 연인을 위해 친구를 위해 가장 슬픈 때가 오겠지요" 중 "いつか戀人の爲めに友達のたに 언젠가 연인을 위해 친구를 위해"의 의역이다. 아키다 우자쿠¹⁹²⁰만 두고 보면 "戀人の爲めに友達のたに"의 경우 "연인 때문에 친구 때문에"로 읽힐 수도 있다. 그러나 에스페란토 원시 제7연 제1행은 "Por amar', pro l'amikoj 연인을 위해, 친구들을 위해"이다. 김억은 에스페란토 원시의 이 대목을 의식했던 것으로 보인다.

제2행 「流浪美女의 豫言」¹⁹²¹은 "가쟝 설은째가 오는法이지요。"이다. 아키다 우자쿠¹⁹²⁰의 제17행 중 "最も悲しい時が來るでせう 가장 슬픈 때가 오겠지요", 에스페란토 원시 제7연 제2행 "Venos plej malĝoja hor' 가장 슬픈 시간이 온다"에 두루 충실한 번역이다.

제3행 「流浪美女의 豫言」¹⁹²¹은 "그래서 슨치안코 哀慕하는생각만"이다. 아키다 우자쿠¹⁹²⁰의 제18행 "そして若い心の中にたゞ永遠の慨きだけが殘りませう 그리고 젊은 마음속에 그저 영원한 탄식만이 남겠지요" 중 'そして 그리고', '永遠の慨きだけが 영원한 탄식만이'만을 발췌하여 조합한 구문에 해당한다. 에스페란토 원시 제7연 제3행 "Kaj por ĉiam nur sopiro 그리고 영원히 그저 갈망하는"의 의역이다.

제4행 「流浪美女의 豫言」¹⁹²¹은 "절믄가슴속에 남아잇게되지요。"이다. 아키다 우자쿠¹⁹²⁰의 제18행 중 '若い心の中に 젊은 마음속에', '殘りませう 남겠지요'만을 발췌하여 조합한 구문, 에스페란토 원시 제7연 제4행 "Restas en la juna kor' 젊은 마음 속에 남는다"에 두루 충실한 번역이다.

제8연

제1행 아키다 우자쿠¹⁹²⁰의 제19행 "私の大事な美しいお方よジブシイの女はあなたに同情します 나의 소중한 아름다운 분이여 집시 여인은 당신을 동정합니다" 중 "私の大事な美しいお方よ 나의 소중한 아름다운 분이여"에 해당한다. 혹은 제22행 "私の大事な可愛想なあなたよ나의 소중한 불쌍한 당신이여"에 해당한다. 에스페란토 원시 제8연 제1행은 "Mia kara, mia bona나의 친애하는, 나의 좋은 이여"이다.

제2행　에스페란토 원시 제8연 제2행 "Kompatinda belulin가여운 아름다운 이여"에 해당한다.

제3행　「流浪美女의 豫言」[1921]은 "流浪小女는 그대를 同情하긴해요,"이다. 아키다 우자쿠[1920]의 제19행 중 "ジブシイの女はあなたに同情します집시 여인은 당신을 동정합니다", 제23행 "ジブシイの女はあなたに同情します집시 여인은 당신을 동정합니다", 에스페란토 원시 제8연 제3행 "Ciganino vin kompata집시 여인은 당신을 불쌍히 여긴다"에 두루 충실한 번역이다.

제4행　「流浪美女의 豫言」[1921]은 "그래도 그대를 도와들이진 못하겠셔요。"이다. 아키다 우자쿠[1920]의 제24행 "然しあなたを救ふことは出來ません그러나 당신을 구할 수는 없습니다", 에스페란토 원시 제8연 제4행 "Sed ne povas helpi vin그러나 당신을 도울 수 없다"에 두루 충실한 번역이다.

제9연

제1행　아키다 우자쿠[1920]의 제25행 "人間の運命的な死を救ふような占はありません인간의 운명적인 죽음을 구할 점괘는 없습니다" 중 '人間の運命的な死を救ふような인간의 운명적인 죽음을 구할'에 해당한다.

제2행　「流浪美女의 豫言」[1921]은 "魔術法은 아직까진 업서요,"이다. 아키다 우자쿠[1920]의 제25행 중 '占はありません점괘는 없습니다'에 해당한다. 에스페란토 원시 제9연 제1행과 제2행 "Ne ekzistas ja sorĉado / Kontraŭ la fatala mort'피할 수 없는 죽음을 / 거스를 마법은 없다"에 해당한다.

제3행　아키다 우자쿠[1920]의 제26행 "呪はれだ運命も救ふお守りはありません저주받은 운명도 구할 부적은 없습니다" 중 '呪はれだ運命も救ふ저주받은 운명도 구할'에 해당한다.

제4행　「流浪美女의 豫言」[1921]은 "守護法은 只今껏 存在치햇서요。"이다. 아키다 우자쿠[1920]의 제26행 중 'お守りはありません부적은 없습니다'에 해당한다. 에스페란토 원시 제9연 제

3행과 제4행 "Ne ekzistas talismanoj / Kontraŭ malbenita sort^{저주받은 죽음을 / 거스를 부적은 없}다"에 해당한다.

제10연

제1행 「流浪美女의 豫言」[1921]은 "그래도 닛지말으시고 記憶하서요,"이다. 아키다 우자쿠[1920]의 제27행 "然し忘れないで憶えてゐて下さい^{그러나 잊지 말고 기억해 주세요}", 에스페란토 원시 제10연 제1행 "Sed memoru, ne forgesu^{그러나 기억하라, 잊지 마라}"에 두루 충실한 번역이다.

제2행 아키다 우자쿠[1920]의 제28행 "私の大事な美しいお方よ^{나의 소중한 아름다운 이여}"에 해당한다. 에스페란토 원시 제10연 제2행 "Mia kara belulin'^{나의 친애하는 아름다운 이여}"에 해당한다. 김억의 번역은 에스페란토 원시에 더 가깝다.

제3행 문엇이 : '무엇이'의 오식으로 추정된다. 「流浪美女의 豫言」[1921]은 "이世上에는 다만하나 무엇이지요,"이다. 아키다 우자쿠[1920]의 제29행 "この世でたつた一ツあなたを裏切らないものがあります^{이 세상에서 단 하나 당신을 배신하지 않을 것이 있습니다}" 중 'この世でたつた一ツ^{이 세상에서 단 하나}'에 해당한다.

제4행 「流浪美女의 豫言」[1921]은 "그 무엇은 決코 그대를속이지안아요."이다. 아키다 우자쿠[1920]의 제29행 중 'あなたを裏切らないものがあります^{당신을 배신하지 않을 것이 있습니다}'에 해당한다. 에스페란토 원시 제10연 제3행, 제4행 "Estas io en la mondo, / Kio ne perfidas vin^{이 세상에는 / 당신을 배신하지 않을 것이 있다}"에 해당한다. 김억의 번역은 에스페란토 원시에 더 가깝다.

제11연

제1행 「流浪美女의 豫言」[1921]은 "그것은 다른것이아니고 短刀지요,"이다. 아키다 우자쿠[1920]의 제30행 "それは短刀です^{그것은 단도입니다}" 혹은 에스페란토 원시 제11연 제1행 "Tio estas la ponardo^{그것은 단도이다}"의 의역이다.

제2행 「流浪美女의 豫言」[1921]은 "그러고 그다음엔 毒藥이지요、"이다. 아키다 우자쿠[1920]의 제31행 "それは毒藥です그것은 독약입니다"의 의역이다. 에스페란토 원시 제11연 제2행 "Tio estas mortvenen'그것은 죽음의 약이다"에 해당한다.

제3행 지여바릴째에 : "마땅히 지켜야 할 도리나 의리를 잊거나 어기다"라는 뜻의 '저버릴 때'이다. 「流浪美女의 豫言」[1921]은 "모든것이 그대를 지어바릴째、"이다. 아키다 우자쿠[1920]의 제32행 "すべてがあなたを裏切つた時彼等は眞の祝福となりませう모든 것이 당신을 배신했을 때 그들은 진정한 행복이 되겠지요" 중 'すべてがあなたを裏切つた時모든 것이 당신을 배신했을 때'에 충실한 번역이다. 에스페란토 원시 제11연 제3행 "Kiam ĉio viu perfidas모든 삶이 당신을 배신할 때"의 의역이기도 하다.

제4행 '그것들는' : '그것들은'의 오식으로 추정된다. 「流浪美女의 豫言」[1921]은 "그것들은 眞正한祝福이 되지요。"이다. 아키다 우자쿠[1920]의 제32행 중 "彼等は眞の祝福となりませう그들은 진정한 행복이 되겠지요", 에스페란토 원시 제11연 제4행 "Ili estas vera ben'그들은 진정한 축복이다"에 두루 충실한 번역이다.

제12연

제1행 아키다 우자쿠[1920]의 제33행 "どうぞ忘れずに憶えてゐて下さい부디 잊지 말고 기억해 주세요"의 의역이다. 에스페란토 원시 제12연 제1행 "Vi memoru, ne forgesu기억하라, 잊지 마라"에 해당한다. 김억의 번역은 아키다 우자쿠[1920]에 더 가깝다.

제2행 아름답는 : '아름답은'의 오식으로 추정된다. 「流浪美女의 豫言」[1921]은 "내사랑의、내高貴의 아름답은님이여、"이다. 아키다 우자쿠[1920]의 제34행 "私の大事な美しいお方よ나의 소중한 아름다운 분이여"에 해당한다. 에스페란토 원시 제12연 제2행 "Mia nobla belu-lin'나의 고귀한 아름다운 이여"에 해당한다. 김억의 번역은 에스페란토 원시에 더 가깝다.

제3행 아키다 우자쿠[1920]의 제35행 "短刀があなたの復讐を助けませう단도가 당신의 복수를 돕겠지요"에 해당한다. 에스페란토 원시 제12연 제3행 "En la veng' ponard' vin helpo복수할 때 단

도가 당신에게 도움이 될 것이다"에 해당한다.

제4행　것즛 : '거짓'의 평안도 방언 '거즛'^{김이협 : 1981}의 오식 혹은 김억의 입말로 추정된다. 「流浪美女의 豫言」¹⁹²¹은 "毒藥이 그대를 거즛하지아니하지요,"이다. 아키다 우자쿠¹⁹²⁰의 제36행 "また毒藥があなたを僞さないでせう^{또 독약이 당신을 속이지 않겠지요}"에 해당한다. 에스페란토 원시 제12연 제4행 "Mort-venen' ne trompos vin^{죽음의 약은 당신을 속이지 않을 것이다}"에 해당한다. 김억의 제3행이 연결 어미 '-며'로 끝나는 점, 제4행의 '독약'과 구문으로 보건대 김억의 번역은 아키다 우자쿠¹⁹²⁰에 더 가깝다.

제13연

제1행　「流浪美女의 豫言」¹⁹²¹은 "내사랑의, 내高貴의내님이여,"이다.
제2행　「流浪美女의 豫言」¹⁹²¹은 "여보서요, 들으셔요, 살틀한님이여,"이다.
제3행　「流浪美女의 豫言」¹⁹²¹은 "流浪小女는 거즛말을 하지아니해요,"이다.
제4행　「流浪美女의 豫言」¹⁹²¹은 "그리고 그대를 決코 속이지안치요。"이다.

제14연

제1행　「流浪美女의 豫言」¹⁹²¹은 "小女답는夢想과, 그리하고는"이다.
제3행　「流浪美女의 豫言」¹⁹²¹은 "人生의幸福이 엇던지도 알아요,"이다.
제4행　「流浪美女의 豫言」¹⁹²¹은 "쏘 사랑의苦痛이 엇던지도 알지요。"이다.

해설　_____

김억의 「流浪美女의 豫言」의 저본은 바실리 에로셴코의 에스페란토 시와 그 대역문인 아키다 우자쿠^{秋田雨雀 : 1920}이다. 원작자 바실리 에로셴코는 러시아의 시각장애인이자 에스페란티스토이다. 김억이 일본에서 유학한 1914년에서 1916년 사이 에로셴코도 도쿄^{東京}맹아학교 학생으로 체제 중이었다. 이후 에로셴코는 1919년 다시 일본으로 돌아와 1921년까지 체재하며 일본어로 아동문학 작품을 발표하는 한편 아키다 우쟈쿠^{秋田雨雀, 1883~1962} 등 일본의 문학인들과도 교류했다. 1921년에서 1923년 사이 에로셴코는 중국에서 체재하며 에스페란토를 가르치기도 하고 루쉰^{魯迅, 1881~1936}과 교류하기도 했다.^{藤井省三: 1989, 8~20} 당시 조선을 대표하던 에스페란티스토 김억으로서는 에로셴코의 활동과 명성에 대해 알 수 있었을 것이다. 김억이 에로셴코와 교유했던가는 분명하지 않다.

김억은 번역시 마지막에 '에쓰페란트 雜誌에서'라고 저본을 밝혔는데, 이 '잡지'란 오사카 겐지^{小坂狷二, 1888~1969}가 주재한 일본에스페란토학회^{日本エスペラント學會} 기관지 『라 레부오 오리엔타^{La Revuo Orienta}』지^{제1권 제12호, 1920.12}이다. 이렇게라도 김억이 저본을 밝힌 것은 『오뇌의 무도』 초판, 재판을 통틀어 이 시가 유일하다. 김억이 번역한 에로셴코의 시를 수록한 『라 레부오 오리엔타』지 1920년 12월호에는 에로셴코의 원시에 이어 아키다 우쟈쿠가 번역한 「ジプシイの豫言^{집시의 예언}」이라는 제목에 'エロセンコ作歌作曲^{에로셴코 작가 작곡}'이라는 설명이 명기된 대역문이 수록되어 있다. 이 글은 에로셴코의 원시 제13연 제14연을 제한 나머지 부분을 모두 옮겨 둔 문장이다. 다만 아키다 우쟈쿠는 원시의 행, 연 구분을 따르지 않은 채 옮겼고, 그중 원시 제13연 제14연에 해당하는 대목은 생략해 버렸다. 아마도 이 대목이 원시 제1연 제2연을 반복한 것이기 때문에 생략했을 것이다.

김억은 에로셴코의 시를 옮기면서 이미 『창조』지에 첫 번째 번역을 발표할 당시^{1921.6}부터 『라 레부오 오리엔타』지 1920년 12월호를 저본으로 삼았던 것으로 보인다. 또 초역 당시부터 에스페란토 원시는 물론 아키다 우쟈쿠의 대역문도 저본으로 삼았다. 이것은 김억이 오로지 에로셴코의 원시만을 직접번역할 정도로 에스페란토 실력이 충분하지 않았음을 시사한다. 그래서 김억의 에로셴코 시 번역은 1920년대 초 에스페란티스토 김억의 편력을 이해하는 데에 중요한 시금석이기도 하다.

小曲[1]

1 초판과 재판 목차에는 '懊惱의 舞蹈' 혹은 '懊惱의舞蹈曲'. 이후 별개의 장으로 구분되어 있다.

2 줄리앙 보캉스(Julien Vocance, 1878~1954, 프랑스). 첫 번째 번역에는 '쭈리안、보깐쓰'.

明日의목슴。

쥬리안、포칸스[2]

어제는 귀밋을 지내간彈丸、

오늘은 軍帽를 뚤코가서라。

明日은 나의머리!　　　　　　　　　　　　　　【초159, 재212】

3 재판에는 '얼마。'.

速射砲。

크라、크라、크라、크라、크라、…………

速射砲、들을맛업는 너의소리여!

니쌜에 손을대고 혜는骸骨은、얼마、[3]　　　　　　【초159, 재213】

負傷。

쥬리안、포칸스

4   재판에는 "피에 저즌니마는".

피에저즌니마는[4] 天幕片布의아레에、
戰友는 그를 업고지내가나니、
애닯다、마자넘어진肉塊여、오마님은 기달이런만。【초160, 재214】

塹壕。

5   재판에는 "이巨大한 이량을".

6   재판에는 "그곳에 샏린種子는".

죽음은 쓸으리라、
이巨大한이량을[5]、
아々 그곳에 샏린種子는[6] 사람의아들。   【초160, 재215】

俳體小曲†

† 堀口大學 譯, 「昨日の花－俳體
小曲」, 『昨日の花－佛蘭西近
代詩』, 東京：籾山書店, 1918,
212~215면.

堀口大學

明日の命

昨日は彈丸耳をかすめぬ

今日は軍帽貫きぬ

さて明日はわが頭。

速射砲

クラ、クラ、クラ、クラ、クラ……

速射砲、氣味惡き汝が響！

齒に當て指を數ふる骸骨。

負傷

血に滲む前額は天幕の片布の下、
戦友彼を荷負て運び行く、
あはれ打ちのめされし肉塊よ、母や待つらん。

塹壕

死や穿ちけん
これ等巨大なる畝
さて其所に蒔かるる種子は人の子。

CENT VISIONS DE GUERRE[1]

Julien Vocance

[1] Julien Vocance, "Cent visions de Guerre", *La Grande Revue*, Paris : Mayo, 1916. 5, pp.424~435; Dominique Chipot, "Cent visions de guerre", *En Pleine Figure : Haïkus de la Guerre de 14-18*, Paris : B. Doucey, impr., 2013.

[2] Dominique Chipot, *Ibid.*, p.113.

[3] Dominique Chipot, *Ibid.*, p.113.

[4] Dominique Chipot, *Ibid.*, p.117.

[5] Dominique Chipot, *Ibid.*, p.115.

…

Hier sifflant aux oreilles,

Aujourd'hui dans le képi,

Demain dans la tête.[2]

…

Cla, cla, cla, cla, cla...

Ton bruit sinistre, mitrailleuse,

Squelette comptant ses doigts sur ses dents.[3]

…

Front troué, sanglé dans la toile de tente,

Sur son épaule un camarade l'emporte :

Triste viande abattue... qu'une mère attend.[4]

…

La mort dans le cœur,

L'épouvante dans les yeux,

Il se sont élancés de la tranchée.[5]

첫 번째 번역은 「明日의목슴」. 「동서시문집」, 『태서문예신보』 제11호, 1918.12.14

주석

明日의목슴。

제1행　「明日의목슴」[1918]은 "어제는 귀밋을 지닉간彈丸"이다. 호리구치 다이가쿠[堀口大學 : 1918]의 제1행 "昨日は彈丸耳をかすめぬ[어제는 탄환이 귀를 스쳤고]"의 의역이다.

제2행　「明日의목슴」[1918]은 "오늘은 軍帽를 쑬럿나니"이다. 호리구치 다이가쿠[1918]의 제2행 "今日は軍帽貫きぬ[오늘은 군모를 뚫었다]"의 의역이다.

제3행　호리구치 다이가쿠[1918]의 제3행 "さて明日はわが頭[그리고 내일은 나의 머리]"의 의역이다.

速射砲。

제1행　호리구치 다이가쿠[1918]의 제1행 "クラ、クラ、クラ、クラ、クラ[쿠라. 쿠라. 쿠라. 쿠라……]"의 음역[音譯]이다.

제2행　호리구치 다이가쿠[1918]의 제2행은 "速射砲、氣味惡き汝が響[속사포, 기분 나쁜 너의 울림]"이다.

제3행　호리구치 다이가쿠[1918]의 제3행은 "齒に當て指を數ふる骸骨[이에 대고 손가락을 세는 해골]"이다.

負傷。

제1행　호리구치 다이가쿠[1918]의 제1행 "血に滲む前額は天幕の片布の下[피로 물든 이마는 천막 조각의 아래]"의 의역이다.

제2행　호리구치 다이가쿠[1918]의 제2행 "戰友彼を荷負て運び行く[전우는 그를 업고 옮겨 간다]"의 의역이다.

제3행　호리구치 다이가쿠[1918]의 제3행 "あはれ打ちのめされし肉塊よ、母や待つらん[슬프다. 맞고 쓰러진 살덩이여. 어머님이야 기다리겠지]"의 의역이다.

塹壕。

제1행 　호리구치 다이가쿠[1918]의 제1행 "死や穿ちけん[죽음이야 뚫었을 테지]"의 의역이다.

제2행 　이랑 : 평안도 방언 '이랑[畝][김이협 : 1981]의 이형태 혹은 김억의 입말로 추정된다. 호리구치 다이가쿠[1918]의 제2행 "これ等巨大なる畝[이들 거대한 이랑을]"의 의역이다.

제3행 　호리구치 다이가쿠[1918]의 제3행 "さて其所に蒔かるる種子は人の子[그리고 그곳에 뿌린 씨앗은 사람의 자손]"의 의역이다.

해설

김억의 「小曲」 연작시의 저본은 일찍이 김장호[1992b/1994]가 밝힌 바와 같이, 호리구치 다이가쿠[堀口大學 : 1918] 소재 「俳體小曲[하이카이체 소곡]」 연작시 총 5편 중 제1~4시이다. 줄리앙 보캉스의 이 시는 『오뇌의 무도』 초판 이전 출판된 일역시집들 중에는 오로지 호리구치 다이가쿠[1918]에만 수록되어 있다. 이후 줄리앙 보캉스의 시는 요사노 히로시[與謝野寬 혹은 與謝野鐵幹, 1873~1935]와 요사노 아키코[與謝野晶子, 1878~1942]에 의해 『묘조[明星]』지 제2기에 소개되기도 했다[金子美都子 : 2015, 224~225]

줄리앙 보캉스의 이 연작시는 원래 제1차 세계대전에 참전했던 그가 야전병원의 병상에서 전쟁의 참상을 그려내어 『라 그랑드 르뷔[La Grande Revue]』지 1916년 5월호에 발표한 연작시 「전쟁백경[Cent visions de guerre]」 중 일부이다. 줄리앙 보캉스의 이 시는 당시 프랑스를 풍미한 '아이카이[Haikaï 혹은 Haï-Kaï]' 장르의 운문, 즉 일본의 와카[和歌]의 갈래 중 렌가[連歌] 혹은 하이카이[俳諧] 형식[5·7·5조 17음절]을 빈 3행의 연작시이다.[William L. Schwartz : 1927, 204~206] 또 줄리앙 보캉스의 이 연작시는 『메르퀴르 드 프랑스[Mercure de France]』지 1916년 7월호를 필두로 당시 유수의 문학지들에 평론이 게재되면서 알려지게 되었다고 한다.[金子美都子 : 2015, 221~228]

호리구치 다이가쿠는 바로 이러한 당시의 분위기에 공명하여 줄리앙 보캉스의 연작시를 옮겼을 터이다. 즉 호리구치 다이가쿠[1918]는 20세기 초 근대기 프랑스 문학의 자포니즘[Japonisme]이 일본으로 다시 소개되는 매우 흥미로운 사건으로서, 프랑스와 일본간의 와카를 매개로 한 문화교류의 맥락을 배경으로 하고 있는 셈이다. 그러한 사정까지 알 리 없는 김억은 호리구치 다이가쿠의 제목 중 '하아카이체俳體'를 지우고 '소곡小曲'만을 제목으로 삼았던 것이다. 그럼에도 불구하고 김억의 이 연작시들에는 저 프랑스와 일본의 문화교류의 잔영이 고스란히 남아 있다.

그런데 『오뇌의 무도』 초판 권말, 재판 권두의 목차에 따르면, 「명일의 목슴」 이하의 시들은 「소곡」장에 속하는 것처럼 명기되어 있다. 그러나 실상 본문에는 다른 장과 달리 제사題詞도 사사謝詞도 없으므로, 별도의 장으로 보기 어렵다. 더구나 「명일의 목슴」 등의 연작시의 저본, 원시를 염두에 두고 보면 초판과 재판의 '소곡'이란 바로 줄리앙 보캉스의 연작시 4편을 의미한다는 것을 분명히 알 수 있다.

김억이 호리구치 다이가쿠의 호리구치 다이가쿠1918 가운데에서 군이 이 작품을 선택한 이유는 알 수 없다. 하다못해 이 시는 '가을'과 '겨울'을 배경으로 조락과 상실의 정서를 주조로 하는 『오뇌의 무도』 소재 여느 시편들과도 사뭇 어울리지 않는다. 다만 이 작품은 예이츠의 일부 작품, 아나크레온 등의 고대 그리스 시인들의 에피그램epigram : 警句詩도 그러하듯이 시 전체가 한 개 연인 짧은 형식을 취하고 있다. 이것은 마치 김억이 후일 '격조시형格調詩形'으로 경도할 것을 예고하는 것처럼 보이기도 한다.

筆跡。

1 존 B. 탭(John Banister Tabb, 1845~1909, 미국).

2 재판에는 "나의길을 다만한番 사랑은 지내가서라".

3 재판에는 "또한番".

4 재판에는 "글을 쓰나니(쓰고 는 간곳업서라。)".

태 ㅇㅍ[1]

나의길을 다만한번 사랑은지내가서라[2]。

「그대는 언제나 또한번[3] 오겟나、아ㅅ

멈을넛든記念을 남기고가거라。」

사랑은 글을쓰나니(쓰고는 간곳업서라。)[4]

「아ㅅ 苦痛、」이쑨이러라。　　　　　【초161, 재216】

蒲公英。

5 재판에는 "그뒤에는 다만 絹毛 의대머리".

태 ㅇㅍ

오늘은 黃金의美髮、

明日은 銀色의白髮、

그뒤에는 다만絹毛의대머리[5]、

보아라、사람아、너의運命을!　　　　【초162, 재216】

筆跡[1]

小林愛雄

1 　小林愛雄 譯, 『近代詞華集』, 東京：春陽堂, 1912, 112면.

只一度、戀はわが路を過ぎれり。

「何日かまた君は來む、ああ、

止まりし紀年を殘せ」

戀は書きぬ(書きて消えぬ)「苦痛」と。

蒲公英[2]

2 　小林愛雄 譯, 위의 책, 111~112면.

小林愛雄

今日は黃金の束の髮、

明日は銀色の灰の髮、

さてのちは絹毛なる芥子坊主、見よや、

ああ、人よ、汝の運命は語られたり。

LOVE'S AUTOGRAPH [†]

[†] John Banister Tabb, *Poems*, Boston : Copeland and Day, 1894, p.126.

John Banister Tabb

Once only did he pass my way.

"When wilt thou come again?

Ah, leave some token of thy stay!"

He wrote (and vanished), "Pain."

THE DANDELION [‡]

[‡] John Banister Tabb, *Ibid.*, p.71.

John Banister Tabb

With locks of gold to-day;

To-morrow, silver grey;

Then blossom-bald. Behold,

O man, thy fortune told!

첫 번째 번역은 「蒲公英」,「동서시문집」,『태서문예신보』 제11호, 1918.12.14

주석

筆跡

제1행　고바야시 아이유小林愛雄 : 1912의 제1행 "只一度、戀はわが路を過ぎれり다만 한번, 사랑은 나의 길을 지나갔다"를 'わが路를 나의 길을', '只一度、戀は다만 한번 사랑은', '過ぎれり 지나갔다' 순으로 도치한 구문에 충실한 번역이다.

제2행　고바야시 아이유1912의 제2행 "何日かまた君は來む、ああ언젠가 또 그대는 오겠지, 아아"를 '君は그대는', '何日かまた언젠가 또', '來む、ああ오겠지, 아아' 순으로 도치한 구문의 의역이다.

제3행　멈을넛든 : '머물렀던'. '머물다'의 평안도 방언김이협 : 1981의 이형태 혹은 김억의 입말로 추정된다. 고바야시 아이유1912의 제3행 "止まりし紀年を殘せ머물렀던 기념을 남겨라 」"의 의역이다.

제4행　고바야시 아이유1912의 제4행 "戀は書きぬ(書きて消えぬ)「苦痛」と사랑은 쓴다[쓰고는 사라진다] '고통'이라고" 중 '戀は書きぬ(書きて消えぬ)사랑은 쓴다[쓰고는 사라진다]'만을 발췌한 구문의 의역이다.

제5행　고바야시 아이유1912의 제3행 중 「苦痛」と '아픔'이라고'만을 취한 의역이다.

蒲公英

제1행　"고바야시 아이유1912의 제1행 "今日は黃金の束の髮오늘은 황금 다발의 머리카락"의 의역이다.

제2행　고바야시 아이유1912의 제2행 "明日は銀色の灰の髮내일은 은색의 재의 머리카락"의 의역이다.

제3행　「蒲公英」1918은 "그뒤에는 다만絹毛의딕머리"이다. 고바야시 아이유1912의 제3행 "さてのちは絹毛なる芥子坊主、見よや그러나 나중에는 솜털의 대머리, 보아라" 중 'さてのちは絹毛

なる芥子坊主^{그러나 나중에는 솜털의 대머리}'만을 발췌한 구문의 의역이다.

제4행 「蒲公英」¹⁹¹⁸은 "보아라, 사룸아 너의 運命을!"이다. 고바야시 아이유¹⁹¹²의 제3행 중 '見よや^{보아라}'와 제4행 "ああ、人よ、汝の運命は語られたり^{아아, 사람이여, 너의 운명은 이미 말} ^{했다}" 중 '人よ、汝の運命は^{사람이어 너의 운명은}'만을 발췌하여 조합한 구문의 의역이다.

해설

김억의 「筆跡」과 「蒲公英」의 저본은 고바야시 아이유^{小林愛雄 : 1912} 소재 「筆跡^{필적}」과 「蒲公英^포 ^{공영}」이다. 또 원시는 미국 시인 존 B. 탭의 "Love's Autograph"와 "The Dandelion"이다. 김억이 미국시 중 굳이 존 B. 탭의 이 두 편의 시를 선택한 것은 전적으로 고바야시 아이유¹⁹¹² 덕분 이다. 특히 이 「필적」과 「포공영」은 『오뇌의 무도』에 수록된 단 두 편의 미국시라는 점에서도 흥미롭다.

김억은 이 두 편의 시를 옮기면서 제목의 한자 표기, 인용 부호까지 고바야시 아이유¹⁹¹²를 그대로 따랐다. 하지만 정작 본문을 옮기는 과정에서는 고바야시 아이유¹⁹¹²의 구문을 도치 하거나, 발췌하여 조합하는 등 『오뇌의 무도』 도처에서 자주 볼 수 있는 김억 특유의 방법으 로 옮겼다.

존 B. 탭은 미국의 로마 가톨릭 사제로서, 세인트 찰스 대학^{St. Charles College}의 그리스어·영 어 교수이기도 했고, 특히 이 두 편의 시가 수록된 그의 세 번째 시집인 『시선집^{Poems}』¹⁸⁹⁴은 당시 대중적으로 성공한 것으로 알려져 있다. 1940년경까지 존 B. 탭의 전기 몇 권이 간행된 것으로 보인다. 그러나 존 B. 탭이 미국문학사에서 특별히 주목받는 작가는 아니다.^{Eric L. Haral-} ^{son : 2014, 417~419}

고바야시 아이유가 이 존 B. 탭의 시를 어떻게 열람했는지, 또 숱한 미국 시인 가운데 굳이 존 B. 탭의 시를 선택한 이유가 무엇인지는 알 수 없다. 그것은 김억의 경우에도 해당된다. 다 만 줄리앙 보캉스의 아이카이^{Haïkaï 혹은 Haï-Kaï}는 물론, 로마 가톨릭 사제로서 주로 자연에 대한 관상^{觀想 : contemplation}과 영감을 짧은 형식으로 표현한 존 B. 탭의 시와 W. B. 예이츠의 일부 작품, 아나크레온^{Anacreon}과 고대 그리스 시인들의 에피그램^{epigram : 警句詩} 등은 인생의 무상함 등에 대한 예지를 함축적으로 드러낸 시라는 점에서 통하는 바가 있다. 김억이 존 B. 탭의 시를 선택한 것도 바로 이러한 사정과 관련 있다고 보아야 한다.

죽음의恐怖[1]

1   재판에는 "죽음의恐怖。".

2   아나크레온(Anacreon, 기원전
     582?~485?, 그리스). 첫 번째
     번역인 「죽음의恐怖」(「동셔시
     문집」, 『태서문예신보』 제11호,
     1918.12.14)에는 '인닉크레온
     作'. 재판에는 '아낙큰레온'.

3   재판에는 '다사롭은'.

4   재판에는 "나는 늙엇노라".

5   재판에는 '아름답은'.

6   재판에는 "죽음의恐怖!".

아낙크레온[2]

나의귀밋헤는 灰色의흰털이 오래여라、

다사로운[3] 靑春은 다 지내가고

나는 늙엇노라、나는늙엇노라[4]、

아름다운[5] 生活의째는 쌀바라、

只今의餘年은 죽음의恐怖、[6]   【초163, 재218】

死の恐怖[1]

小林愛雄

1 小林愛雄 譯, 『近代詞華集』, 東京 : 春陽堂, 1912, 186면.

わが顳顬<ruby>顳顬<rt>こめかみ</rt></ruby>はいと久し灰色に雪白のわが髪や、

あたたかき若さはすぎてわが齡老<ruby>齡老<rt>としお</rt></ruby>いぬ。

あまき生活<ruby>生<rt>よ</rt></ruby>の時はみぢかし、

のこれるとしは。

DREAD OF DEATH[2]

Anacreon

2 Nathan Haskell Dole, "ANA-CREON", *Greek Poets : an Anthology*, New York : Thomas Y. Crowell & Co. Publishers, 1904, p.152.

Gray are my temples long since and snowy my hair : Gracious youth is departed; old are my teeth.

Brief is the space of sweet life that is left to me now.

번역의 이본

첫 번째 번역은 「죽음의恐怖」, 「동서시문집」, 『태서문예신보』 제11호, 1918.12.14

주석

제1행 「죽음의恐怖」[1918]는 "나의귀밋혜는 灰色의흰털이오리여라"이다. 고바야시 아이유[小林愛雄:1912]의 제1행 "わが顳顬はいと久し灰色に雪白のわが髮や[나의 관자놀이는 너무도 오래 잿빛으로 흰 눈 같은 나의 머리카락이여]" 중 'わが顳顬は[나의 관자놀이는]', '灰色に雪白の[잿빛으로 흰 눈 같은]', '髮[머리카락]', 'いと久し[너무도 오래되었다]'만을 발췌하여 조합한 구문의 의역이다. 참고로 후나오카 겐지[船岡獻治:1919]에는 'コメカミ[顳顬]'를 '관자노리'로 풀이했다. 또 평안도 방언 '귀밑' 역시 '살쩍', '뺨 위, 귀 옆에 난 머리털'[김이협:1981]이다.

제2행 「죽음의恐怖」[1918]는 "다사로운 靑春은 다 가고"이다. 고바야시 아이유[1912]의 제2행 "あたたかき若さはすぎてわが齡老いぬ[따뜻한 젊음은 지나가서 나는 늙었다]" 중 'あたたかき若さはすぎて[따뜻한 젊음은 지나가서]'만을 발췌한 구문의 의역이다.

제3행 고바야시 아이유[1912]의 제2행 중 'わが齡老いぬ[나는 늙었다]'를 두 번 반복한 구문에 해당한다.

제4행 고바야시 아이유[1912]의 제3행 "あまき生活の時はみぢかし[달콤한 세상의 때는 짧다]"의 의역이다.

제5행 「죽음의恐怖」[1918]는 "只今의 餘年은 죽음의恐怖、"이다. 고바야시 아이유[1912]의 제4행 "のこれるとしは[남은 세월은]"에 제목 '死の恐怖[죽음의 공포]'를 조합한 구문의 의역이다.

해설

김억의 「죽음의 恐怖」의 저본은 고바야시 아이유[小林愛雄:1912]의 「死の恐怖[죽음의 공포]」이다. 또 이 시의 원시는 이오니아[Ionia] 출신의 고대 그리스 시인 아나크레온[Anacreon]의 에피그램[epigram:警句詩] 중 한 편이다. 이 시는 코리아노스[Corianos[?], 생몰년도 미상, 그리스]의 「죽음」, 팔라다스[Palladas, 기원후 4세기경. 그리스 「단장斷章」과 더불어 『오뇌의 무도』에 수록된 고대 그리스 시가 중 하나이다. 아나크레온은 흔히 사랑과 술의 시인으로 알려져 있다. 플라톤의 『파이드로스Phaedrus』중 소크라테스는 그를 지적인 이라고 언급하기도 했다.235d 그리고 아나크레온의 서정시는 르네상스기 이후 유럽의 여러 시인, 문인에게 영감을 주었는데, 이른바 '아나크레스 풍'의 형식의 모방시의 대유행의 기원이기도 했다.竹竹良彦: 2018. 173~178

고바야시 아이유1912의 저본은 두말할 나위도 없이 영역시이겠다. 사실 『그리스 사화집Anthologia Graeca』의 영역본 중 대표적인 것은 윌리엄 로저 패튼William Roger Paton, 1857~1921의 총 5권의 『영역 그리스 사화집The Greek anthology with an English translation』1915~1918이다. 그러나 이 선집은 고바야시 아이유1912보다 나중에 출판되었으므로, 고바야시 아이유1912의 저본일 수 없다. 대신 19세기 말 이후 영미권에서 출판된 『그리스 사화집』의 발췌역, 혹은 요약판 선집들 중 하나가 고바야시 아이유1912의 저본일 터인데, 그것이 바로 네이션 하스켈 돌Nathan Haskell Dole : 1904로 판단된다. 아나크레온의 영역시 중 고바야시 아이유1912의 내용, 특히 제목에 가장 가까운 것이 바로 네이슨 하스켈 돌1912이기 때문이다.

물론 고바야시 아이유로서는 나중에 이쿠다 슌게쓰生田春月: 1919의 팔라다스Palladas 번역의 저본이기도 한 그레이엄 R. 톰슨Graham R. Thomson의 『그리스 사화집 선집Selections from the Greek anthology』1889/1895을 저본으로 삼을 수도 있었다. 이 선집은 근대기 일본에서도 널리 읽힌, 윌리엄 샤프Wiilam Sharp가 편집하여 월터 스코트 출판사The Walter Scott Publishing Co., Ltd.에서 출판한 캔터베리 시인 총서The Canterbury Poets의 일부이기도 하기 때문이다. 그러나 그레이엄 R. 톰슨1889/1895에는 아나크레온의 이 시만큼은 수록되어 있지 않다.

한편 김억으로서는 이 시를 옮기자면 역시 고대 그리스 시의 원문은 물론 그 영역시집도 열람하지 못했을 터이므로, 일역시집을 저본으로 삼을 수밖에 없었다. 그중 고대 그리스 시는 이쿠다 슌게쓰1919의 「그리스希臘」장을 주된 저본으로 삼을 수 있었지만, 아나크레온의 이 시는 고바야시 아이유1912에만 수록되어 있다. 따라서 김억의 유일한 저본은 고바야시 아이유1912라고 볼 수밖에 없다.

이 시 역시 김억은 고바야시 아이유[1912]를 축자적으로 옮기지 않았다. 예컨대 고바야시 아이유[1912]의 제1행의 난삽한 구문, 제5행의 불완전한 구문은 고쳐 쓰다시피 하여 옮겼고, 제2행과 제3행은 율격^{각운}을 의식하여 고바야시 아이유[1912]의 한 행을 두 행으로 개행^{改行}하는 등 김억 특유의 방법으로 옮겼다.

한편 이 시의 첫 번째 번역의 발표시점[1918.12.14]으로 알 수 있듯이, 이 시는 근대기 한국에서 최초로 번역된 고대 그리스 시이기도 하다. 이미 『오뇌의 무도』에 수록된 에스페란토 시편들과 더불어 아나크레온과 고대 그리스 시편들은 『오뇌의 무도』가 비딘 프랑스・영국, 현대시의 차원을 넘어서 소박하게나마 김억 나름대로 그려낸 세계문학의 성좌도이기도 하다는 것을 시사한다. 이것은 근본적으로 『오뇌의 무도』 안에 호리구치 다이가쿠^{堀口大學:1916}만이 아니라, 이쿠다 슌게쓰[1919] 그리고 고바야시 아이유[1912] 등이 저마다 그려낸 세계문학의 범주와 정전의 목록이 혼종된 데에서 기인한다. 그러나 변영로의 서문으로 인해 『오뇌의 무도』 소재 시편들이 오로지 근대 프랑스 시 선집이라고 오인했을 당시의 독자들로서는 이 아나크레온과 그의 시가 수록된 의미를 온전히 이해하지 못했을 터이다.

죽음

코리아나쓰[1]

「죽음의 애닯음이여、」[2]

아니러라、이리도 고흔[3]

「젊은몸으로 죽어서야」

그래도 맘은 늙은이와갓타라[4]。

「世上의快樂도 바리고」

목슴의괴롭음을 避하면서、

「婚嫁의즐겁음도 업시」

아니러라、婚嫁의설음도 몰으고。

【초164, 재219】

1　코리아노스(Corianos, 생몰년도 미상, 그리스).

2　재판에는 「「죽음의 애닯음이여、」.

3　재판에는 "이리도 곱은".

4　재판에는 "늙은이와 갓타라".

死[†]

† 生田春月 編,「希臘―コリア
ナス」,『泰西名詩名譯集』, 東
京: 越山堂, 1919, 253면.

濱田靑陵

「死のつれなさよ」

否とよ、いともやさしき

「うらわかくして失せゆくか」

されど心は老人にも等しきや

「世の快樂をも捨てて」

命の煩ひをのがれつつ

「婚嫁のよろこびもなく」

否、婚嫁の悲しみも知らで

재판 이외 이본 없음.

주석

제1행 하마다 세이료^{濱田靑陵:1919}의 제1행 "「死のつれなさよ죽음의 무정함이여」"의 의역이다. 참고로 후나오카 겐지^{船岡獻治:1919}에는 'ツレナシ'를 "㊀ 모르는데, 心이 强하야 不知하는 樣을 함。㊁ 무정하다"로 풀이했다.

제2행 하마다 세이료¹⁹¹⁹의 제2행 "否とよ、いともやさしき아니. 너무나 아름다운"의 의역이다.

제3행 하마다 세이료¹⁹¹⁹의 제3행 "「うらわかくして失せゆくか젊디젊어서 죽어갔나」"의 의역이다.

제4행 하마다 세이료¹⁹¹⁹의 제4행 "されど心は老人にも等しきや그래도 마음은 늙은이와도 같다"에 충실한 번역이다.

제5행 하마다 세이료¹⁹¹⁹의 제5행 "「世の快樂をも捨てて세상의 쾌락도 버리고」"에 대응한다.

제6행 하마다 세이료¹⁹¹⁹의 제6행 "命の煩ひをのがれつつ목숨의 근심에서 벗어나면서"의 의역이다.

제7행 하마다 세이료¹⁹¹⁹의 제7행 "「婚嫁のよろこびもなく혼인의 기쁨도 없이」"에 대응한다.

제8행 하마다 세이료¹⁹¹⁹의 제8행 "否、婚嫁の悲しみも知らで아니, 혼인의 슬픔도 모르고"에 대응한다.

해설

김억의 「죽음」의 저본은 이쿠다 슌게쓰^{生田春月:1919} 소재 하마다 세이료^{濱田靑陵}의 「死죽음」이다. 하마다 세이료는 일본의 고고학자 하마다 코사쿠^{濱田耕作, 1881~1938}로서 '세이료'는 그의 호이다. 하마다 세이료는 조선총독부의 조선고적조사사업에도 관여했던 인물이기도 하다. 다만 하마다 세이료의 일역시의 저본은 물론 원작자는 특정할 수 없다. 이쿠다 슌게쓰의 해제에는 이 시의 원작자가 '코리아나(노)스^{コリアナス, corianos}'라는 고대 그리스 시인으로서 이 시 한 편만이 걸작으로 남았다고 간단히 서술되어 있을 뿐이다.^{生田春月:1919. 239} 따라서 김억은 이쿠다

슌게쓰의 서술에 따라 원작자를 '코리아나스'로 명기한 것으로 보인다.

그러나 고대 그리스·로마 인명 사전류William Smith : 1849/1870에는 '코리아노스corianos'라는 인물이 등장하지 않는다. 또 『그리스 사화집Anthologia Graeca』의 영역본 중 대표적인 윌리엄 로저 패튼William Roger Paton, 1857~1921의 총 5권에 달하는 거질의 『영역 그리스 사화집The Greek anthology with an English translation』1915~1918에도 '코리아노스corianos'의 작품은 수록되어 있지 않다.

그 외 영국 월터 스코트 출판사The Walter Scott Publishing Co., Ltd.의 캔터베리 시인 총서The Canterbury Poets의 일부인 그레이엄 R. 톰슨Graham R. Thomson의 『그리스 사화집 선집Selections from the Greek anthology』1889/1895 등 19세기 말 이후 영미권에서 출판된 『그리스 사화집』의 발췌역, 혹은 요약판 선집들에서도 사정은 마찬가지이다.

안타깝게도 하마다 세이료도 『그리스 기행希臘紀行』1918에서 코리아노스와 그의 시에 대해 언급한 바 없다. 그저 박람강기博覽強記한 독자가 나타나서 이 '코리아노스'라는 작자는 물론, 원시의 저본, 출전을 밝혀 주기를 고대할 뿐이다.

김억이 이 낯선 고대 그리스 시를 옮긴 이유는 이 시 역시 아나크레온의 에피그램epigram : 警句詩과 마찬가지로 죽음을 제재로 한 짧은 시이고, 또 폴 포르의 「결혼식전」과 상통하기 때문이었을 터이다. 어쨌든 김억으로 인해 이 낯선 이름의 고대 그리스 시인의 시는 일본과 조선에만 존재하게 되었다.

　　　『오뇌의 무도』 주해

사랑은 神聖한가[1]

메레디쓰[2]

「사랑은 神聖한가,」물엇노라、

「그러하다」다갓치對答하더라[3]、

사랑의標跡을 물을째에는

사람은 다갓치歎息하더라[4]。

멧해지내서[5]、우리는 사랑을、

그사랑의눈물과 애닲음을

바릴수가 잇으랴?

아々 그러나 니즐수는업서라[6]。

【초165, 재220】

1 재판 목차와 본문에는 "사랑은 神聖한가。".

2 조지 메러디스(George Mere-dith, 1828~1909, 영국).

3 재판에는 "다갓치 對答하더라".

4 재판에는 "다갓치 歎息하더라".

5 재판에는 "멧해를지내서".

6 재판에는 "니즐수는 업서라".

戀は聖かや[1]

1　小林愛雄 譯, 『近代詞華集』, 東京 : 佽陽堂, 1912, 91면.

小林愛雄

『戀は聖かや、』問へば

聲はみないふ『さなり。』

戀のしるしを問へば、

人はみななげかふ。

年を經てわれらは戀を

その戀の涙を傷を

棄つべきや、

ああ、さはれ、否、否、否。

2　George Meredith, *Modern Love*, London & New York, Macmillan and Co., 1892, p.105.

ASK, IS LOVE DIVINE[2]

George Meredith

Ask, is Love divine,

Voices all are, ay.

Question for the sign,

There's a common sigh.

Would we through our years,

Love forego,

Quit of scars and tears?

Ah, but, no, no, no!

재판 이외 이본 없음.

주석

제1행　고바야시 아이유小林愛雄 : 1912의 제1행 "『戀は聖かや、』問へば"사랑은 신성한가?" 물으면"의 의
　　　　역이다.

제2행　고바야시 아이유1912의 제2행 "聲はみないふ『さなり。』목소리는 모두 말한다 "그렇다""를 '『さ
　　　　なり。』"그렇다", '聲はみないふ목소리는 모두 말한다' 순으로 도치한 구문의 의역이다.

제3행　고바야시 아이유1912의 제3행 "戀のしるしを問へば사랑의 정표를 물으면"의 의역이다.

제4행　고바야시 아이유1912의 제4행 "人はみななげかふ사람들은 모두 탄식한다"에 충실한 번역이다.

제5행　고바야시 아이유1912의 제5행 "年を經てわれらは戀を세월이 지나서 우리는 사랑을"의 의역이다.

제6행　고바야시 아이유1912의 제6행 "その戀の淚を傷を그 사랑의 눈물을 상처를"의 의역이다.

제7행　고바야시 아이유1912의 제7행 "棄つべきや버려야만 하는가"의 의역이다.

제8행　고바야시 아이유1912의 제8행 "ああ、さはれ、否、否、否아아, 그렇지만, 아니다, 아니다, 아니다"
　　　　의 의역이다.

해설

김억의 「사랑은 神聖한가」의 저본은 고바야시 아이유小林愛雄 : 1912 소재 「戀は聖かや사랑은 신성
한가」이다. 또 원시는 영국의 소설가이자 시인 조지 메러디스의 "Ask, is Love divine"이다. 조지
메러디스의 시는 이미 1893년 『와세다문학早稲田文學』지에 게재된 「조지 메러디스의 시상ジョ
ルジ・メレヂスの詩想」으로 소개되었지만, 그의 시보다 소설 『이기주의자The Egoist』1879의 번역인 영
문학자 히라다 도쿠보쿠平田禿木, 1873~1943의 『제 뜻의 사람我意の人』1917~1918을 통해 소설가로
더욱 알려졌다.

　　조지 메러디스는 엄밀한 의미에서 W. B. 예이츠나 아서 시먼스 등 영국 현대시와 사뭇 거

리가 멀거니와, 데카당티스트도 아니다. 그래서 『오뇌의 무도』에서 조지 메러디스의 존재는 「오뇌의 무도」장의 여느 영(미)시와 마찬가지로 본장의 주조에서 어긋날뿐더러, 영문학을 대표한다고 보기 어렵다. 그런 조지 메러디스의 시가 『오뇌의 무도』에 수록된 것은 전적으로 고바야시 아이유1912의 영향이다. 특히 김억은 조지 메러디스의 이 시의 정조가 베를렌의 「아々 설어라」의 예컨대 "바릴수잇으랴?」아々 어려워라、 / 애닯은 離別、 몸이설지안은가" 같은 대목과 상통한다고 보았을 법하다.

　김억의 「사랑은 神聖한가」는 제2, 7, 8행 정도를 제하고는 고바야시 아이유1912의 인용 부호, 인용 구문을 그대로 따르고 있을 뿐만 아니라, 주된 어휘 표현과 문형과도 크게 다르지 않다. 사실 고바야시 아이유는 대체로 원시를 행 단위로 축자적으로 옮겼다. 그러나 고바야시 아이유는 영시 원문 제5행 "Would we through our years"에 없는 '戀사랑'을 더하는 한편, 원시의 제6행 "Love forego"의 'forego'와 제7행 "Quit of scars and tears?"의 'Quit'라는 서로 다른 의미의 동사들을 '棄つ버리다' 한가지로 옮겼다. 이것은 고바야시 아이유1912의 제5행과 제6행의 마지막 음절인 'をwo', 제7행과 제8행의 마지막 음절인 'やya'의 반복을 통해 리듬감을 불러일으키기 위한 선택인 것으로 보인다. 원시를 열람하지 못했을 김억이 이러한 사정까지 모두 알고 있었다고 보기 어려우나, 그 또한 고바야시 아이유1912와 흡사한 방식으로 자신의 번역시에 리듬감을 불어 넣은 것은 흥미롭다. 이로써 고바야시 아이유1912와 김억의 이 시는 원시와 다른 저마다 새로운 시가 되었다.

歡樂은 쌜나라[1]

메레듸쯔[2]

1 초판 목차, 재판 목차와 본문
  에는 "歡樂은쌜나라".

2 재판에는 '매러듸쯔'.

3 재판에는 "아름답은사랑을".

4 재판에는 "써나는사랑".

5 재판에는 "설음아, 내게잇으라".

歡樂은 쌜으고

哀傷은 늣저라、

서름은 쑤려라、

아름답은사랑을。[3]

해도 넘지안아서

써나는사랑、[4]

사랑을 알으랴노라、

설음아 내게잇으라[5]。

【초166, 재221】

『오뇌의 무도』 주해

歡樂ははやし[1]

栗原古城

1 生田春月 編, 『英吉利：メレディス』, 『泰西名詩名譯集』, 東京：越山堂, 1919, 41면; 樋口紅陽 編, 『西洋譯詩 海のかなたより』, 東京：文獻社, 1921(4,5), 535~536면.

歡樂ははやし、

哀傷はおそし、

世に甘き戀を

かなしみは蒔く、

日も暮れぬに

去にし戀、

戀を知るべく

哀しみよ、我が有たれ。

歡樂は疾し[2]

2 小林愛雄 譯, 『近代詞華集』, 東京：春陽堂, 1912, 92면.

小林愛雄

歡樂は疾し、

悲哀は遅し、

いとあまき戀を

かなしみは蒔かむ、

日の沈むまへに

飛びゆきし戀、

その戀を知りけるほどよ、

悲よ、われにあれ。

JOY IS FLEET[†]

George Meredith

[†] George Meredith, *Modern love*, London & New York, Macmillan and Co., 1892, p.106.

Joy is fleet,

Sorrow slow.

Love, so sweet,

Sorrow will sow.

Love, that has flown

Era day's decline,

Love to have known,

Sorrow, be mine!

재판 이외 이본 없음.

주석

제1연

제1행 구리하라 고죠^{栗原古城 : 1919}의 제1연 제1행 "歡樂ははやし ^{환락은 빠르다}", 혹은 고바야시 아이유^{小林愛雄 : 1912}의 제1행 "歡樂は疾し ^{환락은 빠르다}"의 의역이다.

제2행 구리하라 고죠¹⁹¹⁹의 제1연 제2행 "哀傷はおそし ^{애상은 늦다}"에 충실한 번역이다. 한편 고바야시 아이유¹⁹¹²의 제2행은 "悲哀は遲し ^{슬픔은 늦다}"이다.

제3행 고바야시 아이유¹⁹¹²의 제4행 "かなしみは蒔かむ ^{슬픔은 뿌려라}"에 충실한 번역이다. 구리하라 고죠¹⁹¹⁹의 제1연 제4행 "かなしみは蒔く ^{슬픔은 뿌린다}"의 의역으로도 볼 수 있다.

제4행 구리하라 고죠¹⁹¹⁹의 제1연 제3행 "世に甘き戀を ^{세상에 달콤한 사랑을}" 중 '甘き戀を ^{달콤한 사랑을}'만을 발췌한 구문, 혹은 고바야시 아이유¹⁹¹²의 제3행 "いとあまき戀を ^{너무나 달콤한 사랑을}" 중 'あまき戀を ^{달콤한 사랑을}'만을 발췌한 구문의 의역이다.

제2연

제1행 구리하라 고죠¹⁹¹⁹의 제2연 제1행 "日も暮れぬに ^{해도 지지 않는데}"와 고바야시 아이유¹⁹¹²의 제5행 "日の沈むまへに ^{해가 지기 전에}" 중 '日も ^{해도}'와 '沈むまへに ^{지기 전에}'만을 발췌하여 조합한 구문의 의역이다.

제2행 구리하라 고죠¹⁹¹⁹의 제2연 제2행 "去にし戀 ^{떠나는 사랑}"에 충실한 번역이다. 한편 고바야시 아이유¹⁹¹²의 제6행은 "飛びゆきし戀 ^{날아간 사랑}"이다.

제3행 구리하라 고죠¹⁹¹⁹의 제2연 제3행 "戀を知るべく ^{사랑을 알려고}"의 의역이다. 한편 고바야시 아이유¹⁹¹²의 제7행은 "その戀を知りけるほどよ ^{그 사랑을 알던 때여}"이다.

제4행 고바야시 아이유¹⁹¹²의 제8행 "悲よ、われにあれ ^{슬픔이여, 내게 있어라}"에 충실한 번역이다.

구리하라 고죠¹⁹¹⁹의 제2연 제4행 "哀しみよ、我が有たれ_{슬픔이여, 내 것이 되어라}"의 의역으로도 볼 수 있다.

해설

김억의 「歡樂은 쌀나라」시의 저본은 이쿠다 슌게쓰_{生田春月 : 1919} 소재 구리하라 고죠_{栗原古城}의 「歡樂ははやし _{환락은 빠르다}」와 고바야시 아이유_{小林愛雄 : 1912} 소재 「歡樂は疾し _{환락은 빠르다}」이다. 또 원시는 조지 메러디스의 "Joy is fleet"이다. 『오뇌의 무도』 초판 이전 김억이 열람할 수 있는 조지 메러디스의 시는 고바야시 아이유¹⁹¹²와 구리하라 고죠¹⁹¹⁹뿐이다.

김억은 이 저본 중 구리하라 고죠¹⁹¹⁹를 중심 저본으로 삼고 고바야시 아이유¹⁹¹²도 참조했다. 조지 메러디스의 원시가 한 개 연인 데에 비해 구리하라 고죠¹⁹¹⁹는 두 개의 연으로 이루어져 있고, 고바야시 아이유¹⁹¹²는 원시와 마찬가지로 한 개의 연으로 이루어져 있기 때문이다. 이 형식의 차이를 제하면 구리하라 고죠¹⁹¹⁹와 고바야시 아이유¹⁹¹²는 몇 군데 어휘의 차이가 있을 뿐, 구문은 대동소이하기 때문이다. 또 원시 자체가 기초적인 어휘, 구문으로 이루어져 있기 때문이다. 그중 구리하라 고죠¹⁹¹⁹가 상대적으로 간결하기 때문이다.

이 「歡樂은 쌀나라」를 통해서 「오뇌의 무도」 혹은 「오뇌의 무도곡」 장의 특색 하나는 분명히 드러났다. 그것은 이 장에 수록된 작품들이 인생의 무상함에 대한 예지를 담은 단시형_{短詩型}의 에피그램_{epigram : 警句詩} 풍의 작품이라는 공통점이다. 앞서 줄리앙 보캉스의 아이카이_{Haïkaï 혹은 Haï-Kaï} 이후의 이 「歡樂은 쌀나라」까지의 작품들이 모두 그러하다. 그리고 김억이 바로 그러한 예지로써 비단 프랑스와 영국의 현대시에 국한하지 않는 서양시의 한 흐름을 파악하고 있었던 사정도 알 수 있다. 그것은 김억 나름의 서양시에 대한 기대지평, 혹은 시적인 것에 대한 관념을 반영하기도 한다.

斷章。[1]

2 팔라다스(Palladas, 기원후 4세
   기경, 그리스).

팔나다쓰[2]

赤身으로 나는 地上에 낫노라、
赤身으로 나는 地下로 드노라、
첨과긋이 赤身임을 돌아보면
보람업는 설음만 긋이업서라。

눈물흘니며、나는 世上에 왓노라、
눈물흘니며、나는 世上을 써나노라、
아모리 살아도 나은 본것이란 업서라、
다만 世上에는 애닯은 눈물만 잇서라。

【초167】

斷章[†]

失名氏 譯

† 生田春月 編, 「希臘－パラダ
ス」, 『泰西名詩名譯集』, 東
京：越山堂, 1919, 251~252면.

×

裸身(はだかみ)にて吾れ地上に生れきぬ━裸身にて吾れ地下に入る。

終末のかくも裸身なるを想へば、甲斐なきに働かんもいはれなし。

×

涙して吾れ、此の世に生まれ、涙して吾れ此の世を去る。

世にありし日のいつとても、吾れ何ものをも見出さゞりき、たゞ涙のみ!

人の子のうちにてもあはれ涙多き輩(やから)痛ましき、かよわき━

墓場をさして疾く進みぬ、粉と砕けて消えんため!

PALLADAS.

† Graham R. Thomson edit., "Palladas," *Selections from the Greek anthology*, London : Walter Scott, 1889/1895, p.196.

Palladas. [†]

NAKED to earth was I brought—naked to earth I descend.

Why should I labour for nought, seeing how naked the end ?

William M. Hardinge.

‡ Graham R. Thomson edit., *Ibid.*, p.200.

Palladas. [‡]

In tears I came to life, in tears I leave it,

Nought have I found but tears in all life's day !

O tearful race of mortals ! piteous, feeble—

Swept toward the grave, to crumble there away !

Alma Strettell.

초판 이외 이본 없음.

주석

제1연

제1행　이쿠다 슌게쓰^{生田春月 : 1919}의 제1시 제1행 "裸身にて吾れ地上に生れきぬ—裸身にて吾れ地下に入る^{알몸으로 나는 지상에 태어났다—알몸으로 나는 지하로 들어간다}" 중 '裸身にて吾れ地上に生れきぬ^{알몸으로 나 땅 위에 태어났다}'의 의역이다.

제2행　이쿠다 슌게쓰¹⁹¹⁹의 제1시 제1행 중 '裸身にて吾れ地下に入る^{알몸으로 나는 지하로 들어간다}'의 의역이다.

제3행　이쿠다 슌게쓰¹⁹¹⁹의 제1시 제2행 "終末のかくも裸身なるを想へば、甲斐なきに働かんもいはれなし^{마지막의 이토록 알몸임을 생각하면, 보람 없이 일할 이유도 없다}" 중 '終末のかくも裸身なるを想へば^{마지막의 이토록 알몸임을 생각하면}'의 의역이다.

제4행　이쿠다 슌게쓰¹⁹¹⁹의 제1시 제2행 중 '甲斐なきに働かんもいはれなし^{보람 없이 일할 이유도 없다}'의 의역이다.

제2연

제1행　이쿠다 슌게쓰¹⁹¹⁹의 제2시 제1행 "涙して吾れ、此の世に生まれ、涙して吾れ此の世を去る^{눈물 흘리며 나, 이 세상에 태어나, 눈물 흘리며 나 이 세상을 떠난다}" 중 '涙して吾れ、此の世に生まれ^{눈물 흘리며 나, 이 세상에 태어나}'의 의역이다.

제2행　이쿠다 슌게쓰¹⁹¹⁹의 제2시 제1행 중 '涙して吾れ此の世を去る^{눈물 흘리며 나 이 세상을 떠난다}'에 충실한 번역이다.

제3행　이쿠다 슌게쓰¹⁹¹⁹의 제2시 제2행 "世にありし日のいつとても、吾れ何ものをも見出さゞりき、たゞ涙のみ!^{세상에 산 날 어느 날도, 나 아무것도 찾지 못하고, 그저 눈물만!}" 중 '世にありし

日のいつとても、吾れ何ものを見出さゞりき^{세상에서 산 날 어느 날도, 나 아무것도 찾지 못하고}'에
해당한다.

제4행   이쿠다 슌게쓰¹⁹¹⁹의 제2시 제2행 중 '世に^{세상에서}'와 'たゞ涙のみ^{그저 눈물만}'를 조합한
구문의 의역이다. 이하 이쿠다 슌게쓰¹⁹¹⁹의 제3, 4행은 생략했다.

해설

김억의 「斷章」의 저본은 이쿠다 슌게쓰^{生田春月 : 1919}에 수록된 번역자 미상의 「斷章」이나. 또
원시는 고대 그리스 시인 팔라다스^{Palladas, 기원후 4세기경, 그리스}의 에피그램^{epigram : 警句詩}이다. 팔라
다스는 이집트의 알렉산드리아^{Alexandria} 출신으로서 그리스에서 고전을 배운 후 알렉산드리
아에서 문법 교사를 한 것으로 알려져 있다.^{有世良彦 : 2018, 443~452} 이쿠다 슌게쓰¹⁹¹⁹의 저본은
두말할 나위도 없이 영역시이겠는데, 그중에서도 그레이엄 R. 톰슨^{Graham R. Thomson : 1889/1895}
소재 윌리엄 M. 하딘지^{William M. Hardinge, 1854~1916}의 번역과 앨머 스트레텔^{Alma Strettell, 1856~1939}
의 번역시로 판단된다. 무엇보다도 주된 문형, 문장부호의 쓰임이 그 근거이다.

사실『그리스 사화집^{Anthologia Graeca}』의 영역본 중 대표적인 것은 윌리엄 로저 패튼^{William Roger}
^{Paton, 1857~1921}의 총 5권의『영역 그리스 사화집^{The Greek anthology with an English translation}』^{1915~1918}이다.
이 책은 그리스어 영어 대역 선집으로서, 그중 제4권 제5책에 팔라다스의 원시 두 편이 나란
히 수록되어 있다. 그러나 본업이 그리스 고전문학이 아닌 이쿠다 슌게쓰로서는 그리스 영어
대역 선집이 아닌 19세기 말 이후 영미권에서 출판된『그리스 사화집』의 발췌역, 혹은 요약
판 선집들 중 하나인 그레이엄 R. 톰슨^{1899/1895}을 참조했다. 더구나 이것은 윌리엄 샤프^{Wiilam}
^{Sharp}가 편집하여 월터 스코트 출판사^{The Walter Scott Publishing Co., Ltd.}에서 출판한 캔터베리 시인 총
서^{The Canterbury Poets}의 일부이기도 하다.

한편 김억으로서는 이 시를 옮기자면 역시 고대 그리스 시의 원문은 물론 그 영역시집도
열람하지 못했을 터이므로, 이쿠다 슌게쓰¹⁹¹⁹를 저본으로 삼을 수밖에 없었다. 그런데 이쿠
다 슌게쓰¹⁹¹⁹의 경우 팔라다스의 에피그램 두 편의 시를 「斷章」이라는 제목으로 옮긴 데에

반해, 김억은 서로 다른 두 편의 시를 마치 두 개의 연으로 이루어진 것처럼 옮겼다. 또 김억은 산문시에 가까운 이쿠다 슌게쓰[1919]의 제1, 2시를 각각 네 개의 행으로 나누었고, 이쿠다 슌게쓰[1919]를 축자역하는 대신 자유번역에 가까운 방식으로 옮겼다. 심지어 김억은 이쿠다 슌게쓰[1919] 제2시의 마지막 두 개 행은 생략해 버렸다. 이로써 김억의 이 시는 팔라다스의 원시는 물론 이쿠다 슌게쓰[1919]와 무관한 새로운 시가 되고 말았다.

김억은 『오뇌의 무도』 재판에는 팔라다스의 이 시를 싣지 않았다. 김억이 아나크레온, 코리아노스의 작품은 남겨두면서 팔라다스의 이 작품만 제한 이유는 알 수 없다. 그러나 『오뇌의 무도』 초판의 마지막에 수록된 이 낯선 고대 그리스의 에피그램은 매우 상징적인 의미를 지닌다. 그것은 이 시의 제1연이 7·5조를 방불케 하는 한 행 12음절의 총 4행의 정형시라는 점, 이것이 후일 김억이 조선적인 시형으로 천명하고 실천한 이른바 '격조시형格調詩形論'의 원형처럼 보인다는 점에서 그러하다.

참고문헌

1. 원전과 저본 ————————————————————————

가. 한국

金億 譯, 『懊惱의 舞蹈』, 廣益書館, 1921.3.20.

金億 譯, 『懊惱의 舞蹈』, 朝鮮圖書株式會社, 1923.8.11.

『學之光』, 『泰西文藝新報』, 『創造』, 『廢墟』, 『開闢』.

나. 일본

堀口大學 譯, 『昨日の花－佛蘭西近代詩』, 東京 : 籾山書店, 1918.

＿＿＿＿＿＿譯, 『失はれた寶玉』, 東京 : 籾山書店, 1920.

＿＿＿＿＿＿譯, 『サマン選集』, 東京 : アルス, 1921.

＿＿＿＿＿＿譯, 『月下の一群』, 東京 : 第一書房, 1925.

＿＿＿＿＿＿譯, 『ヴェルレェヌ詩抄』, 東京 : 第一書房, 1927.

＿＿＿＿＿＿譯, 『グウルモン詩抄』, 東京 : 第一書房, 1928.

＿＿＿＿＿＿譯, 『ポオルフオル詩抄』, 東京 : 第一書房, 1934.

＿＿＿＿＿＿譯, 『詩と詩人』, 東京 : 講談社, 1948.

馬場睦夫 譯, 『惡の華』, 東京 : 洛陽堂, 1919.

山宮允 譯, 「ブレークの詩集より」, 『未來』第2輯, 東京 : 東雲堂書店, 1914.6.

＿＿＿＿＿編, 『譯註現代英詩鈔』, 東京 : 有朋館書店, 1917.

＿＿＿＿＿譯, 『ブレイク選集』, 東京 : アルス, 1922.

上田敏 譯, 『海潮音』, 東京 : 本郷書院, 1905.

＿＿＿＿＿譯, 『牧羊神』, 東京 : 金尾文淵堂, 1920.

西條八十 譯, 『白孔雀』, 東京 : 尚文堂, 1920.

生田春月 編, 『泰西名詩名譯集』, 東京 : 越山堂, 1919.

小林愛雄 譯, 『近代詞華集』, 東京 : 春陽堂, 1912.

＿＿＿＿＿＿譯, 『現代萬葉集』, 東京 : 愛音會出版部, 1916.

＿＿＿＿＿＿・佐武林藏 譯, 『近代詩歌集』, 東京 : 佶堂書肆, 1918.

與謝野寬外, 「ポオル・フオールの研究」, 『現代詩歌』第1卷第4號, 東京 : 曙光詩社, 1918.5.

永井荷風 譯, 『珊瑚集(佛蘭西近代抒情詩選)』, 東京 : 籾山書店, 1913.

厨川白村, 『近代文學十講』, 東京 : 大日本圖書, 1912.

＿＿＿＿＿＿, 『英詩選釋(第1卷)』, 東京 : アルス, 1922.

竹友藻風 編, 『鬱金草』, 東京 : 梁江堂書店, 1915.

川路柳虹 譯, 『ヴェルレーヌ詩抄』, 東京 : 白日社, 1915.

＿＿＿＿＿＿譯, 『ゼルレーヌ詩集』, 東京 : 新潮社, 1919.

T. Kuriyagawa(廚川辰夫) & K. Yano(矢野禾積), *The Later Nineteenth Century Poets : with Biographical and Explanatory notes*, Tokyo & Osaka : Sekizen-kwan, 1922.

Vaselj Eroŝenko, 秋田雨雀 譯, "ジブシイの豫言(エロセンコ作家作曲)", *La Revuo Orienta*(ひがしあじあ), Jaro 1 / Numero 12(第一年第12號), Tokio : Organo de Japana Esperanto Instituto(東京 : 日本エスペラント學會), 1920.12.

다. 서양

Adolphe van Bever & Paul Léautaud, *Poètes d'Aujourd'hui, 1880-1900 Morceaux choisis*, Paris : Société du Mercure de France, 1900.

_____, *Poètes d'Aujourd'hui : Morceaux choisis(Tome 1~ II)*, Paris : Société du Mercure de France, 1908.

Albert Samain, *Au Jardin de l'infante*, Paris : Mercure de France, 1911.

_____, *Œuvres d'Albert Samain I~ III*, Paris : Mercure de France, 1924.

Alfred Henry Miles ed., *The Poets and the Poetry of the Nineteenth century(Vol.9)*, London : Routledge & Sons, Ltd., 1907.

Antoni Grabowski, *El Parnaso de Popoloj*, Varsovio : Eldono de "Pola Esperantisto", 1913.

Arthur Symons, *Amoris Victima*, London : Leonard Smithers, 1897.

_____, *Poems(Vol.II)*, London : William Heinemann, 1901/1912.

Charles Baudelaire, *Œuvres complètes I : Les Fleurs du Mal(3ᵉ éd.)*, Paris : Michel Lévy frères, 1868.

_____, Frank Pearce Sturm trans., *The Poems of Charles Baudelaire*, London and New Castle : The Walter Scott Publishing, 1906.

Charles Baudelaire, Cyril Scott trans., *The Flowers of Evil*, London : Elkin Mathews, Vigo Street, 1909.

_____, John Collings Squire trans., *Poems and Baudelaire Flowers*, London : New Age Press Ltd., 1909.

_____, Édition de Claude Pichois, *Baudelaire : Œuvres complètes I(Bibliothèque de la Pléiade)*, Paris : Gallimard, 1975(Claude Pichois : 1975).

Charles Guérin, *Le Semeur de Cendres : 1898-1900*, Paris : Mercure de France, 1901.

Dominique Chipot, *En Pleine Figure : Haïkus de la Guerre de 14-18*, Paris : B. Doucey, impr., 2013.

Ernest Dowson, a Memoir by Arthur Symons, *The Poems of Ernest Dowson*, London & New York : John Lane, The Bodley Head, 1905.

Ernest Dowson, a Memoir by Arthur Symons, *The Poems and Prose of Ernest Dowson*, New York : Modern Library, 1919.

Fernand Gregh, *La Maison de L'enfance*, Paris : Calmann Lévy, 1896/1900.

_____, *La Beauté de Vivre*, Paris : Calmann Lévy, 1900.

_____, *La Chaîne Éternelle : Poèmes*, Paris : Eugèn Fasquelle, 1910.

George Meredith, *Modern Love*, London & New York, Macmillan and Co., 1892.

Gérard Walch, *Anthologie des Poètes Français contemporains(Tome 1~ III)*, Paris : Ch. Delagrave, Leyde : A.-W. Sijthoff, 1906~1907.

Graham R. Thomson edit., *Selections from the Greek anthology*, London : Walter Scott, 1889/1895.

Henri de Régnier, *Les Jeux Rustiques et Divins*, Paris : Mercure de France, 1897.

_____, *La Cité des Eaux*, Paris : Mercure de France, 1902.

_____, Jean de Gourmont, *Henri de Régnier et son œuvre*, Paris : Société du Mercure de France, 1908.

Jean Moréas, *Les Stances*, Paris : Société du Mercure de France, 1905.

Jean Lahor, *Œuvres de Jean Lahor : L'Illusion*, Paris : Alphonse Lemerre, 1906.

Jethro Bithell, *Contemporary French Poetry*, London : Walter Scott Publishing Co. Ltd., 1912.

John Banister Tabb, *Poems*, Boston : Copeland and Day, 1894.

Julien Vocance, "Cent visions de guerre", *La Grande Revue*, Paris : Mayo, 1916.5.

Laurent Tailhade, *Poèmes élégiaques*, Paris : Mercure de France, 1907.

Louis Mandin, *Les Saisons ferventes : Poèmes*, Paris : Mercure de France, 1914.

Nathan Haskell Dole, *Greek Poets : an Anthology*, New York : Thomas Y. Crowell & Co. Publishers, 1904.

Paul Fort, *Choix de Ballades Françaises : Hymnes, Chansons, Lieds, Élégies, Poèmes*, Paris : Eugène Figuière, 1913.

_____, John Strong Newberry trans., *Selected Poems and Ballads of Paul Fort*, New York : Duffield and company, 1921.

Paul Verlaine, *Œuvres complètes de Paul Verlaine*(*Tome premier*), Paris : Librairie Léon Vanier, 1900(Deuxième édition).

_____, Selected and translated by Ashmore Wingate, *Poems by Paul Verlaine*(*The Canterbury Poets*), London : Walter Scott, 1904.

_____, Bergen Weeks Applegate trans., *Paul Verlaine : His absinthe-tinted song*, Chicago : Ralph Fletcher Seymour, The Alderbrink press, 1916.

_____, Texte établi et annoté par Y. -G. Le Dantec, Édition Revue, complétée et preésentée par Jacques Borel, *Verlaine : Œuvres poétiques complètes*(*Bibliothèque de la Pléiade*), Paris : Gallimard, 1962(Jacques Borel : 1962).

Percy Bysshe Shelley, *The Complete Poetical Works of Percy Bysshe Shelley; Memoir by Arthur Symons*, London : Humphrey Milford, Oxford University Press, 1914.

Pierre Lièvre, *Anthologie des Poètes du Divan*, Paris : Le Divan, 1923.

Remy de Gourmont, *Le Livre des masques*, Paris : Société du Mercure de France, 1896.

_____, Paul Delior, *Remy de Gourmont et son œuvre*, Paris : Société du Mercure de France, 1909.

_____, *Divertissements : Poèmes en vers*, Paris : Mercure de France, 1912.

Roman Frenkel, *Verdaj fajreroj*, Bruĝo : A. J. Witteryck, 1908.

Vaselj Eroŝenko, *La Ĝemo de Unu Soleca Animo*, Ŝanhajo : Orienta Esperanto-Propaganda Instituto, 1923.

Verkoj de Vaselj Eroŝenko, *Lumo kaj Ombro*, Toyonaka : Japana Esperanta Librokooperativo, 1979.

William Blake, Edwin J. Ellis & W. B. Yeats, ed., *The Works of William Blake : Poetic, Symbolic, and Critical*(*Vol.III*), London : Bernard Quaritch, 1893.

_____, W. B. Yeats, ed., *Poems of William Blake*, London : George Routledge & Sons, Ltd., New York : E. P. Dutton & Co., 1905.

William Butler Yeats, *The Wanderings of Oisin and Other Poems*, London : Kegan Paul & Co., 1889.

_____, *The Wind Among the Reeds*, London : Ekin Mathews 1899.

_____, *In the Seven woods*, Dundrum : The Dun Emer Press, 1903.

_____, *The Poetical Works of William B. Yeats*(*Volume I — Lyrical Poems*), New York : The Macmillan Company & London : Macmillan & Co. Ltd., 1906/1920.

William Butler Yeats, *The Collected Works in Verse and Prose of William Butler Yeats*(*Vol.I*), Stratford-on-Avon : Imprinted at the Shakespeare Head Press, 1908.

_____, *Responsibilities and other Poems*, New York : The Macmillan company, 1916.

William Roger Paton ed.&trans., *The Greek Anthology*(*Vol.IV*), London : Willam Heinemann &New York : G.P.Putnam's sons, 1916.

William Watson, *The Poems of William Watson*, London &New York : Macmillan and Co., 1893.

2. 기타 시(선)집·전집 ───────────────

김동인, 『김동인문학전집』 12, 대중서관, 1983.

김억, 『해파리의 노래』, 朝鮮圖書株式會社, 1923.

____, 박경수편, 『안서김억전집 : ②-1 서구시역집』, 한국문화사, 1987.

박진영, 『번역가의 머리말 -『천로역정』부터 『롤리타까지』』, 소명출판, 2022.

堀口大學, 安藤元雄 外編, 『堀口大學全集』(全9卷·補卷3卷·卷1卷), 東京 : 小澤書店, 1981～1988.

多田道太郎 外編, 『『惡の華』註釋』(全3卷), 東京 : 平凡社, 1988.

阿部良雄譯, 『ボードレール全集』(全4卷), 東京 : 人文書院, 1963~1964.

阿部良雄譯, 『ボードレール全集』(全6卷), 東京 : 筑摩書房, 1983.

柳澤健譯, 『現代佛蘭西詩集』, 東京 : 新潮社, 1921.

永井荷風, 稻垣達郎 外編, 『荷風全集』第5·9卷, 東京 : 岩波書店, 1993.

窪田般彌編, 『フランス詩大系』, 東京 : 靑土社, 2007.

竹友藻風譯, 『ヹルレェヌ選集』, 東京 : アルス, 1921.

樋口紅陽編, 『西洋譯詩海のかなたより』, 東京 : 文獻社, 1921.

ボードレール, 川戸道昭·榊原貴教編, 『ボードレール明治·大正期飜譯作品集成』, 東京 : 大空社, 2016.

Caroline Blyth, edit., *Decadent Verse : An Anthology of Late Victorian Poetry 1872-1900*, London : Anthem Press, 2009.

샤를 보들레르(Charles Baudelaire), 박은수 역, 『보들레르 시전집』, 민음사, 1995.

_____, 윤영애 역, 『악의 꽃』, 문학과지성사, 2003.

Nico-D. Horigoutchi, *Tankas : Petits Poèmes Japonais*, Paris : Edité par Éditions du Fauconnier, 1921.

폴 베를렌(Paul Verlaine), 윤세홍 역, 『베를렌 시선』, 지식을만드는지식, 2013.

플라톤, 김주일 역, 『파이드로스(정암고전총서 플라톤 전집)』, 아카넷, 2020.

Victor Hugo, *Œuvres Complètes Vol.42 : Correspondance tome II*(*Années 1849-1866*), Paris : Albin Michel, 1904.

윌리엄 버틀러 예이츠(William Butler Yeats), 김상무 역주, 『예이츠 서정시 전집1 - 아일랜드』, 서울대출판문화원, 2014(김상무 : 2014a).

_____, 김상무 역주, 『예이츠 서정시 전집2 - 사랑』, 서울대출판문화원, 2014(김상무 : 2014b).

_____, 『예이츠 서정시 전집3 - 상상력』, 서울대출판문화원, 2014(김상무 : 2014c).

3. 사전·도판

김영배, 『평안방언연구 자료편』, 태학사, 1997.

김이협, 『평안방언사전』, 한국정신문화연구원, 1981.

동아옥션, 『제1회 동아옥션 경매 "文華之光"』, 동아옥션, 2018.3.

오산학원, 『五山百年史』, 학교법인 오산학원, 2007.

船岡獻治, 『鮮譯國語大辭典』, 東京 : 大阪屋號書店, 1919.

水島愼次郎, 『現代新辭林』, 東京 : 成文堂, 1915.

神田乃武 外, 『模範英和辭典(第十四版)』, 東京 : 三省堂, 1911/1915.

野村泰亨 外, 『增訂 新佛和辭典』, 東京 : 大倉書店, 1910/1918.

齊藤秀三郎, 『熟語本位英和中辭典(改訂版)』, 東京 : 正則英語學校出版部, 1915/1918.

生田長江編, 『文學新語小辭典』, 東京 : 新潮社, 1913.

_____, 『新文學辭典』, 東京 : 新潮社, 1918.

國立國會圖書館編, 『明治·大正·昭和飜譯文學目錄』, 東京 : 風間書房, 1984.

笠原勝郎, 『英米文學飜譯書目 - 名作家硏究書目付』, 東京 : 沖積舍, 1991.

鈴木弘, 『圖說 イェイツ詩辭典(A Dictionary of W.B.Yeats's Poem)』, 東京 : 本の友社, 1994.

山宮允, 『明治大正詩書綜覽』, 東京 : 啓成社, 1934.

榊原貴敎編, 『飜譯詩事典 : フランス編』, 東京 : 大空社, 名古屋 : ナダ出版センタ, 2018.

佐藤義亮編, 『新文學百科精講(前編)』, 東京 : 新潮社, 1914.

André Barré, *Bibliographie de la Poésie symboliste*, Paris : Jouve & Cie, 1911.

Anne Marie Hacht & Dwayne D.Hayes, *Gale Contextual Encyclopedia of World Literature*(Vol.1~4), Detroit : Gale Cengage Learning, 2009.

Claude Pichois & Jean-Paul Avice, *Dictionnaire Baudelaire*, Tusson, Charente : Du Lérot, 2002.

Christine L.Krueger, *Encyclopedia of British Writers*(Vol.1~2), New York : Facts on File, 2003.

Eric L.Haralson, *The Routledge encyclopedia of American poetry : The Nineteenth Century*, New York & London : Routledge, 2014.

Geoffrey H.Sutton, *Concise Encyclopedia of the Original Literature of Esperanto 1887~2007*, New York : Mondal, 2008.

Jacques Demougin, *Dictionnaire de la Littérature Française et Francophone*(Tome 1~3), Paris : Références Larousse, 1987.

James Wyatt Cook, *Encyclopedia of Ancient Literature*, New York : Facts on File, 2008.

Sam McCready, *A William Butler Yeats Encyclopedia*, Westport, Connecticut : Greenwood Press, 1997.

Sara Pendergast & Tom Pendergast, *Reference Guide to World Literature*(Vol.1 Authors), Detroit : Thomson Gale, 2003.

_____, *Reference Guide to World Literature*(Vol.2 Works Index), Detroit : Thomson Gale, 2003.

Stanley J.Kunitz & Howard Haycraft edit., *Twentieth century Authors : A Biographical Dictionary of Modern Literature*(First Supplement), New York : H.W.Wilson Co., 1973.

Thierry Boucquey, *Encyclopedia Of World Writers*(Vol.1~3), New York : Facts on File, 2005.

William Smith, *A New Dictionary of Greek and Roman Biography and Mythology*, Boston : Little, Brown and Company, 1854.

4. 논문·단행본

구인모, 『한국근대시의 이상과 허상』, 소명출판, 2008.

_____, 『유성기의 시대, 유행시인의 탄생』, 소명출판, 2013.

권행가, 「1920년대 김찬영의 표지화－『오뇌의 무도』 표지화를 중심으로」, 『근대서지』 제9호, 근대서지학회, 2014.6.

김기봉, 『프랑스 상징주의와 시인들』, 소나무, 2000.

김병철, 『한국근대번역문학사연구』, 을유문화사, 1975.

김붕구, 『보들레에르－평전·미학과 시세계』, 문학과지성사, 1977/2003.

김삼수, 『한국에스페란토운동사(1906~1975)』, 숙명여대출판부, 1976.

김용직, 「신문학초창기번역시론고」, 『백산학보』 제3호, 백산학회, 1967.

김윤식, 「에스페란토 문학을 통해 본 김억의 역시고(攷)」, 『국어교육』 제14호, 한국국어교육연구학회, 1968.

_____, 「4. 서양시 번역의 양상－에스페란토 문학을 통해 본 김억의 역시고(攷)」, 『근대한국문학연구』, 일지사, 1973.

김은전, 『김억의 프랑스 상징주의 수용양상』, 서울대 박사논문, 1984.

_____, 『한국상징주의시연구』, 한샘, 1991.

김장호, 「서구시도입의 한 양상－김억이 들여온 P. Verlaine」, 『논문집』 제22호, 동국대, 1983.

_____, 「김억의 알베르·싸멩 번역을 살핀다」, 『한국문학연구』 제14호, 동국대 한국문학연구소, 1992(김장호 : 1992a).

_____, 「김억의 쥴리앙·보캉스 번역을 살핀다」, 『한국문학연구』 제15호, 동국대 한국문학연구소, 1992(김장호 : 1992b).

_____, 「『오뇌의 무도』의 영시 번역을 살핀다」, 『한국문학연구』 제16호, 동국대 한국문학연구소, 1993.

_____, 『한국시의 비교문학』, 태학사, 1994.

김학동, 『한국근대시와 비교문학적 연구』. 일조각, 1991.

_____ 외 『김안서 연구』, 새문사, 1996.

박인효, 『프랑스 시와 시인론』, 조선대출판부, 2001.

오영진, 「근대번역시의 중역 시비에 대한 고찰」, 『일어일문학연구』 창간호, 한국일어일문학회, 1979.

윤영애, 『파리의 시인 보들레르』, 문학과지성사, 1998.

_____, 『지상의 낯선 자 보들레르』, 민음사, 2001.

윤호병, 『문학과 문학의 비교』, 푸른사상, 2008.

이어령, 『새 자료조사를 통한 한국작가전기연구』 상, 동화출판공사, 1975.

정우택, 「유암 김여제의 생애와 시 연구」, 『반교어문』 제5집, 반교어문학회, 1994.

정한모, 『한국현대시문학사』, 일지사, 1974/1981.

Kevin O'Rourke, 『한국근대시의 영시영향연구』, 새문사, 1984.

김용권, 「예이츠 시 번(오)역 100년」, 『한국 예이츠 저널』 제40호, 한국예이츠학회, 2013.

龜井俊介, 『日本近代詩の成立』, 東京 : 南雲堂, 2016.

_____ · 杏掛良彦, 『名詩名譯ものがたり－異鄕の調べ』, 東京 : 岩波書店, 2005.

金子美都子, 『フランス二〇世紀詩と俳句－ジャポニスムから前衛へ』, 東京 : 平凡社, 2015.

多田道太郎編, 『ボードレール詩の冥府』, 東京 : 筑摩書房, 1988.

杏掛良彦, 『ギリシアの抒情詩人たち－竪琴の音にあわせ』, 京都 : 京都大學學術出版會, 2018.

大熊薫, 『ヴェルレーヌ 自己表現の變遷』, 東京 : 早美出版社, 2001.

大浦幸南, 『イェイツをめぐる女性たち』, 京都 : 山口書店, 1987.

藤井省三, 『エロシェンコの都市物語－1920年代東京・上海・北京』, 東京 : みすず書房, 1989.

山村嘉己, 『土星びとの歌－ヴェルレーヌ評傳』, 吹田 : 關西大學出版部, 1990.

_____, 『象徵主義は死なず－フランス象徵主義詩史槪說』, 相模原 : 南山社, 1995.

阿部良雄, 『惡魔と反復－ボードレール試解』, 東京 : 牧神社, 1975.

_____, 『シャルル・ボードレール－現代性の成立』, 東京 : 河出書房新社, 1995.

柳澤健, 『現代の詩及詩人』, 東京 : 尚文堂, 1921.

野内良三, 『ヴェルレーヌ』, 東京 : 淸水書院, 2016.

遠山博雄, 「アルベール・サマンと搖れること－『王女の庭にて』小論」, 『論集』第21卷 第9號, 東京 : 駒澤大學外國語部, 1985.

伊藤由紀, 「小林愛雄の歌劇飜譯」, 『比較文學』第51卷, 東京 : 日本比較文學會, 2009.

前川祐一, 『イギリスのデカダンス－綱渡りの詩人たち』, 東京 : 晶文社, 1995.

_____, 『ダンディズムの世界－イギリス世紀末』, 東京 : 晶文社, 1990.

佐藤光, 『柳宗悅とウィリアム・ブレイク－還流する「肯定の思想」』, 東京 : 東京大學出版會, 2015.

中村喜久子, 「小林愛雄評傳－近代文學硏究資料第270篇」, 『學苑』第290號, 東京 : 昭和女子大學, 1964.

倉方健作, 「日本におけるレミ・ド・グールモン受容」, 『比較文學年誌』第45號, 東京 : 早稻田大學 比較文學硏究室, 2009.

平井法, 昭和女子大學近代文學硏究室, 「小林愛雄」, 『近代文學硏究叢書』第56卷, 東京 : 昭和女子大學 近代文化硏究所, 1984.

河盛好藏, 『フランス文壇史－第三共和國時代』, 東京 : 文藝春秋社, 1961.

豊田實, 『日本英學史の研究』, 東京 : 千城書房, 1963.

A. Norman Jeffares, *A Commentary on the Collected Poems of W. B. Yeats*, London : Palgrave Macmillan, 1968.

Alfred Jarry, *Albert Samain(Souvenirs)*, Paris : Victor Lemasle, 1907.

Arthur Symons, *The Symbolist Movement in Literature*, London : William Heinemann, 1899.

_____, *The Symbolist Movement in Literature*, London : Archibald Constable & Co. Ltd., 1908.

_____, 岩野泡鳴 譯, 『表象派の文學運動』, 新潮社, 1913(岩野泡鳴 : 1913).

_____, *The Symbolist Movement in Literature*, New York : E. P. Dutton & Co., 1919.

_____, *William Blake*, London : Archbald Constable and Co. Ltd., 1907.

Amy Lowell, *Six French Poets : Studies in Contemporary Literature*, New York : The Macmillan company, 1915.

Antoine Faivre, Joscelyn Godwin trans., *Eternal Hermes : From Greek God to Alchemical Magus*, Michigan : Phanes Press, 1995.

Claude Pichois & Jean Ziegler, *Charles Baudelaire*, Paris : Fayard, 1996(渡邊邦彦 譯, 『シャルル・ボードレール』, 東京 : 作品社, 2003).

Clive Scott, "The Liberated vers of the English translators of French symbolism", Anna Balakian edit., *The Symbolist Movement in the Literature of European Languages*, Philadelphia : John Benjamins Pub. Co., 1982(Clive Scott : 1982).

David Holdeman, *The Cambridge introduction to W. B. Yeats*, Cambridge & New York, Cambridge Univ. Press, 2010.

Dominique Rincé, *La Poésie Française du XIXe siècle*, Paris : Presses universitaires de France, 1995(강성욱·황현산, 『프랑스 19세기 시』, 고려대출판문화원, 2021).

Edmund Wilson, *Axels Castle : A Study in the imaginative Literature of 1870-1930*, New York : Charles Scribners Sons, 1931(이경수 역, 『악셀의 성 – 상징주의 문학을 통해 본 현대문학의 흐름』, 문예출판사, 1997).

François Coppée, *Œuvres complètes de François Coppée : Prose*(Tome VI), Paris : Libraire L. Hébert, 1897, p.306.

Georges Blin, *Baudelaire*, Paris : Gallimard, 1939(阿部良雄·川瀬馥 譯, 『ボードレール』, 東京 : 牧神社, 1977).

_____, *Le Sadisme de Baudelaire*, Paris : J. Corti, 1948(及川馥 譯, 『ボードレールのサディスム』, 東京 : 沖積舍, 2006).

Gustave Kahn, *Symbolistes et Décadents*, Paris : Librairie Léon Vanier, 1902.

Henri Troyat, *Verlaine*, Paris : Flammarion, 1993(沓掛良彦·中島淑惠 譯, 『ヴェルレーヌ傳』, 東京 : 水聲社, 2006).

Henri Peyre, Emmett Parker trans., *What is Symbolism?*, Tuscaloosa : University of Alabama Press, 2004.

후고 프리드리히(Hugo Friedrich), 정희창 역, 『현대시의 구조(Die Struktur der modernen Lyrik)』, 한길사, 1996.

Jacques-Henry Bornesque, *Verlaine : par lui-même*, Paris : Éditions du Seuil, 1968.

Joseph M. Hassett, *W. B. Yeats and the Muses*, Oxford : Oxford Univ. Press, 2010.

Kostas Boyiopoulos, *The Decadent Image : The Poetry of Wilde, Symons and Dowson*, Edinburgh : Edinburgh Univ. Press, 2015.

Léon Bocquet, *Albert Samain : Sa Vie, son Œuvre*, Paris : Mercure de France, 1900.

Louis Cazamian, 岡本昌夫·竹園了元 譯, 『象徵主義と英詩(Symbolisme et Poésie : L'exemple anglais)』, 東京 : 松柏社, 1965.

Ludwig Lewisohn, *The Poets of Modern France*, New York : B. W. Huebsch, 1918.

Marcel Raymond, De Baudelaire au Surréalisme, Paris : Librairie José Corti, 1966(김화영 역, 『프랑스 현대시사 – 보들레르에서 초현실주의까지』, 현대문학, 2007).

Marion Thain, "12. Poetry", Gail Marshall edit., *The Cambridge companion to the Fin de siècle*, Cambridge : Cambridge Univ. Press, 2007(Marion Thain:2007).

Nick Freeman, "3. Decadent Paths and Percolations after 1895", Kate Hext & Alex Murray edit., *Decadence in the Age of Modernism*, Baltimore : Johns Hopkins University Press, 2019, pp.73~78.

Philip Ross Bullock, *Rosa Newmarch and Russian Music in Late Nineteenth and Early Twentieth-Century England*, London & New York : Routledge, 2016.

Pierre Martino, *Parnasse et Symbolisme*, Paris : Libraire Armand Colin, 1925/1980(木內孝 譯, 『高踏派と象徵主義』, 東京 : 審美社, 1967).

Pierre Petitfils, *Verlaine*, Paris : Julliard, 1981(나애리·우종길 역, 『광인 뽈 베를렌느』, 역사비평사, 1991).

Remy de Gourmont, *Le Livre des Masques*, Paris : Société du Mercure de France, 1896.

_____, *Le IIème Livre des Masques*, Paris : Société du Mercure de France, 1898.

Vance Thomson, *French Portraits : Being Appreciation of the Writers of Young France*, Boston : Richard G. Badger Co., 1900.

William L. Schwartz, *The Imaginative Interpretation of the Far East in modern French Literature*, Paris : Librairie Ancienne Honoré Champion, 1927(北原道彦譯, 『近代フランス文學における日本と中國』, 東京 : 東京大學出版會, 1971).

Roger Pearson, *The Beauty of Baudelaire : The Poet As Alternative Lawgiver*, Oxford : Oxford University Press, 2021.

부록

부록1 – 초·재판 수록 작품 대조표

연번	장	초판	연번	장	재판	비고
1	1	懊惱의 舞蹈에(惟邦)	1	1	懊惱의 舞蹈의 머리에(惟邦)	제목 변경
2	2	序(張道斌)	2	2	序(張道斌)	
3	3	「懊惱의 舞蹈」를 위하야(廉尙燮)	3	3	「懊惱의 舞蹈」를 위하야(廉尙燮)	
4	4	「懊惱의 舞蹈」의 머리에(卞榮魯)	4	4	「懊惱의 舞蹈」의 머리에(卞榮魯)	
5	5	譯者의 人事 한마듸(億生)	5	5	譯者의 人事 한마듸(億生)	
-	-	-	-	6	6	再版되는 첫머리에(譯者)	재판 추가
1	1	가을의 노래	1	1	가을의 노래	재판 장제목 변경
2	2	흰달	2	2	흰달	
3	3	피아노	3	3	피아노	
4	4	나무그림자	4	4	나무그림자	
5	5	하늘은 집웅우에	5	5	하늘은 집웅우에	
6	6	검고 끗업는 잠은	6	6	검고 끗업는 잠은	
7	7	作詩論(Art poetique)	7	7	作詩論(Art poetique)	
8	8	都市에 나리는 비	8	8	都市에 나리는 비	
9	9	바람	9	9	바람	
10	10	끗업는 倦怠의	10	10	끗업는 倦怠의	
11	11	늘 쉬는 꿈	11	11	늘 쉬는 꿈	
12	12	角聲	12	12	角聲	
13	13	L'heure de Berger	13	13	L'heure de Berger	
14	14	Gaepard hauser Sings	14	14	Gaepard hauser Sings	
15	15	아々 설어라	15	15	아아 설어라	
16	16	衰頹	16	16	衰頹	
17	17	지내간 녯날	17	17	지내간 녯날	
18	18	아낙네에게	18	18	아낙네에게	
19	19	渴望	19	19	渴望	
20	20	倦怠	20	20	倦怠	
21	21	綠色	21	21	綠色	
22	1	가을의 싸님	22	1	가을의 싸님	
23	2	黃昏	23	2	黃昏	
24	3	田園四季	24	3	田園四季	
25	4	가을의 노래	25	4	가을의 노래	
26	5	메테르린크의 演劇	26	5	메테르랑크의 演劇	

(장 열: 서문 / 예르렌 詩抄 / 쑤르몬의 詩 (초판) — 서문 / 예르렌의 詩 / 쑤르몬의 詩 (재판))

연번		장	초판	연번		장	재판	비고
27	6	쑤르몬의 詩	暴風雨의 장미꽃	27	6	쑤르몬의 詩	暴風雨의 장미꽃	
28	7		흰눈	28	7		흰눈	
29	8		落葉	29	8		落葉	
30	9		果樹園	30	9		果樹園	
31	10		물방아	31	10		몰방아	
32	1	싸멘의 詩	伴奏	32	1	싸멘의 詩	伴奏	
33	2		水上音樂	33	2		水上音樂	
34	3		나는 숨쉬노라	34	3		나는 숨쉬노라	
35	4		희미하게 밝음은 씨돌며	35	4		희미하게 밝음은 서돌며	
36	5		가을	36	5		가을	
37	6		池畔逍遙	37	6		池畔逍遙	
38	7		黃昏	38	7		黃昏(첫재)	
-	-	-	-	39	8		黃昏(둘재)	재판 추가
-	-	-	-	40	9		黃昏(셋재)	
39	8	싸멘의 詩	小市의 夜景	41	10		小市의 夜景	
40	1	쌘드레르의 詩	죽음의 즐겁음	42	1	쌘드레르의 詩	죽음의 즐겁음	
41	2		破鐘	43	2		破鐘	
42	3		달의 悲哀	44	3		달의 悲哀	
43	4		仇敵	45	4		仇敵	
44	5		幽靈	46	5		幽靈	
45	6		가을의 노래	47	6		가을의 노래	
46	7		悲痛의 煉金術	48	7		悲痛의 煉金術	
47	1	이엣츠의 詩	꿈	49	1	이엣츠의 詩	꿈	
48	2		늙은이	50	2		늙은이	
-	-	-	-	51	3		버들동산	
49	3	이엣츠의 詩	落葉	52	4		落葉	
50	4		失戀	53	5		失戀	
51	5		舊友을 닛지 말아라	54	6		舊友을 닛지 말아라	
52	6		술노래	55	7		술노래	
-	-	-	-	56	1	오르의 詩	結婚式前	초판 "懊惱의 舞蹈"장
-	-	-	-	57	2		離別	
-	-	-	-	58	3		人生	
-	-	-	-	59	4		저마다	재판 추가
-	-	-	-	60	5		두맘	
-	-	-	-	61	6		곱은 노래	
53	1	懊惱의 舞蹈	그나마 잇는가 업는가(예란)	62	1	懊惱의 舞蹈曲	그나마 잇는가 업는가(예란)	재판장제목 변경

연번		장	초판	연번		장	재판	비고
54	2	懊惱의 舞蹈	오늘밤도(베르날)	63	2	懊惱의 舞蹈	오늘밤도(베르날)	
55	3		길가에서(쎄란)	64	3		길가에서(쎄란)	
56	4		解脫(스레스호)	65	4		解脫(스레스호)	
57	5		十一月의 戰慄(스레스호)	66	5		十一月의 戰慄(스레스호)	
58	6		午后의 달(스레스호)	67	6		午後의 달(스레스호)	
59	7		가을은 또다시 와서(모레스)	68	7		가을은 또다시 와서(모레스)	
60	8		내몸을 比하랴노라(모레스)	69	8		내몸을 比하랴노라(모레스)	
61	9		가을(레니에)	70	9		黃色의 月光(레니에)	
62	10		黃色의 月光(레니에)	71	10		黃色의 月光(레니에)	
-	-	-	-	72	11		小頌歌(레니에)	재판 추가
63	11	懊惱의 舞蹈	女僧과 갓치 희멀금하야(타이랏드)	73	12		女僧과 갓치 희멀금하야(타이랏드)	
64	12		月下의 漂泊(라오르)	74	13		月下의 漂泊(라오르)	
65	13		結婚式前(오르)	-	-	-	-	'結婚式前': 재판에는 '오르의 시'장
66	14		離別(오르)	-	-	-	-	離別 : 재판에는 '오르의 시'장
67	15		가을의 애달픈 笛聲(에로르)	75	14	懊惱의 舞蹈曲	가을의 애닮은 笛聲(에로르)	재판 목차에는 "懊惱의 舞蹈曲"
68	16		그저롭지 아니한 설움(쏘우손)	76	15		그저롭지 아니한 설움(쏘우손)	
69	17		사랑과 잠(시몬즈)	-	-	-	-	재판미수록
70	18		장미꽃은 病들어서라(쩌렉크)	77	16		알는 薔薇꽃(쩔렉크)	제목 변경
-	-	-	-	78	17		파리의 노래(쩔렉크)	재판 추가
71	19	懊惱의 舞蹈	寂寞(쉘레)	79	18	懊惱의 舞蹈曲	寂寞(쉘레)	
72	20		새(왓손)	80	19		새(왓손)	
73	21		心願(너유마틔)	81	20		心願(너우마틔)	
74	22		가을의 노래(으란켈)	82	21		가을의 노래(으란켈)	
-	-	-	-	83	22		가을저녁의 黎明(마리엔)	재판 추가
-	-	-	-	84	23		流浪美女의 豫言(에로쉔코)	

『오뇌의 무도』 주해

연번		장	초판	연번		장	재판	비고
75	23	懊惱의 舞蹈	小曲－明日의 목숨 (쥬리안、포칸스)	85	24	懊惱의 舞蹈曲	小曲－明日의 목숨 (쥬리안、포칸스)	초판, 재판 의 목차에 는 이하 "小曲"장 으로 분류
76	24		小曲－速射砲(쥬리 안、포칸스)	86	25		小曲－速射砲 (쥬리안、포칸스)	
77	25		小曲－負傷(쥬리안、 포칸스)	87	26		小曲－負傷 (쥬리안、포칸스)	
78	26		小曲－塹壕(쥬리안、 포칸스)	88	27		小曲－塹壕 (쥬리안、포칸스)	
79	27		筆跡(태쯔)	89	28		筆跡(태쯔)	
80	28		蒲公英(태쯔)	90	29		蒲公英(태쯔)	
81	29		죽음의 恐怖(아낙크레 온)	91	30		죽음의 恐怖 (아낙크레온)	
82	30		죽음(코리아나쓰)	92	31		죽음(코리아나쓰)	
83	31		사랑은 神聖한가(메 레디쯔)	93	32		사랑은 神聖한가 (메레디쯔)	
84	32		歡樂은 쌜나라(메레디 쯔)	94	33		歡樂은 쌜나라 (메레디쯔)	
85	33		斷章(팔나다쓰)	-	-	-	-	재판 미수록

* 재판 「懊惱의 舞蹈曲」 장의 작품 배열 순서는 초판 「懊惱의 舞蹈」장을 따랐으므로, 실제 재판과 다르다.

쪽수	줄수	글자수	誤	正	비고
142	2 (21)	4	女僧과굿치	갓	女僧과갓치
112	10	8	눈의팔한벗을	빗	눈의팔한빗을
111	5	6	戴慄과	戰	戰慄과
96	12	5	깁히잠든든	「든」는秇(抜)	깁히잠든
95	8	14	당기이여	「이」는秇(抜)	당기여
95	2	11	내발자최소가	「소」下에리가脫	내발자최소리가
92	11	10	告訴하늣듯	告訴하는듯	告訴하는듯
90	8	8	氣香	香氣	香氣
87	4	2	喪眼입은	服	喪服입은
84	1	4	그옥한	윽	그윽한
83	8	16	잡을슈	수	잡을수
83	1	15	살를한	틀	살뜰한
80	5	13	고용(용)함	요	고요함
79	9	5	나리로	라	나라로
67	1	2	暴鳳雨	風	暴風雨
53 (52)	2	6	당산만을	신	당신만을
27	10	1	씨닭업는	싸	싸닭업는
19	7	1	불상한	불	불상한
17	12	6	숨쉴째	쉴	숨쉴째
10	12 (2)	5	出世됨	될	出世될
7	3	9	建碓한	健	健碓한
6	5	16	위흐야	하	위하야
5	7	21	苦哀을	衷	苦衷을

* '일러두기'에서 말한 것처럼 이 표는 화봉문고본 초판 소재 정오표를 복원하고 수정한 것이다. 원래의 정오표 틀을 유지하되, '글자수'와 '비고'는 주해자가 추가한 것이다.

** 괄호 안 숫자, 글자는 정오표의 잘못을 바로잡은 것이다.

주해자 후기

"나의 남이 넘우느진가, 넘우 이른가"

– 쎄르렌, "Gaspard Hauser Sings"

이 책은 근대기 한국 최초의 시집이자 번역시집인『오뇌의 무도』[1921·1923]를 주해한 것이다. 독자가 본 바와 같이 이 책은『오뇌의 무도』초·재판과 그 전후의 번역의 이본들, 일본을 비롯해서 프랑스, 영국 등의 저본들, 초·재판의 번·중역 사정, 그리고 그 의의까지 담고 있다. 따라서 여느 시집과 다르다. 그것은 이 책이『오뇌의 무도』라는 한국근대시의 한 기원을 문헌학적으로 탐색한 결과의 보고이기 때문이다. 내가 굳이 이러한 형식을 통해 드러내 보이고자 한 것은『오뇌의 무도』라는 텍스트가 생성되는 과정이다. 그것은 기점 텍스트source text인 서구의 시가 일차적인 목표 텍스트target text이자 매개 텍스트intermediate text인 일본의 번역시의 중역을 통해 목표 텍스트인『오뇌의 무도』가 생성되는 여정, 그 가운데에서 일어난 텍스트의 변용의 양상을 포함한다. 오늘날 새삼『오뇌의 무도』를 주해한 이유는 재판 출판 백 주년을 기해 이 텍스트의 생성의 여정과 변용의 양상을 통해 한국근대시연구의 새로운 의제를 제공하기 위해서이다.

사실 한국근대시의 한 기원으로서『오뇌의 무도』의 저본을 비서구 식민지에서 이루어진 번·중역의 시좌에서 살피는 일은 1960년대부터 나의 부형[父兄] 세대의 연구자들도 이미 했다. 그러나 그것은 때로는 문헌의 불비로 인해, 때로는 비서구·(탈)식민지 문학연구로서 한국문학연구의 도저한 내셔널리즘, 세계문학과의 동시성에 대한 강박 사이에서 온전히 이루어질 수 없었다. 그간 불과 한 세기 만에『오뇌의 무도』의 원본들은 인멸을 면하기 어려워졌고, 그나마 온전한 모습을 갖춘 영인본 하나 제대로 없는 지경에 이르렀다. 또 어느새 한국근대시연구는『오뇌의 무도』의 실상을 논변하는 일보다 부형 세대의 견해를 답습하거나 그 문학사적 의의만 부연하는 차원에서 공전[空轉]해 왔다.

『오뇌의 무도』 초판은 물론 재판까지도 출판 백 주년을 맞이한 오늘날, 불비한 영인본류를 넘어선 새로운 판본, 새로운 연구 의제를 발굴하기 위한 주해본을 내는 일은 이 시대의 소명이다. 문학연구에서 원전비평은 한낱 철 지난 방법론이 아닐뿐더러, 문헌학적 연구와 주석은 지난 세대의 수고만으로는 결코 충분하지 않다. 어느 시(세)대이든 이전의 성과를 근간으로 새로운 원전비평, 문헌학적 연구와 주석을 통해 문학연구의 새로운 의제를 발굴해야 한다. 유럽 문학 텍스트의 동아시아적 확산의 양상을 살피는 일은 그저 비교문학연구의 낡은 전파론의 답습이 아닐뿐더러, 그 가운데 근대기 한국에서 다른 세계문학의 성좌도星座圖가 구성된 사정은 여전히 유효한 연구과제이다.

부디 이 한 권의 책이 새로운 시(세)대의 한국 근대문학 연구의 초석일 수 있기를 바란다. 원고를 구상할 때부터 이 후기를 쓰기까지 십 년에 가까운 세월이 덧없이 흘렀다. 그동안 탈고가 늦어진 데에는 온전하고 충실한 주해본을 만들어야 한다는 나의 강박 탓이 컸다. 사실 아직도 원고를 차마 손에서 놓지 못할 만큼 아쉬움이 크지만 일단 나는 이쯤에서 멈추기로 했다. 그저 이 한 권의 책으로 나와 이 시(세)대의 소명을 반분이나마 할 수 있다면 다행일 따름이다.

굳이 시대 혹은 세대를 입에 올린 이유는 내 공부와 이 책이 부형 세대 연구자들과의 영통 communion 속에서 이루어졌기 때문이다. 김억의 중역과 저본 규명, 그 의의를 둘러싼 부형 세대의 논변의 임계점이 내 주석과 해설의 시발점이다. 나는 부형 세대들의 어깨 위에서 김억이 그려낸 세계문학의 성좌도를 볼 수 있었다. 마찬가지로 박람강기博覽強記한 독자 중 누군가가 내 어깨 위에서 새로운 시(세)대의 주해서를 완성하기를 바란다. 그래서 김억, 한국근대시라는 시좌視座에서 나와 다른 사정射程으로 세계문학과 근대시의 트랜스내셔널한 성좌도를 완성하기를 간절히 바란다. 그 가운데 내가 미처 밝히지 못한 김억의 번역시는 물론, 특히 일본어 번역시의 저본이 되는 원시 몇 편을 꼭 밝혀 주기를 부탁한다.

이 책은 많은 분의 성원과 후의 그리고 노고로 세상의 빛을 볼 수 있었다. 그분들에게 일일이 사사謝辭를 드리자면 지면이 모자랄 지경이다. 그럼에도 불구하고 잊을 수 없는 몇 분의 고

마음만이라도 각별히 적어 둔다. 성균관대학교 박진영 선생님은 이 책을 구상할 때부터 격려를 아끼지 않았을 뿐만 아니라,『오뇌의 무도』선본 확보, 출판 주선에 이르기까지 자신의 일인 양 애정을 쏟아 주었다. 대구교육대학교 이철호 선생님은 원고의 구성과 가독성에 대한 조언을 해 주었을 뿐만 아니라, 자신의 것처럼 원고의 사본들을 소중히 보관해 주었다. 이 책을 위해서 일본 니이가타新潟현립대학의 하타노 세츠코波田野節子 선생님과 상명대학교 양동국 선생님은 애장하던 호리구치 다이가쿠堀口大學의 자료를 아낌없이 주셨다. 도쿄東京대학의 사토 히카리佐藤光 선생님은 희미한 인연을 외면하지 않고 산구 마코토山宮允의 희귀한 자료를 흔쾌히 주셨다. 또 도쿄대학의 아이카와 다쿠야相川拓也 선생님은 에스페란티스토 김억과 관련한 자료를 기꺼이 찾아 주셨다. 근대서지학회 엄동섭 선생님은 당신이 소장한『오뇌의 무도』초판 열람을 허락해 주셨다. 역시 같은 학회 오영식 선생님은 그 주선은 물론 화봉문고 소장 초판 정오표 열람에도 도움을 주셨다. 그리고 소명출판의 박성모 대표님, 편집부 노예진 선생님은 이 엄혹한 세상에서 큰 부담과 노고를 마다하지 않고 이 책의 원고를 정성껏 다듬고 생명을 불어넣어 세상에 내어 주었다. 이 자리를 빌어 이분들께 진심으로 감사의 인사를 드린다. 그저 이 한 권의 책으로 그분들의 은혜에 보답할 수 있기를 바랄 뿐이다.

이 책을 꼭 헌정해야 할 분들도 몇 분이나마 각별히 적어 둔다. 그중 한 분은 동국대학교 고 김장호 선생님이시다. 나는 오직 글로만 그분을 뵈었지만, 그분은 나보다 먼저 김억과『오뇌의 무도』를 따라 도쿄까지 가셨고, 내가『오뇌의 무도』라는 숲에서 헤맬 때마다 넌지시 단서를 주셨다. 또 한 분은 서울대학교의 고 김윤식 선생님이시다. 생전에 내게 내 세대의 소명을 찾으라고 했던 말씀은 지금도 마음에 새기고 있다. 두 분께서 부디 이 책을 흠향歆饗하시면 좋겠다. 또 한 사람은 바로 김억이다. 이 책을 통해 그가 이 세상과 다시 대화할 수 있으면 좋겠다. 마지막으로 내가 태어나기 전부터 내 머리카락의 수까지 세어 두시고, 이 책을 쓰는 동안 함께 해 주신 하느님께 이 책과 내 공부를 봉헌한다.

주해자 구인모 삼가 씀